JN225858

藤原家経集　源頼実集　全釈

久保木哲夫
加藤静子
平安私家集研究会

花鳥社

目次

付

凡例

一、本書は、『家経朝臣集』および『故侍中左金吾家集』に注釈を施したものである。前者は後一条～後冷泉天皇時代に活躍し、大嘗会和歌も詠進した藤原家経の家集である。家経は文章博士や式部権大輔をつとめた儒者であった。後者は、いわゆる和歌六人党の一人源頼実の家集である。頼実は、長元～長久年間にかけて蔵人所に属し、歌合や歌会にも出詠した歌人であるが、雑色から六位蔵人になって一年半ほどで三十歳という若さで亡くなっている。

一、家経集では、現存最善本である冷泉家時雨亭叢書64巻『平安私家集十二』所収のいわゆる真観本「家経朝臣集」を底本にした。

頼実集では、現存諸本中最善本と考えられる京都女子大学蔵蘆庵文庫（四四）本を底本として用いた。

一、底本本文は、傍書やミセケチを含め、漢字や仮名の使い分けなど、底本に可能な限り忠実に翻刻した。朱の傍書については（朱）と記した。

底本が空白の場合は［　］で示した。重ね書きの場合は□で示し、判読した文字を傍記した。ともに、［校異］欄に記した。

一、各集の異同を記す［校異］欄には、次のような本文との異同を示した。

家経集は、冷泉家時雨亭叢書67巻『資経本私家集三』所収の「家経朝臣集」により校合した。

頼実集の現存諸本は、三類五系統に分かたれる。各系統から書写年代の古い伝本を選び校合した。底本は第三類に属するが、判読不能の箇所が散見されるため、同系統の今治市河野美術館本とも校合した。校合に用いた伝本とそれぞれの略号は次のとおりである。

第一類（1）榊原家本　略号…榊

島原松平文庫（一三五・三三）本　略号…松

（2）賀茂別雷神社（三手文庫）（歌・申・二二六）本　略号…三

（3）龍谷大学図書館（写字台文庫旧蔵）（〇二一・五九一・六／四〇）本　略号…龍

第二類　（公財）東洋文庫蔵（貴重書Ⅶ-2-K-c-1020）本　略号…東

第三類　京都女子大学蔵蘆庵文庫（四四）本　〈底本〉

今治市河野美術館（三四六・八三九）本　略号…河

なお、（公財）東洋文庫蔵本は、詞書をすべて欠く本のため、［校異］欄に詞書がないことをいちいち示さなかった。

校異の掲出順は、同系統の今治市河野美術館本を先頭に、河・榊・松・三・龍・東、の順とした。

底本および対校本文の使用をご許可くださった各所蔵機関に、心より御礼申しあげる。

一、異同を取り上げるにあたって、漢字・仮名の異同、仮名表記の異同（む・ん等）、集付や傍注等の異同などは、取り上げていない。また、和歌本文の異同は歌句単位で示した。詞書の異同は、語句単位で示したが、異同が著しい場合はその限りではない。

一、校訂を加えた本文である［本文］は、次の方針で作成した。

1、用字は通行の字体を用い、底本の仮名遣いは歴史的仮名遣いに改めた。

2、仮名を適宜漢字に改め、濁点および読点を施し、必要に応じて送り仮名も補った。

3、詞書および左注の漢文には、適宜返り点を施した。

4、掛詞が認められる場合は、その語（語句）を仮名で表記した。

5、可能な限り底本に従ったが、底本の本文に問題があり、やむなく他本によって改めた場合は、[語釈]にその理由を記した。
一、[訳]は、できるだけ語順に従って訳出するよう心掛けた。
一、[他出]には、勅撰和歌集をはじめ、当該歌の他出状況を広く調査して記した。
一、[語釈]には、内容を理解する上で必要と考えられる語句の意味、および修辞技巧について記し、判断を助けると思われる用例を適宜示した。
一、[補説]では、人物考証、詠作状況、その他[語釈]では扱いきれないことを記した。
一、引用した和歌は、原則として、私家集は『新編私家集大成』に、それ以外は『新編国歌大観』によった（日本文学Web図書館）。通読の便をはかって表記は読みやすいように改めた。ただし万葉集は旧番号で示した。また、歌学書、散文作品については、『日本歌学大系』『新編日本古典文学全集』『新日本古典文学大系』等を適宜利用した。なお、『歌学大系』『新全集』『新大系』と略称した。
一、日本の漢籍については、『日本古典文学大系』『新日本古典文学大系』『新訂増補国史大系』などを用いた。ただし、本朝無題詩の引用は本間洋一『本朝無題詩全注釈』によった。中国の漢籍については、『新釈漢文大系』によった。適宜引用文献名を付した。
一、歴史的資料については、『大日本古記録』『史料纂集』『増補史料大成』『新訂増補国史大系』によった。また、東京大学史料編纂所の古記録・平安遺文フルテキストデータベース、国際日本文化研究センターの摂関期古記録データベース、国立歴史民俗博物館の記録類全文データベースも参照した。
一、巻末には、「解説」、ならびに「付」として、「参考文献」、「他文献に見える和歌資料（家経・頼実）」、「系図（天皇家・摂関家・家経関係・頼実関係）」、「年表」、「人物索引」、「和歌初句索引」を付した。

藤原家経「家経朝臣集」

1

殿上人花見ありきけ[へ]るに長楽寺に小将
の尼ゐたりときゝて

やまさくらさかりにゝほふこのころは
うらやましくも見ゆるやとかな

【校異】 小将の尼―小将尼（資）

【本文】 殿上人花見ありきけるに、長楽寺に少将の尼居たりと聞きて
1 山桜盛りに匂ふこのころはうらやましくも見ゆる宿かな

【訳】 殿上人たちが花を見て歩いた時に、長楽寺に少将の尼が住んでいると聞いて
1 山桜が今を盛りと咲きにおうこの時期には、うらやましいともお見受けするあなたの住まいであることです。

【他出】 ナシ

【語釈】 **○長楽寺** 山城国愛宕郡、現在の京都市東山区八坂鳥居前東入円山町に所在する寺。観音像を本尊とし、寺伝には最澄が延暦寺別院として創建したとするが、宇多天皇による創建など、異説も多く、明確ではない。東山山腹に位置して風光明媚で知られ、多くの文人貴族が四季折々に訪れては詩歌を詠じた。「長楽寺にて、ふるさとの霞の心を詠み侍りける／山高み都の春を見渡せばただひとむらの霞なりけり」（後拾遺集・春上・三八 大江正言）。**○少将の尼** 生没年未詳。上東門院中将の母。陽明文庫蔵伝為家筆本後拾遺和歌抄（六六）の詠者「上東門院中将」に関する脚注として、「道雅卿女 母山城守正五位下宣孝女 同院女房 号小将尼」と見える。［補説］参照。**○うらやましくも見ゆる宿かな** あなたの家は、盛りの山桜を堪能できる場所なので、訪れる者にはうらやましく感じられる、という意であろう。「うらやましくも……かな」は常套的表現。「いとどしく過ぎゆく方の恋しきにうらや

ましくもかへる波かな」（後撰集・羈旅・一三五二　業平朝臣）。

【補説】　殿上人たちが東山のあたりを逍遙して花見をした折に、その一行に加わっていた家経が、長楽寺に住むと聞いた「少将の尼」に贈った歌である。

千葉義孝「藤原家経雑考」及び「藤原家経年譜考証」（『後拾遺時代歌人の研究』勉誠社　一九九一）は、家経の生誕を正暦三（九九二）年と推定し、二十歳代から四十歳ごろまではもっぱら京官をつとめたこと、家経集には編年的な配列があることを示す（初出は、一九七二年、一九八〇年）。また、増淵勝一『平安朝文学成立の研究　韻文編』「八和歌六人党伝考　Ⅲ源頼家伝考」（国研出版　一九九一）では、家経集全体を正確な年代的配列になっている、と見ている（初出、一九七四年）。その見方に従うならば当該歌は家経の詠としては最も早い時期のものとなるが、なお問題もある。解説Ⅱ参照。

歌を贈った相手の「少将の尼」については、［語釈］に示したように陽明文庫蔵後拾遺集の「上東門院中将」についての注の中にその名が見える。また、後拾遺集には、上東門院中将が長楽寺に住んでいたことを示す歌が複数見える。

長楽寺に住み侍りけるころ、二月ばかりに人のもとに言ひ遣はしける　　上東門院中将
思ひやれ霞みこめたる山里の花待つほどの春のつれづれ（春上・六六）
長楽寺に侍りけるころ、斎院より山里の桜はいかがとありければ、詠み侍りける　　上東門院中将
匂ふらむ花の都の恋しくてをるにもの憂き山桜かな（同・九二）

上東門院中将の歌は、後拾遺集には五首あるが、右の二首のほかに、三四四（秋下）、一〇四〇（雑三）の歌も「長楽寺に住み侍りけるころ」の詞書を持つ。顕昭の後拾遺抄注にも、「上東門院中将トイフハ、道雅三位のムスメナリ。長楽寺ニテヨメル歌也。ソノ所ニテ詠歌、此集三首イレリ。此人ヲバ長楽寺中将トナムイヒケル」（三四四番歌の注）とある。

これらの資料から、先行研究においては、二つの考え方が見られる。千葉義孝は、上東門院中将と「少将の尼」とを同一人物と見ており、久保田淳・平田喜信校注『後拾遺和歌集』（新大系　一九九四）巻末の人名索引も同様である。しかし、高重久美「長楽寺の「少将の尼」」（『和歌六人党とその時代―後朱雀朝歌会を軸として―』一第二章三3　和泉書院　二〇〇五）では、「少将の尼」は上東門院中将の母親とする。

ここは、後者の解釈のほうが適切と思われる。第一に、「中将」と「少将」とで名が異なる。写本では「中将」と「少将」とは相互に誤写が起こりやすい名であるため、千葉義孝はこの違いを軽視したのではないか。第二に、上東門院中将が「少将の尼」と同一人物であると考える場合、［語釈］に示した陽明文庫蔵後拾遺集脚注中の「……同院女房　号少将尼」とある部分についての読み方が問題になる。「同院女房」の部分は、上東門院中将の場合はいう必要のないことであるから、ここは直前の「母山城守正五位下宣孝女」に関する注記と読み、後半の「号少将尼」の部分だけを上東門院中将に関わる内容と読むということになろうが、この読み方は不自然であろう。また、千葉は前掲論文で、当該歌を2番歌より早い詠作と推察する一方で、藤原道雅女についても検討し、「信濃下向以前近々の詠と推測すると、彼女十五、六歳の頃のこととなり、詞書の『少将の尼』が問題となってくる」「別人を考えるか……または『家集』の編年配列を再考する必要があるかもしれない」とも述べる。

こうした問題は、「少将の尼」が「上東門院中将」の母親であるならばすべて解消される。よって、「少将の尼」は山城守正五位下藤原宣孝（～一〇〇一）の娘で、上東門院に仕えた女房であって、藤原道雅（九九二～一〇五四）との間に娘を生み、その娘が母同様に上東門院に仕えて「中将」と呼ばれた、と考えるべきであろう。娘の召名「中将」は、父・道雅の官（左近中将）に由来するのかもしれない。

栄花物語（殿上の花見）に、長元四（一〇三一）年九月二十五日の上東門院の石清水・住吉詣での記事があり、そこに「一の車には尼四人、弁の尼、弁の命婦、左近の命婦、少将の尼君」とあるが、その「少将の尼君」が当該歌の「少将の尼」と同一人物である可能性が高い。母の「少将の尼」が長楽寺に住んでいたなら、娘の上東門院中将が母の世話などのため長楽寺に滞在していた折に他と贈答を交わすことも自然であろう。
ところで、中将が上東門院に仕えていた時期は明確ではないが、次に示す歌によれば、後冷泉天皇のころも含まれていることになる。

後冷泉院御時、上東門院にみゆきあらむとしけるを、とどまりてのち、内より硯の箱の蓋に桜の枝を入れてたてまつらせ給ひたりける御返しに、仰せごとにて詠み侍りける　上東門院中将
みゆきとか世にはふらせていまはただこずゑの桜散らすなりけり（後拾遺集・雑五・一一一〇）

2
しなのにくたるみちにて
かさこし（玄々）のみねのうへにて見るときは
くもはふもとのものにそありける

【校異】　ナシ
【本文】　信濃に下る道にて
2　風越の峰の上にて見るときは雲は麓のものにぞありける
【訳】　信濃に下る途中で
2　風越の峰の上から見るときには、雲は麓にあるものであったよ。
【他出】　金葉集三奏本・雑上・五二一　詞花集・雑下・三八九　玄々集・一五八　別本和漢兼作集・三四三　歌枕名寄・六六〇二
【語釈】　**〇風越の峰**　［他出］の詞花集詞書に、「信濃の守にて下りけるに、風越の峰にて」とある。菅根順之『詞花和歌集全釈』（笠間書院　一九八三）は、木曽山脈の一峰「風越山」（標高一五三五メートル）とし、「風越を夕越えく

ればほととぎすふもとの雲の底に鳴くなり」（千載集・夏・一五八　藤原清輔朝臣）歌を参考に挙げている。ただし、ここは、山の名でなく風が峰の上を吹き越して、そのために雲は……、といった意味合いがこめられているのであろう。［補説］参照。**〇雲は麓のものにぞありける**　高い所にあると見えていた雲は麓にあるように見えることだ、の意。高所から見下ろした景観とその感動。「ものにぞありける」は古今集以来の常套句。「久しくもなりにけるかな住の江のまつは苦しきものにぞありける」（古今集・恋五・七七八　よみ人知らず）。

【補説】　長元五（一〇三二）年二月八日、家経は信濃守に任じられており（『弁官補任』）、当該歌は詞書により、その下向道中での詠作と見られる。歌からは風越山を越えたように受け取れるのだが、この時代に東山道を経て信濃の国府「筑摩」（現在の松本市惣社付近）に赴任するには、美濃と信濃の国境に位置する要衝の地である御坂峠（現「神坂峠」）を越える。御坂峠は、万葉集（巻二十・四四〇二）に「ちはやふる神の御坂」と歌われた難所で、古墳時代から平安時代にかけての祭祀遺跡も存在する。

例えば詠作時期の近い例として、

　園原をたちて御坂を過ぐとて
よそにのみ聞きし御坂は白雲の上までのぼるかけぢなりけり（為仲集Ⅱ・一四）

がある。詞書の「園原」であるが、「長野県下伊那郡阿智村にあった地名。岐阜県との境、神坂（みさか）峠東側のふもと」にあり、「布施屋（ふせや）」（緊急用の宿泊施設）が置かれたという（『日本歴史地名大系』）。また、延喜式の兵部省「諸国駅伝馬」によると、御坂峠が難所のために、他の東山道の駅馬は十～十五頭であるのに対し、信濃「阿知卅疋」と見える。

阿知の「駅家」は、「現国道一五三号と三州街道に挟まれた阿智村木戸脇地籍と推定される」とあり（同書）、「園原」と同じ「阿智村」と知られる。為仲は、家経とは逆コースで御坂を越えている。

能因集Ⅰにも御坂峠を詠んだ歌が見える。

三河にあからさまに下るに、信濃の御坂の見ゆるところにて、

白雲の上より見ゆるあしびきの山の高嶺や御坂なるらむ（八九）

以上のことから、［他出］に挙げた金葉集三奏本に、

信濃守にて下りける時みかさにて詠める　　藤原家経朝臣

風越の峰の上にて見るときは雲は麓のものにぞありける（雑上・五二一）

と、詞書に「みかさ」とあるが、三奏本を底本にした、錦仁・柏木由夫『金葉和歌集／詞花和歌集』（和歌文学大系二〇〇六）が「みさか（御坂）」に校訂したように、誤写が考えられる。

「風越の峰」を詠んだ歌としては当該歌は最も早いものに属する。「風越」「風越の峰」が詠まれるのは、ほとんどが院政期の藤原清輔以降である。袋草紙（上巻）に、津守国基が良暹の歌を非難して論争した話の中で、良暹が「まくりで」の用例として挙げた次の歌、

風越の峰よりおるる賤のをの木曾の麻ぎぬまくりでにして

は、出典不明であるが、おそらく後拾遺集時代にすでに存した古歌なのであろう。

なお、村澤武夫編『風越山文献と詩歌』（山村書院　一九三八）中の、吉澤好謙「信濃地名考　風越山」には、信濃「風越山」を六つ列挙する。最初に現在の飯田市にある「風越山」をあげ、六番目の「風越山」については、「神の御坂に別名を呼ぶは殊につたなし」と記している。

家経は、「風越の山（峰）」の名を知っていたのかもしれない。しかしながら、家経の時代に、国司として国府「筑摩」（松本市）に赴任する時に通過したとは考えられず、さらに能因歌の「白雲の上より見ゆるあしびきの山の高嶺」を踏まえて詠まれた可能性が高いため、家経歌は、「御坂」での詠と解しておく。

3

遊山寺詠葉落繞樹

かせをいたみもみちゝりしくこのもとに
かへらむかたもわすられにけり

【校異】 遊山寺詠葉落繞樹―遊山寺詠落葉繞時（資）

【本文】 遊二山寺一、詠二葉落繞レ樹

3 風をいたみもみぢ散りしく木のもとに帰らむかたも忘られにけり

【訳】 山寺に遊んで、もみじが散って木を取り囲むさまを詠む

3 風が激しいので、もみじが散りしく木のもとにいて、これから帰ろうとする方角も自然と忘れてしまったよ。

【他出】 和歌一字抄・三四四

【語釈】 **〇風をいたみ** 風が激しいので。名詞＋を＋形容詞「いたし」語幹＋接尾語「み」のミ語法。「風をいたみくゆる煙のたちいでてもなほこりずまの浦ぞ恋しき」（後撰集・恋四・八六五 貫之）。**〇木のもとに** ここでは「木のもとに」を、木のもとにあって、の意と解した。［補説］参照。**〇帰らむかたも忘られにけり** 舞い落ちるもみじの美しさに陶然として、帰るべき方角も自然と忘れた、の意と解した。「れ」は自発の助動詞。［補説］参照。

【補説】 もみじの季節に山寺を訪れ、風に散って樹木の周りを埋めるもみじの美しさに感動し、帰る方角も自ずと忘れるほどだ、と詠んだものであろう。範永集に次のような歌があり、当該歌と同時詠である可能性が高い。

　落葉木にめぐれり

もみぢ葉はみな木のもとに散りにけりいづれのかたをまづは拾はむ（範永集・七二）

また、「帰らむかたも忘られにけり」と似た表現を持つ先行歌に、

　もみぢに呼子鳥のゐたる絵（かた）あり、山道行く人あり

もみぢ見て帰らむこともおぼえぬに呼子鳥さへ鳴く山路かな（恵慶集・一三七）

がある。恵慶の歌は「障子の絵」に寄せた歌ではあるものの、上句に詠まれた心情は家経の当該歌と重なるように思われる。

もみじではないが、美しさゆえに「帰ることを忘れる」と詠む歌もある。

東三条院の御屏風に、旅人山の桜を見るところを詠める　源道済

散りはててのちや帰らむふるさとも忘られぬべき山桜かな（後拾遺集・春上・一二五）

この東三条院屏風歌は、長保三（一〇〇一）年十月の東三条院詮子の四十賀のものである。こうした先行歌が家経に影響を与えた可能性もあろう。

4

大井河落葉満流

たかせふねしふくはかりにもみちはの
なかれてくたるおほゐかはかな

【校異】ナシ

【本文】大井川、落葉満ㇾ流

4　高瀬舟しぶくばかりにもみぢ葉の流れて下る大井川かな

【訳】大井川で、落葉が流れに満ちている

4　高瀬舟の進みが滞るほどに、もみじした落ち葉が水面を覆い尽くして流れ下ってゆく大井川であるよ。

【他出】新古今集・冬・五五六　和歌一字抄・四〇五、五〇八　題林愚抄・五一〇二　歌枕名寄・五七三

【語釈】〇大井川、落葉満ㇾ流　大井川は、「大堰川」「西川」とも。丹波山地に発して山城国葛野郡を南へ流れ、

桂川となって、淀川に合流する。古代、秦氏が「大堰」を設けたことから「おほゐ川」の名がついた。現在の京都府右京区嵯峨嵐山付近の流れをいう。「けふ人を恋ふる心は大井川流るる水におとらざりけり」（古今集・墨消歌・一一〇六）。「落葉満ㇾ流」はもみじが散って多数浮かんでいるさま。［補説］参照。**〇高瀬舟**　舳先が高く、底が平らな小舟で、渡し船や荷物運搬用、あるいは舟遊び用として、河川を中心に広く用いられた。「みなれ棹とらでぞくだす高瀬舟月の光のさすにまかせて」（後拾遺集・雑一・八三五　源師賢朝臣）。**〇しぶく**　滞る、滑らかに進まない、の意。「霜がれの葦まにしぶく釣り舟や心もゆかぬわが身なるらむ」（清輔集・二一五）。［補説］参照。

【補説】　当該歌は、新古今集に採られたほか、和歌一字抄には重複して見えるなど、他出が多い。また、これと同時詠と見られる範永の歌がある。

　　大堰にて、木の葉流れに満ちたり、といふ題を

　大堰川散るもみぢ葉に照らされてをぐらの山の影も映さず（範永集・二〇）

家経の当該歌の題を新古今集は「落葉満ㇾ水」とし、和歌一字抄は「落葉満ㇾ流」とするが、同じ和歌一字抄でも同時詠の範永歌のほうは「紅葉満ㇾ水」題で採録している。「満ㇾ流」「満ㇾ水」いずれにしても、散ったもみじが水面をびっしりと覆うほどに多いさまをいうのであろう。当該歌は、大井川を漕ぎ下る高瀬舟の進みが、落葉のために滞っているようにも見え、やがて舟とともに落葉も川を流れ下って行くという情景を詠んだものと思われる。

「しぶく」は用例の少ない語で、［語釈］に挙げた清輔集の歌のほかには、

　　春御歌中、雲葉　　　後鳥羽院御製

　花さそふひら山おろし荒ければ桜にしぶくしがのうら舟（夫木抄・春四・一四八三）

があって、院政期には多少用いられたようであるが、中世以降は松下集で好んで用いられた程度である。

九月廿九日惜秋

5 あきをわかおしむこゝろにまかせはや
こよひもあけすあすもくらさし

【校異】 ナシ

【本文】 九月二十九日、惜レ秋

5 秋をわが惜しむ心にまかせばや今宵も明けず明日も暮らさじ

【訳】 九月二十九日に、秋を惜しむ

5 秋を、私が惜しむ心にまかせたいものだ。今宵も明かしたくないし、明日も夕暮れまで時を過ごしたくない。

【他出】 ナシ

【語釈】 **○九月二十九日、惜レ秋** 九月二十九日に秋を惜しむ心を詠んだ、の意であろう。「九月尽日」とは書かれていないことと、歌に「今宵も明けず明日も暮らさじ」とあることを併せて考えると、この年の九月は三十日まであったか。九月の末ごろに秋を惜しむ心を詠む歌は多い。「秋を惜しむ／菊の花うつろふ色に見えつるは秋の過ぎゆくしるしなりけり」（高遠集・一七二）。**○秋をわが惜しむ心にまかせばや** 「まかす」は、自由にさせる、ゆだねる。「ばや」は自己の希望を表す。秋を、過ぎ去るのを惜しむ私の心のままにしたい、すなわち秋をこのまま留めたい、の意であろう。「まかす」は、具体的なものに「まかす」ほかに、「心にまかす」と詠む例も古くからある。「藤原三善が六十賀に詠みける／鶴亀も千歳の後は知らなくに飽かぬ心にまかせ果ててむ」（古今集・賀・三五五　在原滋春）。**○今宵も明けず明日も暮らさじ** 「今宵も明けず」は「明日も暮らさじ」と対句をなし、今宵もこのまま明けずにいてほしい、明日という日も過ごしたくない、の意。散文的にいえば「今宵も明けず明日も暮れずあらなむ」、または「今宵も明かさず明日も暮らさじ」の意であろう。類似表現の例として、「松もひき若菜も摘まずなりぬるを

何時しか桜はやも咲かなむ」（後撰集・春上・五　左大臣〈藤原実頼〉）がある。

【補説】「秋を惜しむ」と明示された歌は、家経集では当該歌のみであるが、家経の歌と同時詠と思われる歌が少なくない範永集には、「秋を惜しむ」歌が三首見える。そのうち、

宮のさぶらひにて、九月尽くる夜、夜もすがら秋を惜しむ、といふ題を

明け果てば野辺をまづ見む花薄招くけしきは秋に変はらじ（範永集・四）

は、九月末日の夜の詠で、秋らしい景物を詠み込みつつ秋が過ぎるのを惜しむという、典型的な惜秋の歌の詠み方であり、後拾遺集に入集した歌。一方で、家経の当該歌に心情も詠み方も近い歌も見られる。

九月尽くるころ

年ごとにとまらぬ秋と知りながら惜しむ心を今日は恨みむ（範永集・四一）

こちらの詞書は九月末日とは限定しないが、歌中の「今日」からは末日の印象も漂う。これらに対して、家経の歌は、秋の景物を詠まずに惜秋の心だけを強調する点で、範永の「年ごとに」の歌と共通するが、詞書で「九月二十九日」と明示し、秋の最後の日々を意識して、切迫した惜秋の思いを前面に出したところが異なっている。

山家梅

6
すむ人のこゝろのほとはやまさとの
むめのはなさくはるそ見へける

【校異】はるそ見へける―はるそしらるゝ（資）

【本文】山家梅

6　住む人の心のほどは山里の梅の花咲く春ぞ見えける

【訳】　山家の梅
6　住む人の心のありようは、山里の梅の花が咲く春にこそはっきりと見えたことだなあ。
【他出】　ナシ
【語釈】　〇山家梅　歌題。山里に咲いている梅。「山家」は山里の住まい、の意。「山家梅を詠める／なつかしき香のみこそすれ山里は梅のにほはぬ宿しなければ」（続詞花集・春上・二九　津守国基）。範永集七五番歌に「山里の梅」という類似した歌題が見える。7番歌［補説］参照。〇住む人　山家の主。〇心のほど　風流な心の程度。「人知れぬ心のほどを知りぬれば花のあたりに春はすまさむ（ママ）」（公任集・三二）。〇山里　歌題の「山家」を指している。「山家卯花／来馴れたる人や通はむ山里に道もなきまで咲ける卯の花」（道済集・七一）。
【補説】　当該歌は、山家の梅を外側から捉え、山家に住む主の風雅な心をたたえている。梅の色や香については具体的に詠まれていないが、その梅が素晴らしいものであることが間接的に知られ、山家に住む人の風雅な心を推し量っている。同様の歌に、
山風に香をたづねてや梅の花にほへるほどに家ゐそめけむ（貫之集Ⅰ・三一）
がある。この貫之詠は、梅の香に導かれながら山里に家を構えた主の心のほどを推し量った屛風歌である。また、当該歌より少し遅れて、次のような歌がある。
山里の梅花を詠み侍りける　　賀茂成助
梅の花垣根ににほふ山里はゆきかふ人の心をぞ見る（後拾遺集・春上・五八）
成助（一〇三四～一〇八二）は、当該歌と同じように、山里の梅の花を詠んでいるが、山家の主の心ではなく、道行く人々の風流心を見ようとした歌である。

望晩霞

7 ひもくれぬけふはかへらしこしかたを
そことも見えすのへのかすみに

【校異】 望晩霞―野晩霞（資）

【本文】 望二晩霞一

7 日も暮れぬ今日は帰らじ来し方をそことも見えず野辺の霞に

【訳】 晩霞を望む

7 日も暮れてしまう。今日は帰るまい。ここまでやってきた方角を、どこそこと具体的にはっきり見ることができない。野辺の霞によって。

【他出】 ナシ

【語釈】 **○望二晩霞一** 「望＋景物」という歌題のもとに詠まれた歌は、景物を遠望、眺望した歌である。「内大臣に侍りける時、望二山花一といへる心を詠み侍りける／白雲のたなびく山の山桜いづれを花と行きて折らまし」（新古今集・春下・一〇二 京極前関白太政大臣〈師実〉）。「望二晩霞一」という歌題は当該歌以外に見いだせないが、「晩霞」題の歌はあり、夕方に立つ霞の意である。［補説］参照。**○今日は帰らじ** 今日は帰るまい。「じ」は打消の意志を表す助動詞。「旅寝して今日は帰らじ小倉山もみぢの錦明けて見るべく」（長能集Ⅱ・七五）。**○来し方を** 「来し方」は、今日やってきた方向。「筑紫へ下りけるに、道にて須磨の浦にて詠み侍りける／須磨の浦を今日過ぎゆくと来し方へ返る波にやことをつてまし」（後拾遺集・羇旅・五一〇 大中臣能宣朝臣）。「を」は動作の対象、目的を示す格助詞。「見えず」にかかるのであろう。**○そことも見えず野辺の霞に** 野辺に立つ霞によって、具体的にどこそこともはっきり見えない意。「交野を過ぐるほどに、川霧たちわたる／川霧にそことも見えずおぼつかなこれや交野のわたりなるらむ」（嘉言集・一三）。「そことも見えず」の「ず」は打消の助動詞の終止形。当該歌は、初句、二句、四句と三箇所に句切れがある。

【補説】「望二晩霞一」という題をふまえ、野遊びに出かけて日が暮れ、歩いて来た方向を振り返って、一面に立っている霞を詠んだ。

風雅な景物を追い求めて日が暮れてしまい、野宿をするという歌は多い。

　　題しらず　　　　詠み人知らず

この里に旅寝しぬべし桜花散りのまがひに家路忘れて（古今集・春下・七二）

　　春の歌とて詠める　　　　素性

思ふどち春の山辺にうち群れてそこともいはぬ旅寝してしか（古今集・春下・一二六）

ところで漢詩では、「晩霞」を「夕焼け」の意に用いて詠む例が見られるが、和歌の「晩霞」は、やや後の例になるけれども、夕方の霞、を歌うものである。

　　晩霞

鶯はおのがねぐらに帰るとて霞の底に声聞こゆなり（重家集・四九六）

　　晩霞といふことを詠める　　　　後徳大寺左大臣

なごの海の霞の間よりながむれば入る日をあらふ沖つ白波（新古今集・春上・三五）

とすると、千葉義孝「藤原範永の家集とその周辺」が、範永集の、

　　夕べの霞

夕されば立ちも晴れなむ春霞眺むる方の梢隠さじ（七六）

という歌を、家経の当該歌と同じ機会に詠まれたと指摘しているが、題の違いに問題はなさそうである。さらに千葉論文は、範永集の一首前に、

山里の梅
山里はまだ冬かとぞ思はまし宿の梅だに春を告げずは（七五）
と見えるのも、家経集6番歌「山家梅」題と同じ場所、同じ折の歌としている。確かに、家経集、範永集が同内容の歌二首連続する意味は偶然とは言いがたいだろう。

8
夏月のまへにともをまつ
あきよりも見るほとひさしなつのよの
月には人をまつへかりけり

【校異】 夏月のまへにともをまつ―夏月前待友（資）
【本文】 夏、月の前に友を待つ
8 秋よりも見るほど久し夏の夜の月には人を待つべかりけり
【訳】 夏、月の前に友を待つ
8 夜が長い秋よりも見る時間が長く感じられる。短いという夏の夜の月の下では、人を待つべきであったよ。
【他出】 玉葉集・雑一・一九四二　万代集・夏・七三七　承空本範永集・三五　和歌一字抄・六〇八
【語釈】 **〇秋よりも見るほど久し**　秋の夜が長いのに対し、夏の夜は短いことを前提とした表現。夏の短か夜を詠んだ歌に「夏の夜はまだ宵ながら明けぬるを雲のいづこに月宿るらむ」（古今集・夏・一六六　深養父）、「夏の夜は浦島の子が箱なれやはかなくあけてくやしかるらむ」（拾遺集・夏・一二二　中務）などがあり、秋の夜長を詠んだ歌には「きりぎりすいたくな鳴きそ秋の夜の長き思ひはわれぞまされる」（古今集・秋上・一九六　藤原忠房）などがある。「見るほど」の「ほど」は、ここでは時間の程度、長さを表す。「住の江のまつほど久になりぬれば葦鶴のねに泣かぬ日はなし」（古今集・恋五・七七九　兼覧王）。**〇人を待つべかりけり**　「べかりけり」は、「……べきだった」の意。今にして思えば、という気持ち。「今ぞ知る苦しきものと人待たむ里をば離れずとふべかりけり」（伊勢物語・四八段）。

【補説】　待っている人（友）がなかなか来ないために、長く鑑賞することができないはずの夏の夜の月を長く見ているように感じられたのである。

当該歌は、題詠歌のように見えるが、［他出］の承空本範永集には、

家経の朝臣、月を見てかく言へり

常よりも見るほど久し夏の夜の月には人を待つべかりけり（三五）

返し

待つほどに月を久しく見てければ来ぬをうれしき人と知らなむ（三六）

とある。玉葉集や万代集も範永集に同じで、家経から範永に贈られた歌になっている。また、初句が「常よりも」となると、同じ夏の短夜の月のもとで、人を待っている夜と待っていない夜とが対比されることになる。

なお、和歌一字抄は、「月前待〻友」の詞書で、和歌は家経集に同じ「秋よりも」となっている。家経集は、和歌一字抄の漢文表記とも、また、範永集の三五番歌の詞書とも異なっている。

3番歌から8番歌まで、範永と同座詠の可能性が高い歌が続いているのは注目されよう。

9

五月法花懺法詠空無有所

むなしきをむなしきそらにたとふへく
おもひ思ひのあるはあるかは

【校異】　詠空無有所―空有所（資）　むなしきそらに―むなしきそらと（資）　たとふへく―たとへても（資）　おも

ひ思ひの―おもふ思の（資）

【本文】五月、法花懺法、詠三空無二有所一

9　むなしきをむなしき空にたとふべく思ひ思ひのあるはあるかは

【訳】五月、法花懺法、空にして有る所無し、を詠む

9　あらゆるものごとが空であるのを、むなしい空、「虚空」にたとえられるように、この心の中にわきおこるそれぞれの思いというものは、存在していても実体があると言えようか、いやないのである。

【他出】ナシ

【語釈】○五月、法花懺法　五月に行われた法花懺法。「懺法」とは懺悔の法をいう。法華経の経文を誦することを中心に行い、罪を懺悔し、滅罪を願う儀式。「暁方になりにければ、法華三昧おこなふ堂の懺法の声、山おろしにつきて聞こえくる、いと尊く、滝の音に響きあひたり。」（源氏物語・若紫）。なお、48番歌詞書にも「五月懺法次、詠二一首一入二於静室一」と見える。○空無二有所一　法華経の安楽行品の「空無所有」を指す。あらゆるものごとは空であり、実体のないものである、の意。［補説］参照。なお彰考館本や三手文庫本には「空言有所」とあり、『新編私家集大成』も「空言有所」と翻刻しているが、「空無有所」であろう。○むなしき　むなしいこの世。仏教語の「空」にあたる。「むなしきをきはめ終りてそのうへに世を常なりとまた見つるかな」（玉葉集・釈教・二七二一　前大納言為兼）。○むなしき空　仏教語の「虚空」を翻訳したものであろう。「わが恋は虚しき空に満ちぬらし思ひやれどもゆく方もなし」（古今集・恋一・四八八　よみ人知らず）。仏教語の「虚空」は、一切のものが存在し、その存在を妨げるものが何もない空間。○思ひ思ひの　人それぞれの思いが。なお［校異］に示した資経本には「おもふ思の」とある。○あるはあるかは　あるのはあると言えるだろうか、とても言えない。「かは」は、反語。「ひとりのみ年へけるにもおとらじを数ならぬ身のあるはあるかは」（拾遺集・雑恋・一二五〇　元輔）。

【補説】世の中にあるさまざまな思いはあるといえるのだろうか、と問いかけて、実はこの世のすべてには実体が

ないと詠む。仏教語の「空」の解釈を和歌に詠んだ。

「むなしき空」について、生澤喜美恵は「歌語「むなしき空」考――中世和歌の風景――」（『同志社国文学』32　一九八九・三）で、

本来は漢詩文受容語であったが、しだいに、仏教語の翻訳語として用いられるようになっていった語である。しかし、それは言葉の上での置き換え語になったのではなく、「むなしい気持ちになる空」から仏教的世界を内包した「そら」、すなわち、より広大で清らかな映像を映し出す語として、風景を豊かにしていったことが窺える。

と述べている。当該歌での「むなしき空」は、右に論じられているような表現上の効果をねらったものではなく、明らかに仏教語の「虚空」そのものを表現している。

なお、当該歌は、法華経第十四・安楽行品の次の部分によっている。

……一切諸法　空無所有　無有常住　亦無起滅　是名智者　所親近処　顚倒分別　諸法有無　是実非実　是生非生　在於閑処　修摂其心　安住不動　如須弥山　観一切法　皆無所有　猶如虚空　無有堅固　不生不出　不動不退　常住一相　是名近処……

……一切の諸法は、空にして、所有無く、常住なること有ることなく、亦、起滅することも無し。これを智者に、親近せらるる処と名づく。顚倒するをもって、諸法は有なり、無なり、これ実なり、非実なり、これ生なり、非生なりと分別するなり。閑かなる処に在りて、その心を摂むることを修い、安住して動ぜざること、須弥山の如くせよ。一切法は、皆、所有無きこと、猶、虚空の如く、堅固なること有ること無くして、生ぜず、出でず、動ぜず、退せず、常住にして一相なり、と観ず、これを近処と名づくるなり……

坂本幸男・岩本裕訳注『法華経』中（岩波文庫ワイド版　一九九一）

初句の「むなしきを」は、「一切の諸法は、空にして」の「空」を表現し、二・三句「むなしき空にたとふべく」

は、「一切法は、皆、所有無きこと、猶、虚空の如く」によったものであろう。
また、「むなしきをむなしき」「思ひ思ひ」「あるはある」と、同じ語を重ねて繰り返し詠むことで面白みを出した表現となっている。

10

居易初到香山心をよむ

いそきつゝ（後拾）われこそきつれやまさとに
いつよりすめるあきのつきそも

【校異】ナシ

【本文】居易初到二香山一心、を詠む
10 急ぎつつわれこそ来つれ山里にいつよりすめる秋の月ぞも

【訳】白居易の初めて香山に到る、という意を詠む
10 はやる思いで私はやってきたのに……。いったいいつからこの山里に住んでいる澄みきった秋の月なのだろう。

【他出】後拾遺集・秋上・二四八　難後拾遺抄・四〇

【語釈】**〇居易初到二香山一**　白居易の詩「初入二香山院一対レ月／老住二香山一初到夜、秋逢二白月正円時一、従レ今便是家山月、試問清光知不レ知」（白氏文集・巻六十六）に基づく歌題。**〇われこそ来つれ**　私はやって来たけれども。「こそ……已然形」の文がそこで切れずに、直接、あるいは気持ちの上で次の文に続く場合、逆接の意となる。**〇すめる**　「住める」と「澄める」を掛ける。「われひとりながむと思ひし山里に思ふことなき月もすみけり」（後拾遺集・雑一・八三四　藤原為時）。**〇秋の月ぞも**　「ぞも」は、疑問の語を伴い、詠嘆の気持ちを込める。「うちわたす遠方人にもの申すわれそのそこに白く咲けるはなにの花ぞも」（古今集・雑体・一〇〇七　よみ人知らず）。

【補説】　自分が香山に住もうと急いでやってきたが、そこにはすでに澄みきった秋の月が住んでいた、と詠んで、白居易の詩句における香山に到って秋の名月に出会ったことを表現した。難後拾遺抄では、当該歌について次のように指摘している。

此題は、居易の老住㆓香山㆒初到夜、秋逢㆓白月正円時㆒といふ詩なり。されば思ひやるにえもいはぬとなり。年老いて今はとてこもりゐに、山寺に向かふ夜八月十五夜にあへりけむばかりのことはいかでかあらむ。それを急ぎつつと詠みて、年老いてこもりゐにといふこともなきは、いとみぐるしき歌かな。なかにも年老いて山に登るは知られざりけむ。

白居易の「老住㆓香山㆒初到夜」という詩句を「急ぎつつ」と表現しているが、それでは「老いて」を十分に表現していないという批評である。

なお白居易のこの詩は、新撰朗詠集上（秋・二三一、二三二）に見られる他、唯心房集（寂然集Ⅱ・四三）にも、この詩をふまえた「老いて香山に　初めてすみかを　しむる時　心ありける　秋の夜の　月のかげかな　くまもなし」という今様が見え、広く知られていた詩であったことがわかる。

11

落葉如雨

もみちゝるをとはしくれのこゝちして[後]
こすゑのそらはくもらさりけり

【校異】　ナシ

【本文】　落葉如㆑雨

11　もみぢ散る音は時雨の心地して梢の空は曇らざりけり

【訳】　落葉が雨のようだ

11　もみじが散る音は時雨が降る音のような感じがして、それでいて梢があるあたりの空は曇っていないことだなあ。

【他出】　後拾遺集・冬・三八三　和歌一字抄・九六六　古来風体抄・四三〇　題林愚抄・五〇九七

【語釈】　○落葉如ㇾ雨　「葉声落如ㇾ雨　月色白似ㇾ霜」（白氏文集・巻十・「秋夕」）をふまえたものか。○梢の空　梢があるあたりの空。「よろづ世の春を数へて青柳の糸や梢の空に結ばむ」（元輔集Ⅲ・五三）。

【補説】　同座詠と思われる歌が、範永、頼実、経衡にある。

　西宮にて、落葉雨の如し
夜もすがらもみぢは雨と降り積むに眺むる月ぞ曇らざりける（範永集・七四）

　落葉如ㇾ雨といふ心を詠める
木の葉散る宿は聞き分くことぞなき時雨する夜も時雨せぬ夜も（後拾遺集・冬・三八二／頼実集・九三）

　落つるは（ママ）な雨の如しといふ題
雨かとて濡れじとかづく衣手にかかるは惜しむももぢなりけり（経衡集・四五）

陽明文庫本後拾遺抄（冬・三八三）には、家経のこの歌に「於二西宮一詠ㇾ之」という頭注がある。また範永歌の詞書に「西宮にて」とあり、頼実歌についても、袋草紙に「西宮において」詠んだ歌とある。経衡は六人党の一人であり、しばしば家経とともに歌を詠んでいる。これらのことから、西宮で歌会が開かれ、家経らが「落葉如ㇾ雨」の題で歌を詠みあったと考えられる。

家経集では、28、30、64、91番の詞書に「於二西宮一」とあり、しばしばこの場所で歌会が開かれていたことがうかがわれる。「西宮」は、西宮左大臣と呼ばれた源高明の旧宅であろう。28番歌参照。

また川村晃生校注『後拾遺和歌集』（和泉書院　一九九一）は、家経歌について「聴覚から下句で視覚世界に転じる所が趣向」とし、和漢朗詠集の「風吹枯木晴天雨（かぜこぼくをふけばはれのてんのあめ）」（夏・「夏夜」・一五〇　白居易）に拠るかと指摘している。

西八条にて人〳〵ふたつの題をよみけり

ときゝてたれともなくてをかせたる

12 よしのかはみきはすゝしとはやきてき
いはまのみつのをとはせねとも

あきのはな夏ひらく

13 かせふかはかくれもあらしはなすゝき
あきにしられて人まねくとも

かへし二首

14 人しれすむすふとおもひしかくれぬの
みつのあやしくもりにけるかな

15 あきにたにしられさりしをはなすゝき
ほのめかすらむかせにとはゝや

【校異】 12をかせたる—さしをかせたる（資）

14　かへし二首―返事二首（資）

【本文】　西八条にて人々二つの題を詠みけりと聞きて、誰ともなくて置かせたる

12　吉野川みぎは涼しとはや来てき岩間の水の音はせねども

秋の花、夏開く

13　風吹かば隠れもあらじ花薄秋に知られで人招くとも

返し、二首

14　人知れずむすぶと思ひし隠れ沼の水のあやしく漏りにけるかな

15　秋にだに知られざりしを花薄ほのめかすらむ風に問はばや

【訳】　西八条で人々が二つの題を歌に詠んだと聞いて、誰からということもなく置かせている

12　吉野川の水際が涼しいと聞いて、早くも来てしまいました。岩の間を流れる水の音はしないけれども。私も「水際涼し」という歌を詠んでみました。歌会のご連絡はありませんでしたが。

秋の花、夏開く

13　もし風が吹いたならばはっきりわかるでしょうよ、花薄は。秋に知られないで人を招くとしても。私に知らせないで歌会を開いても風の便りでわかりますよ。

返し、二首

14　他の人に気づかれずに両手で掬ったと思った隠れ沼の水が、不思議なことに漏れてしまったことですね。歌会のことは気づかれないと思ったのに。

15　秋にさえ知られなかったのに。花薄がほのめかしているのでしょう、あなたに知られたことを風に聞きたいものです。

【他出】　ナシ

【語釈】 12**〇西八条**　藤原道雅邸を指す。家経集では他にも、「道雅三位西八条障子絵歌合」（77詞書）、「……左京大夫道雅、桜の花の枝を折りて、……」（83詞書）などとあり、道雅は家経と親しい間柄であった。道雅邸が歌会の場となっていたことがうかがえる。［補説］参照。**〇二つの題**　「水辺逐レ涼」「秋花夏開」の二つを指すのであろう。［補説］参照。**〇吉野川**　奈良県中央部の吉野地方を流れる川で、水量豊富な急流として知られる。和歌山県に入って紀ノ川となる。ここで吉野川を詠んだ理由はわからないが、急流であることから「はや」「岩間」の語を用いたのであろう。「吉野川岩波高く行く水のはやくぞ人を思ひそめてし」（古今集・恋一・四七一　紀貫之）。**〇岩間の水**　岩の間を流れる水。「さらでだに岩間の水は漏るものを氷とけなば名こそ流れめ」（後拾遺集・雑二・九四三　下野）。**〇音はせねども**　便りはないけれども。「音」は「（水の）音」と両意。

13**〇花薄**　穂の出ている薄。風になびく様子を人を招く様子に見立てて詠むことが多い。「秋の野の草のたもとか花薄穂にいでて招く袖と見ゆらむ」（古今集・秋上・二四三　在原棟梁）。

14**〇返し**　道雅が詠んだものであろう。［補説］参照。**〇隠れ沼**　草などに隠れて上からは見えにくい沼をいう。「紅の色には出でじ隠れ沼の下に通ひて恋ひは死ぬとも」（古今集・恋三・六六一　紀友則）。

15**〇ほのめかす**　それとなく知らせる、の意。「花薄」の「穂」から、「ほのめかす」を導く序詞的表現。「はじめたる女に遣はしける／霜枯れの冬野に立てる花薄ほのめかさばや思ふ心を」（後拾遺集・恋一・六〇九　平経章朝臣）。

【補説】　範永集に、12番歌、13番歌と同じ折のものと思われる歌がある。

　　題二首　水辺逐レ涼

　さごろもの濡るるも知らず風吹けばみぎはを去らぬ人となりけり（九三）

　　秋の花夏開く

　夏ながら涼しくぞなる秋萩の花咲き初むる宿の籬は（九四）

また、経衡集（一九）にも同題の歌があり、同じ折のものだと考えられる。

秋の花夏開けたりといふ題を
秋萩は夏の野辺にぞ咲きにける鳴かでや鹿のしがらみに来む

おそらくは、西八条にある藤原道雅の邸に範永や経衡らの他にも歌人たちが集まって、「水辺逐レ涼」「秋花夏開」という二つの題で歌を詠みあうことがあったのだろう。それを後から聞いた家経が、自分がその歌会に招かれなかったことをなじる気持ちを込めて、同じ二つの題で歌を詠み、道雅邸に送ったものが12番歌、13番歌。それに対して14番歌、15番歌は、歌会の主催者である道雅からの返事であろう。

藤原道雅（九九二～一〇五四）は、内大臣伊周の長男で、母は権大納言源重光女。幼少期は中関白家の栄光の中で育ったが、家の凋落に遭い、その後は不本意な人生に終始したらしい。乱行が多く、『尊卑分脈』には「荒三位」とあだ名されたことが記されている。一方で、和歌に優れ、中古三十六歌仙の一人に数えられる。長和五（一〇一六）年従三位に叙されたが、非参議のまま、万寿三（一〇二六）年、左権中将兼伊予権守から、右京権大夫に遷った。寛徳二（一〇四五）年、任左京大夫。天喜二（一〇五四）年七月十日出家、同二十日死去。

16 山さとにありときゝて女院の大輔のお
もとのちかきやまさとより

うらさひてくすはひかゝるやまさとの
いゐゐたつぬる人もあれかし

17 かへし

くすかつらくる人もなきやまさとに

われこそかくはいはまほしけれ

【校異】16いゑゐたつぬる―宮ゐたつぬる（資）

【本文】16　うらさびて葛這ひかかる山里の家居たづぬる人もあれかし

返し

山里にありと聞きて、女院の大輔のおもとの、近き山里より

17　葛蔓くる人もなき山里にわれこそかくは言はまほしけれ

【訳】16　荒れ果てて葛が這いかかっている、こんな山里の住まいを訪ねる人もあってほしいですね。

私が山里にいると聞いて、女院の大輔のおもとが、近くの山里より

返し

17　葛蔓を繰るように、来る人もいない山里に、私の方こそ、そのように言いたいものですよ。

【他出】16伊勢大輔集Ⅰ・五〇　同集Ⅱ・一四一　同集Ⅲ・七二　秋風集・雑中・一一七四

17伊勢大輔集Ⅰ・五一　同集Ⅱ・一四二　同集Ⅲ・七三　秋風集・雑中・一一七五

【語釈】16**〇山里にありと聞きて**　「聞きて」の主語は、家経とも「女院の大輔のおもと」とも取れるが、ここは後者とした。家経の山里の住まいについては65番歌参照。西八条にあったらしい。**〇女院の大輔のおもと**　女院彰子に仕える伊勢大輔のこと。「おもと」は女房などの名前の下につける敬称。神祇伯大中臣輔親女。大中臣家の重代歌人の一人で、中古三十六歌仙に入る。後拾遺集以下の勅撰歌人。**〇うらさびて葛這ひかかる**　「うらさびて」は、山里の情景をいっているので、「荒涼として」の意。接頭語「うら」は、もともとは「心」の意。ここは、「（葛の葉の）裏」の意を響かせている。「葛」は、マメ科の多年生のつる草。山野に自生する。つるは物に這い巻き付く。葉の裏は白いので、風に吹かれると白くなびく。「牡鹿伏す茂みに這へる葛の葉のうらさびしげに見ゆる山里」（後

拾遺集・雑五・一一五一　大中臣能宣朝臣）。

17 **○葛蔓くる人もなきれ**　「葛蔓」は「くる」の枕詞。「くる」は「繰る」と「来る」の掛詞。**○かくは言はまほしけれ**　伊勢大輔集Ⅰでは「人をうらみはてつれ」となっている。［補説］参照。「かくは」は、「家居たづぬる人もあれかし」をさしているのだろう。

【補説】　この贈答は、伊勢大輔集Ⅰに次のように見える。

ある山里にまかりたりしに、家経がもと近しと聞きて、言ひ遣はしし

うらさびて葛這ひかかる山里の家居尋ぬる人もあれかし（五〇）

返し

葛蔓くる人もなき山里はわれこそ人をうらみ果てつれ（五一）

家経と伊勢大輔とのやりとりは、この他に家経集46、47番歌にも見える（「伊勢大輔」名はなく、「ある女」とのみ記される）。また、伊勢大輔集Ⅰには家経と伊勢大輔の代詠による贈答が次のように見える。

男ある人を、年ごろ思ひわたりけるに、その人なむものに参りにけると聞きて、かねて嵯峨に行きゐて、木の葉に書きてとらせける、家経

奥山の木の葉が下に行く水は人こそ知らねすまぬものかは（四二）

これが返事せざりしなむ口惜しかりしと、妹の君の語りしかば、かの人に代はりて

落ち積もる木の葉隠れの忘れ水すむとて見えず絶え間のみして（四三）

また返し

石間行く下には通ふ谷水も木の葉を茂み上ぞつれなき（四四）

また返し

山隠れさのみ木の葉の散り積まば石間の水は音だにもせじ（四五）

右の贈答は、家経・家経の想いを寄せる女（「男ある人」）・家経の妹（「妹の君」）・伊勢大輔の四者が複雑に絡んだ歌のやりとりである。内容は、家経が夫のいる女性を長年恋い慕い、彼女の物詣を聞きつけて歌を贈った。ところが、その返歌がないのは残念なことと、家経の妹（伊勢大輔とは同僚の女房で、後拾遺集一〇七〇番歌の作者「上東門院新宰相」）が、伊勢大輔に話すと、伊勢大輔がその相手である女性の代作をし、家経と歌を詠み合ったというもの。これらを見ても家経と伊勢大輔の間柄は、相当親密なものであったことがうかがわれる。

なお、『尊卑分脈』によれば、家経女の項に「右衛門佐通宗妻」とあり、家経女は藤原通宗（〜一〇八四）に嫁したことがわかる。また通宗の項には「実母筑前守高階成順女」とあり、高階成順は伊勢大輔の夫なので、「成順女」とは伊勢大輔の娘の可能性が高い。そうならば、通宗は伊勢大輔の孫ということになる。この点について森本元子「後拾遺集伊勢大輔の歌一首」（『和歌史研究会会報』41　一九七一・三）は、後拾遺集の、

正月七日、卯日にあたりて侍りけるに、今日は卯杖つきてやなど、通宗朝臣のもとより言ひにおこせて侍りければ、詠める　（伊勢大輔）

卯杖つきつままほしきはたまさかに君がとふひの若菜なりけり（春上・三三）

の歌が、伊勢大輔集Ⅰに、

同日、むまごのもとから

あらたまの年も若菜もつむ人は卯杖つきてや野辺に出づらむ（一一七）

返し

卯杖つき摘ままほしきをたまさかに君とふひのの若菜なりけり（一一八）

とあることから、通宗は伊勢大輔の孫に当たると指摘している。つまり家経女は伊勢大輔の孫である藤原通宗の妻となっていたことがわかる。家経と伊勢大輔との関係は、家経女が伊勢大輔の孫通宗に嫁いでいたので、姻戚関係でも繋がっているのである。なお、通宗は後拾遺集撰者通俊の兄に当たる人物である。

ある女のもとに石橋のあるをこふとて
18 わかやとにわたさはわたせいしはしの
したゆくみつもさてそすむへき

【校異】 ナシ

【本文】 ある女のもとに、石橋のあるを、請ふとて
18 わが宿に渡さば渡せ石橋の下ゆく水もさてぞすむべき

【訳】 ある女のもとに、石橋があるのを、欲しいといって
18 わが宿に渡すならば渡してください、譲るお気持ちがあるならば譲ってください。石橋の下を流れる水もそうして澄むでしょう、私もそこに住むでしょう。

【他出】 ナシ

【語釈】 **○石橋** 池や川に架ける石でつくった橋。［補説］参照。**○渡さば渡せ** 「渡す」は「橋を架ける」の意に、「物を譲る」の意をこめる。**○下ゆく水も** 「下」は「石の下」の意に、「心中」の意を響かす。「山高み下ゆく水の下にのみ流れて恋ひむ恋ひは死ぬとも」（古今集・恋一・四九四　よみ人知らず）。**○さてぞすむべき** 「すむ」は、水が「澄む」に、「住む」を掛ける。「わがためはたな井の清水ぬるけれどなほかきやらむさてはすむやと」（拾遺集・恋一・六七〇　藤原実方朝臣）。

【補説】 「石橋」は、辞典などによると、池や川に石を並べて人が渡れるようにした「飛び石」の意と、「石で造った架け橋」の意があるが、和歌では石の架け橋の例は少ない。以下、「石橋」「石の橋」の例を見てみる。

飛ぶ鳥の　明日香の川の　上つ瀬に　石橋渡し〈一に云ふ、「石なみ」〉　下つ瀬に　打橋渡す　石橋に〈一に云ふ、

「石なみに」》　生ひなびける　玉藻をぞ　……（万葉集・巻二・一九六　柿本人麿）
年月もいまだ経なくに明日香川瀬々ゆ渡しし石橋もなし（万葉集・巻七・一一二六）
はしだての倉橋川の石の橋はも男盛りにわが渡してし石の橋はも（万葉集・巻七・一二八三）
いにしへを思ひやりてぞ恋ひ渡る荒れたる宿の苔の石橋（新古今集・雑中・一六八五　恵慶法師）
奥山の人もかよはぬ谷川に瀬々の石橋たれ渡しけむ（永久百首・五一八　常陸）
石の橋うづむもみぢもむすぼほれ苔の道にも秋や残らむ（夫木抄・冬一・六四三二　藤原範永朝臣）

諸注釈によれば、右の例のうち新古今集の用例のみが「飛び石」と「架け橋」の二つに解釈が分かれているが、他はいずれも「飛び石」の意とされる。

当該歌の場合、詞書で石橋を請うているという状況にあり、下句の「石橋の下ゆく水も」は、石橋の下を水が流れているとしているので、飛び石の意ではなく、架けた石橋の意と考えられる。

錫杖歌

19
これやこの手にとりならすひとはみな
よゝのほとけになるといふもの
（万）

【校異】　ナシ

【本文】
19　これやこの手にとりならす人はみな世々の仏になるといふもの

【訳】　錫杖歌
19　これがまあ、しばしば手にとって鳴らす人は皆世々の仏になるというものなのか。

【他出】万代集・釈教・一七三〇

【語釈】○錫杖　錫杖は僧侶や修験者が持つ杖で、頭部に鐶があり、それに小さな鉄の輪が付いている。歌題として詠まれた。［補説］参照。○これやこの　「これがまあ、例の……か」の意。かねて聞いていたものを目の当たりにして、感嘆したときに使う。「これやこのゆくも帰るも別れつつ知るも知らぬもあふさかの関」（後撰集・雑一・一〇八九　蝉丸）。当該歌の「これ」は「錫杖」を指す。○手にとりならす　「ならす」は、「これ（錫杖）」を「鳴らす」と「慣らす」の掛詞。○世々の仏　「三世の仏」に同じ。過去・現在・未来の三世にわたって現れる一切の仏。

【補説】当該歌は、万代集（釈教）に、次のように見える。

錫杖を詠み侍りける　式部大輔資業

世を救ふ三世の仏の杖なれば導くことを頼むべきかな（一七二九）

藤原家経朝臣

これやこの手にとりならす人は皆世々の仏になるといふもの（一七三〇）

右の二首は同じ折に詠まれたものであろう。資業は家経の叔父にあたる人物である、その他「錫杖」を詠んだ歌は、範永集や能因集Ⅰに次のように見える。

詠二錫杖一首

法の声突くに告ぐなる杖なれば身も暗くとも誰か惑はむ（範永集・一〇一）

錫杖

われはただあはれとぞ思ふ死出の山ふりはへ超えむ杖と思へば（能因集Ⅰ・二五五）

範永も能因も家経との交友があったので、右二首も同じ折に詠まれた可能性は高いと川村晃生「藤原兼房」（『摂関期和歌史の研究』第一章第二節三　三弥井書店　一九九一）は指摘する。また、同論文では、次の伊勢大輔集の歌も同一の歌題が見えると指摘する。

兼房の君、さくぶむ（ママ）の歌人々詠むを、詠みたらばおこせよ、見むとありしに、まだ詠まず、と言ひしかば、
かく

この杖になほかかれとも思ほゆるつかずは道に遅れもぞする（一二一一）

返し

きりおきて行なふ道の杖なればみつの節とは浮かばざらめや（一二一二）

「さくぶむ」は「さくぢゃう（錫杖）」の誤りかとした上で、これらは兼房の企図によるものかとし、家経・範永・能因と同座詠かとする。川村晃生『能因集注釈』（貴重本刊行会　一九九二）によると、「その当否はともかくとして、後拾遺期によく詠まれた素材」であったという。能因の錫杖歌は、能因集Ⅰでは、寛徳二（一〇四五）年閏五月の歌（二四八、二五〇）の後に位置し、巻末歌（二五六）の前に置かれる。家経歌も、同座詠とすると寛徳二年ごろとなろう。

なお、同時代を生きた天台座主明尊や、祐子内親王女房小弁も、次のように錫杖歌を残している。

錫杖の心を詠み侍りける　（大僧正明尊）

六つの輪をはなれて三世の仏にはただこの杖にかかりてぞなる（新勅撰集・釈教・五八一）

錫杖の歌とて人々詠みけるに　小弁

長き夜の夢はいかでかさまさまし音する杖にかからざりせば（新続古今集・釈教・八五〇）

はやうしりたりし女のもとよりのりを
つゝみてもにすむゝしのとかきたる

20 いかにしてかきたえにけむもしをくさ

ことはりなりや人のうらむる

【校異】ナシ

【本文】早う知りたりし女のもとより、海苔を包みて、藻にすむ虫の、と書きたる

20 いかにしてかき絶えにけむ藻塩草ことわりなりや人の恨むる

【訳】若いころに関係していた女のもとより、海苔を包んで、「藻にすむ虫の」と書いてある

20 どういう訳で、交わすたよりも途絶えてしまい、私たちの仲は絶えてしまったのでしょうか。もっともなことですね、あなたが恨むことは。

【他出】ナシ

【語釈】○海苔を包みて 海苔を贈ったという例は行尊大僧正集Ⅰに「聖の、海苔を包みておこせたりしに／ひとむらの聖もわれをあはれとてぼだいの峰にのりぞおこする」（二一七）と見える。○藻にすむ虫の 古今集に見える「あまの刈る藻にすむ虫のわれからと音をこそなかめ世をばうらみじ」（恋五・八〇七 典侍藤原直子朝臣）からの引用。［補説］参照。○かき絶えにけむ 「かき絶ゆ」は、たよりがなくなる、意に、二人の仲が絶えてしまう、の両意。○藻塩草 「藻塩草」は、もともと塩を採るために掻き集めたもの。「掻き」は「書き」の掛詞となり、そこから詠草、筆跡、手紙の意となった。「あさましやなどかき絶ゆる藻塩草さこそはあまのすさびなりとも」（金葉集・恋上・三七二 よみ人知らず）。

【補説】当該歌は一見して「女」の歌のように見えるが、私家集において贈答歌以外に他人詠があることは原則としてない。当該歌も家経の詠であろう。詞書がややわかりにくい。「……と書きたるを見て」などとありたいところである。

さて、家経がかつて関係を持った女から、海苔と、海苔を包んだ紙に古今集のことばを書いたものが送られてき

た。古今集の八〇七番歌は、藻にすむ虫の「われから」ではないけれど、わが身の不運は自分自身が招いたこと、声を出して泣きこそすれ、あなたのことを怨んだりはしません、の意。「われから」とは海苔などに付着する小動物で、和歌では「我から」を掛ける。それに対する返歌が当該歌である。「女」は、この古今集歌の「藻にすむ虫」に自分をなぞらえて、あなたを怨まない、と表面上は言っているのだが、本意は必ずしもそうではないのだろう。それに対して家経も、あなたが怨んでいるのはもっともなことだと言ってはいるが、やはり適当に逸らしている感じである。

送能因入道二首　わかれをおしむ

21 [後]はるは花あきはつきにとちきりつゝ
けふをわかれと思はさりせは

たかさこのまつ

22 をとにのみきくたかさこのまつかせに
みやこのあきを思いてよきみ

【校異】 21送能因入道二首―能因入道におくる二首（資）

【本文】 送㆓能因入道㆒二首、別れを惜しむ

21 春は花秋は月にと契りつつ今日を別れと思はざりせば

高砂の松

22 音にのみ聞く高砂の松風に都の秋を思ひ出でよ君

【訳】　能因入道を送る、二首、別れを惜しむ

21　春は花の折に、秋は月の折にと何度も約束を交わしてきて、今日を別れの日と思わなければいいのに。

高砂の松

22　噂に聞いているばかりの高砂の松、その松風を聞く時には、あなたよ、都の秋を思い出してくださいね。

【他出】　21後拾遺集・別・四八二

【語釈】　21**○送二能因入道一二首**　能因（九八八～一〇五二カ）は平安中期の歌人・歌学者。俗名は橘永愷（ながやす）。和歌は藤原長能に師事。文章生を経て、長和二（一〇一三）年ごろ出家。古曽部入道、橘入道とも。長元八（一〇三五）年高陽院水閣歌合、永承四（一〇四九）年内裏歌合など、頼通時代の歌壇で活躍し、藤原公任、同資業、源道済、大江嘉言、同公資ら、交友も広い。また、いわゆる和歌六人党など受領層歌人らの指導者的役割を果たした。著作に、能因歌枕（歌学書）、玄々集（私撰集）、能因法師集（自撰家集、三巻）などがある。後拾遺集に三十九首入集、以降の勅撰集にも多数入集。［補説］参照。なお「送二能因入道一二首」は、資経本に「能因入道におくる二首」とあるが、「能因入道を送る、二首」と解した。59番歌の詞書に、家経が能因から招待されたものの訪問せず、歌一首を送った詞書には、「贈レ以二一首一、于レ時雪降」と「贈」の文字が使われているからである。家経集での能因は四箇所に見え、105・106番歌の永承七（一〇五二）年正月が最後。**○別れを惜しむ**　能因に贈る餞別の歌。続く22番「高砂の松」とともに能因を見送る数人で詠み合ったのであろう。［補説］参照。**○春は花秋は月にと**　一般に、春の花に対しては秋のもみじが番えられることが多い。「春は花秋はもみぢと散りはててたちかくるべきこのもともなし」（拾遺集・哀傷・一三一一　伊勢）。春の花、秋の月が対になる例は、「いにしへの世々の帝春の花のあした秋の月の夜ごとにさぶらふ人々を召してことにつけつつ歌をたてまつらしめ給ふ」（古今集・仮名序）、「おほよそ日のうちによろづのことわざ多かるなかに、花の春、月の秋、折につけことにのぞみて、むなしく過ぐしがたくなむおはします」（後拾遺集序）など。**○思はざりせば**　反実仮想。下に「よからまし」などが省略された表現。

22**〇音にのみ聞く**　噂に聞くばかりだということ。「音にのみきくの白露よるはおきてひるは思ひにあへず消ぬべし」（古今集・恋一・四七〇　素性法師）。**〇高砂の松風に**　「高砂」は、播磨国の歌枕。古今集の仮名序に「高砂、住の江の松も相生のやうにおぼえ」とあるように、「松」とともに詠まれることが多い。「誰をかも知る人にせむ高砂の松も昔の友ならなくに」（古今集・雑上・九〇九　藤原興風）。**〇思ひ出でよ君**　旅立つ相手に直接「君」と呼びかけている。「旅にしてあだ寝する夜の恋ひしくはわが家のかたに枕せよ君」（古今六帖・三二四四）、「土佐守登平朝臣の下るに、二条宮の亮の家にて、水のほとりに別れを惜しむ心、人々詠むに／別れゆくかげは汀にうつるともかへらぬ波にならふなよ君」（能因集Ⅰ・一七二）などの例がある。

【補説】　21番歌は後拾遺集にも入集し、能因が伊予に下る際に別れを惜しんで詠んだ歌、とする。

　　能因法師、伊予国にまかり下りけるに別れを惜しみて　　藤原家経朝臣

　春は花秋は月にと契りつつ今日を別れと思はざりける（別・四八二）

また、範永集にも、

　　古曽部入道能因、伊予へ下るに

　年経とも人し訪はずは高砂の尾上のまつのかひやなからむ（九八）

と、能因が伊予に下る際に、22番歌と同じく「高砂の松」を詠んだ餞別の歌が見える。同じ折の歌と見るべきであろう。小規模な歌会を都で催したか、あるいは見送りに出た時の歌か。範永集にはその会に参加できなかった経衡の歌が次のように続く。

　　件の法師の下向の由告げずとて、経衡

　惜しみけむ折を知らせぬ君はなほ行く人よりも恨めしきかな（九九）

なお、西国に下向する時には、摂津国、河尻（現在の尼崎市内、神崎川河口付近とされる）から舟で向かうのが通常の航路。105番には能因と河尻ですれ違いになったことを恨む歌がある。22番歌や範永集の九八番歌が出立する河尻で

はなく、高砂を詠んでいるのは、道中にある歌枕として名高かったためであろう。103番歌参照。
能因集Ⅰにも、伊予からの上洛の折に、高砂の松を詠む歌がある。

　　高砂の松

いたづらにわが身も過ぎぬ高砂の尾上に立てる松ひとりかは（二三五）

また玄々集には、舟旅の際に高砂を詠む藤原資業歌がある。

　　高砂

くれなゐに立つ白波の見えつるは山のあなたの入日なりけり（一五五）

資業が伊予守となって下向する折の歌で、川村晃生「能因の旅」（『摂関期和歌史の研究』第一章第一節二）は、随行した玄々集の撰者能因がこの歌を直接知って、玄々集に入集したのではないかとその可能性を示す。
さて、後拾遺集家経詠に続く次の歌も、能因が伊予国に下る際に詠まれた離別の歌であり、能因が京と伊予の間をしばしば行き来していたことがわかる。

　能因法師伊予国より上りて、また帰り下りけるに、人々むまのはなむけして、明けむ春、上らむと言ひ侍りければ詠める

思へただ頼めていにし春だにも花の盛りはいかが待たれし（後拾遺集・別・四八三　源兼長）

そのほか能因集Ⅰには、

　長暦四年春、伊予国に下りて、浜に都鳥といふ鳥のあるを見て、ながむ

もしほやくあまとや思ふ都鳥なをなつかしみ知る人にせむ（二〇八）

とあるほか、長久二（一〇四一）年の干ばつの際に詠んだ、

　長久二年之夏、有㆓天旱㆒無㆓降雨㆒、仍詠㆓和歌㆒献㆓霊社㆒、有㆓神感㆒、廻施㆓甘雨㆒一昼夜

天の川なはしろ水に堰きくだせあまくだります神ならば神（二一一）

など、伊予において詠まれた歌が散見し、友人、藤原資業が伊予守に赴任したために、たびたび下向していたのではないかと言われている（目崎徳衛「能因の伝における二、三の問題」『平安文化史論』Ⅳ摂関制期　五　旅　桜楓社　一九六八）。

当面の21番歌については、久保田淳・平田喜信校注『後拾遺和歌集』（新大系　一九九四）は「長暦四年（一〇四〇）の下向か」とし、増淵勝一前掲論文（1番歌［補説］）は、家経集がほぼ詠作年時順に配列されているとする考え方を前提に、寛徳元（一〇四四）年の秋、高重久美「能因」（『和歌六人党とその時代』一第二章）は、寛徳二年の秋、と推定する。が、決め手に欠く。

また、千葉義孝「藤原家経雑考」は、後拾遺集詞書が能因の伊予下りの事実に誘引されて付されたものである可能性を示す。

ものにつくへきとて人のよまする三首あふさかのせきにゆくたひ人あり霧たちわたる

23 あふさかのゆくちも見へすあきゝりの
たゝぬさきにそこゆへかりける

しかすかのわたりにゆく人たちやすらふ

24 ゆく人もたちそわつらふしかすかの
わたりやたひのとまりなるらむ

をはすて山に月をのそむ客あり

25　ひさかたの月はひとつをおはすての
山からことに見ゆるなりけり

【校異】23ものにつくへきとて―ものにかくへきとて（資）　ゆくちも見へす―ゆくみちみえす（資）

【本文】物につくべきとて人の詠まする、三首、
逢坂の関にゆく旅人あり、霧立ち渡る

23　逢坂のゆく路も見えず秋霧の立たぬさきにぞ越ゆべかりける
志賀須賀の渡りに、ゆく人立ち休らふ

24　ゆく人も立ちぞわづらふしかすがの渡りや旅の泊りなるらむ
姨捨山に、月を臨む客あり

25　ひさかたの月はひとつを姨捨の山からことに見ゆるなりけり

【訳】物につけなくてはならないということで、ある人が詠ませる、三首、
逢坂の関を越えて行く旅人がいる、霧が立ちこめている

23　逢坂の、これから越えて行く道も見えません。秋霧が立たないうちに関を越えるべきでしたよ。
志賀須賀の渡りの所で、旅行く人がたたずむ

24　行く人も旅立ちをわずらっていることです。渡ろうか渡るまいか思い悩むという志賀須賀の渡りは、そこが旅の泊りなのでしょうか。
姨捨山で、月を眺める客人がいる

25　月はひとつであるのに、姨捨山の月は、場所柄から格別に美しく見えるのでした。

【他出】24金葉集・雑上・五八三　金葉集三奏本・雑上・五七三　歌枕名寄・四九八四

25続詞花集・秋上・一八二

【語釈】 23○物につくべきとて　物につけるはずの歌ということで。資経本は「物に書くべき」。一連の三首のうち、24番歌は金葉集に入集し、その詞書に、屏風の絵を見て詠まれた歌であることが記される。［補説］参照。○逢坂の関　近江国の歌枕。山城国と近江国との境で、奈良時代以来、関所が置かれた。○ゆく路(ぢ)　これから行く道のこと。「ぢ」は一般的に「旅路」など接尾語として用いられる。が、「ゆく路(ぢ)」の他例を和歌には見出せなかった。資経本には「ゆくみちみえす」とある。

24○志賀須賀の渡り　「志賀須賀」は、「志賀須香」「然菅」とも。三河国の歌枕。現在の愛知県豊川市豊川の河口にあった渡し場。「わたりは、しかすがのわたり。こりずまのわたり。みずはしのわたり」（枕草子・わたりは）。地名に、そうは言うものの、さすがに、の意の副詞「しかすがに」を掛ける。「ゆけばありゆかねば苦ししかすがの渡りに来てぞ思ひわづらふ」（中務集・二九）。○泊り　停泊地。「年ごとにもみぢ葉流す竜田川みなとや秋の泊りなるらむ」（古今集・秋下・三一一　貫之）。103番歌にも「舟路はともぞ泊りなりける」とある。

25○姨捨山　信濃国の歌枕。現在の長野県千曲市と東筑摩郡北筑村にまたがる冠着山をいう。月の名所。「わが心慰めかねつ更級や姨捨山に照る月を見て」（古今集・雑上・八七八　よみ人知らず）。大和物語（一五六段）では、この古今集歌が棄老伝承と結びつけられている。○月を臨む客　月の風情に導かれてやってきた旅人、の意。「京にて好事七八人ばかり、月の夜、客にあふといふ題を詠むに」（能因集Ⅰ・一三八の詞書）。○山から　山柄。姨捨山という場所がら。

【補説】［他出］に見える金葉集では、24番歌は次のとおり。

屏風の絵に、志賀須賀の渡りゆく人、たちわづらふかた描けるところを詠める　藤原家経朝臣

ゆく人も立ちぞわづらふしかすがの渡りや旅の泊りなるらむ

確かに、「志賀須賀の渡り」はよく屏風絵に描かれ、和歌が詠まれている。千葉義孝「藤原家経年譜考証」も、「勝

態の風流として名所絵屛風のようなものがつくられ、それに添えられた歌ででもあったのだろうか」とする。

ところが、25番歌は、続詞花集には、

高倉一宮の草合の勝ちわざのことし侍りけるに、姨捨山に月を臨む人あるところに　藤原家経朝臣
ひさかたの月はひとつを姨捨の山からことに見ゆるなりけり

とある。萩谷朴（『歌合大成』一七六）は、右の続詞花集歌を取り上げ、その詞書から「高倉一宮の草合」、すなわち祐子内親王家草合の折の歌で、「草合の番内の歌ではなく、勝態の風流の州浜に宛てて詠まれた歌である」とし、屛風ではなく、「州浜」とする。

『歌合大成』ではまた、「しかすが」を詠む、次の歌も同じ草合の折の歌として挙げている。

祐子内親王家草闘歌合　よみ人知らず
渡し舟ゆたにたゆたにしかすがは旅人わたす渡りなりけり（夫木抄・雑八・一二三一三）
同　よみ人知らず
しかすがの遠き渡りに同じくはなど八つ橋を渡さざりけむ（夫木抄・雑八・一二三一四）

さらにまた、

祐子内親王家草闘歌合　よみ人知らず
逢坂の関よりこゆる秋霧は瀬田の橋にや立ちわたるらむ（夫木抄・秋四・五三七〇）

について、「逢坂の関」「瀬田の橋」と名所を詠んでいることから、「祐子内親王歌合歌としての特質は備えているが、そこには草の名は含まれていないので、もし祐子内親王草合の歌であるとするならば、」「歌1」（家経集25番歌を指す）と同様の州浜の歌であろうか、とする。家経集23番歌「逢坂の関」も州浜の歌と同じと解せよう。

範永集にも同じ時に詠まれたと思しい三題が見える。

題三、逢坂関霧立有二行客一

秋霧は立ち別るとも逢坂の関の外とて人を忘るな（九五）
志賀須賀
故郷は恋しくなれどしかすがの渡りと聞けば行きもやられず（九六）
姨捨山の月
世に経とも姨捨山の月見ずはあはれを知らぬ身とやならまし（九七）

こうして、勝態の州浜に付ける和歌は、家経・範永二人の他にも詠まれていたことが知られる。ちなみに、家経が歌合に出詠したのは、永承四（一〇四九）年十一月九日内裏歌合が初例であり、範永は、永承五年六月五日庚申の祐子内親王歌合に出詠したのが初出である。

ところで、仁和四（八八八）年〜寛平三（八九一）年秋に催された内裏菊合では、

寛平御時の菊合の歌。左方、占手の菊は、殿上童小立君を女につくりて、花におもて隠させて、持たせたり。いま九本は州浜を作りて植ゑたり。その州浜のさまは思ひやるべし。おもしろき所どころの名をつけつつ、菊には短冊にて結ひつけたり。

と、州浜の景色を名所に見立てて歌を詠み、菊に結びつけたとある。祐子内親王家草合で勝態に地名が詠みこまれているのはこれに類する趣向であろう。

歌合の負態・勝態については、『歌合大成　五』「第三章平安朝歌合の構成」「第二節物質的構成」に解説がある。また、天禄四（九七三）年五月に行われた円融院・資子内親王乱碁歌合の勝態・負態が、『歌合大成』（七三）に詳しい詞書による記録が残っていて参考になる。六月十六日に勝態が、そして七月七日に負態が行われた。負態に、「白金の髭籠に白金の棗いれて、女郎花の枝に金をつくりて付けたり」とあり、他にも豪華な造り物や檜扇・蝙蝠などをあつらえたようだ。

紫式部日記に、次のような記事がある。

播磨の守、碁の負態しける日、あからさまにまかでて、のちにぞ御盤のさまなど見たまへしかば、華足などゆゑゆゑしくして、州浜のほとりの水にかきまぜたり。

　紀の国のしららの浜にひろふてふこの石こそはいはほともなれ

扇どもも、をかしきを、そのころは人々持たり。

萩谷朴『紫式部日記全注釈　上巻』（角川書店　一九七一）には、「播磨の守」有国が調製した「御盤」とは、「紀の国のしららの浜」をかたどった「州浜」で、「華足」の上に置かれたとする。「扇どもも……」は、円融天皇と資子内親王の勝態・負態の折に倣ってのものと説明する。

家経・範永や他の歌人も、それぞれが同じ名所を詠んでいて、州浜はそれぞれの名所ごとに三つ造られたのであろうか。祐子内親王家で催された六度の歌合のうち、半数が名所題であり、歌枕や名所に関心が高かったことは、すでに中野幸一「『更級日記』の形成基盤――孝標女の宮仕体験をめぐって――」（『論集日記文学　日記文学の方法と展開』笠間書院　一九九一）などによっても指摘されているところである。久保木秀夫「『更級日記』上洛の記の一背景――同時代における名所題の流行――」（『更級日記の新研究―孝標女の世界を考える』新典社　二〇〇四）は、さらに十一世紀中葉における名所題の流行、その現象が生じた理由について述べている。また、更級日記の上洛の記に、多くの地名が印象的に表現されて幼い祐子内親王の関心をひくという指摘が、福家俊幸『更級日記全注釈』（角川学芸出版　二〇一五）にある。この草合の勝態にも内親王サロンの好尚がうかがえると言えよう。

それでは、祐子内親王主催の「草合」はいつ行われたのであろうか。八雲御抄によれば、「永承」年間であったという。とすれば、祐子内親王は九歳～十五歳、草合も、勝態の州浜の趣向も、内親王本人が楽しめる年齢であった。解説Ⅱ参照。

西河亭和哥二首　かはきり

26 ゆく人やたつかはきりに見へさらむ
ちかくもとりのわたるなるかな
　みかきのはら

27 あきはたゝまとろむほともふるさとの
みかきのはらそゆめに見へける

【校異】26西河亭和哥―西河寺の和哥（資）　たつかはきりに―たつかはきりと（資）
27みかきのはらそ―みかきかはらそ（資）

【本文】西河亭、和歌二首、川霧

26 行く人や立つ川霧に見えざらむ近くも鳥の渡るなるかな
　御垣の原

27 秋はただまどろむほども故郷の御垣の原ぞ夢に見えける

【訳】西河亭にて、和歌二首、川霧

26 行く人は立ち隠す川霧のせいで見えないだろうか。すぐ近くで鳥が飛び渡っているようだ。
　御垣の原

27 秋はほんのちょっとまどろむ間も、故郷の御垣の原が夢に見えたことよ。

【他出】ナシ

【語釈】26〇西河亭　京都府西川（桂川）辺りにある済慶の山荘か。［補説］参照。〇川霧　歌題。「川霧を詠める

／宇治川の川瀬も見えぬ夕霧に槙の島人舟よばふなり」（金葉集・秋・二四〇　藤原基光）。**〇渡るなるかな**　「なる」は伝聞・推定の助動詞「なり」の連体形。川霧がかかって見えないが、羽ばたく音で鳥の飛び渡る景観を想像している。

27**〇御垣の原**　宮中や貴人の邸宅を囲む垣根近辺の野原や庭。歌枕としては今の奈良県吉野郡にある吉野離宮を指し、「み吉野の御垣原」と詠まれ、「故郷」「昔」などとともに詠まれることが多い。「天徳四年内裏の歌合に詠める／故郷は春めきにけりみ吉野の御垣の原も霞こめたり」（金葉集三奏本・春・四　平兼盛）。**〇秋はただ**　「ただ」は、（限定的に）ほんの、わずかに、（強調的に）むやみに、ひたすら、などの意を持つ副詞。他の季節と違って、もの思いをする秋は、ということが前提になっているか。

【補説】　「類題鈔」研究会編『類題鈔（明題抄）影印と翻刻』（笠間書院　一九九四。以下、『類題鈔』と略す）に、「299十六首　不知年紀　済、律師家範永経衡以下」の項に、

晩風　長柄橋　小鷹狩　住吉　秋田　架島　野花　臥見　河霧　御垣原　叢露　磯上　鹿声　州間浦　初雁

竜田山

とある。23～25番歌［補説］に引用した久保木秀夫論文には、当該歌の題「川霧」「御垣原」、また範永集、

草むらの露、石上、といふ題を、済慶律師の詠ませけるに

今朝きつる野原の露にわれ濡れぬ移りやしなむ萩が花摺り（一〇）

見しよりも荒れぞしにける石上秋は時雨のふりまさりつつ（一一）

の、「草むらの露（叢露）」「石上（磯上）」が、『類題鈔』の同題群に含まれている点に鑑み、同じ折に詠まれたとする。一人二題ずつの組みあわせで詠まれたものか。『類題鈔』の「済、律師」は、範永集詞書「済慶律師」と同一人物と思われ、当該歌詞書「西河亭」は、西川（桂川）辺りにあった済慶律師所有の山荘ということになろう。済慶律師が自分の山荘に甥の家経や経衡、また範永らを招き、歌会を催した折のものであろう。

済慶律師（九八五～一〇四七）は、『僧歴綜覧』に参議藤原有国四男とあり、長元六（一〇三三）年東大寺別当、翌七年に権律師になり、永承二（一〇四七）年七月に死去した。『尊卑分脈』には貞嗣の子の欄にも、同じ済慶の名前がある。
なお、26番歌は、深く立ち込める霧で行く先も橋の所在も見えない不安を抱えた旅人が、すぐ近くで鳥が飛び渡るのを羽音で知り、その情景を思い描いている様を客観的視点で詠んだものか。

28

於西宮詠山家秋月

（秋風）みやこ人いかにいふらむやまさとの
月はこよひと見ゆるあきかな

【校異】 いかにいふらむ―いかにかいふらん（資）

【本文】 於二西宮一、詠二山家秋月一
28　都人いかに言ふらむ山里の月は今宵と見ゆる秋かな

【訳】 西宮において、山家秋月を詠む
28　都の人は今ごろどのように言っているだろうか。山里で愛でる月は今宵が最高に美しいと感じる秋だなあ。

【他出】 秋風集・秋上・二八五　別本和漢兼作集・三四〇

【語釈】 **〇西宮**　平安京右京四条一坊内にあった邸宅。西宮左大臣と呼ばれ、安和の変で大宰府に左遷された源高明の居宅。［補説］参照。**〇山家秋月**　歌題。［補説］参照。**〇都人**　「山家」「山里」に対しての表現。

【補説】 西宮は、池亭記に、
華堂朱戸、竹樹泉石、誠に是れ象外の勝地なり。主人事ありて左転せられ、屋舎火ありて自づから焼けぬ。そ

の門客の近地にいる者数十家、相率ゐて去りぬ。その後主人帰るといへども、重ねて修はず。子孫多しといへども永く住まはず。

と、また拾芥抄の諸名所部には、「西宮、四条北、朱雀西、高明御子家」とある。『日本紀略』では、安和二（九六九）年三月二十五日「以二左大臣兼左近衛大将源高明一為二大宰員外帥一。」、同年四月一日に「午刻。員外帥（高明）西宮家焼亡。所レ残雑舎両三也。」と記されている。しかし廃墟と化しても趣があったのか、西宮で詠まれた歌が多く残されている。本家集では当該歌以外に、30番「於二西宮一、詠二紅葉未レ遍一」、64番「於二西宮一、惜二落花一和歌一」、91番「冬日、於二西宮一、詠二行客吹レ笛　序者」などに、西宮での詠が見える。

西宮のおほいまうちぎみ筑紫にまかりてのち、住み侍りける西宮の家を見ありきて詠み侍りける

恵慶法師

松風も岸うつ波ももろともに昔にあらぬ音のするかな（後拾遺集・雑三・一〇〇〇）

「山家秋月」は、家経集以降にしか例を見いだせず、勅撰集では次の新古今集に見える。

建仁元年三月歌合、山家秋月といふことを詠み侍りし　摂政太政大臣〈良経〉

時しもあれ故郷人は音もせで深山の月に秋風ぞ吹く（新古今集・秋上・三九四）

例えば、家経との同座詠歌も多い藤原範永が詠んだ、

見る人もなき山里の秋の夜は月の光も寂しかりけり（範永集・三）

の歌は、範永集他十二の文献に収録されているが、範永集三番歌詞書はもちろんのこと、後拾遺集や金葉集、また歌が詠まれた状況を詳しく書き残した定頼集Ⅱ詞書にも「山家秋月」の語はない。ところが、

……人々、遍照寺にて、「山家秋月」といふことを詠みけり。その中に範永朝臣、蔵人たる時の歌、

と十訓抄（上・第一・五七）にあり、また悦目抄でも、

遍照寺にて月見侍りけるに、山家秋月といふことを詠みけり。その中に範永期臣はその夜しも殿上の番にてま

からざりけるを、主上うらやましく思ふらむと仰せ下されて、寮の御馬を賜ひて、遍照寺へまかりて、山家秋
月詠み侍りけるに、

とあって、「山家秋月」が、山里で秋月を愛でる状況を称する語、または歌題として、一般化していることがわかる。なお、［他出］に挙げた両集とも、最終句は「見ゆる空かな」とあって、底本とは異同がある。

29

山里に人〳〵きあつまりて就菊花下把
盃有人〳〵

やまさとはみきはのきくのさくときそ
をとなき人のかけも見へける

【校異】 就菊花下把盃有人〳〵—就菊花下抱盃有人〳〵（資）

【本文】 山里に人々来集まりて、就㆓菊花下㆒把㆑盃、有㆓人々㆒

29　山里は汀の菊の咲くときぞ音なき人の影も見えける

【訳】 山里に人々が来て集まり、菊の花のもとで盃をかわす、人々がいる

29　山里は、汀の菊が咲く美しいときになると、久しく音沙汰がなかった人の姿も見え、賑わったことよ。

【他出】 ナシ

【語釈】 **○就㆓菊花下㆒把㆑盃、有㆓人々㆒**　菊の花の下に就きて盃を把る、人々有り。「把㆑盃」は酒を飲む意。菊を愛でながら盃を酌み交わす、人々がいる。題にしては長いが、そのような情景を描いた絵でもあったか。［補説］参照。**○汀の菊**　水辺に咲く菊。古来より中国の説話や漢詩の影響を受け、汀に菊を植え、菊水のもたらす長寿に

あやかる歌が詠まれている。「村上の帝の御時の菊合に、州浜に鶴、菊あり／鶴のすむ汀の菊は白波の折れどつきせぬ影ぞ見えける」（中務集Ⅰ・一二二）。〇**音なき人**　連絡や訪問など音沙汰がない人。〇**影も見えける**　「影も」の「も」は、水面に菊の花が映るのみならず、人々の姿も、の意。

【補説】　次の古今集の歌は、「かた」つまり絵を見て詠んでいる。

菊の花のもとにて、人の、人待てる絵（かた）を詠める

花見つつ人待つときは白妙の袖かとのみぞあやまたれける（秋下・二七四　友則）

重陽の節会や菊合などは古来より数多く催されており、菊に集う人々の絵や屏風も確認できる。

大嘗会悠紀方の御屏風、吉水郷に多二人家一、菊花臨レ水所を

皇太后宮大夫俊成

幾千世の秋かすむべき菊の花匂ひをうつす吉水の郷（玄玉集・草樹下・七一七）

29番歌もまた絵を見ながら、その場面の人物になって詠んだものであろうか。

30

於西宮詠紅葉未遍

なか〳〵にかたえもみちぬおりにこそ

あをはにはゆるいろは見へけれ

【校異】　かたえもみちぬ―かたゝもみちぬ（資）

【本文】　於二西宮一詠二紅葉未レ遍

30　なかなかに片枝もみぢぬ折にこそ青葉に映ゆる色は見えけれ

【訳】　西宮において、紅葉はまだ広く行きわたっていないということを詠む

30　かえって枝がもみじし尽くしていない今だからこそ、色づいた葉が青葉に映えて美しく見えたのだなあ。

【他出】　和歌一字抄・九三三

【語釈】　**○西宮**　源高明が住んでいた邸宅。28番歌参照。**○紅葉未レ遍**　紅葉未だ遍からず。題。紅葉はまだ隅々まで行きわたっていない。同題は範永集にも見られる。［補説］参照。**○なかなかに**　むしろ、かえって。**○片枝もみぢぬ**　「片枝」は一部の枝、の意。「時しあれば変はらぬ色に匂ひけり片枝枯れにし宿の桜も」（源氏物語・柏木）。「もみぢ」は下二段動詞「もみづ」の未然形、「ぬ」は打消の助動詞「ず」の連体形。一部の枝はもみじしていない、完全に紅葉し尽くしていない、意。「雪降りて年の暮れぬる時にこそつひにもみぢぬ松も見えけれ」（古今集・冬・三四〇　よみ人知らず）。

【補説】　範永集に同じ題で詠まれた歌がある。

　　紅葉いまだあまねからず、といふ題、西宮にて

　散らさじと思ふ心ぞまさりけるもみぢな果てそ宿の柞は（一一一）

当該歌は、西宮で範永らと同座し、詠んだものであろう。範永は、紅葉している美しい柞に対して、「もみぢな果てそ」とすべて色づききるなと詠んで、題意を満たしている。

　対して、家経歌は、片枝がまだ青葉であるからこそ紅葉した枝の美しさが増さると、色彩の対照に焦点をあてて詠んでいる。源氏物語（総角）では、薫が京から宇治の大君のもとに、「秋のけしきも知らず顔に、青き枝の、片枝いと濃くもみぢたるを」と送ったのと同じようなもみじの枝を詠んでいる。

31

　　女のもとに

なにこともこゝろにかなふ身ならねは

よのつねならぬこひもするかな

【校異】ナシ

31【本文】女のもとに

31　何事も心にかなふ身ならねば世の常ならぬ恋もするかな

【訳】女のもとに

31　何事も思いどおりになるわが身ではないので、普通ではない恋もすることでしたよ。

【他出】ナシ

【語釈】〇心にかなふ身　思いどおりになるわが身。「命だに心にかなふものならばなにか別れの悲しからまし」（古今集・離別・三八七　白女）。〇世の常ならぬ　「世の常」は、世間並、普通。［補説］参照。〇恋もするかな　「かな」は詠嘆の意の終助詞。恋もするのであるなあ。「宵の間もはかなく見ゆる夏虫に迷ひまされる恋もするかな」（古今集・恋二・五六一　紀友則）。

【補説】「世の常」というと、

世の中は何か常なる飛鳥川昨日の淵ぞ今日は瀬になる（古今集・雑下・九三三　よみ人知らず）

と無常観と結びつくことが多い。しかし、恋の場面においては、

世の常のもの思ふ人の袂だに濡るるは濡るるものと聞きしを（長能集Ｉ・一二八）

とあり、和泉式部日記にも、

恋といへば世の常のとや思ふらむ今朝の心はたぐひだになし（九）

世の常のことともさらに思ほえずはじめてものを思ふ朝は（一〇）

という贈答がある。当該歌の「世の常ならぬ恋」とは、並ならぬ強い自分の恋心を訴える際の言いまわしである。

また、長能集Ⅰでは、「世の常のもの思ふ人の袂だに」とあるように、普通でさえ恋する人は袂が涙で濡れるのに、と、思うとおりにならない恋の涙を流す自分の状況を相手に訴える。当該歌でも、やはり思いどおりにならないような、どうしようもない恋をしてしまうのだと訴えている。

32

女のしくれするよねてやあると、ひたるに

ねぬ人そしるへかりけるかみなつき

しくれはそてのなにこそありけれ

【校異】 ナシ

【本文】 女の、時雨する夜、寝でやある、と問ひたるに

32 寝ぬ人ぞ知るべかりける神無月時雨は袖の名にこそありけれ

【訳】 女が、時雨の降る夜に、「寝ないでいますか」と問うてきているので

32 寝ずにいる人こそ知っているべきでしたよ。神無月の時雨は涙に濡れる袖の名であったのだと。

【他出】 ナシ

【語釈】 **○時雨** 秋から冬にかけて降ったり止んだりする小雨。**○寝でやある** 「で」は打消の接続助詞、「や」は疑問の係助詞。寝ないでいるか。**○寝ぬ人ぞ知るべかりける** 「ぞ」は強意の係助詞。「べかりける」は、今にして思えば、という気持ちで、……べきであった、……すればよかった、の意。「月夜にはそれとも見えず梅の花香を尋ねてぞ知るべかりける」(古今集・春上・四〇　躬恒)。**○時雨は袖の名にこそありけれ** 時雨は涙に濡れる袖の名であったのだなあ。[補説]参照。

【補説】 後拾遺集には、次のような歌がある。

おほかたに降るとぞ見えし五月雨はもの思ふ袖の名にこそありけれ（恋四・八〇四　源道済）

「……は……の名にこそありけれ」と、あるものを他のものに喩えていう表現は、古今集以来多く見られ、道済もそれに倣っている。当該歌と道済の歌では、五月雨と時雨とで季節に違いがあるものの、やはり家経も、もの思いで袖を濡らす涙を時雨に喩えたのだろう。また、続拾遺集には、

時雨する今宵ばかりぞ神無月袖にもかかる涙なりける（羇旅・六九六　道信朝臣）

とあり、冬の小雨である時雨は神無月と結びつく。当該歌は、女が、時雨の降る夜に寝ないでいるかと問うてきたことへの返答であるが、

有明の月をかしきに、帰りぬる人に添ひて影さへ見えずなりぬれば、ひと（ママ）眺めて、心にもあらずや、世の中の嘆きはなほわりなし、と思ふほどに、時雨のすれば、いつも、と言ひながら

神無月庭の時雨にことよせて片敷く袖を干しぞわづらふ（相模集Ⅱ・二三）

因幡の内侍のもとへ遣はす

神無月空の時雨にことよせて人知れずのみ濡るる袖かな（匡房集Ⅰ・一八九）

のようであると、相手のことを思う涙に袖が濡れるという訴えがわかりやすい。ここはやや言い方が異なるが、直前の31番歌でも家経はかなわぬ恋心を訴えている。同じ相手とは限らないものの、当該歌もやはり恋の歌なのであろう。私はもちろん寝ないでいたけれども、外の時雨は実は私の涙だったのだ、そのことを私は前もって知っておくべきだった、寝ないでいて、いま、私はつらい思いをしている……。

もみちにはつゆきのちりかゝるを見て

白川院にさふらふ女のもとにやる

33 やまさとはみちもや見へすなりぬらむ
もみちとゝもにゆきのふりぬる

【校異】 ちりかゝるを見て―ふりかゝりてあるを（資）

【本文】 33 もみぢに初雪の散りかかるを見て、白河院にさぶらふ女のもとにやる
山里は道もや見えずなりぬらむもみぢとともに雪の降りぬる

【訳】 もみじに初雪が散りかかる様子を見て、白河の女院にお仕えする女のもとに言ってやる
33 山里では道も見えなくなってしまっているでしょうか。もみじと一緒に雪も降ってしまいましたよ。

【他出】 新古今集・冬・六六九　題林愚抄・五八三七

【語釈】 **○もみぢに初雪の散りかかる** 散っているもみじの上に初雪が降る様子を「もみぢ」の縁で「散る」と表現したものか。「埋火のあたりは春の心地して散りくる雪を花とこそ見れ」（後拾遺集・冬・四〇二　素意法師）。なお、資経本では「ふりかかりてあるを」とある。**○白河院** 京都市左京区岡崎法勝寺町辺にあった邸宅。白河殿とも呼ばれた摂関家代々の別荘。女院彰子がこの時白河殿に滞在しているので「白河院」と呼称したのであろう。［補説］参照。**○なりぬらむ** 「らむ」は現在の原因推量の連体形。直前の係助詞「や」の結び。なってしまっているでしょうか。

【補説】 当該歌は、新古今集には、
もみぢの散れりける上に、初雪の降りかかりて侍りけるを見て、上東門院に侍りける女房に遣はしける
山里は道もや見えずなりぬらむもみぢとともに雪の降りぬる（冬・六六九）
とある。千葉義孝「藤原家経年譜考証」は、当該歌を上東門院彰子が後朱雀院の崩御後、土御門第から白河に遷御した寛徳二（一〇四五）年閏五月十五日以降の詠とする。後拾遺集に、

後朱雀院うせさせ給ひて、上東門院白河に渡り給ひて嵐のいたく吹きけるつとめて、かの院に侍りける侍従の内侍のもとに遣はしける　　藤原範永朝臣

いにしへを恋ふる寝ざめやまさるらむ聞きもならはぬ峰の嵐に（雑一・九〇二）

とあり、範永集一二番歌にもほぼ同じ内容の詞書で見える。

なお、栄花物語（根合）には、女院の遷御した白河について、

白河殿の秋の景色いみじうあはれなるに、まして神無月の時雨に、木の葉の散り交ふほどは、涙とどめがたし。

とあって、範永の歌を載せており、嵐の見舞いや初雪の心配など、上東門院が白河に遷御したころ、範永や家経らから、親しい女房たちへの慣れぬ山里の暮らしに対する心遣いがうかがえる。

当該歌では、京の中心ではもみじとともに降るかのような初雪も、山里の白河ではすでに道を閉ざすほどの降り方なのでは、と慮ったのだろう。

34

十月五日にあすかならすいてよと女の許に
いひたるにいてしといへは

こひわひぬあすはいさよひつきかけの
けにやいてぬとまちこゝろみむ

【校異】 あすかならす―あすはかならす（資）

【本文】 十月五日に、明日必ず出でよ、と女のもとに言ひたるに、出でじ、と言へば

34　恋ひ侘びぬ明日はいさよひ月影のげにや出でぬと待ち試みむ

【訳】　十月五日に、「明日必ず出てきてほしい」と女のところに言ってやったところ、「出ていくつもりはないわ」と女が言うので

34　恋しくてたまりません。明日は十六夜の月ですけれども、その十六夜の月のように本当になかなか出てこないのでしょうか。いや、出てくるに違いないと待ってみましょう。

【他出】　ナシ

【語釈】　○十月五日　歌の中に「明日はいさよひ」とありながら、「五日」とするのは不審。「十月十五日」の誤りか、あるいは単に「十五日」の誤りか。［補説］参照。○明日必ず出でよ　わざわざ「出でよ」と言っている。相手の女は宮仕えしている女房で、「明日は退出してきてほしい」ということなのであろう。○明日はいさよひ　「いさよふ」は「ためらう」意の動詞。ここでは、十六夜の月と重ねる。○げにやいでぬ　「や」は反語の係助詞。……か、いや、……ない。「ぬ」は打消の助動詞「ず」の連体形。本当に退出してこないのか、いや、退出してくるはずだ、の意。

【補説】　歌には「明日」が「十六夜」とあるので、［語釈］にも述べたとおり「十月五日」は不審。書写の過程で、「十五日」に「月」が入ってしまった可能性もあるか。十六夜の月を一緒に見るため、明日は里下がりをしてほしいと家経が相手の女を誘ったところ、里下がりはするつもりがないと言われてしまった。女の断りに対して、十六夜（いさよひ）の月といえばためらうもの、きっと気が変わるだろうと望みを託したのであろう。

　　女の許にきのふをとつれて

35　いはてもやありぬへきとてこゝろみに
きのふのそらはくらしかねてき

【校異】ナシ

【本文】 女のもとに、昨日訪れで35 言はでもやありぬべきとて試みに昨日の空は暮らしかねてき

【訳】女のもとに、昨日訪れないで

35 言わないでもいられるだろうか、と思って試しに過ごしてみた昨日は、空を眺めるばかりで、日がな一日過ごしかねてしまいました。

【他出】玉葉集・恋二・一四二二

【語釈】○訪れで 「で」は打消の接続助詞。「訪る」は、便りをする、訪問する、の意がある。○言はでもやありぬべき 「ありぬべき」の「ぬ」は確述（強意）の助動詞終止形。「べき」は可能の助動詞「べし」の連体形で、疑問の係助詞「や」の結び。言わないでもいられるだろうか、の意。［補説］参照。○暮らしかねてき 「暮らす」は日が暮れて暗くなるまで時間を過ごすこと。「て」は完了の助動詞「つ」の連用形。日暮れまで時間を過ごしかねてしまった、の意。「雲の上も暮らしかねける春の日をところがらとも眺めつるかな」（千載集・雑上・九六七 清少納言）、「今日をだに暮らしかねつるささがにのいとにかかりて明日までやへむ」（朝光集・六四）。

【補説】当該歌は、玉葉集には次のように見える。

女のもとに訪れ侍らで、またの日遣はしける　藤原家経朝臣

言はでもやあられぬべきの試みに昨日の空は暮らしかねてき（恋二・一四二二）

「あられぬべき」と可能の助動詞「れ」が入っている。

自分の心を「言はで」過ごす気持ちを詠んだものとして、忠岑集Ⅲには、

露寒み声弱りゆく虫よりも言はでもの思ふわれぞ悲しき（五九）

と、また後拾遺集にも、

思ふてふことは言はでも思ひけりつらきも今はつらしと思はじ（恋四・七八六　平兼盛）

とある。

当該歌は、「心には下ゆく水のわきかへり言はで思ふぞ言ふにまされる」（古今六帖・二六四八）という忍ぶ恋を訴える有名な言い回しを利用して、恋心を伝えないで過ごせるものか試してみました、と女に向けて歌を贈ったものであろう。あるいは訪れなかったことへの単なる言い訳か。

36

うらむることありて女のもとにいひやる

ひとこゝろうきをはよそにみちのくのいはてそたゝにいくへかりける

【校異】　うきをはよそに―うきをはさらに（資）

【本文】恨むることありて、女のもとに言ひやる

36　人心憂きをばよそにみちのくのいはでぞただにいくべかりける

【訳】　恨めしく思うことがあって、女のもとに言い送る

36　あなたの私への冷淡な態度をよそに見ながら、陸奥の磐手に真っ直ぐに行く、私は何も言わずにこのまま生きていくべきでしたよ。

【他出】　ナシ

【語釈】　**○人心憂きをばよそに**　「人心」は、相手の自分に対する心や態度。「人心憂き」とは、女の態度が冷淡である、の意。「年を経て心かけたる女の、今年ばかりをだに待ち暮らせといひけるが、またの年もつれなかりければ／人心憂さこそまされ春立てばとまらず消ゆるゆきかくれなむ」（後撰集・春上・三〇　よみ人知らず）。「よそに」は

次句「みちのく」の「み（見）」にかかり、あなたの態度の冷淡なさまをよそに見る、の意。**○みちのくのいはで** 「みちのく」は、国名の陸奥に「見」を、「いはで」は、陸奥国の古くからの郡名「磐手」に「言はで」をそれぞれ掛ける。「別れ路をけふぞ限りとみちのくのいはでしのぶに濡るる袖かな」（海人手古良集・六〇）。［補説］参照。**○ただにいくべかりける** 「ただに」は、「真っ直ぐに」と「このままで」の二重の意味で使われている。また、「いく」も「行く」と「生く」を掛ける。ここは、陸奥の磐手に真っ直ぐに行く、の意に、言わずにこのまま生きる、の意を掛ける。「べかりける」は、今にして思えば……べきであった、という気持ち。

【補説】 「いはで」は、「言はで」と掛けて詠まれることが多い地名で、国名などが明示されない場合もあるが、「安芸の国のいはで山をこゆとて」（高遠集・一八五詞書）、「時々もの申し侍りける人の、住吉にまうでて、いはでの杜のもみぢこそまだしかりつれ、と言ひおこせて侍りける、返しに」（馬内侍集・二〇九詞書）などの例があり、陸奥国の郡名「磐手」の他にも、山の名や森の名として複数の国にあったことが知られる。

また、［語釈］に挙げた「別れ路を……」のように、同じ陸奥国の郡名「信夫」を「しのぶ」と掛けて、ともに詠まれている例も目立つ。

思ふ心ありながら、さすがにうちとけてものなどえ言ふまじければ、ひまある折、懐にさし入れたる

陸奥のいはでやしばしあらましとしのぶにいとどまさる恋かな（顕綱集・三六）

当該歌には「しのぶ（信夫）」は詠み込まれず、作歌状況も異なるが、右の歌と同じような表現が用いられている。

なお第二句は、資経本では「憂きをばさらに」とある。「よそに見（る）」という表現を持つ恋歌が多いが、「さらに見（る）」の用例は恋歌に限らずほとんど見られない。ここは底本のとおりに考えるべきであろう。

ある人のもとよりとりをこすとてことや
ありけむかくいへり

37 のへにいてゝかりのこゝろや見へにけむ
きしかたくゆる人をこそきけ

かへし

38 おほつかなかりはのをのゝきしかたを
くゆるやたれそこひするやわれ

【校異】 38かへし—返事（資） こひするやわれ—こひするやたれ（資）

【本文】 ある人のもとより鳥おこすとて、ことやありけむ、かく言へり
37 野べに出でてかりの心や見えにけむきし方くゆる人をこそ聞け

返し

38 おぼつかなかりはの小野のきし方をくゆるやたれぞ恋するやわれ

【訳】 ある人のところから鳥を寄越すということで、何か噂があったのだろうか、このように言ってきた
37 野べに出て、狩りの心が、あなたの一時的な心が見えてしまったのでしょうか。これまでを後悔している人のことを噂に聞きましたが。

返し

38 よくわからない話ですね。狩りをするかりはの小野の雉、これまでを後悔しているというのは誰のことなのでしょうか、恋をしているというのは私のことなのでしょうか。

【他出】ナシ

【語釈】37○鳥おこすとて　鳥を寄越すということで。この「鳥」は贈答歌に「きし方」とあることから、雉と思われる。［補説］参照。○ことやありけむ　何事かあったのだろうか。贈答歌から、家経の恋に関する噂話が語られるようなことがあったと想像される。○かりの心　「かり」は「狩り」と「仮」の掛詞であろう。「仮の心」は一時的な心。「あくるまも久しくてふなる露のよに仮の心も知らじとぞ思ふ」（一条摂政御集・七〇）。○きし方くゆる　「きし方」は「来し方」（過去）に「きじ（雉）」を掛ける。「くゆる」は、「悔ゆる」で、後悔する意。

38○おぼつかな　はっきりしないという意味の形容詞「おぼつかなし」の語幹用法。ここは、贈歌で相手の言っていることがよく理解できない、の意。「おぼつかないづこなるらむ虫の音をたづねば草の露や乱れむ」（拾遺集・秋・一七八　藤原為頼）。○かりはの小野　地名。所在地未詳。八雲御抄（巻五）名所部「野」の項に、「名所歟。又かりする所か」とある。「み狩するかりはの小野の楢柴の慣れはまさらず恋こそまされ」（万葉集・巻十二・三〇四八）、「鶉なくかりはの小野にかるかやの思ひ乱るる秋の夕暮」（顕季集・二二一）。贈歌の「かり」を受けた表現。○きし方をくゆるやたれぞ　これまでを後悔をしている人とはいったい誰のことでしょうか。贈歌の「きし方くゆる」の語を踏まえ、さらに「燻ゆる」（くすぶる）を掛ける。「燻ゆる」は、結句「恋（こひ）するやわれ」の「火」の縁語。「忘れがたになり侍りける男に遣はしける／こぬ人をまつの枝に降る白雪の消えこそかへれくゆる思ひに」（後撰集・恋四・八五一　承香殿中納言）。○恋するやわれ　「われ」の箇所は、資経本「たれ」とする。が、ここは、第四句の「たれぞ」に対して、恋をしているのは「われ」私のことでしょうか、の意。「恋する」は、万葉集の「み狩するかりはの小野の……恋こそまされ」による表現。

【補説】経衡が範永に雉を贈った折のやりとりが見える。

　大膳のかみ範永のもとに、鳥やるとて

類ひなき心のほどを知らすとて交野の雉の一つなるかな（経衡集・二二五）

返し

潜(かつ)くべきみるめをだにも持たらぬにいかで交野の御狩りしつらむ（同・一二一六）

範永集（一五四〜一五五番歌）の方では、詞書に「経衡の朝臣、雉おこすとて」とあり、返歌の結句が「雉を得つらむ」となっている。当該贈答も、家経と経衡、範永との親交からみて、同じ折である可能性がある。とすれば家経に雉を贈ってきたのは、経衡であろうか。家経と経衡とは父方の従兄弟同士である。家経の恋愛の噂、例えば36番歌のような状況を聞きつけた経衡が、雉を贈る際にからかいの歌を添えた可能性もあるのではないか。

なお、38番歌のように、「おぼつかな」と語幹用法で強調し、問い疑う文脈の歌は多い。また、疑問文が重ねられる形にもなっているが、このような表現は平安中期の私家集などで比較的目につく。

忍びて語らふ人の、わづらひて、今宵はえ過ぐすまじといへりければ、またのつとめて

おぼつかなよのまのほども白露のおきゐやすらむ死にやしぬらむ（和泉式部集Ⅰ・二六二）

方違へに渡りたる人の、なまおぼおぼしきことありて、帰りにけるつとめて、朝顔の花をやるとて

おぼつかなそれかあらぬかあけぐれのそらおぼれする朝顔の花（紫式部集・四）

39

賀茂しものみやしろにある女のまいり

あひたるにしのひてとてともの人に

うれしくもかものかはらのかはみつに

ふかきこゝろをしらてつるかな

【校異】　賀茂―かもの（資）　しのひてとて―しのひて（資）　しらてつるかな―しらせつるかな（資）

【本文】賀茂の下の御社に、ある女の参りあひたるに、忍びて、とて供の人に

39 うれしくも賀茂の川原の川みづに深き心を知らせつるかな

【訳】下鴨神社に、ある女が参詣していてたまたま出会った折に、「こっそり差し上げて下さい」と言って、その女の供人に

39 うれしいことに、偶然にこの賀茂の川原であなたに出会ったので、私の深い恋心を知らせてしまうことです。

【他出】ナシ

【語釈】**○賀茂の下の御社** 底本は「賀茂しものみやしろ」とあるが、資経本に「賀茂の、」とあり、底本は「の」の表記がされていないと読んだ。賀茂神社は平安京の守護神で、上賀茂神社（賀茂別雷神社）と下鴨神社（賀茂御祖神社）とがある。ここは下鴨神社。賀茂川と高野川とが合流する三角地帯に鎮座する。**○ある女の参りあひたる**「参りあふ」は、御殿や寺社などで出会うこと。ここは、家経が参詣した折に、ある女性が偶然に参詣して出会った、の意。「藤式部、清水に参りあひて」（伊勢大輔集Ⅲ・一二詞書）。**○忍びて、とて供の人に**「忍びて、とて」の部分は、資経本では「しのびて」。ここでは底本のままに、「こっそり差し上げて下さい」と言って、女の供人に渡した、の意と解した。**○賀茂の川原の川みづに**「賀茂の川原」は比較的詠まれるが、「川原の川みづ」はややくどい表現。ここは「みづ」に「水」と「見つ」を掛ける表現と解した。賀茂の川原で出会った、の意であろう。「水」に「見つ」の意を掛ける表現としては、「筑紫なる思ひそめ川渡りなばみづやまさらむ淀む時なく」（後撰集・恋六・一〇四六　藤原真忠）などがある。**○深き心** 深い恋の思い。賀茂の「川水」から、「深き」を導く。「淀川の淀むと人は見るらめど流れて深き心あるものを」（古今集・恋四・七二一　よみ人知らず）。**○知らせつるかな** 底本は「しらてつるかな」とあるが、資経本及び歌意により訂した。

【補説】下鴨神社参詣の折に、偶然に出会った女性に対して、恋歌仕立ての歌を供人に託して贈ったもの。拾遺集には、賀茂参詣に関係して、男から声を掛けられた、女の立場からの歌がある。

賀茂にまうでて侍りける男の見侍りて、今はな隠れそ、いとよく見てき、といひおこせて侍りければ

伊勢

そらめをぞ君はみたらし川の水浅しや深しそれはわれかは（雑下・五三四）

なお、参詣の折に、一緒になった知人などに挨拶の歌を贈る例は多く、仲文集に、

御嶽精進すとて、石山に籠りたる、女蔵人参りあひて、とはず侍りければ

いづくへも身をしかへねば雲かかる山ふし見てぞとはれざりける（一〇）

返し

鳥の音もきこえぬ山にいかでかは雲路をわけて人のかよはむ（一一）

などとあるのを見ると、歌を贈るのは、こういう場合の一種の礼儀でもあったのだろう。

むめの木あまたありときゝて人のもとより

40 むめかえにうくひすたてゝすへなから
かつなかせつゝうつしうへてむ

かへしほりてやるにひむかしのえたにしる
しつけて

41 うくひすはこれにそきゐるむめのはな
まつさくかたのえたなたかへそ

【校異】41かへしほりてやるに―おしほりにやりたるに返（資）しるしつけて―しるしつ、（資）これにそきゐる―これにそきぬる（資）

【本文】梅の木あまたありと聞きて、人のもとより

40　梅が枝に鶯立てて据ゑながらかつ鳴かせつつ移し植ゑてむ

返し、掘りてやるに、東の枝にしるし付けて

41　鶯はこれにぞ来居る梅の花まづ咲く方の枝なたがへそ

【訳】梅の木が多くあると聞いて、人のもとから

40　梅の枝に鶯を止まらせて動かさないまま、また鶯を鳴かせながら、その木を我が家に移し植えてしまいたいものです。

返事、梅の木を掘って贈る時に、東側の枝にしるしを付けて

41　鶯はこのしるしの所にこそ来て止まるのです。梅の花よ、まず咲く方向の枝を間違えてはいけないよ。

【他出】ナシ

【語釈】40**〇鶯立てて据ゑながら**　鶯を枝に止まらせて動かない状態で、の意。**〇かつ鳴かせつつ**　その上、鶯を鳴かせながら、の意。「かつ」は、その上、また。**〇移し植ゑてむ**　その木を我が家に移植してしまいたい、の意。「てむ」は、強意の助動詞「つ」の未然形「て」に、推量・意志などを表す助動詞「む」を重ねたもの。ここは、「む」に希望の意を汲みとって、希望を込めた意志の表現と見る。

41**〇東の枝にしるし付けて**　「東」は太陽が昇り、陽光が差してくる方角で、春の方角とされる。その東の枝に目印をつけて、の意。**〇鶯はこれにぞ来居る**　鶯はいつもこのしるしのある場所に来て止まっているのだ、の意。「梅が枝に　来居る鶯　や　春かけて　はれ　春かけて……」（催馬楽・梅枝）などにもとづく表現。**〇まづ咲く方の枝なたがへそ**　いつも花が真っ先に咲く方角（東）の枝を間違えてはいけない、の意。「な……そ」は禁止。「たが

へ」の主語は梅の花の形をとりつつ、梅の木を欲した相手に、目印のある枝を東に向けて植えるように、との意を伝える。

【補説】梅を移植する話で有名なのは、大鏡（雑々物語）に紀貫之の娘の話として見える、次の歌の例であろう。

　内裏より、人の家に侍りける紅梅を掘らせ給ひけるに、鶯の巣くひて侍りければ、家あるじの女、まづかく奏せさせ侍りける

勅なればいともかしこし鶯の宿はと問はばいかがこたへむ（拾遺集・雑下・五三一）

　かく奏せさせければ、掘らずなりにけり

家経の家には梅の木が多くあったので、右の話のようには惜しまず、乞われるままに移植したようだ。ただ、梅の木を欲した相手が「鶯立てて据ゑながら」と言ったのは、右の話や催馬楽の「梅枝」の歌詞を踏まえてのことであろう。要求どおり移植するのはたとえ鶯が鳴く梅花の季節であっても難題であるが、それに対して家経は、枝に印を付けて鶯の居場所とし、「真っ先に花咲く枝の方角を違えなさるな」と詠み添えて応えた、という次第。

絵を見て詠んだ歌の例ではあるが、大納言公任集（三二二）にも、

　絵に、梅の木に鶯の鳴きて、簀子（すのこ）に琴ひく男ある所に、簾（す）の中にて

鶯のさきにか君がきゐつるをかつうち出でむ梅が枝のこゑ

という、やはり催馬楽・梅枝による、梅と鶯に関係したユーモラスな歌が見える。

卯花

42 うのはなのたわゝにさけるさかりには
色なる枝そかきねなりける

【校異】　ナシ

【本文】　卯花

42　卯の花のたわわに咲ける盛りには色なる枝ぞ垣根なりける

【訳】　卯の花

42　卯の花が枝もたわむばかりに咲いている盛りには、その真っ白な枝こそが垣根であったよ。

【他出】　ナシ

【語釈】　**○卯花**　卯の花。白色で初夏に咲くユキノシタ科ウツギの花。その白さを雪や白波、月の光に見立て、垣根と取り合わせて詠まれることが多い。「時わかず月か雪かと見るまでに垣根のままに咲ける卯の花」（後撰集・夏・一五五　よみ人知らず）。**○たわわに咲ける盛りには**　「たわわ」は、枝などが重みでたわむように見える様子。「折りて見ば落ちぞしぬべき秋萩の枝もたわわに置ける白露」（古今集・秋上・二二三　よみ人知らず）。ここでは、満開の卯の花のさまをいう。**○色なる枝**　「色なる」は、そのものの色が際立って見えること。ここでは卯の花の白さをいう。「女郎花かげを映せば心なき水も色なるものにぞありける」（後拾遺集・秋上・三一一　堀川右大臣〈頼宗〉）。

【補説】　卯の花の盛りには、

卯の花の盛りにのみや山里の垣根も白く人の見るらむ（中務集Ⅰ・六二）

と詠まれたように、卯の花の垣根が真っ白に見える。当該歌も同様に、真っ白な卯の花の盛り、その垣根の華やかさを詠んだ。なお、範永集に見える、

卯の花、忠命法橋の坊にて

むばたまの闇はしもこそしろたへの卯の花咲けば宿の垣根は（一二七）

を同時詠とする見方もある（髙重久美「歌題と詠歌年次」『和歌六人党とその時代』）。さらに同書は、範永集（一二六）の「ほととぎす」詠も家経集の次の43番歌と同時詠とする。

43

聞郭公

まちてゝもねられさりけりほとゝきす
なきなむのちと思しかとも

【校異】 まちてゝも―まちいてゝも（資）

【本文】 聞ニ郭公一

43 待ち出でても寝られざりけりほととぎす鳴きなむのちと思ひしかども

【訳】 ほととぎすを聞く

43 待ちに待ってようやく聞いても寝られないことだなあ。ほととぎすが鳴いてしまったらその後は寝られるだろうと思っていたけれども。

【他出】 ナシ

【語釈】 ○聞ニ郭公一 歌題であろう。○待ち出でても 底本「まちてゝも」は、資経本では「まちいてゝも」とある。「で」は「いで」と同じ意。平安和歌では「出づ」が優勢だが、「出」の例もあるので底本のままとする。「わたつみはあまの舟こそありと聞けのりたがへても漕ぎ出でたるかな」（如意宝集・四五 中納言道綱母）。「待ち出」は、待ち受けて出会う意。当該歌では、ほととぎすの声を待ちに待って、ようやくその声を聞いたことをいう。○鳴きなむのちと思ひしかども ほととぎすの声を待っている段階では、一声を聞いた後には、きっと寝られるだろうと予想していたのである。なお、底本では「思しかとも」とあるが、「思」に「ひ」を補って読んだ。

【補説】 夜を徹してほととぎすの一声を待つ歌は多く、当該歌もその類型に立つ。ほととぎすが鳴けば寝られると思いながら待ちに待ってようやく一声を聞いたが、さらに一声と期待してしまい、鳴いた後も寝られなくなったとほととぎすの声への限りない執着を詠んだ。次の二首は類想歌。

五月ばかり赤染がもとに遣はしける　道命法師
ほととぎす待つほどとこそ思ひつれ聞きての後も寝られざりけり（後拾遺集・夏・一九八）

ほととぎすを聞きて
一声のおぼつかなきにほととぎす聞きての後も寝られざりけり（頼実集・一四）

四月のつこもりにある女かたはらなるつほね
をひきけりときゝてかくいひける

44 いつかたをまたてひきけるあやめくさ
ねたしやねたしかけてやみなむ

かへし

45 さつきこていつかはひきしあやめくさ
かけてもしらぬことなたつねそ

【校異】45さつきこて─五月にて（資）　ことなたつねそ─とこなたつねそ（資）

【本文】四月のつごもりに、ある女、かたはらなる局を引きけりと聞きて、かくいひける

44 いづかたを待たで引きけるあやめ草ねたしやねたしかけてやみなむ

返し

45 五月来でいつかは引きしあやめ草かけても知らぬことなたづねそ

【訳】　四月の末に、ある女が、隣にある局を誘ったと聞いて、このように詠んだ

44　五月五日を待たずに引いたあやめの根ではありませんが、どちらの局をお誘いになったのでしょうか。くやしくてくやしくてたまりません。口に出して終わりにしてしまいましょう。

返し

45　五月が来ていないのに、いつ五日のあやめを引いたのでしょうか。いつ隣の局を誘ったか、私は誘ったりはしませんよ。あやめを袖に掛けるではありませんが、かけても（少しも）知らないことをたずねないでください。

【他出】　ナシ

【語釈】　44**〇ある女**　「ある女」は、「局をひきけり」にかかるとも「聞きて」にかかるとも考えられるが、「聞きて」にかかると解した。**〇かたはらなる局を引きけり**　「局」は、建物内を屏風や几帳などで仕切った部屋のことで、宮中や貴人の邸宅などで、そこに仕える人の部屋をいうこともあれば、寺社などに貴人が参籠する折の仏堂内の仕切った部屋をいうこともある。「この渡殿の東のつまなる宮の内侍の局に立ち寄りて……」（紫式部日記）、「局に入るほども、ゐ並みたる前を通り入らば……」（枕草子・正月に寺に籠りたるは）。ここでの局は「菖蒲」を詠んでいるので、女房の局か。「局を引く」は意味不明だが、ある女の局の隣の局に住む女性の心を引く、の意か。「ねやの上に根ざし留めよあやめ草たづねて引くも同じよどのを」（後拾遺集・夏・二一二　大中臣輔弘）の「引く」は、あやめ草を引く意に、相手の心を引く意を重ねている。［補説］参照。**〇いづかたを待たで**　「いづかた」は、どの方向、どちら。自分ではなく、隣り合わせたもうひとりの女房を指すどちら、の意に解した。「言ひ交しける男の親、いといたう制すと聞きて、女の言ひ遣はしける／いひさして留めらるなる池水の波いづかたに思ひ寄るらむ」（後撰集・恋六・一〇一六　よみ人知らず）。当該歌は「いづかた」に、「五日（いつか）」を掛ける。「五月五日、馬内侍に遣はしける／ほととぎすいつかと待ちしあやめ草今日はいかなるねにか鳴くべき」（新古今集・恋一・一〇四三　公任）。

〇引きけるあやめ草　「引きける」は、「あやめ草の根を引く」意に、相手の心を引く意を重ねる。五月五日にはあ

やめを引き、袖や軒にかけて邪気を払った。**〇ねたしやねたし**　「ねたし」は、くやしい意の「妬し」に、あやめ草の「根」を掛ける。「すさめぬにねたさもねたしあやめ草ひきかへしても駒返りなむ」（和泉式部集Ⅰ・四九六）。**〇かけて**　口に出して、の意。「亡き人の宿に通はばほととぎすかけて音にのみなくと告げなむ」（古今集・哀傷・八五五　よみ人知らず）。ここではあやめ草を袖に掛けるところから「かく」といった。「五日」「引く」「根」「掛く」は、「あやめ草」の縁語。**〇やみなむ**　「やむ」は、絶える、終えるの意で、ここでは関係を終わりにする意か。

45**〇五月来でいつかは引きし**　「いつか」は、「何時か」に「五日」を掛ける。「長き根もいつかは見ましあやめ草君が引くこそ嬉しかりけれ」（赤染衛門集Ⅰ・五九三）。**〇かけても知らぬことなたづねそ**　「かけても」は、あやめ草を袖に掛ける意に、少しも……ない、の意を重ねる。「濡らすらむ袖さへ見ねばあやめ草かけても人はとはぬなりけり」（範永集・九一）。「五日」「掛く」は「あやめ草」の縁語。

【補説】　どのような状況下で交わされた贈答なのか把握しにくい。どこかの邸宅などで局を並べている状況で交わされたとも、参籠の折に局を並べている状況で交わされたとも考え得る。

「局を引きけり」の「引く」の意も把握しにくいが、相手の心を引く意に解すると、家経が隣り合わせた局の片方の女性を戯れて誘ったと聞いて、「ある女」が恨んでよこした（44番歌）、それに対して、事実無根、と家経が切り返した（45番歌）と解せるか。四月つごもりという時期に因んで、五月五日にかかわるあやめ草を詠み込んだやりとりになっている。

46

五月に八条の山庄をある女（伊勢大輔）のしのひて見けるにすゝりのはこにかきつけたる

後拾　こもまくらかりのたひねにあかさはや

いりえのあしのひとよはかりは
のちに見つけていひやる
47 まこもくさかりそめにとてあかさなむ
なかくもあらすなつのしのゝめ

【校異】46ある女の―ある女（資） ひとよはかりは―ひとよはかりに（資）

【本文】五月に、八条の山庄をある女の忍びて見けるに、硯の箱に書きつけたる
46 こも枕かりの旅寝に明かさばや入り江の葦のひとよばかりは
のちに見つけて言ひやる
47 まこも草かりそめにとて明かさなむ長くもあらず夏のしののめ

【訳】五月に、家経の八条の山荘をある女（伊勢大輔）がひそかに見物した時に、硯の箱に書き付けた
46 こも枕をして仮の旅寝で明かしたいものです。入り江の葦の一節、一夜くらいは。
この歌を後に見つけて詠んで送る
47 まこも草を刈り初める季節、仮初めにということで夜を明かしてほしいものです。長くもありません、夏の夜の明け方は。

【他出】46後拾遺集・雑五・一一四四 伊勢大輔集Ⅰ・五二 同集Ⅱ・一四二 同集Ⅲ・七四
47伊勢大輔集Ⅰ・五三 同集Ⅱ・一四三 同集Ⅲ・七五

【語釈】46**〇八条の山庄** 八条の家経の山荘。16・17番、および［補説］参照。**〇ある女** 底本に注記「伊勢大輔」とあるように、［他出］の伊勢大輔集や後拾遺集により、「ある女」は伊勢大輔であることがわかる。［補説］参照。

○こも枕　真菰を束ねて作った枕。水辺の旅寝に用いた。「磯なれで心もとけぬこも枕あらくなかけそ水の白波」（新古今集・羇旅・九四六　権中納言定頼）。**○かりの旅寝に**　「かり」は、菰の縁による「刈り」に「仮り」を掛ける。「三島江の入江の薦（こも）をかりにこそわれをば君は思ひたりけれ」（万葉集・巻十一・二七六六）。**○明かさばや**　「ばや」は、自己の願望を表わす終助詞。明かしたいものだ。**○入り江の葦のひとよばかりは**　「ひとよ」は、葦の「一節」と「一夜」との掛詞。「節（よ）」は、葦のふしとふしの間、の意。「三島江につのぐみわたる葦の根のひとよのほどに春めきにけり」（後拾遺集・春上・四二　曾禰好忠）。

47 **○言ひやる**　家経のほうから、伊勢大輔に歌を詠んで送ってやった。**○まこも草**　水辺に群生するイネ科の多年草。夏の景物として詠まれることが多い。「五月雨は美豆の御牧のまこも草刈り干すひまもあらじとぞ思ふ」（後拾遺集・夏・二〇六　相模）。**○かりそめにとて明かさなむ**　まこも草の縁による「刈り初め」の意に、「仮初め」の意を掛ける。「朝露のおくての山田かりそめに憂き世の中を思ひぬるかな」（古今集・哀傷・八四二　紀貫之）。**○長くもあらず夏のしののめ**　夏の短か夜を「長くもあらず」といった。「しののめ」は、明け方。東の空がわずかに白む時分。「夏の夜のふすかとすればほととぎす鳴く一声に明くるしののめ」（古今集・夏・一五六　紀貫之）。

【補説】　当該贈答歌は、伊勢大輔集Ⅰでは次のように四首一連の贈答の後半に収められている。

ある山里にまかりたりしに、家経がもと近しと聞きて、言ひ遣はしし
うらさびて葛這ひかかる山里の家居尋ぬる人もあれかし（五〇）
かへし
葛蔓くる人もなき山里はわれこそ人をうらみ果てつれ（五一）
帰る道に引き入れて見しに、難波わたりおぼえて、ところのさまいとをかし、硯に置きし
こも枕かりの旅寝も明かさばや入り江の葦のひとよばかりに（五二）
返しを、推し量りておこせたりしぞをかしかりし

まこも草かりそめにても明かさなむ長くもあらじ夏のしののめ（五二）

家経集では前半の二首が16・17として既出、配列上は別の折のものとなっている。伊勢大輔集と家経集とではどちらが本来の姿を伝えているのか、にわかに判断することは難しい。当該贈答歌は、夏、五月に交わされたものであることは詞書により明らかである。一方、伊勢大輔集前半の贈答は平安時代では秋の景物として固定する傾向のある葛の葉が詠み込まれており、秋に交わされたとも考えられる。ただし万葉集には夏の葛を詠んだ歌もあるので同時期のものとも考えられる。また、後拾遺集には、

山里にまかりて帰る道に、家経が西八条の家近しと聞きて、車を引き入れて見ありきけるに、難波わたりの心地せられていとをかしう侍りければ、硯の箱の上に書きつけ侍りける　伊勢大輔

こも枕かりの旅寝に明かさばや入り江の葦のひとよばかりを（雑五・一一四四）

という形で、贈歌のみが採られている。

伊勢大輔集や後拾遺集によると、家経の八条の山荘は難波わたりを思わせる風情のある所であったことが知られる。そこに立ち寄った伊勢大輔は風情のある山荘で一夜を明かしてみたいと詠み、それに対し家経はかりそめでもよいから一夜を明かしてほしいと詠んだ。難波わたりの風情に因み、水辺に多い菰・葦を詠み込んだ贈答となっている。ところで、「ある女」が伊勢大輔であることは明白なのに、当該歌では何故「ある女」と朧化しているのか。伊勢大輔集の五〇・五一番歌に相当する家経集16・17番歌では「女院の大輔のおもと」と明示しているのにである。その理由を明らかにすることはむずかしいが、当該贈答歌の詞書に「のちに見つけて言ひやる」とあること、および伊勢大輔集の詞書に「返しを、推し量りておこせたりしぞをかしかりし」とあることは注意されよう。つまり、硯の箱に書き付けてある歌が誰のものかわからず、伊勢大輔ではないかと推し量って返歌をしたゆえに「ある女」と朧化したとも考えられる。

48 五月懺法次　詠二首　入於静室
こゝろのみすめはすみふるしはのとに
いりにしひよりとふ人もなし
思惟此経

49 おもひゐてこゝろのやみしはれぬれは
くもかくれにし月も見へけり

【校異】ナシ

【本文】
48 五月懺法次、詠二二首一、入二於静室一
心のみすめばすみ経る柴の戸に入りにし日より訪ふ人もなし
思二惟此経一

49 思ひゐて心の闇し晴れぬれば雲隠れにし月も見えけり

【訳】
48 五月懺法の折、二首を詠む、静室に入る
心がひたすら澄むと、長く住み続ける粗末な家で、瞑想に入ってしまった日から訪れる人もいないことだ。

此の経を思惟す

49 法華経を思い座して、心の闇がすっかり晴れたので、雲に隠れてしまった月も見えたことだ。

【他出】49続詞花集・釈教、四五三

【語釈】48**○五月懺法次**「五月」「懺法」は9番歌参照。「次」は、折り、時、の意で「ついで」と読む。「九月九日懺法次／聞レ法歓喜／のり聞けば憂き世の夢も覚めぬべしこの嬉しさに驚かれつつ」（重家集・四四三）。**○入二於静**

室」「静室（じょうしち）に入る」。法華経第十四・安楽行品の句。「菩薩有レ時 入二於静室一 以二正憶念一 随レ義観レ法」。菩薩が時に応じて、静かな部屋に入り、正しく深い思惟によって、瞑想する、の意。［補説］参照。**〇すめばすみ経る** 「すむ」という同音の語を繰り返している。前者は「澄む」で、後者は「住む」であろう。「住み経る」は長く住み続ける意。「わび人の住み経る宿は都鳥ことづて絶えて年ぞ経にける」（古今六帖・一二四六）。**〇柴の戸** 柴で編んだ粗末な戸の意から、粗末な家を表す。ここでは「静室」を表すものとして詠まれている。**〇訪ふ人もなし** 訪れる人もいない。「柴の戸」の静かさを強調しているのだろう。

49**〇思二惟此経一** 法華経第二十八・普賢菩薩勧発品の句。「是人若坐 思二惟此経一 爾時我復 乗二白象王一 現二其人前一」。説教者が座してひたすらこの経を心に念ずる場合には、私は白象に乗り、説教者の面前に姿を現すだろう、の意。**〇心の闇** 子を思う親心や恋心の意で用いられることもあるが、ここでは一般的な迷妄に閉ざされた心、の意。「神力品、如三日月光明、能除二諸幽冥一の心を詠める／日の光月のかげとぞ照らしける暗き心の闇晴れよとて」（千載集・釈教・一二四五 蓮上法師）。**〇雲隠れにし月も見えけり** 歌題の「思二惟此経一」を実践して一心に法華経を念じたために、心の闇が晴れ、雲に隠れていた月が姿を現したというのである。「雲」は衆生の煩悩や迷い、「月」はいわゆる真如の月で、闇夜に光を放って現れ出る月のように、煩悩を取り去って現れ出る悟りの境地を意味する。

【補説】 範永集に、48番歌と同座詠と思われる歌がある。

法華経 入二於静室一

見しよりは藻塩の煙絶えねども思へば浅きすみかなりけり（範永集・一三八）

また、49番歌は、［他出］の続詞花集では初句「思ひ出でて」として採られている。

懺法おこなひけるついでに、人々、思二惟此経一といふことを詠みけるに　藤原家経朝臣

思ひ出でて心の闇し晴れぬれば雲隠れにし月も見えけり

晩夏二首　かはへにあそふ

50 かせふけはかはへすゝしくよるなみのたちかへるへきこゝちこそせね
とこなつをもてあそふ

51 くさまくらつゆはをくともとこなつのはなしさきなはのへにこそねめ

【校異】　ナシ

【本文】　晩夏二首、川辺に遊ぶ

50 風吹けば川辺涼しく寄る波のたち返るべき心地こそせね
とこなつを翫ぶ

51 草枕露はおくともとこなつの花し咲きなば野辺にこそ寝め

【訳】　晩夏二首、川辺に遊ぶ

50 風が吹くと川辺に涼しくうち寄せる波は返っていく、そのようには私は帰る気にならないことだ。
とこなつを翫ぶ

51 旅寝の枕に露が置くとしても、とこなつの花が咲いてしまったら、私は野辺に寝よう。

【他出】　50詞花集・夏・七五　和歌一字抄・二四〇　題林愚抄・二八〇五

【語釈】　50**〇晩夏**　夏の終わり。陰暦では六月ごろ。**〇川辺に遊ぶ**　詞花集をはじめ［他出］の文献は「水辺納涼」

の題となっている。

51〇**とこなつ**　なでしこの異名。夏から秋にかけて薄紅色の花を咲かせる。「とこなつ」に「床」を掛けて詠まれることが多い。「塵をだにすゑじとぞ思ふ咲きしより妹とわが寝るとこなつの花」（古今集・夏・一六七　躬恒）。〇**翫ぶ**　賞翫する、観賞する。歌題にしばしば用いられる語。〇**草枕**　草を枕にして寝る旅寝の意。「床」「寝」は「枕」の縁語。〇**露はおくとも**　「露は置くとも」に「起く」を響かせる。「起く」は結句「寝め」の対。「竹の葉におきゐる露のまろびあひて寝るとはなしに立つわが名かな」（拾遺集・恋二・七〇二　人麿）。

【補説】「野辺」に「寝」ることを歌ったものに、次のような歌がある。

白妙の衣かたしき女郎花咲ける野辺にぞ今宵寝にける（後撰集・秋中・三四二　貫之）

野辺ならば旅寝してまし花薄招く袂に心とまりて（高遠集・一二九）

いずれも、女郎花や花薄を女性に見立てて詠んでいる。「女郎花咲ける野辺」は「女性がいる野辺」、「花薄招く」は「女性が招く」というイメージを重ねているのであろう。51番歌も「とこなつ」を女性に見立て、「とこなつ」の「とこ」から女性との共寝を連想して詠んだものと考えられる。

一方で、「露」が「草枕」や「とこなつ」の「床」と共に詠まれる場合には、旅寝のわびしさ、独り寝の寂しさからの連想で、涙のイメージを重ねることが多い。

君をのみ恋ひつつ旅の草枕露しげからぬあかつきぞなき（拾遺集・別・三四六　よみ人知らず）

思ひ知る人に見せばや夜もすがらわがとこなつにおきゐたる露（拾遺集・恋三・八三一　清原元輔）

しかし、51番歌は、必ずしも独り寝の寂しさのために涙を流すのではなく、旅寝のわびしさがあったとしても、とこなつの花が咲いたならば、ともに野辺に寝ようと歌っているのである。

範永集に、50番歌、51番歌と同じ折のものと思われる歌がある。

川辺の人の家に、川辺に遊ぶ、といふ題を

川風の絶えず吹きける宿なれば夏は訪ふ人うれしからずや（一四一）

とこなつを翫ぶ

咲きと咲く花のなかにもなでしこは名を聞くさへぞうれしかりける（一四二）

ある女のつほねにきたくにの受領のゐ

たるを見ていひやる

52 いさりふねこきもやゆるとおもひしを

よさのうらなみひまなかりけり

かへし　女

53 うらみむとおもふへしやはいさりふね

なみまもまたてかへるこゝろは

【校異】ナシ

【本文】ある女の局に、北国の受領の居たるを見て、言ひやる

52 漁り舟漕ぎもや揺ると思ひしを与謝の浦波ひまなかりけり

返し、女

53 うらみむと思ふべしやは漁り舟波間も待たで帰る心は

【訳】ある女の局に、北国の受領がいるのを見て、言ってやる

52 漁り舟は漕いで揺れるのかもしれないと思いましたが、与謝の浦の波はやはり途絶えることがなかったのでし

た。心配していたとおり、ひっきりなしにお通いのようですね。

返し、女

53 浦の様子を見ようと思うのでしょうか。そんなはずはありません。漁り舟が、寄せる波と波の間を待たずに帰る心は。私を恨もうと思うのでしょうか。そんなはずはありません。あなたが、他の男性が訪れる合間を待たずに帰る気持ちは。

【他出】 ナシ

【語釈】 52**○北国** 北の国。ここでは「与謝の浦」がある丹後国を指す。「今は昔、丹後国は北国にて、雪深く、風けはしく侍る山寺に、観音験じ給ふ。」（古本説話集・五三　丹後国成合事）。**○受領** 地方の長官。ここでは丹後守か。増淵勝一前掲論文（1番歌［補説］）に、当該歌の詠作年時を寛徳二（一〇四五）年と推定するので、『国司補任』で調べてみると、丹後守は、長久元（一〇四〇）年「（姓欠）高定　正月廿五日任（春記）」、永承三（一〇四八）年「大江清定　三月二日見（造興福寺記）」の二人の名前があがり、永承三年条には、『範国記』十月十一日に「高定」は「前丹波守」とある。従って、該当する期間の国司名は不明。もっとも、詠作年時を寛徳二年と推定できる確たる根拠がそもそもない。［補説］参照。**○漁り舟** 漁をする舟。また、夜に魚を集めるための漁り火をたいた舟。「五月二十七日、内大臣殿、宇治殿におはしましたる、御供に参りて、人々歌詠ませたまふ、漁り火の舟といふ心を／漁り舟天の川にや通ふらむ行き来のほども星と見ゆれば」（兼澄集Ⅱ・七〇）。ここでは家経自身を漁り舟に喩えた。**○漕ぎもや揺ると** 『新編国歌大観』『新編私家集大成』ともに「こぎもやゆくと」と翻刻している。「こぎもやゆくと」のほうが理解しやすいが、「こぎもやゆると」であろう。漕いで揺れるだろうかと。漕いで揺れるかもしれないと。「もや」は、「……だろうか」という軽い疑問や、「……かもしれない」という軽い懸念を表す。「秋の野に夜もや寝なむ女郎花花の名をのみ思ひかけつつ」（後撰集・秋中・三四五　よみ人知らず）。ここでは「舟を漕いで揺れる」ことに、家経の懸念の気持ちを重ねている。**○与謝の浦波** 与謝の浦に打ち寄せる波。与謝の浦は丹後国の歌枕。現在の京都府与謝郡の宮津湾のことである。「また女に／あけたてばあさまの山の燃え残り燃ゆればよさの浦の恋しさ」（匡衡集・七）。**〇ひまなかりけり**　「ひまなし」で間断がないこと、ひっきりなしであることを表す。「ともすればかきくもりつつ神無月なほぞ時雨のひまなかりける」（新千載集・冬・六〇三　相模）。
53**〇うらみむと思ふべしやは**　「浦見む」に「恨みむ」を掛ける。「男の久しう訪はざりければ／訪ふことを待つに月日はこゆるぎの磯にや出でて今はうらみむ」（後撰集・恋六・一〇四九　右近）。「やは」は反語。**〇波間**　波の絶え間。

【補説】　この贈答の後、54・55番歌に、同じ女とのやりとりがある。一人の女性のもとに複数の男性が通う形になっているのだが、これまでの説のように詠作年時を寛徳二年とすると、家経は五十四歳となる。四十歳以上がいわゆる算賀の対象となり、老人の仲間入りをする時代、恋に年齢は関係がないのかもしれないが、トシをとりすぎている感じがしないでもない。

ところで、当該歌に関わる興味深い資料がある。続詞花集に、

丹後守に侍りけるころ、ものいふ女のもとに、また人行くと聞きて遣はしける　　藤原兼房朝臣

まことにや人のくるには絶えにけむいくののさとのなつびきの糸（恋下・六二三）

と見えるものである。藤原兼房が丹後守であったころ、関係する女のもとに別の男が通っていると聞いて、その女に送った歌である。なお、右の歌は、玄玄集・一五四、金葉集三奏本・雑上・五二九、新続古今集・恋五・一五一九にも見え、新続古今集にも「丹後守に侍りけるころ……」の詞書がある。

兼房の歌は、本当でしょうか、他の男性が通ってくるとは、私との関係は絶えたのでしょうか、夏に引く糸のように、というもの。一首は、「くる」と「いく」が対になっていて、「くる」は「来る」と「糸」の縁語「繰る」の掛詞、また、「いくの」は「行く」と地名「生野」の掛詞である。「生野」は丹波国の歌枕で、京から丹後国赴任に兼房も通ってきた地である。

兼房は家経より九歳ほど若いが、まさに家経と同時代。二人は極めて親しい間柄でもあった。歌会や歌合などに

しばしば同席しているし、89番歌では兼房の美作守赴任に際して家経が馬を贈っているほどである。それが恋仇になるか、という問題はある。しかしむしろ別のところにこそ問題がある。兼房が丹後守になったのは長元元（一〇二八）年で、『小右記』同年九月二十六日の条に、

入レ夜丹後守兼房来、言二赴任由一、相逢暫談、与レ馬

とある。兼房二十七歳、家経三十六歳の折となる。年齢的にはずっとふさわしくなるが、家集の配列が大きく崩れるのである。家経集で確認できる最も早い時期の歌は、繰り返すようだが2番の信濃守赴任の折のもので、長元五（一〇三二）年、家経四十一歳の折のものだから、それ以前の歌ということになる。後に述べるが、家集末尾の部分は詠作年時順に並んでいる。これまでは家集全体が詠作年時順とされてきたのだが、実はそうではなかったのかどうか。鍵は、この問題をどう考えるかによっているように思われる。解説Ⅱ参照。

同女の許に和泉守のいくなりけりと人の
いへは又いひにやる

54 いさりふねなみまもまたしいつみなる
しのたのもりのかせもふくなり

かへし女

55 いさりふねなみやかせやにことつけて
うらよりをちになるとこそ見れ

【校異】 ナシ

【本文】同じ女のもとに、和泉守の行くなりけり、と人の言へば、また言ひにやる

54 漁り舟波間も待たじ和泉なる信太の杜の風も吹くなり

返し、女

55 漁り舟波や風やにことづけて浦よりをちになるとこそ見れ

【訳】同じ女のもとに、「実は和泉守が通っていたのですよ」と人が言うので、また言ってやった

54 漁り舟は波の絶え間も待たないでしょう。私はあなたのもとには行くつもりはありませんよ。和泉にある信太の杜の風も吹いているようですね。和泉守もあなたのもとに通っているらしい。

返し、女

55 漁り舟は波やら風やらのせいにして、浦より遠く離れてゆくと私は見ることですよ。あなたは何やかやと口実にして、私のもとより遠ざかっていくのですね。

【他出】ナシ

【語釈】54**〇和泉守** 和泉国の国守。［補説］参照。**〇波間も待たじ** 53番歌の「波間も待たで」を受けたもの。あなたのもとに行くつもりはない、の意。［補説］参照。**〇和泉なる信太の杜** 「信太の杜」は和泉国の歌枕。「和泉式部と道貞と仲違ひて、帥の宮に参ると聞きて遣りし／うつろはでしばし信太の杜を見よかへりもぞする葛のうら風」（赤染衛門集Ⅰ・一八一）。ここでは詞書に見える「和泉守」を暗に示している。**〇風も吹くなり** 詞書に「人の言へば」とある。この「なり」は終止形接続と考えられ、伝聞の意を表す。……らしい、……ということだ、の意。「また聞けば、侍従の大納言の御むすめ亡くなりたまひぬなり」（更級日記）。

55**〇波や風やにことづけて** 「波や風や」のように並列の係助詞「や」を使った例は、和歌ではあまり見られないが、枕草子（三条の宮におはしますころ）に、中宮定子の歌「みな人の花や蝶やと急ぐ日もわが心をば君ぞ知りける」が見える。**〇浦よりをちに** 浦から遠方に、の意。二人の関係が遠ざかることをいっている。「みくまのの浦より

をちにこぐ舟のわれをばよそに隔てつるかな」（新古今集・恋一・一〇四八　伊勢）。

【補説】　家経集において詠作年時のわかる最も早い歌は2番歌で、長元五（一〇三二）年、家経信濃守赴任の折の詠である。52・53番歌［補説］に記した丹後守がもし兼房と関係するならば、その前後の和泉守は、『国司補任』によれば、次のとおりである。

藤原章信　　治安三（一〇二三）年〜万寿三（一〇二六）年
源資通　　長元四（一〇三一）年〜長元七（一〇三四）年
源経長　　長元八（一〇三五）年〜長暦二（一〇三八）年
（源カ）基相　　長久元（一〇四〇）年
藤原（名欠）　寛徳元（一〇四四）年　左京権大夫東宮学士　（『式部省補任』によれば、藤原実綱）

さて、52・53番、54・55番歌の贈答は、いずれも「ある女」と家経のやりとりであるが、内容は三角関係のもつれといっていいだろう。「ある女」のもとには、家経の他に北国の受領や和泉守が通っているという。この二組の贈答は配列上並んでいるが、立て続けに詠まれたものではなく、時をおいて詠まれたのであろう。二つの贈答を繋ぐ言葉として「波間を待つ」という言い方が指摘できる。「ある女」は53番歌の家経への返歌で、「あなたが波の絶え間も待てず帰ってしまったのは、本気に私のことを怨んでなどいないでしょう」と言ったのを受けて、54番歌で家経は、「波の絶え間を待つつもりはない……もうあなたのもとに行くつもりはない……」と言っている。家経は度重なる女の裏切りに強い態度を示したのであろう。

ところで、家経は長元五（一〇三二）年には信濃国司として赴任して遠く京を離れるので、「漁り舟波や風やにことづけて」と女性が返歌しているが、家経の「信太の杜の風」を現任の「和泉守」とすると、源資通である可能性が高くなってこよう。

ある人かたゝかふとて九条によるとまりて
さくらのえたにむすひつけ給へる

56 しくれせぬなつたにふかきもみちは、
けふよりのちのいろそゆかしき

かへし

57 たひねするきみかたまつさかくとてや
またきこのはのいろつきぬらむ

【校異】 56ある人―ある人の（資）
57かくとてや―かくやとて（資）

【本文】 ある人、方違ふとて、九条に夜泊まりて、桜の枝に結びつけ給へる
56 時雨せぬ夏だに深きもみぢ葉は今日よりのちの色ぞゆかしき
返し
57 旅寝する君がたまづさ掛くとてやまだき木の葉の色づきぬらむ

【訳】 ある人が、方違えをするといって、九条に夜泊まって、桜の枝に結びつけなさった
56 時雨の降らない夏でさえも色深い桜のもみじ葉は、今日より後の色がさらに心ひかれることです。
返し
57 旅寝をするあなたの手紙を掛けて下さったということで、もう木の葉が色づいてしまっているのでしょうか。

【他出】 ナシ

【語釈】 56〇方違ふとて　方違えをするといって、の意。方違えは、「方角禁忌（方忌）に対する対処法」の一つで、「移徙や出行などで向かうべき場所や、犯土・造作すべき場所が忌むべき方角にならないように」、その住まいから他所に前もって移り宿すこと（『藤原道長辞典』思文閣出版　二〇一七）。「方違ふとて京極なる人の家に行きて、そのわたりに知りたる人に」（伊勢集Ⅲ・三七四詞書）。〇九条　九条にあった家経の家であろう。［補説］参照。〇時雨せぬ夏だに深きもみぢ葉は　「時雨」は秋から冬にかけて降る通り雨。一般的に時雨が降るごとに木々の葉は紅葉していく。ここは桜の葉が時雨の降る前の夏にもみじしたことをいっている。「五月の末に桜のもみぢたるにつけて／わが宿のこずゑにのみは秋こじをいかにもみづる夏のなかばぞ」（為頼集・五六）。

57〇旅寝する　56番歌詞書に「九条に夜泊まりて」とあり、それを「旅寝」と表現した。〇まだき木の葉の　早くも木の葉が、の意。「定めなき君が心にあへてこそまだき木の葉のあきを知るらめ」（元良親王集・七〇）。

【補説】　方違えは、一般的に身分の高い人が、その人より身分の低い人の家に行く場合が多い。ここも詞書に「ある人、……結びつけ給へる」と敬語が使用されているから、身分の高い「ある人」が、家経の九条にある邸に方違えをしたのであろう。この九条の邸は59番歌詞書に「九条別業」と見える。

なお、家経邸については、他に、

五月に、八条の山庄をある女の忍びて見けるに、硯の箱に書きつけたる（家経集・46詞書）

八条の家にて、人々詠㆓一首㆒、水上月（家経集・71詞書）

木工頭の八条にて（範永集・一五八詞書　注「木工頭」は家経のこと）

とあることから八条にもあったことがわかる。

58
七月七日人のもとにやる
わたるせにこそもふけにしあまのかは
ふなてはかりはよるならてせよ

【校異】 ナシ

【本文】 七月七日、人のもとにやる

58 渡る瀬に去年(こぞ)も更けにし天の川舟出ばかりは夜ならでせよ

【訳】 七月七日、人のもとに贈る

58 舟で瀬を渡ってお越しになるのに、去年も夜が更けてしまった天の川、せめて舟出ぐらいは夜でない時にしなさいよ。

【他出】 和漢兼作集・五三九

【語釈】 **○人のもとにやる** 友人に贈った歌であるが、織女の立場で歌を詠んでいる。［補説］参照。**○渡る瀬に** 「瀬」は一般的に川の浅い所をいい、徒歩で渡ることが多いが、ここは舟で渡るといっている。［補説］参照。**○去年も更けにし** 昨年も夜が更けてしまったことをいっている。なお、『新編私家集大成』では「ころもふけにし」と翻字しているが、「こそも……」と読むべきであろう。**○舟出ばかりは夜ならでせよ** 夜の舟出では到着が遅くなってしまうので早いうちに出発するよう促している。「しばしばも相見ぬ君を天の川舟出早せよ夜の更けぬ間に」（万葉集・巻十・二〇四二）。解説Ⅰ参照。

【補説】 天の川は、中国ではもっぱらかささぎが掛けた橋を渡る形になっているが、日本では浅瀬を徒歩で渡ったり、舟で渡ったりした形をとる。たとえば徒歩で渡る例としては、

天の川去年の渡り瀬荒れにけり君が来まさむ道の知らなく（万葉集・巻十・二〇八四）

天の川浅瀬白波たどりつつ渡り果てねば明けぞしにける（古今集・秋上・一七七　友則）

などがあり、舟を使った例としては、

天の川渡り瀬深み舟浮けて漕ぎ来る君が楫の音聞こゆ（万葉集・巻十・二〇六七）

わが上に露ぞ置くなる天の川とわたる舟の櫂のしづくか（古今集・雑上・八六三　よみ人知らず）

などがある。なお、当該歌は［語釈］にあげた万葉集歌をはじめ、次に示すような万葉集歌の影響を強く受けているように思われる。

天の川去年の渡りでうつろへば川瀬を踏むに夜ぞ更けにける（巻十・二〇一八）

天の川波は立つともわが舟はいざ漕ぎ出でむ夜の更けぬ間に（巻十・二〇五九）

家経は当該歌を織女の立場で詠み、夜になる前に来訪することを促しているのだろう。七夕の夜、毎年のように友人らを招集し、風情を楽しんでいたのかもしれない。あるいはその友人が去年は遅刻でもしたのだろうか。

古曽部入道有招引詞在九□（条）別業不向贈

以一首于時雪降

59 ふりつもるあさちかうへのしらゆきのに

ゆくへきみちもわすられにけり

かへし　いよにくたるほと

60 あやなしやあち（さ）かうへのことのはに

ふなてする身のこゝろとゝむる

【校異】59有招引詞─有様引詞（資） 九□（条）─九各（資） 不向─右白（資）

【本文】古曽部入道、有二招引詞一、在二九条別業一不レ向、贈レ以二一首一、于レ時雪降

59 降りつもる浅茅が上の白雪にゆくべき道も忘られにけり

返し、伊予に下るほど

60 あやなしや浅茅が上のことのはに舟出する身の心とどむる

【訳】 古曽部入道から、招待の言葉があった、九条の別邸にいるために向かわず、返礼として一首を贈った、折しも雪が降っていた

59 降りつもる浅茅の上の白雪によって、（あなたのもとへ）ゆくべき道も自然と忘れてしまったことですよ。

返し、伊予に下るころに

60 わけがわかりませんね。浅茅の上葉（あなたの歌）に、舟出をする身が、（身は出て行くのに）心を留めることです。

【他出】ナシ

【語釈】59**○古曽部入道** 能因のこと。21番歌、106番歌［補説］参照。**○招引** 招き寄せること。「水汲まむに、招引あらば、そののち、水桶をば捨てて参るべし」（十訓抄・藤原実資の女癖）。能因が伊予下向に際して、友人たちと別れを惜しむ宴に招いたか。**○九条別業** 「条」は、底本では重ね書きをして「各」とも読めそうだが、56番歌詞書に「九条」とあり、「条」と読めないこともないので判読した。「別業」は、別邸のこと。「夏日、於二右武（衛歟）将軍小野別業一、詠二池水久澄和歌一」（在良集・一三三詞書）。**○浅茅** 丈の低いイネ科の多年草チガヤ。能因歌枕に「浅茅とは、あれたるところを云」とある。「……浅茅が原あれたる宿にとどまりて……」（恵慶集・一七七詞書）、「……昨日見し宝の宿も、今日は浅茅が原と露しげくて……」（好忠集Ⅰ・三六九序文）などの用例があることから、ここも九条の別業を卑下して用いているか。**○忘られにけり** 餞別に行けない理由を、雪によって行くべき道がわからなくなったためと詠む。「わが宿は雪ふりしきて道もなし踏みわけてとふ人しなければ」（古今集・冬・三二二 よみ人知ら

ず)。雪で道が見えないことを詠む歌は33番にも。「忘られにけり」は、3番歌［補説］参照。
60〇**伊予**　現在の愛媛県にあたる。能因は長暦四（一〇四〇）年春に伊予へ下った後、帰京してからも何度か伊予に下向することがあったらしい。能因との送別歌は、21・22、105・106番にも。21番歌［補説］参照。〇**あやなしや**　「あやなし」は、理に合わない、わけがわからない、の意。「あやなしや宿の蚊遣火つけそめて語らふ虫の声をさけつる」（帯刀陣歌合・一二）。〇**浅茅がうへのことのは**　本文は、底本「あち（さ）かうへ」の傍字を生かした。浅茅の「葉」から「ことのは」を導く。〇**舟出する身の心とどむる**　「身」と「心」を対にして、身は離れるが、心は引きとめられると詠む。「恋死なば今宵も明日もしらぬ身をいけるほどだに心とどめよ」（元真集・三〇二）。

【補説】　降る雪のために招きに応じられない無礼を詫びる家経の歌に、能因は、これから旅立つものの心はここに留まることだ、と返答する。

浅茅に置く雪は、

松かげの浅茅のうへの白雪を消たずておかむことはかもなき（万葉集・巻八・一六五四　大伴坂上郎女）

と詠まれるものの、珍しい取り合わせ。解説Ⅰ参照。

同入道いよゝりをくれる哥

61 こよひわかうらやましきをたちかへり
あすはみやこにいてむ月かも

かへし

62 ゆきめくりみやこにいつる月かけの

いり<u>にし</u>（ぬる）にしをわすれかねつも

【校異】62いり<u>にし</u>（ぬる）にしを―いりいるにしを（資）

【本文】同入道、伊予より送れる歌

61 今宵わがうらやましきをたちかへり明日は都に出でむ月かも

返し

62 ゆきめぐり都に出づる月影の入りぬる西を忘れかねつも

【訳】同じ入道が、伊予より送った歌

61 今宵、私はあの月がうらやましいことです。すぐに立ち帰って、明日はまた都に出るかもしれない月なのですね。私は当分帰れそうもないのに……。

返し

62 ゆきめぐって、都に出た月が沈んでいった西、あなたのいらっしゃる方角を、私は忘れることができないでいたことでした。

【他出】ナシ

【語釈】61**○同入道** 59番詞書の古曽部入道に同じ。**○うらやましきを** 「を」は、詠嘆の終助詞。二句切れ。「生きたれば恋ひすることの苦しきをなほ命をば逢ふにかへてむ」（拾遺集・恋一・六八四 よみ人知らず）。

62**○ゆきめぐり** めぐりめぐって再び会うこと。「道にあへりける人の車にものを言ひつきて、別れける所にて詠める／下の帯の道はかたがた別るともゆきめぐりても逢はむとぞ思ふ」（古今集・離別・四〇五 友則）。**○入りぬる西** 底本は「いりにし」の「にし」の上に、「ぬる」と重ね書きしてある。「いりぬる」と解した。能因が下った伊予が都の西に当たることから、月が沈む方角と重ねて詠む。「筑紫にまかりて月の明かかりける夜詠める／都いでて雲居はるかに来たれどもなほ西にこそ月は入りけれ」（後拾遺集・羈旅・五二七　藤原国行）。**〇忘れかねつも**　忘れかねていたことだなあ。「かねつも」は、上代に多く用いられる表現。「海原を八十島がくり来ぬれども奈良の都は忘れかねつも」（万葉集・巻十五・三六一三）。

【補説】　月を見て、遠方に思いを馳せる歌は、古今集羈旅部の冒頭歌、

もろこしにて月を見て詠みける　　安倍仲麿
天の原ふりさけ見れば春日なる三笠の山に出でし月かも（古今集・羈旅・四〇六）

が著名。61番の結句「出でむ月かも」は、この歌の表現を摂取したものであろう。62番は「忘れかねつも」と、結句に万葉語を用いて応じている。

また「都の月」は、能因集Ⅰに、

京にて好事七八人ばかり、月の夜、客に会ふ、といふ題を詠むに
昔見し人にたまさか逢ふ夜かな都の月はこれぞうれしき（一二三八）

とも詠まれ、都の月が、数寄を追求し、旅を好んだ能因にとって、都の友人たちとの心をつなぐ特別なものであったことがわかる。

63

暮春詠尋花日暮

たつねこしはなにもあかすくれぬれは
はるのすきぬるこゝちこそすれ

【校異】　ナシ

【本文】　暮春、詠二尋レ花日暮一

63　尋ね来し花にも飽かず暮れぬれば春の過ぎぬる心地こそすれ

【訳】　暮れの春、花を尋ねて日暮る、を詠む

63　探してやって来た花にもまだ十分という気にならないうちに日が暮れてしまったので、春が終わってしまったような気持ちがすることだ。

【他出】　和歌一字抄・二〇六

【語釈】　**○暮春**　春の終りのころをいう。**○尋レ花日暮**　歌題。花を探しているうちに日が暮れてしまった、という意。［補説］参照。「尋レ花」題は、「山里尋レ花」（道済集・一四一）、「花山院、三月二十八日、花御覧じに歩かせ給ふ、御供に侍ひて、尋二残花一といふ題を」（長能集Ⅰ・七八）など。**○春の過ぎぬる心地**　まるで春が終わってしまったかのような寂しい気持ちのこと。

【補説】　範永集に、

花を訪ねて日を暮らす、といふ題を、左大弁の家にて

暮れぬとも今宵散らずは山桜旅寝うれしき身とや知られむ（一六一）

とある。同じ折の歌であろうか。右の詞書の「左大弁」は、源資通（一〇〇五～一〇六〇）を指す（『範永集新注』参照）。資通が、右大弁であった折（長暦三〈一〇三九〉年十二月十八日～）にも、

右大弁家にて、九日、翫レ菊（頼実集・五〇詞書）

長久三年、右大弁家にて、夜深待レ月、といふ題（頼実集・八四詞書）

などと見え、資通のもとにしばしば歌人達が集まって歌を詠みあったことが知られる。なお、88番歌・92番歌参照。また、資通は、大宰大弐の時に歌合を催している（『歌合大成』一五八）。

ところで、和歌一字抄には、家経歌とは離れた位置に、次の歌がある。

尋花日暮　国房

月待ちてまたや尋ねむ桜花たそかれどきになりぬとならば（一一〇〇）

国房は、同じく和歌一字抄に、

秋花不一　　範永

われはなほ女郎花こそあはれなれ尾上の萩はよそにても見む（一〇一七）

同　　経衡

秋来ればちぢに心ぞわかれけるいづれの花も飽かぬ匂ひに（一〇一八）

同　　国房

色々の花咲きけらし秋の野は置く白露の名にやたがはむ（一〇一九）

と、範永・経衡らとの同座詠が見える。よって、当該歌も、家経・範永・国房の同座詠としてよいであろう。

萩谷朴『歌合大成』（一六四）は、「天喜四年五月頭中将顕房歌合」と判断した歌合の出詠者「くにふさ」を「国房」としても、『尊卑分脈』に三人の「国房」がいると特定を避けていた。しかし、『和歌文学大辞典』では、「国房」について、「生没年未詳。父は玄蕃頭藤原範光。従五位下石見守。承保四（一〇七七）年八月二二日出家（水左記）」とし、天喜四（一〇五六）年の歌合もその国房としている。妥当な見解であろう。

64

於西宮惜落花和哥

としをへてかしらのゆきはつもれとも
おしむにはなもとまらさりけり

【校異】ナシ

【本文】於㆓西宮㆒惜㆓落花㆒和歌

64　年を経て頭の雪は積もれども惜しむに花もとまらざりけり

【訳】　西宮において、落花を惜しむ和歌

64　歳月を重ねるにつれ、頭の雪、白髪は増えていくけれど、惜しんでも季節は過ぎ、花もとどまることなく散っていくのだった。

【他出】ナシ

【語釈】**○西宮**　右京四条にあった源高明の居宅。28番歌ならびに［補説］参照。**○惜二落花一**　「惜二落花一」という題が目に付きはじめるのは、家経たちが活躍した時代以降から。「惜二落花一／苦しけれ春の心よさかしらに咲きては散らす花となしけむ」（経信集Ⅲ・四五）。**○頭の雪**　白髪のこと。「春、頭白き人のゐたるところを絵に描ける を／春来れど消えせぬものは年を経て頭に積もる雪にぞありける」（後拾遺集・雑五・一一一七　花山院御製）。

【補説】範永集には、当該歌に似る詞書の歌が二首見える。

西宮の桜を翫ぶ

惜しと思ふ人の心の風ならば花のあたりに吹かせましやは（範永集・一二四）

暮の春、落つる花を惜しむ

散り残る夏になるとも桜花惜しまざりける宿と言はせじ（同・一五九）

一二四番歌は西宮で桜を詠んだという状況や、花が落ちるのを惜しいと詠む思いが、また一五九番詞書「落つる花を惜しむ」は、「惜二落花一」という当該歌の題と重なる。どちらも同座詠の可能性があるが、決めがたい。

また、当該歌と同じ初句、下句も近似している歌が定頼詠にある。

春ごとに花を惜しむといふ心を

年を経て花に心をくだくかな惜しむにとまる春はなけれど（定頼集Ⅰ・三六／後拾遺集・春下・一四四）

ただし当該歌は、頭の雪、つまり白髪に象徴される老いは年を重ねるにつれて積もるのに……、と詠んでおり、そこに違いはある。
なお、家経集における西宮での詠歌は、当該歌以外では、28番「於二西宮一、詠二山家秋月一」、30番「於二西宮一、詠二紅葉未レ遍一」、91番「冬日、於二西宮一、詠二行客吹レ笛一序者」などがあり、そのうち30・91番歌はやはり範永集にも同じ題がある。

65

三月廿日向西八条

ちりのこるはなもやあるとたつねつる
やとのさくらものこらさりけり

【校異】 三月廿日―二月卅日（資）

【本文】 三月二十日、向二西八条一

65 散り残る花もやあるとたづねつる宿の桜も残らざりけり

【訳】 三月二十日、西八条へ向かう

65 散り残る花もあるかと尋ねてやってきた宿の桜も、すでに散って残っていないことだった。

【他出】 ナシ

【語釈】 **○三月二十日** 資経本では「二月卅日」。ただし「三月廿日」とある本が多いので、あるいは資経本も本来は「三月」とあったか。影印本では「二」としか読めないけれども、歌の内容からは春の終わりのほうがふさわしい。**○西八条** 77番歌詞書の藤原道雅や63番歌［補説］に名が挙がった源資通らの八条別邸という可能性も考えられるが、ここは家経の別邸か。［補説］参照。

【補説】 詞書に「西八条」と明記されているのは、当該歌と12番「西八条にて人々二つの題を詠みけりと聞きて、

誰ともなくて置かせたる」、77番「道雅三位西八条障子絵歌合」の三例。46番歌詞書では、

五月に、八条の山庄をある女（伊勢大輔）の忍びて見けるに、硯の箱に書きつけたる

と、「八条」とあるものが、伊勢大輔の歌が収録されている後拾遺集（雑五・一一四四）の詞書では、

山里にまかりてかへる道に家経が西八条の家近しと聞きて、車を引き入れて見ありきけるに、難波わたりの心地せられていとをかしう侍りければ、硯の箱の上に書き付け侍りける

と、「家経が西八条の家」となっている。また、

家経朝臣の桂の障子の絵に神楽したるところを詠める（金葉集・冬・二九四詞書　康資王母）

とある「桂」も、同じ西八条の別邸を指すのであろう。

ところで64番歌でも引用した範永集の次の歌、

暮の春、落つる花を惜しむ

散り残る夏になるとも桜花惜しまざりける宿と言はせじ（一五九）

は、「散り残る」「桜」「宿」が当該歌と重なる。

また当該歌の上二句と同じ、もしくは近似している先行歌がいくつか見られる。

三月つごもりの日、小一条中将のもとに

散り残る花もやあるとうちむれて深山隠れをたづねてしかな（道信集Ⅱ・三七）

この道信歌は、新古今集（春下・一六七）に、また小大君集にも収録されている。

また道信の君、実方君に、三月中十日のほど

散り残る花はありやとうちむれて深山隠れをたづねてしかな（小大君集Ⅰ・四七）

人々、長楽寺にありきて、残花をたづぬといふよし詠みしに

散り残る花もやあるとたづぬればそことも知らず日は暮れにけり（道済集・三二）

家経は107番歌でも次のように詠む。

散り残る花もたづねて見るべきに舟出に春も暮れにけるかな

66 とこなつの花を女の許につかはせるにかくいへり

とこなつににほへるはなのいろよりも
おれるこゝろのほとをこそ見れ

かへし

67 ふかきいろわきておりつるとこなつの
はなにこゝろの見へにけるかな

【校異】 66つかはせるに―つかはしけるに（資）

【本文】 とこなつの花を女のもとに遣はせるに、かく言へり

66 とこなつに匂へる花の色よりも折れる心のほどをこそ見れ

返し

67 深き色分きて折りつるとこなつの花に心の見えにけるかな

【訳】 とこなつの花を女のところへ届けたところ、女はこのように詠んでよこした

66 夏の間ずっと美しく咲いている花の色よりも、手折ったあなたの心のほどをこそ見ることですよ。

返し

67 深く美しい色を特別に選び折った、そのとこなつの花に、私の心がうまいこと見えてしまったのですね。

【他出】 ナシ

【語釈】 66**○とこなつ**　山野に自生する多年草、なでしこの異名。51番歌参照。薄紅色で、開花時期が長く、万葉集では秋の花として詠まれることの方が多い。ところが平安時代に入ると「とこなつ（常夏）」という異名により、夏の花のイメージで詠まれた歌が目立ちはじめ、「夏の間ずっと」の意でも詠まれるようになる。「とこなつに思ひそめては人知れぬ心のほどは色に見えなむ」（後撰集・夏・二〇一　よみ人知らず）。**○折れる**　66番歌は、底本では「おれる」だが、資経本は「をれる」。しかし67番歌の「おりつる」は資経本も「お」である。「お」ならば「織る」であろうが、ここでは66・67番ともに「を（折）る」と解した。**○心のほど**　心のありよう。情趣を解する心。相手への深い思い。6番歌ならびに［補説］参照。

67**○分きて**　識別して。特に選んで。「いづれをか分きて折らまし山桜心うつらぬ枝しなければ」（後拾遺集・春上・八九　祭主輔親）。

【補説】「心のほど」を、風流を解する意として、家経は6番歌で使っている。

　　山家梅

　住む人の心のほどは山里の梅の花咲く春ぞ見えける

しかし、［語釈］「とこなつ」の項で挙げた後撰集の歌や次に挙げる歌のように、恋慕のありようとして詠む歌の方が圧倒的に多い。

　人知れぬ心のほどを見せたらば今までつらき人はあらじな（拾遺抄・恋下・二三四）

　　題知らず　　祐盛法師

　色見えぬ心のほどを知らするは袂を染むる涙なりけり（千載集・恋一・六八八）

本贈答は、「花の色もすばらしいけれど、それより、手折って贈ってくださったあなたの風流な心がわかりましたよ」と女が詠んだ「心のほど」に対して、家経は敢えて「並々ならぬ私の恋心が現れ、あなたに伝わったのですね」という意味に用いて返歌したものか。

68　詠瞿麦勝衆花　序者

たつたひめことにやそめしはるもあきも
とこなつにしくはなのなきかな

【校異】詠瞿麦勝衆花―詠瞿麦勝泉花（資）　とこなつにしく―とこなつにして（資）

【本文】詠三瞿麦勝二衆花一　序者

【訳】

68　竜田姫ことにや染めし春も秋もとこなつにしく花のなきかな
　なでしこはどの花にも勝る、を詠む　序者であった

68　竜田姫が特別に染めたのかしら。春も秋も、夏から秋まで長く咲くとこなつに及ぶ花はないことだなあ。

【他出】和歌一字抄・七八八

【語釈】**○詠三瞿麦勝二衆花一　序者**　「瞿麦（くばく）」はなでしこ（撫子）。とこなつ（常夏）とも。なでしこは多くの花に勝る、という題で詠む、の意。「序者」は、家経が和歌序を作ったことを意味する。［補説］参照。**○竜田姫**　立田姫とも。奈良県西部の竜田山を女神竜田姫が色美しく染め上げると考えられていた。「見るごとに秋にもなるかな竜田姫もみぢ染むとや山もきるらむ」（後撰集・秋下・三七八　よみ人知らず）。［補説］参照。**○春も秋も**　なでしこは季節をまたぎ、長く咲く花として詠まれている。「ながけくに色を染めつつ春も秋も知らでのみ咲くとこなつの花」（貫之集Ⅰ・四六九）。51・66番歌参照。**○とこなつにしく花のなきかな**　「とこなつ」は前述したように瞿麦の異名。「常夏」と表し、「夏」を掛けることで、春・夏・秋と三つの季節を詠み込む。「しく」は打消の語を伴い、及ぶ、匹敵する、の意。

【補説】当該歌は和歌一字抄に経衡の歌とともにある。

瞿麦勝二衆花一　　家経朝臣

竜田姫ことにや染めし春も秋もとこなつにしく花のなきかな（七八八）

同　　経衡

千歳経む君ぞ見るべきとこなつに匂ひひとしき花はありとも（七八九）

また、同じ題で詠まれた歌が範永集や万代集にも見える。

高陽院殿にて、なでしこよろづの花に勝る、といふ心を

色深く咲くなでしこの匂ひには思ひくらべむ花のなきかな（範永集・二）

瞿麦勝二衆花一といふことを　　小弁

春秋と匂ふなかにも常夏の花にしくべき花のなきかな（万代集・夏・七五五）

『類題鈔』には、「455女一宮　瞿麦勝衆花有序」という記載があり、同題での詠歌に「序」があったことを裏付ける。さらに家経が書いた序については、顕注密勘抄に次のようにある。

われのみやあはれと思はむきりぎりす鳴く夕かげの大和なでしこ（古今集・秋上・二四四　素性法師）

瞿麦をば、鐘愛抽二衆草一、故曰二撫子一。艶装千年、故曰二常夏一と、家経朝臣の和歌序に書けり。此草、姿まことにちひさやかに美しく、色々なる匂ひめでたくて、他花よりも優れたれば、なづる子といひて、人の子によせて詠むなり。又匂ひ久しければ、常夏といへり。今歌もわれのみあはれと思ふべきにあらず。誰もさここそ見るらめと詠めり。

この「瞿麦をば、鐘愛抽二衆草一……と、家経朝臣の和歌序に書けり」は、当該歌詞書と重なる。

なお、『類題鈔』の「女一宮」とは祐子内親王のこと（『範永集新注』）。開催日は不明だが、高陽院において開かれた頼通後見による祐子内親王の歌会で、家経は序者となり、範永や経衡、内親王女房の小弁らとともに歌を詠ん

だことがわかる。

当該歌は前後の歌の並びからして、夏に詠まれたものと思われ、秋の女神「竜田姫」の使用が奇異に感じられる。確かに平安時代以降、なでしこは、

　なでしこの花散りがたになりにけりわが待つ秋ぞ近くなるらし（後撰集・夏・二〇四　よみ人知らず）

　　前栽のおもしろきを見て、言ひあつめたる

　わが宿を人に見せばや春は梅夏はとこなつ秋は秋萩（和泉式部集Ⅰ・四七一）

　　これを見て一品の宮の相模

　春の梅夏のなでしこ秋の萩菊のこり（本ノマヽ）の冬ぞ知らるる（和泉式部集Ⅰ・四七二）

のように、夏の花として詠まれることが多くなるが、万葉集では秋の花とも詠まれている。

　秋さらば見つつ偲べと妹が植ゑし宿のなでしこ咲きにけるかも（万葉集・巻三・四六四　大伴家持）

家経は「とこなつ」の「夏」を活かしながら、秋の女神とされる「竜田姫」を入れることで、「とこなつ」つまり「なでしこ」が「衆花」に勝る花であることを表現しようとしたのであろう。

　　或人の山庄にてさなへをとり郭公をきく
　といふ二の題を

69 さなへとるときしきぬれはみたやもり
まかするみつにをりたちにけり

70 ほとゝきすなくやまさとのかきねをは

かきたえすこそとふへかりけれ

【校異】 ナシ

【本文】 或人の山庄にて、早苗を取り、郭公を聞く、といふ二つの題を

69 早苗取る時し来ぬれば御田屋守まかする水に下り立ちにけり

70 ほととぎす鳴く山里の垣根をばかき絶えずこそ訪ふべかりけれ

【訳】 或人の山庄で、早苗を取り、ほととぎすを聞く、という二つの題を

69 苗代から早苗を取る時期がやって来てしまったので、御田屋守が、田に引いた水に下り立ったことよ。

70 ほととぎすが鳴く山里の垣根をこそ絶えず訪ねるべきであった。そうすればその声を聞くことができたのに。

【他出】 ナシ

【語釈】 69**○早苗取る** 「早苗」は苗代から本田に移し植えるころの稲の若い苗。「早苗取る」とは、その苗を田植えのために苗代から取ること。「昨日こそ早苗取りしかいつのまに稲葉そよぎて秋風の吹く」（古今集・秋上・一七二 よみ人知らず）。**○御田屋守** 「御田」を番小屋で管理する人。「御田」は神に捧げる稲を植える田。「御田屋守今日は五月になりにけり急げや早苗老いもこそすれ」（後拾遺集・夏・二〇四 曾禰好忠）。**○まかする** 田や池などに水を引く。サ行下二段活用の動詞「引（まか）す」の連体形。「我が田には木の下水をまかせ入れて花の匂ひを絶えずあらせむ」（順集Ⅱ・八四）。**○下り立ちにけり** 「下り立つ」は、事を始める場に下りて立つ、また、自ら直接行う、の意。「下り立てばそこまで漬つる袂さへなにうち返すあら田なるらむ」（順集Ⅱ・一六八）。ここでは、早苗を取るために田に下り立つ、の意。「にけり」の「に」は完了の助動詞「ぬ」の連用形、「けり」は詠嘆の助動詞の終止形。

70**○ほととぎす** ホトトギス科の鳥。「わが宿の池の藤波咲きにけり山ほととぎすいつか来鳴かむ」（古今集・夏・一三五 よみ人知らず）や、「桜色に染めし衣を脱ぎ換へて山ほととぎす今日よりぞ待つ」（後拾遺集・夏・一六五 和泉式

部）のように、鳴き声を心待ちにする歌が多い。また、「四月のつごもりに、右近の馬場にほととぎす聞かむとてまかりて侍りけるに、夜ふくるまで鳴き侍らざりければ」として、「ほととぎすたづぬばかりの名のみして聞かずはさてや宿に帰らむ」（後拾遺集・夏・一八〇　堀川右大臣〈藤原頼宗〉）と詠んでいたり、「ほととぎすの声たづねに行かばや」とわざわざ賀茂の奥まで女房たちと出かけて行ったり（枕草子・五月の御精進のほど）と、探しに出かけることも多かった。**〇かき絶えず**　「かき」は語意を強める接頭語。第三句「垣根をば」の「垣」と、「かき絶えず」の「かき」が同音反復。「淀川のよどむと人は見るらめど流れて深き心あるものを」（古今集・恋四・七二一）の「よど」と同じ用法。**〇訪ふべかりけれ**　「訪ふ」は訪問する。「べかり」は当然の助動詞「べし」の連用形、「けれ」は詠嘆の助動詞「けり」の已然形。訪ねるべきであったことよ。山里の垣根へのほととぎすの来訪を後から知り、「今にして思うと……」という気持ちを表現する。「今ぞ知る苦しきものと人待たむ里をば離れず訪ふべかりけり」（古今集・雑下・九六九　業平朝臣）。

【補説】『範永集新注』では、次の二首が当該歌と同座詠の可能性があると指摘する。

　田家、青苗

早苗取る今日しも人の宿に来て（　　　）身を濡らしつるかな（範永集・一六三）

　郭公

むばたまの夜ひとよ鳴けやほととぎす寝る人ねたく聞きもこそすれ（同・一六四）

当該歌では「二つの題を」とあり、69番歌の題が「早苗を取り」で、70番歌の題が「郭公を聞く」であることは明らかである。前者の題は本来「早苗を取る」と終止形であるべきであろう。

八条の家にて人〳〵詠二首　水上月

71 かけやとすみつのにこると見へつるは
そらなるつきやくもかくるらむ

72 おきのはに秋をしらせてかせのをとの
まつにこたかくきこゆなるかな

【校異】72おきのはに―はきのはに（資）

【本文】八条の家にて人々詠二首、水上月

71 影宿す水の濁ると見えつるは空なる月や雲隠るらむ

72 荻の葉に秋を知らせて風の音の松に木高く聞こゆなるかな

【訳】八条の家で人々が二首を詠む、水上の月

71 月の光を映しとどめる水が濁ると見えたのは、空にある月が雲に隠れているのだろうか。

72 荻の葉に秋を知らせて揺らした風の音が、松の高い梢を吹き過ぎて聞こえることだなあ。

【他出】ナシ

【語釈】71**○八条の家**　家経の八条にあった山庄。16・17・46番歌参照。**○水上月**　水面に映る月。「八月、左大臣後院にて宴をなす夜の歌、水上月／水清み宿れる秋の月さへや千代まで清く澄まむとすらむ」（順集Ⅱ・二四七）。歌題については［補説］参照。**○影宿す**　「影」は月光。「影宿す」はここでは、月光を映しとどめる、の意。「もみぢ葉のたまれる雁の涙には秋の月こそ影宿しけれ」（是貞親王家歌合・六四）。**○空なる月や**　「なる」は存在を示す助動詞「なり」の連体形。……にある。「ひさかたの天つ空なる月なれどいづれの水に影宿るらむ」（拾遺集・雑上・

四四〇　躬恒）。「や」は疑問の係助詞。**〇雲隠るらむ**　「雲隠る」は月や雁などが雲に隠れて見えなくなる。「限りありて入るだに飽かぬ月影のいかにせよとて雲隠るらむ」（教長集・四一三）。「らむ」は現在の推量の助動詞で、第四句の係助詞「や」を受けて連体形。……ているのだろうか。

72**〇荻の葉に秋を知らせて**　「荻」はイネ科の多年草で、湿地に群生する。薄に似るが、葉が大きくて広い。秋に黄褐色の大きな花穂をつける。荻の葉のそよぎに秋の気配を感じ取るという発想類型がある。ここでは擬人化して「風が荻に秋を知らせる」としている。「荻の葉の吹き出づる風に秋来ぬと人に知らるるしるべなりける」（躬恒集Ⅳ・四四八）。**〇松に木高く**　「木高く」は、梢が高い。「松に木高く」については［補説］参照。**〇聞こゆなるかな**　助動詞「なる」は聴覚による判断を示す。「かな」は詠嘆の終助詞。聞こえることだなあ。「あはれにも聞こゆなるかなわが宿の梅散りがたの鶯の声」（和泉式部集Ⅱ・二一七）。

【補説】　71について、『範永集新注』や吉田茂『経衡集全釈』（風間書房　二〇〇二）は、次の二首との同座詠を指摘する。

水の上の月、木工頭の八条にて
ひさかたの月影映す水なくは雲居をのみや思ひやらまし（範永集・一五八）

水上月
曇りなき空なるよりも秋の夜の月は水にぞ澄みまさりける（経衡集・三三）

また、『範永集新注』の指摘のとおり、『類題鈔』に「575家経会　水上月　聴松風」とあるので、「水上月」題で詠歌した家経邸での歌会では、「松風を聴く」という歌題でも歌が詠まれたと知ることができる。当該歌詞書には「一首を詠む」とあり、72番歌の内容からも「水上月」に続いて、「聴二松風一」とあったものが欠落したと考え、71番歌の歌題を「水上月」、72番歌の歌題を「聴二松風一」として解した。

「松風を聴く」という歌題の例は多くないが、道済集一四番歌（後拾遺集・雑三・九九二に「題知らず」として入集）に、

松風を聞く
世の中に思ひ乱れてつくづくと眺むる宿に松風ぞ吹く
と見える。なお、和漢朗詠集（夏・「納涼」・一六四）に、
池冷水無三伏夏　松高風有一声秋　英明
（いけすずしくしてはみづさんふくのなつなし　まつたかくしてはかぜひとこゑのあきあり）
とある。「水辺の風は涼しく、炎暑を感じさせない。木高い松を吹き過ぎる風のさわやかな響きが、秋の訪れを告げてくる。」という納涼詠である。
72番歌は、荻の葉を揺らす風に秋を感じ取る和歌古来の発想と、木高い松に吹く風に秋を感じるという漢詩の発想を併せ、涼しげな風に秋を知る情景を詠んでいるか。
なお、「水上の月」題ならば、通常、範永や経衡歌のように「月影映す水」「澄みまさる」などと詠むのが普通であろうに、「水の濁る」と表現するのは、自邸における歌会ゆえの謙遜する気持ちからであろうか。

73
物詣の道に舟中月といふ題を
こきゆけとはなれぬかけをひさかたの
月のふねとや人や見るらむ

【校異】はなれぬかけを―はなれぬかせを（資）　人や見るらむ―人はみるらん（資）
【本文】物詣の道に、舟中月、といふ題を
73　漕ぎ行けど離れぬ影をひさかたの月の舟とや人は見るらむ
【訳】物詣の途中で、舟の中の月、という題を

73　漕いで行くけれど離れない光を、月の舟と人は見ているだろうか。

【他出】　ナシ

【語釈】　**〇物詣**　神社・寺院に参ること。参拝。参詣。**〇舟中月**　舟の中で見る月。船中月とも。［補説］参照。**〇影**　月光のこと。**〇ひさかたの**　枕詞。ここでは「月」に掛かる。「ひさかたの月の桂も秋はなほもみぢすればや照りまさるらむ」（古今集・秋上・一九四　忠岑）。**〇月の舟**　月を舟に喩えた語。［補説］参照。**〇人は見るらむ**　底本には「人や見るらむ」とあるが、第四句に「月の舟とや」とあり「や」が重複するので、資経本により改めた。

【補説】　「月の舟」の先行例は少なく、万葉集に次の三例が見いだせる。

天の海に雲の波立ち月の舟星の林に漕ぎ隠る見ゆ（巻七・一〇六八）

春日なる三笠の山に月の舟出づみやびをの飲む酒杯に影に見えつつ（同・一二九五）

天の海に月の舟浮け桂梶掛けて漕ぐ見ゆ月人をとこ（巻十・二二二三）

なお、右の一〇六八番歌は、古今六帖（二五二）、拾遺集（雑上・四八八）、人麿集Ⅰ（二三四）、同Ⅱ（一八三）、同Ⅳ（五一）などにある。ただし表現に小異がある。

また、懐風藻には次のように見える。

五言　詠ㇾ月　一首

月舟移霧渚　楓檝泛霞浜　台上澄流耀　酒中沈去輪

水下斜陰砕　樹除秋光新　独以星間鏡　還浮雲漢津

月舟霧渚に移り、楓檝霞浜に泛ぶ。台上流耀澄み、酒中去輪沈む。

水下斜陰砕け、樹除秋光新たし。独り星間の鏡を以て、還りて雲漢の津に浮かぶ。

文武天皇の五言律詩である。小島憲之校注『懐風藻　文華秀麗集　本朝文粋』（日本古典文学大系　一九六四）の注釈では、「月舟」の例が万葉集以外に見えないと指摘し、辰巳正明『懐風藻全注釈』（新訂増補版　花鳥社　二〇二一）

も、「月船」を「軽皇子文化圏」で醸成された語であると説く。また、土佐秀里「文武天皇の漢詩」（『日本漢文学研究』3　二〇〇八・三）は、人麻呂の造語である「月の舟」を、文武天皇も詠物詩で詠んだものの、この試みがそのまま漢詩や和歌に定着はしなかったと説いている。

万葉集一〇六八番歌、二二二三番歌、文武天皇の詩はいずれも、空を海に、月を舟に喩えており、舟のように月が空に浮かぶ様を詠む。また、一二九五番歌は、三笠山の上空に出た月を舟に喩え、その光が盃に映る様を詠む。

なお、「舟中月」という題の歌には次のようなものがある。

　　船中月といふ心を詠み侍りける　　　　源師賢朝臣

水慣（みなれ）棹とらでぞくだす高瀬舟月の光のさすにまかせて（後拾遺集・雑一・八三五）

　　後三条院御時、殿上人、舟のうちの月

常よりも月の光のさやけきは天の河原に舟や来ぬらむ（匡房集Ⅰ・九五）

いずれも「月の光」が詠み込まれている。家経詠も、漕ぎ行く舟にはずっと月の光がさし続けている、その光をまとう舟を見る人は、まるで月が舟となって進んでいく、と思っているのではないか、と詠んでいるのであろう。

74

　　悲歎之間無情放遊被牽好客至東山
　　趾不能他忍遊月依水知山葉之什而已

わかそてのしつくとや見るおくやまの
もみちしらするたにかはのみつ

【校異】　不能他忍―不能佗忍（資）　遊月―遊同（資）　依水―詠水（資）

【本文】 悲嘆之間、無レ情放遊、被レ牽二好客一、至二東山趾一、不レ能二侘忍一、遊レ月、依レ水知二山葉一之什而已

74 わが袖の雫とや見る奥山のもみぢ知らする谷川の水

【訳】 悲しみ嘆くことがあって、歌を詠むこともなく過ごしていた折に、風流人士に連れられて、東山の住居あとにやって来たが、心細い思いを我慢できず、月を眺め、水によって山のもみじを知るという趣の歌を詠むばかりであった

74 嘆き悲しむ私の袖の血涙の雫と人は見るだろうか。紅の落葉を浮かべて奥山のもみじを知らせる、谷川の水であるよ。

【他出】 ナシ

【語釈】 **○悲嘆之間** 悲しみ嘆くことがあって。具体的な事情は未詳。身内の不幸などがあったか。**○無レ情放遊** 「無レ情」は、ここでは「心の働きがなくなる」の意か。「有色易分残雪底　無情難弁夕陽中（いろあてはわかちやすしさんせつのそこ　なさけなくしてはわきまへがたしせきやうのうち）」（和漢朗詠集・春・「紅梅」・九八　兼明親王）など、「詩情が無い」の意で用いられる。「放遊」は、気ままに遊ぶ、の意。「何処月光足放遊　寺称遍照富風流（何れの処の月光か放遊するに足らむ　寺は遍照と称し風流に富む）」（本朝無題詩・一五一　藤原明衡「遍照寺翫レ月」）。当該詞書では、詩歌を詠むこともなく過ごしていた、ということか。**○被レ牽二好客一、至二東山趾一** 当該歌も範永集との関連が指摘される。［補説］参照。「好客」は、風流の人。好い遊び仲間。「被牽好客艶陽興　恣轄行輪送日車（好客に牽かれて艶陽の興あれば、恣（ほしいまま）に行輪に轄（くさび）して日車を送らむとす）」（本朝無題詩・五一七　藤原明衡「春日遊二長楽寺一」）。当該歌では、好客とは範永らを指すのであろう。また、「東山趾」は東山に住んだといわれる能因の住居跡でもあろうか。**○不レ能二侘忍一、遊レ月、依レ水知二山葉一之什而已** ここは、資経本に従い「他」を「侘」と校訂し、「侘び忍ぶる能はず、月に遊び、水に依り山葉を知るの什のみ」と訓読しておく。文末部の「什」は、詩経の雅と頌の各十編をいい、転じて詩歌の作品をいう語。「而已」は、限定・強意を示す助字で、「……だけである」「……にすぎない」。後半の「依レ水知二

山葉一之什而已」のうち、「依レ水知二山葉一」の部分が範永集二九番歌の詞書に一致し、この後半部を「水に依り山葉を知る」題の歌を詠むばかりだった、の意と解釈できる。［補説］参照。**○わが袖の雫とや見る**　私の袖の涙の雫と見るだろうか。「涙にぞ濡れつつしほるよの人のつらき心は袖の雫か」（貫之集Ⅰ・五七〇／伊勢物語・七十五段）。当該歌では、三句以降、奥山のもみじが谷川に流れていると歌うことから、袖の雫を悲嘆による紅涙の雫と解した。

【補説】　これまでの歌にも見られたように、当該74番と次の75番「落葉埋レ菊」の歌は、範永集の二九・三〇番歌と歌の題と趣旨、並びまで一致するので、同時詠であろうか。ただし、当該歌には「之什而已」とある。

　　山葉を水に依りて知る
　色かはる岩間の水をむすばずは尾上の梢見にやゆかまし（範永集・二九）

範永集では詠歌事情の説明はなく、この時、家経にどのような事情があったのかはわからない。涙を「袖の雫」と表現するのは、範永集でも後朝の歌に見られ、常套句的なものであった。

　かこつともいかが答へむ五月雨のほどふるころの袖の雫を（範永集・一〇四）
　涙こそ人をば濡らせ雨降れど袖の雫はかかりやはする（同・一〇五）

　　　落葉埋菊
75
もみちはのほかよりたかくつもれるや
きくのさけりしところなる覽

【校異】　ナシ

【本文】　落葉埋レ菊
75　もみぢ葉のほかより高く積もれるや菊の咲けりしところなるらむ

【訳】　落葉が菊を埋めている

75　もみじの落葉がよそよりも高く積もっている所が、菊の花の咲いていた場所なのだろうか。

【他出】　和歌一字抄・三八八　和漢兼作集・九六四

【語釈】　**〇落葉埋レ菊**　菊の花が植えられている場所を落葉が埋め隠しているさまをいう題か。範永集にも見られる。［補説］参照。**〇菊の咲けりしところ**　かつて菊が咲いていた場所。過去の助動詞「き」の使用から、その光景の確かさをいう詠みぶりになる。「うつろふと見ゆるものから菊の花咲けりし枝ぞ変はらざりける」（延喜十三年内裏菊合・一一　貫之）。

【補説】　当該歌の［他出］二例は次のとおり。

落葉埋レ菊　　　　　　　　　　家経
もみぢ葉のほかより高く積もれるや菊の盛りしところなるらむ（和歌一字抄・三八八）

葉落埋レ菊　　　　　　　　　　藤原家経朝臣
もみぢ葉のほかより高く積もれるや菊の咲けにしところなるらむ（和漢兼作集・九六四）

いずれも第四句に異同があるが、どちらも句意・文法に難があるため、恐らく誤写によって生じたものであろう。なお、和漢兼作集では詞書も異っている。

また、当該歌と同時詠と考えられる歌は、範永集では次のとおり。

落葉菊を埋む
散りぬべき花見る春を忘るるはもみぢを着たる菊にぞありける（三〇）

76 むめのはなちるこのしたにゆくみつの
なかれを見てや人のきつらむ

【校異】　ナシ

【本文】

76　梅の花散る木の下に行く水の流れを見てや人の来つらむ

【訳】

76　梅の花が散り落ちて流れ行く木の下の水、梅の花びらを運ぶその流れを見て、人がやって来たのだろうか。

【他出】　左京大夫八条山庄障子絵合・二

【語釈】　**○木の下に行く水**　花木のすぐそばを流れる川や遣り水。花が散る時には水面に花びらが落ちる。「桜咲く木の下水は浅けれど散り敷く花の淵とこそなれ」（詞花集・春・三九　源師賢朝臣）。また、花びらが落ちることで花の美しさも水に運ばれると考える歌もある。「わが田には木の下水をまかせ入れて花の匂ひを絶えずあらせむ」（順集Ⅱ・八四）。

【補説】　当該歌は、「〔寛徳二年十月―天喜二年七月夏〕左京大夫道雅障子絵合」（『歌合大成』一五四）の一首である。家経集では、次の77番歌からがこの歌合の歌として「道雅三位西八条障子絵歌合」と詞書にも示されているのだが、当該歌のみが一首前のずれた位置に置かれていて、不審。『歌合大成』（一五四）によると、次のような障子絵に五人が付けた歌であった。なお、引用に際して、算用数字に（　）を付し、適宜表記を改めた。以下81番まで同じ。

障子に、家の前に紅梅あり、水のその〔　〕（ママ）に流れたり、人々来てこれを見る

一番　左　　兼房

（1）散りかかる影は見ゆれど梅の花水には香こそ移らざりけれ

右　　　　　　　　　　　　　　　　　　家経
(2)梅の花散る木の下に行く水の流れを見てや今日は来つらむ
二番　左　　　　　　　　　　　　　　　範永
(3)春風の吹きもやすると梅の花咲きにし日より君をこそ待て
右　　　　　　　　　　　　　　　　　　経衡
(4)訪ね来る人にも見せむ梅の花散るとも水に流れざらなむ
三番　左　　　　　　　　　　　　　　　頼家
(5)梅の花匂ひことなる宿に来て折らぬ袖にも移りぬるかな

また、右の経衡詠が、家集では、

人家の前に梅の木あり、花散りて遣水に流れ下るところながめて、女あり
訪ね来る人にも見せむ梅の花散るとも水に流れざらなむ（経衡集・八）

ともある。両者を併せると、遣水の傍らに紅梅の木があり、花が散って流れているのを人々が眺めている、そのような絵に付けられた歌、ということになろうか。

77

道雅三位西八条障子絵歌合

ほとゝきすまつそかひなきやまちかみ
なにゆへにすむやとならなくに

【校異】ナシ

【本文】道雅三位西八条障子絵歌合

77　ほととぎす待つぞかひなき山近み何ゆゑに住む宿ならなくに

【訳】　道雅三位の西八条の障子絵歌合に

77　ほととぎすが鳴くのを待つのは、そのかいがないことだ。山が近いので、ほととぎすの声を待つほかにはなんのために住むという宿ではないのに。

【他出】　左京大夫八条山庄障子絵合・一二

【語釈】　**○道雅三位西八条障子絵歌合**　藤原道雅が、左京大夫在任期の寛徳二（一〇四五）年十月以降、天喜二（一〇五四）年七月に出家して死去するまでの間に西八条の山荘で催した歌合。ただし解説Ⅱに言及するように、家集の配列からは、永承元（一〇四六）年、または永承二年に開催された可能性が大きい。なお、作者は兼房・家経・範永・経衡・頼家の五名、梅・桜・郭公・菖蒲・納涼・紅葉・雪の障子絵七画題のもとに詠まれた歌を、歌合形式に左右に番わせたもの。〔補説〕参照。藤原道雅については15番〔補説〕参照。当該歌は詞書、すなわち絵柄の説明を欠く。〔補説〕参照。**○待つぞかひなき**　ほととぎすの鳴き声を待ってもそのかいがない、の意。「山里のかひもあるかなほととぎす今年も待たで初音聞きつる」（袋草紙・七四　良暹）のように、山里では、たやすくほととぎすの鳴き声を聞くことができると歌われる。それが当該歌では、「山近み」という場所でありながら、ほととぎすの鳴き声を聞くことができなかったことをいう。また、「かひ」には「山」の縁で「峡」の意もある。**○山近み何ゆゑに住む宿ならなくに**　ほととぎすの鳴き声を待つかいのある山に近い場所だから住むのであって、そのほかの何のために住むというのか、その価値のある家ではないのに、という気持ち。「小山田の深田の蛙何ゆゑにこひぢに濡れて鳴くならなくに」（古今六帖・一五九七）、「われならぬ人に折らるる女郎花何ゆゑしめし野辺ならなくに」（夫木抄・秋二・四二九九　左京大夫顕輔卿）。

【補説】　『歌合大成』（一五四）「左京大夫道雅障子絵合」には、他にはある絵柄を欠いている。ただし、範永集に、右京大夫八条の家の障子に、初めの夏、山里なる家にほととぎす待つ

今朝来鳴くさやまの峰のほととぎす宿にも薄き衣片敷く（範永集・五）

とあり、経衡集にも、

山里に人ありて、水のほとりにてほととぎすを待つ所

山近きかひこそなけれほととぎす都なりともかくぞ待たまし（経衡集・一〇）

とあるので、絵には山里の家で人がほととぎすの鳴き声を夜通し待つ情景が描かれていたものであろう。さらに、当該歌と経衡の歌とでは、「山近し」、「かひなし」と、上句の表現が共通し、ほととぎすの声を聞くことができなかった不満を強く表出した歌いかたであるのも一致している。

『歌合大成』（一五四）では次のとおり。

左　　　　兼房朝臣

(11) わが宿に初音は来鳴けほととぎすまづ聞きてきと人に語らむ

右　　　　家経朝臣

(12) ほととぎす待つぞかひなき山近み何ゆゑに住む宿ならなくに

左　　　　範永

(13) 今日来鳴けさやまの峰のほととぎす宿にも薄き衣片敷く

右　　　　経衡

(14) 山近きかひこそなけれほととぎす都なりともかくぞ待たまし

左　　　　頼家

(15) ほととぎす待つとて影を見つるかな水には声のうつるものかは

なお、家経集には、76番歌の詞書と、本来詠んでいたはずの、桜題の詞書と和歌とが欠けている。同様に、二十巻本歌合本文により、家経歌かと思われるものをあげると、

暮春、山道に桜見る人多かり。是人々そのはかた（ママ）

（7）散りがたになりにけらしな桜花咲きしよりこそ見るべかりけれ

とある。家集に記す意図がなかったのか、何らかの事情で欠けてしまったのか、不明。底本の真観本巻末には、「和歌百十首」とあるのに、実際は百八首という二首の差があり、82番歌の「同三年閏正月……」ではじまる「同」の詞書からも、和歌が欠落している可能性があり、家集全体から考えてみたいところである。

78

かはのほとりにあやめかる人ありはし
のもとにむまをとゝめてひとこれを見る
あやめくさ人のかるにもわかこまは
ひきとめらるゝものにそありける

【校異】　ナシ

【本文】　川のほとりにあやめ刈る人あり、橋のもとに馬をとどめて、人これを見る

78　あやめ草人の刈るにもわが駒は引き止めらるるものにぞありける

【訳】　川のほとりであやめを刈る人がいる、橋のたもとに馬を止めて、人がこれを見る

78　あやめ草を人が刈るのを見ても、私の馬は自ずと引き止められるのであったよ。

【他出】　左京大夫八条山庄障子絵合・一六

【語釈】　**○あやめ刈る**　「あやめ」はサトイモ科の常緑多年草。ショウブ。葉から発する芳香で邪気を払うため、上代では頭髪につけたりしたが、平安時代になると、五月五日の節に、軒に葺いたり、薬玉を作って御帳台などの柱に掛けたりした。「五月五日に家にあやめ葺くを見て詠める」（金葉集・夏・一三三詞書）。また、根の長さを競う根

合も行われた。根を引いたところから、「あやめ」は引くものと歌われることが多い。ここでは、その菖蒲を刈っている絵柄であろうか。［補説］参照。**〇引き止めらるる** 自然と引き止められる。「引き」は「あやめ」の縁語。「らるる」は自発の助動詞「らる」の連体形。

【補説】 当該歌は、『歌合大成』（一五四）では次のとおり。家経集の詞書は、歌合の絵柄の説明と完全に一致している。

川のほとりに菖蒲刈る人あり、橋のもとに馬をとどめて、人これを見る

右　　　　　　　　　　　　　　　家経

(16) あやめ草人の刈るにもわが駒は引き止めらるるものにぞありける

左　　　　　　　　　　　　　　　範永

(17) あやめ草をかだのもとに松かけて誰がためにとか急ぎ引くらむ

右　　　　　　　　　　　　　　　経衡

(18) 駒わたす橋にもあらねばあやめ刈る人に浅瀬を問ひてゆくかな

左　　　　　　　　　　　　　　　頼家

(19) もろともに刈りつと聞きてあやめ草葺くべき宿に知らせてしかな

経衡集には、

五月五日、川のほとりに菖蒲刈る人あり、橋のもとに馬を留めて、人これを見る

駒わたす橋にあらねばあやめ刈る人に浅瀬を問ひて行くかな（九）

とあり、詞書に「五月五日」が加えられている。

萩谷朴（『歌合大成』一五四）は、家経歌の前に本来あるはずの「左」方の兼房歌を欠いている点について、障子絵一点の画題に対して、五人の作者をして詠作せしめたのであるから、どうしても二番四首を番って一首

あまることとなる。従って末尾の一首は、次の異題の和歌と番わせられることとなる。もし画題が偶数であるならば、五人の作者が全て同数の歌を詠進すればよいわけであるが、……奇数の七題であるから、五人が同数七首を詠めば、三十五首となって一首あまる。そこで春二題秋二題冬一題に対して、三題の夏から兼房の一首を除いて、三十四首十七番として整理したのであろう。

とする。また、「……各種の障子絵を前に、その絵を主題として詠まれた歌を、左右より読み上げ、歌と歌、歌と絵を比較観賞する楽しみにとどめられて、歌合としての勝負はなかったものであるかも知れない」とも説明する。

なお、この図柄にやや似た屛風歌の例が恵慶集に見られる。

五月、菖蒲葺きたる家に、男あるじ馬引き出て見侍

わが駒の常はすさめぬあやめ草引きならべては今日こそは見れ（恵慶集・五）

あやめ草と駒の組み合わせといえば、拾遺集に採られた、

生ふれども駒もすさめぬあやめ草かりにも人のこぬがわびしさ（恋二・七六八　躬恒）

が有名であり、恵慶の歌もその影響下にある。「あやめを刈る人」と「駒を止めて見る人」の絵も、あるいはこうした歌の流れを意識して描かれたのであろうか。

79

あまのかはみきはすゝしきあきかせに
けふはあふきのかせもわすれぬ

【校異】　ナシ

【本文】

79　天の川みぎは涼しき秋風に今日は扇の風も忘れぬ

【訳】
79　天の川の水際の涼しい秋風に、今日は扇であおぐ風のことも自ずと忘れてしまったことだ。

【他出】　左京大夫八条山庄障子絵合・二一　夫木抄・雑六・一〇八八八

【語釈】　○天の川　銀河。七夕伝説によって知られる天上の川。「秋風の吹きにし日よりひさかたの天の川原に立たぬ日はなし」（古今集・秋上・一七三　よみ人知らず）。○扇の風　扇であおいで起こす風。あるいは「あふぎ」には、七夕の逢瀬の「逢ふ」を響かせるか。「天の川扇の風に霧はれて空すみわたる鵲の橋」（拾遺集・雑秋・一〇八九　元輔／和漢朗詠集・夏・「扇」・二〇二）、「天の川川辺涼しきたなばたに扇の風をなほや貸さまし」（拾遺抄・秋・九八　中務／和漢朗詠集・夏・「扇」・二〇一）などの例から、「天の川」と「扇の風」には親和性が見られる。なお、扇は夏の物であるが、たとえば「手もたゆく馴らす扇の置きどころ忘るばかりに秋風ぞ吹く」（相模集Ⅰ・二五六／新古今集・秋上・三〇九　相模）などは、有名な走湯権現奉納百首中の歌で、すでに家経の歌以前に詠まれており、やがて「手に馴らす夏の扇と思へどもただ秋風のすみかなりけり」（秋篠月清集・三二一）など、秋歌に詠まれることも増えていった。

【補説】　当該歌では、詞書、即ち絵柄の説明を欠いており、範永集と経衡集はともにこの部分に該当する歌そのものを欠いているが、『歌合大成』（一五四）によれば次のとおりである。

暮の夏、松原の下に涼みする人々あり

右

(20) 夏川の瀬々の白波立つばかり秋待つほどの風も吹かなむ

左　家経

(21) 天の川みぎは涼しき松風に今日はあふぎの風も忘れぬ

右　範永

(22) 涼しさも勝りやすらむ水上にのぼる鵜船に乗りてゆかばや

左　　　　　　　　　　　　　　　　　　　　　　　経衡

(23) 川辺なる松の繁みは夏衣かさぬばかりに風ぞ吹きける

右　　　　　　　　　　　　　　　　　　　　　　　頼家

(24) 松風も川瀬の波にかよひつつ音を聞くさへ涼しかりけり

一首目は作者名無表記、ただし他の箇所から判断すると当然兼房の詠であろう。

また、右の絵柄の説明では「暮の夏」に「松原の下に涼みする人々あり」とあるだけだが、すべての歌に「川」が詠み込まれている。説明が不十分なようにも思われる。

なお、家経詠の第三句は、歌合では「松風」、「他出」欄の夫木抄も次に示すように「松風」となっている。

道雅卿山庄歌合　　　　　　　　　　藤原家経朝臣

天の川みぎは涼しき松風に今日はあふぎの風も忘れぬ

これらに従うならば、第三句は「秋風」ではなく「松風」となり、家集の校訂も考えられる。しかし、単独で当該歌を見るならば、初句「天の川」からは七夕が想起され、また「語釈」の「扇の風」の項に示したように、「天の川」と「扇の風」の関係からも、「秋風」のままでも意がとおるので、ここでは底本どおりとしておく。ちなみに、兼房も範永も歌に「松」は詠み入れていない。

80

暮秋もりのもとに車をとゝめてもみち見る

わかやとにしらてまつらむもみちはの

あかぬこゝろにけふはくらしつ

【校異】 ナシ

【本文】　暮秋、森のもとに車をとどめてもみぢ見る

80　わが宿に知らで待つらむもみぢ葉の飽かぬ心に今日は暮らしつ

【訳】　秋の末、森のそばに車を止めてもみじを見る

80　私の家では知らないで私の帰りを待っていることだろう。もみじ葉はどんなに見ても見飽きることがなく、そのような心で、今日は日を過ごしてしまった。

【他出】　左京大夫八条山庄障子絵合・二六

【語釈】　**○暮秋、森のもとに車をとどめてもみぢ見る**　［他出］の歌合の絵柄の説明と一致。「暮秋」は秋の末。『歌合大成』にはこの題のもとに詠まれた五首が見える。［補説］参照。**○わが宿に知らで待つらむ**　もみじに魅せられて日を過ごしたことなど知らずに、自分の帰りを待っていることだろうと家で待つ人に思いを馳せた表現。**○もみぢ葉の飽かぬ心**　「飽かぬ心」は、飽き足りない心。もっともっと見ていたいという心。「世とともに散らずもあらなむ桜花飽かぬ心はいつか絶ゆべき」（後拾遺集・春下・一三三　平兼盛）。**○今日は暮らしつ**　「暮らす」は、日が暮れて暗くなるまで時を過ごす意。

【補説】　『歌合大成』（一五四）によれば、当該歌と同じ絵柄について詠まれた歌は次のとおり。

暮の秋、森のもとに車をとどめてもみぢ見る

左　兼房

(25)ふるさとはまだ遠けれどもみぢ葉の色に心のとまりぬるかな

右　家経

(26)わが宿に知らで待つらむもみぢ葉のあかぬ心に今日は暮らしつ

左　範永

(27)散らせじともみぢを惜しむ心かはこれをときはの森といはばや

右　　経衡
(28) いづこまでゆかばいなまし色深き森のもみぢを見そめざりせば
左　　頼家
(29) 散りぬべきもみぢを今はいかがせむ森の下草うちはらはばや
いずれも画題に合わせてもみじ葉に対する執着を詠んでいる。

81

歳暮雪つもり門のまへに人きたる
やまさとのまきのはしのきふるゆきに
いかてか人のたつねきつ覧

【校異】 ナシ
【本文】 歳暮、雪積もり、門の前に人来たる
81 山里の真木の葉凌ぎ降る雪にいかでか人のたづね来つらむ
【訳】 年の暮れ、雪が積もり、門前に人が来ている
81 山里の真木の葉を押し伏せて降る雪の中、人が訪ねてきているが、どのようにしてやって来たのだろうか。
【他出】 左京大夫八条山庄障子絵合・三二（二十巻本所収部分）、二句以下欠脱　万代集・冬・一四八二　別本和漢兼作集・三四二
【語釈】 **○歳暮、雪積もり、門の前に人来たる**　基本的には［他出］の絵合の絵柄と一致する。［補説］参照。**○山里の真木の葉凌ぎ降る雪に**　「真木」は、立派な木。杉や檜など良質の木材となる木。「凌ぎ」は、押し伏せる意。真木の葉を押し伏せて降り積もる雪に。「奥山の真木の葉凌ぎ降る雪のふりは増すともつちに落ちめやも」（万

葉集・巻六・一〇一〇）。解説Ⅰ参照。**○いかでか人のたづね来つらむ**　「いかでか」は、どのようにして……かと、手段を疑う。「つらむ」は、すでに起こってしまったことに対して手段、原因を推量する。「春は東より来たるといふ心を詠み侍りける／東路はなこその関もあるものをいかでか春の越えて来つらむ」（後拾遺集・春上・三　源師賢朝臣）。

【補説】『歌合大成』（一五四）によれば、当該歌と同じ画題について詠まれた歌は次のとおり。

暮の冬、山里に雪積もれり、門の前に人来たり

右　　兼房

(30) 秋だにも来る人もなし山里に雪を分けては誰か訪ふべき

左　　家経

(31) 山里の真木の（　　　　　）

右　　範永

(32) 山里に今日しも人の訪ね来ば雪積もれとぞ待つべかりける

左　　経衡

(33) 雪深き道にてしるし山里にわれよりさきに人来ざりけり

右　　頼家

(34) 山里に雪こそ深くなりにけれ訪はでも年の暮れにけるかな

雪に閉ざされた冬の山里を詠んだ歌は多い。

山里は雪降り積みて道もなし今日来む人をあはれとは見む（拾遺集・冬・二五一　兼盛）

当該歌は、右のような類型を意識しながら、絵柄に即して、雪の深さを無理して訪ねてきた人を詠む。

82

同三年閏正月廿二日ちもくにつかさたま
はらて人のもとにいひやる
としふれと［　　　　　　　］むもきは
かすそふはるのかひなかりけり　本ニ如本云

【校異】 閏正月廿二日─閏正月三日（資）　かすそふはるの─かそふはるの（資）
【本文】 同三年閏正月二十二日、除目に司たまはらで、人のもとにいひやる
82　年ふれど［　　　　　　　］むもきは数そふ春のかひなかりけり
【訳】 同三年閏正月二十二日、除目に官職をいただけずに、人のもとに言い送る
82　長い年月が経つけれど［　　欠　　］埋もれ木のような私は、数が加わった春のかいがなかったことですね。
【他出】 ナシ
【語釈】 **○同三年閏正月廿二日**　当該歌より前に配列された歌の詞書には「同」の受ける部分が見あたらない。当該歌より後の93番歌の詞書には「永承四年十一月九日……」と見える。千葉義孝「藤原家経年譜考証」は、家経在世中の正月に閏月のあった年が永承三年以外にはないことを根拠として永承三（一〇四八）年のこととする。永承三年閏正月二十二日に除目が行われたとする記録は確認できないが、永承三年と見てよいであろう。**○除目に司たまはらで人のもとにいひやる**　「除目」は、大臣以外の諸司諸国の官人を任命すること。また、その儀式。除目で官職を得られず、その嘆きを「人」に訴えたのであろう。なお、『造興福寺記』には、前年にあたる永承二年二月二十一日の条「諸司長次官及新叙輩」の人名列挙欄に家経の名があり、その下に「長次官」の職から去っている注記が見える。**○年ふれど［　　　　］むもきは**　第二句は欠脱。第三句「むもき」は、歌の内容から「埋もれ

木」か。底本に「本ニ如本云」とあることから、かなり早い段階で欠脱していたと考えられる。［補説］参照。

○数そふ春のかひなかりけり　「数そふ」は、数が加わる、の意。正月に閏月があることを「数そふ春」と表現したもの。「閏九月つごもりの日／つねよりも秋の数そふ月なれど暮れゆく今日は飽かずもあるかな」（二条太皇太后宮大弐集・六九）。

【補説】　第二句と第三句について、彰考館本（甲本）の頭注には「二句モト花も匂はぬむもれ木はナトヤアリケン」とある。「埋もれ木」は、長い年月、水中や土中にあって変質した木で、沈淪の身に喩えられることが多い。

ゐなかに侍りけるころ、司召を思ひやりて　　重之

春ごとに忘られにける埋もれ木は花の都を思ひこそやれ（後拾遺集・雑三・九七二）

司召のころ、羨ましきことのみ聞こえければ詠める　　藤原顕仲朝臣

年ふれど春に知られぬ埋もれ木は花の都にすむかひぞなき（金葉集・雑上・五二五）

右の例を参考にすると、欠脱のある第二句と第三句は「忘られにける埋もれ木は」「春に知られぬ埋もれ木は」などのような歌句であったと推定することもできよう。もっとも第三句に「数そふ春の」とあるので、同じ語が用いられている「春に知られぬ」の可能性は少ないが……。

83

二月つこもりに左京大夫道雅さくらの花
のえたをおりてことしうへたるとあるに

うへしときはなさきにけりわれのみそ
はるにしられぬためしなりける

【校異】 うへたるとあるに―うへたるにとあるに（資）

【本文】 二月つごもりに、左京大夫道雅、桜の花の枝を折りて、今年植ゑたる、とあるに

83 植ゑし時花咲きにけりわれのみぞ春に知られぬためしなりける

【訳】 二月末に、左京大夫道雅が桜の枝を折って「今年植えた桜です」と言ってきたので

83 植えた年にもう花が咲いたのですね。私だけが春に知られることのないものの典型なのでした。

【他出】 ナシ

【語釈】 **○左京大夫道雅** 藤原道雅については、15番歌参照。道雅が左京大夫であったのは、寛徳二（一〇四五）年から天喜二年七月出家するまでの間（『公卿補任』）。**○桜の花の枝を折りて、今年植ゑたる、とあるに** 道雅が送ってよこした桜花の枝に、「今年植ゑたる」と書いた文が付いていたのだろうか。それに対して家経が詠んだ歌。「たる」の下には「桜」が省略されている。**○植ゑし時花咲きにけり** 植えた年に花をつけたということ。［補説］参照。**○われのみぞ** 「のみ」「ぞ」は、自分だけが、と限定、強調する。「われのみぞ悲しかりける彦星も逢はで過ぐせる年しなければ」（古今集・恋二・六一二 躬恒）。**○春に知られぬためしなりける** 「春に知られぬ」は、当該歌では、春の司召に洩れたことを示す。「関白殿の、春、花見におはすると聞きて詠みてたてまつりける／春くれど春に知られぬ埋もれ木は花見る人をよそにこそ聞け」（実方集Ⅲ・一二六）。「ためし」は、手本、典型の意。「末の露もとのしづくや世の中のおくれ先立つためしなるらむ」（新古今集・哀傷・七五七 僧正遍昭）。

【補説】 花の木は、たとえば、

人の家に植ゑたりける桜の、花咲きはじめたりけるを見て詠める　貫之

今年より春知りそむる桜花散るといふことは習はざらなむ（古今集・春上・四九）

年老いてのち、梅花植ゑて、あくる年の春、思ふところありて　藤原扶幹朝臣

植ゑし時花見むとしも思はぬに咲き散る見ればよはひ老いにけり（後撰集・春中・四七）

などと詠まれているように、一般に、植えてから花を咲かせるようになるまでには時間を要する。
　しかし、道雅が折って送ってきた桜の枝には「今年植ゑたる」とあった。植えてすぐに花が咲くのは珍しいことであったからこそ家経によこしたのだろう。これに対し家経は、植えてすぐに咲く桜の花があるというのに、自分だけが春に相手にされない、取り残されたと、わが身を嘆く歌を詠んだ。前の82番歌との連続性から見て、閏正月二十二日の除目で官職を得られなかった沈淪の身を改めて嘆いたのだと思われる。

　　三月つこもりに忠命法橋のをくれる哥

84 し（秋風）のひねもまたしかるらむほとゝきす
やとからなれやなきわたるらむ（ナリ）

　　二三日をすこしてをくれるかへし

85 まつにこそねぬよへにけれほとゝきす
われもきゝつといはまほしさに

【校異】84をくれる哥―をくれる（資）　やとからなれや―やとからなりや（資）　なきわたるらむ（ナリ）―なきわたるなり（資）
85すこして―すくして（資）

【本文】三月晦日に忠命法橋の送れる歌
84　忍び音もまだしかるらむほととぎす宿からなれや鳴き渡るなり
　　二三日を過ごして、送れる返し

85　待つにこそ寝ぬ夜経にけれほととぎすわれも聞きつと言はまほしさに

【訳】
84　三月晦日に忠命法橋が送ってよこした歌
おそらく忍び音もまだなのでしょうね。私の宿は山にあるためなのかしら。ほととぎすが鳴きながら飛んで行きますよ。
85　二三日を過ごして、忠命が送ってよこした歌への返事
忍び音を待ち続けて、寝ない夜がいく夜か過ぎてしまいました。ほととぎすの声を私もついに聞いた、と言いたいために。

【他出】84秋風集・雑上・一〇八二　新三井集・春下・一〇〇
85新三井集・春歌下・一〇一

【語釈】84〇忠命法橋　出自は未詳だが、千葉義孝「忠命法橋伝考―平安朝の一歌僧の生涯―」がその人物像をかなり明らかにしている。『僧歴綜覧』の天喜二（一〇五四）年三月一日に六十九歳入滅とある記述から、誕生は寛和二（九八六）年。また、三井寺を代表する歌僧であったらしく、『寺門高僧記』巻第三に、「忠命法橋／顕密二宗碩学。三井歌仙也。秀歌多在木□（マヽ）」とある。道長が催す仏事に多く勤仕し、道長葬送の折には哀悼歌を詠んでいる、と指摘する。長久二（一〇四一）年に法橋となった。法橋は、法印大和尚、法眼和尚の下で、律師に相当する僧位。また、忠命は歌人でもあり、後拾遺集に二首、金葉集に一首入集。範永とも交際があったらしく、範永集には忠命の僧房で詠んだ歌（一三七番）や、範永との贈答歌（一八六、一八七番）がある。〇送れる歌　送ってよこした歌。忠命から家経に送られてきた歌の詞書としてはやや不自然な言い方であるが、「御岳精進せし時に、かの阿闍梨の送れる」（定頼集Ⅱ・二九四詞書）などの用例がある。家経集では61番、103番の詞書でも「送れる」が使われている。〇忍び音　ほととぎすが本格的に鳴く季節になる前の鳴き声。一般に、四月に鳴く声をいう。「四月ばかりに、いと忍びてもの言ひける人に、月立ちてもなほ忍びければ／忍び音のころは過ぎにきほととぎす何につけてかいかが鳴かまし」

（実方集Ⅲ・一〇）。84番歌は、詞書に「三月晦日に」とあるので、通常はまだ忍び音も聞こえない時期に先んじてほととぎすの鳴き声を聞いたのである。**〇まだしかるらむ** 「まだしかる」は、形容詞「まだし」のカリ活用連体形。まだその時期でない、の意。「春来ぬと今はいぶきの山辺にもまだしかりけりうぐひすの声」（古今六帖・八八八）。「らむ」は現在推量の助動詞。家経が住んでいるあたりでは、今ごろはまだほととぎすの忍び音が聞こえないだろう、と想像して詠んでいる。**〇宿からなれや鳴き渡るなり** 「宿からなれや」は、宿のためなのかしら、の意。「宿からぞ月の光もまさりけるよの曇りなくすめばなりけり」（金葉集・秋・二〇一　よみ人知らず）。「鳴き渡る」は、鳴きながら飛んで行く。「若の浦に潮満ちくれば潟をなみ葦辺をさして鶴鳴き渡る」（万葉集・巻六・九一九）。底本は「鳴き渡るらむ」とあるが、第二句に「まだしかるらむ」と「らむ」が用いられており、歌の内容もほととぎすの鳴き声を聞いていることは明らかなので、推定の助動詞「なり」の方が適切であると考え、傍記や資経本に従った。なお、「宿からなれや」と「や」があるのに「鳴き渡るなり」のように終止形が用いられる歌について、佐伯梅友校注『古今和歌集』（日本古典文学大系　一九五八）の解説では、「風吹けば波打つ岸の松なれやねにあらはれてなきぬべらなり」（古今集・恋三・六七一　よみ人知らず）などの例を挙げ、「なれや、が係りとなるものでなくて、そこで言い切ったものであると考えなくてはならない」と説明している。また「なれや」の意味のとり方について「……なれや、という反語のあるところには、同じ形で疑問の場合も詠嘆の場合もありえたのではなかろうか」ともある。ここではその指摘に従い、疑問の意と解釈した。

85**〇送れる返し** 忠命が送ってよこした歌への返事。「和泉の国に侍りけるほどに、忠房朝臣大和より送れる返し／沖つ波たかしの浜の浜松の名にこそ君を待ちわたりつれ」（拾遺集・雑恋・一二四〇　貫之）。**〇待つにこそ寝ぬ夜経にけれ** ほととぎすは夜も鳴くため、その鳴き声を聞くために、夜寝ないで待つという歌は多い。「恋すてふなき名や立たむほととぎす待つに寝ぬ夜の数し積もれば（金葉集・夏・一一〇　内大臣〈源有仁〉）。「夏の夜は夢路ぞ絶えてなかりける山ほととぎす待つと寝ぬ間に」（能因集Ⅰ・一九三）。

【補説】この贈答歌の84番歌は、秋風集に次のように採られている。

弥生の晦日に、ほととぎすの鳴きけるを聞きて詠める　法橋忠命

忍び音もまだしかるらむほととぎす宿からなれや鳴き渡るなり（雑上・一〇八二）

また、新三井集では忠命法橋と藤原顕綱の贈答として採られている。

三月卅日にほととぎすを聞きて藤原顕綱の朝臣に遣はしける　法橋忠命

忍び音もまだしきほどのほととぎす宿からなれや鳴きわたるらむ（春下・一〇〇）

二三日を過ぐして送りける返事　藤原顕綱朝臣

待つにこそ寝ぬべかりけれほととぎすわれも聞きつと言はまほしさに（同・一〇一）

新三井集は、三井寺関係の歌を集めた私撰集で、鎌倉時代に成立。平安期に成立した「三井集」（散逸）の続集として編まれたものと見られる。現存本には重複を含めて三百六十七首が採録されており、歌の作者は稚児を含む僧侶が九割を占める。忠命も三井寺の僧であったため、歌集に採録されたのであろう。

贈答の相手とされる藤原顕綱は、生没年未詳。『尊卑分脈』によれば、長元二（一〇二九）年～康和五（一一〇三）年となるが、左近権中将俊忠朝臣家歌合長治元（一一〇四）年五月に出詠しているので、死去はその後となる。父は参議兼経、母は加賀守順時女（弁乳母）で、藤原道綱の孫にあたる。歌人として知られ、承暦二年の内裏歌合や高陽院七番歌合などに出詠したほか、後拾遺集以下の勅撰集に二十五首が入集している。また、古典にも造詣が深く、法成寺宝蔵の万葉集の書写などを通じてその伝承に貢献した。

この贈答歌が、新三井集で顕綱との贈答となっている理由はわからないが、家経の家集に収められていることから家経との贈答と考える方が自然であろう。

なお、82番歌に「同三年閏正月二十二日……」の詞書があり、閏月があったために三月末であっても、もうほととぎすの鳴き声を聞けたのであろうか。この贈答歌は、83番歌同様に82番歌と連続性がある歌と考えられよう。

86

ある女の人にあふへしときゝて
はなすゝきしはしなひかてこゝろみよ
ふきくるかせもさためなきよに

【校異】あふへしと―あふてと（資）

【本文】86 ある女の、人に逢ふべし、と聞きて花薄しばしなびかで試みよ吹き来る風も定めなき世に

【訳】ある女が、他の男と逢いそうだ、と聞いて

86 花薄よ、しばらく風になびかないで試してみなさい。吹いてくる風も一定ではない世の中なので。

【他出】ナシ

【語釈】〇逢ふべし　逢うにちがいない、きっと結婚するだろう、の意。『新編国歌大観』および『新編私家集大成』では「あふて」と翻刻しているが、「逢ふて」では、ある女がすでに人に逢った（結婚した）ことになる。しかし、「花薄しばしなびかで試みよ」という上句からは、女はまだ人に逢っていないと考えられる。ここの「べし」は53番歌「うらみむと思ふべしやは」の「べし」や、85番歌の「かへし」の「へし」と非常によく字形が似ており、「逢ふべし」の方が歌の内容とも合致する。「逢ふて」ではなく、「逢ふべし」と読むべきであろう。〇花薄　穂が出た薄。ここでは、ある女を喩えている。［補説］参照。〇試みよ　相手がどう反応するか試してみなさい、の意。「石山にありけるほど、宮より、いつか出づる、などのたまひけるにや／試みよ君が心も試みむいざ都へと来て誘ひみよ」（和泉式部集Ⅰ・二三〇）。〇吹き来る風　対象に向かって吹いてくる風。ここでは女が逢おうとしている男の愛情を風に喩えている。「また、内の御／花薄こち吹く風になびきせば露に濡れつつ秋を経ましや」（村上天皇御

集・六五）。〇**定めなき世に**　「定めなき」は、一定ではない、の意。「世」は、世の中。男女の仲。「逢ふことはいつにかあらむあすか川定めなき世ぞ思ひわびぬる」（村上天皇御集・一三六）。

【補説】　薄を女性に見立て、薄が風になびくさまを、女性が男になびくこととして詠んだ歌は多い。

　女のがり遣はしける　　　　大江公資朝臣

しの薄うは葉にすがくささがにのいかさまにせば人なびきなむ（金葉集・恋上・三五一）

　ある女に、秋

虫の音の悲しき野辺の花薄こち吹く風にうちなびかなむ（重之集・一八四）

　ある女に

秋風の吹く夕暮れの花薄なびくを君がけしきともがな（匡房集Ⅰ・二二〇）

当該歌の場合は、ある女の心が家経になびくことまでは必ずしも望んでいるのではなく、他の男と関係を持つことを止めようとしているだけなのであろう。

87

もみちするやまのしくれをおとにのみ
きくそよにふるかひなかりける

　かへし　　左大弁

88

をとにこそきくへかりけれしくれする
山のもみちにこゝろまとひき

【校異】　87やまのしくれを―やまのしつくを（資）

【本文】

87 もみぢする山の時雨を音にのみ聞くぞ世にふるかひなかりける

返し、左大弁

88 音にこそ聞くべかりけれ時雨する山のもみぢに心惑ひき

【訳】

87 紅葉する山の時雨を噂に聞くだけでは、この世に生きているかいもないことでした。

返し、左大弁

88 いや、山のもみじはやはり噂の上で聞くべきでした。実際に時雨が降って色づいたのを見て、心が乱れたことですよ。

【他出】 ナシ

【語釈】 87**〇時雨** 晩秋から初冬にかけて降る通り雨。草木を紅葉させるものとしても、もみじを散らすものとしても詠まれる。「もみぢ葉を散らす時雨に濡れてきて君がもみぢをかざしつるかも」（万葉集・巻八・一五八三）。平安時代以降は、紅葉させるものとして詠まれることが多いようである。「いかなれば同じ時雨にもみぢするはほその森の薄く濃からむ」（後拾遺集・秋下・三四二　堀川右大臣〈藤原頼宗〉）。**〇音にのみ聞く** 「音に聞く」は、噂に聞く、耳にする、の意。「（時雨の）音」に掛けている。［補説参照］。**〇世にふる** 生き続ける。生き長らえる。「ふる」は、「世に経る」と、時雨の縁で「降る」とを響かせる。「花の色はうつりにけりないたづらにわが身世にふるながめせしまに」（古今集・春下・一一三　小野小町）。**〇かひなかりける** 価値がないことだ。無駄なことだ。［補説］参照。88**〇左大弁** 太政官左弁官局の長官。従四位相当。ここでは源資通（一〇〇五～一〇六〇）を指す。資通は宇多源氏で、父は済政、母は源頼光女。『弁官補任』によると、寛徳二（一〇四五）年十月二十三日に左大弁となり、永承五（一〇五〇）年まで在任した。大宰大弐を経て、後、従二位に至る。琵琶、琴などの管弦に優れるとともに、歌人としても後拾遺集以下の勅撰集に入集している。家経集では92番の詞書にも「於二左大弁八条別第一、詠二冬夜長一」とあり、範永集でも「花を訪ねて日を暮らす、といふ題を、左大弁の家にて」（一六一詞書）、「春立つ、左大弁」（一六五詞書）と見える。また、頼実集にも右大弁時代の資通家の歌会歌（八四番歌など）があり、いわゆる六人党との交流もうかがえる。○聞くべかりけれ　聞くべきであった。「べかりけれ」は、今にして思えば……べきであった、という気持ちを表す。○心惑ひき　心が乱れて、どうしたらよいかわからなくなった、の意。「聞きつとも聞かずともなくほととぎす心惑はす小夜の一声」（後拾遺集・夏・一八八　伊勢大輔）。

【補説】　87番歌に詞書がないため、どのような状況で詠まれた歌なのかわからない。歌の内容から考えると、左大弁がもみじ狩りに出かけたことを後から聞いた家経が、自分を誘いもせずに出かけたことに対してがっかりした気持ちでも詠んだものであろうか。それに加えて、もみじを直接見ることができなかったのも、家経にとっては残念なことだったと思われる。

実際、時雨によって草木が色づいたり、散ってしまったりするもみじを、直接見ることに価値があると考えられていたようである。

声にのみ散ると聞こゆるもみぢ葉の夜の錦はかひなかりけり（躬恒集Ⅳ・三一九）

もみぢ葉のかぎりの色を初時雨ふるさと人の見ぬぞかひなき（定頼集Ⅱ・一三五）

神無月時雨わたれば山里のもみぢの錦きたるかひあり（経信集Ⅲ・一五一　僧都）

一方で、直接もみじを見ることで、その素晴らしさに心が乱れるということがあった。

ひねもすに越えもやられずあしひきの山のもみぢを見つつ惑へば（貫之集Ⅰ・二三七）

88番歌の左大弁の返歌は、直接もみじを見ることによって心が乱れたから、もみじ狩りに出かけるよりも噂に聞く方がよかったと、もみじに心ひかれた気持ちを逆説的に歌ったものである。

このように、対象を見ると心がひかれ、気持ちが乱れるからこそ、直接見るよりもうわさに聞く方がよい、という発想の歌は他にもある。

あひ見ずは恋しきこともなからまし音にぞ人を聞くべかりける（古今集・恋四・六七八　よみ人知らず）

よそにてぞ聞くべかりけるさくら花目の前にても散らしつるかな（千載集・春下・九八　道命法師）

古今集の歌は恋歌だが、いずれにしても、左大弁の歌と同様に、対象の魅力に心が惑わされ、それならばいっそ実際に見るよりも「噂に聞くべきだった」と歌っている。

美作守くたるにむまつかはすとて

89
うちこえむこまのあしをとたえすして
くめのさら山ゆきかへりなむ

かへし

90
ゆきかへり久米のさら山こえぬへき
こまのあしこそうれしかりけれ

【校異】89美作守—美作守に（資）

90　ゆきかへり—ゆきかへる（資）　こえぬへき—ゆきかへる（資）

【本文】美作守下るに、馬遣はすとて

89　うち越えむ駒の足音絶えずして久米の佐良山ゆきかへりなむ

返し

90　ゆきかへり久米の佐良山越えぬべき駒の足こそうれしかりけれ

【訳】　美作守が下向する時に、馬を贈るということで

89　越えてゆくであろう馬の足音は途絶えることなく、あなたはきっと、久米の佐良山を行ったり来たりするにちがいないでしょう。

返し

90　行ったり来たり、久米の佐良山を越えるにちがいない馬、その馬の足が頼もしく、本当にうれしいことです。

【他出】　ナシ

【語釈】　89○美作守　藤原兼房であろう。［補説］参照。○馬遣はすとて　家経が馬を与えるといって、の意。「遣はす」は基本的に敬語であるが、和歌の詞書においては敬語でなく、単に「与える」「やる」の意でも使われる。家経集では他に二例見られる。「とこなつの花を女のもとに遣はせるに、かくいへり」（66番歌詞書）、「正月、讃岐より上るほどに、河尻にて、入道能因が急ぐことありてまかりぬと言へるに、遣はす」（105番歌詞書）。89番歌は家経が美作守に馬を贈った時、彼が添えた歌で、90番歌は美作守が返した歌であろう。馬は貴重な贈答品としても取り扱われた。中込律子「摂関家と馬」（服藤早苗編『王権の権力と表象』森話社　一九九八）などによると、国司が任国に赴任する際、皇族や摂関家から贈られたり、また貢ぎ物として国司から皇族や摂関家に貢進されたりした。道長から師通のころになると、摂関家から馬が贈られるのは、国司とはいっても、家司など摂関家と深い関わりのある人に贈られるようになったというが、家経が美作守に贈っているように、親しい者同士でも下向する折など馬の贈与はあった。「修理大夫顕季、大宰大弐にて下らむとし侍りけるに、馬に具していひ遣はしける／たち別れ遥かにいきの松なれば恋しかるべき千代のかげかな」（詞花集・別・一八五、権僧正永縁）。家経は馬の産地である信濃に守として赴任した経歴があった。また、家経には相当の財力もあったのであろう。家経と馬が贈られた美作守とはかなり近しい間柄であったと推測される。［補説］参照。○久米の佐良山　美作国の歌枕。「美作や久米の佐良山さらさらにわが名はたてじ万代までに」（古今集・神遊びの歌・一〇八三）のように、同音の「さら」を導き出す序詞のように

使われることが多いが、ここは修辞的に使用されているわけではない。

【補説】 千葉義孝「藤原家経年譜考証」によれば、家経集82～92番歌は、家集の編年性から「永承三（一〇四八）年春～冬」とするが、当該歌に続く91番歌は実は永承四（一〇四九）年冬の詠である。91番歌［補説］参照。これらのことを踏まえて、永承四年前後の美作守になった人を『国司補任』によりあげると、次のとおりである。

長暦二（一〇三八）年　守　平　範国　十一月廿二日見（春記）
長久元（一〇四〇）年　守　平　範国　正月卅日見（春記）
寛徳二（一〇四五）年　守　従四位下藤原基貞　四月八日見（天祚礼祀職掌録）
永承五（一〇五〇）年　守　従四位下藤原長房　二月二日任（補任康平六年条）右近衛少将　補任永保二年条は二月任美作介に作る
天喜元（一〇五三）年　守　藤原国成　正月任（続文粋第六大治五年正月藤原敦光奏状）式部大輔

右のうち、永承五年の藤原長房は、右少将の役職にあり、美作守として赴任したとは考えにくく、『公卿補任』の永保二年条の「美作介」が正しいのであろう。

『国司補任』では、家経集の永承四年に相当する「美作守」は不明なのであるが、出羽弁集に非常に興味深い記述がある。

かやうのことども、同じ心に心ゆきて言ひ合はせなどしたまふ宮亮、七日のこと過ぐしてと思ひつるも、かくすさまじくなりぬれば、いつしかと国へ下りなむとて、夜うさりなむ京は出でぬべき、またはえ立ち帰りまゐらじ、などまかり申ししたまふ、さていつか上りたまはむずる、と聞こゆれば、年返りて二三月ばかりにや、と思ひはべる、とあるを聞きて、出でたまひぬるにたてまつれし

帰る雁また聞くまでと思ふかな常は惜しまぬ命なれども（七四）

とあるのと、

美作に、宮の侍なりともといふが下りたりけるも知らぬに、などかかる便りにもおとづるまじき、と恨みて、宮亮

いかにしてかかる便りに訪はざらむ憂しとぞ思ふ音無の滝（八九）

返し

頼みける心のほどを知りぬれば恨みられてぞうれしかりける（九〇）

とある記述である。出羽弁集は永承六（一〇五一）年の春から秋までの家集であることがわかっているが（久保木哲夫『出羽弁集新注』青簡舎　二〇一〇）、右の記述は七月七日に予定されていた行事が野分のためにすべてご破算になったあと、「宮亮」がもう「国」に帰らなくてはと中宮に「まかり申し」をする場面と、しばらく経ってから、「宮の侍なりとも」が「美作」に下った折、それを迎えた「宮亮」が、こうした折にことづけぐらいしてくださっていいではないか、「音無し」とは何ともつらい、と恨んでよこしたという場面である。それに対して出羽弁は、私のことを頼みに思ってくださっていることがわかり、恨みに思われて却ってうれしい、と詠んでいる。当時の「宮亮」は藤原兼房である。兼房が美作守であったことは記録類では確認できていないが、後拾遺集に、

美作守にて侍りける時、館の前に石立て、水せき入れて詠み侍りける　藤原兼房朝臣

せきれたる名こそ流れてとまるらむ絶えず見るべき滝の糸かは（雑四・一〇五七）

とあり、美作守の時代があったことは間違いない事実である。中宮亮と兼任していてしばしば都と往復していたのであろう。

出羽弁集における永承六年に兼房が美作守であったということは確認できたが、それでは何年に任じたのであろうか。次の美作守は、天喜元（一〇五三）年正月に藤原国成が任じている。『本朝続文粋』（巻第六）奏状に、藤原敦光の「申二紀伊守一状」に、「式部大輔兼二任受領吏例一」として列挙したなかに、

同（藤原）国成朝臣〈永承六年十一月任二式部大輔一。同七年正月兼二丹波守一。天喜元年正月兼二美作守一〉と見

える。つまり、兼房は永承七年まで美作守であったと思われる。とすると、美作守に任じたのは永承四年のことになり、当該贈答歌の詠歌年時は、永承四年ということになろう。

91

冬日於西宮詠行客吹笛　序者

ふえのねは月にたかくそきこゆなる
みちのそらにてよやふけぬらむ

【校異】　ナシ

【本文】　冬日、於二西宮一、詠二行客吹一レ笛　序者

91　笛の音は月に高くぞ聞こゆなる路の空にて夜や更けぬらむ

【訳】　冬の日、西宮において、旅人が笛を吹くを詠む　序者であった

91　笛の音は、月の光のもとで、音高く聞こえてくることだ。旅の道中で夜が更けてしまっているだろうか。

【他出】　和歌一字抄・六〇〇

【語釈】　**○西宮**　西宮左大臣（源高明）の旧宅。ここで和歌六人党の歌会がしばしば開かれた。11番歌［補説］参照。**○行客吹レ笛**　旅人が笛を吹く、という意の歌題。同題は範永集一六八番歌、経衡集一三〇番歌にも見える。［補説］参照。**○序者**　序を書く役の人をいう。家経がこの西宮歌会で序を書いたのであろう。なお、家経集では68番歌にも「序者」と見える。68番歌参照。**○月に高くぞ聞こゆなる**　「高く」は、音が大きい、の意。「なる」は聴覚推定の助動詞「なり」の連体形。**○夜や更けぬらむ**　笛の音が大きく聞こえることで、夜が更けたかと推量している。夜が更けるとあたりは静まりかえり、物音はよく聞こえる。「松風に夜や更けぬらむ笛の音の秋の空にも聞こゆなるかな」（嘉言集・一四五）。

【補説】「行客吹レ笛」という歌題で西宮で同じ折に詠まれた歌は、範永集の、

行客吹レ笛　西宮

笛の音の過ぎゆくよりはもみぢ葉の宿の嵐は身にぞしみける（一六八）

や経衡集の、

行く人、笛を吹く

旅人の吹きて過ぐなる笛の音は待つ宿あらば来ぬと聞くらむ（一三〇）

があげられる。また和歌一字抄は、同題で当該歌と右の経衡歌を含んだ三首を次のようにあげている。

行客吹レ笛　家経朝臣

笛の音は月に高くぞ聞こゆなる路の空にて夜や更けぬらむ（六〇〇）

同座　藤経衡

旅人の吹きて過ぐなる笛の音を待つ宿あらば来ぬと聞くらむ（六〇一）

同　長季

夕霧に笛の音ばかり聞こえつつ遠（をち）の里人いづち行くらむ（六〇二）

これらのことから、西宮で和歌六人党のメンバーが加わった歌会が開かれ、少なくとも家経、範永、経衡、長季らが参加し、序は家経が書いたことがわかる。

なお、この歌会について、久保木秀夫「和歌六人党と西宮歌会」（『中古文学』66　二〇〇〇・十二）は、『類題鈔』の、

590隆国　有序　永承四　於西宮　講之

行客吹笛

の記事により、源隆国主催の歌会が西宮邸において永承四（一〇四九）年に行われたこと、源隆国は源高明の孫にあたり、右の「夕霧に」の歌の作者長季は高明の曾孫にあたることなど、高明の血を引く人々が関係していたこと

ともに、隆国は西宮の伝領者であり、いわゆる和歌六人党周辺歌人の庇護者の一人であったことを指摘している。

92

於左大弁八条別第詠各〔冬〕夜長

ねさめしてのちもひさしきふゆのよは
おいぬる人そまつしられける

【校異】　ナシ

【本文】　於二左大弁八条別第一、詠二冬夜長一

92　寝覚めして後も久しき冬の夜は老いぬる人ぞまづ知られける

【訳】　左大弁の八条別第において、冬の夜長、を詠む

92　目が覚めて、その後も夜明けまでが長い冬の夜というものは、年老いた人が最初に感じられることだなあ。

【他出】　和歌一字抄・一四五　別本和漢兼作集・三四一

【語釈】　**○於二左大弁八条別第一**　左大弁の八条別第において、の意。「左大弁」は源資通。88番歌［語釈］参照。ここは資通の八条別邸だが、資通は八条別邸を含む他の邸宅でも、いわゆる和歌六人党のメンバーらと歌会を開いていた。「花を訪ねて日を暮らす、といふ題を、左大弁の家にて」（範永集・一六二詞書）、右大弁（長暦三年十二月十八日任）の時は「右大弁家にて、九日、翫菊」（頼実集・五〇詞書）などと見える。**○冬夜長**　似た歌題に「秋夜長」がある。［補説］参照。**○寝覚めして**　増田繁夫「歌語「ねざめ」について」（『人文研究』41・4　一九九〇・二）は、「ねざめといふ語の概念的意味は、眠つてゐて目ざめたのか、眠らずにずつとさめてゐたのかに関係なく、寝床に体を横たへたまま、眠りに入ることができずにゐる状態をいふのが原義であつたと考へられる」とする。この用例などは、一般的に辞書でいう、途中で目が覚めた、の意であろうか。「冬の夜にいくたびばかり寝覚めしてもの思

ふ宿のひま白むらむ」（後拾遺集・冬・三九二　増基法師）。
【補説】　当該歌は［他出］の別本和漢兼作集と和歌一字抄に次のように見える。
冬夜長　　　　　　　　　　　（式部権大輔家経朝臣）
寝覚めして後も久しき冬の夜は老いぬる人ぞまづしぐれける
秋夜長　　　　　　　　　　家経朝臣
寝覚して後ぞ久しき秋の夜は老いぬる人ぞまづ知られける
別本和漢兼作集は五句が「しぐれける」になっており、和歌一字抄は歌題が「秋夜長」、第三句も「秋の夜は」になっている。

93

永承四年十一月九日殿上歌合　月

よとゝもにくもらぬくものうへなれは[金]
おもふことなく月を見るかな

【校異】　ナシ
【本文】　永承四年十一月九日、殿上歌合、月
93　よとともに曇らぬ雲の上なれば思ふことなく月を見るかな
【訳】　永承四年十一月九日、殿上歌合、月
93　いつまでも曇らない雲の上、宮中にいるので、もの思いをすることなく月を見ることですよ。
【他出】　金葉集・秋・二一〇　金葉集三奏本・秋・二〇五　金葉集初度本・秋・三〇七　内裏歌合永承四年・四
題林愚抄・三八六二

【語釈】 **○永承四年十一月九日、殿上歌合** 永承四年、後冷泉天皇主催のもとに行われた内裏歌合（『歌合大成』一三六）。花山天皇の内裏歌合以来、六十三年ぶり。［補説］参照。**○よとともに** いつまでも。この世のある限り、の意。「よ」は「世」と「夜」を掛ける。「よとともにあかしの浦の松原は波をのみこそよると知るらめ」（拾遺集・雑上・四六四 源為憲）。**○曇らぬ雲の上** 曇ることのない雲の上、つまり宮中のことをいう。主上を寿ぐ気持ちが表れている。「常よりもさやけき秋の月を見てあはれ恋しき雲の上かな」（後拾遺集・雑一・八五四 源師光）。**○思ふことなく** 何の不安もなく。物思いをすることなく、の意。「風吹かぬ春と知りせば山桜思ふことなく花は見てまし」（忠通集・一七）。

【補説】 この歌合は、松・月・紅葉・残菊・初雪・池水・擣衣・千鳥・祝・恋の十題十五番で、判者は源師房である。名前の聞こえた歌人、能因・経信・家経・頼宗・資通・資業・兼房・兼長、女性は、江侍従・典侍（大弐三位）・相模・伊勢大輔、などが出詠している。

当該歌は二番、月題で侍従右衛門女（江侍従）と番われた。

二番 月

左持 侍従右衛門女

いづるより曇りなき夜の月なれば見る人さへに入りがたきかな（三）

右 文章博士家経朝臣

よとともに曇らぬ雲の上なれば思ふことなく月を見るかな（四）

当歌合は、文芸性を重視した歌合で秀歌が多く、勅撰集や歌論書などにも多くの歌が採られた。後拾遺集だけでも十四首が入集している。右の二首についても、「いづるより」の歌は後拾遺集に、当該歌は金葉集に採られた。なお、89番歌以降ここまで永承四年の詠であることが明らかなのに、わざわざ「永承四年十一月九日」と記すのは、やはり「内裏歌合」という公的な性格を持つ故であろう。

94

同五年　賀陽院一品宮歌合　桜

さてもなをあかすやあると山さくら
はなをときはに見るよしもかな

【校異】ナシ

【本文】同五年、賀陽院一宮歌合、桜

94　さてもなほ飽かずやあると山桜花をときはに見るよしもがな

【訳】同五年、賀陽院一宮歌合、桜

94　そうであってもやはり見飽きないものかどうかと……、山桜の花を永遠に見るすべがあればいいなあ。

【他出】祐子内親王家歌合永承五年・六　風雅集・春中・一七四　万代集・春下・三一二　和漢兼作集・春中・一九九

【語釈】〇同五年、賀陽院一宮歌合　永承五（一〇五〇）年六月五日庚申に、関白左大臣頼通の高陽院第において催された、「桜」「ほととぎす」「鹿」の三題十八番の歌合。［補説］参照。なお、底本や資経本に「一品宮」とあるが、本文を「一宮」に訂した。中宮嫄子所生の祐子内親王。祐子内親王は、後朱雀天皇の第一皇女ではないが、関白頼通夫妻が手許で養育していて、関白家の「一宮」呼称がなされていた。「賀陽院」は、「高陽院」に同じ。後二条師通記、寛治六（一〇九二）年六月十九日の条に、「賀陽院」「高陽院」両表記を見るが、定文には、父師実の言により「高陽院」表記をするとある。中御門大路南、西洞院大路東（堀川小路西）の四町を占める大邸宅であった。九世紀に桓武天皇皇子の賀陽親王の邸宅があった場所に、治安元（一〇二一）年、頼通が新築したもので、寝殿の四周に池を配し、釣殿や水閣が設けられていたという。長元八（一〇三五）年に賀陽院水閣歌合と呼ばれる歌合がここで行われている。長暦三（一〇三九）年に焼失したが、翌年には再建され、以後焼失と再建とが繰り返された。

頼通の後は師実、忠実に引き継がれた。**〇さてもなほ**　「さても」は、そのような状態でも。山桜の花を永遠に見ることができても、ということ。「わがごとくわれを思はむ人もがなさてもや憂きと世をこころみむ」（古今集・恋五・七五〇　凡河内躬恒）。**〇飽かずやある**　「飽かず」は、見ても見飽きない、もっともっと見ていたい、の意。「春ごとに見れども飽かず山桜年にや花の咲きまさるらむ」（後拾遺集・春上・一一六　源縁法師）。また、「桜花散らでときはににほふとも飽かぬ心は尽きじとぞ思ふ」（教長集・一一三）は、当該歌の内容に応じる詠みぶりである。［補説］参照。**〇ときはに**　永遠に変わらない様子で。「かくながら散らで世をやは尽くしてぬ花（ママ）のときはもありと見るべく」（後撰集・春下・九五　よみ人知らず）。当該歌は、慶賀の気持を込めた表現。「花の色もときはならなむなよ竹の長きよに置く露しかからば」（拾遺集・雑賀・一一六一　元輔）。通常、「ときはなる松のみどりも春くれば今ひとしほの色まさりけり」（古今集・春上・二四　源宗于朝臣）のように「松」をいうことが多いが、「ときはなる花橘にほととぎす鳴きとよめつつ千世も経ぬかな」（古今六帖・二二五八　貫之）、「ときはなる花とぞ見ゆるわが宿の松に木高く咲ける藤波」（兼盛集Ⅰ・一五九）など、花にも用いる例もある。

【補説】「永承五年六月五日庚申　祐子内親王家歌合」（『歌合大成』一四一）に次のようにある。

三番　左勝　　伊勢大輔

君が代のはるかに見みゆる山桜年にそへてぞにほひましける（五）

右　　讃岐守家経朝臣

さてもなほ飽かずやあると山桜花をときはに見るよしもがな（六）

この歌合の左方には、大弐三位、江侍従、伊勢大輔、出羽弁、小弁、相模の女性六人が名を連ねる。右方は、資業、兼房、家経、範永、経衡、能因の男性六人。当代一流の歌人が選ばれ、当歌合から多くが勅撰集に入集する。

また、十巻本の歌合日記によると、

遺美難ㇾ尽、余興交侵。賞嘆之腸、欲ㇾ罷不ㇾ能。仍当座上卿、以二三首題一同成二嘉詠一。召二讃岐守家経朝臣一

令レ講レ歌
とあり、後宴の際には余韻に浸る上達部たちが同題で歌を詠んで、家経に読み上げさせたとある。その時に当歌合の判者を務めた内大臣頼宗が詠んだ歌は、

桜花飽かぬあまりに思ふかな散らずは人や惜しまざらまし（三九）

で、もし桜が散らないならばこうまで人は惜しまないだろうという内容である。負と判じられた家経の当該歌に応じる体をなしている点が注目されよう。この頼宗歌は、後に後拾遺集（春下・一三一）に入集する。

なお、［他出］に見える資料は次のとおりで、万代集、和漢兼作集は初句が異なる。

永承五年賀陽院歌合に、桜を　藤原家経朝臣
さてもなほ飽かずやあると山桜花をときはに見るよしもがな（風雅集・春中・一七四）

祐子内親王家歌合に、桜を　藤原家経朝臣
咲くもなほ飽かずやあると山桜花をときはに見るよしもがな（万代集・春下・三一二）

祐子内親王家歌合　藤原家経朝臣
果てもなほ飽かずやあると山桜花をときはに見るよしもがな（和漢兼作集・春中・一九九）

『類題鈔』にも本歌合は次のように見えるが、「廿五日」は「五日」の誤りであろう。

285一宮庚申歌合永承五年六月廿五日　桜　郭公　鹿

95

郭公

ほとゝきすかたらふこゑをきくときは
またこと〳〵そおほへさりける

【校異】ナシ
【本文】郭公
95　ほとゝぎす語らふ声を聞くときはまたことごとぞおぼえざりける
【訳】ほととぎす
95　ほととぎすがいかにも語るように鳴いている声を聞くときは、そのほかに余計なことを考えることができなかったなあ。
【他出】祐子内親王家歌合永承五年・一八
【語釈】**○ほとゝぎす語らふ声**　ほととぎすが鳴くのを「語る」とする例は、「死出の山越えて来つらむほととぎす恋しき人のうへ語らなむ」（拾遺集・哀傷・一三〇七　伊勢）など多数。**○またことごとぞおぼえざりける**　底本では「また」の右肩部に合点風の記号が見えるが、集の他の箇所にはなく、意味不明。［本文］では外した。「ことごと」は異事、すなわち他のこと、の意。「紅に色をば変へて梅の花香ぞことごとに匂はざりける」（後撰集・春上・四四　躬恒）。ただし、ほととぎすの声は「ほととぎす人まつ山に鳴くなればわれうちつけに恋ひまさりけり」（古今集・夏・一六二　貫之）のように、人恋しさをかきたてると詠まれるのが通例。当該歌は、ほととぎすの声を聞くことに気持ちが集中するので、他のもの思いをすることがない、と逆転する詠みぶり。
【補説】祐子内親王家歌合（『歌会大成』一四二）の「郭公」題で次のようにあり、三、四句に異同がある。

九番　左持　伊勢大輔
聞きつとも聞かずともなくほととぎす心まどはす小夜のひと声（一七）
右　讃岐守家経朝臣
ほととぎす語らふ声を聞くをりぞまたことごとは覚えざりける（一八）

当該歌の上句は、

ほととぎす語らふ声を聞きしより葦の篠屋にいこそ寝られね（能因集Ⅰ・三五）

と表現が似ている。川村晃生『能因集注釈』は、当該歌を能因から影響を受けたものと指摘する。

鹿

96

（後）しかのねそねさめのとこにかよふなる
をのゝくさふしつゆやをく覧

【校異】 ナシ

【本文】 鹿

96 鹿の音ぞ寝覚めの床に通ふなる小野の草臥し露や置くらむ

【訳】 鹿

96 鹿の声が同じように眠れないでいる私の寝床に響き通ってくる。今ごろ、鹿が臥す野辺の草の寝床も露が置いているのだろうか。

【他出】 後拾遺集・秋上・二九一　祐子内親王家歌合永承五年・三〇　新撰朗詠集・秋・三一七　和歌童蒙抄・八一六

【語釈】 **○鹿の音**　秋に牡鹿（おじか）が牝鹿（めじか）を求めて鳴く声。秋のもの悲しさをことさら感じさせるものとして詠まれることが多い。「山里は秋こそことにわびしけれ鹿の鳴く音に目を覚ましつつ」（古今集・秋上・二一四　忠岑）。**○寝覚めの床**　「寝覚め」は、ここは眠れないで起きていることをいう。92番歌参照。「寝覚めの鹿／人すまず隣り絶えたる山里に寝覚めの鹿の声のみぞする」（恵慶集・一一二）。**○通ふなる**　「通ふ」は、声が響いてくる、の意。「秋萩の下に通ひし鹿の音も今はかげなくなりやしぬらむ」（師輔集・一七）。**○小野の草臥し**　「小野」は普通名詞。野原。「浅茅生の小野の篠原忍ぶとも人知るらめや言ふ人なしに」（古今集・恋一・五〇五　よみ人知らず）。「草臥し」は、鹿の寝床をいう。「小牡鹿（さをしか）の小野の草臥しいちしろくわが訪はなくに人の知れらく」（万葉集・巻十・二二六八）、「小牡鹿の声のさやけみ聞こゆるはひとりや寝らむ小野の草臥し」（経信集Ⅰ・六二）。○露　涙を暗示する。「妻恋ふる鹿の涙や秋萩の下葉もみづる露となるらむ」（古今六帖・三六四二　貫之）。

【補説】　祐子内親王家歌合最後の「鹿」の題で次のようにある。

十五番　左　伊勢大輔

夕霧につままどはせる鹿の音や夜寝る萩もおどろかすらむ（二九）

右　讃岐守家経朝臣

鹿の音ぞ寝覚めの床に通ふなる小野の草臥し露や置くらむ（三〇）

斎院辺のさとにたつぬる人の院にさふらひていてぬに

97 ほともなくあけぬるなつのつきかけも
ひとり見るよはひさしかりけり

かへし

98 さそはるゝこゝろとならはやまさとに
月をいるまて見てそゆかまし

又やる

99 まてとたになけのことは［　］（本ニ本マ、）きかませは
いるまて月を見さらましやは

【校異】99なけのことは［　］（本ニ本マ、）きかませは―なけのこと［　］はきかませは（資）

【本文】斎院辺の里に、訪ぬる人の、院に侍ひて出でぬに

97 ほどもなく明けぬる夏の月影もひとり見る夜は久しかりけり

返し

98 誘はるる心とならば山里に月を入るまで見てぞゆかまし

またやる

99 待てとだになげの言葉を聞かませば入るまで月を見ざらましやは

【訳】斎院にお仕えする人の里に、訪ねていった相手が、院に参上したまま下がって来ないので

97 すぐに明けてしまう夏の夜の月の光も、ひとり見る夜はなんとも久しく感じられたことです。

返し

98 月に誘われるような風流な心ということでしたら、山里に月が入るまで見たに違いないでしょうに。

また言い送る

99 せめて、待てとだけでもいい、心にもない言葉でも聞いたなら、私はずっと、月が入るまで見ていたに違いないのですよ。

【他出】ナシ

【語釈】97**〇斎院辺の里**　この「斎院」は、後朱雀天皇第四皇女、六条斎院禖子内親王であろう。生没は、長暦三（一〇三九）～永長元（一〇九六）年。母は中宮嫄子。祐子内親王の同母妹。永承元（一〇四六）年三月二十四日、八歳

で賀茂の斎院となり、康平元（一〇五八）年四月三日、病により退下。生涯に二十数回の歌合を催行。天喜三（一〇五五）年五月三日に行われた物語題での歌合は文学史上有名。斎院御所は、平安京北郊の紫野（雲林院の南）にあり、神に奉仕する神聖な場所であったが、貴族たちとの文化的交流から、文芸サロンが形成された。「斎院辺の里」は、斎院にお仕えする人の自宅。「辺」は「わたり」、斎院の女房を婉曲的に表現。**〇ほどもなく明けぬる夏の月影**　見て愛でる間もなく明けてしまう夏の夜の月の光。夏は日が長く夜が短いことから、「夏の夜はまだ宵ながら明けぬるを雲のいづこに月やどるらむ」（古今集・夏・一六六　深養父）と詠まれる。［補説］参照。

98**〇誘はるる心とならば**　自然と月に誘われるような風情を解する心であるのなら。「ば」は結句「まし」と対応し、実際はそうでないことを推量する。

99**〇なげの言葉を**　「なげの」は、なさそうな、なおざりな、かりそめの。「いざけふは春の山辺にまじりなむ暮れなばなげの花の影かは」（古今集・春下・九五　素性）。二句末尾の一字分が不明。一応「なげの言葉を」と解したが、資経本には「なけのこと［　］は」とあり、その場合は「なげの言の葉」か。また、このやりとりにおける家経歌二首は「左大臣殿の歌合、三首／月影の見るほどもなく明けぬればなげのながめもせられざりけり」（嘉言集・一〇六）と非常によく表現が似ている。**〇見ざらましやは**　「聞かませば」を受け、いわゆる反実仮想で、「やは」は反語。見なかったか、見たに違いない。

【補説】　夏の月が愛でられるのは、「月照平沙夏夜霜（つきへいさをてらせばなつのよのしも）」（和漢朗詠集・夏・「夏衣」・一五〇）などの漢詩文の影響により、月光を涼やかなものとして賞美するようになったためか。古今六帖題に「夏月」が見られ、歌合題では、長保五（一〇〇三）年の左大臣家歌合に「惜二夏夜月一」とあるのが古い例。

於源亞相六条水閣対泉忘夏

100　したくるゝいはまのみつのあたりには
あふきのかせをかる人もなし

【校異】　したくるゝ―したくゝる（資）

【本文】　100　於二源亜相六条水閣一、対レ泉忘レ夏
下くぐる岩間の水のあたりには扇の風を借る人もなし

【訳】　源大納言の六条水閣において、泉に向かって夏を忘れる
100　岩間の下をくぐり流れる水のあたりでは、扇の風を借りる人もいないことだ。

【他出】　和歌一字抄・八九九

【語釈】　〇源亜相六条水閣　源亜相は、村上天皇の皇子具平親王の長男源師房（一〇〇八〜一〇七七）。「亜相」は「大納言」の唐名。長元八（一〇三五）年十月から康平八（一〇六五）年六月まで権大納言を勤めている（『公卿補任』）。「土御門右大臣」とも呼ばれた師房の邸宅としては、土御門第が有名だが、ここでは六条にある水閣を指す。「水閣」は、池や川など、水辺にある楼閣。［補説］参照。〇対レ泉忘レ夏　歌題。泉に向っていることで夏の暑さを忘れる、という意。同題は、経信集、公重集、教長集などに見える。「対泉忘夏／夏ながら泉涼しき宿にては秋立つことをいかでわくらむ」（経信集Ⅲ・八一）。〇下くぐる　底本「したくるる」では意味不明。資経本、和歌一字抄により改めた。「下くぐる水に秋こそ通ふらしむすぶ泉の手さへ涼しき」（中務集Ⅰ・四〇）。

【補説】　師房の六条邸宅について触れた記述が、栄花物語（けぶりの後）に次のようにある。

六条にいとをかしき所、大納言殿の領ぜさせ給ひけるにぞ、おはしまさせ給ひける。

また金葉集（五八九詞書）には、

六条右大臣、六条の家造りて、泉など掘りて、とく渡りて泉など見よ、と申したりければ詠める

とあり、師房の次男顕房（六条右大臣）が泉を活かした邸宅を構えていたことがわかる。六条師房邸辺りは、名泉が湧き、自然水路が通っていたため、古くは宇多上皇が御所「六条院（河原院）」を、また師実、大中臣輔親、藤原保昌なども屋敷を構え、水閣などで宴や歌会を催している。

和歌一字抄に同題で詠まれた歌が、次のようにある。

対泉忘夏　　土御門右大臣

むすぶ手の秋より先に涼しきは泉の水に夏や来ざらむ（八九七）

同　　資仲卿

むすぶ手のあたり涼しき泉には夏暮れしより秋や来にけむ（八九八）

同　　家経

したくぐる岩間の水のあたりには扇の風をかる人もなし（八九九）

また範永集に、

源大納言殿にて、泉に向かひて夏を忘る、といふ題を

月宿る岩井の清水汲むほどは夏も知られぬ身とぞなりぬる（一七二）

とあり、［語釈］で挙げた経信集Ⅲに同題「対泉忘夏」があることからも、後藤祥子「源経信伝の考察――公任と能因にかかわる部分について――」（『和歌文学研究』18　一九六五・五）、千葉義孝「藤原範永試論――和歌六人党をめぐって――」は、範永、経信、家経の同座詠と説く。土御門右大臣（師房）や藤原資仲（一〇二一～一〇八七）詠も同座詠と考えられよう。

夏夜月

101 なつのよの月しいつれはやまのはも
やかてあけぬるものにそありける

あきをまつ

102 あきをのみたちゐまつかなたなはたの
わたるかはせのなみならなくに

【校異】101夏夜月―夏のよの月（資）

【本文】夏夜月

101 夏の夜の月し出づれば山の端もやがて明けぬるものにぞありける

秋を待つ

102 秋をのみ立ち居待つかなたなばたの渡る川瀬の波ならなくに

【訳】夏の夜の月

101 夏の短夜の月だからこそ、その月が出ると、山の端もすぐに明るくなってしまうということだったのですね。

秋を待つ

102 秋になるのを立ったり座ったりと、ひたすら心待ちにしていることです。七夕伝説の星が渡る川瀬に立つ波ではないのですが。

【他出】ナシ

【語釈】101 **〇夏夜月** 歌題。［補説］参照。**〇月し出づれば** 強意の助詞「し」で夏の夜の月を強調している。［補説」参照。

102**〇秋を待つ** 歌題。**〇立ち居待つかな** 「立ち居」は、立ったり座ったりして、の意。「延喜御時屛風歌／秋風に夜のふけゆけば天の川川瀬に波の立ち居こそ待て」（拾遺集・秋・一四三 貫之）の表現を踏まえているか。「立つ」は「波」の縁語。**〇たなばた** 通常、織女星を指す。伝来した中国伝説では織女星が牽牛星に逢いに天の川を渡るが、日本では男性が女性のもとへ通うので、七夕伝説も牽牛星が川を渡ると詠む歌が時代が下るにつれ増えていく。そこで、［訳］は「七夕伝説の星」とした。**〇波ならなくに** 「ならなくに」は断定の助動詞「なり」の未然形「なら」に打消のいわゆるク語法＋詠嘆の終助詞「に」。波ではないのになあ、の意。

【補説】 範永集に家経集の100～102番歌と同題の詞書が続く。ただし「秋を待つ」の歌はない。何らかの理由で欠落したと思われる。

　　源大納言殿にて、泉に向かひて夏を忘る、といふ題を

　月宿る岩井の清水汲むほどは夏も知られぬ身とぞなりぬる（一七二）

　　同じ所にて二首、夏夜月、秋を待つ

　月影の明かさまさると見えつるは薄き衣を着たるなりけり（一七三）

また『類題鈔』にも次のようにある。

475土御門右大臣家と時大納言　夏夜月　待秋

これらから、家経集の100・101・102番歌が土御門右大臣、すなわち源大納言師房邸で詠まれたものであることがわかる。しかし範永集一七三番歌詞書に、あえて「同じ所にて」と記し、二首の題「夏夜月、秋を待つ」を一七二番歌と別項としたのは、「泉に向かひて夏を忘る」の題で詠んだ日と同日ではないことを示唆している。範永集と同じ題で詠まれた三首のうち、101番歌と102番歌は同日だが、100番歌は別の日に詠まれたものなのではないかと考えられ、本集でも別な折のものとして扱った。

なお、夏の夜の月を詠む歌は多いが、三字題「夏夜月」は限られるなか、後拾遺集に次の歌が見える。

夏夜月といふ心を詠み侍りける　　土御門右大臣

夏の夜の月はほどなく入りぬとも宿れる水に影をとめなむ（夏・二二二）

大弐資通

何をかは明くるしるしと思ふべき昼に変はらぬ夏の夜の月（同・二二三）

開催者の土御門右大臣はもちろんのこと、家経、範永たちと、大弐資通の同座詠も考えられる。源資通（一〇〇五～一〇六〇）は、家経集では88、92番歌詞書に「左大弁」と記される。寛徳二（一〇四五）年に左大弁となり、永承五（一〇五〇）年九月十七日には大宰大弐となり、左大弁を辞している。88番歌［語釈］参照。当該歌が詠まれたのは資通が大弐となる前の永承年間の夏ということになろうか。

101番歌は、夏の夜の短さゆえに、月が出たかと思うとすぐに夜が明け、山の端が明るくなってしまうのだなあということに気づいた、という意。102番歌と似た題や歌語で詠んだ歌が範永集にある。

左の大臣殿六条にて、秋を待つ心

天の川瀬々に寄る波立ち返り渡らぬ人も秋をこそ待て（二一一）

しかし範永集の場合は、「左の大臣殿」である師実の六条邸での詠。家経集「源亜相」（100）、範永集「源大納言」（一七二・一七三）とは別人である。他日に詠まれたものであろう。『範永集新注』参照。

103

七月さぬきにくたるに美作守みち
よりまかりをくれる

たかさこのまつとてけふそくらしつる

ふなちはともそとまりなりける

かへし

104 まつとたにいかてきかましなみまわけ
とわたるふねのたよりならすは

【校異】 ナシ

【本文】 103 七月、讃岐に下るに、美作守、道よりまかり送れる

高砂のまつとて今日ぞ暮らしつる舟路はともぞ泊りなりける

返し

104 待つとだにいかで聞かまし波間分けと渡る舟の便りならずは

【訳】 103 七月、讃岐に下るときに、美作守が、道中から送ってよこした

高砂の松のようにあなたのことを待つということで、今日を過ごしてしまったことですよ。舟旅は友がいる所こそが停泊地だったのですね。

返し

104 あなたがお待ちになっていることさえどのように聞きましょう。波間をかき分けて水門を渡る舟便でなかったら。あなたにお目にかかれるのはうれしい。

【他出】 ナシ

【語釈】 103 ○七月、讃岐に下るに　永承五（一〇五〇）年六月五日の祐子内親王家歌合では、「讃岐守家経朝臣」の名で詠じている（94、95、96番歌参照）。また『定家朝臣記』の天喜元（一〇五三）年六月十五日の条（源倫子葬送の折）

には、「讃岐守家経執筆」とあることから、讃岐守として任じられていた時期は永承五年から天喜元年までと考えられるか。また、詞書には「七月」と記すので、ここは家経が讃岐から上京し、所用を終えて任国に戻る時の詠か。

○美作守　藤原兼房であろう。89番並びに［補説］参照。**○道よりまかり送れる**　「まかる」は、上代では尊い場所や人のもとから「退出する」意で使われたが、平安中期以降は「行く」の丁寧語としても用いられるようになる。ただしここでは「道よりまかり」とあり、解釈がむずかしい。［補説］参照。**○高砂のまつ**　「高砂」は播磨国加古川河口にある松の名所。歌枕。「まつ」は「松」と「待つ」の掛詞。「高砂の松」は能因に対する別れの歌としても22番歌に見える。**○舟路はともぞ泊りなりける**　「とも」に「友」と「艫（とも）」（舟尾の意）を掛ける。「泊り」は滞在、停泊する場所。「知りたる人の伊予へ下るに／みちへ（を）行く舟のともともあらましをうきはなれぬる波のよそかな」（輔親集Ⅰ・三四）。なお「とも」「泊り」は「舟」の縁語。

104**○待つとだにいかで聞かまし**　「だに」は、言外に他のことを類推させる。ここでは「便りならずは」を受け、美作守との再会の喜びを意味するか。「まし」は反実仮想の助動詞。**○と渡る舟の便り**　「と」は、「瀬戸（せと）」「水門（みなと）」などの「と」で、川や海の水の出入り口。水門を抜ける舟便、の意。

【補説】　89番の［補説］で述べたように、永承六（一〇五一）年の出羽弁集における記述から、当時の美作守は中宮亮藤原兼房である。しかもその兼房は、七夕の行事が野分のために中止になったあと、早々に任地に帰って行った。「七月」である。たまたま家経も任地讃岐に戻る途中であったのであろう。お互いに歌を詠み合ったというのではないか。当該歌は永承六年の七月であることがほぼ確定でき、配列の上でもまったく問題がない。

ただし詞書の「道よりまかり送れる」が非常にわかりにくい。「まかる道より送れる」であれば、美作守が都から任地へ下向する途中に歌を送ってよこしたと考えることができるが、底本の語順だと、「まかる」が誰に対する敬意かわかりにくいのである。

104番歌は反実仮想の「まし」が使われ、「波間分けと渡る舟の便りならずは」とある。舟で讃岐へ下向していた家経が、「波間をかき分ける舟でなかったら、あなたの言葉を聞くことはできなかった、あなたの歌に接することができてよかった」と詠んだ歌であろう。

正月さぬきよりのほるほとにかはしりにて入道能因かいそくことありてまかりぬといへるにつかはす

105 ふりすてゝきみしもゆかしなにはかたあしのつのくむはるもきぬるに

かへし　能因

106 いのちあらはよかたりにせむおもひいてゝなにはのうらにあへるきみかな

【校異】　ナシ

106 なにはのうらに―なにはのかたに（資）

【本文】

105 正月、讃岐より上るほどに、河尻にて、入道能因が、急ぐことありてまかりぬと言へるに、遣はす

ふり捨てて君しも行かじ難波潟葦のつのぐむ春も来ぬるに

返し　能因

106 命あらば世語りにせむ思ひ出でて難波の浦に逢へる君かな

【訳】 正月に、讃岐から京に上るときに、河尻で、入道能因が、急ぐことがあって出かけてしまうところですと言ってよこしたので、送ってやる

105 私をすげなく置き去りにして、まさかあなたは別れて行ったりはしないでしょうね。この難波潟には葦が新芽を出す春も来てしまっているのですから。

返し　能因

106 もし私の命があったならば世間話の種にいたしましょう、このことを思い出して。難波の浦でこうして出会っているあなたなのですよ。

【他出】 ナシ

【語釈】 105 **○正月** 以下、永承七（一〇五二）年の詠であろう。103・104番歌［補説］参照。**○讃岐** 家経は永承五（一〇五〇）年に讃岐守となった。103番歌参照。**○河尻** 河口のことを「かはじり」「かはしり」「かはぐち」という。ここでは、平安時代から鎌倉時代に、京都から淀川を下り、西国に向かう途中、必ず舟をつないだといわれる泊りのことであろう。具体的な比定地は諸説あるが、神崎川（三国川）河口部のあたりとされる。延暦四（七八五）年に淀川と神崎川（三国川）とをつなぐ水路が開かれたことから都と西国を結ぶ要津として発達した。山陽・西海・南海の各道から難波に至る公私の舟の碇泊地として栄え、「五泊」と呼ばれる、播磨国の室生泊、韓泊、魚住泊、摂津国の大輪田泊、京から各一日航程の五港を合わせた泊りの一つ。［補説］参照。**○能因** 俗名橘永愷。古曾部入道、橘入道とも。長和二（一〇一三）年出家後は、摂津の難波・児屋・古曾部などに住み、奥州をはじめ諸国を旅した。21番歌参照。能因との贈答歌は、59・60、61・62番にも。**○まかりぬ** 出かけてしまうところだ。「ぬ」はいわゆる完了の助動詞だが、ここでは、……してしまった、という意ではなく、……してしまう、という意。「渡し守、はや舟に乗れ、日も暮れぬ、と言ふに」（伊勢物語・九段）。**○ふり捨てて** 「ふり捨つ」は、すげなく置き去りにする。また、見捨ててほったらかしにする。「嘆きつつ過ぎ行く春を惜しめどもあまつ空からふり捨てて去ぬ」

（千里集・二〇）。**〇君しも行かじ**　「しも」は強調の副助詞。「じ」は打消推量の助動詞。……ないだろう。……まい。あなたはまさか行かないだろう。よりによって。こともあろうに。「うちはへて君しも住まじ逢坂の関に心を留めつるかな」（元輔集Ⅱ・一六〇）。**〇難波潟葦のつのぐむ春も来ぬるに**　「難波」は摂津の国の歌枕。葦で名高い。「葦」は春に芽吹き、秋に白い穂の形状の花を咲かせる。「つのぐむ」は新芽が角のように出始めること。「に」は逆接の接続助詞。難波潟に葦が新芽を出す春が来たのに、の意。［補説］参照。

106 **〇命あらば**　「ば」は仮定条件の接続助詞。命があったら。［補説］参照。**〇世語り**　世間話の種。「人に似ぬありさまこそ、つひに世語りにやならむ」（源氏物語・蛍）。**〇難波の浦に逢へる君かな**　「る」は存続の助動詞「り」の連体形。ここでは能因と家経が出会っていることをいう。「秋の野の尾花が末を押しなべて来しくもしるく逢へる君かも」（万葉集・巻八・一五七七　阿倍朝臣虫麻呂）。

【補説】　「河尻」は、土佐日記に、

　六日、澪標のもとより出でて、難波に着きて、河尻に入る。みな人々、嫗、翁、額に手を当てて喜ぶこと、二つなし。

と見え、源氏物語（玉鬘）にも、

「河尻といふ所近づきぬ」と言ふにぞ、すこし生き出づる心地する。

とあるなど、都を目指す人々が到着に安堵する地であった。

　また、下向する人々にとっては、

　　帥伊周筑紫へまかりけるに、河尻離れ侍りけるに詠み侍りける　　弓削嘉言

　思ひ出でもなき故郷の山なれど隠れゆくはたあはれなりけり（拾遺集・別・三五〇）

と、いよいよ都を遠く離れる境の地と捉えられたようだ。一方で、当該歌で上京する家経とは反対に下向する能因自身にも、帰京の際に河尻で詠んだ歌が次のように見える。

河尻にて京のかたを見やりて

葦火たくながらの浦を漕ぎわけて幾年といふに都見るらむ（能因集Ⅰ・二三七）

ところで、難波に葦が芽吹く春が来たのにあなたは私をすげなく置き去りにしないでしょうね、という家経の言には、久しぶりにゆっくり語り合えるはずであった能因が、急いで下向してしまうことを残念がる気持が表れている。21番歌でも、家経は能因との別れを惜しんでおり、春の花、秋の月を見ながら語り合う約束をしていたことがうかがえる。ほかでもない能因自身が難波の春について、

正月ばかりに津の国に侍りけるころ、人のもとにいひ遣はしける　能因法師

心あらむ人に見せばや津の国の難波わたりの春の景色を（後拾遺集・春上・四三／能因集Ⅰ・八三）

と詠んでいることを踏まえ、家経は、あなたがかつて心ある人に見せたいとおっしゃっていた難波の春の景色をせっかく一緒に見られるのに、と訴えているのである。

「命あらば」と詠む能因の返歌の背景について、田渕句美子「能因周辺に関する一試論――「心あらむ人に見せばや」――」（『帝国学園紀要』14　一九九二・十二）は、かつて能因が嘉言と交わした次の贈答歌が念頭にあったこと、その際「命あらば」と詠んだ嘉言は翌年亡くなったこと、家経に「命あらば」と詠んだ能因が、同じく翌年亡くなったことを指摘している。

嘉言、対馬になりて下るとて、津の国のほどより、かく言ひおこせたり

命あらば今帰りこむ津の国の難波ほり江の葦の裏葉に（能因集Ⅰ・三二）

返し

難波江の葦の裏葉も今よりはただ住吉のまつと知らなむ（同・三三）

嘉言、対馬にて亡くなりにけり、と聞きて

哀れ人今日の命を知らませば難波の葦に契らざらまし（同・三六）

もっとも能因の没年は未詳。田渕説では高重説に従って永承七（一〇五二）年十一月までに亡くなったとするが、誤り。実は、高重説は四条宮下野集の配列による推定によるものだが、永承七年十一月までの生存が確かめられている、が正しい。

107

さぬきにくたるに人〳〵京よりもろと
もにかはしりにまかりくたるとてふね
のうちにはるくれぬといふ題

ちりのこるはなもたつねて見るへきに
ふなてにはるもくれにけるかな

【校異】ふなてにはるも─ふなちにはるも（資）

【本文】107 讃岐に下るに、人々京よりもろともに河尻にまかり下るとて、舟のうちに春暮れぬ、といふ題

散り残る花も訪ねて見るべきに舟出に春も暮れにけるかな

【訳】讃岐に下向する時に、人々が京の都から一緒に河尻まで出かけようとして、舟の中で春が終わってしまう、という題を

107 まだ散らずに残る花も、訪ね探して見るのがよいのに、京を離れる舟の中で、もう春も終わってしまったことだよ。

【他出】ナシ

【語釈】○讃岐　永承五（一〇五〇）年、家経は讃岐守に任じられた。103番歌参照。○河尻　淀川の河口。105番歌

参照。**○まかり下る**　単に「まかる」ではなく、「まかり下る」とある。都から地方へ行く、意。**○舟のうちに春暮れぬ**　歌題。「春暮れぬ」の「ぬ」は完了の助動詞。舟の中で春が終わってしまう。旅上で暮春を惜しむ、という意。**○散り残る花**　散らずに残っている花。［補説］参照。**○見るべきに**　「べき」は適当の助動詞。「に」は逆接の接続助詞。見るのがよいのに。「昼ならば川辺の花も見るべきに夜半の嵐のうしろめたさよ」（公任集・四〇）。**○舟出**　舟で出かけること。「急ぎつつ舟出ぞしつる年のうちに花の都の春にあふべく」（後拾遺集・羇旅・五三一　式部大輔資業）。**○暮れにけるかな**　「に」は完了の助動詞、「ける」は過去の助動詞、「かな」は詠嘆の終助詞。暮れてしまったことよ。

【補説】　京から任地に戻る家経の見送りに、河尻まで人々が同行することになったのが、ちょうど春の終わりのことであったか。道信集Ｉに、春の終わりにまだ残る花を惜しむ贈答が次のように見える。

三月つごもりの日、小一条の中将のもとより

散り残る花もやあるとうち群れて深山がくれを訪ねてしかな（七五）

かへし

散り残る花は訪ねば訪ね見むあなかましばし風に知らすな（七六）

当該歌も、春の花を探したい日であるが、舟中で春も終えてしまったと詠んでいる。なお、「暮春」の歌題が見える「天徳四年三月卅日　内裏歌合」（『歌合大成』五五）廿巻本には次のようにあり、右方の博古の歌では、行く春の泊りを教えてもらえるものであったら、舟出をして追いかけるだろうと詠んでいる。

左勝　　朝忠

花だにも散らで別るる春ならばいとかく今日は惜しまましやは（一九）

右　　博古

行く春の泊り教ふるものならば我も舟出て遅れざらまし（二〇）

かはしりにひと〳〵ひころとまりてやまふきのはなさけるいゑにて

108 なにはゑのあしまににほふやまふきのはなを井てかと思けるかな

【校異】 ナシ

【本文】 108 河尻に人々日ごろ泊りて、山吹の花咲ける家にて
難波江の葦間ににほふ山吹の花を井手かと思ひけるかな

【訳】 河尻に人々が数日泊って、山吹の花が咲いている家で
108 難波江の葦の間に美しく咲く山吹の花を、あの有名な井手の山吹かと思ったことよ。

【他出】 ナシ

【語釈】 ○河尻 淀川の河口。105番歌参照。○山吹の花 バラ科の落葉低木で、枝は細く緑色で先が垂れ、晩春から初夏にかけて、五弁、黄色の花を付ける。八重咲きもある。「かはづ鳴く神奈備川に影見えて今か咲くらむ山吹の花」（万葉集・巻八・一四三五 厚見王）。○難波江 淀川河口付近の歌枕。「難波江に茂れる葦の芽もはるに多くの世をば君にとぞ思ふ」（兼盛集Ｉ・五八）。○にほふ 花などが、美しく照り映える。美しく輝くように咲く。「今もかも咲きにほふらむ橘の小島の崎の山吹の花」（古今集・春下・一二一 よみ人知らず）。○井手 山城国の歌枕。現在の京都府綴喜郡井手町。奈良時代には橘諸兄の円提寺（井手寺とも）や相楽別業があり、早くから開けていた。［補

説〕参照。

【補説】古今集に、

題知らず　　　　　　　　　　　　よみ人知らず

かはづ鳴く井手の山吹散りにけり花の盛りに逢はましものを（春下・一二五）

貫之集Ⅱに、

音に聞く井手の山吹見つれどもかはづが声はまじらざりけり（六七）

とあるなど、井手は山吹の名所。107番歌で河尻までついてきた人々と数日過ごし、その際泊った家の庭に咲く山吹を、まるで井手のようだと賞賛したのである。

和哥百十首

末尾に「和哥百十首」とあるが、実際は百八首しかない。資経本にはナシ。

源頼実「故侍中左金吾家集」

春

1
三月三日あるひとの家にて花見くらしてをの〳〵さかつきとりて讀る
花を見春はやみたになかりせはけふもくれぬとなけかさらまし

【校異】春はやみたに―はるにやみたに（東）　なけかさらまし―なけかましやは（榊・松・三・龍）

【本文】春
三月三日、ある人の家にて、花見暮らして、おのおの盃取りて詠める
1　花を見る春は闇だになかりせば今日も暮れぬと嘆かざらまし

【訳】春
三月三日、ある人の家で、日が暮れるまで花を見て過ごして、めいめいが盃を取って詠んだ歌
1　桜花を見る春は、せめて暗闇だけでもなかったならば、今日も暮れて花が見えなくなってしまうと嘆くことがなかっただろうに。

【他出】ナシ

【語釈】**○春**　部立。頼実集は、春・夏・秋・冬・恋という部立からなる。「春」の部は、以下8番まで。**○三月三日**　三月三日の「節会」は、平城天皇の時に停止されて以来、行われなくなった（『王朝文学文化歴史大事典』笠間書院　二〇一一）。節供は行われて、貴族の家では節日の供物（桃の花・酒・食物）のことが見える。［補説］参照。**○ある人の家にて**　「ある人の家」と名はないが、尊者につく格助詞「の」から、家格や地位が高い人物。「おのおの盃

取りて詠める」に続く。**○花見暮らして**　花を眺めて日暮れまで過ごして。「花見暮らして」とあるので、当該歌の花は、「三月三日、例の祓しに川原に出でたるに、東山の花の散り残りたる見て／今日過ぎてたづねましかば山桜にほふめりきと人や告げまし」（頼宗集・二）のように、終わりのころの桜であろう。［補説］参照。**○おのおの盃取りて**　各自盃（杯）を取って、の意。「延喜御時、賀茂臨時祭の日、御前にて盃取りて」（後撰集・雑二・一一三一　三条右大臣〈藤原定方〉）。なお、「盃取りて」は集中この一例のみで、他は「かはらけ取りて」（2・53・85）。**○花を見る**　底本は「花を見」とあるが、「る」を補う。**○春は闇だになかりせば**　春は、もしせめて闇だけでもなかったとしたら。闇は、空に月のない暗い状態。春の闇は、「春の夜の闇はあやなし梅の花色こそ見えね香やは隠るる」（古今集・春上・四一　躬恒）のように梅花の香りとともに詠まれることが多い。「だに」は「せめて……だけでも」と仮定し、「せば」が下句の「まし」と呼応して反実仮想を表す。「世の中に絶えて桜のなかりせば春の心はのどけからまし」（古今集・春上・五三　在原業平朝臣）。［補説］参照。

【補説】　当該歌は、三月三日に花を見て日が暮れるまで過ごし、ある人の家で参加者が各自盃を取って歌を詠んだという折の詠。語法的にも内容的にも、能因の次の歌との類似が指摘できる。

夜思二桜花一心、二首
桜咲く春は夜だになかりせば夢にもものは思はざらまし（能因集Ⅰ・五四／後拾遺集・春上・九八）

「三月三日」の年中行事を確認しておきたい。［語釈］欄に記したように、内裏の「節会」はなくなったが、「節供」のかたちで残っている。

三月三日、節供などものしたるを、人なくてさうざうしとて、ここの人々、かしこの侍に、かう書きてやるめり。たはぶれに、
　桃の花すきものどもを西王がそのわたりまで尋ねにぞやる
すなはちかい連れて来たり。おろし出だし、酒飲みなどして、暮らしつ。（蜻蛉日記・中巻）

三月三日に夫兼家の来訪はなく、作者の侍女たちが、兼家の従者たちに文をやり、受け取った従者たちは作者邸に連れだって来て、節供のお下がりと酒がふるまわれている。当該歌の折も、節供の馳走にあずかったものか。

なお、「花見暮らして」の語釈にあげた、頼宗集に「三月三日、例の祓しに」とあるのは、上巳（じょうし）の祓いの折で、三月最初の巳の日がたまたま三日に重なったものである。

「三月三日」の行事として、「曲水宴」がある。曲水の宴の実際例を寛治年間くらいまで、儀式書や記録類にあたると、天皇主催が多く見られ、臣下では藤原道長と師通の例が見える。すべて漢詩を詠むものである。

「曲水宴」に和歌が詠まれたとする例に、躬恒・伊衡・友則・興風・千里・是則・忠岑・貫之が集まり、それぞれが三題を詠んだという「紀師匠曲水宴和歌」がある。しかし、『辞典ライブラリー』に、

　この歌会は実際は行われず平安中・後期の偽書とする説がある。この歌会の歌が三代集はもとより参加歌人のどの家集にも見られないこと、当代の主要歌人がそろいすぎていること、曲水宴は宇多朝の風雅であり醍醐朝では催されていないこと、表現、発想が後世のものと見られることなどが根拠である。これに異を唱える説もあるが、これを支持する説も多い。（「紀師匠曲水宴和歌」加藤幸一執筆）

と説明があるように、偽書らしい。

上流から流れてくる水に盃を浮かべて漢詩を詠むという曲水宴について、『後二条師通記』を見ると、その準備たるや、天候に左右されるし、水の流れの各所に紙・硯・筆を用意し、文人・属文公卿、楽人などを集め、饗饌の準備も必要である。新古今集（春下・一五二）に、「紀貫之、曲水宴し侍りける時……」という詞書で見えるが、貫之などの身分では、とうてい開催するのは不可能であったように思われる。

曲水宴で和歌が詠まれた例があるか、後拾遺集時代ごろまで歌集を確認したが管見に入らなかった。為仲集Ⅰに、

　三月三日、「盃止二浮水流一」といふ題を

水波に流れて下るかはらけは花の陰にも曇らざりけり（六二）

とあるのは、題詠。匡房集I・四四も、「曲水の宴」を題にした和歌であった。

三月十五日しらかはてらに五時かうに
人〳〵いきてふみなとつくりて後けふこ
とにかならす丶へきよしをかはらけとり
てよみける

2 しらかはのけふのちきりをたかへすは
春のみとふと人やお（朱）もはん

【校異】 つくりて―つらねて（榊）、つ丶りて（三）　春のみとふと―春のみこふと（榊）　人やお（朱）もはん―人やおもはん（河・榊・松・三・龍・東）

【本文】 三月十五日、白川寺に五時講に人々行きて、詩（ふみ）など作りて後、今日毎に必ずすべきよしを、かはらけ取りて詠みける

2 白川の今日の契りをたがへずは春のみ訪ふと人や思はむ

【訳】 三月十五日、白川寺に五時講を聞きに人々が行き、漢詩などを作った後に、毎年の今日毎に必ずここに集まって詩を作ろうという趣旨を、盃を取って詠んだ

2 白川の今日の約束を破ることがなかったならば、我々のことを春だけに訪れると人は思うであろうか。

【他出】 ナシ

【語釈】 **〇三月十五日** 平安中後期に勧学会が行われた日であった。あるいは、「五時講」の日もそれに関わるか。

勧学会は、大学寮紀伝道の学生、儒者たちが天台宗の僧侶と合同で催した法会。康保元（九六四）年に始まり、途中二度の中断を挟みつつ、保安三（一一二二）年まで見える。僧俗が三月と九月の十五日に、天台宗系の寺に参集し、法華経が講じられ、僧俗の作詩・念仏が行われた。〇**白川寺**　所在地未詳。ただし、「白川寺」の名は、藤原行成の『権記』に見える。寛和二（九八六）年、花山天皇出家の後を追って出家した藤原義懐（九五七〜一〇〇八）と子息成房（九八二〜）が関係する記事である。［補説］参照。なお、5番歌詞書にも「白川寺」とある。〇**五時講**　仁康が源融の亡霊供養のために河原院で行ったことに始まるとされる、五時の大乗仏典（華厳経・大集経・大品般若経・法華経・涅槃経）を、順次講説する法会。大江匡衡の「為二仁康上人一修二五時講一願文」（本朝文粋・巻十三）に、正暦二（九九一）年三月二十八日の日付けで見える。また、後年の天承元（一一三一）年二月十三日、式部大輔藤原敦光の起請文にも、「……五時講者用二三﨟已上一、三十講者用二五﨟已上一、……」（『朝野群載』巻三）とある。〇**詩**（ふみ）　漢詩。「天暦三年三月つごもりの日、文ども（他本に「また人」）召して、花の心春のおくりすといふ心ある詩（ふみ）作らせ給ふに、やがて和歌（やまとうた）そへてまゐらせよと仰せられしに」（高光集・一〇詞書）。〇**かはらけ**　素焼きの盃。「ものへまかりける人のもとに、人々まかりて、かはらけ取りて」（拾遺集・別・三〇四詞書）。〇**今日の契り**　詞書中の「今日毎に必ずすべき」（毎年この日に白川寺を訪れて、漢詩を詠もう）という約束。〇**人や思はむ**　底本「おもはん」の虫損を他本により補訂した。人が、我々のことを誤解するだろうか、という気持ち。

【補説】　当該歌は、毎年約束通りにこの日に白川寺に集うのはよいが、そうすると釈尊の教えを学ぶという我々の思いとは違って、春になると花見に来る人たちだ、と人に思われやしないかという気持ちを詠んだもの。

「白川寺」の名は、『権記』長保二（一〇〇〇）年九月八日条に見える。少将成房に加階のことがあったが、当の成房は白川の寺で病気療養をしていて、「仍入道中納言同坐也」と父の藤原義懐が子の病ゆえ一緒にいると双行注に記す。また、十日条には、行成自身が「白川寺」に詣で、入道中納言（義懐）に謁し、また成房を見舞ったとある。寺の所在地は不明であるが、十日条によれば、参内して、その後に白川寺に出向き、「衡黒帰洛」の間に「陽明門末路末河原」で盗人に矢を放たれ防戦、その後参内している、と記す。さほど遠方ではなさそうである。藤原行成は、摂政藤原伊尹男義懐の甥にあたり、また父義孝の死後に伊尹の養子となったので、義懐の弟でもあり、親しい関係にある。なお、義懐は横川の飯室に住んでいた（『権記』長保四年二月三日）。

「白川寺」の所在地は不明だが、摂関家代々の別業「白河殿」が白川に近く、また公任も、北白河に山荘をもっていた。「白川寺」の名称から、やはり白川に近かったのであろうか、『権記』の記述と矛盾しない（「白川」については、39番補説参照）。当該歌下句に、「春のみ訪ふと人や思はむ」とあるが、白川の地は、

二条関白（藤原教通）、白川へ花見になむといはせて侍りければ、詠める　小式部内侍

春の来ぬところはなきを白川のわたりにのみや花は咲くらむ（詞花集・雑上・二八〇）

が示すように花見の名所であった。貴族たちが花見に白川を訪れたという記録や詠歌は、多く見える。

3

やまふきをを(朱)りてあるひとの哥よみてをお(朱)こせたる返し

ゐてに行人にもあらてわかやとにおを(朱)りてそみつるやまふきのはな

【校異】ゐてに行―ゐてにくる（東）

【本文】山吹を折りて、ある人の歌詠みておこせたる、返し

3　井手に行く人にもあらでわが宿にをりてぞ見つる山吹の花

【訳】山吹の花を手折って、ある人が歌を詠んでよこした、その返事

3　有名な井手に行く人でもないのに、わが家にいながら眺めることです。手折ってくださったこの山吹の花を。

【他出】ナシ

【語釈】○山吹　晩春に黄色の花をつける落葉小低木。「春雨に匂へる色もあかなくに香さへなつかし山吹の花」（古今集・春下・一二二　よみ人知らず）。［補説］参照。○井手　歌枕。山吹の名所。現在の京都府綴喜郡井手町。奈良街道にある木津川東岸の地。「かはづなく井手の山吹散りにけり花の盛りにあはましものを」（古今集・春下・一二五　よみ人知らず）。○をりてぞ見つる　「をり」は、「居り」と「花」の縁語「折り」との掛詞。「長き夜にをりてぞ明かす彦星のまれに来て寝ぬるとこなつの花」（四条宮主殿集・七）。なお、底本は和歌と詞書の「おりて」の二箇所の「お」字の横に「を」、詞書の「をこせ」の「を」字の横に「お」と蘆庵の朱書がある。

【補説】山吹は、時に、様々な事情や感情を込めて贈られる。

人の心頼みがたくなりければ、山吹の散りさしたるを、これ見よとて遣はしける

よみ人知らず

忍びかねなきてかはづの惜しむをも知らずうつろふ山吹の花（後撰集・春下・一二二）

は、山吹の花が移ろいやすいことから、心変わりした恋人への抗議の歌。

くちなしの色好みといふはな（名はカ）たてて井手の山吹盛りすぐすな（兼輔集Ⅰ・二〇）

これは、井手といふ御厠人（みかはやうど）に、山吹の花を持たせて、色めける人のおこせたりける、返り事なりけり

は、好色な相手への皮肉を込めた返歌。

久しうおとせぬ人の、山吹にさして、日ごろの罪は許せ、といひて侍りければ

和泉式部

とへとしも思はぬ八重の山吹を許すといはば折りに来むとや（後拾遺集・雑二・九六三）

同じ人の、ものより来たりと聞きて、同じ花につけて遣はしける

あぢきなく思ひこそやれつれづれとひとりやゐでの山吹の花（同・九六四）

では、男への拒絶や離れていた間を疑う気持ちを詠む。

長久二年源大納言家にてかむしにお
つるはなを〔を（朱）〕おしむといふ題を

4 ちる比はちるをみつゝもなくさめつ
はなゝきはるのなを〔ほ（朱）〕やのこらん

【校異】 かむしに―小むしに（榊）、にむしに（松・龍）、にわしに（三）　おしむ〔を（朱）〕―くしむ（榊・松）　いふ題を―いふことを（龍）　ちる比は―ちるしろは（榊・松・三）、けふまては（東）　なをやのこらん〔ほ（朱）〕―あすやのこらん（東）

【本文】 長久二年、源大納言家にて、庚申に、落つる花を惜しむ、といふ題を

4 散るころは散るを見つつもなぐさめつ花なき春のなほや残らむ

【訳】 長久二年に、源大納言家で、庚申の日に、落ちる花を惜しむ、という題を

4 花が散るころは、散るのを見ながらも慰めてしまう。花の無くなった春がこれ以上続くことがあろうか、いや、花の無い春はありはしない、これで春は終わるのだ。

【他出】 ナシ

【語釈】 **○長久二年**　後朱雀天皇の時代、一〇四一年。**○源大納言**　源師房（一〇〇八～七七）。父は、村上天皇の皇子具平親王。母は為平親王女。初名、資定。寛仁四（一〇二〇）年正月、皇孫として従四位下に直叙されたが、同年十二月に関白藤原頼通の養子として元服し、名を師房と改め源姓を賜って臣籍降下。侍従、右近衛権中将を経

て、万寿元（一〇二四）年九月、従三位。同三年に参議を経ず権中納言に進み、長元八（一〇三五）年十月、権大納言。康平八（一〇六五）年六月、内大臣。延久元（一〇六九）年八月に右大臣となる。承保四（一〇七七）年正月に病を得、二月十七日に太政大臣となり七十歳で薨去。頼通異母妹の尊子を妻とし、終生摂関家と行動をともにした。師房女は頼通嫡子の通房（一〇二五〜一〇四四）の妻。さらに、女麗子は、頼通嗣子師実の室。土御門右大臣と称され、日記に『土右記』（『土記』トモ）がある。頼実集末尾の勘物に、頼実は、「土御門右府家之人也」とあり、師房に仕えていたと知られる。師房は、長暦二（一〇三八）年秋を最初として、四度の歌合を主催しており、当該歌と同じ長久二年にも四月七日に歌合を催した。頼実もこうした場に列していた。［補説］参照。**〇庚申に**　「かむしに」の箇所は、諸本に異同が多く、その一つ龍谷大学本は「にむし」の「に」に「り歟」と傍記。しかし、庚申は私家集などの写本では「かうし」、時には「かむし」と表記される。「村上の御時、五月四日かうしに、男方女方と歌を合はせ……」（元輔集Ⅰ・八一詞書）、「斎宮の、かむししたまひしに……」（兼澄集Ⅱ・一〇五詞書）。当該歌では、庚申の日に歌会が行われたと考えられる。庚申は、かのえさるの日。道教では、人の体内に住んでその人の行動を監視している三尸虫が、この日の夜、睡眠中に体から抜け出てその人の罪過を天帝に告げると説く。そのために人々は、夜眠らずに過ごそうと、歌合や歌会などを行った例が多い。なお、長久二年春は、三月十一日が庚申に当たっていた。つまり、当該歌の詠歌年時は長久二年三月十一日。**〇なぐさめつ**　慰めてしまう。「つ」は動作・作用の実現を確信したり、確認したりする確述の用法。「空蝉はからを見つつもなぐさめつ深草の山煙だにたて」（古今集・哀傷・八三一　僧都勝延）。**〇花なき春**　「花なき春」という表現は、意味は異なるが、「桜よりまさる花なき春なればあたらしさをばものとやは見る」（貫之集Ⅰ・二七〇）に学んだものか。当該歌の「花」も「桜」をいうのであろう。

【補説】　当該歌の詠作の場に関しては、詞書の異同に解釈の問題も重なって、複数の理解がすでに示されている。

一つは、高重久美「藤原範永と源頼実――山井三位藤原永頼家圏――」（『和歌六人党とその時代』一の第一章三　和泉書院　二〇〇五）である。「かむしに」を「にわしに」と読み、範永の次の歌と同時詠との解釈を示している。

庭の上の落つる花、仁和寺

春の日も身ぞ冴えぬべき散る花の積もれる庭は雪と見えつつ（範永集・三一）

範永集の詞書では、庭の上の落つる花という題を仁和寺において詠んだと解されるのを、当該歌と同時詠と見ている。確かに歌題は似てはいるが、いささか強引な解釈である。

二つ目が、吉田茂他の「『源頼実集』注釈稿上」で、榊原家本を底本とした注釈において、「にむしに」を「りむじに」と読み、歌題を「臨時に落つる花を惜しむ」と解釈しているもの。しかし、歌題などで「臨時」が使用されるのは、賀茂神社などの「臨時の祭」を詠むといった場合に限られるので、「臨時に落つる花を惜しむ」という題の考え方には問題があろう。

また、源大納言家での詠ではないようだが、範永集の次の歌は、同様の題で詠まれている。

暮の春、落つる花を惜しむ

散り残る夏になるとも桜花惜しまざりける宿といはせじ（一五九）

範永は、桜を惜しむ心の表現として、たとえ花が散り残ったままで暦が夏になってもかまうものかと歌うが、頼実の当該歌では、反語表現を用いつつも、花が散り果てることは春の終わりなのだからしかたがない、と自らを慰める心情を歌っている。花の終わり、春の終わりをどのように惜しむか、題をめぐって歌人らは発想の違いを求められ、歌の技量が競われる時代であったことが窺われる。

しらかは寺にて花浮潤水題を

なかれくるたきの水たになかりせは
ちりにしはなをまたもみましや

【校異】花浮潤水題を―花浮潤といふ題を（龍）　なかれくる―なかれつる（榊・松・三・龍）、なかれゆく（東）

【本文】白川寺にて、花浮㆓潤水㆒題を

5 流れ来る滝の水だになかりせば散りにし花をまたも見ましや

【訳】白川寺で、花が谷川の水に浮く、という題を

5 流れて来る急流の谷川の水さえもなかったとしたならば、すでに散ってしまった桜の花を再び見たであろうか、いや見ることはなかったであろう。

【他出】ナシ

【語釈】**○白川寺**　2番歌参照。**○花浮㆓潤水㆒**　花潤水に浮く。「潤水（かんすい）」は、谷川の水のこと。「花」は、ここは桜であろう。桜の花びらが谷川の水面に浮かんでいる意の歌題。［補説］参照。**○滝の水だになかりせば**　早瀬の水さえもなかったとしたら。「滝」は、水が激しい勢いで流れる意の「たぎつ」と関連し、急流、早瀬をいう。「岩間をも分けくる滝の水をいかで散り積む花の堰きとどむらむ」（拾遺集・春・六七　よみ人知らず）。「だに」が「せば……まし」と共に用いられる例には、「結び置きしかたみのこだになかりせば何に忍ぶの草を摘まし」（後撰集・雑二・一一八七　兼忠朝臣母の乳母）がある。

【補説】谷川の早い流れの水面に花びらが浮いているので、もう散ってしまった桜を再び見ることができるという気持ちを詠んだ歌。

同題の例として、当該歌より後の作だが、

花浮潤水といへる心を詠み侍りける　　花薗左大臣（源有仁）

山風に散り積む花の流れずはいかで知らまし谷の下水（千載集・春下・一〇〇）

とあり、しかも頼実歌もこの歌も、反実仮想の語法を用いている。これは二首ともに、

吹く風と谷の水としなかりせばみ山がくれの花を見ましや（古今集・春下・一一八　貫之）

を踏まえているためと考えられる。

また、歌題に「澗水」が用いられているのは、和漢朗詠集・春・「梅」・八七に見える次の白居易の詩句、

白片落梅浮澗水（はくへんのらくばいはかんすいにうかぶ）

黄梢新柳出城牆（くわうせうのしんりうはせいしやうよりいでたり）

に拠るのではないか、と吉田茂他による「「源頼実集」注釈稿上」が指摘している。花の種類は異なるものの、指摘のとおりであろう。

宮にて花によりて花を〔を（朱）〕おしむと題
を

6

行春を〔を（朱）〕おしむ心はちりのこる
はな見ひとやのとけかるらん

【校異】花を〔を（朱）〕おしむと題を―花をおしむといふ題を（榊・松・三）、春をおしむといふ題を（龍）

【本文】宮にて、花に依りて春を惜しむ、といふ題を

6　行く春を惜しむ心は散り残る花見る人やのどけかるらむ

【訳】宮方で、花に依って春を惜しむ、という題を

6　行く春を惜しむ気持ちは、散り残る花を見る人がのどかでいられようか、いやその気持ちではとてもいられないだろう。

【他出】和歌一字抄（墨書補入歌・四〇）

【語釈】 **○宮** 祐子内親王であろう。頼実集には他にも、「七月十二日に、宮の前栽掘りに、花契二千秋一といふ題を」(40)、「長久三年閏九月のつごもりに、関白殿有馬の湯におはしまして、その間、宮に候ふ人々、義清、重成、経衡、為仲などして　臨レ池」(74)などと、宮方において、頼実やいわゆる和歌六人党周辺歌人たちが歌を詠み合っている。祐子内親王は、後朱雀天皇の第三皇女。母の中宮嫄子(敦康親王女、母は頼通室隆姫の妹。頼通夫妻の養女)が亡くなった後は、頼通夫妻と同居し養育されていた。頼通は、幼い祐子内親王のもとで何度か歌会や歌合を催すなどして文雅の集いを行い、後朱雀天皇の女御教通女生子らに対抗していた。**○花に依りて春を惜しむ、といふ題を** 底本「花を惜しむと題を」を、龍谷大学本「春を惜しむといふ題を」により校訂した。「花に依りて春を惜しむ」題は、初出か。71番歌に「依レ花知レ秋」とある。範永集二九番歌に「山葉を水に依りて知る」、家経集七四番歌には、「依レ水知二山葉一」の題が見える。**○行く春を惜しむ心は** 主語「心は」を承ける述語が明確ではないが、行く春を惜しむ心は、「散り残る花見る人やのどけかるらむ」という気持ちだ、ということとして解した。「春を惜しむ」は、次のようにも詠まれる。「春を惜しむころ、人々詠み侍りしに/ほととぎす鳴かずは鳴かずいかでなほ暮れ行く春を重ねてしかな」(能宣集Ⅰ・四一八)。また、花とともに惜春の思いを詠む歌も、「春ごとに花を惜しむといふ心を/年を経て花に心をくだくかな惜しむにとまる春はなけれど」(定頼集Ⅰ・三五)など。**○花見る人やのどけかるらむ** 「や」は反語。花を見てのどかな心ではいられないと詠むのは、「渚の院にて桜を見て詠める/世の中にたえて桜のなかりせば春の心はのどけからまし」(古今集・春上・五三　在原業平朝臣)、「平貞文が家の歌合に/春はなほわれにて知りぬ花盛り心のどけき人はあらじな」(拾遺集・春・四三　忠岑)など。

【補説】 散る花を惜しむ歌は、

独惜二竜田山桜花一歌一首　　兵部少輔大伴家持

竜田山見つつ越えこし桜花散りか過ぎなむわが帰るとに(万葉集・巻二十・四三九五)

と古くから詠まれてきた。漢詩にも「惜二桜花一」(田氏家集・五四)、「春惜二桜花一、応レ制一首」(菅家文草・三八四)といった題が見られる。
また、咲きほこった花が散ってわずかな「なごり」に春を惜しむ気持を合わせて詠む歌も、

花を惜しむ心を詠める　　　大中臣能宣朝臣

桜花にほふなごりにおほかたの春さへ惜しく思ほゆるかな（後拾遺集・春上・九六）

などと見える。

春の夜の月

7

くもりにきそらもかすみにかすみつゝ
光にあかぬ春の夜の月

【校異】　くもりにき―くもりなき（榊・松・三・龍・東）
【本文】　春の夜の月
7　曇りなき空も霞にかすみつつ光に飽かぬ春の夜の月
【訳】　春の夜の月
7　曇りない空も時折霞にかすんだりして、光をもっと見ていたい春の夜の月であるよ。
【他出】　ナシ
【語釈】　**○曇りなき空も**　底本「くもりにき」を他本により校訂した。雲もなく晴れた空までも、の意。「皇后宮の歌合　月／曇りなき空の鏡と見ゆるかな秋の夜長く照らす月影」（伊勢大輔集Ⅰ・七二）。**○霞にかすみつつ**　霞によって辺りが霞んだり晴れたりをくりかえす光景。「春霞かすみて去にしかりがねは今ぞ鳴くなる秋霧の上に」（古今集・秋上・二一〇　よみ人知らず）。また、畳語ととり、ひたすら霞んで、の意にも解せる。**○光に飽かぬ**　光をずっ

と見飽きることがない。もっと見ていたいということ。「霞隔月といふことを／曇りなく見るだに飽かぬ月かげのおぼろなるまでかすむ空かな」（万代集・春上・一三九　禖子内親王）。**〇春の夜の月**　霞にかすんで見える春の夜の月は、「不明不暗朧々月／照りもせず曇りも果てぬ春の夜のおぼろ月夜にしくものぞなき」（千里集・七二）と、その風情が好まれた。題としては、「屏風に、春日の祭の使ひの帰り侍るところ　春の夜の月／花散らば起きつつも見むつねよりもさやけく照らせ春の夜の月」（能宣集Ⅰ・三一六）など。

【補説】　永承六（一〇五一）年正月八日庚申、六条斎院禖子内親王が主催した歌合に、

霞へだつる月　　宣旨

見るほども空に霞の隔つれば光に飽かぬ春の夜の月（三二）

とあり、下句が一致する（『歌合大成』一四四）。作者の「宣旨」は、頼実の同母きょうだい。この歌合は、頼実が死去して七年目に当たる。したがって、宣旨が頼実歌の表現を踏襲したと思われる。『歌合大成』によると、歌合には、宣旨ら斎院の女房のほか、上東門院、中宮章子、頼通女藤原寛子に仕える女房も多くまじり、「滝の音に春を知る」「雨の中の柳」「霞隔つる月」の三題を、各七番つがえて行われたという。［語釈］に挙げた禖子内親王（一〇三九〜一〇九六）の歌も、この歌合の「霞隔つる月」題の右方一番歌として出詠され、「勝つ」となったものである。時に十三歳。

安田純生「源頼実の和歌」（『城南国文』1　一九七八・九）は、「祐子内親王、藤壺に住み侍りけるに、女房うへ人など、さるべき限り物語して、春秋のあはれいづれにか心ひくなどあらそひ侍りけるに、人々多く秋に心をよせ侍りければ／浅緑花もひとつにかすみつつおぼろに見ゆる春の夜の月」（新古今集・春上・五六　菅原孝標女）を挙げ、表現の類似を指摘する。また、この歌が更級日記では、源資通からの春秋のどちらに惹かれるかという問いに対する答えの歌で、資通がおおいに心を打たれたとあるため、資通が親しかった頼実との間で話題にし、頼実がその表現に学んだ可能性を論じる。

源大納言の子日に

8

子日してけふひきそむるひめこ松
いくたひはるにあはんとすらん

【校異】ナシ

【本文】源大納言の子日に

8 子日して今日引き初むる姫小松いくたび春に逢はむとすらむ

【訳】源大納言家の子の日に

8 子の日の遊びをして、今日が引き初めの姫小松は、これから幾度めでたい春に逢おうとするのだろうか。

【他出】ナシ

【語釈】**○源大納言** 源師房のこと。4番歌参照。**○子日** 正月最初の子の日に、野に出て小松の根を引き、若菜を摘んで、長寿を祈念する風習があった。「子日／姫小松おほかる野辺に子日して心に千代をまかせつるかな」（道済集・七六）。実際には、野に出ず、邸内で子の日の行事を行うこともあった。当該歌は、大納言家で行われた子日の遊びの折のもの。［補説］参照。**○姫小松** 小さいかわいらしい松のこと。また、松の美称。常緑の松は、長寿を象徴する。「われ見ても久しくなりぬ住の江の岸の姫松いく世経ぬらむ」（古今集・雑上・九〇五　よみ人知らず）。また、「人のむすめの裳着に詠める／この春ぞ枝さしそふる行く末の千歳をこめて生ふる姫松」（躬恒集Ⅳ・一九四）のように、姫君の成長を言祝ぎ、予祝する際に詠まれる。当該歌も、源大納言家の姫君たちを指すか。**○いくたび春に** 「春」は、季節の「春」とともに、幸運な時を示す。源大納言家への賀意を込めた表現。「天暦御時賀御屏風歌、立春日／今日解くる氷にかへて結ぶらし千歳の春に逢はむ契りを」（後拾遺集・賀・四二五　源順）。

【補説】新藤協三「野に出ぬ子日――平安和歌詠出の一背景――」（『東洋通信』48・2　二〇一一・六）は、

小野宮の太政大臣の家に子日し侍りけるに詠み侍りける　清原元輔
千歳経む宿の子日の松をこそほかのためしに引かむとすらめ（後拾遺集・春上・二四）

六条内裏にて子日せさせ給ひけるに詠める　大納言経信
九重のみかきが原の小松原千代をばほかのものとやは見る（金葉集三奏本・春・二四）

を挙げ、私家集や古記録などの例を検討し、子日の行事が野に出ずに内裏や私邸において行われていたことを明らかにしている。

9

夏

夏日三日（みる）　遠山雲

なつやまのをちにたなひくしらくもの
たちいてゝみねとなりにけるかな

【校異】たちいてゝみねと―たちいてゝ見れと（松）

【本文】夏

夏日、見二遠山雲一

9　夏山のをちにたなびく白雲の立ち出でて峰となりにけるかな

【訳】夏

夏の日、遠山の雲を見る

9　遠くにある夏山にたなびく白雲が湧き出て峰のようになったことだ。

【他出】　ナシ

【語釈】　**○夏**　部立。以下、31番歌までが夏の部。**○夏日、見二遠山雲一**　底本「夏日三日」と訂正された「みる」を、「見」と解して本文を訂した。「見遠山雲」が歌題か。「遠山」を題に含むものに「見遠山雪」（道済集・一四九詞書）、「遠山霞薄」（国基集・一九詞書）、「遠山桜といふ心を詠める」（後拾遺集・春上・一二二詞書　藤原清家）などがある。「時は今春になりぬとみ雪降る遠山の辺に霞たなびく」（万葉集・巻八・一四三九　中臣朝臣武良）は、遠山の霞を詠む。また、雲がかかる遠山の景は、「雲居より遠山鳥の鳴きて行く声ほのかなる恋もするかな」（新古今集・恋五・一四一五　躬恒）とも詠まれる。**○をちに**　「をち」は、遠く隔たった場所。「陸奥の国へまかりける人に詠みてつかはしける／白雲の八重に重なるをちにても思はむ人に心隔つな」（古今集・離別・三八〇　貫之）。「をち」は49番歌にも見える。**○峰となりにけるかな**　峰に立つ白雲を詠む歌は「風ふけば峰にわかるる白雲のたえてつれなき君が心か」（古今集・恋二・六〇一　忠岑）など。当該歌は、雲を峰に見立てるが、逆の発想の歌もある。「降る雪の積もれる峰は白雲のたちもさわがずをるかとぞ見る」（寛平御時后宮歌合・冬・一二八／『歌合大成』五・一二七）。

【補説】　夏山を詠む歌には、木々の繁みが作る陰に涼しさを求める「納涼」を主題とするものが多い。

女四の内親王の家の屏風に　　躬恒

行く末はまだ遠けれど夏山の木の下陰ぞたちうかりける（拾遺集・夏・一二九）

一方、当該歌のように、木々の葉が繁っているために、山がいっそう高く見えると詠む歌もある。

夏山の峰の梢の高ければ鳴くほととぎす声かはるかな（寛平御時中宮歌合・夏・一一／『歌合大成』六・一一）

夏山の峰の梢し高ければ空にぞ蟬の声も聞こゆる（和漢朗詠集・夏・「蟬」・一九七）

当該歌も緑の色濃い夏山を遠望して、さらにそこに湧く雲を、まるで峰のようだと詠んだ。

くひな

10　たゝくともしはしとちなんあまのとは
あくれはかへるくひななりけり

【校異】あくれはかへる―あくれはかくる（松）、あくれはかゝる（龍）

【本文】水鶏

10　叩くともしばし閉ぢなむ天の戸はあくれば帰る水鶏なりけり

【訳】水鶏

10　叩いてもしばらくは閉ざしておいてほしい。天の戸が開いて夜が明けると帰る水鶏だったのだ。

【他出】ナシ

【語釈】〇水鶏　鳴き声が、こつこつと戸を叩くことに似るため、恋人の来訪になぞらえて詠むことが多い。「叩くとて宿の妻戸を開けたれば人もこずゑの水鶏なりけり」（拾遺集・恋三・八二二　よみ人知らず）。〇天の戸　天照大神の天の岩戸神話を踏まえた表現。「女につかはしける／天の戸をあけぬあけぬと言ひなしてそらなきしつる鳥の声かな」（後撰集・恋二・六二一　よみ人知らず）。〇あくれば帰る　岩戸が「開く」に、夜が「明く」を掛ける。「天の戸のさしてここにと思ひせばあくるを待たで帰らましやは」（実方集Ⅰ・八六）。

【補説】「水鶏」と「天の戸」の取り合わせは多くはないが、次のように見いだせる。

水鶏　右　院御

夏の夜は叩く水鶏にほどもなく天の戸とくもあけにけるかな（花山院歌合・一五／『歌合大成』九九・一五）

夕月夜をかしきほどに、水鶏の鳴き侍りければ　上東門院小少将

天の戸の月の通ひ路ささねどもいかなるかたに叩く水鶏ぞ（新勅撰集・雑一・一〇五九）

返し　　紫式部

まきの戸もささでやすらふ月影に何をあかずと叩く水鶏ぞ（一〇六〇）

「源大納言家歌合　長久二年、九月」（『歌合大成』一二九）に関わる頼実詠は、16～26番におさめられている。その歌合の「水鶏（くひな）」題では、次の歌が採られている。

八番　蛙鳥（くひな）　左　　重成

ひまもなく叩く水鶏に天の戸のおどろきながらあけぬ夜はなし（一五）

同じ歌合には、頼実叔父の源頼家も同座しており（16番歌参照）、次の歌は撰外歌であるがその時の詠である。

土御門右大臣の家に歌合し侍りけるによめる　　源頼家朝臣

夜もすがら叩く水鶏は天の戸をあけて後こそ音せざりけれ（詞花集・夏・六四）

なお、頼実集において、源大納言家歌合の歌は、16から26番にまとめてあり、「水鶏」題で詠まれたのは24番歌である。「水鶏」と「天の戸」の取り合わせは、先行例はあるものの、同座の歌合において、頼家と重成が詠むのは、偶然とは思われず、留意される。表現の学びあいがあったか。

11

ゆふやみになきてすくなりほとゝきす
かへらんときもみちなたかへそ
　　　ほとゝきす

【校異】　ナシ

【本文】　ほととぎす

11　夕闇に鳴きて過ぐなりほととぎす帰らむときも道な違へそ

【訳】　ほととぎす

11　夕闇の中を鳴いて通り過ぎていくようだ。ほととぎすよ、帰っていこうとするときも道を間違えないでくれよ。

【他出】　ナシ

【語釈】　**〇夕闇**　夕方、日が沈み、月がまだ上らず、辺りが暗いこと。「夕闇は道も見えねどふるさとはもと来し駒にまかせてぞ来る」（後撰集・恋五・九七八　よみ人知らず）。**〇鳴きて過ぐなり**　「なり」は推定の助動詞。……のようだ。ほととぎすの姿は見えないが、鳴き声を聞いて判断しているのである。「朝霧の八重山越えてほととぎす卯の花かくれ鳴きこえくなり」（赤人集Ⅰ・二二五）。**〇ほととぎす**　ホトトギス科の鳥。初夏に渡来し、秋になると南方へ帰る。当時は、山から里へ下りてきて鳴き、また山へ帰っていくものとされていた。その年最初に聞く鳴き声は格別に賞美され、夜間にも鳴くため、夜寝ないでほととぎすが鳴くのを待つことがあった。「寝ぬ夜こそ数積もりぬれほととぎす聞くほどもなき一声により」（後拾遺集・夏・一九一　小弁）。**〇道な違へそ**　道を間違えないでくれ、の意。「道違ふ」は用例が少なく、珍しい表現である。「な……そ」は、どうか……しないでくれ、の意。「春日野は今日はな焼きそ若草のつまもこもれりわれもこもれり」（古今集・春上・一七　よみ人知らず）。

【補説】　ほととぎすが山から下りてくるときを詠んだ歌には、次のようなものがある。

　ほのかにぞ鳴き渡るなるほととぎすみ山を出づる今朝の初声（拾遺集・夏・一〇〇　坂上望城）

　みやこ人寝で待つらめやほととぎす今ぞ山辺を鳴きて出づなる（同・一〇二　右大将道綱母）

　ほととぎすみ山を出づる初声を人に知らせで聞くよしもがな（匡房集Ⅰ・二一五）

いずれも、ほととぎすの鳴き声を待ち望む気持ちが表れている。

　一方、山へ帰っていく時を詠んだ歌には、ほととぎすを山に帰したくない、もっと声を聞きたいという気持ちがうかがえる。

　今さらに山へ帰るなほととぎす声の限りはわが宿に鳴け（古今集・夏・一五一　よみ人知らず）

常夏に鳴きてもへなむほととぎすしげきみ山になに帰るらむ（後撰集・夏・一八〇　よみ人知らず）

今はとて山へ帰るなほととぎす夏越（なご）しの山もありといふなり（能宣集Ⅲ・一〇〇）

当該歌で「道な違へそ」と歌うのも、ほととぎすが山へ帰るときに再び鳴き声を聞きたいからであろう。

12

ある所にて詠木下風

夏の夜は木のしたわたるかせのを（お（朱））とも
ゆふかけにこそすゝしかりけれ

【校異】 ゆふかけにこそ―いふかけにこそ（松）　すゝしかりけれ―涼しかりけり（龍）

【本文】 ある所にて、詠㆓木下風㆒

12　夏の夜は木の下渡る風の音も夕影にこそ涼しかりけれ

【訳】 ある所で、木の下風、を詠む

12　夏の夜は木の下を吹き渡る風の音も、日差しが弱くなった夕方にこそ涼しく感じられるのだったなあ。

【他出】 ナシ

【語釈】 **〇木下風**　木（こ）の下風。木の下を吹き渡る風、の意。歌題としては他に例がなく、珍しい。［補説］参照。**〇夏の夜は**　龍谷大学本では、「夜」のところに「日歟」と傍注がある。［補説］参照。**〇夕影**　夕方の、ほのかな日や月の光。また、日差しが弱くなった夕方。**〇風の音**　風の立てる音。秋の気配を感じさせるものとして詠まれるのが常套。「秋来ぬと目にはさやかに見えねども風の音にぞ驚かれぬる」（古今集・秋上・一六九　藤原敏行朝臣）。［補説］参照。**〇涼しかりけれ**　「涼し」は秋風とともに詠まれることが多い。「とことはに吹く夕暮れの風なれど秋立つ日こそ涼しかりけれ」（金葉集・秋・一五六　春宮大夫公実）。当該歌は夏の夜を歌っているが、木の下風に涼しさを

感じている。

【補説】 木の下を吹き渡る風は、暑い夏に涼しさを感じさせるものであった。

夏衣うすきかひなし秋までは木の下風もやまず吹かなむ（貫之集Ｉ・一五〇）

かげ深き木の下風は吹きくれば夏のうちながら秋ぞ来にける（貫之集Ｉ・四七二）

夏山の木の下風の涼しさに思ひたがひて鹿や鳴くらむ（匡房集Ｉ・七二）

また、「風の音」は秋の訪れを告げる。

もみぢせぬときはの山は吹く風の音にや秋を聞き渡るらむ（古今集・秋下・二五一　紀淑望）

稲葉吹く風の音せぬ宿ならば何につけてか秋を知らまし（金葉集・秋・一七一　右兵衛督伊通）

当該歌は、風の音に秋の訪れではなく、涼しさを感じるという点が新しい。

いずれにせよ、涼しさを感じさせ、秋の訪れを告げるはずの「木の下風」の「風の音」も、暑い夏の夜でなく、日差しが弱くなった夕方にこそ涼しさを感じるというのだが、龍谷大学本には「なつの夜は」の「夜」に「日歟」と傍注があって、この方が理にかなっている。

13

ほとゝきすきなかぬさきにあけにけり

なかをかにて郭公を待といふ事を

なとなか月にまたすなりけむ

【校異】 なとなか月に―なとなか月の（東）　またすなりけむ―渡すなりけん（龍）　三手文庫本ハ、歌ヲ欠ク

【本文】 長岡にて、ほととぎすを待つ、といふことを

13　ほととぎす来鳴かぬさきに明けにけりなど長月に待たずなりけむ

【訳】長岡で、ほととぎすを待つ、ということを

13　ほととぎすが来て鳴くことがないうちに夜が明けてしまった。どうして夜の長い長月に、ほととぎすが来るのを長く待たずに夜が明けてしまったのだろうか。

【他出】ナシ

【語釈】**○長岡**　長岡京のあった所。山城盆地の中西部、桂川、宇治川、木津川の三川が合流する地点の北方に位置する。この地には、頼実の父頼国が関係する山荘があったらしい。［補説］参照。**○ほととぎす来鳴かぬさきに明けにけり**　「ほととぎす」は、ホトトギス科の鳥。11番歌参照。ほととぎすの声を聞くために、夜通し待っていたのに、ほととぎすが鳴く前に夜が明けてしまった、の意。「夏の夜の心を知れるほととぎすはやも鳴かなむ明けもこそすれ」（拾遺集・夏・一二一　中務）。**○長月**　九月。ほととぎすは夏鳥であり、長月に鳴く例は見当たらない。「長岡」の「長」から「長月」を連想し、夜の長い長月ならほととぎすの鳴き声を聞く前に夜が明けることはないのに、という気持ちを歌ったものか。「秋深み恋する人の明かしかね夜を長月といふにやあるらむ」（拾遺集・雑下・五二三　躬恒）。あるいは、底本の貼紙が示す通り、「長岡」の誤りか。［補説］参照。

【補説】底本には「こと書によるになとなか岡歟」という貼紙がある。「長岡という詞書から考えると、など長月、ではなく、など長岡、とあるべきか」、ということであろう。同類の河野美術館本にも同じ言葉が頭注の形で記されており、龍谷大学本には「長月」の「月」のところに「岡歟」と傍注がある。

長月にほととぎすが鳴くと詠むのは不自然で、長岡の地で詠んだ歌であることを考えると、これらの注が示す通り、「など長岡に待たずなりけむ」とした方が理にかなっている。しかし、「長岡」として解釈した時に、「なぜ長岡で、ほととぎすが鳴くまで待たないうちに夜が明けてしまったのか」という理由がわからない。長岡はほととぎすの鳴き声と関係のある、特別な地だったのか。あるいは、長月と同じ「長」の字を地名にもつ長岡なら、短夜であってもほととぎすが鳴くまでなかなか明けないはずだということなのだろうか。頼実は、夜の長い長月ならば、

夜が明ける前にほととぎすの声を聞くことができたはずなのに、という気持ちを歌ったとも考えられる。

頼実集では、当該歌の他に、45番歌詞書、67番歌詞書にも「長岡」の地名が見える。

長岡に中務の宮などおはして、一夜泊まり給ひてありしに、もみぢを詠める　五首（45詞書）

長岡にて、山家に月を待つ（67詞書）

また、経信集、俊頼集には、長岡にある頼仲（頼実の異母弟）の山家で詠んだ歌がある。

土佐守頼仲が長岡といふ所に、夜泊まりて、山家冬夜（経信集Ⅲ・一六七詞書）

頼仲が長岡の家に、故帥殿おはしまして、一夜とどまらせ給ひて、山家冬夜といへることを詠ませ給ひけるに詠める（俊頼集Ⅰ・六六一詞書）

これらのことから、長岡には頼実父頼国の山荘があり、頼実やきょうだいたちも、たびたび親しい人を招いて歌会を催したものと思われる。

ほとゝきすを聞て

14　一こゑのおほつかなきにほとゝきす
聞てのゝちもねられさりけり

【校異】聞て―きて（松）　おほつかなきに―おほつかなきを（東）　聞てのゝちも―きゝてのゝちは（東）　三手文庫本ハ、コノ詞書ヲ欠キ、13番ノ詞書ノ後ニ、コノ歌ヲ置ク

【本文】ほととぎすを聞きて

14　一声のおぼつかなきにほととぎす聞きてののちも寝られざりけり

【訳】　ほととぎすを聞いて

14　ほととぎすのたった一声がはっきりせず気がかりなので、鳴き声を聞いた後も寝られないことだったよ。

【他出】　ナシ

【語釈】　**○ほととぎす**　ホトトギス科の鳥。11番歌参照。**○一声**　鳥のひと鳴き。たった一声。**○おぼつかなき**　ぼんやりとしていてはっきりしないさま。また、そのために抱く、もどかしく気がかりな気持ち。「暗き夜、待つ／夜は暗し更けには更けぬほととぎすあなおぼつかな一声も鳴け」（嘉言集・九四）。

【補説】　当該歌と同じ上句、下句を持つ歌が、それぞれ兼澄集、後拾遺集にある。

五月ばかり、赤染がもとに遣はしける

一声のおぼつかなきにほととぎす雲居にさへも鳴き渡るかな（兼澄集Ⅱ・六八）

ほととぎすの遥かなる声を聞く、といふ題

ほととぎす待つほどとこそ思ひつれ聞きての後も寝られざりけり（後拾遺集・夏・一九八　道命法師）

安田純生「源頼実の和歌」（『城南国文』1　一九七八・九）では右の二首を挙げ、（頼実歌は）完全な模倣の作である。もっとも、詞書によれば即興的な詠歌らしく、模倣を非難するのは、かならずしも穏当ではないかもしれない。

と述べている。11番歌「鳴きて過ぐなり」、12番歌「涼しかりけれ」なども、類例の多い表現であり、頼実が先行歌をよく学んでいたことがうかがえる。

家経集にも、次のような歌がある。

聞二郭公一

待ち出でても寝られざりけりほととぎす鳴きなむのちと思ひしかども（四二）

15

月夜ほと丶きす

さみたれはおほつかなきをほと丶きす
さやかに月のかけにき丶つる

【校異】さやかに月の―さやけき月の（東）　かけにき丶つる―かけになかなむ（東）

【本文】月夜のほととぎす

15　五月雨はおぼつかなきをほととぎすさやかに月の影に聞きつる

月夜のほととぎす

【訳】

15　五月雨の頃は、目に映るものも耳に届く音もぼんやりとしているものだが、ほととぎすの声をはっきりと月の光の下で聞いたことだ。

【他出】ナシ

【語釈】**○月夜のほととぎす**　底本は「月夜ほと丶きす」とあるが、歌の内容から、「月夜のほととぎす」と解した。「ほととぎす」については、11番歌参照。**○五月雨**　陰暦五月に降り続く雨。［補説］参照。**○おぼつかなき**　ぼんやりとしているさま。14番歌参照。**○さやかに**　はっきりと感覚にとらえられるさま。視覚的にはっきり見える様子を表す場合と、聴覚的に音がよく響く様子を表す場合がある。**○聞きつる**　「つる」は完了の助動詞「つ」の連体形。上に係助詞がなく、連体形で歌が終わっている。聞いたことよ、の意。「ほととぎす思ひもかけぬ春鳴けば今年は待たで初音聞きつる」（定頼集I・六四）。

【補説】五月雨の頃は、雨音にまぎれてほととぎすの声を聞きとるのも難しい。

五月雨の音にまぎれてほととぎす声もくもりて聞こゆなるかな（選子内親王集I・二七七）

ほととぎす言問ふ声はそれなれどあなおぼつかな五月雨の空（源氏物語・花散里）

当該歌は、そのような五月雨の晴れ間に、月の光がさして、ほととぎすの声をはっきりと聞いた嬉しさを歌っているのであろう。

頼実歌とあい似た趣向で詠んだ歌に、次のようなものがある。

夏歌中に

五月雨の月のほのかに見ゆる夜はほととぎすだにさやかにを鳴け（躬恒集Ⅱ・二六六／同Ⅳ・一〇八／同Ⅴ・二三一）

月前郭公といへる心を詠める

五月雨の雲の晴れ間に月さえて山ほととぎす空に鳴くなり（千載集・夏・一八八　賀茂成保）

長久二年四月九日於源大納言家有
歌会事左右方人各十人（おとこ五人　女五人）
左　侍従乳母　宰相乳母　権井（弁（朱））　五節　中務
実範　頼家　重氏　隆方　定家
右　少将乳母　宰相　小弁　山城　大夫
棟仲　義清　経衡　親範　頼実
三月ついたちの程に題をたまはせ
たりけれとことしけきによてけふま
てなりたるにや
なつ衣

16
みなひともけふやころもはかへつらん
ひとへになつのきぬとおもへは

此哥被撰右一番而右一番右衛門侍従哥云々式部権大輔擧周母往古遺賢當時獨歩者也而有定之間被定持取出世無恥取出身有愁(想(朱))願云々来者重定是非故書入此集耳

17
立てゆくはるを(を(朱))おしめとなつ衣
きたるはこれもなつかしきかな

【校異】16有歌会事―肖哥合事（榊・松）、有三日今事（三）、有歌合事（龍）　権井(弁(朱))―権弁（榊・松・三・龍）　重氏―重成（榊・松・三・龍）　定家―定宗（榊・松・三・龍）　少将乳母―少将母乳（榊・松・三）　ことしけきによて―ことしけき事にて（榊）、ことしけきよにて（松・三）　けふやころもは―けふやころもを（東）　かへつらん―かへぬらん（東）　而右一番―与右一番（榊）　右衛門侍従哥云々―右衛門侍従哥云（榊・松・三）　往古遺賢―言隆古き賢（榊）、定往古き賢（松・三）　当時獨歩者也―当時打者也（榊・松・三）　而有定之間―而有言之間（榊・松）　取出世無恥―取ハ世無恥（榊・松・三）　取出身有愁(想(朱))―願於身有愁（榊・松・三）　願云々来者重定是非―願令来者重而是非（榊）、願令来者重山是非（松・三）、願令来者重下是非（三）　故書入此集耳―故書入此集畢（榊）　「此哥～此集耳」―ナシ（龍）

17　きたるはこれも―きたるもこれは（東）

【本文】

長久二年四月九日、於二源大納言家一、有二歌合事一。左右方人各十人男五人女五人

左　侍従乳母　宰相乳母　権弁　五節　中務
　　実範　頼家　重成　隆方　定家

右　少将乳母　宰相　小弁　山城　大夫
　　棟仲　義清　経衡　親範　頼実

三月ついたちのほどに、題を賜せたりけれど、事しげきによて今日までになりたるにや

夏衣

16　皆人も今日や衣はかへつらむひとへに夏のきぬと思へば

此歌被レ撰二右一番一。而左一番、右衛門侍従歌云々。式部権大輔挙周毋、往古遺賢、当時独歩者也。而有レ定之間、被レ定レ持。取二出世一無レ恥、取二出身一有レ愁。願令三来者重定二是非一、故書二入此集一耳。

17　たちてゆくはるを惜しめど夏衣きたるはこれもなつかしきかな

【訳】

長久二年四月九日、源大納言の家において、歌合の事があった。左右の方人は各十人。男五人　女五人

左　侍従乳母　宰相乳母　権弁　五節　中務
　　実範　頼家　重成　隆方　定家

右　少将乳母　宰相　小弁　山城　大夫
　　棟仲　義清　経衡　親範　頼実

三月上旬のころに、題を下賜なさっていたけれども、多忙によって今日までになったのであろうか。

夏衣

16　人々も皆、今日、衣をかえたことだろうか。ただただ、単衣の夏の衣を着る夏がやって来たと思うので。

この歌は右の一番に選ばれた。それから左の一番は、右衛門の侍従の歌ということである。式部権大輔挙周母は、昔からの賢人であり、現在並ぶ者のない優れた人である。そうして判定があって、持と定められた。世間に取り上げられることは恥ではないが、自分自身で取り上げることには愁いがある。願わくは、未来の人にもう一度この判定の是非を定めてほしいのである。それゆえに、この集に(次の歌を)書き入れるばかりである。

17　立ち去ってゆく春を惜しむけれども、夏衣を裁って着ていると、これもまた心ひかれるものであるよ。

【他出】　16源大納言家歌合長久二年・二
17源大納言家歌合長久二年・一

【語釈】　16**○長久二年四月九日、於二源大納言家一、有二歌合事一。**［他出］によると、源大納言師房主催の歌合。よって、底本「歌会事」を「歌合事」に訂した。師房主催の歌合は、二十巻本『古今歌合目録』巻十三によれば、五度行われたことになる。ただし、目録に「同大納言歌合　題　障子絵」と記されているのは、源大納言師房障子絵合の本文ではなく、左京大夫道雅障子絵合の証本の残欠本である。源大納言師房の障子絵合の証本は現存しない。師房は、前年の長久元(一〇四〇)年十二月に、禖子内親王の家司となっている(『春記』長久元年十二月二十二日条)。師房については4番歌［語釈］参照。当該歌合の二十巻本類聚歌合の本文そのものは、諸家に伝存する断簡と断簡の模写が残るのみで、歌合の全体像は群書類従本によって知られる。十題十番の歌合。［補説］参照。群書類従本には「長元二年四月七日」という注記が見られるが、「長久二年四月七日」の誤りとする説が有力である(堀部正二『纂輯　類聚歌合とその研究』大学堂出版　一九六七)、『歌合大成』(一一二九)。頼実集は当該歌合の開催年時を「長久二年四月九日」と記しているが、二十巻本類聚歌合に付載する紙背目録『和歌合抄目録』巻八には、「同大納言家歌合十番　題十首　長久二年四月七日」とあり、これが当該歌合の開催年時か。**○左右方人各十人男五人女五人**「方人」は、左方、右方にわかれ、それぞれを応援し、勝敗を楽しむ人。歌合を実質的に運営するのは「方人」で、基本的には

「歌人」とは別である。しかし、当該の詞書に記された「方人」二十名のうち、侍従乳母、五節、頼家、重成、宰相、小弁、義清、経衡、親範、頼実の十名は歌合本文に歌の作者として見え、この十名は、「歌人」と「方人」を兼ねていたことがわかる。二十名全員が「歌人」と「方人」を兼ねていたかどうかは不明である。「方人」の役割だけの人がいたとも考えられるし、全員が歌を詠進したが、歌を選ばれなかった人がいたとも考えられる。**○侍従乳母**　大江匡衡と赤染衛門の娘で、後拾遺集以下の勅撰集に歌が採られている江侍従と同一人物と見られている（萩谷朴『歌合大成』、片山剛「江侍従像の再構成」〈『古代文化』39　一九八七・三〉、諸井彩子「江侍従伝再考―和歌活動を中心に―」〈『摂関期女房と文学』第三章第二節　青簡舎　二〇一八〉、他）。後拾遺集二九二番歌勘物（彰考館本、陽明文庫蔵伝為家筆本）によれば、師房男俊房の乳母（彰考館本の勘物は上野理『後拾遺集前後』付載のもの）。侍従乳母の生没年は未詳。左注には「右衛門侍従」と見える。「侍従乳母」の呼称は、師房主催の歌合の他、多くの歌合に見られる。［補説］参照。**○宰相乳母**　「宰相乳母」と呼称された人物は多く、未詳。『歌合大成』は、栄花物語（根あはせ）に「宰相の乳母は故致仕の大納言の孫、備前守長経の女なり。」とある、源長経女と見るのが妥当とする。**○権弁**　未詳。底本は「権井」だが、他本によって改めた。底本にも「井」の横に「弁」と蘆庵による朱の書入れがある。父や夫などの親族が弁官であったことに由来する女房名か。師房家の女房か。**○五節**　「五節」の名は、当該歌合の他、長元五（一〇三二）年「上東門院菊合」（『歌合大成』一二二）に見える。以下、歌合名の下の（　）内に記した漢数字は、『歌合大成』の通し番号。長暦二（一〇三八）年源大納言家歌合（一二五）、天喜六（一〇五八）年丹波守公基朝臣歌合（一七一）にも見える。千載集、万代集によって知られる長久二（一〇四一）年修子内親王家歌合（一三一）にも出詠していたと見られ、千載集は作者名を「枇杷殿皇太后宮五節」と記していることから、枇杷殿に住んでいたことのある三条天皇中宮藤原妍子（九九四〜一〇二七）の女房であったと推測される。生没年は未詳。『歌合大成』は、栄花物語（後くゐの大将）に「五節の君、故参河守方隆が女、衛門大夫致方が妻ぞ参りたる」と見える「五節の君」と同一人物と指摘する。教通（頼通の同母弟）男の乳母。**○中務**　中務と呼称された人物は多く、特定できず未詳。当該歌合の他にも、長暦二（一〇三八）年源大納言家歌合（一一二五）、永承五（一〇五〇）年二月六条斎院歌合（一一三八）、永承六（一〇五一）年一月六条斎院歌合（一一四四）、天喜三（一〇五五）年六条斎院歌合（一一六〇）、天喜四（一〇五六）年閏三月六条斎院歌合（一一六一）、天喜四年五月六条斎院歌合（一一六五）、天喜四年七月六条斎院歌合（一一六六）、天喜五（一〇五七）年五月六条斎院歌合（一一六七）、天喜五年八月六条斎院歌合（一一六八）、天喜五年九月六条斎院歌合（一一六九）、六条斎院歌合秋（一一七〇）、禖子内親王家歌合庚申（一一八一）、禖子内親王家歌合五月五日」（一一八二）……など数多くの歌合に中務の名は見える。六条斎院禖子内親王家の歌合に多く出詠している中務と当該歌合の中務とが同一人物であるかどうかも不明。**〇実範**　藤原能通男の実範か。『小右記』万寿四（一〇二七）年二月四日の条に「蔵人前文章生得業生藤原実範」とある。後に大学頭、文章博士、駿河守、従四位上にいたる（『尊卑分脈』）。**〇頼家**　生没年未詳。源頼光男。頼実の叔父にあたる。当該歌合の他、賀陽院水閣歌合（一一二三）に方人として参加、長暦二（一〇三八）年九月源大納言家歌合（一一二四）、橘義清歌合（一一三二）、永承某年関白殿蔵人所歌合（一一四九）、左京大夫八条山庄障子絵合（一一五四）などの歌合に出詠している。天喜元（一〇五三）年八月には任国に於いて「越中守頼家歌合」（一一五三）を主催している。後拾遺集以下の勅撰集に入集。巻末の［勘物］参照。**〇重成**　底本は「重氏」。他本、歌合資料ともに「重成」とあることにより改めた。源道成男重成（兼長）。母は平親信女。重成は平棟仲と従弟。生没年未詳。長元九（一〇三六）年五月十七日、蔵人式部丞（『左経記』）。当該歌合の他、長久二（一〇四一）年弘徽殿女御歌合（一一二八）、永承四（一〇四九）年内裏歌合（一一三六）、永承五（一〇五〇）年祐子内親王家歌合（一一四一）などの歌合に出詠。［勘物］参照。74番歌参照。**〇隆方**　藤原隆方（一〇一四〜七八）か。備中守隆光男。母は但馬守源国挙女。天喜四（一〇五六）年六月殿上詩合（『群書類従』）では、詩人八人のうちの一人に選ばれる。藤原宣孝の孫。後拾遺集に二首入集。**〇定家**　平行親男の定家であろう。生没年未詳。『春記』の長久二（一〇四一）年二月十六日条に「定家是今年補任之蔵人也」と見える。尾張守、右衛門権佐、従四位下（『尊卑分脈』）。『定家朝臣記』を残す。平定家の漢詩は残っているが（『中右記部類紙背漢詩集』汲古書院　二〇一一）、和歌は確認できない。他本「定宗」とあるのは、源定宗か。定宗は、『尊卑分脈』に清和源氏忠重男として見え、「駿河守従五位下、使、右衛門大尉」とある。**〇少将乳母**　少将と呼称された人物は多く、特定できず未詳。当該歌合のほか、長暦二（一〇三八）年九月源大納言家歌合（一二四）、源大納言家歌合（一三三）、永承四（一〇四九）年内裏歌合（一三六）、天喜三（一〇五五）年六条斎院歌合（一六〇）、禖子内親王家歌合庚申（一八一）などの歌合にその名が見える。『歌合大成』（一二四）は後冷泉天皇の乳母、藤原顕長女で祐子内親王家に仕えた「伊賀の少将」かとする。伊賀の少将は、後拾遺集以下の勅撰集に入集。**〇宰相**　『歌合大成』は、藤原広業女の新宰相かとするが、「新宰相」は女院彰子に仕えている（解説Ⅰ参照）ので、別人であろう。師房家女房か。**〇小弁**　祐子内親王家女房小弁か。生没年未詳。後拾遺集以下の勅撰集に入集。陽明文庫蔵伝為家筆本後拾遺集の小弁の注記には「祐子内親王家女房、越前守藤原懐尹女、母越前守源致書女」とある。当該歌合の他、長元五（一〇三二）年の上東門院菊合（一二二）、永承四（一〇四九）年六条斎院歌合（一三七）、永承五年祐子内親王家歌合（一四一）、禖子内親王家歌合庚申（一八一）などの歌合にその名が見える。天喜三（一〇五五）年六条斎院歌合（一六〇）に宮の小弁として物語『岩垣沼』を提出。**〇山城**　未詳。**〇大夫**　未詳。『歌合大成』は、「伊勢大輔であろう」とする。**〇棟仲**　平棟仲。生没年未詳。29番歌詞書「棟仲が家にて、なでしこを詠むに」とあり、棟仲の家で歌会があったことが知られる。長暦二（一〇三八）年九月源大納言家歌合（一二四）にも出詠。［勘物］参照。**〇義清**　橘義清。生没年未詳。筑前守義通男。当該歌合の他、賀陽院水閣歌合（一二三）に方人として参加、長暦二（一〇三八）年九月源大納言家歌合（一二四）、永承某年関白殿蔵人所歌合（一四九）などの歌合に出詠。長久年間には自邸で歌合を主催（一三二）。74番歌、［勘物］参照。**〇経衡**　藤原経衡（一〇〇五頃～七八～）。公業の男。当該歌合の他、長暦二（一〇三八）年九月源大納言家歌合（一二四）、永承五（一〇五〇）年祐子内親王家歌合（一四一）、左京大夫八条山庄障子絵合（一五四）などの歌合に出詠。74番歌、［勘物］参照。**〇親範**　源親範（～一〇四五）。後拾遺集に一首入集。陽明文庫蔵伝為家筆本後拾遺集の源親範の注記には「大内記従五位下。道済男母主計頭従四位下小槻忠臣女」とある。『尊卑分脈』は、道済男の懐国（圓の誤りか）男とし、「或道済子」

と注記する。勅撰作者部類には「五位大内記。筑前守源道済男。至寛徳二年七月三十日卒」、『春記』の寛徳元（一〇四四）年十一月二十四日条には「大内記親範」と見える。後拾遺集の歌は、長暦二（一〇三八）年九月の源大納言家歌合（一二四）に出詠したもの。**〇三月ついたちのほどに、題を賜せたりけれど**　長久二（一〇四一）年四月に行われた歌合の歌題が、三月上旬にあらかじめ下賜されていた、兼日の題であったことが知られる。**〇事しげきによて今日までになりたるにや**　底本「けふまて」とあるが、意味により、助詞「に」を補い、「今日までに」とした。「事しげき」は多忙の意。他本には「ことしけき事にて」「ことしけきよにて」とある。底本の「ことしけきによて」の「よて」は、「よりて」が促音便化した「よって」の「つ」の無表記と解される。「依ヨテ」（色葉字類抄）。「にや」は下に「あらむ」が省略された形。多忙によって「今日」までになったとあるが、「今日」は開催日をさすのであろう。**〇夏衣**　暑い時期に着用する衣の意。夏の歌題。古今六帖に「夏衣」の分類題が見られ、永久百首では歌題となっている。歌合における歌題としては当該歌合が最も古い例。夏衣は薄地で一重という特徴があるので、「うすし」や「ひとへ」とともに詠まれたり、「裁つ」に「立つ」を掛けて詠まれることが多い。「今日よりはたつ夏衣うすくともあつしとのみや思ひわたらむ」（詞花集・夏・五一　増基法師）。**〇皆人も**　自分も人々も皆。「皆人は花の衣になりぬなり苔の袂よかわきだにせよ」（古今集・哀傷・八四七　僧正遍昭）。**〇今日や衣はかへつらむ**　今日、衣をかえたことだろうか。「今日」は夏の更衣を行う「四月一日」を指す。「四月ついたちの日よめる／桜色に染めし衣をぬぎかへて山ほととぎす今日よりぞ待つ」（後拾遺集・夏・一六五　和泉式部）。「かへつらむ」の「つ」は完了、「らむ」は現在推量。東洋文庫本は「かへぬらん」。「ぬ」も完了だが自然的作用を表す動詞につく傾向がある。一方、「つ」は意志的な動作を表す動詞につく傾向がある。当該歌の場合は「かふ」という意志的な動作を表す動詞についているので「つらむ」が妥当。**〇ひとへに**　ただひたすらに、の意の「ひとへに」に「単衣に」を掛ける。「夏衣たちわかるべき今夜こそひとへに惜しき思ひ添ひぬれ」（拾遺集・別・三〇五　御製〈村上天皇〉）。当該歌では「単衣」は「衣」の縁語。**〇夏のきぬと思へば**　「きぬ」は、「来ぬ」に「衣（きぬ）」を掛けるか。管見によるかぎり、

「来ぬ」と「衣（きぬ）」を掛ける例は他に見いだせない。
○此歌被レ撰ニ右一番一 「此歌」は頼実の「皆人も」の歌を指す。歌合では右の一番に選ばれた。**○而左一番、右衛門侍従歌云々** 底本では「而右一番右衛門侍従哥云々」とあり、他本との異同はないが、文脈から「左一番」とあるべきと判断し校訂した。歌合においても「たちてゆく」の歌は、左の一番に選ばれている。ただし、歌合では作者を「加賀」とする。［補説］参照。「右衛門侍従」は、「侍従乳母」（赤染衛門の娘の江侍従）と同一人物か。赤染衛門の呼称は、父とされる赤染時用が右衛門志、尉を歴任したことによるという。「匡衡が心あくがれて女のもとへまかりけるころ、いひつかはしける／赤染右衛門」（金葉集三奏本・恋下・四三八）。「右衛門侍従」という呼称は、赤染右衛門の娘である侍従の意か。**○式部権大輔挙周母** 赤染衛門を指す。「式部権大輔挙周」は、大江挙周（〜一〇四六）。没年は『続本朝往生伝』による。大江匡衡男。長元二（一〇二九）年十二月から永承元（一〇四六）年まで式部権大輔（『本朝続文粋』巻六、『土右記』永承元年四月十四日）。長久二年に挙周男成衡の子匡房が誕生した折の赤染衛門の歌が後拾遺集、赤染衛門集に見えることから、赤染衛門が長久二（一〇四一）年に生存していたことが確認できる。**○往古遺賢、当時独歩者也** 「往古」は、昔以来の意。「遺賢」は、在野の賢人。和漢朗詠集（春・「鶯」・六三）に、「鶏既鳴兮忠臣待レ旦 鶯未レ出兮遺賢在レ谷」と見える。「当時」は、現在の意。「当時の帝、しか恵み申したまふなれば、御後見は心もとなかるまじ。」（源氏物語・東屋）。「独歩」は、優れている意。「於ニ百花一而独歩者也」（『本朝文粋』巻十）。**○而有レ定之間、被レ定レ持** 歌合における一番左は、主催者側の歌が配されることから、儀礼的に「勝」とされることが多いが、当該一番の勝敗は「持」（引き分け）であった。**○取ニ出世一無レ恥、取ニ出身一有レ愁** 「世」は、世間の意。「身」は、自身の意。「持」という判定について世間に持ち出されても恥ではないが、自分自身でその判定を取り上げるのは愁いがあるということか。**○願令三来者重定二是非一、故書ニ入此集一耳。** 底本「願云々……」では文意が通りにくいため、榊原家本により「願令……」と本文を訂した。「来者」は、後の人、後進の意。「後生可レ畏。焉知ニ来者之不レ如レ今也」（『論語』）。「是非」は、よしあしの判断をすること。「何以直ニ於曲執一而定二是非一」（日本霊異記・上）。願わくは、未来の人に再び勝負の是非を定めてほしいと、この集に他人詠を書き入れるものである、の意。頼実歌と右衛門侍従歌との優劣を、後進の人がもう一度定めなおすことを願っている。歌合の左一番「たちてゆく」の歌をこの家集に書き入れた理由を述べた。頼実集で明らかな他人詠はこの歌のみ。持という判定を不服に思い勝負の是非を後の人にゆだねるために右衛門侍従の歌を掲げているということは、この家集が頼実自身の編纂であることを示唆する。解説Ⅲ参照。

17**○たちてゆく**　「たち」は、春が立ち去る意と、「夏衣」の縁語「裁ち」を掛ける。「唐衣たつを惜しみし心こそふたむら山の関となりけめ」（後撰集・恋三・七一三　よみ人知らず）。**○はるを惜しめど夏衣きたる**　ゆく春を惜しみつつも、夏の衣にかえるのである。「花の色に染めし袂の惜しければ衣かへうき今日にもあるかな」（拾遺集・夏・八一　源重之）。「はる」は、「春」と「張る」を掛け、「張る」は「夏衣」の縁語。「春」と「張る」を掛けた用例として「わがせこが衣はるさめ降るごとに野辺の緑ぞ色まさりける」（古今集・春上・二五　貫之）がある。**○これもなつかしきかな**　「これも」は、春の花の色に染めた衣でなく、この夏も、ということ。「桜色に衣は深く染めて着む花の散りなむのちの形見に」（古今集・春上・六六　紀有朋）。「なつかし」は、心ひかれる意。「麻衣着ればなつかし紀の国の妹背の山に麻播く我妹（わぎも）」（万葉集・巻七・一一九五）。

【補説】　16番歌は、「源大納言家歌合　長久二年」一番右に撰ばれた歌である。歌合歌は26番歌まで続き、撰外歌を知ることができる。

『歌合大成』（一二九）により、歌合全体を以下に掲出する。なお、本文は二十巻本断簡本文である。通し番号（3）～（6）、（13）～（17）は、群書類従による補入本文という断りがなされている。なお、（17）「竹」題五節の歌は、新出断簡があるので（久保木哲夫「平安朝歌合の新資料」『都留文科大学研究紀要』76　二〇一二・一〇）、参照した。

一番　夏衣

左　　加賀

(1)たちてゆく春を惜しめど夏衣きたればこれもめづらしきかな

右　頼実

(2)みな人も今日や衣をかへつらむひとへに夏のきぬとおもへば

二番　山吹

左勝　頼家

(3)山吹の花のにほひにあひてこそ井手のあるじとならまほしけれ

右　親範

(4)浪のよるかげさへ花と見ゆる哉さかりにさけるゐでの山吹

三番　藤

左　五節君

(5)いづかたの梢咲くらむ藤波の春と夏とのきしをへだてて

右　義清

(6)むらさきの雲のたつとも見ゆる哉こだかき松にかかる藤波

四番　卯花

左勝

(7)春過ぎし垣根なれども卯花のさかりに来てはとまりぬるかな

右

(8)卯花のさかりになればよそに見し賤の垣根も過ぎ憂かりけり

五番　葵

左持　頼家

(9)おしこめて禱りかけつる葵草注連のなかなる人もたのまむ

右　頼実

(10)今日みればかけて帰らぬ人ぞなき葵ぞ神のしるしなりける

六番　早苗

左　重成

(11)ほどもなく繁き植ゑ田の早苗かなまじる草葉のちりあへぬまで

右　親範

(12)うらがへすおともへなくに小山田の早苗は今日ぞ急ぎとりける

七番　郭公

左持　重成

(13)雲ゐよりなく一声は子規きけどもやすきそらのなきかな

右　経衡

(14)まだきかでまちつるよりも子規おぼつかなきはよはの一声

八番　鼀鳥

左　重成

(15)ひまもなくたたくくひなにあまのとのおどろきながらあけぬ夜はなし

右　親範

(16)夏の夜のあけぬかぎりは月影にたたくくひなのおとのみぞする

九番　竹

左　五節君

（17）あだなりし花をもこひじくれ竹のかはらぬ色をわが友とせむ

右勝　宰相君

（18）呉竹のふしのしげくも見ゆる哉かぞへもやらぬ千代や知らなむ

十番　遣水

左勝　侍従乳母

（19）堰きれたる岩間の水の濁らぬにのどかに月の影をこそ見れ

右　小弁

（20）堰き入れては鏡とぞ見る朝毎にのどかにすめる水の流れを

ところで、頼実歌と番えられ持となった17番歌の作者は、16番歌の左注によると「右衛門侍従」である。この人物は、［語釈］に記したように16番歌詞書の「侍従乳母」と同一人物であり江侍従のことと見られる。しかし、歌合本文では、作者は「加賀」となっている。「加賀」は、後拾遺集以下の勅撰集に入集し、歌合にも多く出詠している「加賀左衛門」のことと見られる。萩谷朴は『歌合大成』（一二九）において、永承五（一〇五〇）年祐子内親王家歌合に頼宗が加賀左衛門を歌人として強く推挙したが、加賀左衛門の未熟さゆえに頼通が承知しなかったという『袋草紙』（上巻・雑談および下巻・判者骨法）の話に注目し、永承五年当時、加賀左衛門が歌道に見劣りし、若輩であったと推定している。当該歌合は祐子内親王家歌合よりも十年ほど遡るため、あるいはまだ若輩であったにもかかわらず一番左に選ばれた加賀にかわって江侍従が詠作したと見ることもできよう。

18

款冬

ひさしくもやへやまふきはにほはなん

春さへふかくさけるしるしに

【校異】ひさしくも―ひと丶しくも（榊・松）、ひとしくも（三・龍・東）やへやまふきは―やまふきは（榊・松・龍）

【本文】款冬

18 久しくも八重山吹はにほはなむ春さへ深く咲けるしるしに

【訳】山吹

18 長い間、八重山吹は美しく咲いていていてほしい。八重に重ねた山吹の色の深さだけでなく、春までも深まったころに咲いている証しとして。

【他出】ナシ

【語釈】○款冬 「山吹」の異名。「款冬（クハントウ）ヤマフキ 黄花八重」（黒川本色葉字類抄）。「款冬 左／のどかなる春もやあるとたづねつつ越えて折りみむ八重の山吹」（『麗景殿女御歌合』一七／『歌合大成』四五）。山吹は、晩春に咲く花として詠まれる。「春深み井手の川波たち返り見てこそ行かめ山吹の花」（拾遺集・春・六八 源順）。○久しくも 「久し」は、長い期間。賀意を込める。「延長七年十月十四日、女八宮、陽成院の一の親王の四十賀つかうまつる時の屏風、調ぜさせ給ふ。仰せにてつかうまつる／久しくもにほはむとてや梅の花春をかねても咲き初めにけむ」（貫之集Ⅰ・二六八）。○にほはなむ 「にほふ」は、美しく咲く意。「今もかも咲きにほふらむ橘の小島の崎の山吹の花」（古今集・春下・一二一 よみ人知らず）。「なむ」は、他に対する願望を表す。○春さへ深く 「さへ」は添加の副助詞。八重山吹の色の深さに加えて春という季節までも深くの意。「深く」は、春という季節の深まりを表す。「春深くなりぬる時の野辺見れば草の緑も色まさりけり」（貫之集Ⅰ・一一六）。［補説］参照。○咲けるしるしに 「しるし」は、証拠の意。「ことの葉も霜にはあへず枯れにけりこや秋果つるしるしなるらむ」（拾遺集・恋三・八四一 能宣）。

【補説】「源大納言家歌合 長久二年」の撰外歌。歌合については16番歌参照。

当該歌は、八重山吹がいつまでも美しく咲き続けることを願った歌。

三月閏月ありける年、八重山吹を詠み侍りける　菅原輔昭

春風はのどけかるべし八重よりも重ねてにほへ山吹の花（拾遺集・雑春・一〇五九）

勅撰集において、山吹の花は雑や恋の部に収められたものを除くと、春の部に配されるのが一般的である。

四月一日ごろ、雨降りて花どもの散り乱れけるを御覧じて詠ませ給うける　院御製

惜しやなほ桜山吹散りしをれ春なりぬべき今日の景色を（玉葉集・夏・二九九）

この玉葉集の例は、唯一の例外で夏の部に配されているが、桜とともに春の花として詠まれている。春夏秋冬恋に分類されている頼実集において、当該歌が夏の部に配されているのは、夏（四月）に開催され、夏の歌題を中心に構成された当該源大納言家歌合の歌を一つのまとまりとしてとらえたためと考えられる。

19

藤のはな

ときはなるまつにかゝれるふちのはな
ちとせのはるににほふへきかな

【校異】　ナシ

【本文】　藤の花

19　ときはなる松にかかれる藤の花千歳の春ににほふべきかな

【訳】　藤の花

19　常緑の松にかかっている藤の花は、千年と続く春にわたって美しく咲くに違いないなあ。

【他出】　ナシ

【語釈】　○藤の花　藤の花は、晩春から初夏にかけて咲く。「夏にこそ咲きかかりけれ藤の花松にとのみも思ひけるかな」（拾遺集・夏・八三　重之）。○ときはなる　松の常緑の様を表す。「ときはなる松の緑も春来ればいまひとしほの色まさりけり」（古今集・春上・二四　源宗于朝臣）。○松にかかれる藤の花　片桐洋一「松にかかれる藤浪の」（『文学・語学』20　一九六一・六）が指摘するように、「松にかかる藤」は屏風歌に多く見られるめでたい構図。藤は、はかなく散るが、常緑の松によりかかることによって長寿を保つことができるのである。「松に咲ける藤の花／散りぬともあだにしも見じ藤の花行くさき遠く松に咲ければ」（貫之集Ⅰ・二二五）。○千歳の春に　「千歳の春」は、千年にわたって続く春の意。永遠性を寿ぐ表現。「若菜おふる野を標（し）めおかむ君がため千歳の春もわれぞつかへむ」（中務集Ⅰ・七）。

【補説】　「源大納言家歌合　長久二年」の撰外歌。歌合については16番歌参照。

「松にかかれる藤」というめでたい景を、屏風歌に多く詠まれる慶賀性のある表現「ときはなる」「千歳の春」を加えて詠んでいる。歌合の歌なので、先の18番歌と同じく賀意が込められている。

勅撰集において、藤の花は、春の部に配される場合、夏の部に配される場合、春夏双方に配される場合がある。例えば、古今集では春と夏の双方に、後撰集では春に、拾遺集では夏に配されている。当該歌の場合、「千歳の春ににほふべきかな」とあるように春の歌として詠まれているのにもかかわらず夏の部に配されている。これは、18番歌と同様に、夏（四月）に開催され、夏の歌題を中心に構成された当該源大納言家歌合の歌を一つのまとまりとして配置したためであろう。

20

卯花

卯花のさかりすきなんやまさとは

すむひとやみのこゝちこそせめ

【校異】　ナシ

【本文】　卯の花

20　卯の花のさかりすぎなむ山里は住む人闇の心地こそせめ

【訳】　卯の花

20　卯の花のさかりが過ぎてしまったあとの山里では、住む人は闇の中にいる気持ちがすることだろう。

【他出】　ナシ

【語釈】　**〇卯の花**　卯の花は、初夏に白い花を咲かせ、垣根として多く植えられた。「卯の花の垣根ある家にて／時わかず降れる雪かと見るまでに垣根もたわに咲ける卯の花」（後撰集・夏・一五三　よみ人知らず）。**〇さかりすぎなむ**　「な」は、完了の助動詞「ぬ」の未然形。「む」は、推量の助動詞「む」の連体形。「わが宿の花見がてらに来る人は散りなむのちぞ恋しかるべき」（古今集・春上・六七　躬恒）。花の盛りが過ぎた後の山里の様子を推し量る。**〇住む人**　山里に住む人。「白雪の降りて積もれる山里は住む人さへや思ひ消ゆらむ」（古今集・冬・三二八　壬生忠岑）。**〇闇の心地こそせめ**　「闇の心地」は、白い卯の花が咲き終わった寂しさを暗い闇のようだと喩えた表現。「月も出でで闇にくれたる姨捨になにとて今宵たづね来つらむ」（更級日記）。卯の花の盛りが過ぎた後の山里に住む人の気持ちを推し量る。

【補説】　「源大納言家歌合　長久二年」の撰外歌。歌合については16番歌参照。

当該歌は、卯の花の盛りが過ぎた後の山里に住む人の気持ちを、「月が出ていない闇にいるような気持ちがするだろう」と想像することによって、月光に見紛うほどの卯の花の白さを讃えた。卯の花の白さを明るい月に見立てた歌としては、次のような例がある。

時わかず月か雪かと見るまでに垣根のままに咲ける卯の花（後撰集・夏・一五五　よみ人知らず）
月影を色にて咲ける卯の花はあけば有明の心地こそせめ（後拾遺集・夏・一七三　よみ人知らず）
卯の花の咲く夏の夜は闇なれど垣根に宿る月かとぞみる（四季恋三首歌合・一〇　『歌合大成』一〇三）

葵

21　けふ見はかけてかへらぬひとそなき
あふひそ神のしるしなりける
此哥被撰入勝了　早苗

【校異】けふ見は―けふみれは（榊・松・三・龍・東）　あふひそ神の―あふひに神の（松・龍）　しるしなりける―しるし□ける（三）　此哥被撰入勝了　早苗―可被撰入勝了　早苗（榊・松・三）、早苗（龍）

【本文】葵
21　今日見ればかけてかへらぬ人ぞなきあふひぞ神のしるしなりける
此歌被二撰入一勝了

【訳】葵
21　今日見ると、葵を飾りにかけ、心に願いをかけて帰らない人はいないことよ。「葵」は「逢ふ日」であり、神の霊験だったのだなあ。
この歌は撰び入れられて勝ちで終わった。

【他出】後葉集・雑四・五六九　続詞花集・神祇・三六一　夫木抄・夏一・二四八七　源大納言家歌合　長久二

年・一〇

【語釈】〇今日見れば　底本は「けふ見は」だが、意味的に、また他本により「れ」を補った。「今日」は、四月、中の酉の日に行われる賀茂の祭の日。〇かけて　衣、冠、車などに葵を掛けて、の意と、思いや願いを心にかけて、祈って、の意を掛ける。「ゆきかへる八十氏人の玉かづらかけてぞたのむ葵てふ名を」（後撰集・夏・一六一　よみ人知らず）。〇あふひぞ神のしるしなりける　「あふひ（葵）」は、植物フタバアオイのこと。挿頭や車の御簾などに飾る。「葵」に「逢ふ日」を掛ける。「神のしるし」は賀茂神社の神の霊験、の意。強意の係助詞「ぞ」と、気づきを表す助動詞「なり＋けり」で、まさに「逢ふ日」は、神の霊験によるものだったのだなあと詠む。「ちはやぶる神のしるしと頼むかな思ひもかけぬ今日のあふひを」（定頼集Ⅱ・六七）。［補説］参照。〇此歌被二撰入一勝了　「此の歌撰入せられ、勝ち了（をは）んぬ」と読むか。底本では「此哥被撰入勝了　早苗」とあるが、「此哥被撰入勝了」の部分は21番歌の左注、「早苗」は22番歌詞書と判断した。［補説］参照。

【補説】当該歌は「源大納言家歌合　長久二年」に、五番右方に採られて次のように見える（『歌合大成』一二九）。歌合については16番歌［補説］参照。

五番　葵

左持　頼家

おしこめて祈りかけつる葵草しめのほかなる人も頼まむ

右　頼実

今日見ればかけてかへらぬ人ぞなきあふひぞ神のしるしなりける

歌合では「左持」とあるが、22番歌詞書に見える「此歌被撰入勝了」の部分は、当該歌左注と思われるものの、「勝了」とあり、歌合の記録とは異なる。

異同を見ると、榊原家本以下の三本は、「可被撰入勝了」とあり、松平文庫本と三手文庫本は、行頭から数字分下げたところから始まり、下の方に配置され、詞書の位置にはない。また本注釈書では、校合本として取り上げていないが、群書類従本は、「可被撰入勝耳」と「早苗」を二行に分け、さらに「早苗」より一字分ほど下げて書き、「早苗」を22番歌詞書として区別している。これらのことから「此歌被撰入勝了」は当該歌の左注と判断できよう。

ところで、「神のしるし」を「あふひ」と詠んだ歌に、［語釈］に挙げた定頼歌の他に、次の後拾遺集もある。

後一条院幼くおはしましける時、祭御覧じけるに、斎院（いつき）の渡り侍りける折、入道前太政大臣抱き奉りて侍りけるを見奉りてのちに、太政大臣のもとにつかはしける

選子内親王

光出づるあふひのかげを見てしかば年経にけるもうれしかりけり（雑五・一一〇七）

返し

入道前太政大臣

もろかづら二葉ながらも君にかくあふひや神のしるしなるらむ（一一〇八）

この贈答歌は栄花物語（はつはな）に、寛弘七（一〇一〇）年四月に斎院選子と道長（入道前太政大臣）との間で交わされたとあるが、大鏡（師輔伝）では、選子内親王と上東門院との贈答となっている。またその結句も「ゆるしなるらむ」と違いがあるものの、よく知られていた歌と思われる。

22

此哥被撰入勝了　早苗

五月雨をまたはさなへやおひぬへき

みつひくたこのいそかしきかな

【校異】 此哥被撰入勝了　早苗─可被撰入勝了　早苗（榊・松・三）、早苗（龍）　おひぬへき─おひのぬへき（龍）、おひぬらん（東）

【本文】　早苗

22　五月雨を待たば早苗や老いぬべき水引く田子の忙しきかな

【訳】　早苗

22　五月雨を待っていたならば、早苗はきっと育ち過ぎてしまうのだろうか。田に水を引く農夫は忙しいことよ。

【他出】　夫木抄・夏一・二五九一

【語釈】　**○早苗**　底本の21番歌左注にある「此哥被撰入勝了　早苗」のうち、「早苗」を、当該歌での詞書と解した。21番歌参照。なお、早苗題について、萩谷朴（『歌合大成』一二九）は、「早苗という歌題が安定したのは本歌合が最初であり、以後、頻りに歌合に用いられることとなったものである」と説く。**○早苗や老いぬべき**　「や」は疑問の係助詞。助動詞「ぬ」は「べし」を伴い強意を表す。ここでは植え時を逸すれば育ちすぎるのではないかと心配する気持ちを詠む。なお、底本は「おひ」で「生ひ」とも考えられるが、意味から「老い」と解した。［補説］参照。なお、90番にも「松こそいたく老いにけれ」と詠んだ歌が見える。

【補説】　「源大納言家歌合　長久二年」の撰外歌。歌合については16番歌参照。

早苗が老いることを案じる歌には、次のようなものがある。

早苗を詠める　曾禰好忠

御田屋守（みたやもり）今日は五月になりにけり急げや早苗老いもこそすれ（後拾遺集・夏・二〇四／好忠集・一二五）

延喜二年中宮屏風に　貫之

時過ぎば早苗もいたく老いぬべし雨にも田子はさはらざらなむ（続古今集・夏・二三五／貫之集Ⅰ・一四九）

雨降れど急ぎてとらむ今日過ぎば山田の早苗老いもこそすれ（堀河百首・夏十五首・四一一　基俊）

田子のとる早苗を見れば老いにけりもろ手に急げ室のはや早稲（堀河百首・夏十五首・四一四　肥後）

23
ほとゝきす
ほとゝきすきなく道たにしるからは
あふさかまてもゆくへきものを

【校異】きなく道たに―きなし道たに（松・龍）　あふさかまても―あらさるまても（龍）

【本文】
23　ほとゝぎす来鳴く道だにしるからば逢坂までも行くべきものを

【訳】ほととぎす
23　ほととぎすよ、おまえが来て鳴くせめてその道だけでもはっきりわかるならば、逢いに逢坂までも必ず行こうと思うのに。

【他出】ナシ

【語釈】**○ほととぎす**　夏になると、山から里へ下りてくる鳥と考えられていた。11番歌参照。**○来鳴く道だに**　ほととぎすが山からやって来て鳴くその道さえ、せめてその道だけでも、の意。「だに」は仮定表現を伴い、……さえ、万一……だけでも、の意をもつ。**○しるからば**　明らか、はっきりしている、の意「しる（著）し」の未然形に仮定条件の助詞「ば」がついたもの。**○逢坂までも**　「逢坂」に「逢ふ」の意を掛ける。「逢坂」は、歌枕「逢坂山」を指す。「暁聞二郭公一といへることを詠める／わぎもこに逢坂山のほととぎすあくれば帰る空に鳴くなり」（金葉集・夏・一二四　源定信）。

【補説】「源大納言家歌合　長久二年」の撰外歌。歌合については16番歌参照。
当該歌の、「ほととぎす来鳴く」「しるからば」「……ものを」は、次の歌と重なる。
ほととぎす来鳴かぬ宵のしるからば寝る夜も一夜あらましものを（能因集Ⅰ・一六二）

この能因歌は、長元八（一〇三五）年五月十六日に行われた賀陽院水閣歌合で撰外となったが、後拾遺集（夏・二〇二）や古来風体抄（下・四一八）、袋草紙などに見える。広く世に知られていたと考えられる。例えば、袋草紙（上巻）には、頼実の異母兄弟である頼綱朝臣が、能因から「ほとゝぎすの秀歌」について聞いた話が記されている。

当初能因東山に住むのころ、人々相ひ伴ひて行き向かひて精しく談ず。能因云はく、「われ歌に達するは、好き給ふるところなり」と云々。また云はく、「ほとゝぎすの秀歌は五首なり。而して能因が歌を相ひ加ふれば六首なり」と云々。件の歌は、

ほとゝぎす来鳴かぬ宵のしるからば寝る夜も一夜あらましものを

当該歌は、能因歌の、「ほとゝぎす来鳴かぬ」を、「ほとゝぎす来鳴く」と逆に表し、三句目では、能因と同じ「しるからば」、また最後も同じ「ものを」でおさめながらも、「寝る夜も一夜あらましものを」と寝ずに待つ能因に対し、「逢坂までも行くべきものを」と、強い意思を示し詠む。

24

ふるさとはとひくるひともなかりけり
たゝくくひなのをとはかりして
（「を」に朱で「お」）

くひな

【校異】 ナシ

【本文】 水鶏

24 ふる里は訪ひ来る人もなかりけり叩く水鶏の音ばかりして

【訳】 水鶏

24 ふる里は訪れてくる人もいなかったことだなあ。戸を叩くような水鶏の鳴き声ばかりして。

【他出】　ナシ

【語釈】　○水鶏　鳴き声が戸を叩いているように聞こえる。「叩くとて宿の妻戸を開けたれば人もこずゑの水鶏なりけり」（拾遺集・恋三・八二二　よみ人知らず）。10番歌参照。○ふる里　忘れ去られ、古びた里。また以前住んだことがある、なじみ深い場所。「君しのぶ草にやつるるふる里は松虫の音ぞ悲しかりける」（古今集・秋上・二〇〇　よみ人知らず）。

【補説】　「源大納言家歌合　長久二年」の撰外歌。歌合については16番歌参照。

水鶏が詠まれた歌が、

土御門右大臣の家に歌合し侍りけるに詠める　源頼家朝臣

夜もすがら叩く水鶏は天の戸をあけてのちこそ音せざりけれ（詞花集・夏・六四）

とあり、詞書の「土御門右大臣」は権大納言源師房を指すので、頼家の歌も本集16番歌から26番歌まで続く「源大納言家歌合　長久二年」で詠み選外歌となったものと思われる。なお頼家は、この歌合で二番、五番の左方に歌が撰ばれている。16、21番歌参照。

ところで、頼実より後世の歌人である匡房に次の歌がある。

水鶏

葎さす門は訪ふべき人もなし叩く水鶏の音ばかりして（匡房集Ⅰ・七〇）

下句「叩く水鶏の音ばかりして」は当該歌と同じであり、上句でも頼実の「訪ひ来る人もなかりけり」に対し「訪ふべき人もなし」と言葉の重なりが見える。

25 呉竹

こちくるをわかともとのみみゆるかな
なを（ほ(朱)）えて風のを（お(朱)）としたえねは

【校異】わかともとのみ―いかにもとのみ（東）　なを（ほ(朱)）えて風の―よをへてかせの（榊・松・三・龍・東）

【本文】呉竹

25　こちくるをわが友とのみ見ゆるかなよを経て風の音し絶えねば

【訳】　呉竹

25　呉竹の葉音がこちらまで聞こえて来るのを、わが友とばかり思うことだなあ。世を経てずっと竹を鳴らす風の音が絶えないので。

【他出】　ナシ

【語釈】**○呉竹**　くれたけ。ごちく、とも。淡竹の異名。「呉」は中国伝来の意を持つ語。「呉竹は葉細く、河竹は葉広し。御溝に近きは河竹、仁寿殿のかたに寄りて植ゑられたるは呉竹なり」（徒然草・二百段）。**○こちくるを**　「呉竹（ごちく）」と「此方（こち）来」を掛ける。「呉竹のこちくの声を聞きしよりよにながらへむふしは添へてき」（相模集Ⅰ・三八五）。**○わが友**　呉竹を「わが友」と擬人化した表現。「宮、白河殿の御渡りに、祝二言、竹風に鳴る、月松を照らす／うちそよぐ風なかりせばいかにしてよるわが友をありとしらまし」（小侍従集Ⅰ・一八四）。竹を「わが友」と称することについては、［補説］参照。**○よを経て**　底本では「みゆるかな」のあとに、「なを（ほ(朱)）えて」とある。意味不明のため、他本により「よをへて」と改めた。「よ」に「世」と竹の「節（よ）」を掛ける。「思ふてふことこそ憂けれ呉竹のよにふる人の言はぬなければ」（後撰集・恋五・九二〇　兼茂朝臣のむすめ）。**○風の音したえねば**　風の音が絶えないので。風が竹を揺らすことで生じる音を、「風の音」と表している。「わが宿のいささむら竹吹く風の音のかそけきこの夕べかも」（万葉集・巻十九・四二九一　大伴家持）。「し」は強意の副助詞。

【補説】「源大納言家歌合　長久二年」の撰外歌。歌合については16番歌参照。

歌合九番「竹」題の左方五節君の歌に、頼実歌と同じ「わが友」の歌語が見える。

左　　五節君

あだなりし花をもこひじ呉竹のかはらぬ色をわが友とせむ

竹を「わが友」と詠むのは、次の詩句「愛為吾友」に拠ったものであろう。

晋騎兵参軍王子猷（しんのきへいさんくんわうしいう）　栽称此君（うゑてこのきみとしようす）

唐太子賓客白楽天（たうのたいしのひんかくはくらくてん）　愛為吾友（あいしてわがともとなす）

（和漢朗詠集・夏・「竹」・四三二）

藤原篤茂「冬夜守二庚申一、同賦二修竹冬青一応レ教」（『本朝文粋』巻十一）の詩序からの摘句。

「わが友」は、当該歌と同じ歌合での五節の詠歌がはやい例となる。後には、堀河百首の「竹」題に、

わが友とわれぞいふべき呉竹のうきふししげき身としなれれば（一三二五　隆源）

とある。また、時代は下るが、［語釈］に示した小侍従や、さらに俊成にも、

皇子におはしましける時、鳥羽殿に渡らせ給ひけるころ、八条院内親王と申しける時、かの御方にて、「竹遐年友」といへる心を講ぜられけるに、詠ませ給うける

わが友と君が御垣の呉竹は千代に幾世のかげを添ふらむ（千載集・賀・六〇八　皇太后宮大夫俊成／俊成集Ⅰ・二七九）

と見える。

ところで、先に引用した和漢朗詠集の「栽称此君」の、「此の君」というもう一つの竹の異称については、枕草子（五月ばかり、月もなういと暗きに）に、

五月ばかり、月もなういと暗きに、「女房や候ひ給ふ」と、声々して言へば、「出でて見よ。例ならず言ふは誰

ぞとよ」と仰せらるれば……御簾をもたげて、そよろとさし入るる、呉竹なりけり。「おい。この君にこそ」と言ひわたるを聞きて……まめごとなども言ひ合はせてゐ給へるに、「植ゑてこの君と称す」と誦して……。とあり、殿上人たちが御簾をあげて差し入れた呉竹に、清少納言が「おい、この君にこそ」と応じ、才知を放つ場面がある。「竹」を「この君」と詠む和歌の例は、「わが友」よりも遅れ、中世以降の例しか管見に入らなかった。

潺湲

26

かきなかす水もにこらぬやとなれは
うつれる月のかけさへそすむ

【校異】　ナシ

【本文】　潺湲

26　かき流す水も濁らぬ宿なれば映れる月の影さへぞすむ

【訳】　潺湲

26　さらさらとかき流す水も清らかで濁らない家であるから、水に映っている月の光までも澄んでここに宿っていることよ。

【他出】　ナシ

【語釈】　**○潺湲**　「せんかん」とも「せんえん」とも読む。水の流れるさまや、水のさらさらと流れる音を表す語。ここは遣水のこと。［補説］参照。**○かき流す**　「かき」は接頭語。木の葉などを取り除いて、遣水の流れをよくすること。「いとよくはらはれたる遣水の、心地ゆきたるけしきして……」（紫式部日記）。**○映れる月**　「る」は存続の助動詞。映っている月。**○影さへぞすむ**　「さへ」は添加の副助詞、（その上）……までも。ここでは、「水も濁らない」だけでなく、「水に映る月の光までも澄んでいる」意。「すむ」は、「宿」の縁語「住む」を掛け、清らかな光さす家に「住む」主を言祝いでいる。［補説］参照。

【補説】当該歌は、「源大納言家歌合　長久二年」の撰外歌。歌合については16番歌参照。歌合に採られた歌は、

十番　遣水

左勝　侍従乳母

(19)堰きれたる岩間の水の濁らぬにのどかに月の影をこそ見れ

右　小弁

(20)堰き入れては鏡とぞ見る朝毎にのどかにすめる水の流れを

とあり、歌題は「遣水」となっている。

「潺湲」の語であるが、漢籍には例えば、

荒忽兮遠望　観流水兮潺湲　(楚辞・巻二九・歌四・「湘夫人」)
(荒忽として遠く望み、流水の潺湲たるを観る)

去山四五里　先聞水潺湲　(白氏文集・巻第六・閑適二・「遊悟眞寺詩　一百三十韻」)
(山を去ること四五里、先づ聞く水の潺湲たるを)

と、目にした川の姿や、耳にした水のさらさらと流れる音を表現している。

また、菅家文草では、「北堂文選竟宴、各詠史、句、得乗月弄潺湲(北堂の文選の竟宴に、各史を詠ず、句、月に乗じて潺湲を弄ぶといふことを得たり)」(巻第六・四三七)において、

五言何秀句　乗月弄潺湲　(五言何れか秀句　月に乗じて潺湲を弄ぶ)

と、五言古詩の秀句として、「乗月弄潺湲」を挙げる。文選・行旅上に見える謝礼運の一句である。道真が挙げた五言古詩の秀句を題に、拾遺集に次のような歌が見える。

延喜十九年九月十三日、御屏風に、月に乗りて翫〓潺湲〓

よみ人知らず

ももしきの大宮ながら八十島を見る心地する秋の夜の月（雑秋・一一〇六）

ところで、萩原義雄「『作庭記』の語彙について――古辞書三巻本『色葉字類抄』所載語を対象に――」（『日本庭園学の源流『作庭記』における日本語研究――影印対照翻刻・現代語訳・語の注解――』勉誠出版　二〇一一）には、三巻本『色葉字類抄』の「潺湲」項に「ヤリミツ」の読み仮名が施されていることから、「遣り水」のことであると指摘する。つまり、頼実集の題「潺湲」と歌合の「遣水」は同義（同訓）ということになろう。

当該歌は、遣水に「月の影さへぞすむ」と詠むが、同様の趣向で詠んだ歌を見ていく。貞元二（九七七）年三条左大臣殿前栽歌合十巻本仮名日記（『歌合大成』七七）に、「左大臣殿の遣水、虫の宴せらるる作法。寝殿と東の対との中なる細殿の前に、遣水せられたり……」とあり、この時に詠まれた歌が、次のように後拾遺集に入集している。

三条太政大臣左右をかたわきて、前栽植ゑ侍りて、歌に心得たるもの十六人を選びて歌詠み侍りけるに、水上の秋の月といふ心を詠み侍りける

平兼盛

濁りなく千代をかぞへてすむ水に光をそふる秋の夜の月（秋上・二五一）

千載集には、後の例になるが、

後冷泉院御時、九月十三夜月宴侍りけるに、詠み侍りける

大宮右大臣（藤原俊家）

澄む水にさやけき影の映ればや今宵の月の名に流るらむ（秋下・三三六）

とある。二首ともに、「澄む水に映る月」を詠むことで、歌合や宴の主催者に対して家を称えたり言祝いでいる。

さらにまた、後に続後拾遺集に賀歌として採られた次の歌は、

宇治殿歌合に、池水といふ題を

年を経てすむべき君が宿なれば池の水さへ濁らざりけり（定頼集Ⅱ・四五九）

歌合主催者やその家を「水が濁らぬ」と言祝ぐ趣向が、当該歌と重なる。栄花物語（歌合）に、定頼男「少納言経

家」の作として採られている。この歌は、長元八（一〇三五）年五月賀陽院水閣歌合（『歌合大成』一一三）三番「池水」に、十巻本は定頼が、二十巻本は公任が右方で詠んだ歌とあり、歌合では「濁らざりけり」が「濁る世もなし」となっている。

さて、当該歌は、源大納言家歌合の撰外歌だが、十番で番われた左の侍従乳母の歌も、澄んだ水ゆえに月影をのどかに見ると詠む。頼実も、水に映る月光が澄むことを詠んで、宿の主を言祝ぐが、「潺湲の水がかき流すため水も濁らない」と流水を表現することで、夏の夜の涼しさを表す歌となっているのが特徴的である。

なお、高橋秀子「『うつほ物語』と「三条左大臣頼忠前栽歌合」」（『国語国文』1069 二〇二三・九）は、貞元二（九七七）年八月十六日に藤原頼忠邸で催された前栽歌合において、「〈水面の月と『すむ』〉による賞美」の表現が生成され、定型化したと指摘できる」とし、山本真由子「三条左大臣殿前栽歌合について」（『平安朝の序と詩――宴集文学攷――』Ⅲ第十章 塙書房 二〇二一）では、「大臣家の前栽歌合」という視点から、「伝統を受け継ぎ、新しい趣向として、「遺水」の宴」としたこと、「月を遺水に映すことによって我が庭前に据えるという趣向の発想」の根底に、漢詩文の表現があることなどが指摘されており、当該歌の理解においても大変興味深い。

四月はかりに夜ふけて女のもとにいひ
やりにける

27
待わひてきゝやしつるとほとゝきす
人にさへ（朱）こそとはまほしけれ

【校異】いひやりにける―いひやりける（榊・松・三・龍） 待わひて―まちこひて（榊・松・三・龍・東） きゝやし

つると―き丶やしつなと（三）　とはまほしけれ―といまほしけれ（松）

【本文】 四月ばかりに、夜更けて女のもとに言ひ遣りにける

27　待ちわびて聞きやしつるとほととぎす人にさへこそ問はまほしけれ

【訳】 四月ごろに、夜が更けてから女のところへ歌を詠んで送ってやった

27　待ちくたびれて、もう聞きましたかと、ほととぎすのことをあなたにまでも尋ねたいものです。

【他出】 風雅集・夏・三一六

【語釈】 **○待ちわびて** 気をもみながら待って心が疲れる。待ちくたびれる。「来べきほどときすぎぬれや待ちわびて鳴くなる声の人をとよむる」（古今集・物名・四二三　藤原敏行朝臣）。**○聞きやしつる** 「や」は疑問の係助詞。聞きましたか。「われならぬ人と寝にけりほととぎす聞きやしつると誰に問はまし」（経衡集・一七）。**○ほととぎす** ホトトギス科の鳥。夏鳥として五月に渡来し、八、九月頃南方に帰る。「ほととぎす」については、11番歌、並びに、［補説］参照。**○人にさへこそ問はまほしけれ** 「さへ」は添加の副助詞、（その上）……までも。「こそ」は強意の係助詞。あなたにまでも尋ねたいものです。なお、「さへ」の朱による蘆庵の傍記「へ」は、本行「へ」が読みにくかったためであろう。

【補説】 「ほととぎす」は平安和歌では初夏の鳥とされるが、

四月朔日、詠み侍りける　　元輔

春は惜しほととぎすはた聞かまほし思ひわづらふしづ心かな（拾遺集・雑春・一〇六六）

四月一日、ほととぎす待つ心を詠める　　藤原明衡朝臣

昨日まで惜しみし花も忘られて今日は待たるるほととぎすかな（後拾遺集・夏・一六六）

というように、四月、暦の上で夏になったその日から「待つ心」が詠まれていた。

また、延喜十三（九一三）年三月「亭子院歌合」（『歌合大成』二〇）の「夏　四月五首」の中に、

深山出でてまづ初声はほととぎす夜深く待たむ我が宿に鳴け（四一　雅固）
われ聞きて人には告げむほととぎす思ふもしるくまづここに鳴け（四七　躬恒）

とあり、兼盛集Ⅰにも、

四月、ほととぎす聞く家
深山出づるまづ初声はほととぎすわが宿近くうちも鳴かなむ（一六〇）
四月、山里にて、ほととぎす聞く
山里に家居せしよりほととぎす夜半の初音はわれのみぞ聞く（一九六）

とあるように、「四月」の内に初音を聞くのはまずは自分でありたい、と詠まれている。

そして、

初声の聞かまほしさにほととぎす夜深く目をもさましつるかな
（拾遺集・夏・九六　よみ人知らず／重之集・二四六）

というように、「まほし」と願うのは、鳴き声を聞くことである。当該歌では、待ちわびたのにまだ聞けないので、女に、自分と同じように夜更けまでほととぎすの声を待っているかと尋ねたくなってしまったというのである。

28

入あひを聞て
くれはてし（て、歟（朱））人のまれらになるまゝに
入あひのかねのこゑそきこゆる

【校異】 詞書ナシ（榊）　くれはてし（て、歟（朱））―くれはてゝ（龍・東）

【本文】 入相を聞きて

28　暮れ果てて人のまれらになるままに入相の鐘の声ぞ聞こゆる

【訳】　入相の鐘の音を聞いて

28　日がすっかり暮れてしまって人が少なくなるにつれ、入相の鐘の音が聞こえてくることよ。

【他出】　ナシ

【語釈】　**○入相**　日没のころ、夕暮れのこと。ここは、第四句に「入相の鐘」とあり、夕暮れに鳴る入相の鐘の声。［補説］参照。**○暮れ果てて**　底本には、「てし」の部分に「てゝ歟」という蘆庵による朱の傍記がある。「暮れ果てし人」では意味をなさないので、龍谷大学本・東洋文庫本と同じ本文に改めた。すっかり日が暮れてしまって。**○人のまれらになるままに**　「まれらに」は、少ない、めったにない、珍しい意の「稀」に婉曲の接尾語「ら」のついた形容動詞。「の」は主格。「鶯は時ならねばや鳴く声の今はまれらになりぬべらなる」（千里集・二八）。「ままに」は、……に従って、……につれて。人が少なくなるにつれて。

【補説】　詞書に「入相」とある例は珍しく、当該歌以前は次のように表現される。

入相の鐘の声を聞きて詠める　　　和泉式部
夕暮れはものぞ悲しき鐘の音（おと）を明日も聞くべき身とし知らねば（詞花集・雑下・三五七／和泉式部集Ⅰ・三五五）

入相の声に、もの心細かりしかば
はかなくて暮るる入相の声聞けばわが世つくとはおぼえやはする（赤染衛門集Ⅰ・三六〇）

歌題としては、先行例が少ないものの、歌に「入相の鐘」「入相の鐘の声」と日没に響く音を詠み込んだものには、次のような例が見える。

見るままに心細くも暮るるかな入相の鐘もつきはてぬめり（山田集・四）
山寺の入相の鐘の声ごとに今日も暮れぬと聞くぞ悲しき
（拾遺集・哀傷・一三二九　よみ人知らず／和漢朗詠集・山寺・五八五）

夕暮れ時に響く鐘に、寂寥を感じると詠んでいる。どの歌も「悲し」「はかなし」「心細し」と心情を詠み入れるのに対し、頼実は人少なになった情景を視覚的に表出したところに、夕暮れを知らせる鐘の音が聞こえてくると詠むのである。

29

棟仲かいへにてなてしこをよむに
とこなつに露を（お(朱)）きわたるあさほらけ
錦にたまをかけてこそみれ

【校異】よむに―よむ（榊）　とこなつに―とこ夏は（龍）　露を（お(朱)）きわたる―露のをきたる（東）

【本文】棟仲が家にて、なでしこを詠むに

29　常夏に露置きわたる朝ぼらけ錦に玉をかけてこそ見れ

【訳】棟仲の家で、なでしこを詠んだ折に

29　常夏の花一面に露がおりている夜明け方は、まるで錦織に宝玉を散りかけたように見えることよ。

【他出】ナシ

【語釈】**〇棟仲が家にて**　頼実集の詞書に、「〇〇が家」と連体修飾語「が」が付くのは、この一例のみ。「が」は非尊者に付く。他は「〇〇の家」。棟仲は平棟仲。16番歌にも「棟仲」と見える。［勘物］参照。**〇なでしこ**　漢字表記は「撫子」。「瞿麦」とも記す。ナデシコ科の多年草で、花は濃紅色のほか、白色や絞りなどがある。万葉集にも多く見られ、当時は夏の終わりから秋にかけて咲く花と認識されていたとわかる歌が多いが、平安時代に入ると、春から秋にかけて咲き続けることに由来する「常夏」の異名の通り、夏の花として多く詠まれる。歌合の歌題としても多く取り上げられている。**〇常夏**　「なでしこ」の異名。**〇露置きわたる**　「わたる」はここでは補助動詞で、……し続ける、一面に……する。なでしこの花全体に露が降りている様子を示す。底本には「をきわたる」とあり、「を」に「お」と朱書き。**〇朝ぼらけ**　夜が明け始めて、物がほのかに見えるころ、夜明け方。**〇錦に玉をかけてこそ見れ**　「錦」は、金糸銀糸にさまざまな色糸を用いて華麗な文様を織り出した織物。「玉」は美しい石、宝石。常夏の花一面に露のおりている様子を、華やかな錦に宝玉を散りかけたようだと喩えている。［補説］参照。

【補説】　常夏をまるで錦織のようだと喩える歌は、次のように見える。

　　人々ありて、なでしこ詠むに

　唐錦籬(まがき)にかけて見えつるは咲く常夏の花にぞありける（輔親集Ⅰ・一八九）

また、花に置く露を玉と喩える歌には、

　秋萩に置ける白露朝な朝な置ける白露玉とぞ見ゆる（人麿集Ⅰ・一二〇）

　　亭子院の御前に前栽植ゑさせ給ひて、これ詠めと仰せごとありければ　　伊勢

　植ゑたてて君がしめゆふ花なれば玉と見えてや露も置くらむ（拾遺集・秋・一六七）

などがある。また、長能集には、

　　同じ院の、御手づから紙絵描かせ給ひて、人々に歌付けさせ給ひしに、秋の前栽咲き乱れ、もみぢおもしろきところに

　佐保姫の玉落ちにけり唐錦織れる梢の上の白露（長能集Ⅰ・八〇）

とある。当該歌も、夜明け方にほのかに見える庭に咲き乱れた花一面に朝露がおりている、清らかで美しい情景を、まるで錦織に玉を散りばめたようだと褒めることで、家の主棟仲を讃えたり、棟仲の家を言祝いでいるのであろう。

氷室

30
夏の日になるまでとけぬふゆこほり
はるたつかせやよきてふくらん

【校異】はるたつかせや―はるくるかせや（東）

【本文】氷室

30 夏の日になるまで解けぬ冬氷春立つ風やよきて吹くらむ

【訳】氷室

30 夏の日になるまで解けない冬の氷は、立春の風が氷室の辺りは避けて吹いたのだろうか。

【他出】後拾遺集・夏・二二一／題林愚抄・夏下・二七四四

【語釈】**○氷室** 冬の氷を夏まで貯蔵しておくための施設。その構造は、土を一丈あまり掘って上部を草で覆った穴室の中に、茅(かや)などを厚く敷き、氷を取ってきてその上に置いたものであった。［補説］参照。**○冬氷** 冬の氷。冬季に凍った氷。**○春立つ風や** 「春立つ風」は氷を解かすといわれる。［補説］参照。「や」は疑問の係助詞。紀貫之は「袖ひちて結びし水の凍れるを春立つ今日の風や解くらむ」（古今集・春上・二 紀貫之）と夏・冬・春の三季を詠むが、当該歌も一首の内に夏・冬・春と三季を詠み入れている。［補説］参照。**○よきて吹くらむ** 「よき」は「避（よ）く」の連用形。「春風は花のあたりをよきて吹け心づからやうつろふと見む」（古今集・春下・八五 藤原好風）。「らむ」はここでは過去の事態の推量を表す特殊な例か。［補説］参照。

【補説】「氷室」は、『延喜式』巻四十「主水司」の「運氷駄」条によると、次の場所にあったとされる。

山城國葛野郡徳岡氷室一所。愛宕郡小野一所。栗栖野一所。土坂一所。賢木原一所。同郡石前一所。大和國山邊郡都介一所。河内國讃良郡讃良一所。近江國志賀郡部花一所。丹波國桑田郡池邊一所。

いつまでも解けない氷室の氷を詠んだ歌として、相模集には、

栗栖野の氷室の氷いつまでかかむすぼほれつつ解けじとすらむ（相模集Ⅰ・五三）

とある。男性からの贈歌である。

当該歌は、次のように一部表現を変えて、後拾遺集に入集する。

氷室を詠める　　源頼実

夏の日になるまで消えぬ冬氷春立つ風やよきて吹きけむ（夏・二二一）

川村晃生「歌人たちの夏」（『摂関期和歌史の研究』第二章第二節　三弥井書店　一九九一）は、「氷室」という歌題について、後拾遺集が初出であると指摘し、当該歌を次のように評している。

『後拾遺集』時代に開花の兆しを見せる清新な叙景歌とは異なって、むしろ理知的な趣向を前面に立てた古風な趣の一首と言えるが、（中略）少なくとも編者のもくろみは、夏季における氷の詠歌の存在によって涼気を打ち出すことにあったと見てよいであろう。

ところで、後拾遺集では頼実歌の第五句が「よきて吹きけむ」となっていることから、夏まで解けなかった原因は、春に立春の風が避けて吹いたからであろうか、となりわかりやすい。頼実集では、夏部に属しながら、「よきて吹くらむ」とあるので問題となる。小田勝『実例詳解古典文法総覧』（和泉書院　二〇一五）では過去事態の推量を表す「らむ」の例として、和泉式部日記の「さきざき見給ふらむ人のやうにはあらじ」を挙げる。この当該歌の例もそれに該当しようか。

なお、立春の風は氷を解かす風であるという発想は、礼記・月令に、「孟春之月」について、

東風解レ凍（東風凍を解き）

とあることに拠る。和漢朗詠集（春・「立春」・四）には、

柳無気力条先動（やなぎきりよくなくしてえだまづうごく）

池有波文氷尽開（いけになみのもんあてこほりことごとくにひらく）
今日不知誰計会（けふしらずたれかけいくわいせし）
春風春水一時来（はるのかぜはるのみづいつしにきたる）

とある。また、新撰朗詠集に、

春風に沢の氷や解けぬらむ今朝山川の水まさりゆく（春氷・三六四　広平親王）

ともある。

31

草むらにむかひて秋をまつといふ
題を六月廿日の程に
秋を待はなをほりうゑてみる人は
なつをすくすそひさしかりける

【校異】なつをすくすそ―なつをすくす（三）

【本文】31 秋を待つ花を掘り植ゑて見る人は夏を過ぐすぞ久しかりける
草むらに向かひて秋を待つ、といふ題を、六月二十日のほどに

【訳】草むらに向かって秋を待つ、という題を、六月二十日のころに
31 秋を待って咲く花を掘って来て庭に植えて見る人は、夏を過ごす間が長く感じることだった。

【他出】ナシ

【語釈】**〇草むらに向かひて秋を待つ**　歌題。草むらを眺めながら秋の到来を待つ。［補説］参照。**〇六月二十日**

のほど　六月下旬。まもなく暦月の秋七月、また立秋となる時期。**○秋を待つ**　底本は「秋を待」であるが、送り仮名を補う。**○花を掘り植ゑて**　花をよそから掘って来て庭に植えて、の意。当該歌にいう花は、「秋を待つ」が「花」にかかることから、秋の草花。嵯峨野などから秋の草花を掘って来て移し植える「前栽掘り」が意識されているのであろう。当該家集40番歌詞書にも、「七月十二日に、宮の前栽掘りに、花契㆓千秋㆒、といふ題を」とある。**○夏を過ぐすぞ久しかりける**　夏を過ごす間が長いと感じる。すなわち、早く夏が過ぎて秋になって、秋の花が咲いてほしいと待ち遠しく思う、の意。

【補説】「草むらに向かひて秋を待つ」という歌題は、他に例が見当たらない。ただし、拾遺集に、

　廉義公家にて、草むらの夜の虫といふ題を詠み侍りける　藤原為頼
おぼつかないづこなるらむ虫の音をたづねば草の露や乱れむ（秋・一七八）

という歌があり、これは貞元二（九七七）年八月十六日に藤原頼忠が催した「三条左大臣殿前栽歌合」（『歌合大成』七七）の歌で、拾遺集には同じ折の歌が他にも見える。

　廉義公家にて、人々に歌詠ませ侍りけるに、草むらの中の夜の虫といふ題を　平兼盛
千歳とぞ草むらごとに聞こゆなるこや松虫の声にはあるらむ（賀・二九五）

当該歌の題が、こうした例と関わるのか否かは不明であるが、「草むら……」といった歌題の先例はあったことが知られる。

秋

32
　夏中逢秋　むめのつにて
秋風はまたなつなからふきにけり

月のたつをもなに○まつへき

【校異】夏中逢秋―中逢秋（榊・松・三・龍）　むめのつにて―ナシ（榊・松・龍）、むめのくにて（三）　ふきにけり―ふけにけり（東）　月のたつをも―月のくるをも（東）　なに○まつへき―なにかまつへき（榊・松・三・龍）、なにかまたまし（東）

【本文】秋

夏中逢レ秋　梅の津にて

32　秋風はまだ夏ながら吹きにけり月の立つをも何か待つべき

【訳】秋

夏のうちに秋に逢う　梅津にて

32　秋風は、まだ夏であるのに吹いてしまったことだ。月が改まって秋になることをもどうして待つべきであろうか、いや待つ必要はない。

【他出】ナシ

【語釈】**○秋**　部立名。以下、84番歌までが秋の部。**○夏中逢レ秋**　歌題。夏のうちに秋に出逢った、という意。節気の上では立秋後が秋、暦月では七月からが秋である。同題の例は他に見当たらない。**○梅の津にて**　当該歌を詠んだ場所について書き添えたもの。「梅の津」は「梅津」。梅津は、山城国葛野郡内（現在の京都市右京区）桂川東岸の河港のあった地名。丹波地方からの木材の陸揚地で、修理職の木屋があった。「……山城の国、葛野のこほり、おほゐの河、梅津より豊かにひらきて……」（忠岑集Ⅳ・八八番歌詞書）。当該家集では51番・88番歌詞書にも梅津が見える。［補説］参照。**○夏ながら**　夏のままの状態で。夏であるのに。「夏ながら外面（そとも）の風の涼しきは楢の下葉に秋や来ぬらむ」（匡房集Ⅰ・七四）。**○月の立つ**　「月立つ」とは暦の月が改まる、意。「立夏四月、既経二累日一、而由未レ聞二霍公鳥喧一、因作恨歌二首／あしひきの山も近きをほととぎす月立つまでに何か来鳴かぬ」（万葉集・巻十七・三九八三　大伴家持）。**〇何か待つべき**　底本「なに○」の右の「か」字は朱書。「か」は反語の意。どうして待つ必要があろうか、いや必要はない。「よそにかく恋ふべき身とし知りぬれば久しき千代を何か待つべき」（輔親集Ⅰ・九七）。

【補説】　六月中に梅津で詠まれたらしいことが知られる歌。桂川に面した梅津では、川風が吹いて、秋風のように涼しく感じたというのであろう。川辺の涼風によって秋の到来を知るのは、古今集以来の伝統的な発想である。

　　秋立つ日、殿上の男ども賀茂の河原に川逍遙しける供にまかりて詠める　　貫之

　川風の涼しくもあるかうち寄する波とともにや秋は立つらむ（古今集・秋上・一七〇）

　頼実がこの時梅津に赴いた事情など、詠作状況は未詳。「梅津」は、当該歌集の二カ所に見える。

　　梅津に四条中納言などおはして、夕暮れに舟に乗りて、葦の花雪の如し、といふ題を（51番歌詞書）

　　右大弁の誘ひ給ひしかば、梅津にまかりて、川辺氷（88番歌詞書）

四条中納言は、藤原公任息の定頼（九九五～一〇四五）。参議・右大弁（寛仁四〈一〇二〇〉年十一月任）を経て、長元二（一〇二九）年正月に権中納言に任じられた。88番の「右大弁」は、宇多源氏の済政息の資通（一〇〇五～一〇六〇）で、50番歌・84番歌にも見える。長久元（一〇四〇）年に任右大弁、頼実が死去した年の長久五（一〇四四）年、十二月に参議を兼ねた。

　また、資通の息師賢の「梅津の山荘」が見える。

　　師賢朝臣、梅津の山庄にて、田家秋風といふ心を詠める　　源頼家朝臣

　宿近き山田のひたに手もかけで吹く秋風にまかせてぞみる（後拾遺集・秋下・三六九）

梅津に関係して、定頼、資通、師賢の名前が挙がる。

資通は、済政と源頼光女の間に誕生している。さらに資通も頼光女を妻とし、二人の間に生まれたのが師賢で

あった。そして、藤原定頼は、源済政女を妻としている。頼実は、父頼国が頼光男なので、資通妻は伯母にもあたる。梅津の地に登場する人たちは、血縁関係が織りなされている。

33

山家早秋

あき立て門田のいねもうちなびき
を（お（朱））とめつらしき秋のはつかせ

【校異】秋のはつかせ—けさのはつかせ（東）

【本文】山家早秋

33 秋立ちて門田の稲もうちなびき音めづらしき秋の初風

【訳】山家の早秋

33 秋が来て、家の前の田の稲穂もなびいて、そよぐ音が好ましく思われる秋の初風であるよ。

【他出】和歌一字抄・解題二六（作者頼家）

【語釈】**〇山家早秋** 歌題。山里の家の初秋、の意。「山家」は、山中、山里などにある家のこと。「山家」題は、和漢朗詠集に見え、和歌二首（五六三・五六四）がある。「早秋」題は、和漢朗詠集の秋部に「立秋　早秋　七夕……」と見える。また、古今六帖題目録の歳時部に、「……秋立日　早秋　七夕……」とあるが、和歌の題は、「秋たつ日」「はつあき」「七日の夜」とある。ここでは、山里の家に早くも訪れた秋、の意の歌題であろう。なお、「山家早秋」題で、「中納言、中将に侍りける時、家に、山家早秋といへる心を詠ませ侍りけるに／朝霧や立田の山の里ならで秋来にけりと誰か知らまし」（新古今集・秋上・三〇二　法性寺入道前関白太政大臣）という藤原忠通の歌がある。頼実の時代にはまだ目新しい歌題と言えようか。**〇秋立ちて** 立秋になって。秋が来て。「秋立ちていく日もあらねばこの寝ぬる朝けの風はたもと寒しも」（万葉集・巻八・一五五五　安貴王）。**〇門田**　門の近くにある田。家の前にある田。班田収授法の令制下、「門田」には私有が認められ、私有田確保の方策として広まったという。「妹が家の門田を見むと打ち出で来し心もしるく照る月夜かも」（万葉集・巻八・一五九六　大伴家持）。**〇音めづらしき秋の初風**　稲を靡かせ吹く初秋の風の音が、好ましい、新鮮な感じがする、の意。この下句は、「わが背子が衣のすそを吹き返しうらめづらしき秋の初風」（古今集・秋上・一七一　よみ人知らず）の下句の「うら」を、「音」に変えて踏襲したものであろう。

【補説】「門田」は万葉集から詠まれている。よく知られているのは、源経信の次の歌であろう。

師賢朝臣の梅津に人々まかりて田家秋風といへることをよめる　大納言経信

夕されば門田の稲葉おとづれて葦のまろ屋に秋風ぞ吹く（金葉集・秋・一七三／百人一首・七一）

「門田の稲」は、平安時代の中期ごろから詠まれるようになった。

屏風の絵に、旅人の田刈るを見て

わが宿の門田の稲もかりかけて帰らむ駒のためと待つらむ（安法法師集・一〇九）

わが宿の門田の早稲のひつち穂を見るにつけてぞ親は恋しき（好忠集Ⅰ・二〇一）

門田早稲昨日刈りそむと思ひしをひつちの疾くも生ひにけるかな（恵慶法師集・二八二）

右の好忠の歌や恵慶の歌に見える「ひつち」は、刈った後の株から生える稲をいう。門田であればこそ、そのようなものを見ることもあり、歌にも詠まれたのであろう。

ところで、瓦井裕子「源師房歌合と『源氏物語』摂取の黎明」（『王朝和歌史の中の源氏物語』第二部第二章三　和泉書院二〇二〇）では、当該歌をとりあげて、当時の「山家」題として「門田の稲」の光景を詠むのを異例とし、「山麓の感慨を詠む山家題と、田園の光景を詠む田家題は、その詠歌対象が明確に区別されていた。しかし、頼実詠は、山家早秋題から大きく逸脱し、田家題と見まがう詠みぶりである」とし、「この発想の淵源として注目されるのが、

『源氏物語』手習巻の次の場面である。浮舟は小野の「山に片かけたる家」で初秋の稲刈りの様子を眺めている」として、

秋になりゆけば、空のけしきもあはれなるを、門田の稲刈るとて、所につけたるものまねびしつつ、若き女どもは歌うたひ興じあへり。引板ひき鳴らす音もをかし。見し東国路のことなども思ひ出でられて、かの夕霧の御息所のおはせし山里よりはいますこし入りて、山に片かけたる家なれば、松蔭しげく、風の音もいと心細きに、つれづれに行ひをのみしつつ、いつともなくしめやかなり。

を引用する。秋のはじめ、あわれを誘う「風の音」、「山に片かけたる家」はいわゆる「山家」であり、「そこから眺める田の情景は、山家早秋題で田を詠む頼実詠と共通する」と説明する。そして、「まだ年若い彼にとって、洛外の光景を和歌的な情緒と歌ことばを用いて描出する『源氏物語』は、詠歌に際しておおいに学ぶところがあったと考えられる」という。なお、頼実集の源氏物語摂取については、54・57・63・74番歌参照。

34

早秋月

はつあきのそらさへすゝしき月かけは
人のこゝろもすみまさりけり

【校異】早秋月―秋月（榊）　はつあきの―はつかせの（東）　そらさへすゝしき―そらさへすゝし（東）

34【本文】早秋月
初秋の空さへ涼しき月影は人の心も澄みまさりけり

【訳】早秋の月
34 初秋の空までも涼しく感じられる月光は、澄んでいて、見る人の心も一段と澄みまさることだなあ。

【他出】 ナシ

【語釈】 **○早秋月** 秋の初めごろの月。歌題としては、当該歌が初出か。「早秋」題は、33番歌［語釈］参照。**○初秋の** 「はつあき（初秋）」は、古今六帖の題に見え、「初秋の空に霧立つ唐衣袖の露けき朝ぼらけかな」（一一九）などがある。**○空さへ涼しき月影** 第二句「空さへ涼しき」は字余り。東洋文庫本のみ、「空さへ涼し」と二句切れの歌とする。ここは、地上だけでなく空までも涼しく感じられる月光、の意。月光を「涼し」と詠むのは、「吹く風は我が宿に来る夏の夜は月の影こそ涼しかりけれ」（古今六帖・三九六）など、夏の歌ではすでに見られた。**○人の心も澄みまさりけり** 人の心も澄みまさることだったよ。「澄み」は月光が澄み、人の心も澄む意であろう。［補説］参照。

【補説】 明月で「人の心」が「澄む」と詠む歌としては、次のような例がある。

月のくまなう明かきに、大輔、里なるを思ひやりて、はを（ママ）

心澄む秋の月だになかりせば何を憂き世の慰めにせむ（選子内親王集Ⅱ・一一一）

及びなき心もそらに澄むものはくまなく照らす秋の月影（六条斎院歌合天喜五年八月・一一 出羽）

以上の二首は、頼実の歌と時代的に近く、頼実より後世の歌にも、

翫明月といふ事をよめる　　民部卿忠教

いづくにも今宵の月を見る人の心や同じ空に澄むらむ（金葉集・秋・一八二）

などがあり、美しい月に人の心も澄むという感じ方があったことが見てとれる。

また、上句の「初秋の空さへ涼しき」には、古今集の次の歌、

水無月のつごもりの日よめる　　躬恒

夏と秋と行きかふ空の通ひ路はかたへ涼しき風や吹くらむ（古今集・夏・一六八）

の影響も考えられる。

なお、当該34番歌と下句が同一の類歌として、次の歌がある。

題不知　　権大納言長家

ひさかたの月のくまなき秋の夜は人の心も澄みまさりけり（新千載集・秋上・三九五）

作者は御子左家の祖である藤原長家（一〇〇五～六四）だが、頼実歌との先後関係は不明。

35

毎夜見月　有序（朱）

さやかなる月をのみやはなかめつる

くもりし夜半もまたれし物を

【校異】有序（朱）―ナシ（榊・松・龍）　月をのみやは―月のみやは（榊・松・龍）、月のみやこは（東）

【本文】毎レ夜見レ月　有レ序

35　さやかなる月をのみやは眺めつる曇りし夜半も待たれしものを

【訳】夜毎に月を見る　序がある

35　いつも明るい月ばかりを眺めていたか、いやそうではない。曇った夜半であっても月の出るのを自然と待ったのだなあ。

【他出】ナシ

【語釈】**○毎レ夜見レ月**　夜毎に月を見る、という意の歌題。同題の歌は見当たらない。**○有レ序**　底本・河野美術館本ともに朱書。蘆庵が序の存在を確認してのものか。とすると、序をともなう正式な歌会であったことになろう。**○さやかなる月をのみやは眺めつる**　毎夜明るく輝く月だけを眺めたか、いやそうではない。「～をのみやは……（連体形）」は「～ばかりを……か、いやそうではない」という反語表現。「寝るがうちに見るをのみやは夢といはむはかなき世をも現とは見ず」（古今集・哀傷・八三五　壬生忠岑）。**○曇りし夜半も待たれしものを**　空に雲が出ていた夜半でも、月が出るのを自然と待つ気持ちになったのに。「ものを」は、詠嘆の終助詞。「いづこにも劣らじものをわが宿の世をあきはつるけしきばかりは」（更級日記）。

【補説】　夜毎に月を見る、という題の歌であるが、「毎晩明るい月を眺めることができたわけではなく、曇った夜半でも、そのうち月が見られるだろうと待ったことだ。」と歌ったものであろう。同題の歌は見当たらないが、次のような題の歌が経衡集に見える。

夜毎に月明らかなり

入りぬとて何惜しみけむはや今朝は今宵も月のまさるなりけり（経衡集・三五）

こちらは、頼実の歌とは内容的には反対で、「沈んだ月をどうして惜しんだのだろうか、惜しむ必要は無い。今夜も明るい月なのだった」と歌う。この経衡歌と同題なのが、時代が少し下った次の歌。

二条の大宮にて毎夜月明　大弐永範

いかなれば秋の空とはいひながら一夜も月の曇らざるらむ（今撰集・秋・七〇）

こちらは、「月の美しい秋の空とはいうけれど、どうして一夜も月が曇らないのであろうか」と疑問の気持ちを歌っているようだ。

結局、秋の夜の月の明瞭さ美しさを様々な表現のしかたで賛美するのである。

36

七夕後朝

待ほとのひさしからすはたなはたの
けさのわかれはなけかさらまし

【校異】待ほとの―まつをとの（龍） けさのわかれは―けさのわかれを（龍）

【本文】七夕後朝

36 待つほどの久しからずはたなばたの今朝の別れは嘆かざらまし

【訳】七夕の後朝

36 待つ間が久しくなかったなら、織女星は今朝の別れを嘆かないだろうに。

【他出】ナシ

【語釈】**○七夕後朝** しちせきこうちょう。「七夕」は、七月七日の夕のこと。「七夕後朝」は、たなばた伝説に拠る四字題で、七月七日の夜に牽牛星と織女星が逢った翌朝の別れに主眼を置く。古今六帖では、「七日の夜」題の次に、後朝を指す「あした」題が並ぶが、「七夕後朝」題は、早い例。［補説］参照。**○待つほどの久しからずは** 待つ間が長くなかったら、と仮想する表現。牽牛と織女の逢瀬は、七月七日の夜だけとされたため、次に逢うまでには一年待たなければならない。「今宵来む人には逢はじたなばたの久しきほどに待ちもこそすれ」（古今集・秋上・一八一 素性）。

【補説】「七夕後朝」の題で同時代人の歌が、和漢兼作集に次のように見える。

七夕後朝　式部大輔藤原資業

あまがは（ママ）はあかで明けぬるたなばたの今日より後の今日の久しさ（秋上・五四五）

藤原義孝

いつしかと待ち暮らしけむたなばたの今朝は昨日や恋ひしかるらむ（同・五四六）

さらに、源師房の歌として、千載集に、

七夕後朝の心を詠み侍りける　土御門右大臣（師房）

天の川心を汲みて思ふにも袖こそ濡るれ暁の空（秋上・二四一）

もある。頼実歌も含めた四人の歌が、同座詠か否かは不明である。

重松久美子「源師房の和歌」(『国文学研究』102　一九九〇・十)は、和漢朗詠集の七夕題の漢詩と和歌を検討し、「和歌がたなばたの二星が逢う一夜を焦点としているのに対し、詩は一夜を経た別れの朝を詠じるものが多い」ことから「七夕後朝」の歌題や師房歌、頼実の当該歌が、次に挙げるような漢詩的発想に基づくと指摘する。

二星適逢(じせいたまたまあうて)　未叙別緒依依之恨(いまだべつしよいいのうらみをのべざるに)
五更将明(ごかうまさにあけなむとして)　頻驚涼風颯颯之声(しきりにりやうふうさつさつのこゑにおどろく)
(和漢朗詠集・秋・「七夕」・二一三　美材)

ただし、七夕の翌朝の嘆きは、和歌にも詠まれる。

七日の夜の暁に詠める　源宗于朝臣
今はとて別るる時は天の川渡らぬ先に袖ぞひちぬる(古今集・秋上・一八二)

八日の日詠める　壬生忠岑
今日よりは今来む年の昨日をぞいつしかとのみ待ちわたるべき(同・一八三)

古今集の宗于歌は、逢瀬の翌朝、天の川を渡って帰る辛さを、また忠岑歌は、翌年の逢瀬を待つ切なさを詠んでいる。先に挙げた師房歌は、古今集の宗于歌の詠みぶりを踏襲し、別れを悲しむ涙に濡れた袖を詠む。

頼実の当該歌、および先に挙げた資業、義孝歌は、忠岑歌のように、翌年の七夕まで逢えない後朝の悲嘆を主眼とし、特に、資業、義孝の歌は、忠岑歌の表現に倣った詠みぶりである。これら四首は、漢詩的表現を淵源としつつ、直接には古今集歌の表現を摂取したと考えられよう。

37
八月十五日に大学頭義忠にさそはれて遍
照寺にまかりて池上の月と云題を
あかなくにあまつそらなる月かけを
いけのこゝろにうつしてそみる

【校異】遍照寺―庭照子（榊・松・三）　いけのこゝろに―いけの□□□に（榊・松・三）、いけの〱に（龍）

【本文】37　八月十五日に、大学頭義忠に誘はれて、遍照寺にまかりて、池上の月、といふ題を
飽かなくに天つ空なる月影を池の心にうつしてぞ見る

【訳】37　八月十五日に、大学の頭義忠に誘われて、遍照寺に出かけて、池の上の月、という題を
飽き足らないあまりに、天上にある月の光を池の真ん中に映し、心に入れて眺めることだ。

【他出】ナシ

【語釈】○八月十五日　八月十五日に望月を愛でる風習は中国より伝来し、宮廷や貴族の間で盛んに観月の宴が催されるようになった。菅家文草に、菅家では八月十五夜に翫月の詩宴を催していたと見え（二九八）、詩も数首残る。「屛風に、八月十五夜、池ある家に人遊びしたる所／水のおもに照る月なみを数ふれば今宵ぞ秋のもなかなりける」（拾遺集・秋・一七一　源順）。○大学頭義忠　藤原義忠（のりただ）。勘解由次官為文男。左衛門尉、大内記、式部少輔、権左中弁、阿波守、大和守などを歴任。大学頭、春宮学士、文章博士などを兼ねていた。大学頭に任ぜられた時期は不明だが、『範国朝臣記』長元九（一〇三六）年八月三日の記事には「大学頭義忠朝臣」とあり、以後、亡くなるまで大学頭であった。詩歌に秀で、万寿二（一〇二五）年五月には私的に「東宮学士義忠歌合」（『歌合大成』一二〇）を開催。「長久二（一〇四一）年二月弘徽殿女御歌合」（『歌合大成』一二八）では判者を務めた。後拾遺集初出。長久

二年十月、大和守在任中、吉野川で溺死（『百錬抄』）。『尊卑分脈』などによれば、三十八歳卒とするが、不審。少なくとも五十歳前後にはなっていたか。妻は歌人で有名な大和宣旨。**○遍照寺**　遍照寺は大僧正寛朝（宇多天皇皇子敦実親王の子）によって開かれた寺で、真言宗広沢派の発祥地。「遍く照らす」という寺名もあって、文人たちに観月の景勝地として知られる。［補説］参照。**○池上の月**　歌題。この池は遍照寺本堂の南東に造営された広沢の池をいうのであろう。広沢の池は、遍照寺の開山、寛朝が洞庭西湖を模して開いたと伝えられる。「広沢の月を見て詠める／住む人もなき山里の秋の夜は月の光もさびしかりけり」（後拾遺集・秋上・二五八　藤原範永朝臣）。池に浮かぶ月は、「池に月の見えけるを詠める／ふたつなきものと思ひしを水底に山の端ならで出づる月影」（古今集・雑上・八八一　紀貫之）などがあるが、歌題としては新しく、貞元二（九七七）年八月十六日に開催された「三条左大臣頼忠前栽歌合」（『歌合大成』七七）の「水の上の秋の月」の題が早い例。「池上月を詠める／月影のかたぶくままに池水を西へ流ると思ひけるかな」（後拾遺集・雑一・八三六　良暹法師）。**○飽かなくに**　中秋の名月をいくら見ても見飽きず、もっと見ていたい、という意。「円融院御時、八月十五夜描けるところに／飽かずのみ思ほえむをばいかがせむかくこそは見め秋の夜の月」（拾遺集・秋・一七四　元輔）。**○天つ空**　天空の意。「ひさかたの天つ空なる月なれどいづれの水に影宿るらむ」（拾遺集・雑上・四四〇　躬恒）。**○池の心**　池の中心部。漢語「池心」の訓読語。「苔生二石面一軽衣短　荷出二池心一小蓋疎」（和漢朗詠集・夏・「朱夏」・一四八）、「もとの木立、山のたたずまひ面白き所なりけるを、池の心広くしなして、めでたく造りののしる」（源氏物語・桐壺）。ここは、池の中心部の意に、わが心の意を掛ける。なお、次のように、池を擬人化して詠む歌もある。「藤の花散りなむのちも影しあらば池の心のあるかひはあらむ」（躬恒集Ⅳ・七四）、「池水／千代を経てすむといふ水をせきれつつ池の心にまかせつるかな」（賀陽院水閣歌合・五　資業／『歌合大成』一二三）。

【補説】　義忠は、和歌六人党の一人である藤原範永とも親しく、範永集には義忠の死を悼む歌が見られる。

　大和の守義忠、亡くなりての年、家の桜の咲きたりけるに、かの家につかはしける

植ゑおきし人の形見と見ぬだにも宿の桜を誰か惜しまぬ（七）

ところで、［語釈］「池上の月」に挙げた範永歌は、範永集には「広沢にて、秋の夜の月、人々詠みしに」（三番詞書）とあり、また、定頼集Ⅱ二九番から三四番歌によると、定頼を中心に、資業、範永らで月の美しい晩、広沢に牛車で出かけ歌を詠み合った折のものと知られる。その様子は次のように記されている。

……嵯峨野より東ざまに車を遣りたるに、西に傾きたる月の、水の面を照らしたる、遥々として目の及ぶべきにもあらず。露置きわたりたる、西は小倉山、東は太秦の森を際に見ゆ。池の上の月といふ詩を誦じて過ぎしほどは、思ふ事少し忘れたりき……（定頼集Ⅱ・三三詞書）

「池の上の月といふ詩を誦じて」とあり、当該歌の題との関連が注意される。

さらに、古事談には次のエピソードがある。

斉信後に蔵人頭と為り、所行甚だ高し。随身を小庭に召して之れを仕ふに、事毎に大将の如し。「鳳凰池上月」の句を誦して、禁庭を徘徊するに、人の歎伏せざるは莫し。神仙中の人為り。（第二「臣節」）

斉信が誦じた詩句は、白氏文集（巻二十）の、

鳳凰池上月　送㆔我過㆓商山㆒（鳳凰池上（ほうわうちじやう）の月（つき）　我（われ）の商山（しやうざん）を過（す）ぐるを送（おく）る）

であり、新撰朗詠集（秋・二三〇）に採られている。「池上の月」題は、こうした漢詩の詩句を踏まえたものであろう。

さて、先に挙げた範永歌については、袋草紙に、公任に絶賛されたと伝えられる。

範永朝臣若き時、遍照寺において月を詠みて云はく、

住む人もなき山里の秋の夜は月の光もさびしかりけり

時に四条大納言、出家して北山の長谷に住めり。定頼卿この和歌等をもって送らる。この大納言、この歌を深く感歎して、この歌を表に書きて、「範永とは誰人ぞや。和歌その体を得たり」と。範永この事を聞きて感に

堪へず、定頼卿の亭に向かひ、かの愚草を取りて、錦の袋に納めて重宝となすと云々。この歌は範永蔵人たりし時、月夜に定頼参内し、蔵人一両と同車して遍照寺に向かひ、終夜遊覧の時詠ずる所なり。

範永たちの広沢逍遥は、三人が蔵人所に関係した寛仁年間（一〇一七～一〇二一）の折と想定される。公任に称賛されたという袋草紙の記述の真偽はわからないが、義忠の誘いによって遍照寺で催された観月の歌会は、このような風雅な月見の逍遥を模したものであろうか。

なお、高重久美「長元九年八月十五夜遍照寺詩歌会——摂津源氏頼実と藤原南家実範——」（『和歌六人党とその時代』二のⅡ第一章）は、頼実集が基本的に詠作年時順になっていることを前提に、当該歌を長元九（一〇三六）年八月十五夜の詠とする。また、本朝無題詩「巻三　月前」に「遍照寺翫月」と題して藤原明衡と藤原実範の詩が収められており、二人が義忠と近しい間柄だったことから、同日の観月の詩歌会のものと推測する。

ただし、頼実集の歌の正確な年時を特定するのは難しい。また、本朝無題詩「遍照寺翫月」の明衡と実範の詩は「池上の月」を主題とする内容ではないので、同日に詠まれたとする証左に欠ける。

38

八月十五夜権大辯家月似晝題を

あきの夜のそらにくまなき月かけは

なけきやすらんかつらきの神

【校異】　権大辯家—権大納言家（榊）

【本文】　八月十五夜、権大納言家、月似レ昼、題を

38　秋の夜の空にくまなき月影は嘆きやすらむ葛城の神

【訳】　八月十五夜、権大納言家で、月光が昼のようだ、という題を

38　秋の夜の空にくもりなく光る月影は、それを見て今ごろ嘆いているだろうか、葛城の神は。

【他出】　和歌一字抄・九四九

【語釈】　○権大納言家　底本「権大辯家」とあるが、大弁に権官はなく、不審。榊原家本に、「権大納言家」とあるのに従い、本文を改めた。権大納言は、源師房。長元八（一〇三五）年十月十日、権大納言となり、治暦元（一〇六五）年六月に正二位内大臣に任ぜられるまで務めた。4番歌参照。頼実集では「源大納言」と称されることが多いが（4・8・16・53・54番歌）、90番歌詞書に「大納言」とある。なお、群書類従本は、右大弁家とする。右大弁は源資通か。頼実集には右大弁家で行われた歌会の歌が50・84番にあり、88番歌も右大弁資通が関与する。○月似レ昼　月の明るさを昼のようだと表現する。「月のおもしろかりけるを見て／昼なれや見ぞまがへつる月影を今日とやいはむ昨日とやいはむ」（後撰集・雑一・一一〇〇　躬恒）。「八月十五夜宴レ月」（田氏家集・巻上・二〇）にも「夜明如レ昼宴二嘉賓一　老兎寒蟾助二主人一」とある。『御堂関白記』寛弘二（一〇〇五）年十月十九日条には、「浄妙寺供養、天晴、以二寅時一出立、月如レ昼」と見え、月の明るさをいう常套表現だったと思われるが、歌題としては新しい。「明月如レ昼／くまもなき月の光にはかられておほをそ鳥もひるとなくなり」（俊頼集Ⅰ・五一三）。なお、「他出」の和歌一字抄には「月光似レ昼」（九四九詞書）として採られている。〔補説〕参照。○空にくまなき　「くまなき」は、曇りがないこと。「今宵しもくまなく照らす月影は残りの菊を見よとなるべし」（栄花物語・殿上の花見　左衛門督〈師房〉）。和歌一字抄は、第二句「くまなき空の」とある。○葛城の神　葛城は大和国の歌枕。一言主神の橋作りの伝承がある。昔、役行者が、葛城山と吉野の金峰山との間に石橋を作るよう命じたが、一言主神は容貌の醜さを理由に夜にのみ働き昼は働かないので、役行者の怒りを買ったというもので、葛城の橋は中途半端なさまを、葛城の神は容貌の醜さをいう喩えに用いられるようになった。「大納言朝光、下臈に侍りける時、女のもとに忍びてまかりて、暁に帰らじと言ひければ／岩橋の夜の契りも絶えぬべし明くるわびしき葛城の神」（拾遺集・雑賀・一二〇一　春宮女蔵人左近）、「あまり明かうなりしかば、葛城の神、今ぞずちなきとて、逃げおはしにしを」（枕草子・故殿の御服の頃)。

【補説】　高重久美「長元九年八月十五夜遍照寺詩歌会——摂津源氏頼実と藤原南家実範——」(『和歌六人党とその時代』二のⅡ第一章)は、

　　　秋月如昼といへる事を詠める　　　　藤原隆経朝臣

菊の上に露なかりせばいかにして今宵の月を夜と知らまし(金葉集・秋・一九八)

や、明衡の「秋月明如ㇾ昼」題詩、

宰予眠是応ㇾ催ㇾ影　殷帝会猶欲ㇾ以ㇾ光(教家摘句・七)

と題が類似することから、長暦元(一〇三七)年八月十五夜、権大納言師房家で「秋月明如ㇾ昼」題の詩歌会が開催され、当該歌をその折の詠と推定する。「秋月」が八月十五夜を称する例は、和漢朗詠集(五二二)などにあるが、隆経歌は「菊」を詠む。「菊是九月金液凝」(新撰万葉集・三八五)とあるように、菊は九月の歌材で、露とともに詠む場合、重陽の「着せ綿」の風習を踏まえるのが常なので、八月十五夜の歌とするのには大いに問題がある。

39

　　殿上人夜ふけてにはかにしらかはへなん
　　ゆくとてくるまよせてさそふにまかりて
　　しら川の秋の月といふ題を

くるひとにいくたひあひぬしらかはの
わたりにすめるあきの夜の月

【校異】　夜ふけて—よふるて(松)　ゆくとて—いくとて(榊・松・三・龍)　よせて—よせ(榊)　秋の月—秋月(榊・

【本文】殿上人、夜更けてにはかに白川へなむ行くとて、車寄せて誘ふにまかりて、白川の秋の月、といふ題を

39　来る人にいくたび逢ひぬ白川のわたりにすめる秋の夜の月

【訳】殿上人が、夜が更けてから急に白川へ行くというので、牛車を寄せて誘うのに同行して、白川の秋の月、という題を

39　やって来る人に何度出逢ったのか。白川のあたりに澄み渡って住んでいる秋の夜の月は。

【他出】ナシ

【語釈】○白川　山城国の歌枕。貴族たちの逍遥の地として知られる。［補説］参照。「白河」とも記すが、底本表記に従った。○いくたび逢ひぬ　月を擬人化した表現。訪れる人に何度出逢ったことかと、月が永く澄みわたってきたことを讃える。○わたりにすめる　「わたり」は「辺り」の意。「内大臣、白川の花見になむまかると言はせて侍りければつかはしける／春の来ぬ所はなきを白川のわたりにのみや花は咲くらむ」（金葉集三奏本・春・四四　小式部内侍）。「すめる」は、「澄める」に「住める」を掛ける。

【補説】白川は、比叡山と如意ケ岳の間から発して、山中越えの道（平安京の北東）に沿って流れ、山間を出た所に扇状地を形成しつつ南へ流れる。本流は粟田口付近で西流し、三条通りの北で賀茂川に合流した。川底の砂が白い花崗岩質であることで白川の名が付いたという。流域の鴨川から東側、東山の一帯は貴族の逍遥地として知られ、藤原良房がこの地に別業を設け、当時は「白河殿」として関白頼通が所有していた。

下野集には、関白頼通男の師実が白河殿に女房たちを車で誘い出す、風流な場面がみられる。

大納言殿（師実）、白河殿に誘はせ給へば、信濃、土佐、二三人ばかり参る。それより北に、白川に、山川の速う流れたる中に車を立てて、御供の人々具して水に降り立ちて、山の上に登らせ給ふ。山の上を見上げたれば、あるかなきかのけしきしたる遣戸、細く開き（あ）たり。誰か住むならむとあはれに見るに、中納言

の宣旨といひし人の住むなりけり、と告げさせ給ふ

訪ねつる山川水のはやくよりすむらむ人の心をぞ汲む（九五）

七月十二日に宮の前栽ほりに花契千秋
といふ題を

40 あきことにはなをみやこにほりうゑて
けふそちとせのはしめなりける

【校異】 前栽ほりに―前栽ほるに（榊）

【本文】 七月十二日に、宮の前栽掘りに、花契二千秋一、といふ題を

40 秋ごとに花を都に掘り植ゑて今日ぞ千歳のはじめなりける

【訳】 七月十二日に、宮の前栽掘りの際に、花千秋を契る、という題を

40 秋が来るたびに花を都に掘り植えてきて、今日こそがまさにこれから続く千年の齢のはじめなのであったよ。

【他出】 ナシ

【語釈】 **○七月十二日** 具体的な日時が記されるが、当日の前栽掘りについての記事は確認できない。**○宮** 祐子内親王。6番歌参照。**○前栽掘り** 前栽に植える草木を掘りに行くこと。『小右記』万寿四（一〇二七）年八月四日の記事に「殿上人相共向二嵯峨野一、仰云、令レ掘二前栽（若木）一可二持参一者」とある。**○花契二千秋一** 歌題としては早い例。「永長元年、中殿にて、花契二千年一／咲き初むる千歳の梅も見つれども千歳の春に神さびぬべし」（師実集Ⅱ・二八）。［補説］参照。**○千歳のはじめ** 千歳は長い年月を表し、賀意が込められる。「万世をまつにぞ君を祝ひつる千歳の

かげに住まむと思へば」（古今集・賀・三五六　素性法師）。［補説］参照。

【補説】宮の前栽掘りがいつの折のものかは不明であるが、経衡集に、

殿の一品の宮の前栽掘りに、露を凌いで花を尋ぬ、といふ題

露しげき野辺を分けても見つるかないづれも飽かぬ花のにほひを（七三）

とあるのも、この時代に「殿の一品宮」に該当する人物はなく、「一宮」の誤りで、関白頼通夫妻と同居する祐子内親王のための前栽掘りの折の詠歌である。

さて、歌題に用いられる「契」について、重松久美子「源師房の和歌」（『国文学研究』102　一九九〇・十）は、十一世紀末期から「翫」題に代わって流行、定着したこと、漢詩の題に見られる「〇契千年」「〇契万年」などの影響によることを指摘する。

当該歌の下句は、次の歌と同じ表現である。

一条院の御時はじめて松の尾の行幸侍りけるにうたふべき歌つかうまつりけるに　源兼澄

ちはやぶる松の尾山の影みれば今日ぞ千歳のはじめなりける（後拾遺集・雑六・一一六八）

また、三条左大臣頼忠家で貞元二（九七七）年八月十六日に行われた前栽歌合に、

水の上に浮かべる月の影見れば千歳の秋のはじめなりけり（三条左大臣殿前栽歌合・七〇　越後守輔成朝臣）

があり、めでたい今日が千秋のはじめであるという発想が共通している。

41

聞鹿聲

秋ことにつまこひわひてなくしかは
きりたつやまやふしうかるらむ

【校異】こひわひて―こひわかて（三）　なくしかは―なくしらかは（河）　きりたつやまや―霧たつ山の（東）

【本文】聞㆓鹿声㆒

41　秋ごとに妻恋ひわびて鳴く鹿は霧立つ山や臥し憂かるらむ

【訳】鹿の声を聞く

41　秋が来るたびに妻を恋い焦がれて鳴く鹿は、霧の立つ山は寝るのが辛いと思っているだろうか。

【他出】ナシ

【語釈】**○聞㆓鹿声㆒**　鹿は雌雄別の群れをつくっているが、秋になると牡鹿(おじか)が牝鹿(めじか)を求めて盛んに鳴く。その哀愁を帯びた声が、万葉集以来、和歌によく詠まれた。「詠㆓鹿鳴㆒／このころの秋のあさけに霧ごもり妻呼ぶ鹿の声のさやけさ」（万葉集・巻十・二一四一）。「暁聞㆑鹿といへることを詠める／思ふことありあけがたの月影にあはれを添ふる小牡鹿(さをしか)の声」（金葉集・秋・二二三　皇后宮右衛門佐）。**○妻恋ひわびて**　妻を恋い焦がれて。「わぶ」は、物事が思い通りにいかず、思い煩う状態。「恋ひわびてなく音にまがふ浦波は思ふかたより風や吹くらむ」（源氏物語・須磨）。**○霧立つ山**　「霧」は大気中の細かい水滴が煙のように広がり、視界を遮る現象をいうが、同じような現象でも、平安期には霧は秋のもの、霞は春のものと意識された。［補説］参照。**○臥し憂かるらむ**　「臥し」は霧立つの「立つ」と対。「―憂し」は、動詞の連用形について、……するのが辛い、いやだ、の意。「らむ」は、疑問の助詞「や」の結びで、現在推量を表す。ここは、寝るのが辛いであろうか、の意。

【補説】［語釈］にも述べたように、霞と霧はほぼ同一の現象だが、和歌に詠まれる時には違いがみられる。春の霞が、遠くのものをぼやけさせるものとして詠まれることが多いのに対し、秋の霧は、自分の周囲に立ち込め、近くのものも見えないと詠まれることが多い。

霞立つ春の山辺は遠けれど吹きくる風は花の香ぞする（古今集・春下・一〇三　在原元方）

霞立つ山のあなたの桜花思ひやりてや春を暮らさむ（拾遺集・雑春・一〇四一　御導師浄蔵）

音に聞く花見に来れば秋霧の道さまたげに立ち渡りつつ（古今六帖・六三七）
花見にと出でにしものを秋の野の霧に迷ひて今日は暮らしつ（後撰集・秋中・二七二　紀貫之）
宇治川の川瀬も見えぬ夕霧に槙の島人舟呼ばふなり（金葉集・秋・二四〇　藤原基光）

当該歌で作者が見ているのは、遠くの山に立つ霧であるが、霧立つ山にいる鹿に思いをはせ、霧の中では牝鹿が見えないため、いつまでも寝ずに鳴き続けているのだろうか、と想像して詠んでいる。同様の趣向の歌に、

霧深み山の尾上に立つ鹿は声ばかりにぞ友を知るらむ（後葉集・秋上・一五四　春宮大夫公実）

がある。

42

聞擣衣

秋風にこゑうちそふるからころも
たかさとひとゝしらすもあるかな

【校異】　ナシ

【本文】　聞二擣衣一

42　秋風に声うち添ふる唐衣誰が里人と知らずもあるかな

【訳】　擣衣を聞く

42　秋風の音にさらに重ねる唐衣を打つ音は、どの里人のものともわからないことだなあ。

【他出】　ナシ

【語釈】　**○擣衣**　冬支度のために、布を砧に載せて槌で打ち、艶を出したり柔らかくしたりする作業をいう。漢詩文の影響を受け、和歌にも詠まれるようになった。「擣衣」の題が勅撰集に登場するのは、後拾遺集から。「永承四

年内裏歌合に擣衣を詠み侍りける／唐衣長き夜すがら打つ声にわれさへ寝でも明かしつるかな」（後拾遺集・秋下・三三五　中納言資綱）。［補説］参照。頼実集では、81番にも「擣衣」題が見える。**〇声うち添ふる唐衣**　「声」は音。秋風の音に家々で唐衣を打つ音が重なって聞こえてくるのである。「住の江の松を秋風吹くからに声うち添ふる沖つ白波」（古今集・賀・三六〇／拾遺集・雑秋・一一一二　躬恒）。「唐衣」は、もともとは中国風の衣服を指すが、ここは一般の衣のこと。**〇誰が里人**　どの里人。「誰が」は「誰の」と解するのが一般的であるが、ここでは「どの」の意であろう。「誰が里もねやのまにまにあやめ草今日引きかけぬ人はあらじな」（古今六帖・九六　貫之）。「里人」は、里に住む人。都人が遠くから思いやる対象であった。**〇知らずもあるかな**　用例の少ない表現。頼実以前の歌集では「こてふにも似たるものから秋の夜の月の心を知らずもあるかな」（延喜御集・一八）の例がある。散文では、うつほ物語、源氏物語に次のような用例がある。「風の音は誰もあはれに聞こゆれどいづれの枝と知らずもあるかな」（うつほ物語・内侍のかみ）。「浮島を漕ぎ離れても行く方やいづく泊まりと知らずもあるかな」（源氏物語・玉鬘）。

【補説】「擣衣」を詠んだ漢詩に、次のようなものがある。

子夜呉歌　李白

長安一片月　万戸擣レ衣声　（長安一片の月　万戸衣を擣つ声）
秋風吹不レ尽　総是玉関情　（秋風吹いて尽きず　総て是れ玉関の情）
何日平二胡虜一　良人罷二遠征一　（何れの日か胡虜を平らげ　良人遠征を罷めん）
（唐詩選・巻一）

聞二夜砧一　白居易

誰家思婦秋擣レ帛　月苦風凄砧杵悲　（誰が家の思婦か秋に帛を擣つ　月苦え風凄じくして砧杵悲しむ）
八月九月正長夜　千声万声無二了時一　（八月九月正に長き夜　千声万声了る時無し）
応下到二天明一頭尽白上　一声添得一茎糸　（応に天明に到りて頭尽く白かるべし　一声添へ得たり一茎の糸）
（白氏文集・巻十九）

いずれも、遠い地へ戦いに行った夫に冬衣を送るために、月光の下、冷たい秋風の吹く中で、一晩中衣を打ち続ける、家々の妻の心情を思いやって詠んでいる。頼実歌もこれらの詩をふまえ、擣衣の音に孤閨を守る妻のわびしさを思っている。頼実歌の「風」「声」「誰」などの語は、白居易の詩と共通しており、強く影響を受けたことがうかがわれる。

擣衣を詠む和歌は、里から擣衣の音が聞こえることや、擣衣の音に目が覚めたことを歌ったものが多い。

唐衣打つ声聞けば月清みまだ寝ぬ人を空に知るかな（貫之集Ⅰ・二二五）

里人の衣打つなる槌の音にあやなくわれも寝ざめぬるかな（和泉式部集Ⅰ・四六）

頼実の歌も里から聞こえる擣衣の音を歌っているが、ただでさえわびしさを感じさせる秋風の音に、悲しげに響く擣衣の音を重ねているところに工夫が見られる。時代は下るが、同様の趣向の歌に、次のような歌がある。

松風の音だに秋は寂しきに衣打つなり玉川の里（千載集・秋下・三四〇　源俊頼朝臣）

木の葉散る残り少なき風の音に賤（しづ）の砧の衣うち添ふ（殷富門院大輔集Ⅱ・三三五）

43

終日見花

あさ霧を野辺にわけつるかひもなく
けふさへはなにあかてくれぬる

【校異】 終日見花―後日見花（榊・松・三・龍）　かひもなく―かひもなし（榊・龍）　あかてくれぬる―あはてくれぬる（東）

【本文】 終日見レ花

43　朝霧を野辺に分けつるかひもなく今日さへ花に飽かで暮れぬる

【訳】　終日花を見る

43　朝霧の中を野辺に分け入ったかいもなく、今日までもまだまだ花を見たいと思っているうちに日が暮れてしまった。

【他出】　和歌一字抄（墨書補入歌一九）

【語釈】　○終日見レ花　同題は頼実以前には見えなかった。［補説］参照。○野辺　野原。「野の花を尋ぬ／花見にときつる衣はぬれにけり分け行く野辺の露のしげさに」（経衡集・六二）。○今日さへ　今日までも。「五月雨にあらぬ今日さへ晴れせぬは空も悲しきことや知るらむ」（後拾遺集・哀傷・五六二　周防内侍）。頼実歌では、霧のために衣服が濡れるのもいとわず、朝から野辺に分け入った今日という日まで、という気持ちを表している。○飽かで　満足しない、満ち足りない、の意。ここは、十分に花を見たという気がせず、まだまだ花を見ていたいという気持ち。「飽かで今日帰ると思へど山桜折るべき花ぞ尽きせざりける」（中務集Ⅱ・三二）。

【補説】　「終日見レ花」の題は、後世の公重集、教長集に見える。が、歌は春の花、桜を詠んでいる。

今朝こそは尋ね見つれど山桜暮れゆくまでも飽くことぞなき（公重集・一一七）

長してふ名をも頼まじ春の日の花見るほどの飽かぬ心は（教長集・一二三）

これらの歌が示すように、一般に花と言えば春の桜を指すことが多いが、頼実歌は秋の花について歌っている。頼実と同じく、秋の花を歌ったものには、次のような歌がある。

花に飽かでなに帰るらむ女郎花多かる野辺に寝なましものを（古今集・秋上・二三八　平貞文）

秋の田のかりほの宿の匂ふまで咲ける秋萩見れど飽かぬかも（後撰集・秋中・二九五　よみ人知らず）

秋来ればちぢに心ぞ分かれけるいづれの花も飽かぬ匂ひに（和歌一字抄・一〇一八　経衡）

頼実も、女郎花や萩、他にいろいろな花が咲く野辺で飽き足りず一日を過ごした、と詠じている。

見庭萩

44
あをやきのえたはかりにも春くれて
にたるはなゝきやとの秋はき

【校異】春くれて―はるくれは（榊）にたるはなゝき―わたるはななき（榊）やとの秋はき―やとの青柳（榊）、宿の秋風（三）龍谷大学本ハ詞書、歌トモニ欠ク

【本文】見二庭萩一

44 青柳の枝ばかりにも春暮れて似たる花なき宿の秋萩

【訳】庭の萩を見る

44 青柳の枝の辺りにも春は暮れて、並ぶ花がないほどすばらしい家の秋萩よ。

【他出】ナシ

【語釈】**〇青柳** 柳。特に、早春に青い芽を吹いた柳を指すことが多いが、ここでは「春暮れて」とある。当該歌のように、晩春の青柳を詠んだ歌には、次のようなものがある。「暮れてゆく春やこれより過ぎつらむ花散り積もる青柳の橋」（夫木抄・雑三・九四七六 堀川右大臣〈藤原頼宗〉）。**〇枝ばかりにも** 枝の辺りにも。「卯の花のよそめなりけり山里の垣根ばかりに降れる白雪」（千載集・夏・一四三 賀茂政平）。**〇似たる花なき** 並ぶ花がない、匹敵する花がない、の意。「降る雪に色はまがひぬ梅の花香にこそ似たるものなかりけれ」（拾遺集・春・一四 躬恒）。

【補説】青柳の枝も萩の枝も枝垂れている姿が似ていることから、春の青柳と秋の萩を対比させて詠んだものか。しかし、「見二庭萩一」という歌題に対して、上句「青柳の枝ばかりにも春暮れて」は季節も題材も異なっている。下句は「宿の秋萩」とあり歌題とは一致しているが、上句との整合性がなく、不審。

なかをかに中務の宮なとおはして
一夜とまりたまひてありしに紅葉を
よめる五首

45 くれなゐにふもとのかはのうつるまで
みねのもみちのふかくもあるかな

【校異】 ナシ

【本文】 長岡に中務の宮などおはして、一夜泊まり給ひてありしに、もみぢを詠める　五首

45 紅に麓の川の映るまで峰のもみぢの深くもあるかな

【訳】 長岡に中務の宮などがいらっしゃって、一晩お泊りになっていた時に、紅葉を詠んだ歌、五首

45 紅色に麓の川が映って見えるまで、峰のもみじが濃く色づいていることだなあ。

【他出】 ナシ

【語釈】 **〇長岡**　長岡京のあった所。この地に頼実がよく出かける山荘があった。13番・67番歌参照。**〇中務の宮**　中務卿である親王。「中務卿」は、中務省の長官。ここは、敦貞親王を指す。［補説］参照。**〇五首**　当該歌の歌題「紅葉」から、「野花」「旅雁」「鹿」「秋霧」という五つの題で歌を詠んだということ。49番歌まで続く。**〇深くもあるかな**　「深く」はものごとの程度が甚だしいこと。ここは、もみじの色が濃いことであるなあ、の意。「深く」は「川」の縁語。「この川は渡る瀬もなしもみぢ葉の流れて深き色を見すれば」（古今六帖・一七四二　清原深養父）。

【補説】 頼実が活動した時代に、中務卿であった親王は三名いる。それぞれの在任期間と頼実の年齢を以下に示す。

①　敦平親王　治安三（一〇二三）年～長元三（一〇三〇）年　〈頼実　9歳～16歳〉

「治安三年正月廿三日　三品行中務卿敦平親王」（『除目申文抄』治安三年二月十日の条）
「長元三年十一月式部卿」（『十三代要略』）

② 昭登親王　?～長元八（一〇三五）年　〈頼実　?～21歳〉

長元八年四月十四日「中務卿四品昭登親王薨。年三十八。」（『日本紀略』）

③ 敦貞親王　長元九（一〇三六）年～永承五（一〇五〇）年　〈頼実　22歳～〉

長元九年六月廿七日「无品敦貞親王叙㆓四品㆒、〈御即位威儀料云々〉。」（『範国記』）
「同（長元九）年十一月中務卿、永承五年二月式部卿。」（『十三代要略』）

頼実の年齢及び人物関係を考えると、45番歌の「中務の宮」は敦貞親王となる。敦貞親王は、小一条院の第一王子。祖父、三条院の養子となって親王宣下を受けた。『尊卑分脈』に、康平四（一〇六一）年二月八日、四八歳で亡くなったとある、時に三品式部卿。頼実より一歳年長であったことがわかる。

『小右記』長元四（一〇三一）年正月十九日条に、敦貞親王の結婚が、「今夜小一条院一宮嫁㆓修理大夫済政女㆒」とある。つまり、敦貞親王は、源済政の子資通のきょうだいと結婚したことになる。頼実にとっては、資通は叔父であり、資通室は叔母という関係でもあったから、頼実は敦貞親王とも姻戚関係があった。

なお、詞書に「中務の宮などおはして」とあるのは、他にも身分ある人が一緒にいたということであろう。

野花

46
帰るさはいそかれぬかな花の香の
日をへてかはるのへにきぬれは

【校異】　ナシ

【本文】野花
46　帰るさは急がれぬかな花の香の日を経て変はる野辺に来ぬれば
【訳】野の花
46　帰り道は急ぐ気持ちが湧いてこないことですよ。花の香りが日ごとに変わる野辺に来てしまったので。
【他出】ナシ
【語釈】**○野花**　歌題。［補説］参照。**○帰るさは**　帰り道は、の意。接尾語「さ」は、移動性の意をもつ動詞の終止形に付いて、「……とき」「……場合」の意の名詞をつくる。「帰るさは暗くなるとも春の野の見ゆる限りは行かむとぞ思ふ」（貫之集Ⅰ・四六〇）。**○急がれぬかな**　急ぐことができないなあ、の意。助動詞「れ」は可能の意。「雪の御幸に遅くまゐり侍りければ、しきりに遅きよしの御使ひたまはりて、つかうまつれる／朝ごとの鏡の影におもなれてゆき見にとしも急がれぬかな」（金葉集・冬・二八九　六条右大臣〈源顕房〉）。**○花の香の日を経て変はる**　花の香が日ごとに他の香に変化する、の意。［補説］参照。
【補説】長岡での歌会。45番歌参照。
歌題「野花」は、寛和元（九八五）年の「内裏歌合」に見え、『歌合大成』（八七）に拠ると、廿巻本断簡では、次のように見えるが、十巻本は「野」一字であり、廿巻本の断簡一・二番も、十巻本同様に一字題である。

三番　野花

左　　　　　　　　　　　　　惟成
（5）いつしかも行きてはや見む秋の野の花のしたひもとけはてぬらむ
右勝　　　　　　　　　　　　長能
（6）かりにとや妹はまつらむ秋の野の花見るほどは家路忘れぬ

二字題としての「野花」は、頼実集より後、天喜六（一〇五八）年の「丹後守公基朝臣歌合」が見える。

秋の野の花の香を詠じたものに、「秋の野を分け行く露にうつりつつわが衣手は花の香ぞする」（新古今集・秋上・三三五　凡河内躬恒）がある。また、万葉集に秋の七草の歌として、山上憶良の「萩の花尾花葛花撫子の花女郎花また藤袴朝顔の花」（巻八・一五三八）がある。七草のうち、萩の花、女郎花、藤袴などは香を放つ花として次のように詠まれている。

見れど飽かぬとほりの小野の萩が花袖にうつれる香さへなつかし（顕季集・二六）

女郎花吹き過ぎてくる秋風は目には見えねど香こそしるけれ（躬恒集Ⅱ・一五〇）

主（ぬし）知らぬ香にそにほへれ秋の野に誰が脱ぎかけし藤袴ぞも（古今集・秋上・二四一　素性）

頼実歌では、これらの花が日ごとに代わる代わるさまざまな香りを放っている、と詠じているのであろう。

47

旅雁

そらにのみこゑのきこゆるかりかねは
あまのかはらにやとやかるらん

【校異】あまのかはらに―あまのかはら（松）

【本文】旅雁

47　空にのみ声の聞こゆる雁がねは天の川原に宿や借るらむ

【訳】旅雁

47　空中にばかりその声が聞こえる雁は、天の川原に宿を借りているのであろうか。

【他出】ナシ

【語釈】〇旅雁　歌題。ここは、秋にやって来る雁。「旅雁／春はゆく秋はこち来るかりがねは花に紅葉をまさるとや思ふ」（玄玄集・一四六）。［補説］参照。**〇天の川原に宿や借るらむ**　「天の川原」「宿や借るらむ」という表現は、「狩りくらしたなばたつめに宿借らむ天の川原にわれは来にけり」（古今集・羇旅・四一八　在原業平朝臣／伊勢物語・八二段）を下敷きにしているのであろうか。古今集の「天の川原」は実際の地名であるが、頼実歌は天空の「天の川」に見立てたところが、一つの趣向と言えようか。

【補説】　長岡での歌会。45番歌参照。

「旅雁」題で詠まれた歌で、比較的早い時期のものとしては次の歌がある。

旅の雁

幾千里（ちさと）ある道なれや秋ごとに雲居の旅を雁の鳴くらむ（是則集・二〇）

旅の雁

住む里は定めなければ旅の雁空にぞうきて鳴き渡るなる（頼基集・二四）

右の歌はいずれも宇多法皇の大井川行幸和歌（延喜七〈九〇七〉年九月十日）において詠まれた歌である。

また、「旅の雁ゆく」題は、躬恒集Ⅳ・二一〇・二一一番、忠岑集・九五番にも。

しか

48

夜をかさねしかのねたかくきこゆなり

こはきかはらやしほれしぬらん

【校異】　ナシ

【本文】　鹿

48　夜をかさね鹿の音高く聞こゆなり小萩が原やしをれしぬらむ

【訳】　鹿

48　幾晩も牡鹿の声が高く響いて聞こえてくる。小萩が原は、今ごろ鹿の涙と萩に置く露でうちしおれてしまっているであろうか。

【他出】　ナシ

【語釈】　**○鹿**　歌題。**○鹿の音高く聞こゆなり**　秋、牡鹿（おじか）は牝鹿（めじか）を求めて鳴く。その鳴き声が甲高く聞こえてくる、の意。助動詞「なり」は聴覚による推定。**○小萩が原やしをれしぬらむ**　小萩が群生している野原はうちしおれてしまっているのだろうか。71番歌では、「小萩原」と詠まれる。「宮城野の小萩が原になく鹿の涙の露にしをれしもせじ」（相模集Ⅰ・三五六）。

【補説】　長岡での歌会。45番歌参照。

当該歌は、鹿の声を聞いたことにより、小萩が原に思いを馳せたという歌である。鹿と萩の取り合わせは、

萩、いと色深う、枝たをやかに咲きたるが、朝露に濡れて、なよなよとひろごり伏したる。小牡鹿（さをしか）のわきて立ち馴らすらむも、心ことなり（枕草子・「草の花は」）。

と見える。鹿は萩の花芽を好み、その花のもとに来ることが多いので、萩を妻とする歌が、

わが岡に小牡鹿来鳴く初萩の花妻問ひに来鳴く小牡鹿（万葉集・巻八・一五四一　大宰帥大伴卿）

と詠まれている。『八雲御抄』（歌学大系・別巻三）に、「しかのつまは萩也。しかなくくさと云り。花嬬ともいふ［也］。万葉、此心多」とある。

また、古今集に、

是貞親王の家の歌合によめる　藤原敏行朝臣

秋萩の花咲きにけり高砂の尾上の鹿は今や鳴くらむ（秋上・二一八）

とあり、『顕注密勘抄』（歌学大系・別巻五）は、「萩をば鹿鳴草と書て、鹿なきて花さくといへば、かくよめるなり」

と説明する

当該歌は、鹿が萩を妻とする万葉集以降の詠み方を踏襲して、「小萩が原」を詠んでいるのであろう。

49

あききり

かは霧はをちみえぬまて立にけり
いつれかよとのわたりなるらん

【校異】 かは霧は—かはきりに（龍）　をちみえぬまて—おりみえぬまて（東）

【本文】 秋霧

49　川霧はをち見えぬまで立ちにけりいづれか淀の渡りなるらむ

【訳】 秋霧

49　川霧は遠くが見えないくらいまで立ってしまった。一体どこが淀の渡し場なのであろうか。

【他出】 ナシ

【語釈】 **○秋霧**　歌題。霧は秋の景物として詠まれた。［補説］参照。**○川霧**　川の面や川辺に立ちこめる霧。「川霧」題は、家経集（二六番歌）にも。「交野を過ぐるほどに川霧たちわたる／川霧にそこととも見えずおぼつかなこれや交野の渡りなるらむ」（嘉言集・一二三）。**○をち見えぬまで**　「をち」は、空間的に遠く隔たっている場所をいう。**○いづれか淀の渡りなるらむ**　「淀の渡り」は京都市伏見区の淀の舟渡し場。「天暦御時、御屏風に、淀の渡りする人描ける所に／いづ方に鳴きてゆくらむほととぎす淀の渡りのまだ夜ぶかきに」（拾遺集・夏・一一三　壬生忠見）。

【補説】 長岡での歌会。45番歌参照。

後世の歌になるが、

川霧に渡瀬も見えずをちこちの岸に呼ぶなる声ばかりして（堀河百首・秋廿首・「霧」・七四九　隆源）

川霧を詠める

淀川のをち方見えぬ秋霧にともろならして舟くだるなり（金葉集二度本〈橋本公夏筆本拾遺〉・五九　紀宗兼）

と、川に立つ霧に遮られ遠くが見えないという、頼実歌に似た情景を詠む歌がある。

また、続詞花集には、

通宗朝臣家にて、五月雨を詠める

五月雨はみづのの原もなかりけりいづれか淀の渡りなるらむ（夏・一三一　橘成元）

と当該歌の下句と同じ表現をもつ歌が見られる。頼実歌を踏まえたものか。

50

右大辨家にて九日翫菊

おひせしとおりて（も(朱)）〱にのこへとも

霜いたゝけるしら菊のはな

【校異】 右大辨家にて―右大弁の家にて（榊・松・三・龍）　おひせしと―老せくと（東）　おりて（も(朱)）〱に―おもて〱に（榊・松・龍）、おもひ〱て（東）　のこへとも―いらへとも（東）

【本文】

50　老いせじとおもておもてにのごへども霜いただける白菊の花

【訳】 右大弁の家で、九日、菊を翫ぶ

50　老いることはすまいと人はそれぞれが顔を菊の着せ綿でぬぐうけれども、頭が霜で真っ白になっている白菊の

花だなあ。

【他出】ナシ

【語釈】○右大弁家　「右大弁」は源資通であろう。資通が右大弁であったのは、長暦三（一〇三九）年十二月から長久五（一〇四四）年十二月まで。「右大弁」が詠作時の官職であるならば、詠作年時は長暦四年から長久四年までの間の九月九日となる。頼実は長久五（一〇四四）年六月に死去している。なお、「右大弁」（資通）の歌会は、84・88番にも見える。○九日、翫レ菊　陰暦九月九日、貴族の邸第においても重陽の節句が行われた。その日、歌会が催され、「翫レ菊」題で歌を詠んだもの。なお、九日には前日に施された菊の着せ綿で身体をぬぐい、延命を願う慣習があった。［補説］参照。○霜いただける　菊に霜が降りて白くなったことを、頭髪が白くなったと表現。人は老いを菊の着せ綿でぬぐうけれど、当の白菊は霜を頭にのせてまるで老人のようだ、の意。「いかでかは老いせぬものと言ひおきし霜いただける白菊の花」（源賢法眼集・三四）。○おもておもてに　底本は「おり（も（朱））て〳〵に」とあるが、これでは意が通らないので、傍書と榊原家本などにより改めた。「おもて」は老をぬぐう「顔」の意。「おもておもて」は、「あの顔この顔」、つまり「それぞれの顔」、「めいめいの人」の意と解せる。［補説］参照。

【補説】菊の着せ綿で「おもて」を「のごふ」ことを詠んだものとして次の歌がある。

九月九日、老いたる女、菊しておもてのごひたる

今日までにわれを思へば菊の上露は千歳の玉にざりける（貫之集Ⅰ・三二三）

九月九日、ひねもすに菊を翫ぶといふことを

夕露の置くまで菊を見つるかなおもての皺をのごひつるより（定頼集Ⅱ・三四二）

右の場合、「おもて」は顔の意で、顔を菊の着せ綿で拭ったことが読み取れる。

さて、義孝集Ⅰに、「おもておもてに」を詠み入れた歌が次のように見える。

五節のころ、挿し櫛とりたる、返すとて

人知れぬ心ひとつを嘆きつつつげの小櫛を挿すかひぞなき（二一）

返し、いかなる人にか

かきわけてわれをなさしそ美しとおもておもてにかつは言ひつつ（二二）

義孝が女（舞姫）より取り上げた挿し櫛を返した時の贈答歌で、「おもておもてに」は女の返歌の中にある。義孝が、挿し櫛を自分の髪に挿してあなたを想ってもかいがないことです、と詠んだのに対して、女は、多くの女性の中からかき分けて私を名指してくださるな、一方であの人この人を口説いているくせに、と返歌したもの。ここでは「めいめいの人」の意。

また、蜻蛉日記（中巻・天禄二年六月）にも、

かくおもておもてに、とざまかくざまに言ひなさるれど、わが心はつれなくなむありける。悪しとも善しともあらむを、いなむまじき人は、このごろ京にものしたまはず、文にて、「かくてなむ」とあるに、「はたよかなり。忍びやかにて、さてしばしも行はるる」とあれば、いと心やすし。

とある。道綱母が道綱を伴って鳴滝籠りをした折、夫の兼家はじめ関係者それぞれの人からあの手この手で下山を促されたが、心を動かさず、父に手紙を出し、その返事の内容に安堵するという場面である。「各人それぞれ」の意で、頼実歌のような「面」（顔）の意をともなわない。

51

むめつに四条中納言なとおはしてゆ
ふくれにふねにのりてあしの花雪（の）こと
しといふ題を

きしによるあしかりをふねなかりせは

ゆきとのみこそみるへかりけれ

【校異】あしの花雪〈の〉ことし—あしの花雪のことき（榊・龍）、あしのはな雪ことき（松・三）　みるへかりけれ—みゆへかりけれ（東）

【本文】梅津に四条中納言などおはして、夕暮れに舟に乗りて、葦の花雪の如し、といふ題を

51　岸に寄る葦刈小舟なかりせば雪とのみこそ見るべかりけれ

【訳】梅津に四条中納言などがいらっしゃって、夕暮れに舟に乗って、葦の花雪の如し、という題を

51　もし岸に近寄る葦刈小舟がなかったならば、白い葦の花をまるで雪とばかりに見るところであったよ。

【他出】ナシ

【語釈】**○梅津**　「梅津」は、現在の京都市右京区梅津、四条通りの西端に位置する。貴族の山荘などがあった。32番歌［補説］参照。紀貫之「大井川行幸和歌序」（古今著聞集・巻第十四・遊覧）に、「月の桂のこなた、春の梅津より御舟よそひて、渡し守を召して、夕月夜小倉の山のほとり、行く水の大堰の川辺に行幸し給へば」とある。梅津では詩会も行われた。「梅津眺望／雁引二弟兄一声咽レ霧、隼駆二鳥雀一翅成レ風」（別本和漢兼作集・四九七　肥前守長国）。頼実集において「梅津」で詠まれたとみられる歌は、当該歌を含め四首（32・51・88・89）確認できる。**○四条中納言などおはして**　「四条中納言」は、藤原公任男定頼。長元二（一〇二九）年正月二十四日権中納言。邸宅の位置によって父公任が四条大納言と呼ばれたのに対し、四条中納言と呼ばれた（栄花物語・根あはせ）。長徳元（九九五）年生、寛徳二（一〇四五）年正月死去。定頼は、源済政と源頼光女の間に生まれた女性を妻にしている。頼光女は頼実の父頼国の姉妹にあたるので、頼実は定頼とも姻戚関係にあった。「おはす」は、「来」の尊敬語で、定頼に対する敬意を表す。「など」によって、定頼以外の人物も同行したことが知られる。**○夕暮れに舟に乗りて**　夕暮れに舟遊びをしたのであろう。「難波にて舟逍遥して、岸の藤の花を折りて屋形にさして、暮れに帰るとて／こぐ舟に今朝

よりかけし藤波はよるさへ見ゆるものにざりける」（重之集・一〇二）。**○葦の花雪の如し、といふ題を**　底本「雪の」は、「雪」の右下に「の」が小さく記されているので本文として生かした。葦は、イネ科の植物。水辺や湿地に生え、秋に白い花（穂）をつける。「葦の花雪の如し」という歌題は、当該歌の他、和歌一字抄に「葦花如レ雪／葦の穂の波より遠の汀には降るとも見えぬ雪ぞ積もれる」（九七〇　源頼長）と見える。類似の歌題として、「葦花似レ雪」（散位源広綱朝臣歌合　長治元年五月廿日／『歌合大成』二四七の十一番）がある。［補説］参照。**○葦刈小舟**　刈り取った葦を積んで運ぶ小舟。「玉江漕ぐ葦刈小舟さし分けて誰を誰とかわれは定めむ」（後撰集・雑四・一二五一　よみ人知らず）。**○なかりせば**　「せば」は、過去の助動詞「き」の未然形に接続助詞「ば」がついたもの。事実に反する事態を仮定条件として示す。反実仮想の「まし」と呼応することが多いが、当該歌のように「べかりけり」で応ずることもある。「さ夜更けて寝覚めざりせばほととぎす人づてにこそ聞くべかりけれ」（拾遺集・夏・一〇四　壬生忠見）。**○雪とのみこそ**　「と」は、比喩を表す格助詞。「のみ」は、強意の副助詞。「駒なめていざ見にゆかむふるさとは雪とのみこそ花は散るらめ」（古今集・春下・一一一　よみ人知らず）。白い葦の花を雪に見立てる。

【補説】　「葦」は、万葉集以来、難波の景物として様々に詠まれ、白い葦の花は、鶴や雪、布、波に見立てられた。当該歌は、「葦の花雪の如し」という歌題に則して、葦の花を雪に見立てて詠む。［語釈］で述べたとおり、この歌題は、当該歌と和歌一字抄「葦花如レ雪」題の源頼長詠のほかには確認できなかった。この源頼長について、高重久美「管弦者資通」（『和歌六人党とその時代』二のⅠ第二章）は、「頼家の誤りであろう」と指摘する。頼家は頼実の叔父にあたる。

漢詩に目を向けると、

昔時送別秋蘆白、此日愁思春草萋。（文華秀麗集・「奉レ和ニ春閨怨一」　巨勢識人）。
（昔の送別秋蘆白く、此の日の愁思春草萋し）

のように、葦の花の白さに着目した例や、少し時代が下るが、

蘆花千片擁二秋雪一。菊蘂數叢留二暁星一。（本朝無題詩・「暮秋即事」　中原廣俊）。

（蘆花千片秋雪を擁し　菊蘂數叢暁星を留めたり）

のように、葦の花の白さを雪に見立てた例を確認することができる。「葦の花雪の如し」という歌題は、漢詩に由来するものと考えられる。

うちのせさいほりに

52
こゝのへにうつしうゑつるしるしには
ひさしくにほへのへの秋はき

【校異】のへの秋はき―野辺の秋かせ（榊）

【本文】内裏(うち)の前栽掘りに

52　九重に移し植ゑつるしるしには久しくにほへ野辺の秋萩

【訳】宮中の前栽掘りの折に

52　宮中に移し植えた効果として、幾久しく美しく咲け、野辺の秋萩よ。

【他出】ナシ

【語釈】**○内裏の前栽掘り**　「内裏」つまり、天皇の居住空間に関係する庭に植えるための前栽掘り。［補説］参照。「前栽掘り」は、野の草木や花を掘り、庭に移し植えること。31・40番歌［語釈］参照。「内裏(うち)の前栽掘りに、嵯峨野にこれかれいきて／女郎花わが掘りつれば秋の野にいとどや鳴かむ妻恋ふる鹿」（能宣集Ⅲ・一一五）、「蔵人所のをのこども、御前の前栽掘りに嵯峨野にまかりたりしに／年ごとの大宮人の来る野辺はさがののこととや花も見るらむ」（能宣集Ⅰ・九七）、「殿上人、前栽掘り、御前に植うるほど／目もあや［に］野辺に見えつる花の色は玉のうてなの錦なりけり」（入道右大臣集・七四）。「前栽」については、武田早苗「和歌文学における前栽」（『後拾遺和歌集攷』第四章第四節　青簡社　二〇一九）に詳しい。**○九重に**「九重」は、宮中の意。**○移し植ゑつるしるしには**「移し植う」は、野から庭に移し植える、の意。「大将殿のなでしこ合に、右／ももしきに移し植ゑてぞとこなつに世へ（ママ）てたえぬ色も見るべき」（元真集・五八）。「しるし」は、効果の意。**○久しくにほへ**　祝意をこめた表現。「於二禁中一翫レ花といへることを詠める／九重に久しくにほへ八重桜のどけき春の風と知らずや」（金葉集・賀・三〇八　中納言実行）。

【補説】当該歌は、内裏における前栽掘りの折に詠んだ歌。宮中に移し植えた秋萩が久しく美しくと願い、帝の御代の長久を言祝ぐ。前栽掘りの折に歌会などが催されたか。

次の歌は、「皇后宮さぶらひの前栽掘り」の折に詠まれた題詠歌である。

野の花秋久しといふ題、皇后宮さぶらひの前栽掘りに

移し植うる今日よりのちの行く末の数も知られぬ野辺の秋萩（為仲集Ⅰ・一九）

また、『春記』長暦二（一〇三八）年八月二十九日（田中本による）条に、

「『今夜、中宮（嫄子）の侍男等、前栽を栽う』と云々。人々、参入すべし」てへり。……酒饌の事有り。……「此の間、侍男、挑みて庭に色々の花を栽う」と云々。又、絃歌の事有り。又、和歌の事有り。暁更、事了んぬ。

中宮嫄子に仕える人々が前栽を植えたという記事があり、終えて後、酒と食事を供し、音楽、和歌のことがあったと記す。

当該歌は、頼実が蔵人所の雑色として宮中に仕えていた頃から後の詠であろう。家集勘物に「長久四（一〇四三）年正月九日補二蔵人一、所雑色」と見え、長元八（一〇三五）年五月十六日に関白左大臣頼通が催した賀陽院水閣歌合（『歌合大成』一二三）の漢文日記に「雑色源頼実」とある。

頼実集の各部立内が詠歌年時順の配列であるとすると、長暦二（一〇三八）年九月十三夜（54番歌詞書）以前の詠となる。蔵人所の文学的活動については、峯岸義秋『平安時代和歌文学の研究』（桜楓社　一九六五）、工藤重矩『平安朝律令社会の文学』（ぺりかん社　一九九三）などに詳しい。

源大納言の家に八月に哥会あらんと
しけるをのひて九月になりにけれは十首
の題の中にはきのありけるをいまはとき
すきにたり紅葉にかへられけれはそのよしを
かたの人〳〵あつまりてかはらけとりて讀けるに

53
秋はきのけふまてちらぬものならは
もみちのいろもまさらましやは

【校異】八月に―月に（榊・松・龍）　哥会あらんとしけるを―哥あはせあらんとしたるを（榊・松・三・龍）　ときすきにたり―時過にたりとて（龍）　かたの人〳〵―うたの人〳〵（榊・松）　もみちのいろも―もみちの色に（龍）

【本文】源大納言の家に八月に歌合あらむとしけるを、延びて九月になりにければ、十首の題の中に萩のありけるを、今は時過ぎにたり、もみぢにかへられければ、その由を方の人々集まりて、かはらけ取りて詠みけるに

53　秋萩の今日まで散らぬものならばもみぢの色もまさらましやは

【訳】源大納言の家で八月に歌合がある予定であったが、延期になって九月になったので、十首の歌の題の中に

萩があったのを、今は萩の季節が過ぎてしまったということで、もみじに変えられたので、その事情を右方の人々が集まって、盃を手に取って歌を詠んだ折に

53 秋萩が今日まで散らないものであったなら、もみじの色も萩にまさったりはしなかったでしょう。

【他出】 ナシ

【語釈】 **○源大納言の家に** 「源大納言」は、源師房。4番歌［語釈］参照。4・8・16・54・90番歌の詞書に見える。ただし90番歌詞書には「大納言」とある。**○歌合あらむ** 底本は「歌会」とあるが、他本により「歌合」と改めた。54番歌から63番歌の「源納言家歌合　長暦二年九月」（『歌合大成』一二四）をさす。**○十首の題の中に** 「源大納言家歌合　長暦二年九月」は、十題十番の歌合。54番歌［補説］参照。**○今は時過ぎにたり** 龍谷大学本は「今は時過にたりとて」とし、その方がわかりやすい。底本に従ったが、現代語訳では言葉を補った。歌合が八月から九月に延期されたことによって、萩の季節が過ぎてしまったことをいう。**○方の人々** 54番歌の詞書によると、当該歌合は歌人を男方、女方に分けて行われたことが知られ、「方の人々」は、男方（歌合本文によると右方）の人々をさすとみられる。類似の表現として、「左方の人々は、紅の擣衣に二藍の直衣指貫、みなたれとなうわかで着て」（『歌合大成』一二三）とある。**○かはらけ取りて詠みけるに** 2番歌［語釈］参照。男方（右方）の人々が集まった宴席で詠まれたとみられる。**○秋萩の今日まで散らぬものならば** 萩の季節が過ぎてしまったことをいう。「今日」は、「方の人々集まりて」歌を詠んだ日をさす。**○もみぢの色もまさらましやは** 「まし」は、反実仮想。「やは」は、反語。「散る花のなくにしとまるものならばわれ鶯におとらましやは」（古今集・春下・一〇七　典侍洽子朝臣）。萩の季節が終わり、もみじの季節になったことによって歌題が萩から紅葉に変更されたことをいう。

【補説】 当該歌の詞書によって、「源大納言家歌合　長暦二年九月」が開催されるまでの事情が知られる。当初は八月に予定されていた歌合が九月に延期になったことに伴い、萩の題が紅葉の題に変更された。堀部正二「源大納言家歌合長暦二年九月十三日」（『纂輯　類聚歌合とその研究』大学堂書店　一九七九）が、「歌合擧行の事情を知り得ると共に、

和歌に於ける季の問題について重要な暗示を與へてくれるものである。」と指摘するように、歌合開催の時期にふさわしいものに歌題が変更されたのである。当該歌は、男方（右方）の人々が集まり、歌題変更をうけて歌を詠みあった折に、頼実が詠んだものである。萩谷朴（『歌合大成』一二四）は、

頼実集には九首の撰外歌及び、当初に予定された萩題の歌もはいっているので、私家の歌合とはいいながら、当座即詠のものではなく、左右それぞれに作品を撰出した撰歌合であったことが知られる。

と指摘し、当該歌を当初予定されていた歌合の萩題の歌と見ているようだが、詞書から見て萩題の歌として詠まれたものではない。

54

長暦二年七月十三夜源大納言の家に
おとこ女かたわきてうたあはせられけるに　を（朱）
男かたの九人かうちにめされてよめる

月

つねよりものとけきそらにみつるかな
よをなかつきにすめる月かけ

【校異】七月十三夜―九月十三夜（榊・松・三・龍）うたあはせられけるに―うたあはせせられけるに（榊・松・三）、うたあはせ給れけるに（龍）

【本文】長暦二年九月十三夜、源大納言の家に、男女方分きて歌合はせられけるに、男方の九人がうちに召されて詠める

月

54　常よりものどけき空に見つるかなよを長月に澄める月影

【訳】　長暦二年九月十三夜、源大納言の家で、男女を右方と左方に分けて歌を合わせなさった時に、男方の九人の中の一人として召されて詠んだ歌

月

54　いつもよりものんびりとした空に見たことだ。夜の長いという名の長月に澄んでいる月の光を。

【他出】　ナシ

【語釈】　**○長暦二年九月十三夜**　底本は長暦二（一〇三八）年「七月十三夜」となっているが、歌に「よを長月に澄める月影」とあることを考慮し、他本によって改めた。**○源大納言の家に、男女方分きて歌合はせられけるに**　「源大納言」は、源師房のこと。4番歌参照。「源大納言家歌合　長暦二年九月」（『歌合大成』一二四）。『歌合大成』は、「月を主とした秋季十題の歌合であり、本番が九月十三日後の名月の夜に行われたのであるから、恐らく当初の予定も、八月十五夜を期していたことであろう。」とし、九月十三夜の名月という意識がすでに成立していたと見る。しかし、瓦井裕子は、当該歌合の時点において九月十三夜の名月という意識が誕生していたかは疑わしいとし、当該歌合と九月十三夜詠成立との関係について詳細に論ずる。［補説］参照。当該歌合は、九月十三日に行われた歌合の初例。「男女方分きて」は、男女を右方左方に分けて、の意。「あるところに男女方分きて……」（順集Ⅱ・一二九詞書）、「女御の方、男女と方分きて、歌合させ給ふけるに……」（公任集・一〇一詞書）。**○男方の九人がうちに召されて詠める**　男方の九人の中の一人として召されて詠んだ。「男方の九人」は、「源大納言家歌合　長暦二年九月」（『歌合大成』一二四）に見える右方の九人（為善朝臣・親範・頼実・経衡・のりちか・頼家・棟仲・義清・教成）を指すのであろう。『歌合大成』は、九人の略歴を記している。「が」は、連体格を示す格助詞。「うち」は、複数のものの中、の意。「……順の朝臣なむ、公には梨壺の五人がうちに召され……」（順集Ⅱ・一二九詞書）。**○月**　『歌合大

成』によると、一番の題は、「秋夜月」。**〇常よりものどけき空に**　いつもよりはのんびりとした空。「のどけし」は、急がず、ゆっくりしているさま。のんびりとしているさま。「長し」という名の長月だから「常よりものどけき」といったのである。「のどけし」は、賀意を含む。「九月、月のおもしろきを／常よりものどかに見ゆる長月の君がみよとも頼まるるかな」（輔尹集・一四）。「安和元年大嘗会風俗、長等の山／君が世の長等の山のかひありとのどけき雲のゐる時ぞ見る」（拾遺集・神楽歌・五九八　大中臣能宣）。**〇よを長月に**　「夜を長（し）」と「長月」を掛ける。「秋深み恋する人の明かしかね夜を長月といふにやあるらむ」（拾遺集・雑下・五一三　躬恒）。また、「夜を長し」に、「世を長（し）」を響かせて慶賀の意を込めた。「天暦御時九月十五日、斎宮下り侍りけるに／君が世を長月とだに思はずはいかに別れの悲しからまし」（拾遺集・別・三〇九　御製〈村上天皇〉）。

【補説】　頼実集には「源大納言家歌合　長暦二年九月」のために詠まれたと見られる歌が十首（54～63番歌）あるが、当該歌合に選ばれたのは57番歌のみである。

『歌合大成』（一二四）の歌合本文は、「本文研究」に記すように、原本が所在不明であったため二十巻本そのものを直接調査したものではない。その後、日比野浩信「二十巻本源大納言家歌合（二種）影印と翻刻」（豊橋技術科学大学『雲雀野』35　二〇一三・三）によって、当該歌合の二十巻本原本の影印と翻刻が示された。その翻刻は、題に一行をとり、漢字・仮名の別、仮名遣いなど、すべて二十巻本原本のままとしており、『歌合大成』の方針とは異なる。

なお、『歌合大成』（一二四）では、（16）番歌の本文について、第五句を「山の紅葉に」としたうえで「やまのもみちそ」の誤りではないかと疑問を呈していたが、日比野論文によって「やまのもみちそ」が正しいことが確認された。

以下に、『歌合大成』（一二四）本文を引用する。ただし、漢字に付された仮名は一部を除き省いた。

秋夜月　左

(1) のどかにも見ゆる空かな雲はれて入ることやすき秋の夜の月

右　　為善朝臣

(2) 大空に月の光のあかき夜は槙の板戸も鎖されざりけり

秋風　左

(3) 荻の葉に吹きすぎてゆく秋風のまた誰が里をおどろかすらむ

右　　為善朝臣

露　左

(4) 秋深くなりゆくままに風の音の木末に高く吹きもゆくかな

右勝　　親範

(5) 白露を置きつるままに見わたせば貫きに貫きても似たる玉かな

霧　左勝

(6) 秋の野は折るべき花もなかりけりこぼれて散らむ露の惜しさに

右　　頼実

(7) 見わたせば遙かに見ゆる河霧のふかき秋にもなりにけるかな

薄　左　　良暹

(8) 花見むと禁めしかひなく秋霧のあしたの原にたちわたりぬる

右勝　　経衡

(9) 花薄招くはつねのことなれど行き過ぎがたき秋の野辺かな

菊　左勝

(10) さだめなき風し吹かずば花薄心となびく方はみてまし

(11)香のみこそ紛れざりけれ初霜のあしたの原の白菊の花

右　　　　　　　　　　　　のりちか

(12)むば玉の黒髪ながら年経れば菊のあたりのなつかしきかな

秋田　左持

(13)早苗より穂にいづるまで守る田をかりにのみこそ人は見えけれ

右　　　　　　　　　　　　頼家

(14)秋の田になみよる稲は山川に水引き植ゑし早苗なりけり

紅葉　左

(15)たづねつる心のままに入りにけり紅葉の色のふかき山辺に

右勝　　　　　　　　　　　棟仲

(16)風吹けば空に紅満ちぬめりいかばかりなる山の紅葉に

鴈　左

(17)白雲に宿かりがねの聞こゆるは旅の空より行けばなりけり

右　　　　　　　　　　　　義清

(18)おとづれぬたびのなきかなかりがねの行き交ふ雲路遥かなれども

鹿　左

(19)妻恋ひて秋の夜ふかく鳴く鹿の声には人も睡（い）やは寝らるる

右　　　　　　　　　　　　教成

(20)何方と聞きこそ分かね小夜更けて立ち所も知らぬ鹿の音なれば

当該歌は、「のどけし」「よを長月に」に賀意を込めているとみられる。当該歌合一番に撰ばれた、侍従乳母詠と

思われる歌にも、

のどかにも見ゆる空かな雲はれて入ることやすき秋の夜の月

と、慶賀の意で「のどかに」が詠み込まれている。

当初は八月に予定されていた歌合が九月に延期になったことは53番歌詞書によって知られるが、瓦井裕子「九月十三夜詠の誕生――端緒としての『源氏物語』摂取――」（『王朝和歌史の中の源氏物語』第二部第四章　和泉書院　二〇二〇）は、「頼実はこの延期を重く受け止めた。九月十三日への延期に伴い、出詠歌を九月にふさわしいものへ詠みかえたのである。」とし、「月」題の当該歌をはじめとして55番「風」題、60番「田」題の歌についても、「九月という時節を重んじ、九月十三日に披講されることを念頭に詠む」とする。また、当該歌合の開催日と一致する源氏物語（夕霧）の九月十三夜の場面を頼実が想起して、当該の「歌合に興を添える趣向として、源氏摂取を行ったのではなかったか」と、頼実詠における源氏物語摂取に言及し、「九月十三夜への意識は、頼実の源氏摂取を端緒として、長暦二年歌合の出詠者たち周辺で浸透していった」と指摘する。頼実の源氏物語摂取の具体的様相については、33・57・63・74番歌参照。

55

風

よゝ（も歟）のやま紅葉ちるらしわかやとの
木すゑゆるきてあき風そ吹

【校異】 よゝ（も歟）のやま―よしのやま（榊・松・三・龍・東）　わかやとの―宿やとの（龍）　あき風そ吹―あき秋のふく（松・三・東）

【本文】 風

55　よもの山もみぢ散るらしわが宿の梢ゆるぎて秋風ぞ吹く

【訳】　風

55　四方の山ではもみじが散っているらしい。私の家の梢が揺れて秋風が吹いているよ。

【他出】　夫木抄・秋六・六二四七

【語釈】**○風**　『歌合大成』によると二番の題は、「秋風」。**○よもの山**　他本や他出の夫木抄には「よしのやま」とあるが、底本傍記の「よゝ（も歟）」に拠り「よもの山」とした。四方の山。「四十九日／秋風のよもの山よりおのがじしふくにちりぬるもみぢ悲しな」（拾遺集・物名・四三一　輔相）。吉野山は、雪・桜・霞とともに詠まれることが多く、「もみぢ」とともに詠まれた例は少ない。「吉野山もみぢのいほりいかならむ夜半のあらしの音の激しさ」（山田集・三三）。**○もみぢ散るらし**　「らし」は、根拠のある推定。「この川にもみぢ葉流る奥山の雪げの水ぞ今まさるらし」（古今集・冬・三二〇　よみ人知らず）。当該歌では、家の梢が秋風に揺れていることを根拠として、山ではもみじが散っているらしいと推定する。**○梢ゆるぎて**　「梢」は、木の末の意。枝や幹の先の部分。「ゆるぐ」は、揺れる意。「つちのと／風吹けばゆるぎの森のひとつ松まつちのとりのとぐらなりけり」（好忠集Ⅰ・五六九）。

【補説】「源大納言家歌合　長暦二年九月」の撰外歌。歌合については54番歌参照。

「秋風」題を詠んだ比較的古い例として、

　題どもして詠むに、秋風を探りたりし

夏衣まだひとへなるうたた寝に心して吹け秋の初風（安法法師集・五〇）

　山家秋風といふ心をよめる　大宮越前

山里のしづの松垣ひまをあらみいたくな吹きそこがらしの風（後拾遺集・秋下・三四〇）

などがある。

「秋風」は、

秋立つ日よめる　　　　　　　　　　藤原敏行朝臣

秋来ぬと目にはさやかに見えねども風の音にぞおどろかれぬる（古今集・秋上・一六九）

のように秋の到来を告げるものとして詠まれる一方で、次のように晩秋の紅葉を散らすものとしても詠まれる。

秋風にあへず散りぬるもみぢ葉のゆくへ定めぬわれぞ悲しき（古今集・秋下・二八六）

当該歌は、秋風がわが宿の梢を揺らすさまを見て、四方の山々のもみじが散るさまを推し量っている。近景から遠景に思いを馳せた歌である。

56

露

みやきの丶けさのしらつゆひまなくて

風はたまをやふきみたるらん

【校異】 けさのしらつゆ―けさのしく露（榊・松・三・東）　ふきみたるらん―吹みたすらん（龍）

【本文】 露

56　宮城野の今朝の白露ひまなくて風は玉をや吹き乱るらむ

【訳】 露

56　宮城野の今朝の白露は隙間がないほどで、風は露の玉を今ごろ乱していることであろうか。

【他出】 ナシ

【語釈】 **○宮城野**　陸奥国の歌枕。宮城県仙台市にあった、萩で有名な野。しかし当該歌に、萩は詠み込まれていない。［補説］参照。**○今朝の白露ひまなくて**　「ひまなくて」は、隙間がないほどで、の意。「露」題を受け、今朝、あたかも白い玉を敷き詰めたように、露が一面に置かれた状景を詠む。頼実以前の和歌に「露」を「ひまなし」と表現する例は管見に入らなかった。**〇風は玉をや吹き乱るらむ**　「玉」は「白露」の比喩。「秋の野に置く白露を今朝見れば玉や敷けるとおどろかれつつ」（後撰集・秋中・三〇九　忠岑）。「乱る」は、「玉を」を受け、他動詞四段活用。現在推量「らむ」を伴い、今ごろは風が白露の玉を吹き乱しているだろうか、の意。

【補説】「源大納言家歌合　長暦二年九月」の撰外歌。歌合については54番歌参照。

宮城野は、古今集の、

宮城野のもとあらの小萩露を重み風を待つごと君をこそ待て（恋四・六九四　よみ人知らず）

に基づいて、「小萩」や「もとあらの」とともに、

荒く吹く風はいかにと宮城野の小萩が上をつゆもとへかし（赤染衛門集Ⅰ・三五七）

宮城野を思ひ出でつつうへ（ママ）しけるもとあらの小萩花咲きにけり（能因集Ⅰ・一三〇）

などと詠まれる。

しかし、頼実は、このような常套的な歌語を入れず、題の「露」に焦点を合わせ、上句で野に隙間なく置かれた白露の情景を表現し、下句では一変し風が吹き白露の玉が乱れ散る様を、現在推量「らむ」を使って想像を膨らませて詠んでいる。こうした風に乱れる露の例は、次のように見える。

白露に風の吹き敷く秋の野は貫きとめぬ玉ぞ散りける（後撰集・秋中・三〇八　文屋朝康／百人一首・三七）

起き明かし見つつ眺むる萩の上の露吹き乱る秋の夜の風（伊勢大輔集Ⅰ・一三二）

宮城野の露吹きむすぶ風の音に小萩がもとを思ひこそやれ（源氏物語・桐壺）

なお、先に挙げた能因集Ⅰの詞書には、「津の守保昌の朝臣、六条の家に宮城野の萩を思ひやりつつ植ゑたるを見て」とある。川村晃生『能因集注釈』（貴重本刊行会　一九九二）は、能因が陸奥に二度下向し、宮城野へも出向いていることから、「少なくとも能因は、保昌の宮城野を模した庭園造りの相談にあずかったのではあるまいか」と記す。宮城野の景観がいかに美しいかということを物語っていよう。

57
花見んとしめしかひなくあききりの
あしたのはらを立わたるかな

【校異】 ナシ
【本文】 霧
57 花見むと標めしかひなく秋霧のあしたの原を立ち渡るかな
【訳】 霧
57 花を見ようと囲っていたかいもなく、秋霧が早朝のあしたの原を立ち込めていることだなあ。
【他出】 源大納言家歌合　長暦二年九月・八
【語釈】 **○霧** 歌題。［補説］参照。**○標めし** 囲ったり印をつけたりして、所有をあきらかにする意「標む」の連用形に、過去の助動詞「き」の連体形がついたもの。「明日よりは春菜摘まむと標めし野に昨日も今日も雪は降りつつ」（万葉集・巻八・一四二七　山部宿禰赤人）。「結ふ」を伴って詠まれることもある。「もみぢゆゑ心のうちに標め結ひし山の高嶺は雪降りにけり」（後拾遺集・冬・四〇五　能因法師）。**○あしたの原** 大和国の歌枕。奈良県北西部、北葛城郡にある丘陵地。「片岡のあしたの原」と詠まれたり、「あした」に「朝」の意を掛けたりする。「霧立ちて雁ぞ鳴くなる片岡のあしたの原はもみぢしぬらむ」（古今集・秋下・二五二　よみ人知らず）、「いつしかと春のしるしに立つものはあしたの原の霞なりけり」（金葉集・春・六　大宰大弐長実）。当該歌は「あした」に早朝の意を掛ける。
【補説】 「源大納言家歌合　長暦二年九月」に右の歌として採択されている。歌合については54番歌参照。
霧を擬人化し、「花を囲い込んだかいもなく、秋霧が入り込んでいることよ」と詠んだ当該歌は、次に示すように、下句に異同がある。

（7）見渡せばはるかに見ゆる川霧の深き秋にもなりにけるかな

霧　左勝　右　頼実

（8）花見むと標めしかひなく秋霧のあしたの原に立ち渡りぬる

ところで、瓦井裕子「源師房歌合と『源氏物語』摂取の黎明」（『王朝和歌史の中の源氏物語』第二部二章）に、当該歌についての言及がある。源氏物語（総角）の、匂宮が薫に宇治へ行く時はともにと頼む場面に、

明けぐれのほど、あやにくに霧りわたりて、空のけはひ冷やかなるに、月は霧に隔てられて、木の下も暗くなまめきたり。山里のあはれなるありさま思ひ出でたまふにや、「このごろのほどに、かならず。後らかしたまふな」と語らひたまふを、なほわづらはしがれば、

女郎花咲ける大野をふせぎつつ心せばくやしめを結ふらむ

と戯れ給ふ。

霧ふか深きあしたの原の女郎花心をよせて見る人ぞ見る

なべてやは」など、ねたましきこゆれば、「あなかしがまし」と、はてはては腹立ち給ひぬ。

とあり、「明けぐれのほど、あやにくに霧りわたりて」の状況下で詠まれた二人の歌にある「花」「標め」「霧」「あしたの原」が、頼実歌と重なることから、当該歌は源氏物語のこの場面を摂取したものと指摘する。また「この頼実の出詠歌が、管見の及ぶかぎり、公的和歌における源氏摂取の最も早い例である」とも説く。

58

すゝき

花すゝきほにいてゝなひくあき風に
野辺はさなからなみそたちける

【校異】 ほにいてゝなひく―ほにいてなひく（龍）　あき風に―秋風も（東）

【本文】 薄

58 花薄ほに出でてなびく秋風に野辺はさながら波ぞ立ちける

【訳】 薄

58 花薄が目を引くほど穂が出てなびいている。秋風によって野辺はすっかり波が立っていることだなあ。

【他出】 ナシ

【語釈】 ○薄　歌題。○ほに出でて　穂が出るの意の「穂に出づ」に、人目につく、目立つ、意の「秀（ほ）に出づ」を掛ける。「秋の野の草のたもとか花薄ほに出でて招く袖と見ゆらむ」（古今集・秋上・二四三　在原棟梁）。○さながら　そのまま、すべて、すっかり、まるで、の意。「来ても見で花をさながら散らしつる風のためにや人の植ゑけむ」（公任集・一四）。

【補説】 「源大納言家歌合　長暦二年九月」の撰外歌。歌合については54番歌参照。

薄の穂が風になびく様子は人を招き寄せるように見え、それを次のように擬人化して詠む歌が多い。

天暦八年中宮七十賀御屏風の料の和歌

渚の岡

わたつみのなぎさの岡の花薄招きぞ寄する沖つ白波（信明集Ⅰ・二六）

信明歌も、なぎさの岡だから、白い波を招いたように花薄が見える、の意。頼実は、薄の群生する野辺全体が風

に揺らされている様を、立つ波と喩えて詠む。例は少ないが、
浜風になびく尾花は朝ぼらけ籬に寄する波かとぞ見る（為頼集・八五）
岸近み影さへなびく花薄ひもゆふ波にむすぼほれつつ（三条左大臣殿前栽歌合・四〇）
と、頼実歌同様に、揺れる薄を波と見立てた歌が見える。

59

きく

くらき夜もおりつへらなり我やとの
おもしろきまてさけるしら菊

【校異】三手文庫本ハ詞書ヲ欠ク　おりつへらなり―をかつへらなり（榊・松）、おきつへらなり（東）　おもしろきまて―を［　］しろきまて（三）

【本文】菊
59 暗き夜も折りつべらなりわが宿のおもしろきまで咲ける白菊

【訳】菊
59 暗い夜も手折ることができるに違いない。わが家の庭一面明るく感じられるほど趣深く咲いている白菊であることよ。

【他出】ナシ

【語釈】**○折りつべらなり**「つ」は強意の助動詞。「べらなり」は、「べし」の語幹に接尾語「ら」がつき、……に違いない、と確定推量の意を持つ。ただし、頻用時期が限られる特殊な助動詞。ここでは、可能の意を含み、きっと折ることができるに違いない、の意。「ひさかたの月をさやけみもみぢ葉の濃さも薄さもわきつべらなり」

（拾遺集・雑秋・一一二七　よみ人知らず／躬恒集Ⅳ・六一）。［補説］参照。**○おもしろきまで**　「おもしろし」は、心惹かれる、趣がある、の意。ここは「おもしろし」に、一面が白い、明るい、の意を掛ける。［補説］参照。

【補説】　当該歌も「源大納言家歌合　長暦二年九月」の撰外歌。歌合については54番歌参照。

助動詞「べらなり」については、万葉歌人や平安初期の歌人たち、特に貫之や躬恒らの歌での使用が目立つこと、また八代集では、後拾遺集以降の用例が見られないことが知られている。

音羽山のほとりにて、人を別るとて詠める　貫之

音羽山こ高く鳴きてほととぎすきみが別れを惜しむべらなり（古今集・離別・三八四）

題知らず　伊勢

厭はるる身をうれはしみいつしかと飛鳥川をも頼むべらなり（後撰集・恋三・七五一）

ただし、私家集には当該歌以外にも次のような歌が見える。

鹿鳴草

錦にもおりつべらなりわが宿の糸よりかくる秋萩なれば（能因集Ⅱ・四九）

夏夜短

夏の夜ははにはかに照らす稲妻の光の間にぞあけぬべらなる（俊頼集Ⅰ・三一六）

俊頼髄脳に、

歌の詞に、らし、かも、いも、べらなり、……、そも、これらは、おぼろげにては詠むまじきと、ふるき人々申しけりとぞ承りし。

また、

べらなり　といふ詞、げに昔のことばなれば、世の末には、聞きつかぬやうに聞こゆ。

と記されていることなどから、森野宗明「ベラナリということば――位相上の問題を主として――」（『国語学』40　一九

六〇・三）は、

　平安中期以降では、カモ・ラシなどとともに、和歌用語の中でも特に古語的色彩の濃厚なものとして注意され、使用上に制約を生じた。……鎌倉時代の歌人には特に万葉調の語として理解され、活用されている。

と述べている。

　さらに、中野方子「「べらなり」考―喩に承接される助動詞」（『三稜の玻璃――平安朝文学と漢詩文・仏典の影響研究――』第七章第二節　武蔵野書院　二〇二一）は、屏風歌や賀の歌などの「べらなり」は、婉曲化した訳にせず、主観的に確かなものとして「……に違いない」と言い切ることで、詠者の賀意、賛辞、訴嘆の情を効果的に訴えると説く。当該歌も、歌合の詠なので、確定推量と考えられようか。

　つまり、頼実は、白菊が一面に明るく白く咲いているという客観的根拠をもとに、暗い夜でも見つけ折るのがたやすいに違いない、とあえて確定推量「べらなり」で詠んだのであろう。平安初期に流行ったものの、すでに古語化していた表現を使っているところに、歌を学ぶ姿勢が見える。

　ところで、「おもしろし」の語源と思われる説話が、古語拾遺に次のようにある。

　　此の時に当りて、上天初めて晴れ、衆倶に相見て、面皆明白（おもみなしろ）し。

また、次の例では、水の「面」を、月の光が氷が張ったように「白く」照らし、「おもしろし」と詠む。

　　後二条殿の、八月十五夜、月の宴せさせ給ふとて歌召ししかば、参らせし、水上月

　　秋の夜も氷むすぶと見ゆるまで水のおもしろく照らす月影（康資王母集・二二三）

た

60　をやまたのあきはてかたにみゆるかな

のこりすくなきかりやしつらん

【校異】のこりすくなき―のこりすくなく（龍） かりやしつらん―かやりしつらん（榊）、かりやしぬらん（龍）

【本文】田

60 小山田の秋果て方に見ゆるかな残り少なき刈りやしつらむ

【訳】田

60 山あいの田の秋が終わりかけていると見えることだなあ。残り少ない稲刈りを今頃きっとしているだろうか。

【他出】ナシ

【語釈】**○田** 歌題。**○小山田** 「小」は語調を整える接頭語。山あいにある田。**○秋果て方** 晩秋のころ、または秋の終わりを感じさせる様子。「白露のおくての稲も刈りてけり秋果て方になりやしぬらむ」（玉葉集・秋下・七五〇 大中臣頼基朝臣）。九月十三日歌合の詠に、「秋果て方」はふさわしい。［補説］参照。**○刈りやしつらむ** 「刈り」は、ここでは稲刈りの意。「や」は疑問の係助詞。「つ」は強意の助動詞。

【補説】「源大納言家歌合 長暦二年九月」の撰外歌。歌合での題は、「秋田」となっている。54番歌参照。

「果て方」は、「果てつ方」から「つ」が落ちたもので、詞書で次のような用例が見える。

年の果て方に、恨みて、もちふむ （小馬命婦集・二七詞書）

三月晦方に、散り果て方なる枝につけて、人に （和泉式部集Ⅰ・七八九詞書）

歌中での「秋果て方」の例は、次のように見える。

きりぎりす

露結ぶ秋果て方のきりぎりす草のねごとに寒くこそ鳴け （元真集・六四）

人に代はりて

風はやみ秋果て方の葛の葉とうらみつつのみ世をもふるかな（元輔集Ⅱ・二五一）

秋

をみなへし盛り過ぎたる色見れば秋果て方になりぞしにける（相模集Ⅰ・五五三）

紅葉

61

すきかたきいろとみゆれはもみちはの
ふかきやまちにこまをとめつる

【校異】いろとみゆれは―いろとみゆれと（龍）

【本文】紅葉

61　過ぎがたき色と見ゆればもみぢ葉の深き山路に駒を止めつる

【訳】紅葉

61　あまりに美しく通り過ぎることができないほどの色と見えるので、もみじ葉の色濃い、奥深い山路に、馬を止めてしまったことよ。

【他出】ナシ

【語釈】**○紅葉**　歌題。**○過ぎがたき**　素通りできない、ということ。「花薄招くは常のことなれど行き過ぎがたき秋の野辺かな」（源大納言家歌合　長暦二年九月・九　良暹）。**○もみぢ葉の深き山路に**　もみじ葉の色濃い、奥深い山路に。もみじの色の濃さを「深い」とする例は、「日を経つつ深くなりゆくもみぢ葉の色にぞ秋のほどは知りぬる」（後拾遺集・秋下・三四三　藤原経衡）。また、「深き」は「もみぢ葉の深き、深き山路に」と言い掛けるが、同様の用法は、「ここにても風のけしきの秋深き山の奥のみながめやらるる」（御堂関白集・二二）などにも見える。［補説］参照。

【補説】「源大納言家歌合　長暦二年九月」の撰外歌。歌合については54番歌参照。
「もみぢ葉の深き山路」という表現は、道長とともに宇治を訪れた倫子が、都にいる娘の枇杷皇太后宮妍子のもとにもみじの枝を贈った際の、次の贈答歌の中に見える。

法成寺入道前摂政、長月のころ、宇治にまかれりけるにともなひて、もみぢを折りて都なる人のもとに贈り遣はすとて　従一位倫子

見れどなほ飽かぬもみぢの散らぬ間はこの里人になりぬべきかな（続後撰集・秋下・四二七）

返し　枇杷皇太后宮

ここにだに浅くは見えぬもみぢ葉の深き山路を思ひこそやれ（同・四二八）

母倫子がもみじの美しさを「立ち去りがたい」と詠み、娘の妍子は贈られたもみじの色濃さと山深さを詠んで返歌している。当該歌の表現と重なる点が留意される。
また、もみじのもとに馬を引きとどめるという当該歌に似た構図は、次のように屏風絵にも描かれている。

亭子院の御屏風の絵に、川渡らむとする人の、もみぢの散る木のもとに、馬をひかへて立てるを詠ませ給ひければ、つかうまつりける　躬恒

立ち止まり見てを渡らむもみぢ葉は雨と降るとも水はまさらじ（古今集・秋下・三〇五）

62

しら雲にあとはきえつゝとふかりのかり

きにけるこゑをそらにしるかな

【校異】とふかりの―とをかりの（榊）、とふかもの（東）

【本文】　雁

62　白雲に跡は消えつつ飛ぶ雁の来にける声を空に知るかな

【訳】　雁

62　白雲の中に姿は消えたままで飛ぶ雁がこちらへやってきたその声を、空によって知ることよ。

【他出】　ナシ

【語釈】　**○雁**　歌題。秋に北方から飛来し、春に帰って行く渡り鳥。「秋風に初雁が音ぞ聞こゆなる誰が玉づさをかけて来つらむ」（古今集・秋上・二〇七　友則）。**○白雲に**　空に浮かぶ白い雲の中に。「秋ごとに旅行く雁は白雲の道の中にや夜をば尽くさむ」（躬恒Ⅳ・四六五）。**○跡は消えつつ飛ぶ雁の**　「跡」はここでは、空を飛ぶ雁の姿の意。「消えつつ」の「つつ」は状態の継続を示す接続助詞。「とどめても何にかはせむ浜千鳥ふりぬる跡は波に消えつつ」（拾遺集・雑下・五五四）。「雁の」の「の」は主格の助詞。姿は消えたままで飛ぶ雁が。**○空に知るかな**　「に」は原因・理由や手段方法を示す格助詞。空によって知る、と解した。［補説］参照。

【補説】　「源大納言家歌合　長暦二年九月」の撰外歌。歌合については54番歌参照。

藤六（輔相）集に、次のような「はしばみ」の物名歌が詠まれている。

かたはらは峰にかかれる白雲の中を分けてや雁がねは鳴く（六）

峰にかかった白雲の中を飛ぶ雁、姿はなかば隠れて見えないが、その鳴き声が聞こえてくる情景が歌われている。

当該歌のように、「白雲に隠れて姿は見えないけれど、雁の空飛ぶ声ではっきりと知る」と詠む歌として、

故尚侍の賀、帝のせさせ給ふに、屏風の絵に、雲居に雁の飛べるところ

白雲の中にまがひて行く雁も声は隠れぬものにざりける（兼輔集Ⅰ・四八）

がある。

また、貫之集Ⅰには、

雁の鳴くを聞けるところ

秋霧は立ち来たれども飛ぶ雁の声は空にも隠れざりけり（二四）

月夜に衣打つところ

唐衣打つ声聞けば月清みまだ寝ぬ人を空に知るかな（二五）

とある。当該歌は、貫之集二四番歌の「飛ぶ雁の声は空にも隠れざりけり」や、二五番歌の「……声聞けば……空に知るかな」の表現に学んだものか。貫之集に続いて並ぶ二首と、当該歌の情景や表現が重なるのは興味深い。なお、二五番歌「空に知る」について、それとなく、暗に知る、という意に解する注釈書もある。

雁の飛来は、姿を見る以外にも、空から聞こえる鳴き声で知る場合も多い。「空に知る」を、白雲の中にいる間は姿は見えないけれど、雁の空飛ぶ声によって知る、と理解した。時代は下るが、「空によって知る」と解すべき歌が次のように見えるからである。

永承四年内裏歌合に、初雪

めづらしく今朝降り初むる雪を見て暮れ行く年ぞ空に知らるる（経信集Ⅰ・九一）

一院大嘗会御屏風に、かがみの山のもとに月見たる人ある所に　藤原永範朝臣

曇りなき鏡の山の月を見てあきらけきよを空に知るかな（続詞花集・賀、三五五）

63

鹿

こゑしけみさをしかのなくあきの夜は

聞人さへそおとろかれける

【校異】聞人さへそ―きく人さへに（龍）　おとろかれける―おとろかれぬる（龍・東）

【本文】 鹿

63 声しげみ小牡鹿の鳴く秋の夜は聞く人さへぞ驚かれける

【訳】 鹿

63 鳴き声が絶え間ないので、牡鹿が鳴く秋の夜は、聞く人までも目を覚ましてしまうことよ。

【他出】 ナシ

【語釈】 **○鹿** 歌題。**○声しげみ** 「み」は、原因・理由を表す接尾語。鳴き声が絶え間ないので。「秋風に機織る虫の声しげみ訪ねにきたつる（ママ）ふたむらの山」（重之集・四七）。**○小牡鹿の鳴く秋の夜は** 「小牡鹿」は、雄の鹿。「さ」は接頭語。秋、雌の鹿を求めて鳴く声は和歌によく詠まれる。「山里は秋こそことにわびしけれ鹿の鳴く音に目を覚ましつつ」（古今集・秋上・二一四 忠岑）、「誰聞けと声高砂に小牡鹿の長々し夜をひとり鳴くらむ」（後撰集・秋下・三七二 よみ人知らず）。**○聞く人さへぞ** 底本「聞人」は、意味と榊原家本他の表記により本文を「聞く人」にした。「さへ」は、添加の副助詞。牡鹿だけでなく、聞く人までも、の意。「秋深くなりゆく野辺の虫の音は聞く人さへぞ露けかりける」（三条左大臣殿前栽歌合・六 時文朝臣）。**○驚かれける** 「驚く」は目を覚ます。「れ」は自発の助動詞。目を覚ましてしまうことよ。「卯の花の咲ける垣根に宿りせじ寝ぬに明けぬと驚かれけり」（拾遺集・雑春・一〇七二 重之）。［補説］参照。

【補説】 「源大納言家歌合 長暦二年九月」の撰外歌。歌合については54番歌参照。当該歌が十題の最後。

牡鹿の妻問いの声が人を「驚かす」と詠む歌には、

夕霧に妻まどはせる鹿の音や夜寝る萩も驚かすらむ（祐子内親王家歌合 永承五年・二九 伊勢大輔）

同院（讃岐の院）の百首に、同心（鹿）を詠める

聞く人も驚かれけり鳴く鹿はおのれのみやは秋を知るらむ（教長集・三八一）

などが見える。

また、源氏物語（夕霧）には、「人のけはひいと少なう、木枯の吹き払ひたるに、鹿はただ籬のもとにたたずみつつ、山田の引板（ひた）にも驚かず、色濃き稲どもの中にまじりてうちなくも愁へ顔なり。」と、鹿の鳴く情景描写のあと、次のような夕霧と小少将の贈答が見える。

　鹿のいといたくなくを、「我おとらめや」とて、

　　里遠み小野の篠原わけて来てわれもしかこそ声も惜しまね

とのたまへば、

　　藤衣露けき秋の山人は鹿の鳴く音に音をぞそへつる

続けて、「道すがらも、あはれなる空をながめて、十三日の月のいとはなやかにさし出でぬれば、小倉の山もたどるまじうおはするに、一条宮は道なりけり。」と九月十三日の夜であることが示されている。

瓦井裕子「九月十三夜詠の誕生」（『王朝和歌史の中の源氏物語』第二部第四章）は、当該歌が、「九月十三夜」に行われる歌合ゆえに、右の夕霧の巻の場面を摂取したもの、と指摘する。54番歌［補説］参照。

64

　衛門のすけの家にてかむしの夜のこりの
　きくを

いろ〳〵にうつろふ菊のなかりせは
なにをかみましあきのかたみに

【校異】かむしの夜―かうしんのよ（榊・松・三・龍）　のこりのきくを―のこりのそらを（榊・松・三）

【本文】衛門佐の家にて、庚申の夜、残りの菊を

64　色々にうつろふ菊のなかりせば何をか見まし秋の形見に

【訳】　衛門の佐の家で、庚申の夜に、残りの菊を

64　様々な色に変化する菊がもしなかったならば、何を見たらよいだろうか、秋の形見として。

【他出】　ナシ

【語釈】　**〇衛門佐の家にて**　「衛門佐」は、「右衛門佐」であろう。［補説］参照。**〇庚申の夜、残りの菊を**　「庚申」は、「庚申待ち」ともいい、「庚申」の夜に徹夜をすること。4番歌参照。「残りの菊」は、九月九日が過ぎても散ったり枯れたりせず残っている菊の花。「九月つごもりに、月、残りの菊を照らすといふ題／雲晴れてさやけき空の月にこそまだ移ろはぬ菊と見えけれ」（経衡集・三九）。［補説］参照。**〇色々にうつろふ**　様々な色に変化する。「神無月千々にうつろふ菊の花いづれかもとの色にはあるらむ」（躬恒集Ⅰ・三六七）。**〇菊のなかりせば何をか見まし**　助動詞「まし」は、「未然形＋ば」を受けて、反実仮想となる。菊がもしなかったならば何を見たらよいだろう。「子の日する野辺に小松のなかりせば千世のためしに何を引かまし」（拾遺集・春・二三　忠岑）。**〇秋の形見に**　「何をか見まし」と倒置。秋の形見として。「散り残りたるもみぢを見侍りて／唐錦枝にひとむら残れるは秋の形見をたたぬなりけり」（拾遺集・冬・二二〇　僧正遍昭）。

【補説】　詞書の「衛門佐」は、「右衛門佐」であろう。「右衛門」を、「衛門」とのみ記す例がよく見える。選子内親王集Ⅱの二番歌の作者名は「衛門かみ」とあるが、傍書に「朝忠」とあって、右衛門督藤原朝忠を指すとわかる。また、赤染衛門の呼称は、父赤染時用が右衛門尉であったことに由来するが、「右衛門」を「衛門」と略す。

源氏物語では、空蟬の弟小君が成人後右衛門佐となるが、「かの昔の小君、今は衛門佐なるを召し寄せて」（関屋）と、「右」の省略が見え、右衛門督であった柏木についても、「この衛門督の、今まで独りのみありて」（若菜上）とあるのをはじめとして、柏木を指す「衛門督」には右の省略が多いことなども例に挙げられよう。

一方、源氏物語において、「左衛門」と特定できる部分で「左」を省略する例は、見当たらない。また、醍醐御

時菊合（『歌合大成』三二）の四番歌作者名は、「さいものかみ」とある。「左衛門」は、「衛門」と略さないようである。

では、当該歌における「衛門佐」は誰か。頼実が活躍していた時期は記録類が少ないが、二人の該当者がいた。一人は、源良宗で、『左経記』長元四（一〇三一）年四月二十五日の条に「右衛門佐良宗」とある。賀陽院水閣歌合（『歌合大成』一二三）において、右方の方人として、書き分け役及び和歌題役をつとめており、このことは、『左経記』長元八（一〇三五）年五月四日の条にも、「左少弁経長・右衛門佐良宗両人を召し、……右方并びに題を以て良宗に給ふ」とあり、歌合の漢文日記には、良宗の名は「蔵人右衛門佐良宗」となっている。なお、この水閣歌合では、頼実は「蔵人所雑色」の一人として、他の雑色と一緒に、「鼓レ棹盪レ舟、自二後池北一歴二寝殿東高階下潺湲一参レ進」と名前が見え、蔵人と雑色として同じ歌合に参加していたことがわかる。また、『左経記』長元九（一〇三六）年四月二十二日の条における、後一条天皇の火葬に際し、「右衛門佐良宗……、御供に参る」と良宗の名が見え、蔵人所の雑色も従ったとの記述があり、その中に頼実がいたことが推測される。

もう一人は、良宗の後に任じた藤原顕家である。『公卿補任』康平六（一〇六三）年任参議の尻付に、長暦元（一〇三七）年三月五日に右衛門佐になり、長久三（一〇四二）年正月二十九日に少納言と見える。

二人のうちどちらであろうか。当該歌はさらに条件が加わる。「秋」部、「庚申の夜」でかつ「残りの菊」題なので九月十日以降の詠となる。『日本暦日便覧』により、頼実の生前で条件にあう年時を挙げると、長暦二（一〇三八）年九月二十七日、長暦三（一〇三九）年は立冬が十月十三日なので十月三日の庚申も入り、さらに、長久二（一〇四一）年九月十四日、翌長久三（一〇四二）年九月二十日などである。前二者に該当するのは、藤原顕家となろう。

次の65番歌は高陽院でのものだが、高陽院は長暦三（一〇三九）年三月に焼失している。それが再建され、長久元（一〇四〇）年十二月十三日が移徙の日とある（65番歌［補説］参照）。また、秋部で次の年号が記される詞書は頼実集84番「長久三年……」であり、配列がおおむね年時順とされるので、長暦二（一〇三八）年九月二十七日が可能性としては最も高いと思われる。
顕家は、権中納言藤原経通の四男、母は源高雅女、この時十六歳である。顕家は、天喜四（一〇五六）年二月三日に皇后宮権亮に任ぜられ、「皇后宮春秋歌合（天喜四年四月卅日）」（『歌合大成』一六三）の左方「講師」に「権亮顕家」とある。皇后宮とは、頼通の娘の四条宮寛子のこと。また、四条宮下野集八二、九一番の詞書にも名前が見える。

65（86）
かやうゐむとのゝ池にふねにのりて月
秋といふ題を
あきことにさやけき月はこよひこそ
わかみつる夜のためしなりけれ

【校異】当該歌ヨリ72番歌マデ、私家集大成・新編国歌大観ノ底本松平文庫本ト歌番号ヲ異ニスルノデ、ソノ歌番号ヲ（ ）内ニ記シタ。解説Ⅲ参照。
かやうゐむとのゝ池に―かやうゐん殿の［ ］池に（榊）、かやうゐん殿の殿のいけに（松）、［ ］殿の殿ゝいけに（三） 月秋といふ題を―月秋といふ事を（三）

【本文】
高陽院殿の池に舟に乗りて、月秋、といふ題を
65（86）秋ごとにさやけき月は今宵こそわが見つる夜の例なりけれ

【訳】
高陽院殿の池で舟に乗って、月の秋、という題を
65（86）秋が来るたびに澄みきっている月は、今宵こそが私が見てきた夜の中でも先例となるすばらしさであることよ。

【他出】　ナシ

【語釈】　**○高陽院殿**　藤原頼通の邸宅。［補説］参照。**○さやけき月は**　澄みきっている月は。「水の上にさやけき月のいとどしく玉さへ底に照らすめるかな」（三条左大臣殿前栽歌合・六二　木工頭まさすけ朝臣）。**○わが見つる夜の例なりけれ**　「例」は先例。私が見てきた夜の中で、今後先例となるようなすばらしさであるよ、という意。「延喜御時、八月十五夜、月宴歌／いにしへもあらじとぞ思ふ秋の夜の月の例は今宵なりけり」（新勅撰集・秋上・二五五　源公忠朝臣）。［補説］参照。

【補説】　高陽院殿は、中御門大路の南、堀川小路の西に位置した、四町に及ぶ藤原頼通造営の邸宅である。朧谷寿「高陽院」（『平安京の邸第』第十四章　望稜舎　一九八七）は、寛仁三（一〇一九）年に造作が行われてから、長暦三（一〇三九）年三月十六日、比叡山の僧徒による放火で焼失する（『扶桑略記』）までを「第一期高陽院」とする。その後再建して、移徙の日は長久元（一〇四〇）年十二月十三日になった（『春記』十二月十日条）。

よって、当該歌が詠まれたのは、第一期高陽院の焼失前であれば、長暦二（一〇三八）年かそれ以前の秋、焼失後であれば、第二期高陽院の完成後の長久二年（一〇四一）年以降の秋となる。

ところで、栄花物語（こまくらべの行幸）には、万寿元（一〇二四）年九月の行幸・行啓をあおぐ「高陽院殿の有様」として、「寝殿の北、南、西、東などにはみな池あり。中島に釣殿たてさせたまへり。」と記す。また、第二期高陽院については、朧谷論文が、『春記』「廻二見前池□西山等一、予相従、池水東西、謂二其広一不レ異二巨海一、……」（長暦四（一〇四〇）年十月二十六日条）と筆者藤原資房の目を通した光景を引用しているのが参考になる。

当該歌はどのような集まりの際の詠か特定はできなくとも、言祝ぎの意味が当然あろう。権勢を誇る頼通が造営し、寝殿の四方に池が配され、例を見ない華麗な邸宅で舟の上から見る月は、確かにこれから頼実が見る秋の月の先例として記憶に残るに違いない。そこで、毎年秋には月を賞美してきたが、「今宵こそ」が月の美しい「夜の例なりけれ」と、気づき感嘆したと表現している。

なお、当該歌の詠歌年時を、「秋」の部で詞書に年号が記された、「長暦二年九月十三夜」54番〜63番歌と、「長久三年閏九月」74番歌との間と仮定すると、64番歌との整合性から、第一期高陽院焼失前の長暦二年秋となってこようか。

倉田実『庭園思想と平安文学 寝殿造から』(花鳥社 二〇一八)Ⅱ第四章「藤原頼通創建「高陽院」の池庭」が、邸宅平面図を載せ、参考になる。

66(87)
　　栖霞寺にて紅葉衣におつといふ題を
紅葉はゝわか衣てにかゝれとも
きてみることのあかすもあるかな

【校異】栖霞寺にて―紅霞子にて(榊)、紅霞子十月て(松・三・龍) わか衣てに―わかころてに(三) かゝれとも―かくれとも(榊・龍) きてみることの―きてみる人の(榊・松・三・龍・東)

【本文】
66(87)　栖霞寺にて、紅葉衣に落つ、といふ題を
もみぢ葉はわが衣手にかかれどもきてみることの飽かずもあるかな

【訳】
66(87)　栖霞寺で、もみじが衣に落ち散る、という題を
もみじした葉は私の衣に散りかかるけれど、ここへやって来てもみじを眺め、散るもみじの衣を着ることは飽きることがないくらいすばらしいなあ。

【他出】ナシ

【語釈】**○栖霞寺**　現在の京都市右京区嵯峨釈迦堂にあった寺。源融(八二二〜八九五)の栖霞観を前身とする。融の死後、寺に改められ栖霞寺となる。入宋僧奝然(ちょうねん)が持ち帰った等身釈迦如来像が、栖霞寺釈迦堂に仮寓するとい

うかたちで安置され、その後、勅許を得て、「清涼寺」と号するようになって、現在にいたる。栖霞寺の名は詩歌の資料に平安中期以降も見受けられ、一定の存在感があったようである。漢詩文関係では源順の詩序「初冬於二栖霞寺一同賦二霜葉満レ林紅一応二李部大王教一」（『本朝文粋』巻十・詩序三）がある。**○紅葉衣に落つ**　歌題。もみじ葉が衣に散り掛かる、の意。経衡集に同題の歌が見える。［補説］参照。**○衣手**　衣服の袖、袂。万葉集以来、もっぱら和歌で用いられる。「君がため春の野にいでて若菜摘むわが衣手に雪は降りつつ」（古今集・春上・二一　光孝天皇）。「もみぢ」とともに詠まれた先行歌は少ないが、「ある所より、衣手の森といふ所を絵に描かせ給ひて、詠みに給はせたりし」（中務集Ⅰ・二五四）という歌枕「衣手の森」を詠む歌がある。**○きてみる**　ここは、やって来て見る意に、「衣」の縁から「着て」を掛ける。「鞍馬にて、衣の滝といふ所を／秋ごとに丹葉(もみぢ)の錦きてみるを衣の滝といふにぞありける」（赤染衛門集Ⅰ・三八九）。

【補説】　同題の歌が経衡集に見え、その歌は万代集にも採られている。

　大井にて、紅葉衣に落つといふ題
紅に染めぬ袂もなかりけり払ひもあへずかかるもみぢに（経衡集・四六）

経衡詠は、もみじが盛んに散り掛かることで、紅に染まらない袂はないと詠んで、もみじの色鮮やかさや美しさを賛美している。詠歌の場所について「大井」とするが、これは大井川近辺一帯を指すと考えれば、嵯峨釈迦堂のあたり「栖霞寺」も該当する。当該歌と同時詠の可能性が高い。

　　なかをかにて山家に月を待
67（68）　月かけのふもとのさとにをそきかな
　　みねをこえてそ待へかりける

【校異】 山家に月を待―山家に月をたつ（松・龍） をそきかな―をそけれは（東）

【本文】
長岡にて、山家に月を待つ
67（68）月影の麓の里に遅きかな峰を越えてぞ待つべかりける

【訳】
長岡で、山家で月を待つ
67（68）月の姿がこの麓の里ではなかなか見られないことだなあ。峰を越えた所で待つべきだったのだ。

【他出】 ナシ

【語釈】 **○長岡** 13番歌参照。**○山家に月を待つ** 底本「月を待」に送り仮名を補った。「山家に月を待つ」という歌題と考えられる。［補説］参照。「山家」は33番の歌題にも見える。**○月影** 月の姿、の意。「二つなきものと思ひしを水底に山の端ならで出づる月影」（古今集・雑上・八八一 紀貫之）。**○麓の里** 山の麓にある里。「霧晴れぬ鞍馬の山の麓にも今宵の月を見ぬ里はあらじ」（元輔集Ⅲ・一〇）。**○遅きかな** 「遅し」は、「なかなか……しない」の意。当該歌は、待っている月がなかなか出ない、という意。「谷深み春の光の遅ければ雪につつめる鶯の声」（新古今集・雑上・一四四一 菅贈太政大臣）、「二月の桜の遅きころ／待たせつつ遅くさくらの花により四方の山辺に心をぞやる」（和泉式部集Ⅰ・一七五）。**○峰を越えてぞ待つべかりける** 山の麓では月を見られるのが遅くなるため、山を越えた反対側で月を待つべきであったという意。［補説］参照。

【補説】 「山の麓」と「月」を詠む歌は、頼実の時代以前にはほとんど見られない。［語釈］に挙げた元輔集の歌以外に、拾遺集には次の歌が入集する。

信濃の国に下りける人のもとに、遣はしける　貫之
月影は飽かず見るとも更級の山の麓に長居すな君（別・三一九）

さらに古今集には、

わが心慰めかねつ更級や姨捨山に照る月を見て（雑上・八七八・よみ人知らず）

があり、それらを踏まえて、次のように詠まれている。

越後より上りけるに、姨捨山のもとに月明かりければ　　橘為仲朝臣

これやこの月見るたびに思ひやる姨捨山の麓なりける（後拾遺集・羇旅・五三三）

人のもとより今宵の月はいかがといひたる返り事に遣はしける　　藤原範永朝臣

月見ては誰も心ぞ慰まぬ姨捨山の麓ならねど（同・雑一・八四八）

範永集には次の歌もある。

夏の夜、山の端の月

夏の夜は山の端近き月を見む麓の影も涼しかりけり（七〇）

頼実が「山の麓の月」を詠む背景には、こうした表現の継承が考えられよう。

また、「峰を越えて」という表現は、古今集の、

遅く出づる月にもあるかなあしひきの山のあなたも惜しむべらなり（雑上・八七七　よみ人知らず）

を念頭に、「山のあなた」＝「峰を越え」た所、と言い換えた可能性があろう。貫之や古今集に学ぶのは当然のことであったろうが、当該歌ではその姿勢が顕著であるように思われる。

68（69）

落葉満庭

あさゆふにあらしのはらふ庭のおもに
ちりつもれるはもみちなりけり

【校異】ちりつもれるは―ちりしつもれる（榊）、ちりしつもれるは（松）　もみちなりけり―もみちなりける（東）

【本文】落葉満レ庭

68（69）朝夕に嵐のはらふ庭の面に散り積もれるはもみぢなりけり

【訳】落葉が庭に満ちている

68（69）朝につけ夕につけて荒い風が吹きはらう庭の上に、散って積もっているのはもみじであったのだ。

【他出】和歌一字抄（墨書補入歌・二二二）

【語釈】**〇落葉満レ庭**　落葉が庭一杯に広がっているさま。歌題。同題の歌は時代が大きく下った例が二例あるのみ。**〇朝夕に**　朝につけ夕につけて、朝も夕も。「朝夕に思ふ心は露なれやかからぬ花の上しなければ」（後拾遺集・秋上・三二〇　良暹法師）。**〇嵐のはらふ**　「嵐」は激しく吹く風のこと。「紅葉の散り果てがたに、風のいたう吹き侍りしかば／落ち積もる庭をだにとて見るものをうたて嵐の吹きはふ（ママ）らむ」（増基法師集・五六）。**〇庭の面に**　庭の上に。「藤の花盛りとなれば庭の面に思ひもかけぬ波ぞ立ちける」（後拾遺集・春下・一五二　大中臣能宣朝臣）。

【補説】庭にもみじが一面に散ったさまを詠んだ歌としては、

もみぢ落つ

庭の面の唐紅になるまでに秋に逢ひかね落つるもみぢか（躬恒集Ⅳ・一五）

が早く、「庭の面」「もみぢ」が当該歌と共通する。また、当該歌との詠作時期の先後関係は不明であるが、頼実の活動時期に重なる可能性がある歌として、

庭のもみぢを見てよめる

もみぢ葉の散り積むときぞうちはへてはらはぬ庭の面がくれなる（定頼集Ⅰ・九）

があり、「もみぢ」「散り積む」「はらふ」「庭の面」と、表現の共通性がさらに高くなっている。定頼歌では、日頃掃きはらわない庭が、もみじが散って「面隠れ」すると歌うのに対して、頼実歌では朝に夕に「嵐が庭を吹きはらっている」のに、もみじが落ち積もっていることだと、「嵐」を庭を掃きはらう存在とした点が目新しさと言えようか。

近栽秋花

69（70） 我やとは花のやとりとなりにけり
のへのあるしと人やみるらん

【校異】 近栽秋花―千栽秋花（榊・松・三）、千栽秋菊（龍）、我やとは―わかやとの（榊）のへのあるしと―野へのあたしと（三）

【本文】 近栽ニ秋花一

69（70） わが宿は花の宿りとなりにけり野辺の主と人や見るらむ

【訳】 近くに秋の花を植える

69（70） わが家は花の宿りとなってしまったことだ。人は私を野辺の主人と思っているであろうか。

【他出】 ナシ

【語釈】 ○近栽ニ秋花一 庭先に秋の草花を植えた、の意。底本と河野美術館本を除く他本は、多く「千栽秋花」とし、龍谷大学本は「千」に「前歟」と注するが、「前栽秋花」という歌題は考えにくい。［補説］参照。○花の宿り 花が宿るところ、の意であろう。「宿り」は動詞「宿る」の連用形からきた名詞で、旅先の寝所、仮の住居、一時的に留まる場所などをいう。ここは、初句「我が宿」と対比させたか。なお、「宿り」には、「風の宿り」「露の宿り」「草の宿り」など様々あるものの、「花の宿り」を詠む先行歌は管見に入らなかった。「花散らす風の宿りは誰か知るわれに教へよ行きて恨みむ」（古今集・春下・七六 素性法師）。［補説］参照。○野辺の主 野辺の主人。用例が少ない表現であり、当該歌以前の例を見いだし難い。［補説］参照。

【補説】 当該歌も、68番歌に続いて先行例のない表現が目につく歌である。前栽が秋の花一面になった、秋の花々の中にいる自分を、見る人は野辺の主人のようにみなすであろうか、と詠んだものと思われる。

［語釈］に示したように「近栽」を「千栽」とする写本が目につく。この「千栽」を「前栽」の意と考えることも可能ではあろうが、問題もある。「前栽」は詞書で多く用いられ、「前栽合」などの行事も知られているが、歌題として「前栽」と「秋花」を組み合わせた例は見受けられないのである。

一方、「秋花」の歌題は「庭移秋花」「水辺秋花」「行路秋花」などが見られ、次に示す能宣集Ⅰの「岸辺秋花」が時期的に最も早い歌題例のようである。

岸辺秋花

川霧は今日はな立ちそ岸の上に色濃くにほふ秋の花見む（能宣集Ⅰ・三八一）

これは、「貞元二年八月十六日の夜、御院（後院）にて左大臣の、前栽池のほとりに植ゑて、人に詠ませ侍りし」と詞書にある折の、歌題の一つであった。

右の「岸辺秋花」題は、川岸の秋花をいうのではなく、庭の水辺に秋花を植えていることを指すのである。こうした点や「庭移秋花」題の存在などから考えて、当該歌の歌題は「近く秋花を栽う」と読み、「庭の住居近い場所に秋花を植える」意と見るのが適切と判断した。

用例の少ない歌語「花の宿り」に関しては、奥義抄序に、

よそにても風のたよりにわれぞとふ枝離れたる花の宿りは（一一）

という歌があって、平将門の歌とされているものの、確実な用例とは言い難いであろう。確実性の高い例歌では、永久四（一一一六）年八月の「雲居寺結縁経後宴歌合」における次の歌、

言はずともなほさて鳴けやきりぎりす花の宿りの枝移りすな（一九　覚勢入道）

がある程度である。

同じく使用例の少ない「野辺の主」も、当該歌の他には、平安時代の用例は、末期の藤原公重の風情集と、「治

承三十六人歌合」という治承三（一一七九）年歌合の藤原重家の歌が、管見に入った程度である。

薄留レ客

見で過ぐる人しなければ花薄招くや野辺の主なるらむ（風情集・四七七）

野風

見渡せば靡かぬ草もなかりけり風こそ野辺の主なりけれ（治承三十六人歌合・三五一）

秋野眺望

70（65）しめゆはぬきりのまかきのこはきはら
またあかなくに日もくれにけり

【校異】秋野眺望―秋野晩望（榊・松・三・龍）

【本文】秋野眺望

70（65）標結はぬ霧の籬の小萩原まだ飽かなくに日も暮れにけり

【訳】秋の野の眺望

70（65）注連縄で囲われているのではなく霧によって囲われた小萩原は、まだ眺め足りないほど風情があるのに日が暮れてしまったことだ。

【他出】和歌一字抄（墨書補入歌・三二）

【語釈】**○秋野眺望** 秋の野を眺望する、意の歌題であろう。他本の多くは「秋野晩望」とするが、ここは底本どおりに解しておく。［補説］参照。**○霧の籬** 周囲に霧が立って野を囲っている状態が籬のようであるということ。「さやかにも今朝は見えずや女郎花霧の籬に立ち隠れつつ」（亭子院女郎花歌合・六）。**○小萩原**「小萩」は萩の美称とも、小さい萩、丈の低い萩とも。小萩が一面に生えた野原。48番歌［語釈］参照。**○まだ飽かなくに**　まだ見飽きず、もっと見ていたいのに。「秋霧のたなびく小野の萩の花今や散るらむいまだ飽かなくに」（拾遺集・雑秋・一一一五　人麿）。当該歌はこの拾遺集歌と歌語の共通点が多い。

【補説】「眺望」題で当該歌に先行すると考えられるのは、次の源道済の例である。

　九月尽日、眺望惜㆓秋光㆒

惜しめどもとまらぬ秋に慣らひぬる心にさへも別れぬるかな（道済集・一二四）

一方「晩望」の例も、頼実と同時代の人物の歌の例が見られる。

　宇治入道前関白、有馬の湯にまかりて侍りける時、山居晩望といふことを　平範国朝臣

山深み旅の日数のふるままに時雨がちなる秋の夕暮れ（万代集・雑四・三三四九）

当該歌の場合は明らかに夕暮れ時を詠んでおり、［他出］欄の和歌一字抄は、解題に示された他写本による補遺の本文であるが、

　秋野晩望　補　頼実

標結はぬ霧の籬の小萩原まだ飽かなくに日も暮れにけり（三一）

と、頼実集の他本と同じく「晩望」としている。

「晩望」題は、平安中期ごろから鎌倉時代にかけて十数例が見える。用例数としては「眺望」題のほうが多く、「秋」と関連づけると、「眺望」が多数であるものの、平安時代中期の歌題として、「眺望」か「晩望」かは微妙なところなので、ひとまず底本に従った。

なお、初句「霧の籬」は、源氏物語「夕霧」「宿木」の巻に、それぞれ地の文に一例ずつ見える。狭衣物語・巻四にも、狭衣の帝が入道宮（女二宮）に対面した物語末尾に、「たちかへり折らで過ぎ憂き女郎花なほやすらはむ霧の籬に」と見える。

依花知秋

71（66） けさみれはいろつきにけりこはき原
花こそのきのしるしなりけれ

【校異】 依花知秋―萩花知秋（榊・松） 花こそのきの―はなこそあきの（榊・龍・東） しるしなりけれ―しるし成けり（龍）

【本文】 依レ花知レ秋

71（66） 今朝見れば色づきにけり小萩原花こそ秋のしるしなりけれ

【訳】 花に依って秋を知る

71（66） 今朝見るともう色づいていたよ。小萩原は花こそが秋の来たことを告げる証しだったのだ。

【他出】 和歌一字抄（墨書補入歌四一）

【語釈】 **○依レ花知レ秋** 野辺の花により秋の到来を知るという意の歌題。「山葉を水に依りて知る」（範永集・二九）、「依レ水知二山葉一」（家経集・七四）に、「依□知□」題が見える。**○今朝見れば** 昨夜までと違う風景を、今朝目にしたという驚きが込められた表現。「秋の野に置く白露を今朝見れば玉や敷けるとおどろかれつつ」（後撰集・秋中・三〇九 忠岑）。歌題の「知レ秋」により、秋になった「今朝」を意識した表現とも解せる。「春立つといふばかりにやみ吉野の山も霞みて今朝は見ゆらむ」（拾遺集・春・一 壬生忠岑）。**○色づきにけり** 萩の花が色鮮やかに咲いたのに気付いたということ。花や木々の色によって秋を感じるというのは、秋の気配をいう漢語「秋色」を踏まえた表現か。「寒声初落レ樹、秋色欲レ斉レ毫」（経国集・巻十四「奉和太上天皇秋日作」滋野貞主）。また、萩の花の色を愛でる歌に「標結（しめ）はで乱るる萩の伏し返り見れども飽かぬ花の色かな」（能宣集Ⅰ・二二四）などがある。**○小萩原** 小さな萩の群生する野原。70番歌［語釈］参照。なお、48番歌には「小萩が原」とある。**〇秋のしるし**　底本は「のきのしるし」とあるが、他本により校訂した。秋が来たことを知る証拠の意。「初秋、歌合する所から、詠みてとあるに、左方／持てならす扇に添へる涼しさはあまたの秋のしるしなりけり」（輔親集Ⅰ・二三）。

【補説】　萩の開花に秋の訪れを感じる歌として、

是貞の親王の家の歌合に詠める　　藤原敏行朝臣

秋萩の花咲きにけり高砂の尾上の鹿は今や鳴くらむ（古今集・秋上・二一八）

などがある。萩の花の色に注目した歌には、

山ごとに萩の錦を織ればこそ見るに心のやすき時なき（千里集・九一）

もある。

また、萩の花でなく、葉が色づくことで秋を感じる歌に、

中宮の亮為善の朝臣のもとより、萩につけて、かう言ひおこせたり

人知れず秋をぞ見つるわが宿の小萩がもとの下葉ばかりに（能因集Ⅰ・一三二）

などもあるが、当該歌は、花の色にこそ秋を感じると詠んでいる点が特徴的。

遍盡秋花

72（67）我やとにはなをのこさすうつしうゑて
しかのねきかぬのへとなしつる

【校異】　遍盡秋花—庭盡秋花（榊・三・龍）　はなをのこさす—花をこさす（龍）　のへとなしつる—のへとなしぬる（龍）

【本文】

遍尽二秋花一

72（67）わが宿に花を残さず移し植ゑて鹿の音聞かぬ野辺となしつる

【訳】

一面秋の花で埋め尽くす

72（67）私の家に花を残さず移し植えて、鹿の音を聞くことのない野辺としてしまったことだ。

【他出】後拾遺集・秋上・三三二　和歌一字抄上・二八八　題林愚抄・三三四八

【語釈】○遍尽二秋花一　「遍く（あまねく）」は、一面に、すべてに渡って広く、の意。「春来遍是桃花水」（和漢朗詠集・春・「三月三日付桃」・三八）、「初時雨降るほどもなく佐保山の梢遍く移ろひにけり」（後撰集・冬・四四四　よみ人知らず）。［校異］に示した他本、また［他出］本文は、「遍」を「庭」とする。初句に「わが宿に」とあるので、「庭」とあるほうがつながりはよくなる。○鹿の音聞かぬ野辺　鹿が秋の野辺で鳴く様子は、「秋萩の咲きたる野辺に小牡鹿は散らまく惜しみ鳴きゆくものを」（万葉集・巻十・二一五五）、「見渡せば野辺の秋霧立ちこめて鹿の音のみぞ隠れざりける」（祐子内親王家歌合・五六　左大弁〈源資通〉）などと詠まれる。当該歌は、自分の庭にあたかも本当の野辺のように花を植えたのだが、鹿の音ばかりはあつらえられないことを「鹿の音聞かぬ」と詠む。

【補説】当該歌は、後拾遺集に入集し、詞書から歌合の詠であったことが知られる。

橘義清家歌合し侍りけるに、庭に秋花を尽くすといふ心を詠める　源頼家朝臣

わが宿に千種の花を植ゑつれば鹿の音のみや野辺に残らむ（秋上・三三一）

源頼実朝臣

わが宿に花を残さず移し植えて鹿の音聞かぬ野辺となしつる（同・三三二）

橘義清は、橘義通男で、為仲の兄。また、源頼家は頼実の叔父。同座した義清・頼家・頼実は、巻末の［勘物］『土右記』に記された「歌人」「世称六人云々」のメンバーである。だが、頼実集には歌合主催者として「義清」の名は記されていない。

『歌合大成』（一三二）は、右の後拾遺集の一首をもとに、三人が同座していることから、長久ごろの開催とし、「共通用語の多いその詠み口よりして、恐らく当座即番の私的小規模な純粋歌合であったであろうと考えられる」とする。

73

秋夕風

あきかせの荻の葉すくるゆふくれに
ひとまつ人のこゝろをそしる

【校異】秋夕風―右大弁のさそひ給しかはむめつにまかりて河辺水秋夕風（榊・松・三・龍）　荻の葉すくる―をきのはすゑる（松）、をきのはすへる（三）

【本文】秋夕風

73　秋風の荻の葉過ぐる夕暮れに人待つ人の心をぞ知る

【訳】秋の夕風

73　秋風が荻の葉を吹き過ぎる夕暮れには、人を待つ人の気持ちがわかることだ。

【他出】ナシ

【語釈】**〇秋夕風**　秋の夕方に吹く涼風。「七月ついたちころに尾張に下りけるに、夕涼みに関山を越ゆとてしばし車をとどめて休み侍りて詠み侍りける／越えはてば都も遠くなりぬべし関の夕風しばし涼まむ」（後拾遺集・羇旅・五一一　赤染衛門）。なお［校異］に示す通り、他本に「右大弁の誘ひ給ひしかば、梅津にまかりて、河辺水、秋夕風」とあるが、「右大弁の誘ひ給ひしかば、梅津にまかりて、河辺水」は、88番歌の詞書であると考えられ、伝来の過程での錯簡による歌序の乱れとして、伝本の性格に大きく関わる部分である。解説Ⅲ参照。**〇荻の葉**　荻の葉が風に吹かれそよぐ様は、「荻の葉風」「荻の上風」などと言い表され、その葉ずれの音は、「思ふこと侍りけるころ／いとどしくもの思ふ宿の荻の葉に秋と告げつる風のわびしさ」（後撰集・秋上・二二〇　よみ人知らず）のように寂寥感を誘うものとして詠まれる。［補説］参照。**〇過ぐる**　風が吹き抜けていくこと。「土御門右大臣（師房）の家に歌合し侍りけるに秋風を詠める／荻の葉に吹き過ぎてゆく秋風のまた誰が里をおどろかすらむ」（後拾遺集・秋上・三二〇　よみ人知らず）は、頼実も出詠した歌合のもの。その歌合については、54番歌参照。**〇人待つ人の心**　訪れる人を待つ、人恋しい気持ち。「月の明かかりし見るとて、とみに寝られざりしかば／秋の夜の月をながむとせしほどに人待つ人と人や見るらむ」（相模集Ⅲ・二一）。

【補説】　当該歌は、風に吹かれる荻の葉ずれの音がする夕暮れには、恋人がやって来たかもしれないと期待してしまうので、待つ人の人恋しさ、辛さを思い知ることだ、と詠む。

荻の葉に吹く秋風を忘れつつ恋しき人の来るかとぞ見る（重之集・二六八）

待つ人にあやまたれつつ荻の音のそよぐにつけてしづ心なし（輔親集Ⅰ・一六七）

なお、堀河百首の次の歌は、当該歌に似た表現を用いつつ、荻の葉に霰が降る侘しさを詠む。

さ夜寒み人待つ人に聞かせばや荻の枯れ葉に霰降るなり（堀河百首・九三五　仲実）

長久三年うるふ九月のつこもりに関白
殿ありまのゆにおはしましてそのあひた
宮にさふらふ人〳〵よしきよしけなりつね
ひらためなかなとして

臨池

74 水のおもによものやまへもうつりつゝ
かゝみとみゆるいけのうへかな

【校異】 つこもりに—こもりに（龍）

【本文】 長久三年閏九月のつごもりに、関白殿有馬の湯におはしまして、その間、宮に候ふ人々、義清、重成、経衡、為仲などして

臨レ池

74 水の面に四方の山辺も映りつつ鏡と見ゆる池の上かな

【訳】 長久三年閏九月のつごもりに、関白殿が有馬の湯にお出ましになり、その間に、宮にお仕えする人々、義清、重成、経衡、為仲などで

池を臨む

74 水面に四方の山辺も映っていて、鏡のように見える池の上であるよ。

【他出】 ナシ

【語釈】 **〇長久三年閏九月つごもり** 『百錬抄』によると、長久三（一〇四二）年閏九月二十三日に、頼通が有馬に下向した旨が見える。［補説］参照。**〇関白殿** 藤原頼通。寛仁三（一〇一九）年から治暦四（一〇六八）年まで、後一条、後朱雀、後冷泉の三代にわたり関白を務めた。**〇有馬の湯** 兵庫県神戸市北区にある温泉。古くから湯治場として有名で、日本書紀の舒明天皇三（六三一）年の記事に行幸のことが見える。「あひ思はぬ人を思ふぞ病ひなるなにか有馬の湯へも行くべき」（古今六帖・二一五二）。**〇宮** 祐子内親王。6番歌参照。**〇義清、重成、経衡、為仲など** 橘義清、源重成、藤原経衡は、頼実とともにいわゆる和歌六人党と称される。橘為仲は、義清の弟。

○臨レ池　歌題。「河原院歌合に松臨レ池といへることを／誰にかと池の心も思ふらむそこに宿れる松の千歳を」（金葉集三奏本・賀・三一四　恵慶法師）。［補説］参照。**○四方の山辺**　「山辺」は、山のほとり、山の際、の意。「四方の山辺」は、「堀川右大臣の九条家にて山ごとに春ありといふ心を詠み侍りける／わが宿の梢ばかりと見しほどに四方の山辺に春は来にけり」（後拾遺集・春上・一〇六　前中納言顕基）の意ではなく、高陽院の「水の面」（池）に映る「山」（築山）を詠んだものであろう。［補説］参照。**○鏡と見ゆる池**　池の水を鏡に喩えた表現。「関白前の大いまうちぎみ六条の家に渡りはじめ侍りける時、池の水永く澄めりといふ心を人々詠み侍りけるに／今年だに鏡と見ゆる池水の千代へてすまむ影ぞゆかしき」（後拾遺集・賀・四五六　藤原範永朝臣）。また、山の姿が水に映る光景を詠む歌に、「水底に映れる秋の山影は鏡の箱の錦とぞ見る」（源賢法眼集・三一）がある。

【補説】　この歌会の折の詠が、83番まで続く。

当該歌詞書の「有馬の湯」（有馬温泉）は、近場の湯治場として貴顕の人気を集め、藤原道長は万寿元（一〇二四）年十月二十五日から翌月九日まで十四日間滞在している（『小右記』）。

関白藤原頼通が有馬の湯に出向いたのは、長久三（一〇四二）年閏九月二十三日であり、二十七日に勅使左衛門権佐泰憲が遣わされている（『百錬抄』）。湯治がやはりかなりの日数に及んだことがわかる。詞書に、頼通留守中に、「宮」祐子内親王方に伺候していた人々の歌会が、長久三年閏九月のつごもりに行われたとあるのに符合する。なお、巻末の勘物によると、頼実は翌長久四年正月九日、六位蔵人に二十九歳で補せられているので、当該歌を詠んだ年が二十八歳であったことが知られる。

ところで、『類題鈔（明題抄）影印と翻刻』（笠間書院　一九九四）に、「302宇治殿未勘年記」として「望池　見泉緑本定　紅花　明月　初霜　残菊　雁　擣衣　惜秋」題が見える。つまり、当該歌以下83番歌までの歌題とほぼ一致する。『類題鈔』は「未勘年記」とするが、長久三年閏九月つごもりのこの歌会の題を記したものであろう。

当該歌「臨池」は、『類題鈔』に「望池」とあり、小異がある。

また、頼通が有馬を訪れた際の歌については、以下のように見いだせる。

有馬の湯にまかりたりけるに詠める　宇治前太政大臣

いさやまたつづきも知らぬ高嶺にてまづ来る人に都をぞとふ（詞花集・雑下・三八六）

宇治関白有馬の湯見にまかりける道にて、秋の暮れを惜しむ歌詠み侍りけるに　権大納言長家

神奈備の杜のあたりに宿は借れ暮れゆく秋もさぞ留まるらむ（新勅撰集・羇旅・五一六）

宇治入道前関白、有馬の湯にまかりて侍りける時、山居晩望といふことを　平範国朝臣

山深み旅の日数のふるままに時雨がちなる秋の夕暮れ（万代集・雑四・三三四九）

さらに、和歌一字抄にも、頼通のもと、有馬で開かれた歌会の歌がある。

択紅葉　宇治前太政大臣

いづれをか心にとめむ時雨つつ紅深く照るもみぢ葉は（七八〇）

同　藤憲房

もみぢ葉はみな紅になりにけりいづれやしほに過ぎて見ゆらむ（七八一）

以上有馬会

同　平棟仲

かつ見ても飽かずたづぬるもみぢかな濃きより紅き色はありやと（七八二）

同　義通

もみぢ葉の薄きも濃きもおのづから心の内に分きてこそ見れ（七八三）

同　頼家朝臣

数ふれば日のみ暮れつついづれとも分かれぬ山のもみぢをぞ見る（七八四）

右の歌は、晩秋の景を詠んでおり、当該歌が詠まれた長久三年閏九月のつごもりごろの歌の可能性が高い。義通

は、義清と為仲の父。頼家は頼実の叔父である。

当該歌を含む十題もの歌会はどこで行われたか。「宮に候ふ」とあるので、頼通の邸宅である高陽院で催された可能性は高いであろう。あるいは、邸の景を念頭にして題を選定したかとも考えられよう。65番歌には、高陽院の池での舟逍遥の歌が見えた。高陽院は、長暦三（一〇三九）年三月十六日に焼失したものの、再建されて長久元（一〇四〇）年十二月十三日を移徙の日と決めたとあり（65番歌［補説］参照）、約二年を経過している。当該歌の四方山が池に映るというのは、高陽院の東西南北四つの池に、東西南北の築山の姿が映る光景を詠んだものと解せよう。倉田実「再建「高陽院」について」（65番歌［補説］著書のⅡ第五章）が参考になる。また、Ⅱ第四章には、高陽院の概念図が描かれていて、当該歌の「池」と「四方の山辺」が理解できる。

なお、当該歌については、瓦井裕子「源頼実の『源氏物語』摂取」（『王朝和歌史の中の源氏物語』第二部第二章三）が、源氏物語（総角）の、

> 風のいと激しければ、蔀降ろさせ給ふに、四方の山の鏡と見ゆる汀の氷、月影にいとおもしろし……。

を挙げ、

> 汀にはった氷が周囲の山々を映して鏡のようだといい、その情景は頼実歌とほとんど違うところがない。水に山が映るという発想の珍しさに加え、「四方の山」という表現も重なり、頼実はこの場面の描写を摂取して歌を詠んだと判断される。情景はそのままであるものの、大君の死に沈む薫の心情は拭い去られ、彼がふと目を留める宇治の夜の冴え冴えとした情景がそのまま叙景歌として成立している。「心」ではなく「詞」を取るという堀河朝以前の源氏摂取にも合致しよう。地の文からの表現摂取という点でも注目される。

と、源氏物語からの摂取を指摘する。

見泉

75
むかしよりをときゝたかきいつみかな
人のせきいるゝみつならねとも

【校異】 みつならねとも―水ならなくに（東）

【本文】 見レ泉

75 昔より音聞き高き泉かな人の堰き入るる水ならねども

【訳】 泉を見る

75 昔から評判の高い泉であるよ。人が堰き入れる水ではないのだけれど。

【他出】 ナシ

【語釈】 ○見レ泉 歌題。「見レ泉」は、歌題としては他に例を探しえないものの、「泉」を題材に詠む歌には、「賀屏風、人の家に松のもとより泉出でたり／松の根に出づる泉の水なれば同じきものを絶えじとぞ思ふ」（拾遺集・雑賀・一一六四 貫之）などがある。［補説］参照。○音聞き高き 「音聞き」は、噂、評判の意。「音聞きにあやなく人を恋ひ初めてそれとだに見ぬことのわびしさ」（左兵衛佐定文歌合・一三）。散文に多く見られるが、和歌の用例は少ない。［補説］参照。○堰き入るる 「堰き入る」は、堰を作って水を流し入れること。「堰きる」とも。［補説］参照。

【補説】 歌会については、74番歌参照。

『作庭記』に、「泉事」として、「人家に泉は必ずあらまほしき事なり。暑を去ること泉にはしかず。」とある。「泉」は、避暑のために、また生活用水として邸宅にあった。『作庭記』には、人工的に作る泉への言及が多い。

源氏物語（少女）に、六条院完成を記し、秋好中宮の町について、次のように触れている。

中宮の御町をば、もとの山に、紅葉の色濃かるべき植木どもを植ゑ、泉の水遠くすまし、遣水の音まさるべき巌たて加へ、滝落として、……

築山と、水に関わって、泉、遣水、滝に言及している。

和歌に目を向けると、

河原院の泉のもとに涼み侍りて　恵慶法師

松影の岩井の水を掬(むす)びあげて夏なき年と思ひけるかな（拾遺集・夏・一三一）

泉、夜に入りて寒し、といふ心を詠み侍りける　源師賢朝臣

小夜深き泉の水の音聞けば掬ばぬ袖も涼しかりけり（後拾遺集・夏・二三二）

納涼詠が詠まれて、師賢詠は「泉の水の音」に触れている。堀河百首では「泉」は夏の歌題となる。

当該歌は、74番歌［補説］に挙げたように、高陽院の泉を詠んだものと思われる。栄花物語（謌合）に、

院の、高陽院に渡らせたまひておはします。……泉の上の渡殿に、四条の中納言参りたまへるに……

と、女院彰子が高陽院に滞在の折を記している。高陽院では、渡殿の下にも泉が湧いていたようである。

当該歌は、下句に「人の堰き入るる水ならねども」とあって、外から水を引き込んで造作された泉ではなく、自然の湧水の恵みを詠んでいるのであろう。そして、「昔より音聞き高き泉」と家褒めの歌になっている。高陽院については、65番歌、74番歌の［補説］参照。

ところで、龍谷大学本では、欄外上欄に、

拾遺／おとは川せき入て／おとす瀧つせに／人の心のみえもする／かな

とある（／で改行）。これは次の伊勢の歌のこと。

権中納言敦忠が西坂本の山庄の滝の岩に書き付け侍りける　伊勢

音羽川堰き入れて落とす滝つ瀬に人の心の見えもするかな（拾遺集・雑上・四四五）

当該歌の「堰き入る」は、伊勢の歌の「堰き入れて落とす滝つ瀬」から摂取した表現と思われる。

同じ伊勢の歌を踏まえたものに、長元八（一〇三五）年五月、頼通が主催する高陽院での盛大な歌合で詠まれた、

三番　池水　左

千代を経てすむといふ水を堰きれつつ池の心にまかせつるかな（賀陽院水閣歌合・五　資業）

がある。「池水」題であるが、この資業歌の三、四句の表現は、明らかに伊勢歌に拠るものであろう。ただし、十巻本の判詞に「堰き入るる悪しとて負く」として、右方に負けている。

ところが、長久二（一〇四一）年四月に開催された源師房主催の歌合（『歌合大成』一二九）には、次のようにも詠まれている。

十番　遣水　左勝　侍従乳母

堰きれたる岩間の水の濁らぬにのどかに月のかげをこそ見れ（一九）

右　小弁

堰き入れては鏡とぞ見る朝ごとにのどかに澄める水の流れを（二〇）

「遣水」題で、左右ともに伊勢の「堰き入れ」を踏まえている。この歌合には、頼実も出詠していた（16番歌参照）。伊勢の「堰き入れて落とす」は、他に、そもその「滝」で詠まれるなど、さまざまに踏襲されている。

76

翠松

いろふかく木たかき（く歟）まつはなりにけり
いくよそめつるみとりなるらん

【校異】 いろふかく―色ふかし（榊・龍）　木たかき（く歟）まつは―こたかく松は（榊・松）、木たく松は（東）

【本文】　翠松
76　色深く木高き松はなりにけり幾代染めつる緑なるらむ
【訳】　翠松
76　緑の色が濃く、木高い松はなったことだなあ。どれほど長い年月染めてきた緑の色なのだろうか。
【他出】　ナシ
【語釈】　**○翠松**　歌題。緑が深い、青々とした松の意。新撰万葉集に「夏樹野辺草挙緑　葉眼水裳成二翠松一」（三一二）の句が見える。「翠松」題は他に見られないが、緑の松を題材としたものに、「緑の松池に臨めり／誰とかは池の心も思ふらむそこに宿れる松の千歳を」（恵慶集・一五七）、「春の小松緑を増す／千代までは変はらざるべき松なれど春は緑の深くぞありける」（嘉言集・一一七）などがある。新撰万葉集は夏、嘉言集は春で、緑が濃くなる季節である。当該歌が詠まれたのは「閏九月のつごもり」、晩秋であるが、賀意を込めて青々とした緑の松を詠んだのであろう。［補説］参照。**○色深く**　色が濃く、目立つように。「水底の色さへ深き松が枝に千歳をかねて咲ける藤波」（後撰集・春下・一二四　よみ人知らず）。**○木高き松は**　傍記や他本は「木高く」とあるが、底本に従った。「木高き」は木が高く繁っているさま。「松」とともに用いて経過した年月の長さを表したり、悠久の繁栄を言祝いだりする例がみられる。「引きて植ゑし人はむべこそ老いにけれ松の木高くなりにけるかな」（後撰集・雑一・一一〇七　躬恒）、「藤氏の産屋にまかりて／二葉より頼もしきかな春日山木高き松の種ぞと思へば」（拾遺集・賀・二六七　能宣）。**○幾代染めつる緑なるらむ**　「幾代」は、どれほどの年数の意。時間の長さを詠むことが多い。「緑なるらむ」の「なる」は断定の助動詞、「らむ」は現在の原因推量の助動詞で、どれほどの年数を経て現在のような緑になったのかを問い、推量している。「入道摂政の家の屏風に／見渡せば松の葉白き吉野山幾代積もれる雪にかあるらむ」（拾遺集・冬・二五〇　兼盛）。なお、「緑なるらむ」は、あまり例のない表現。公任集（六六・四三〇・四三三）に三例見える。［補説］参照。

【補説】歌会については、74番歌参照。

当該歌も、74番歌、75番歌と同様に、高陽院の景をふまえて詠んだものであろう。木高き松が「色深く」なったと歌うことで、この邸宅の繁栄を寿いでいる。同様に、松の緑の濃さを詠むことで賀意を表した歌に次のようなものがある。

寛平御時后の宮の歌合に詠める　源宗于朝臣

ときはなる松の緑も春来れば今ひとしほの色まさりけり（古今集・春上・二四）

五条の内侍のかみの賀の屛風に、松の海にひたりたるところを　伊勢

海にのみひちたる松の深緑幾しほとかは知るべかるらむ（拾遺集・雑上・四五七）

長元六年、関白、白河にて子日し侍りけるに　権中納言顕基

千歳まで色やまさらむ君がため祝ひ染めつる松の緑は（新勅撰集・賀・四五七）

なお、高遠集の二一二番歌に、当該歌と下句が似ている歌がある。

入り江をかしかりし所に、松のありしを見て

みさごゐる入り江の松も波なれて幾代を染める緑なるらむ

中川博夫『大弐高遠集注釈』（私家集注釈叢刊17・貴重本刊行会・二〇一〇）は、常緑の松の色の深さを表すのに、「幾代を染める」と言ったところに趣向がある。

と解説し、当該歌を挙げて「少し後代の頼実が……類歌を詠んでいる。」と、指摘している。

77

紅葉

木するゑよりちるたにおしきもみちはの

風のをとさへまれになりゆく

【校異】ナシ

【本文】紅葉

77 梢より散るだに惜しきもみぢ葉の風の音さへまれになりゆく

【訳】紅葉

77 梢から散るのさえ惜しいもみじ葉、その葉を散らす風の音までまれになっていくことだ。

【他出】ナシ

【語釈】**○紅葉** 歌題。当該歌が詠まれたのは「閏九月のつごもり」、晩秋なので、散るもみじを詠んでいる。**○散るだに惜しき** 散ることさえ惜しい。散ることさえもったいない。「限りありて散るだに惜しき山吹をいたくな折りそ井手の川波」（金葉集・春・七七　摂政右大臣）。**○風の音さへまれになりゆく** 梢に残るもみじが少なくなったために、もみじを散らす風の音までまれにしか聞こえなくなった、ということであろう。「佐保山の柞（ははそ）のもみぢ散るままに声弱りゆく木枯らしの風」（後葉集・秋下・一八六　よみ人知らず）。「まれに」は、めったにないさま。珍しいさま。「吹く風に枝のむなしくなりゆけば落つる花こそまれに見えけれ」（千里集・三一）。

【補説】歌会については、74番歌参照。

次の歌は、当該歌と共通する表現が見られる。

吹く風に散るだに惜しき佐保山のもみぢこきたれ時雨さへ降る（続古今集・冬・五五三　中納言家持／家持集Ⅱ・二六四）

散り果てて一葉だになき冬山はなかなか風の音も聞こえず（和泉式部集Ⅱ・三二七）

一葉だに散るは惜しきをもみぢする森の梢に風の吹くかな（経衡集・四七）

一首目の続古今集の歌は、「散る」「風」といった語句だけでなく、「散るだに惜しき……さへ……」という構文も共通している。二首目の和泉式部集の歌は梢にもみじが残っているかいないかという違いはあるものの、もみじが残っていないから風の音も聞こえない、と風の音に着目した点が同じである。三首目の経衡集の歌は梢にもみじがたくさん残っている時の歌だが、散るのさえ惜しいもみじに風が吹くという状況が似ている。

しかし、頼実歌の特徴は、目でもみじをとらえるのではなく、耳から聞こえる風の音、聴覚によってもみじをとらえているところであろう。風の音がまれになっていくのを聞いて、実際には見ていない梢のもみじが残り少なくなったことを想像しているのである。頼実が聴覚に優れた歌人だといわれる所以であろう。

77番歌と同様、聴覚で紅葉をとらえた歌が、道信集Ⅱにある。

小倉にて、殿上人もみぢ見にまかりて、歌詠むに
川霧にいとど小倉はをぐらくてもみぢを風の音に聞くかな（六七）

明月

78
月かけのみるにくまなきあきの夜は
たのめぬ人もまたれこそすれ

【校異】あきの夜は—あきの夜そ（松）

【本文】明月
78　月影の見るにくまなき秋の夜は頼めぬ人も待たれこそすれ

【訳】明月
78　月の姿が、見るとくもりなく美しい秋の夜は、来ることがあてにならない人も待たずにはいられないことだよ。

【他出】　ナシ

【語釈】　○明月　歌題。明るく澄みわたった月。勅撰集の「明月」題は、金葉集に「翫二明月一といへることを詠める　前中納言伊房」（秋・一七八）とあるのが最初である。明月を含む歌題は他に、「久契二明月一」（師実集Ⅰ・八詞書／経信集Ⅲ・一一二詞書）、「明月如レ昼」（俊頼集Ⅰ・五一三詞書）などがある。○月影　月の姿。月の形。「二つなきものと思ひしを水底に山の端ならで出づる月影」（古今集・雑上・八八一　紀貫之）。○くまなき　陰になったところや、暗い所がないさま。「公の御かしこまりに侍りけるころ、賀茂の御社に夜々参りて祈り申しけるに、月の面白く侍りけるに／かくばかりくまなき月を同じくは心も晴れて見るよしもがな」（後拾遺集・雑一・八四九　賀茂成助）。○頼めぬ人　「頼む」は下二段活用で、当てにさせる、の意。「ぬ」は打消の助動詞「ず」の連体形。来ることが当てにならない人。「契りおきし人もこずゑの木の間より頼めぬ月の影ぞもりくる」（金葉集・恋下・四七〇　摂政家堀河）。○待たれこそすれ　「待たれ」の「れ」は自発の助動詞。自然と待ってしまう。待たずにはいられない。「今は来じと思ふものから忘れつつ待たるることのまたもやまぬか」（古今集・恋五・七七四　よみ人知らず）。

【補説】　歌会については、74番歌参照。

当該歌と同様に、月の美しい夜に人を待たずにはいられない気持ちを詠んだ歌が、古今集にある。

月夜には来ぬ人待たるかきくもり雨も降らなむわびつつも寝む（恋五・七七五　よみ人知らず）

また、白氏文集（巻十）にも、「城上対レ月、期レ友不レ至（城上月に対す、友に期すれども至らず）」と題する詩に、

期レ君君不レ至　人月両悠悠（君に期すれども君は至らず、人と月と両つながら悠悠たり）

と、明月の夜、友の来訪のないことを嘆く句が見える。

ところで、くまなき月は、38番歌で、

八月十五夜、権大納言家、月似レ昼、題を

秋の夜の空にくまなき月かげは嘆きやすらむ葛城の神

と、詠まれていた。しかし、78番歌が詠まれたのは閏九月のつごもりであるから、実際には月は「くまなき」という状態ではなかったと思われる。
後の時代になるが、承暦二（一〇七八）年の四月晦日に行われた「内裏後番歌合 承暦二年」において、「月」題で次の歌が詠まれている。

月影の至らぬくまはなけれどもはるかに雲の上はのどけし（一九 公定朝臣）
曇りなき影をとどめば山の端に入るとも月を惜しまざらまし（二〇 公実朝臣）

78番歌も、歌会の場となっている邸宅への賀意を込めて、「月影の見るにくまなき」と詠んだのではないか。

79

初雪[本]

あさまたき人のふみゆくみちしはの
あとみゆはかりをけるしもかな

【校異】 初雪[本]―初霜（龍） みちしはの―道の（三）
【本文】 初霜
79 朝まだき人の踏み行く道芝の跡見ゆばかり置ける霜かな
【訳】 初霜
79 朝早くに人が踏んで行く雑草の上の足跡が見えるほど、一面に置いた霜だなあ。
【他出】 ナシ
【語釈】 **○初霜** 歌題。底本には「初雪」とあるが、歌に詠まれているのは「雪」ではなく「霜」である。本文を、龍谷大学本にあるように「初霜」に改めた。「初霜」題は、「初雪」題に比べて数が少なく、八代集では詞花集の一例のみである。「初霜を詠める／初霜も置きにけらしな今朝見れば野辺の浅茅も色づきにけり」（詞花集・秋・一三八　大中臣能宣朝臣）。**〇朝まだき**　まだ夜が明けきらないころ。朝早く。「朝まだき嵐の山の寒ければもみぢの錦着ぬ人ぞなき」（拾遺集・秋・二一〇　右衛門督公任）。**〇道芝**　道に生えている雑草。枕草子「草は」に、「道芝いとをかし」とある。［補説］参照。**〇置ける霜かな**　「霜」は、秋冬に、地面や物の表面を白く覆う細かな氷の結晶。「心あてに折らばや折らむ初霜の置き惑はせる白菊の花」（古今集・秋下・二七七　凡河内躬恒）。

【補説】　歌会については、74番歌参照。

「道芝」は三代集に用例がなく、次の例が比較的古いもので、いずれも「露」と共に用いている。

消えかへりあるかなきかのわが身かなうらみて帰る道芝の露（新古今集・恋三・一一八八　左大将朝光／小大君集Ⅰ・六二）

かひなくて有明の月に帰りなば濡れてや行かむ道芝の露（高遠集・二二）

夏の日の足にあたればさしながらはかなく消ゆる道芝の露（和泉式部集Ⅰ・二四）

ところで、狭衣物語（巻二）に、失踪した飛鳥井の女君を「道芝の露」に喩えて、狭衣中将が詠んだ歌がある。

訪ぬべき草の原さへ霜枯れて誰に問はまし道芝の露

飛鳥井の女君を、はかない道芝の露に喩え、霜枯れてしまって訪ねることもできないと、そのはかなさを詠んでいる。なお、狭衣物語の作者六条斎院宣旨（～一〇九二）は、頼実の同母きょうだいである。

当該歌と同様に、道芝に置いた霜を詠んだ歌として、次のような「霜」題の歌がある。

いつしかと朝戸おしあけ見渡せば道芝白く置ける霜かな（堀河百首・九一六　師頼）

80

残菊

あきふかくなりゆくまゝに菊のはな
日にそへてこそいろもそめけれ

【校異】 日にそへてこそ―ひにそくてこそ（龍） いろもそめけれ―いろはそめけれ（榊・松・三・東）、いろは染けり（龍）

【本文】 残菊

80 秋深くなりゆくままに菊の花日に添へてこそ色も染めけれ

【訳】 残菊

80 秋が深くなってゆくのにつれて、菊の花は一日ごとに色も染めていくことだなあ。

【他出】 ナシ

【語釈】 ○残菊 歌題。陰暦の九月九日を過ぎても咲いている菊。また、晩秋から初冬にかけて咲いている菊。頼実集では、64番歌、87番歌の詞書にも「残りの菊」とある。○秋深くなりゆくままに 秋が深くなってゆくのにつれて。秋が深くなってゆくのとともに。「秋深くなりゆくままに時雨のみふるさと人はながめをぞする」（定頼集Ⅱ・一二六）。○日に添へて 日が経つにつれて。日に日に。「日に添へて憂きことのみもまさるかな暮れてはやがて明けずもあらなむ」（和泉式部集Ⅰ・五四六）。○色も染めけれ 「色も染めることだ」の意。「色も」とあるのは、色だけでなく、見た目や香が変化していることをいうのであろう。「昨日見し色も変はりて朝ごとに面変はりする庭の菊かな」（定頼集Ⅰ・四四）、「色も香も匂ひやすると旅人の衣に匂へ白菊の花」（匡房集Ⅰ・一一四）。

【補説】 歌会については、74番歌参照。
菊の花は、一日の寒暖差が大きくなる晩秋のころ、色が濃く変化していく。花の色が変わること、うつろうことは、多くの場合花が枯れてみすぼらしくなる状態を意味し、歓迎されない。しかし、菊の花の変化は別格だったようである。

色変はる秋の菊をばひととせに再び匂ふ花とこそ見れ（古今集・秋下・二七八　よみ人知らず）
秋をおきて時こそありけれ菊の花うつろふからに色の増されば（古今集・秋下・二七九　平貞文）
何に菊色染めかへし匂ふらむ花もてはやす君も来なくに（後撰集・秋下・四〇〇　よみ人知らず）
紫にやしほ染めたる菊の花うつろふ色と誰か言ひけむ（後拾遺集・秋下・三五〇　藤原義忠朝臣）

当該歌もこれらの用例と同様に、「色も染めけれ」と歌い、菊の花の変化を賞美している。

81

擣衣

から衣うつこゑしけくきこゆなり
さむきあらしのをとにそへつゝ

【校異】　ナシ
【本文】　擣衣
81　唐衣打つ声しげく聞こゆなり寒き嵐の音に添へつつ
【訳】　擣衣
81　衣を打つ砧の音がひっきりなしに聞こえてくる。冷たい嵐の音に重ねながら。
【他出】　ナシ
【語釈】　**○擣衣**　歌題。42番歌にも、「聞擣衣」という歌題がある。衣を打つとは、衣を砧の上に置き、槌で叩いて艶を出し柔らかくする作業。漢詩では晩秋、出征した夫を妻が案じながら冬じたくをする行為として詠まれることが多い。［補説］参照。**○唐衣打つ声しげく**　衣を打つ砧の音があちらこちらからひっきりなしに、の意。小山順子「「風の声」の表現——和歌における「おと」「こゑ」試論」（『京都大学国文学論叢』6　二〇〇一・六）は、「衣打つ声」について、「唐衣打つ声聞けば月きよみまだ寝ぬ人を空に知るかな」（和漢朗詠集・秋・「擣衣」・三五一　貫之）をあげて、詩語「擣レ衣声」を歌語化して用いたものと指摘する。［補説］参照。**○聞こゆなり**　「なり」は推定の助動詞で、聴覚により事態をとらえる意を表す。**○寒き嵐の音に添へつつ**　冷たい嵐の音に重ねながら、の意。「添へ」は、他動詞「添ふ」の連用形で、もとになるものにつけ加える、意。ここは、「嵐の音」に「衣を打つ砧の音」を加えることをいう。「つつ」は反復。詠嘆・余情の意が含まれる。

【補説】　歌会については、74番歌参照。

「擣衣」題は、42番歌［補説］に引用したように、李白の「子夜呉歌」や白居易「聞二夜砧一」の影響を受けていると考えられる。説明のために再度引用したい。

聞二夜砧一　　白居易

誰家思婦秋擣レ帛　月苦風凄砧杵悲
（誰が家の思婦か秋に帛を擣つ　月苦え風凄じくして砧杵悲しむ）

八月九月正長夜　千声万声無二了時一
（八月九月正に長き夜　千声万声了る時無し）

応下到二天明一頭尽白上　一声添得一茎糸
（応に天明に到りて頭尽く白かるべし　一声添へ得たり一茎の糸）

（白氏文集・巻十九）

当該歌の上句「唐衣打つ声しげく聞こゆなり」は「千声万声無了時」を、下句の「嵐の音」は「風凄」を踏まえた表現であろう。なお、右の詩の第三・四句は、和漢朗詠集の「擣衣」の項目に採られていて、源氏物語（夕顔）に、光源氏が身分を隠して五条わたりに住む夕顔の元に通った八月十五夜に、

白栲の衣うつ砧の音も、かすかに、こなたかなた聞きわたされ、空とぶ雁の声とり集めて忍びがたきこと多かり。

と、衣を打つ砧の音がかすかにあちらこちらから聞こえ、その音に雁の声が一緒になって、秋の哀愁の念に堪えられない、と書かれている。

82

遠雁

82 よとゝもにそらにきこゆるかりかねは
しらぬくもちもあらしとそおもふ

【校異】 ナシ

【本文】 遠雁

82 世とともに空に聞こゆる雁がねは知らぬ雲路もあらじとぞ思ふ

【訳】 遠い雁

82 毎年空に聞こえる雁の鳴き声は、それを聞いていると、知らない雲の路などないだろうと思うことだ。

【他出】 ナシ

【語釈】 **○遠雁** 歌題。同じ歌題は見いだせない。遠くの雁を詠んだものに、新撰和歌の「春 秋 并百二十首」に秋の歌として、「白雲のなかにまぎれて行く雁の声は遠くも隠れざりけり」がある。また、はやく文華秀麗集に、「雲天遠雁聲宜レ聴、檐樹晩蟬引欲レ殫」（晩秋述懐・五〇）と当該歌と似た景が見え、大江時棟（大江匡衡男）に、「夜深聞二遠雁一」題の七言絶句がある（類聚句題抄・四〇七）。**○世とともに** 世の推移と一緒に、の意。絶えることなく常に、続けて。「世とともに流れてぞ行く涙川冬もこほらぬ水泡（みなわ）なりけり」（古今集・恋二・五七三 紀貫之）。ここは、毎年秋になるといつも、の意に解した。**○知らぬ雲路もあらじとぞ思ふ** 雁には知らない雲路もないだろうと思うことだ、の意。「雲路」は鳥や月などが通る雲の中の道のこと。［補説］参照。

【補説】　歌会については、74番歌参照。

雁は渡り鳥であり、毎年秋になるとやってきて春には帰っていく。

当該歌は毎年やってくる雁の声を遠くに聞いて、知らない雲路はあるまいと雁への思いを寄せて詠んだもの。次に示す歌も、

人の、雁は来にけりと申すを聞きて　　躬恒
年ごとに雲路まどはぬ雁がねは心づからや秋を知るらむ（後撰集・秋下・三六五）

雁が毎年雲路を迷わずやってくるとあり、雁自身が自分の心で秋を感知しているからかと詠む。

一方、雁の鳴き声を「雲路」に「まどふ」「まよふ」と捉えた例も見られる。

帰る雁を聞きて　　よみ人知らず
帰る雁雲路にまどふ声すなり霞吹きとけこのめはる風（後撰集・春中・六〇）

題不知　　よみ人知らず
ふるさとに帰る雁がね小夜ふけて雲路にまよふ声きこゆなり（新古今集・春上・六〇）

後撰集の「帰る雁……」の歌は、霞のために雁は雲路に惑っているだろうとし、新古今集の「ふるさとに……」の歌は、夜も更けたため雲路に迷っているだろうとしている。春になり、詠歌主体から遠ざかり帰ってゆく雁については、「雲路にまどふ」「雲路にまよふ」と表現している。

83

惜秋

くれてゆくそらに心そとまりける
けふをしあきのせきとおもへは

【校異】けふをしあきのーけふらし秋の（榊・松・三）、けふのみあきの（東）

【本文】惜レ秋

83　暮れてゆく空に心ぞとまりける今日をし秋の関と思へば

【訳】秋を惜しむ

83　日が暮れていく秋の終わりの空に心が惹かれることだ。今日という日が秋を留める関所だと思うので。

【他出】ナシ

【語釈】**○惜レ秋**　歌題。**○暮れてゆく**　次第に日が暮れるの意に、歌題「惜レ秋」との関わりより、秋が暮れていくの意を重ねているのだろう。「題しらず／暮れてゆく空をやよひのしばしとも春の別れはいふかひもなし」（新勅撰集・雑一・一〇五五　藤原信実朝臣）。**○心ぞとまりける**　心が惹かれることであるの意。「屏風絵に車おさへてもみぢ見るところをよめる／ふるさとはまだ遠けれどもみぢ葉の色に心のとまりぬるかな」（後拾遺集・秋下・三四五　藤原兼房朝臣）。当該歌の「とまり」は下句の「関」の縁語。**○今日をし秋の関と思へば**　まさに今日という日が秋の関所だと思うので、の意。「〜し〜ば」という形は、副助詞「し」に付いた言葉を強める言い方。「秋の関」は秋を留める関所の意。［補説］参照。

【補説】当該歌は、長久三年閏九月のつごもりの歌会における最後に詠んだもの。74番歌参照。

能宣集Ⅰに、当該歌と同じく「秋の関」を詠み入れた月次の屏風歌の例がある。

十月、網代にもみぢ流れ寄り、旅人あまた立ちとまりてみる所

もみぢ葉の寄れる網代はあかずして過ぎにし秋の関にぞありける（九一）

能宣歌では、網代を秋の関所と詠むのに対し、当該歌は今日という日が秋と冬の分かれ目である秋の関所になっているとする。

「秋の関」と同じような表現に「春の関」がある。時代が少し下るが、堀河百首に次のように見える。

杜若　　　　　　　　　　　　　　　　　国信

花はよし名ぞかひもなき杜若春の関としなると聞かねば（堀河百首。春廿首・二五九）

杜若（かきつばた）は「垣」という名を持っているのに、春をとめる関所とならないので、名はそのかいがない、という。

84

長久三年右大弁家にて夜深待月と

いふ題

月かけをまつに夜ふけぬあきのよは

あくるほとたにひさしからなん

【校異】右大弁家にて―右大弁山家にて（榊・松・龍）　といふ題―といふ題を（龍）

【本文】長久三年、右大弁家にて、夜深待㆑月、といふ題

84　月影を待つに夜更けぬ秋の夜は明くるほどだに久しからなむ

【訳】長久三年、右大弁家にて、夜深く月を待つ、という題

84　月の出を待っていると、夜も更けてしまった。秋の夜はせめて明けるまでの間だけでも久しくあってほしいものである。

【他出】ナシ

【語釈】**〇右大弁家**　「右大弁」は源資通のこと。50番歌参照。資通は、88番歌にも登場。なお、他本に「右大弁山家」とあるが、底本を生かした。**〇夜深待㆑月**　歌題。この題は万代集に、「夜深待㆑月といふことを／夜はふけ

ぬ今はいつとも月影を見るほどもなく明けぬべきかな」（雑二・二九九七　大江嘉言）とあるが、嘉言集には、「月を待つ」（五詞書）とある。後世になると、「夜深待月」題が、「入道前摂政家建保五年御歌合、夜深待月」（壬二集・二四八九）、「右大臣家六首歌合、夜深待月」（拾遺愚草下・二四〇二）などいくつか見える。**○久しからなむ**　願望の終助詞「なむ」は、他者に対して、ある行動・状態の実現を期待するときに用いる。「たなばたの今日を暮らさむほどはしも来し方よりも久しからなむ」（道命集・一二七）。

【補説】　当該歌は「秋」の部立の最後に置かれた歌である。詞書に「長久三年」とあり、歌題「夜深待レ月」のもと、月の出の遅い下旬の秋の夜を詠んでいる。詠作年時は長久三（一〇四二）年の秋。

　ところで、加藤裕子「京都女子大学蘆庵文庫本『源頼実集』の構成と配列をめぐって」（『国文学　言語と文芸』137　二〇二一・二）は、当該家集の歌の配列は、各部立内においておおむね詠作順に配列されている、と指摘している。当該歌の前に置かれた歌群74～83番歌は、74番歌詞書に「長久三年閏九月のつごもり」とあるので「秋」の歌最後の84番歌は、その後まもなく詠まれたものとなろう。

　なお、三手文庫本の詞書は「長久三年右大弁家にて夜深」で改行し、「待月といふ題」が次行にある。そしてその冒頭は他の歌題と同じ位置となっていることから、三手文庫本は「待月」を歌題と認識していたと思われる。

85

　　ふゆ十月一日山さとに人〳〵ゆきて紅葉
　を見てかはらけとりて
紅葉はのちりしのこれはやまさとに
あきをとゝめてみる心地する

【校異】人〳〵ゆきて―人〳〵いきて（松・三・龍）

【本文】冬

十月一日、山里に人々行きて、もみぢを見て、かはらけ取りて

85 もみぢ葉の散りし残れば山里に秋をとどめて見る心地する

【訳】冬

十月一日、山里に人々が出かけて、もみじを見て、盃を手に取って

85 もみじ葉がこんなにも散り残っているので、山里に秋を留め置いて見る心地がすることだ。

【他出】ナシ

【語釈】**○冬** 底本の「ふゆ」は詞書本文に続いているが、部立。他の「春」「夏」「秋」の部立は詞書本文より一字上げ、行を変えている。［本文］では同様に改行した。**○十月一日** 「十月一日」は日付をさすのであろう。［補説］参照。**○山里に人々行きて** 山里に人々が出かけたのは、散り残る紅葉を求めてであろう。**○かはらけ取りて** 「かはらけ」は素焼きの盃。盃を手に取って歌を詠むことを表現。宴席などで歌を詠みあったものか。他に2・53番歌に見られる。**○散りし残れば** 「し」は強意の副助詞。目の前にこんなにももみじが散り残っているので、の意。「散り残る」は、もみじが散らないで枝に残っている状態をいう。「あしひきの山隠れなる桜花散り残れりと風に知らるな」（拾遺集・春・六六 小弐命婦）。**○秋をとどめて** 秋を留め置いて、の意。「もみぢ葉を寄する網代は多かれど秋をとどめて見るよしぞなみ」（重之集・三五）。

【補説】詞書の「十月一日」は暦日に基づくと、季節は冬になる。当該歌は冬の初日に詠まれた歌で、山里に出かけて枝に残るもみじを見て、秋の名残を詠んでいる。

月の初めを表す言葉に「ついたち」という言葉がある。「ついたち」は「月立ち（つきたち）」のイ音便で、月の初旬、上旬の意。月の第一日を表すときは、多く「ついたちの日」という言い方をした。

詞書に「十月ついたちの日」「十月のついたち」と記して、過ぎ去った秋やもみじを求めて、秋の名残を詠んだ歌には次のようなものがある。

十月ついたちの日、殿上のをのこども嵯峨野にまかりて侍る伴に呼ばれて　清原元輔

秋もまだ遠くもあらぬにいかでなほたちかへれとも告げにやらまし（拾遺集・雑秋・一一三七）

元輔の歌は、過ぎ去ってしまった秋を呼び戻したいという思いを詠んだ歌である。

十月のついたちに、上のをのこども大井川にまかりて歌詠み侍りけるに詠める　前大納言公任

落ち積もるもみぢを見れば大井川ゐせきに秋もとまるなりけり（後拾遺集・冬・三七七）

この公任歌は、冬の冒頭歌として置かれ、大井川で、落ち積もるもみじに秋の名残を見ると詠んだものである。なお、公任歌は、風雅集（冬・七二五）にも冬の冒頭歌として見え、その詞書には「十月一日、大井にまかりて、これかれ歌よみけるに」とある。

86（71）

月夜のしくれ

さためなきそらにもあ○[る]かなみる程に

時雨にくもる冬の夜の月

【校異】そらにもあ○[る]かな―そらにあるかな（榊）、そらにもあるな（松・龍）、そらにもあるか（東）

【本文】

月夜の時雨

86（71）定めなき空にもあるかな見るほどに時雨に曇る冬の夜の月

【訳】　月夜の時雨

86（71）晴れたり曇ったり、一定に定まらない空であるなあ。見ているうちに時雨に曇っていく冬の夜の月であることよ。

【他出】　ナシ

【語釈】　**○時雨**　晩秋から初冬にかけて降る通り雨。「思はぬに時雨の雨は降りたれど天雲（あまくも）晴れて月夜（つくよ）さやけし」（万葉集・巻十・二二二七）。**○定めなき**　変化が多く、ものごとが一定しないことをいう。「神無月降りみ降らずみ定めなき時雨ぞ冬の始めなりける」（後撰集・冬・四四五　よみ人知らず）。**○空にもあるかな**　空であるなあ。「に」は断定の助動詞「ぬ」の連用形。「も」は強調の係助詞。「遅く出づる月にもあるかなあしひきの山のあなたも惜しむべらなり」（古今集・雑上・八七七　よみ人知らず）。**○見るほどに**　見ているうちに。「ほど」は経過していく時間の意。間。「暮れの夏、有明の月を詠み侍りける／夏の夜の有明の月を見るほどに秋をも待たで風ぞ涼しき」（後拾遺集・夏・二三〇　内大臣〈藤原師通〉）。**○時雨に曇る**　「曇る」は、雲や霧などが空をおおうこと。ここは時雨が空をおおい、月の光がぼんやりしたことをいう。「ひとり寝の涙や空に通ふらむ時雨に曇る有明の月」（千載集・冬・四〇六　摂政前右大臣〈藤原兼実〉）。

【補説】　冬の夜の月について、源氏物語（朝顔）で、源氏が次のように語る場面がある。

　時々につけても、人の心をうつすめる花紅葉の盛りよりも、冬の夜の澄める月に雪の光りあひたる空こそ、あやしう色なきものの身にしみて、この世の外のことまで思ひ流され、おもしろさもあはれさも残らぬをりなれ。すさまじき例に言ひおきけむ人の心浅さよ。

　また、更級日記でも、資通が、勅使として伊勢に下った折のことを語る場面で、次のように述べている。

　冬の夜の月は、昔よりすさまじきもののためしにひかれてはべりけるに、またいと寒くなどしてことに見られざりしを、斎宮の御裳着の勅使にて下りしに、暁に上らむとて、日ごろ降りつみたる雪に月のいと明きに、……夜の明けなむも惜しう、京のことも思ひたえぬばかりおぼえはべりしよりなむ冬の夜の雪降れる夜は思ひ知られて、火桶などをいだきても、かならず出でゐてなむ見られはべる。

福家俊幸『更級日記全注釈』（角川学芸出版　二〇一五）は、この場面について次のように説く。

中嶋朋恵（「春秋優劣論と冬の月」『東京成徳短期大学紀要』一九八四・三）に拠ると、『源氏物語』の春秋優劣論の特色に、音楽の描写が加わったことと冬の月が評価されたことが挙げられ、それはそのまま『更級』の記述に継承されているという。まさにこの春秋優劣も『源氏』引用の一つの形であったことになる。

冬の夜の月が注目されるようになったのは、いつごろからであろうか。

まず、和歌において冬の月はどのように詠まれていたのか確認したい。古今集には次の一首が見られる。

題知らず　　よみ人知らず

大空の月の光し清ければ影見し水ぞまづこほりける（冬・三一六）

古今六帖（三一五～三一九）に、「冬の月」題で五首の歌があるが、いずれも古今集同様、雪や氷と共に詠まれている。

冬の夜の月の美しさに注目した歌が詠まれるのは、勅撰集では拾遺集以後となる。

高岳相如が家に、冬の夜の月おもしろう侍りける夜、まかりて　　元輔

いざかくてをり明かしてむ冬の月春の花にも劣らざりけり（拾遺集・雑秋・一一四六）

冬夜月を詠める　　大弐三位

山の端は名のみなりけり見る人の心にぞ入る冬の夜の月（後拾遺集・冬・三九一）

題知らず　　よみ人知らず

秋はなほ木の下かげも暗かりき月は冬こそ見るべかりけれ（詞花集・冬・一四八）

私家集・歌合などの「冬の夜の月」詠を視野に入れても、同様である。

ところで、頼実が詠んだのは、「時雨に曇る」冬の夜の月であり、雲のない、光り輝く月ではない。頼実集には、

当該歌と同様に、雲や霞ではっきりと見えない月を詠んだ歌が、二首見える。

曇りなき空も霞にかすみつつ光に飽かぬ春の夜の月（7）

さやかなる月をのみやは眺めつる曇りし夜半も待たれしものを（35）

また、頼実歌と同様に、はっきりと見えない月の美を詠じた歌に、次のようなものがある。

照りもせず曇りもはてぬ春の夜の朧月夜にしくものぞなき（千里集・七二）

かくばかり秋の月影あかけれど曇りし冬の空や恋しき（元輔集Ⅰ・一一五）

曇りなくさやけきよりはなかなかにかすめる空の月をこそ思へ（定頼集Ⅱ・二〇四）

「時雨に曇る」「冬の夜の月」の二つを一首に詠み入れたところに、頼実の工夫が感じられる歌だと言えよう。

のこりのきく

87（72）　春秋のはなといふ花のいろ〳〵をのこれるきくにうつしてそみる

【校異】　ナシ

【本文】　残りの菊

87（72）　春秋の花といふ花の色々を残れる菊に移してぞ見る

【訳】　残りの菊

87（72）　春秋に咲くすべての花のさまざまな色を、今日まで残っている菊に移し染めて見ることだ。

【他出】　和歌一字抄（墨書補入歌二〇）

【語釈】　**〇残りの菊**　陰暦の九月九日を過ぎても咲いている菊。ここでは、秋が終わり、冬になっても咲いている菊をいうのであろう。頼実集では、64番歌詞書に「残りの菊」、80番歌詞書に「残菊」とある。**○花といふ花の**　すべての花の。「といふ」の前後に、事物を表す同じ語をおき、そのものはすべての意を表す。「秋の野に花てふ花を折りつればわびしらにこそ虫も鳴きけれ」（拾遺集・物名・三六六　よみ人知らず）、「若菜生ふる野辺といふ野辺を君がため万代しめて摘まむとぞ思ふ」（新古今集・賀・七一一　貫之／貫之集Ⅰ・一八九）。**○色々を**　「色々」は、さまざまな色。「緑なる一つ草とぞ春は見し秋は色々の花にぞありける」（古今集・秋上・二四五　よみ人知らず）。**○移してぞ見る**　「移す」は色や香りを衣服などに移し染め、染み込ませる、の意。「秋の野の花の色々とりすゑてわが衣手に移してしかな」（拾遺集・雑秋・一〇九九　よみ人知らず）。［補説］参照。

【補説】　時間と共に菊の花の色が変化していく様子をとらえて、「花といふ花の色々を残れる菊に移して」と詠んだのであろう。当該歌によく似た歌がある。

ひともとに咲く白菊のうつろへば千種の花の色になるかな（下野集・七三）

春秋の千種の花の色は皆ひともと菊にうつろひにけり（弁乳母集・六八）

88

右大辨のさそひ給しかはむめつにま
かりて河邊氷

けさみれはかはへのこほりひまなくて
川せにのみそなみはたちける

【校異】　河邊氷―河邊水（榊・松・三・龍）　川せにのみそ―川かせにのみ（榊）

榊原家本、松平文庫本、三手文庫本、龍谷大学本ハ詞書ヲ欠キ、コノ四本ハ、当該歌ニ相当スル詞書ガ「秋夕風」

題トトモニ73番歌ノ前ニアル。

【本文】 右大弁の誘ひ給ひしかば、梅津にまかりて、川辺氷

88 今朝見れば川辺の氷ひまなくて川瀬にのみぞ波は立ちける

【訳】 右大弁がお誘いになったので、梅津に参上して、川辺の氷

88 今朝見ると、川辺の氷はすきまがなくて、川の流れが速い瀬だけに波が立っていることだなあ。

【他出】 ナシ

【語釈】 **○右大弁** 源資通。資通が右大弁であったのは、長暦三（一〇三九）年十二月から長久五（一〇四四）年十二月。頼実集では、他に50・84番歌にも「右大弁」で登場する。50番歌［語釈］参照。**○梅津** 現在の京都市右京区梅津。四条大路の西端、桂川の東岸に位置する。32番歌参照。頼実集では32番歌詞書に「梅の津」、51番歌詞書に「梅津」とある。**○川辺氷** 歌題。同題の歌は室町時代まで見られない。「川辺」は、川のほとり。川のそば。榊原家本以下の他本は73番歌の前に、「右大弁の誘ひ給ひしかば、梅津にまかりて、河辺水秋夕風」とあるが、底本での73番歌詞書は、「秋夕風」のみ。底本の詞書の方が歌の内容にふさわしく、伝来の過程での錯簡による歌序の乱れとして、伝本の性格に大きく関わる部分である。解説Ⅲ参照。**○今朝見れば** 昨夜までとは違って、一晩で氷が張った風景に驚いたという気持ちが込められている。「柴漬（ふしづ）けし淀の渡を今朝見れば解けむ期（ご）もなく氷しにけり」（拾遺集・冬・二三四 平兼盛）。**○ひまなくて** 「ひま」は、空間的な隙間。「ひまなくて」は、隙間がないさま。「こもり江にひまなく浮ける浮草の間なくぞ人は恋しかりける」（古今六帖・三八三八 躬恒）。**○川瀬** 川底が浅く、流れが速い所。［補説］参照。

【補説】 当該歌は、氷によって音が消え静かな「川辺」と、波立つ「川瀬」を、視覚的、聴覚的に対比して詠んでいる。

氷に水音が閉じ込められ静かなさまを詠んだ歌に、次のようなものがある。

波寄する芦のうらべも音せぬは池の氷や閉ぢはてぬらむ（恵慶集・一〇七）
鈴鹿川やそせの波の音なきは氷や瀬々に結びとめつる（好忠集Ⅰ・三六二）

頼実が見る「川辺」も、すきまなく張った氷のために静かだったであろう。

一方、流れが速く常に波立っている「川瀬」は、次のように詠まれている。

秋風に夜のふけゆけば天の川川瀬に波の立ちゐこそ待て（拾遺集・秋・一四三　貫之）
水のあやにもみぢの錦重ねつつ川瀬に波の立たぬ日ぞなき（拾遺集・秋・一九七　健守法師）

「川瀬の氷」を詠んだ歌もあるが、実際の氷ではなく、月の光を川瀬の氷に喩えている。

春日山峰より出づる月影は佐保の川瀬の氷なりけり（金葉集・秋・二〇四　大納言経信）

「川辺の氷」を詠んだ先行歌は意外に少なく、管見に入ったところでは、次の一首のみであった。

山は冴え川辺の氷雪しみて涙の雨と降りし宿かな（うつほ物語・九八二　俊蔭女）

89

いかた

かは水にまかせてをとすいかたしは
さしてゆくゑもしられさりけり

【校異】ナシ

【本文】
89　川水にまかせて落とす筏師はさしてゆくへも知られざりけり

【訳】筏
89　川水の流れに任せて筏を下流へ流す筏師は、棹をさしていきながら、筏の行方もそれほどはっきりとわからないことだよ。

【他出】　ナシ

【語釈】　○筏　歌題。「筏」は、木材などを水上輸送するために、材木などを並べて結んだもの。筏師が乗り、棹をさして運んだ。「賀茂川の方を見れば、筏といふものに榑(くれ)、材木を入れて、棹さして、心地よげに謡ひののしりてもて上るめり。大津、梅津の心地するも、……」（栄花物語・うたがひ）。○落とす　ここでは筏を下流へ運ぶこと。「おろす」「くだす」ともいう。［補説］参照。○筏師　筏士とも。筏に乗って木材などを運ぶのを仕事とする人。「浅き瀬を越す筏師の綱弱みなほこのくれもあやふかりけり」（後拾遺集・雑二・九〇五　よみ人知らず）。○さしてゆくへも知られざりけり　「さして」は副詞。打消の語を伴って、大して……ない、それほど……ない、の意を表す。ここでは、「（棹を）さしてゆく」を掛け、筏師は棹をさして川を下っていくが、川の流れに任せているので、どこへ行くのか自分では行き先がはっきりわからない、と詠んでいるのであろう。先行歌に、「くれごとに宿りやすらむ大井川さしてゆくへも見えぬ筏師」（能宣集Ⅰ・四七二）。「知られ」の「れ」は可能の助動詞。「知られざりけり」は、知ることができない、の意。「夜もすがら空すむ月を眺むれば秋は明くるも知られざりけり」（後拾遺集・秋上・二六二　堀川右大臣〈藤原頼宗〉）。

【補説】　次の90番歌詞書は88番歌と別の折に詠んだと明記するが、当該歌の詞書は歌題のみなので、88番歌同様、梅津での作であろうか。【語釈】に示したように、材木の集積地「梅津」は「筏」題にふさわしい。

桂川の上流、大井川の流れの速さについて、金葉集では、次のように詠まれている。

大井川岩波高し筏師よ岸のもみぢにあからめなせそ（秋・二四五　大納言経信）

頼実の詠歌が梅津であったのなら、やはり川の流れが速く、波立っていたであろう。そのため、頼実は、筏を下流へ運ぶことを、「おろす」、「くだす」ではなく、「落とす」と表現したのではないか。

筏おろし明けくれくだす大井川みなれぞしつるよもの人さへ（能宣集Ⅱ・三二〇）

風吹けば戸無瀬に落とす筏師のあさの衣に錦をりかく（俊頼集Ⅰ・五八七）

当該歌では、「落とす」に加えて、筏師は棹をさしていてもどこへ向かって行くのかわからない、と詠むことで、川の流れが速く、波が立つさまを強調している。

90

ゆきふりたるひ大納言の家に哥よむ
人は人よひて松雪といふ題を
雪ふれはまつこそいたくおひにけれ
ちとせのふゆをつみやしつらん

【校異】大納言の家に―大納言の家にて（龍）　哥よむ人は人よひて―うたよむ人八人よひて（榊・松・三・龍）

【本文】
90　雪降りたる日、大納言の家に、歌詠む人八人呼びて、松雪、といふ題を
雪降れば松こそいたく老いにけれ千歳の冬を積みやしつらむ

【訳】
90　雪が降っている日、大納言の家に、歌を詠む人を八人呼んで、松の雪、という題を
雪が降るので、松はたいそう年老いてしまったことだ。千年もの長い年月冬を積み重ねてきたのだろうか。

【他出】ナシ

【語釈】**〇大納言**　4・8・16・53・54番歌の詞書に「源大納言」とある、源師房（一〇〇八～一〇七七）であろう。師房については、4番歌参照。**〇歌詠む人八人呼びて**　底本には「歌詠む人は人呼びて」とあるが、他本により改めた。「呼びて」と敬語がないことから、大納言師房主催の歌会ではなく、師房に仕える人々が私的に行なった歌会であろう。［補説］参照。**〇松雪、といふ題を**　同様の題で詠んだ歌に、「松の雪／むらたづの宿れる枝と見るま

でに松のしづ枝をうづむ白雪」(恵慶集・一〇五)がある。[補説]参照。**○雪降れば**「ば」は原因、理由を表す。……ので。「雪降れば木ごとに花ぞ咲きにけるいづれを梅と分きて折らまし」(古今集・冬・三三七 紀友則)。**○松こそいたく老いにけれ** 底本は「おひにけれ」とあり、「生ひにけれ」とも考えられるが、歌の内容から「老い」と解した。ここでは、松に雪が積もったさまを頭が白くなった人に見立て「老いにけれ」と詠んでいる。「今朝見れば松のいただき老いにけり雪ふるとしのしるしなるらむ」(定頼集Ⅱ・三二〇)。[補説]参照。**○千歳の冬を積みやしつらむ**「千歳」は長い年月。「千歳の冬」を「積み」と詠むことで、大納言家を寿いでいるのであろう。「師走のつごもり、ある所の七夜に雪の降るに/今宵より今や千歳の雪積まむ空のけしきもいちしるきかな」(能宣集Ⅰ・六四)。

【補説】 頼実の叔父で、和歌六人党の一人でもある源頼家に、次の歌がある。

松上雪を詠める

よろづ代のためしと見ゆる松の上に雪さへ積もる年にもあるかな(金葉集・賀・三三二)

頼家の歌は、詞書、歌の内容ともに頼実歌とよく似ていると思われる。頼家は「歌詠む人八人呼びて」の八人の中に入っていた可能性がある。あるいは同座詠であろうか。

「松上雪」題で詠んだ歌は、頼家歌の他に、

染殿式部卿の親王の家にて、松の上の雪、といふ心を人々詠み侍りけるに詠める　　藤原国行

淡雪も松の上にし降りぬれば久しく消えぬものにぞありける(後拾遺集・冬・四〇三)

松上雪

いかばかり世々を経にける松なれば雪をいただくほどになるらむ(頼宗集・一〇)

などがある。

歌題の「松」は常緑であり、千年の寿命を保つとされることから、古来めでたいものの象徴とされている。「雪」もまた、万葉集の時代から豊年の予兆とされ祝意を表すものであった。

新しき年の初めに豊の年しるすとならし雪の降れるは（万葉集・巻一七・三九二五　葛井連諸会）

当該歌は、「松」「雪」という祝意を表すものを二つ重ねて歌題とし、歌会が行われた大納言家を言祝いでいる。「老いにけれ」「千歳の冬」などの語を言祝ぎの意味で用いる例は、次のようなものがある。

寛平御時、后の宮の歌合の歌　　在原棟簗

白雪の八重降りしけるかへる山返る返るも老いにけるかな（古今集・雑上・九〇二）

朱雀院の帝の御時、八幡の宮に賀茂の祭のやうに祭し給はむ、と定めらるるに奉る

松も老いてまた苔むすに岩清水行く末遠く仕へまつらむ（貫之集Ⅰ・七八二）

また、安田純生「源頼実の和歌」（『城南国文』1　一九七八・九）は、頼実歌について、「年経れば越の白山老いにけり多くの冬の雪積もりつつ」（拾遺集・冬・二四九　忠見）から学んだ作であろう、とする。確かに、「……ば……老いにけり」という構文、「千歳の冬」と「多くの冬」、「積み」と「積もり」など、共通する表現が多い。

右の忠見歌の他にも、

岸の上の柳はいたく老いにけりいくよの春を過ぐし来ぬらむ（嘉言集・一五）

かくて、十二日子の日に、老いたる松の雪かかりたるにつけて、光成が

今日見れば子の日の松も老いにけり千年の春の雪積もりつつ（選子内親王集Ⅱ・一〇〇）

など、季節は異なるが、頼実歌と共通する表現を持つ歌がある。

十月卅日殿のあまうへはせにまうて
させたまふてかへらせたまひしにうち殿
にむかへにまいれる人〳〵あしろにまかり

てあしろにて月を見るといふ題を

91 月かけもいはなみたかきあしろには
うすきこほりのよるかとそみる

【校異】 卅日―廿日（榊） 殿のあまうへ―殿〳〵あまうへ（松） むかへに―御むかへに（榊・三・龍）、さむかへに（松） あしろにまかりてあしろにて―あしろまかりてあしろに（榊） 東洋文庫本ハ歌ヲ欠ク

【本文】 十月三十日、殿の尼上、初瀬に詣でさせ給うて帰らせ給ひしに、宇治殿に御迎へに参れる人々、網代にまかりて、網代にて月を見る、といふ題を

91 月影も岩波高き網代には薄き氷の寄るかとぞ見る

【訳】 十月三十日、殿の尼上が、初瀬寺に参詣なさって宇治殿にお帰りになられた折、御迎えに参上している人々が、網代を仕掛けた所に退出して、網代で月を見る、という題を

91 月の光もまた、岩に打ち寄せる波が高い網代では、薄い氷が寄っているかと見ることよ。

【他出】 ナシ

【語釈】 **○十月三十日** 日付けは、「網代にて月を見る」題の歌会の時をいうのであろう。「殿の尼上」（倫子）が宇治にもどった日は、「帰らせたまひしに」と過去の助動詞「き」があり、それ以前のこと。「三十日」と大の月により、詠歌年をある程度推定できるか。［補説］参照。**○殿の尼上** 「殿」は藤原頼通、74番歌では「関白殿」とある。「尼上」は頼通の母源倫子を指す。倫子の出家年時については、［補説］参照。**○初瀬** 初瀬寺（長谷寺とも）。現在の奈良県桜井市初瀬に在し、本尊は十一面観音。現世利益を願う女性の参拝者も多かったことが、女流日記や源氏物語などからうかがえる。**○宇治殿** 頼通が宇治に領有していた別荘。もとは源融の別業だったが、道長の所有となり、頼通に伝領される。その後平等院と号するようになった。『扶桑略記』永承七（一〇五二）年三月二十八日条

に、「左大臣捨二宇治別業一為レ寺。安置二仏像一。初修二法華三昧一。号二平等院一。」とある。**○御迎へに**　底本では「むかへ」とあるが、関白頼通の母倫子に「詣でさせ給うて帰らせ給ひしに」と最高敬語で敬意を表していること、底本では最高敬語の使用が頼通と倫子に限られていること、他本が「御むかへに」とあることなどから、「御」を加えた。**○網代にまかりて**　「網代」は、竹などを編んで作った氷魚を捕るための仕掛け、または網代を設置した場所。ここは、宇治殿から網代がある所へ退出して、の意。**○網代にて月を見る**　歌題。他に例を見ない題。「月」「網代」を詠んだ歌には、「内裏御屛風に／月影の田上川に清ければ網代に氷魚のよるも見えけり」（拾遺集・雑秋・一一三三　清原元輔）があり、当該歌に似た題では、「月照網代」がある。「泉殿御室にて、人々、月照二網代一／宇治川の瀬々の網代による氷魚のよるとも見えず月の光は」（教長集・六〇八）。**○月影も**　月の光も。「も」は、暗に「網代に寄る氷魚ではないが……」の意を響かせる。**○薄き氷の寄るかとぞ見る**　「薄き氷」は月光の比喩。「秦甸之一千余里　凛凛氷鋪」（和漢朗詠集・秋・十五夜付月・二四〇）。網代に氷魚が寄るさまを連想させつつ、川面を照らす月の光があたかも氷が寄るように見えると喩えた表現。「月、網代を照らすといふことを詠める／月清み瀬々の網代による氷魚は玉藻に冴ゆる氷なりけり」（金葉集・冬・二六八　大納言経信）。

【補説】　吉田茂他「『源頼実集』注釈稿下」は、当該歌の詠年を、「倫子の落飾が長暦三年（一〇三九）で、頼実が死去したのが長久五年（一〇四四）であるから、その間の出来事」とする。しかし倫子は二度出家している。『小右記』治安元（一〇二一）年二月二十九日条に、「入道太相府北方、昨日於二無量寿院一出家」とあるので、最初の落飾は、道長が出家した二年後、倫子末娘の嬉子が頼通養女として東宮に入内したのを見届けた治安元（一〇二一）年、二度目は、『婚記』の「或説。長暦元年三月十四日於二法成寺西北院一有二御出家事一。先度垂尼歟。」より、長暦元（一〇三七）年と考えられる。倫子の完全剃髪について、栄花物語（暮まつほし）に、

　北の政所も宮のおはしまいしかばこそ、内裏にも参りしに思ひとどこほりしかとて、ひたぶるにそり捨てさせ給ひておはします。

とあり、娘中宮威子のもとに参内するので「尼削（あまそぎ）」にしていたが、威子が疱瘡（もがさ）を患い、長元九（一〇三六）年九月に逝去したので、全て剃髪したと記していて、『婚記』の長暦元（一〇三七）年説に近い。倫子七十四歳のときである。

ところで、高齢の倫子を初瀬詣に向かわしめた理由は何であろうか。そこで、頼実が亡くなった長久五〈寛徳元〉（一〇四四）年までの十月が大の月の年の出来事を、倫子を中心に、適宜二人の年齢を書き込みながら列挙してみる。

万寿四（一〇二七）年〈倫子六十四歳、頼実十三歳〉。

長元四（一〇三一）年〈倫子六十八歳、頼実十七歳〉。

　十月二十九日　馨子内親王（中宮威子腹の第二皇女）着袴（『左経記』・『日本紀略』）。

長元六（一〇三三）年

　十一月二十八日　高陽院にて倫子七十賀（『日本紀略』）。

長元七（一〇三四）年〈倫子七十一歳、頼実二十歳〉。

　八月二十五日　中宮威子の皇子誕生を諸社寺に祈禱させる（『左経記』）。〈中宮威子三十六歳〉

　九月十八日　病に伏せる倫子を上東門院たちが見舞う（『左経記』）。

長元八（一〇三五）年

　六月十八日　「中宮自二四月一有二御懐任一云」（『左経記』）とあり、二十日条に皇子誕生を祈る記事がある。

　六月二十三日　中宮威子（時に三十七歳）前日流産の由、天皇の嘆きのほどなど、女房から聞く（『左経記』）。

長元九（一〇三六）年

　四月十七日　後一条天皇崩御。

　九月六日　中宮威子崩御。

長暦元（一〇三七）年〈倫子七十四歳、頼実二十三歳〉。
三月十四日　倫子完全剃髪（『婚記』）。
長暦二（一〇三八）年
三月十七日　初瀬寺焼亡（『百錬抄』）。
長久四（一〇四三）年〈倫子八十歳、頼実二十九歳〉特にナシ。

初瀬詣は、蜻蛉日記、更級日記、源氏物語（玉鬘）にも見えるが、何日もかかり容易ではない。にもかかわらず老齢の倫子を初瀬詣へと駆り立たせた理由はよほどのことと思われ、栄花物語にも描かれているように、中宮威子の存在が大きく関わっていることは想像に難くない。完全剃髪を先延ばしにするほど案じた威子の、皇子誕生を祈願するためだったのではなかろうか。中宮威子の年齢からしても、家集の中で詠歌年時が推定できる最も早い例ということになるか。頼実の年齢を加味すると、倫子七十賀が行われた長元六年あたりになろうか。

92

随願寺にて人〻月前紅葉と云題よみける

いと〻しく紅葉ちりしく庭のうへに
ひかりをそふるふゆの夜の月

【校異】随願寺―常願寺（榊）、道願寺（松）、遍照寺（龍）　云題―いふ題を（龍）　紅葉ちりしく―もみちりしく（三）

【本文】随願寺にて人々、月前紅葉、といふ題詠みける

92　いとどしくもみぢ散り敷く庭の上に光を添ふる冬の夜の月

【訳】　随願寺で人々が、月前の紅葉、という題で詠んだ折に

92　おびただしくもみじが舞い散って敷く庭の上に、さらに光を注ぐ冬の夜の月であることよ。

【他出】　ナシ

【語釈】　○随願寺　随願寺は、『小右記』長保元（九九九）年十月九日条に「今夜李部大王（為平親王）被レ度二天台山西脚随願寺一、明日故女御（婉子女王）改葬」とあり、現在は姿をとどめないものの、延暦寺が建つ比叡山西麓にあった寺か。また、『本朝続文粋』（巻八）に、「七言暮春勧学会於二随願寺一聴二法華経一同賦二漸々積二功徳一各分二一字一詩一首」（禅正少弼菅原定義）と見え、随願寺で勧学会が開かれていたことがわかる。○月前紅葉　歌題。［補説］参照。○いとどしく　「いとど」の形容詞化。はなはだしく。おびただしく。「ちりもなき鏡の山にいとどしくよそにて見れど赤きもみぢ葉」（源順集Ⅱ・五三）。○光を添ふる　他動詞「添ふ」の連体形で付け加える、の意。庭に散り敷いているもみじの彩りに、さらに冬の冴えた月が光を注ぐ美しい情景と詠む。「にごりなく千代を数へてすむ水に光を添ふる秋の夜の月」（後拾遺集・秋上・二五一　平兼盛）、「月照紅葉といへる心を……／もみぢ葉に月の光をさし添へてこれや赤地の錦なるらむ」（千載集・秋下・三六〇　後白河院御製）。○冬の夜の月　冬の月光は、「氷る」「冴ゆ」「霜」「雪」などとともに詠まれることが多い。「天の原空さへ冴えや渡るらむ氷と見ゆる冬の夜の月」（拾遺集・冬・二四二　恵慶法師）。しかし、当該歌ではあくまでも主役は散り敷くもみじで、「冬の夜の月」はそれを引き立たせる光である。なお、86番歌にも「冬の夜の月」が詠まれている。

【補説】　定頼集Ⅱに、「月の前のもみぢ」題で、

月ごろ式部卿宮にて、月の前のもみぢ、といふ題を

もみぢ葉を照らす月夜は常よりも傾く影の惜しまるるかな（一四五）

と見える。頼実歌との先後関係は不明。後世の例では、

月前紅葉

あかなくに夜ももみぢを見よとてや秋しも月のさやけかるらむ（成通集・八）

月前紅葉

木の間漏る有明の月のさやけきにもみぢを添へて眺めつるかな（西行集Ⅰ・三九八）

などがある。右の三首ともに、木々を彩るもみじを月が照らしている状景であるが、当該歌は、「もみぢ散り敷く庭の上に」とあり、庭に舞い落ちた色鮮やかなもみじを、冬の冴えた月が照射する、と詠む。

落葉如雨

93

木の葉ちるやとは聞わくことそなき

しくれする夜もしくれせぬ夜も

【校異】 ことそなき―かたそなき（東）

【本文】 落葉如レ雨

93 木の葉散る宿は聞き分くことぞなき時雨する夜も時雨せぬ夜も

【訳】 落葉が雨のようだ

93 木の葉が散る家では、落葉と時雨の音を聞き分けることがない。時雨が降る夜も、時雨が降らない夜も。

【他出】 後拾遺集・冬・三八二　新撰朗詠集・秋・二九八　和歌一字抄・九六七　袋草紙・六四　古来風体抄・四二九　無名抄・六七　西行上人談抄・五五　兼載雑談・一五　今鏡・一三五　六華和歌集・冬・九六九　題林愚抄・冬上・五〇九六

【語釈】 **〇落葉如レ雨** 歌題。この題は白氏文集の「葉声落如レ雨　月色白似レ霜」（巻十・「秋夕」）をふまえたものか。［補説］参照。**〇宿は聞き分くことぞなき** 三句切れ。「聞きわく」は、異種の音を聞き分けること。「木枯らしの音に時雨を聞き分かで紅葉に濡るる袂とぞ見る」（新古今集・冬・五七五　中務卿具平親王）。［補説］参照。

【補説】　［他出］に挙げた後拾遺集では、「落葉如雨といふ心を詠める」の詞書で家経歌と並んで収録されている。
また同題で、範永と経衡も歌を詠んでいる。

落葉如レ雨

もみぢ散る音は時雨の心地して梢の空はくもらざりけり（後拾遺集・冬・三八三／家経集・一一）

西宮にて、落葉雨の如し

夜もすがらもみぢは雨と降り積むに眺むる月ぞくもらざりける（範永集・七四）

落つるはな（マヽ）雨の如しといふ題

雨かとて濡れじとかづく衣手にかかるは惜しむもみぢなりけり（経衡集・四五）

範永集詞書にある「西宮にて」から、西宮左大臣と呼ばれた源高明の旧宅西宮において開かれた歌会と思われる。
家経集一一番［補説］参照。

ところで、［他出］欄をみても、当該歌が秀歌として人口に膾炙していたことがわかる。頼実が早逝したことにより、様々な形で逸話として語り継がれることになったのであろう。実は、「五年が命を奉らむ。秀歌詠ませ給へ」と、住吉神社に祈ったが、その秀歌とはこの歌であったという。無名抄に記すところだが、詳細は、注釈部の末尾の［注記］参照。

なお、高重久美「長久四（一〇四三）年冬西宮邸「落葉如雨」題歌会」（『和歌六人党とその時代』二のⅢ第二章）は、頼実・家経の家集配列より推定し、長久四（一〇四三）年冬に、「落葉如雨」題で西宮邸歌会が開催されたとする。しかし、家経集の配列は必ずしも詠歌順ではない（解説Ⅱ参照）。よって当該歌の詠歌年時は不明。

当該歌の秀逸さを評する論は枚挙に暇なく、どれも白氏文集「秋夕」を引用しているが、本間洋一「院政期の漢詩世界序説（三）――漢詩と和歌と――」（『北陸古典研究』26　二〇一一・十一）は、より幅広く、頼実歌は時雨がもみぢを染めあげ（そして散らせ）るという『万葉集』以来の伝統を継承しつつ、聴覚に拘って詠まれており、リフレイン的な下句のリズムも心地良い秀歌であるのは勿論だが、その題詞と歌の趣向について言及すれば、直ちに例えば「葉声落如レ雨、月色白似レ霜」（「秋夕」『白氏文集』巻一〇）や「紅葉高斎雨、青蘿曲檻煙」（許渾「送二段覚帰一杜曲間居一」）、本朝の慶滋保胤「於二極楽寺禅房一賦二落葉声如レ雨詩序」（『本朝文粋』巻一〇）、橘正通「初冬同賦二紅葉高窓雨一詩序」（同上。猶『江吏部集』巻下に匡衡の七律が見える）などといった漢詩文句が喚起されよう。当時の歌人達は漢詩文世界からの刺激に依る表現であることを当然理解していたであろうことも想像に難くない。

と、漢詩の影響について論じている。

頼実は、上句と下句を倒置させ、下句にサ行の音や敢えて同語を重複することでリズム感を生み、余韻が残ることをねらい、木の葉が屋根に落ちる宿だから、落葉と時雨とを聞き分けることもなく、雨のように降り落ちる落葉の音を楽しむと詠んだか。

94

落葉舊苔上

うちかさねいくよのかせかたちつらん

木の葉そこけのころもなりける

【校異】ナシ

【本文】落葉旧苔上

94 うちかさね幾世の風かたちつらむ木の葉ぞ苔の衣なりける

【訳】古い苔の上の落葉

94　重ね重ねいったいどれほどの長い間風が立って、衣を裁ってきたのであろうか。木の葉こそが苔の衣なのだなあ。

【他出】　ナシ

【語釈】　○落葉旧苔上　歌題。当該歌以外には無い。歳月を経て生（む）した苔の上に落ち葉が幾重にも積む、意。「旧苔」は、漢詩に、「氷消浪洗二旧苔鬚一」（和漢朗詠集・春・「早春」・一三）、「旧苔分レ路纔残レ跡」（和漢兼作集・春上・一三六　三品雅成親王）と見える。○うちかさね　「うち」は、動詞につき強調したり語調を整えたりする接頭語。繰り返し、何度も、の意。「かさね」は、「重ねて」と「衣」の縁語「襲」の掛詞。「たなばたの天の羽衣うちかさね寝る夜涼しき秋風ぞ吹く」（新古今集・秋上・三一八　大宰大弐高遠）。○幾世の風かたちつらむ　「幾世」は、題の「旧」を意識し、長い時の経過を表す。「か」は疑問の係助詞。「つ」は強意、「らむ」は原因推量の助動詞。「たち」は、「衣」の縁語「裁ち」を掛ける。ただし風が吹く意味での「たつ」という表現例は、当時はまだ稀である。［補説］参照。○木の葉ぞ苔の衣なりける　「苔の衣」は、一般的に僧衣や粗末な衣の意で使われることが多い。当該歌は、歳月を経て育った緑の苔に紅葉という、色の重なりに衣の襲を鮮やかにイメージさせ、いわゆる「苔の衣」ではなく、木の葉こそがまさに苔を覆う「苔の衣」だったのだなあと気づいた、と詠む。

【補説】　古くから、霧、霞、波などの自然現象が発生するときは、「たつ」を使うが、風の場合は、

　雪とのみ降るだにあるを桜花いかに散れとか風の吹くらむ（古今集・春下・八六　凡河内躬恒）

のように、通常は「吹く」を使い、頼実も本家集55番歌では、「風」の題で次のように詠む。

　よもの山もみぢ散るらしわが宿の梢ゆるぎて秋風ぞ吹く

「風」が「たつ」とともに詠まれている歌を探すと、用例数は少ない。さらに、どれも、

　ふる衣捨てつる人は秋風の吹きたつときにもの思ふものを（古今六帖・三二六七）

　着る人も世になきものは秋山に風の吹きたつ錦なりけり（好忠集Ⅰ・二六〇）

むらながら見ゆる錦は神無月まだ山風のたたぬなりけり（麗花集・七二　清正）

と、「衣」や「錦」を「裁つ」との掛詞である。さらに「たつ」は、

夏のはじめに詠み侍りける　盛明の親王

花散ると厭ひしものを夏衣たつや遅きと風を待つかな（拾遺集・夏・八二）

題知らず　能因法師

氷とも人の心を思はばや今朝たつ春の風にとくべく（後拾遺集・恋一・六二四）

のように、拾遺集歌は「立夏」の意、後拾遺集歌は「立春」の意を掛けて詠まれている。ところが、後世になると風が「吹く」意だけで、「たつ」が使われている例が見える。

樹陰風来

日盛りは遊びて行かむ影もよしまの萩原風たちにけり（俊頼集Ⅰ・三三九）

題しらず　従二位兼行女

橘の香り涼しく風たちて軒ばに晴るる夕暮れの雨（風雅集・雑上・一五〇八）

なお、佐藤茂樹「歌語「風立つ」の成立――八代集の展開を通して」（『日本文藝學』50　二〇一四・二）は、「吹く」が一般的に使われていることを示した上で、次のように説明している。

「風立つ」の歌語の成立には、西行の「あはれいかに草葉のつゆのこぼるらん秋風たちぬ宮城野の原」（『新古今』秋・三〇〇）の存在が大きい。……平安の初期には「秋風立つ」は突飛な表現だったかもしれない。風は吹くものという認識が「秋風吹き立つ」と表現し、「立つ」に立秋の意をもたせたのである。この発想を超え、「秋風吹き立つ」を「秋風立つ」と圧縮し、明快に表現したところに西行の歌才が見える。

しかし、見てきたように、西行以前にも、「風」が「立つ」と掛詞ながら詠まれてきた前史があった。

ところで、和漢朗詠集に「紅葉」題で、

不堪紅葉青苔地（たへずこうえふせいたいのち）
又是涼風暮雨天（またこれりやうふうぼうのてん）（秋・「紅葉」・三〇一）

とある。「青苔」に散り敷く「紅葉」は、まさに当該歌の「苔」と「木の葉」の景観と重なる。頼実は色彩の対比なども踏まえて詠んだのであろうか。

95　恋

夜をかさねふけゐのうらにあまのたく
おもひありとは人もしらしな

【校異】ナシ

【本文】恋

95　夜を重ね吹飯の浦に海人の焚く思ひありとは人も知らじな

【訳】恋

95　幾夜も吹飯の浦で海人が焚く火、そのような熱い思いがあるとは、誰も分からないだろうよ。

【他出】ナシ

【語釈】〇恋　部立。末尾103番歌まで恋の歌が九首並ぶ。［補説］参照。〇吹飯の浦　和泉国の歌枕。大阪府泉南郡岬町深日（ふけ）の入江で、淡路島に近い古くからの要港。「吹飯の浜」「吹飯潟」としても詠まれる。「時つ風吹飯の浜に出で居つつあがふ命は妹がためこそ」（万葉集・巻十二・三二〇一）、「天つ風吹飯の浦にゐる鶴のなどか雲居に帰らざるべき」（和漢朗詠集・鶴・四五三／新古今集・雑下・一七二三　藤原清正）。ただ、大和物語（三十段）では「……亭子の帝に、紀伊国より石つきたる海松を奉りけるを題にて、人々歌よみけるに、右京の大夫／沖つ風ふけゐの浦にたつ波のなごりにさへやわれはしづまむ」とあるように、平安時代には距離的に近い紀伊の吹上浜と混同されるようになった。**〇海人の焚く思ひありとは**　「思ひ」の「ひ」に、海人の焚く「火」を掛けている。［補説］参照。**〇人も知らじな**　「知らじな」は、知らない、分からないだろうよ、の意。「いもせ川なびく玉藻のみがくれてわれは恋ふとも人は知らじな」（古今六帖・一五七六）。「人も」は、他人はもとよりあなたも。

【補説】　この「恋」の部は、「吹飯の浦」（95）、「住吉の松」（97）、「音羽山」（98）、「鳴門の浦」（99）と、九首中四首に歌枕が詠み込まれているのが特徴的である。また、当該歌に続いて、「思ひかね」（96）、「思ひそめては久しきを」（97）、「音にのみ聞きて渡らぬ」（98）、「思ふことなるとの浦に住まぬ身の」（99）、「ふみみぬ道にまどふころかな」（100）、「言はぬ思ひはかひぞなき」（101）、「恋路にまどふ」（102）、「わがごとく恋ひせむ人のまたもあらば」（103）と、すべてまだ見ぬ恋の歌が並ぶ。

　当該歌の表現に重なる先行歌に、藤原実方が詠んだ次の二首の歌がある。

　いかでかは思ひありとも知らすべき室の八島の煙ならでは（詞花集・恋上・一八八／実方集Ⅰ・九〇／同Ⅲ・一）

　かくとだにえやはいぶきのさしも草さしも知らじな燃ゆる思ひを（後拾遺集・恋一・六一二／実方集Ⅱ・一一一）

前者は金葉集三奏本（恋・三七八）・玄玄集（二四）・小大君集Ⅰ（八〇）他に、後者は百人秀歌（五〇）・綺語抄（六六六）・古来風体抄（四五二）他に、採られている。頼実歌の「思ひありとは人も知らじな」は、前者二、三句の表現と、また後者四・五句の「さしも知らじな燃ゆる思ひを」と、傍点部に重なりがある。さらに、私の心に燃える「思ひ」があるが、あなたも誰もわかるまいという片恋の苦しさもまた、実方歌に通じるものがある。

96

おもひかねしらぬいそへにことよせて
うち出なみのかひもあらなん

【校異】　ナシ

【本文】

96　思ひかね知らぬ磯辺にこと寄せてうち出づる波のかひもあらなむ

【訳】

96　恋しい思いに耐えかね、よく知らない相手に文を贈って、どこかの磯辺にちなんで、打ち寄せる波の中に貝が現れるように、思いを打ち明けるかいがあったらいいなあ。

【他出】　ナシ

【語釈】　**○思ひかね**　恋しいばかりに思い余って。「思ひかね妹がり行けば冬の夜の川風寒み千鳥鳴くなり」（拾遺集・冬・二二四　貫之）。**○知らぬ磯辺に**　不案内な磯辺に。「わが恋は知らぬ山路にあらなくに迷ふ心ぞわびしかりける」（古今集・恋二・五九七　貫之）。ここは、様子のわからない相手先を喩える表現。また、「磯辺」は下の句の「波・貝」を導くための修辞で、特定の磯辺を指すのではないだろう。**○こと寄せて**　かこつけて、口実にして。「山里は深き霞にこと寄せて分けて訪ひ来る人もなきかな」（選子内親王集Ⅰ・二三　宰相）。「恋」題であるため、言葉を寄せて、すなわち文を贈って、の意を掛けて解した。**○うち出づる波**　勢いよく打ち寄せる波。「谷風に解くる氷のひまごとにうち出づる波や春の初花」（古今集・春上・一二　源当純）。「うち出づる」は、ここでは思いを打ち明けるということ。なお、底本「うち出なみ」は、榊原本・松平本他に「うちいつるなみ」の表記。**○かひもあらなむ**　ききめ、効果の意の「かひ」に「磯辺」の縁で「貝」を掛ける。「一条摂政、内にては便なし、里に出でよと言ひ侍りければ、人もなき所にて待ち侍りけるに、まうで来ざりければ／いかにして今日を暮らさむこゆるぎのいそぎ出でてもかひなかりけり」（拾遺集・恋四・八五二　小弐命婦）。

【補説】　当該歌は、恋しさのあまり、思い切って心を寄せて打ち明けるのだから、そのかいがあったらいいのに、というのが本意。「かひもあらなむ」の「かひ」から、「磯辺・波・貝」を取り合わせたのであろう。

磯辺に寄せる波をめぐっての男女のやり取りには、次のような例もある。

門叩きわづらひて帰りにける人の、つとめて

世とともに荒き風吹く西の海も磯辺に波は寄せずとや見し（紫式部集Ⅰ・四九）

と恨みたりける返りごと

かへりては思ひしりぬや岩かどにうきて寄りける岸のあだ波（同・五〇）

97

ふかみとりおもひそめてはひさしきを
いかてかみましすみよしの松

【校異】 いかてかみまし―いかてみまし（松）、いかてみせまし（龍）

【本文】
97 深緑思ひそめては久しきをいかでか見まし住吉の松

【訳】
97 思い初めてからはもう久しくなったのに（何事もなくて）、深緑に染まって久しい住吉の松をどうやって見ようか。どうやってお逢いしようか。

【他出】 ナシ

【語釈】 **○深緑思ひそめては久しきを** 「深緑」は、松が長寿であるため、葉の緑色が濃いことをいう。「松のもとにこれかれ侍りて花を見やりて／深緑ときはの松の影にゐてうつろふ花をよそにこそ見れ」（後撰集・春上・四二 坂上是則）。「思ひそめては」の「そめ」は、「初め」と「深緑」の縁語「染め」の掛詞。「久しきを」の「を」は、逆接の接続助詞。思い初めて久しくなったのに、このまま逢えずに、ということ。**○いかでか見まし** 「いかでか

……まし」は、どうして……しようか。「武蔵野にいかでか来まし秋霧のひまなく立てる野辺に宿りて」（能宣集Ⅰ・四七八）。龍谷大学本は「いかでみせまし」とあり、思いが叶わぬ相手にどうやって見せようか、の意になる。**○住吉の松** 住吉は、摂津の国の歌枕。現在の大阪市住吉区をいう。一般的に、住吉の松は、「住吉の岸の姫松人ならば幾代か経しと問はましものを」（古今集・雑上・九〇六　よみ人知らず）などと、長寿の象徴として詠まれるが、当該歌は、長寿の賀意を含めず、長い期間を表す歌材として詠んでいる。

【補説】 松の色を、深く染めたと詠む歌は、76番歌参照。

「松」を「深緑」と詠む歌や、当該歌と同じく、住吉の松を深緑と詠む歌は、

　土左がもとより消息侍りける返事に遣はしける　　貞元親王

深緑染めけむ松のえにしあらば薄き袖にも波は寄せてむ（後撰集・恋五・九三一）

　亭子院、西川におはしましけるに、江松老といふこと事をつかうまつりける　　（源信明）

深緑入江の松も年経ればかげさへともに老いにけるかな（躬恒集Ⅱ・二七六）

　冬、住吉

朝氷はやも解けなむ住の江の深緑なる松のかげ見む（順集二類本・私家集大成解題）

と見える。また、「住吉の松」は、「住み良し」「待つ」を掛けて恋歌にも詠まれる。

　まからずなりにける女の、人に名立ちければ、遣はしける

定めなくあだに散りぬる花よりはときはの松の色をやは見ぬ（後撰集・恋一・五九六）

　返し　　よみ人知らず

住吉のわが身なりせば年経とも松よりほかの色を見ましや（同・五九七）

当該歌も恋題の歌であるため、「住吉の松」を相手の女性の喩とし、松をなかなか見られない、すなわち逢う機会がないことを嘆く歌として解した。

なお、本集にはないが、後拾遺集には、住吉神社に詣でた頼実の歌が入集している。

蔵人にて侍りける時、御まつりの御使ひにて、難波にまかりて詠み侍りける　源頼実

思ふこと神は知るらむ住吉の岸の白波たよせ（ついで、の意）なりとも（雑四・一〇六七）

また、頼実が住吉明神に命と引き換えに秀歌を祈請したことについては、93番歌、および巻末の［注記］参照。

98

をとはやま谷のした水をとにのみ

聞てわたらぬ袖もぬれけり

【校異】　ナシ

【本文】

98　音羽山谷の下水音にのみ聞きて渡らぬ袖も濡れけり

【訳】

98　音羽山の谷底を流れる川を、噂にだけ聞いて、渡らないうちに、袖までも濡れたことだ。噂にだけ聞いて、逢うこともないまま、涙で袖も濡れてしまった。

【他出】　ナシ

【語釈】　**〇音羽山谷の下水**　音羽山は、京都市山科区と滋賀県大津市の境にある山。音羽川の水源がある。「音羽山」は、「音羽山音に聞きつつ逢坂の関のこなたに年を経るかな」（古今集・恋一・四七三　在原元方）など、「音」を導く修辞に用いられることが多い。当該歌は、「音羽山谷の下水」が第三句の「音」を導く序詞となっている。［補説］参照。「下水」は、人知れず流れる水。「あしひきの山下水の木隠れてたぎつ心を堰きぞかねつる」（古今集・恋一・四九一　よみ人知らず）のように、秘めた恋心の喩えとして用いられている。**〇音にのみ聞きて渡らぬ**　「音」は、

評判、噂の意。「音にのみ聞く」は、噂だけを聞いて恋い焦がれるという、恋の初期段階に用いる常套表現。「音にのみきくの白露夜はおきて昼は思ひにあへず消ぬべし」（古今集・恋一・四七〇　素性法師）。**○袖も濡れけり**　袖までも濡れてしまった。恋人に逢えずに流した涙のせいだということ。

【補説】　音羽山の「音」に、名高い、評判の、という意を掛けて詠まれる歌は多い。また、音羽川の源流があることから、

　　権中納言、音羽の家にて

　音羽山水はたぎりて流るとも君宿らずはまさりしもせじ（朝忠集Ⅰ・五四）

と、音高く勢いよく流れ出る水も詠まれている。一方、当該歌は、噂に聞いて思いが募るものの、密かに流れる下水さえも渡ることができないように、思いを伝えられずに涙を流しているという、秘めやかな恋心を詠んでいる。

　伊勢集Ⅰの古歌混入部分にある、

　秋風の音羽の山の谷水の渡らぬ袖も色濃きやなぞ（四一五）

は、音羽山の谷水を渡らないのに袖の色が濃いのは、涙で濡れたためであるという意で、頼実歌の「音羽山」「谷の下水」「渡らぬ袖」と重なる。また、当該歌の三、四句「音にのみ聞きて渡らぬ」という表現は、

　音にのみ聞きて渡らぬ相坂の関の水水（ママ）になかれぬるかな（忠見集Ⅰ・一八八）

という先行歌に見える。当該歌はこれらの表現に倣ったものか。

99　おもふ事なるとのうらにすまぬ身の
しほたれころもかわくよそなき

【校異】　ナシ

【本文】

99　思ふことなるとの浦に住まぬ身の潮垂れ衣乾く世ぞなき

【訳】

99　思うことが叶うという名の鳴門の浦に住まない私が身に着ける衣は、潮に濡れた衣がなかなか乾かないように、涙で濡れて乾く暇がないなあ。

【他出】　ナシ

【語釈】　**○なるとの浦**　鳴門の浦は、周防国の歌枕。現在の山口県柳井市と周防大島（屋代島）との間の海峡。または、阿波国、現在の徳島県鳴門市と淡路島の間の海峡。「大島の鳴門といふ所にて詠み侍りける／都にと急ぐかひなく大島の灘のかけ路は潮満ちにけり」（新勅撰集・羇旅・五〇四　恵慶法師）。「鳴門」の「鳴（なる）」に思うことが「成る」を掛ける。「女につかはしける／人知れず思ふ心は大島のなるとはなしに嘆くころかな」（後撰集・恋一・五九三　よみ人知らず）。［補説］参照。**○潮垂れ衣**　海の塩水で濡れた衣。「海人の着る潮垂れ衣干さずしてあかしの浦ぞわびしかりける」（長能集Ｉ・一一七）。なかなか乾かないものとして、「ふるさとを恋ふる袂も乾かぬにまた潮垂るる海人もありけり」（拾遺集・雑恋・一二四六　恵慶法師）とも詠まれる。**○乾く世ぞなき**　「世」は、ここでは、折、機会。「思ふこと侍りて、男のもとに遣はしける／雨雲の晴るる世もなく降るものは袖のみ濡るる涙なりけり」（後撰集・恋四・八一四　よみ人知らず）。

【補説】　思いが叶うことを「鳴門」の掛詞を用いて詠んだ歌に、

　思ふことなるとの浦に拾ひつつかひありけりと知らせてしがな（相模集Ｉ・三八〇）

がある。この歌は、相模集にある三種の百首歌のふたつめ、権現の返しとして治安四（一〇二四）年一月から四月十五日に詠まれたとされる百首中の歌である。作者については、権現を装った相模自身、夫の公資、恋人の定頼が想定されていて、いずれとも決しがたいが、「走湯百首」として早くから流布したようである。当該歌に影響を与えた可能性があるか。
さて、鳴門の浦は、万葉集に、

過㆓大島鳴門㆒而経㆓再宿㆒之後追作歌二首

これやこの名に負ふ鳴門の渦潮に玉藻刈るとふ海人をとめども（巻十五・三六三八）

右一首田辺秋庭

と詠まれる。大島鳴門とあることから、この鳴門は、山口県、周防大島と本州の間の海峡であるとされる。周防大島は、イザナギ・イザナミの国産み島産み神話で三番目に生まれた島で、潮流が速く難所として知られていたようである。
万葉集以降、大島の鳴門は次のように詠まれている。

さうとのは（物名歌）

大島の鳴門の浦の漕ぎがたさうどはま（ママ）もかくやあるらむ（元真集・一〇八『新編国歌大観』は四句「うとのはま（ママ）（有度の浜）も」）

女の、戸を押したてて入りにければ、あしたに

さながらも辛き心はおほ島の鳴るとを立てしほどのわびしさ（一条摂政御集・一一〇）

返し

大島や鳴ると鎖すとも思ほえず波こそ寄りて立つと聞きしか（同・一一一）

人の来て、ものなど言ふ戸口に立ち寄りたるに、音もせねば、帰りてつとめて

声をだに通はむことはおほ島やいかになるとのうらとかは見し（和泉式部集Ⅱ・四三四）

また、

筑紫へ行くに

天の原波の鳴る門を漕ぐ舟の都恋ひしきものとこそ思へ（重之集・三六）

大島の門を渡るとて

大島や門渡る舟の舵間より落つる雫に濡れつつぞ行く（高遠集・二一四）

も、二首ともに筑紫への道中詠なので、周防国、大島の鳴門をいうか。

なお、阿波国の鳴門海峡は「粟門（あはのと）」（日本書紀・神代上・第五段）、「阿波の水門」（土佐日記・承平五年一月三十日）と呼ばれていた。当該歌に詠まれる鳴門が、周防国、阿波国のどちらの歌枕として詠まれたかは不明だが、以上の用例を鑑みると、周防の鳴門を指すのであろう。

後の例に、

恋歌とてよめる　藤原経家朝臣

契りしにあらずなるとの浜千鳥あとだに見せぬうらみをぞする（千載集・恋五・九五〇）

がある。第三句に詠まれる「浜千鳥」は、「淡路島通ふ千鳥の鳴く声に幾夜目覚めぬ須磨の関守」（金葉集三奏本・冬・二七一　源兼昌）を踏まえたものであろうから、こちらは、阿波の鳴門を詠んでいる。

ちなみに、宮中には開閉の際に音が鳴る「鳴る戸」があり、次のように歌にも詠まれている。

春宮に鳴る戸といふ戸のもとに、女ともの言ひけるに、親の戸を鎖して立てて率て入りにければ、

またのあしたに遣はしける　藤原滋幹

鳴るとよりさし出されし舟よりもわれぞ寄る辺もなき心地せし（後撰集・恋二・六五一）

100

しるへするひとたにみえぬおくやまの
ふみゝぬみちにまとふ比かな

【校異】　ナシ

【本文】

100　しるべする人だに見えぬ奥山のふみみぬ道にまどふころかな

【訳】

100　道案内をする人さえもいない奥山の、足を踏み入れたことのない道、恋路を手引きしてくれる人さえもなく、あなたのお便りももらえない状態で、思い悩んでいるこのごろであるよ。

【他出】　ナシ

【語釈】　**〇しるべする人**　ここは山の道案内をする人、恋の手引きをする人、の意。「あふみぢをしるべなくても見てしかな関のこなたはわびしかりけり」（後撰集・恋三・七八五　源中正）。**〇ふみみぬ道に**　「ふみみぬ」は、まだ踏んでみないの意と、手紙を見ない意の掛詞。ここは、まだ踏み入らない山道、相手の返事も得られない恋路に、の意。［補説］参照。**〇まどふころかな**　「まどふ」は、奥山の道に迷う意に、恋心に乱れて当惑する意を掛ける。「いかばかり恋てふ山の深ければ入りと入りぬる人まどふらむ」（古今六帖・一九八〇）。

【補説】　恋歌で「踏み」と「文」を掛ける表現は、後撰集に、

男の、女の文を隠しけるを見て、元の妻の書きつけ侍りける　　四条御息所女

隔てける人の心のうき橋をあやふきまでもふみみつるかな（雑一・一一二二）

大輔が曹司に、敦忠朝臣のものへ遣はしける文を持てたがへたりければ、遣はしける　　大輔

道知らぬものならなくにあしひきの山ふみ迷ふ人もありけり（雑三・一二〇五）

返し　　敦忠朝臣

白橿の雪もきえにしあしひきの山路を誰かふみ迷ふべき（同・一二〇六）

とあり、橋や山道とともに見える。
「ふみみぬ道」という表現も、頼実以前の歌人に詠まれている。

返りごとせぬ人に山寺にまかりて遣はしける　道命法師
思ひわび昨日山べに入りしかどふみみぬ道はゆかれざりけり（後拾遺集・恋一・六二七）

101

としふれといはぬおもひはかひそなき
ひとにしられぬけふりならねは

【校異】いはぬおもひは―いはぬおもひの（東）　ひとにしられぬ―人にしらるゝ（榊・松・三・龍・東）

【本文】
101　年経れど言はぬ思ひはかひぞなき人に知らるる煙ならねば

【訳】
101　長年経つけれども言葉に出して伝えることがない私の恋の火は、燃えるかいがないことだなあ。人に知られている恋の煙ではないのだから。

【他出】ナシ

【語釈】**〇年経れど**　年月は経つけれども。「年経れど色も変はらぬ君をしもいかなる色に思ひそめけむ」（古今六帖・三四七九）。**〇言はぬ思ひ**　「思ひ」の「ひ」に「火」を掛け、第五句の「煙」と縁語関係をなす。打ち明けずにいる秘めた思い。「言はぬ思ひ」を詠み入れた先行歌に、「人知れず言はぬ思ひのわびしきはただに涙のぬらすなりけり」（貫之集Ⅰ・六三二）がある。**〇人に知らるる煙ならねば**　底本は第四句「人に知られぬ」。ここは、榊原家本以下の他本により「人に知らるる」と校訂。人に知られている恋の煙ではないのだから。［補説］参照。

【補説】 底本では、「ひとにしられぬけふりならねは」と、第四句にも第五句にも打消表現を含むため、これに従えば、下句は、人に知られない恋の煙ではないのだから、つまり自分の恋心は実は周囲の人には知られている、と言っていることになろう。上句では「言はぬ思ひ」とあるので、言葉に表すことはしていないが、周囲には知られている、という状況を考えることになる。それがあり得ない状況ではないかもしれないが、当該歌が、かいのない片恋の嘆きを詠んでいると考えると、四句を「人に知らるる」とする方が、ねじれの少ない文脈であろう。そこで、他本によって当該歌第四句を「人に知らるる」と校訂した。

恋の燃える思いを「煙」に寄せて詠むのは、常套。古今集の仮名序には「富士の煙によそへて人を恋ひ」とあり、寛平御時后宮歌合には、

思ひわび煙は空に立ちぬれどわりなくもなき恋のしるしか（一六八）

と、「思ひ」の「火」によって立つ煙を「恋のしるし」と詠む歌もある。源氏物語（篝火）には、

篝火に立ちそふ恋の煙こそ世には絶えせぬ炎（ほのほ）なりけれ

のように「恋の煙」とも詠まれる。

こうした先例を踏まえて、「人に知らるる煙」を、古くから和歌に詠まれてきた「恋の煙」として解した。

なお、古今六帖には「人知れぬ」「人に知らるる」題が並ぶ。「人に知らるる」題に「恋の煙」を詠む歌は採られていないが、「人知れぬ」題には、忠岑の、

須磨の海人（あま）の樵（こ）れる塩木の燃ゆれども人に知られぬわが恋ならむ（二六七九）

が見える。人知れぬ恋の思いを海人の焚く火に喩えた歌であり、こちらは「人に知られぬ煙」を詠んでいることになろう。

102
いかにせむ恋ちにまとふほとゝきす
しのひになきてすこす比かな

【校異】恋ちにまとふ―こひちにまよふ（榊・松・東）

【本文】

102 いかにせむ恋路にまどふほととぎす忍びになきて過ごすころかな

【訳】

102 どうしたらよいのか。ほととぎすがひそやかに鳴いて時季を過ごすように、恋路に迷う私はひっそり泣きながら暮らすこのごろであるよ。

【他出】ナシ

【語釈】**○いかにせむ**　どうしようか、どうしたらよいのか、の意。「いかにせむ行かずはあはじ来ずは見じ幾よをかぎる命ともなし」（小馬命婦集・五二）。**○恋路にまどふほととぎす**　恋に苦悩する自身をほととぎすに喩えた表現。［補説］参照。**○忍びになきて**　ほととぎすが忍び音に鳴くことと、自身が密かに泣くことを重ねる表現。**○過ごすころかな**　「過ごす」は、時を過ごす、暮らす、の意。奈良・平安時代には「過ぐす」を使用するのが一般的。しかし、平安時代に「過ごす」が併用され始め、中世以降「過ごす」が優勢となるとされる。「明日ならば忘らるる身になりぬべし今日を過ごさぬ命ともがな」（赤染衛門集Ⅰ・九四）。

【補説】当該歌は、

人のもとにつかはしける　　藤原師尹朝臣
如何せむをぐらの山のほととぎすおぼつかなしと音をのみぞなく（後撰集・夏・一九六）

という師尹の歌と同様に、恋に苦悩する自身をほととぎすと重ねる表現になっている。初句「如何せむ」は、注釈書によれば頼実歌の初句「いかにせむ」と同じに読む。

ほととぎすの鳴き声に催されて自分の恋心がまさると詠む歌として、

山にほととぎすの鳴きけるを聞きて詠める　貫之

ほととぎす人まつ山に鳴くなればわれうちつけに恋ひまさりけり（古今集・夏・一六二）

がある。また、頼実周辺では、藤原範永にも、

四月一日のほどに、人のもとに

うちとけて鳴きぞしぬべきほととぎす人に知られぬ初音なれども（範永集・一〇六）

という、ほととぎすに言寄せて恋心をうちあける歌が見える。

103

我かこと恋せむひとのまたもあらは
いかにかするとゝふへきものを

【校異】我かこと―わかかこと（榊）、我かことく（龍）　恋せむひとの―こひせぬ人の（東）　またもあらは―またあらは（榊・松・三）

【本文】

103 わがごとく恋せむ人のまたもあらばいかにかすると問ふべきものを

【訳】

103 私のように恋をしている人が、もしも他にもいるならば、その人にどうしたらよいかと問うことができるだろうが。

【他出】　ナシ

【語釈】 **○わがごとく**　底本では「我かこと」とある。「われがごと」として「わがごとく」と同意の表現とも考えられる。「われ」を詠む歌は「われを思ふ人を思はぬ報（むく）ひにやわが思ふ人のわれを思はぬ」（古今集・雑体・一〇四一　よみ人知らず）など多く見られる。また「私のように」の意で「わがごと」と詠む歌も「是貞親王家の歌合の歌／秋の夜の明くるも知らず鳴く虫はわがごとものや悲しかるらむ」（古今集・秋上・一九七　敏行朝臣）などがある。ただし、「われがごと」という用例は見当たらなかった。また、底本の他の箇所の「我が」は「わが」と読む。よって、龍谷大学本により、「わがごとく」と校訂した。［補説］参照。**○恋せむ人**　恋をするような人。用例が極めて少ない表現。「山家恋／風吹けばさもあらぬ峰の松も憂し恋せむ人は都にを住め」（拾遺愚草・二五四三）。**○またもあらば**　もし他にもいるならば。「いたづらになりぬる人のまたもあらば言ひあはせてぞ音をば泣かまし」（後拾遺集・雑三・九七五　藤原国行）。**○いかにかすると**　どのようにするのがよいかと。苦しい片恋への対処をどうしたらよいかと、の気持ちであろう。ただ、他例は見当たらない。和歌に用いる表現ではなく、俗語的で散文に用いるような表現。**○問ふべきものを**　尋ねることができるのに。「ものいはば問ふべきものを桃の花いく代か経たる滝の白糸」（後拾遺集・雑四・一〇五六　弁乳母）。

【補説】　初句「わがごとく」の校訂に関して補足する。

「わがごと」と表記される歌では、「わがごとや」「わがごとぞ」など、助詞を伴ったり、「わがごとく」と連用形となるのが一般的である。

校訂には、龍谷大学本を参考にしたが、内容から次の歌の影響も考えられる。

　題知らず　よみ人知らず
わがごとくもの思ふ人はいにしへも今行く末もあらじとぞ思ふ（拾遺集・恋五・九六五）
　同じ人に
わがごとくもの思はむ人をまたもがなたぐひありけりと聞かば頼まむ（長能集Ⅰ・三七）

ともに、自分ほどつらい恋をしている人は、またとないだろう、と詠む。特に、長能の歌と表現が似通っている。頼実がこの歌を参考にしたならば、やはり初句は「わがごとく」とあるべきだろう。

【勘物】

底本（蘆庵文庫本）

頼実

正四位下右馬頭頼国朝臣二男

長久四年正月九日補蔵人所雑色 廿九

寛徳元年六月七日卒 年卅

土御門右府家之人也

長久三年十一月土記　哥人

棟仲 重義二男　経衡 長元六蔵人　義清 長元六蔵人 少納言義通一男

頼家 頼光二男 長元八補　重成 改名兼長 長元八蔵人 道成三男　頼実

世称六人云々

榊原家本

頼実

正四位　右馬頭頼国朝臣二男

長久四年正月九日補蔵人 一門雑色廿九

寛徳元年六月七日卒 年廿

土御門右府家之人也

長久三年十一月土記　歌人 長元六蔵人

平棟仲 重義二男　藤経衡 長元六補蔵人 中宮大進公業男　源重成 道成三男 長元八蔵人 改名兼長

橘義清 少納言 義清一男　源頼家 頼光二男

源頼実 長元八補　頼国二男

世称六人 或三

底本蘆庵文庫の巻末に、頼実に関わる勘物が付されている。従来の勘物とは異なる内容をもち、頼実集読解に重要であると思われるので、翻刻本文を記し、［語釈］［補説］を加えた。

頼実集の新編国歌大観と私家集大成の底本は、第一類（1）松平文庫本である。しかし、解説Ⅲに諸本について記すように、第一類（1）の筆頭は榊原家本である。よって上段に底本の勘物、下段に榊原家本の巻末にある勘物を記して、対照させて検討する。〔語釈〕の立項は、底本本文による。

なお、松平文庫本の勘物は内題の前にある。第一類（2）の三手文庫本の勘物は松平文庫本に、第一類（3）の龍谷大学本の勘物は榊原家本に近い。蘆庵文庫本と同じ第三類の河野美術館本の勘物は、ほぼ蘆庵文庫本に等しい。

【語釈】　**○正四位下右馬頭頼国朝臣二男**　頼実の父「頼国」は、清和源氏で頼光男。正四位下。蔵人、左衛門尉、検非違使、内蔵頭、太皇太后宮（彰子）大進、女院彰子の院司等を歴任した。解説Ⅳ参照。**○長久四年正月九日補蔵人所雑色　廿九**　頼実は、長久四（一〇四三）年正月九日に蔵人に補され、もとは所雑色で、蔵人になったのは二十九歳である、の意。なお、蔵人所の雑色から六位蔵人に昇進する例はよく見られる。榊原家本には「長久四年正月九日補蔵人　一門雑色廿九」とあり、「一門」では意味不明。**○寛徳元年六月七日卒　年卅**　頼実の没年時とその年齢。頼実は長和四（一〇一五）年誕生となる。なお、「寛徳」に改元されたのは長久五（一〇四四）年十一月で、頼実没後のこと。この長久五年正月より六月に至るまで、「疾疫殊盛、死骸満レ路」（『扶桑略記』）という有様であった。関白頼通嫡子通房もこの疫病で亡くなっている。栄花物語（くものふるまい）に物語られている。**○土御門右府家之人也**　「土御門右府」は源師房。師房については4番歌参照。「土御門右府家の人」とは、頼実が師房の家人、の意であろう。頼実は、師房と私的主従関係にあった。**○長久三年十一月土記　哥人**　「土記」は源師房の日記で、『土右記』とも。土記の長久三（一〇四二）年十一月某日に、頼実は「歌人」と記されている、の意。『土右記』は、「長元三年（一〇三〇）から承保三年（一〇七六）まで日記が書かれた形跡があるが、多く断片で、……」（『国史大辞典』）とあるように、部類記や他家の日記などに引用された逸文が多い。なお、榊原家本等の勘物には、「……歌人　長元六蔵人」とあるが、意味不明。〔補説〕参照。**○棟仲**　平棟仲。生没年未詳。安芸守重義男。『蔵人補任』によると、万寿二

（一〇二五）年に六位蔵人となる。周防守等を歴任し、従五位上に至る。周防内侍の父。後拾遺集に二首入集。16・29番歌参照。なお、以下六人は、いわゆる和歌六人党といわれた人々。**〇経衡**　藤原経衡。寛弘二（一〇〇五）年頃の生まれ、承暦二（一〇七八）年以降没。中宮大進公業男、母は山城守藤原敦信女。長元四（一〇三一）年、六位蔵人となる。なお、榊原家本には「長元六補蔵人」とある。［補説］参照。大学頭等を経て、正五位下兵部少輔筑前守となる。後拾遺集以下の勅撰集に十六首入集。家集に経衡集がある。16・74番歌参照。**〇義清**　橘義清。生没年未詳。後拾遺集歌人の筑前守橘義通男。長元六（一〇三三）年十二月、六位蔵人となる。丹波介・勘解由次官等を歴任する。長元八（一〇三五）年五月十六日賀陽院水閣歌合には右方の員刺（かずさし）として、長暦二（一〇三八）年九月と長久二年四月の源大納言家歌合には歌人として、見える。16・72・74番歌参照。勅撰集入集歌はない。**〇頼家**　源頼家。生没年未詳。摂津守源頼光男、母は中納言平惟仲女。長元八（一〇三五）年正月、六位蔵人となる。越中・越前守を歴任し、従四位下に至る。頼実の叔父。後拾遺集以下の勅撰集に九首入集。16番歌参照。**〇重成**　源重成。改名して兼長となる。生没年未詳。醍醐源氏。右馬権頭道成男。長元九（一〇三六）年四月十七日、後一条天皇崩御に六位蔵人を去っている。右兵衛佐等を歴任し、正五位下に至る。「源兼長」の名で、後拾遺集に五首入集する。16・74番歌参照。**〇頼実**　後拾遺集に五首、玉葉集・風雅集に各一首、勅撰集に計七首入集。**〇世称六人云々**　「世に六人と称すと云々」と読んだ。源師房の日記「土記」に、「歌人」として挙げた人物について、世間では六人と称していた、ということであろう。

【補説】　蘆庵文庫本勘物の前半には、頼実について、出自、生没年次、土御門右大臣源師房の家人とある。後半には、長久三年十一月の土記により、「哥人」として六人の名を記すが、その順序は当時の身分順なのであろう。

　ところで、高重久美『和歌六人党とその時代』序章には、榊原家本が諸本の中で最も信頼のおけるものとし、その勘物について次のように述べている。

　……榊原本勘物で注目されるのは、「土御門右府家之人也」と「長久三年十一月土記　歌人（長元六蔵人）」の間が一行空いていることである。このような書きようは私が見た九本の勘物の中では榊原本のみである。「土御門右府家之人也」の次が一行空いていることは、そこまでの内容はそこで一応終わることを示しており、「長久三年十一月土記　歌人 長元六蔵人」以降が『土右記』の記述を基に書かれたものであろうことのより明確な証左となろう。それは、「歌人 長元六蔵人」から「世稱六人」までが『土右記』長久三年十一月某日条の記事であったことをよく示していると言えよう。

その上で、「長元六蔵人」を「長元年間に活躍した六人の蔵人」の意とし、「和歌六人党」という名称問題にまで言及する。しかし、六人の名前だけならともかく、その出自や蔵人になった年まで日記に書かれていたとは考えにくい。人物に付された注記部分は後人の所為であろう。師房が日記に記す意味も必要もないからである。

底本の勘物は正確である。たとえば、「正四位下右馬頭頼国朝臣二男」が、榊原家本では「正四位　右馬頭頼国朝臣二男」と、「正四位」の下が一字分空白となっている。頼国は「正四位下」で没した（『尊卑分脈』）。また底本三行目「長久四年正月九日補蔵人所雑色 廿九」が、榊原家本には「長久四年正月九日補蔵人 一門雑色廿九」と、「所」が榊原家本では「一門」になっていて、意味をなさない。

さらに、底本四行目「寛徳元年六月七日卒 年卅」は、榊原家本では「寛徳元年六月七日卒 年廿」とある。蔵人に二十九歳でなり、その翌年二十歳で亡くなると明らかな誤りがある。

最も重要な違いは、底本「長久三年十一月土記　哥人」の項である。これは、長久三年十一月某日の土記に、以下の六人の名が歌人として挙げられていた、という意であろう。が、榊原家本では「歌人 長元六蔵人」と、底本「義清」に付された「長元六蔵人」が、榊原家本では右隣の「歌人」の注記になっている。結果、「義清」の注記は「少納言義通一男」一つだけである。榊原家本でも、他の歌人には「長元八補」「長元八蔵人」など、蔵人に補された注記が見えるのだが。高重説では、この「長元六蔵人」という注記を、「長元年間に活躍した六人の蔵人」と解しているが、頼実は長元年間（後一条天皇時代）には蔵人にはなっていず、明らかに誤りである。

【注記】

源頼実

勘物云右馬頭頼国之男長久四年補蔵人　寛徳元年

六月七日卒　棟仲　経衡　義清　頼家　重成　頼実　世称長元

六蔵人

続世継敷嶋の打聞云 左衛門尉頼実といふ蔵人哥の道すくれて

も又このみにこのみ侍りけるに七条なる所にて夕に郭公を聞といふ

題をよみ侍けるにゑひてその家の車やとりにたてたる車にて哥案

せんとてねすくして侍りけるをもとめけれはおもひよらてすてに講せん

とて人皆書たる後にて此わたりはいなりの明神こそとて念しけれは

きとおほえけるを書て侍りける　いなり山越てやきつるほとゝきす

ゆふかけてしも声の聞ゆる云々　無名抄云蔵人頼実はいみしきすき

もの也和哥に志ふかくして五年か命を奉らん秀歌よませ

たまへと住吉にいのり申ける其後年をへておもき病をうけたり

けるとき命いくへきいのりとも申けるに家に有ける女に住吉明神

つきたまひて兼ていのり申せしことをわすれける歟木のはちる
やとは聞わくことそなき時雨するよもしくれせぬよもいふ秀哥よませしは
汝かしんを致して我に心さしをよせし故也されはこのたひ□いくましき
そと仰られけるとそ

底本の蘆庵文庫本では、家集の内題「故侍中左金吾家集」（第一丁裏）の前、第一丁表に「源頼実」と上欄余白に記し、和歌の行頭に同じく、「勘物云」、「続世継……云々」と「無名抄云……とぞ」という文章が見える。同類の河野美術館本も同様である。内容は、頼実に関わる三つの注記が集成されたものらしいので、和歌同様に注釈を施した。

【本文】

源頼実

勘物に云く、右馬頭頼国之男、長久四年補二蔵人一、寛徳元年六月七日卒。棟仲・経衡・義清・頼家・重成・頼実、世称二長元六蔵人一。

続世継「敷嶋の打聞」に云く、左衛門尉頼実といふ蔵人、歌の道すぐれても、また好みに好み侍りけるに、七条なる所にて、「夕に郭公を聞く」といふ題を詠み侍りけるに、酔ひてその家の車宿りに立てたる車にて、歌案ぜむとて寝過ぐして侍りけるを、求めければ、思ひ寄らで、すでに講ぜむとて人皆書きたる後にて、このわたりは稲荷の明神こそとて、念じければ、きと覚えけるを書きて侍りける。

稲荷山越えてや来つるほととぎすゆふかけてしも声の聞こゆる　云々

無名抄に云く、蔵人頼実はいみじき数寄者也。和歌に志深くして、「五年が命を奉らむ。秀歌詠ませ給へ」と住吉に祈り申しける。その後、年を経て重き病をうけたりける時、命生くべき祈りども申しけるに、家にありける女に住吉明神憑き給ひて、「かねて祈り申せしことを忘れけるか、

木の葉散る宿は聞き分くことぞなき時雨する夜も時雨せぬ夜も

いふ秀歌詠ませしは、汝が信を致して我に心ざしを寄せし故也、されば、この度はいかにも生くまじきぞ」と仰せられけるとぞ。

【訳】

源頼実

勘物にいう。頼実は右馬頭頼国の子息で、長久四年に蔵人に補せられた。寛徳元年六月七日に没す。棟仲・経衡・義清・頼家・重成・頼実らを、世間では長元年間の六人の蔵人と称している。

続世継の「敷嶋の打聞」にいう。左衛門尉頼実という蔵人は、歌の道に優れてもおり、また歌にたいそう趣向を凝らす人でもありましたが、七条という所で、「夕べに郭公を聞く」という題で人々が歌を詠みましたところ、(頼実は)酔って、その家の車宿りに停めてある車の中で、歌を考えようとしてつい寝過ごしてしまいましたのを、(人々は)探したけれど、思いも寄らずに、すでに披講しようと皆が歌を書いた後になって、(頼実は)このあたりは稲荷の明神がいらっしゃるのだと、心の中で祈ったところ、ぱっと浮かんできた歌を書いたのでした。

稲荷山……(稲荷山を木綿をかけて越えて来たのだろうか、ほととぎすは夕方になって声が聞こえることだ。)しかじか。

無名抄にいう。蔵人頼実はたいそうな風流人である。和歌に志が深くて、「私の五年の命を差し上げましょう。秀歌を詠ませてください」と住吉明神にお祈り申し上げた。その後、何年か経って重い病にかかった時、

命がながらえる数々の祈りを申したところ、家にいた女に住吉明神が乗り移りなさって、「以前に祈り申したことを忘れたのか、

木の葉散る……（木の葉が散る宿は、聞き分けることができないことだ。時雨する夜も時雨しない夜も。）

という秀歌を詠ませたのは、お前が信心を尽くして私に志を寄せたからである。だから、この度は決して生きながらえることはできまいよ」と仰ったということです。

【語釈】○勘物に云く　他本の勘物を以下に引用している。**○右馬頭頼国之男**　注釈部の底本勘物には、「男」の箇所、「二男」とある。**○長久四年補蔵人**　底本勘物は、「長久四年正月九日補蔵人所雑色 廿九」と詳しい。**○寛徳元年六月七日卒**　頼実の没年月日。底本には「年卅」と年齢もあった。**○棟仲・経衡・義清・頼家・重成・頼実**　底本の「勘物」に同じ。**○世称ニ長元六蔵人ニ**　世に長元の六蔵人と称す。世間では、長元年間の六人の蔵人と称している、の意。榊原家本・三手文庫本・龍谷大学本などの勘物に、「長久三年十一月土記　哥人 長元六蔵人」と、やはり「長元六蔵人」とあるが、底本にはない。底本の勘物参照。**○続世継「敷嶋の打聞」に云く**　二番目の注記。続世継とは今鏡のこと。巻十「敷島の打聞」に頼実をとりあげ、「稲荷山」歌をめぐるエピソードが見える。［補説］参照。**○稲荷の明神**　京都市伏見区にある「稲荷大社」の祭神。「七条」の近くにある。**○稲荷山……の歌**　「稲荷山」は稲荷大社の東にある山。歌枕。第三句「ゆふかけて」は、夕方になってと、木綿を掛けての掛詞。なお、玉葉集に第四句「ゆふかけてのみ」（夏・三二八）で採られ、続詞花集には、「八条の山庄にて、人々郭公の歌詠みけるに／稲荷山越えてや来つるほととぎすゆふかけてこそ鳴き渡るなれ」（夏・一二五　源頼実）と、それぞれに小異がある。**○無名抄に云く**　三番目の注記。以下は、無名抄「頼実数寄の事」の「木の葉散る」の歌をめぐるエピソードが記される。［補説］参照。対校本文では、龍谷大学本のみ、93番歌の上欄空白部に記されている。**○木の葉散る……○といふ秀歌**　頼実集の93番歌参照。後拾遺集や新撰朗詠集、歌学書などにも採られた、頼実の代表的な歌の一首。

底本は「いふ」であるが、同類の河野美術館本により「と」を補う。**○この度はいかにも生くまじきぞ**　「はいかにも」は底本は擦れていて読めない。河野美術館本により補った。

【補説】「凡例」において〔校異〕項に述べた対校本文のうち、内題の前に三つの注記を集成するのは、底本の蘆庵文庫本、及び同じ第三類に属する河野美術館本のみである。

最初の注記「勘物」については、底本の勘物の注釈を適宜参照されたい。

二番目の注記「続世継『敷嶋の打聞』に云く」すなわち今鏡に関しては、対校本文では、第一類の龍谷大学本が、内題の前に「続世継物かたり、しきしまのうちきゝに云」として、頼実の「稲荷山」詠にまつわる今鏡の説話を載せる。

さらに、三番目の注記「無名抄に云く」の「木の葉散る」歌に関する説話も、対校本文のうち龍谷大学本が頼実集93番歌「木の葉散る」の上欄余白に記している。

蘆庵文庫本や河野美術館本が、家集内題の前に記すようになった経緯には、同じく蘆庵が関与した龍谷大学本との接触があったのであろうか。確認のため、底本本文をあげ、下に龍谷大学本の本文を記す。

◇今鏡

・続世継―続世継物かたり　・このみにこのみ侍りけるに―このみにもこのみ侍けるに

・書て侍りける―かきて侍る　・越てやきつる―こえ（て歟）やきつる

・云々―ナシ

◇無名抄

・蔵人頼実は―左衛門尉蔵人頼実は　・五年が命を―五年が命

・病をうけたりけるとき―病をうけうけたりける時　・いのりとも申けるに―いのりとも申ける時

・いのり申せしことを―いのり申事をは

・汝かしんを致して我に心さしをよせし故也―汝がしん我志申せしゆゑ也

今鏡には五箇所にわずかな異同があり、無名抄にも六箇所にやはり微妙な異同が見える。底本は龍谷大学本を参照したというわけではなさそうである。

では、他本にあたるという手続きを経ているのかと、今鏡と無名抄の代表的な本文や版本にあたってみた。しかし、一致するような本文は見いだせなかった。よって、蘆庵文庫本が内題前に記した注記は、いずれの段階のものか不明である。

解説

I　藤原家経とその家集

加藤静子

本解説は、家経の生涯をたどり、家集が儒学者らしい個性をもつことを明らかにしていくものである。

第一節で、家経集の読みに還元すべく、家経の経歴について新見を加えながら見ていく。

第二節には、家経集の詞書には、儒学者らしい個性が見られ、また人間関係を抑制的に記す傾向が強いことを指摘する。

仙覚文永本奥書に、藤原道長は家経に命じて彰子のために万葉集を書写させたという古老伝説が見える。しかし、万葉集の受容史研究を見ると、関白頼通時代は空白に近い。第三節では、家経集における万葉集摂取について、当時の万葉集受容の様相に触れながら明らかにしてゆきたい。伝説の信憑性にも言及する。

一　家経の経歴

家経とその家集については、千葉義孝「藤原家経雑考」「藤原家経年譜考証」(1)に丁寧な調査がなされている。家経本人に入る前に、祖父と父について簡単に押さえておきたい。

一条天皇の外祖父摂政藤原兼家は、家経の祖父有国（もとの名「在国」。九四三〜一〇一一）を、平惟仲とともに「左右の御まなこ」として重用したという（『栄花物語』巻三「さまざまのよろこび」）。また、有国は兼家の家司であったが、一条天皇母女院詮子の院司をつとめる。さらに一の人道長からも、政治面でも文事面でも活躍の場を与えられた。道長の家司をつとめ、従二位参議に昇った。今井源衛「勘解由相公藤原有国伝――一家司文人の生涯」に詳しく、[2]「勘解由相公集二巻」（佚書）があり、詩人としてすぐれ、残る詩文は数多いという。ただし、佐藤道生「藤原有国伝の再検討」[3]によると、『尊卑分脈』の有国に付す「策」「冊」の注記を証する資料はなく、「恐らくは対策には至らず、文章生から任官したのではないかと思われる」とある。

家経の父広業は、有国と異なり、式部大輔をつとめた儒学者である。やはり道長に親しく仕え、藤原実資の『小右記』には自身と広業との親しい交友も書きとめるが、道長薨去にあたって、参議広業を道長の家司であったかと記している。実資が広業をとおして道長意向を打診する記事も幾つかあり、道長家司らしい行動も見える。[4]

家経も、後に述べるように関白頼通の家司であった。以下、家経の生涯を天皇の御代ごとに分けて見ていきたい。

1　後一条天皇時代

家経は、藤原頼通と同じく正暦三（九九二）年に誕生した（『弁官補任』記載の年齢により逆算）。父は時に十六歳。母は下野守阿倍信行女。信行は、長保・寛弘年間の『権記』『御堂関白記』『小右記』に見え、下野守・正五位下が確認できる。行成の家司かという（槙野廣造編『平安人名辞典―長保二年―』一九九三　高科書店）。

家経の名が初めて見えるのは、「藤原家経年譜考証」（以下、「年譜考証」と略称）が指摘するように、『桂林遺芳抄』（群書類従巻一二八輯）、「一、雲客勤問頭例」に「四位例」として列挙した中の記事である。

又　長和五年十一月廿一日宣旨

試衆。　文章得業生藤原家経
問頭。　従四位上文章博士大江通直

「年譜考証」は家経が「文章得業生」になったと解するが、右は、文章得業生の家経に「対策」の試験を認める宣旨が下ったという内容である。長和五（一〇一六）年、家経二十五歳の時であった。

「対策」の試験内容は、政治・経済・文化など広範な知識が試され、駢儷体で綴るという論文試験であったという。桃裕行『上代学制の研究〔修訂版〕』(5)に、文章得業生となり対策の頃になると、文章院の東西いずれかの曹司に籍をおかねばならない、とある。対策の試験には、「問答博士は出身曹司でない方の曹司から出る習わし」があり、西曹司に属する家経には、東曹司の大江通直が担当したということになる。

対策に及第したことは、翌寛仁元（一〇一七）年『左経記』八月九日条の、「右衛門尉藤家経〈大業者令加〉」という記事からわかる。対策に及第すると、直近の除目で官職につける慣例があり、家経は「右衛門尉」になった。「大業者」（対策及第者）として、春宮敦良親王（後の後朱雀天皇）の「蔵人」にもなった。父広業が「学士」を兼ねていた。なお、この年三月十六日に、家経と同い年の頼通は、父道長の譲りを受けて摂政になっている。

『左経記』寛仁二（一〇一八）年正月十日に、「蔵人右衛門尉家経」の名前が見え、家経が六位蔵人になったと知られる。また、三月十三日条に、家経が石清水臨時祭の「舞人」をつとめたとある。貴族の嗜みをそなえ、容姿も人並以上であったらしい。時に二十七歳。

翌寛仁三（一〇一九）年二月五日、「右衛門尉」家経は、宣旨により「検非違使」となり、「恐」（お礼）のために道長邸に出むいている（『御堂関白記』二月四日条、『小右記』二月五日。日付は後者が正しい）。この日、実資は体調をくずしていた道長の見舞に行く。大納言公任ら公卿数人もいあわせる。道長は、前々から、家経の検非違使姿を見る約束であったらしいが、遠慮すると、公任も実資も勧める。道長以下、西対南唐廂に移動し、家経が道長家の馬に騎乗し、弓箭を帯びた者、随身二人が前庭を渡るのを、見物したとある。実資は日記では、「古代執柄臣不二召見給一之事也」と批判する（『小右記』）。道長は、公卿たちの退出後、新検非違使二人も同様に「乗二家馬一」と書きとめるが、結果的に家経のみを公卿たちに披露することになった。道長の家経に対する好意がうかがえよう。それは、父広業との関係もあろうが、後に触れるように、家経が童時代から頼通に近侍していたからかと思われる。

寛仁四（一〇二〇）年二月五日、「散位家経〈還昇、六位時侍読労云々〉」（『左経記』）とある。官位が従五位下になり殿上を降りたが、再び昇殿を許され、それは後一条天皇の「侍読労」（学問を教える功労）であったからと知られる。その年、十一月十一日には、刑部権少輔家経は宇佐の使い、「幣帛・神宝・御装束等」を奉る使者となる（『左経記』）。往復四十六日をかけて、十二月二十六日に帰参する（『小右記』）。

ところが、それから約三年後、『小右記』治安三（一〇二三）年九月七日条に、大江挙周（匡衡と赤染衛門の子）が、一日昇殿を許され、この日「侍読」となると見える。その背景には、「両殿云、家経侍読間申二不善事一、仍新以二挙周一為二侍読一、至二家経一不レ可レ近二龍顔一云々、或人々密談」という、人々の密談のようなことがあった。「両殿」すなわち、道長・頼通は、家経が「侍読」として天皇に「不善事」を申し上げた、よって大江挙周を新たに「侍読」に任命した、家経は天皇に近づけるべき人でないと判断された、というもの。家経三十二歳。なお、この年に父広業は式部大輔を辞して、家経の四歳年長の伯父資業が、式部大輔になっている。

その後の家経だが、万寿元（一〇二四）年三月二日に「弾正少弼」（『小右記』）と見える。万寿二（一〇二五）年正月二十九日に、「右少弁」になる（『弁官補任』）、時に三十四歳。翌万寿三年正月七日に従五位上、十月二十六日に「文章博士」を兼ねた。だが、翌年十二月、道長が薨去、それに殉じるように、万寿五年四月父広業も亡くなった。

『弁官補任』を見ると、家経は、万寿五(一〇二八)年二月に「右衛門権佐」も兼ね、長元三(一〇三〇)年正月五日に「正五位下」となり、「右少弁、防鴨河使、左衛門権佐、文章博士、備後介」とある。

家経が弁官職にあった長元五(一〇三二)年二月まで、『小右記』『左経記』などに、彼の名は何度も登場する。関白頼通と右大臣実資との間を往復する記事も多いが、その間、実資から特に批判の言葉は見えない。さまざまな行事や儀礼に携わり、「行事」として全体の流れをつかんで進めてゆく様子も伝わってくる。

長元五(一〇三二)年二月八日、家経は信濃守となった。家集2番歌がその下向時の歌である。時に四十一歳。赴任に際して、弁官と文章博士を退く。国司という体験は、経済的な余裕とより広い視野をもたらしたに違いない。任を終え京にもどった長元八(一〇三五)年、家経は「遷民部大輔(年号勘文部類抄)」(『国司補任』)と見える。

翌九年四月十七日、後一条天皇が崩御する。その二七日忌にあたる五月一日、母女院彰子は七箇寺に御誦経を立て、法性寺には「民部権大輔家経朝臣」がおもむいた(『左経記』)。後一条天皇の侍読や弁官をつとめた家経が、その職務上、女院彰子の殿上を許され、法事に関与するのも当然であったろう。

また、家経の同母姉妹は、後拾遺集(一〇七〇番)早稲田大学本勘物によると、「上東門院新宰相」という女房であった。伊勢大輔集Iの四二~四四詞書の「(家経の)妹の君」からも確認できる(家経集の16・17番歌[補説]参照)。

ところで、『栄花物語』に「家経」の名が一度のみ見える。巻三二「歌合」に、長元八(一〇三五)年五月高陽院水閣歌合に、「同じ月の九日に、殿上の童を書き分かたせたまへり」とあり、

左には殿の若君、行任が子、範国が子、章任が子、右には家経が子、範永が子、頼国が子分たせたまへり。

とある。「殿の若君」通房が殿上童としては、「行任が子」の下にあったが、勅定により左方に決せられたという(『左経記』九日の条)。子らの父は、家経・範永が「殿」関白頼通の家司、他の四人が女院彰子の院司であったりと、

「子」らの父や祖父の頃より道長夫妻に近侍した家の出身者である。だからこそ、「若君」（通房）と同じ「殿上童」にも選ばれたと思われる。家経も、父広業と道長との関係性から、童の時分より同年齢の頼通に近しく仕えたかと思われる。

2　後朱雀天皇時代

後朱雀天皇は、長元九（一〇三六）年四月に践祚、家経四十五歳。この期から記録は少なくなる。

長久二（一〇四一）年二月十二日に、教通女生子の「弘徽殿女御歌合」（『平安朝歌合大成』一二八）が行われた。『袋草紙』に、「弘徽殿女御歌合〈長久二年／右勝〉、判者大和守藤原義忠朝臣〈家経相模等難判有り〉」とあり、右方の家経が相模とともに難判し、勝利している。

その約一月後、「省試」に落第した二人が、申文を提出する事件があった。一人は落第がすぐ決定したが、『春記』三月十七日条に、儒者家経分の「学生藤原行善」が落第理由にあたらないという申文が、試験官と同じ東曹の藤原明衡により提出されたとある。関白頼通、右大臣実資、天皇を煩わせ、天皇裁可を仰いで落着したらしい。

翌長久三年、家経は再び「文章博士」となる、従四位上（『式部省補任』。『二中歴』第二　文章博士歴）、五十一歳。

3　後冷泉天皇時代

寛徳二（一〇四五）年正月、後冷泉天皇が践祚する。家経、五十四歳。この期の記録も少ない。

『平安遺文』六二三「関白殿政所下文案」に「寛徳二年五月十八日」の日付で、「別当播磨（守脱）源朝臣在判」に引き続き十二人の「官職名＋姓＋朝臣」人物中に、「木工頭兼讃岐（権守脱）藤原朝臣在判」がいる。この「木工頭……」が家経を指すと指摘したのは増淵勝一論文で(6)、家経が関白頼通の「政所」家司と知られる。ただし、『平安遺文』「木工頭兼讃岐(権守脱)」の注記は、次に示す翌年の大嘗会和歌作者名から、「権介脱」の誤り。

永承元(一〇四六)年十一月四日、後冷泉天皇の大嘗会が行われた。家経は、「主基」方備中国の神歌以下十首と屏風歌六帖十八首を詠む。「木工頭兼文章博士讃岐権介藤原朝臣家経上」の作者名がある。この体験は、家経に歌詠みという自覚をより強くさせたかと思われる。なお、「悠基」方は、叔父の資業が担当した。

この年十二月十九日、関白頼通は関白を辞す「表」を、家経に源師房邸に持参させる(『東宮御元服記』所引の『土右記』)。翌二十日の『春記』には、「表」は家経が作成したとある。儒者家司の大切な役割である。この表は残っていないものの、家経の漢詩文は、祖父有国の数には及ばないが、何編かは知られる(7)。

永承四(一〇四九)年十一月九日、内裏歌合に「文章博士家経朝臣」で出詠、家経集の93番歌である。長久三(一〇四二)年以来の「文章博士」は続いている。

永承五(一〇五〇)年六月五日庚申祐子内親王歌合(『平安朝歌合大成』一四一)に、「讃岐守家経朝臣」で出詠する。家経集94~96番歌がその歌である。

ところで、『平安朝歌合大成』(一七六)に「某年秋祐子内親王草合歌雑載」とある「草合」は、『八雲御抄』「物合講師」に「永承祐子(家経一人奉二仕之一)」とあり、正確な年時は不明ながら永承年間となる。勝態には、州浜が造られ、逢坂の関・しかすがの渡り・姨捨山に関わる和歌を詠んでいる(家経集23~25番歌)。

祐子内親王は、母中宮嫄子亡き後、頼通隆姫夫妻の手許で育てられていて、家経は、頼通の政所家司という関係から、記録類からは確認できないが、内親王の政所にも属していたのであろう。

天喜元(一〇五三)年六月十五日、関白頼通の母源倫子の御入棺・御葬送日時定に、「讃岐守家経執筆」と見える

（『平定家朝臣記』）。関白頼通の儒者家司という役目であろう。また、家経の讃岐守は永承五年～天喜元年までとわかる。

それでは、家経は、いつ「式部権大輔」になったのか。永承元年六月に式部権大輔の大江挙周が亡くなり、『式部省補任』を見ると、その後任に藤原国成がついている（『造興福寺記』に永承三年三月二日「呪願草式部権大輔国成朝臣」）。その国成は、「永承六年十一月任二式部大輔一」（『本朝続文粋』巻六奏状、「敦光朝臣申二紀伊守一状一首」）と見える。よって、家経は、国成が大輔に移った空席の「式部権大輔」についたのであろう。

実は、家経集の末尾の歌二首は、永承七（一〇五二）年春であった。107番歌は、上京していた家経が任国讃岐に下る時に、人々も河尻まで同行し、「舟のうちに春暮れぬ」という題で歌会があり、108番歌は、「河尻に人々日ごろ泊りて、山吹の花咲ける家にて」、歌会があった。なぜこの下向時に人々が同行したのか疑問であったが、家経が式部権大輔に任じられたので、家経周辺の人々が祝いの気持から河尻まで同行し、歌会が催されたという読みができるであろう。

天喜二（一〇五四）年五月十一日、家経は出家する、六十三歳。なお、この年十一月に、参議広業・式部権大輔家経の「門業」を伝えるべく、藤原行家に「勧学院学問料」を賜る宣旨を願う状(8)が、『朝野群載』巻十三に見える。行家は、藤原公業女（家経の従兄弟）を母とし、正六位二十六歳になっていた。「学生」と見える。

出家後四年ほど経て、家経は天喜六（一〇五八）年五月十八日に亡くなった（『尊卑分脈』）。時に六十七歳。

ところで、千葉「年譜考証」の「おわりに」では、家経の六十七年の生涯は「父広業の他界」を境に二分できるように思われるとし、父生前には、「宮廷職事に追われる多忙な身ながらも、充実した日々を過ごしていたものと推測される」が、父死後、「京官のエリートコースから落ちこぼれ、諸国を遍歴する一地方官に身を落とし、ついに終世の望みであった式部大輔に昇ることもなく、失意の生活を余儀なくされた」とする。そして、「家経の歌人的出発は、この不遇を託つ後半生に始まる」とされた。「歌人的出発」の時点がいつかは明確にできないが、後半生を「失意の生活」「不遇を託つ」とするのは、問題があろう。

家経は、確かに式部大輔にも公卿にも至らなかった。それは、父広業とは十六歳ほどの年齢差で、かつ家経より四歳年長の伯父資業が家経の先を進んでいたのも一因していたと思われる。資業は、『公卿補任』をたどると、俊秀らしく、また母が一条天皇乳母の橘三位（橘仲遠女徳子）ということも関係してか、長保五（一〇〇三）年十一月に十六歳で文章得業生、二年後の十一月に十八歳で対策及第する。長和四（一〇一五）年に三条天皇の五位蔵人・右少弁で、三月、さらに左衛門権佐（検非違使）と三事兼帯、後一条天皇の御代には、文章博士（期間は短かった）、勘解由長官などを経て、治安三（一〇二三）年三十六歳で式部大輔となる。後冷泉天皇の即位後まもなく寛徳二（一〇四五）年四月に従三位となり、公卿に昇った、五十八歳。永承六（一〇五一）年二月に出家、時に式部大輔、六十四歳。日野法界寺を建てて住み、延久二（一〇七〇）年八十三歳で死去。前掲川村晃生論文では、資業を道長の家司、ついで寛仁三（一〇一九）年正月四日ころは当時摂政の頼通家司と見るが、首肯されよう。

しかし、家経の後半生を失意・不遇と捉えるよりも、次世代の子どもたちに儒学者としての家を引き継がせるべく、それらを見届け、その後に出家したのではなかったかと思われる。

家経男正家と行家について簡略ながら触れておきたい。正家（一〇一六〜一一一一）は、藤原能通女を母とする。正家が対策及第したことは、『本朝続文粋』第三「策」に、「正五位下行出雲守藤原朝臣明衡問」の「弁関塞」という課題、「文章得業生正六位上行近江大掾藤原朝臣正家対」の解答文が残っていて、明らかである。それはいつであろうか。正家が記した内裏歌合の真名日記が、『平安朝歌合大成』一三六、一四六にはそれぞれ残って、

永承四年十一月九日　内裏歌合　　記蔵人近江大掾藤原正家

永承六年五月五日　内裏根合　　記蔵人左衛門権少尉藤原正家

とある。対策の試験時や永承四年十一月に「近江大掾」とあり、永承六年に「左衛門権少尉」とあるのは、対策及第して初めての除目で「左衛門権少尉」に任じたと思われるので、対策の年は永承五年という可能性が高いであろう。二十三歳の時であり、父家経は讃岐守として健在であった。

その後の主たる履歴については『平安人名辞典康平三年』を参照する。治暦二（一〇六六）年文章博士、大内記、弁官、蔵人頭などの要職をつとめ、後三条天皇時代には、文章博士・右中弁、白河天皇時代に左中弁・蔵人頭、右大弁、堀河天皇時代に、侍読、式部権大輔、若狭守、そして式部大輔にいたる。関白頼通の嫡子師実の家司であり、上表文などを記している。『中右記』の正家卒去記事には、少年より信仰心があつく法華経を誦し、数万部に及んだとある。

弟行家（一〇二九～一一〇六）については簡単に前述した。康平三（一〇六〇）年四月に対策及第、左衛門権佐などを経て、白河天皇の承暦三（一〇七九）年文章博士従四位下。堀河天皇の時に、美作守、讃岐守、正四位下弾正大弼と見える。康和二（一一〇〇）年に出家、長治三（一一〇六）年二月に卒去。関白師実の家司、その子師通の関白政所家司、忠実の乳母夫と、兄正家同様、頼通の曾孫の世代まで摂関家に近仕していた。

こうして、正家・行家ともに父同様に、学者の道をたどり、摂関家累代の家司として仕えている。さらに二人とも大嘗会和歌を詠んだ。父家経は出家して信仰に生きたらしいが、子息たちも同様に信仰の道を歩んでいる。

二　家経集詞書から――儒学者らしい表現

家経集の歌数は百八首（真観本末尾に「一一〇首」）と、姻戚関係のある範永や経衡の家集よりも歌数はだいぶ少ない。詞書の表現からは学儒らしさがうかがえる。

『範永集新注』久保木哲夫解説一の2に、範永集の歌番号と詞書を上段にして、家経集・経衡集の同座詠もしくはその可能性が高い歌について、下段に歌番号のみをあげた表がある。それを参考に、上段に家経集の、下段に範永集の詞書を記し、以下に比較する。家集の底本表記に読点のみ付して示し、同一の、歌会・歌合・障子歌などの場合は、一字下げて掲げた。ミセケチの箇所は左傍線を付した。なお、範永集の真観真筆本（全一八八首）には脱落があるので、承空本の和歌も参照している。

【家経集】	【範永集】 掲出は真観本、承空本は（　）内に示した。
3　遊山寺、詠葉落繞樹	七三　落葉木にめく[れ]り
4　大井河、落葉満流	二〇　おほゐにて、木の葉なかれにみちたり、といふたいを
6　山家梅	七五　山さとのむめ
7　望晩霞	七六　ゆふへのかすみ
8　夏、月のまへにともをまつ	（承三五　イエツネノ朝臣、（　）ヲミテカク（　）ヘリ）
	（承三六　返シ）
11　落葉如雨	七四　西宮にて、落葉あめのことし

12	西八条にて人〳〵ふたつの題をよみけりとき丶て、たれともなくてをかせたる	九三	題二首、水辺逐涼
13	あきのはな夏ひらく	九四	あきのはな夏ひらく
19	錫杖歌	一〇一	詠錫杖、一首
21	送能因入道、二首、わかれをおしむ	九八	古曽部入道能因、伊予へくたるに（歌中「たかさこの……」）
22	たかさこのまつ		
23	ものにつくへきとて人のよまする、三首　あふさかのせきにゆくたひ人あり、霧たちわたる	九五	たい三、　合坂関霧立有行客
24	しかすかのわたりに、ゆく人たちやすらふ	九六	しかすか
25	をはすて山に、月をのそむ客あり	九七	をはすて山の月
26	西河亭、和哥二首、かはきり	一〇・一一	くさむらのつゆ、いそのかみ、といふ題を、さいけいりしのよ（ま）せけるに
27	みかきのはら		
30	於西宮、詠紅葉未遍	一一一	紅葉いまたあまねからす、といふたい、西宮にて
48	五月懺法次、詠二首、入於静室	一三八	法華経　入於静室
49	思惟此経		
50	晩夏二首、かはへにあそふ	一四一	かはつ（へ）の人のいへに、河辺にあそふ、といふ題を
51	とこなつをもてあそふ	一四二	とこなつをもてあそふ

63 暮春、詠尋花日暮
64 於西宮、惜落花和哥
68 詠瞿麦勝衆花 序者
69 或人の山荘にて、さなへをとり、郭公をきく、とい
ふ二の題を
70
71 八条の家にて人〳〵詠二首、水上月
72 （詞書「聴松風」欠ク）
74 悲歎之間、無情放遊、被牽好客、至東山趾、不能他
（「侘」）忍、遊月、依水知山葉之什而已
75 落葉埋菊
77 道雅三位西八条障子絵 歌合 （題欠ク）
91 冬日、於西宮、詠行客吹笛 序者
94 同五年賀陽院一品宮（「一宮」ノ誤リ）歌合、
桜

一六二 花をたつねてひをくらす、といふたいを、左大弁のいへに
て
一二四 西宮のさくらをもてあそふ
二 高陽院とのにて、なてしこよろつのはなにまさる、といふこ
ゝろを
一六三 田家、青苗
一六四 郭公
一五八 みつのうへの月、もくのかみの八条のいへにて
一九 山葉を水によりてしると
三〇 らくえう菊をうつむ
五 右京大夫八条のいへのさうしに、はしめのなつ、山さとな
る家にほとゝきすまつ
一六八 行客吹笛、西宮
一六九 関白とのゝうたあはせに、題三、さくら、ほとゝきす、し
か
さくら

95	郭公	一七〇	ほとゝきす
96	鹿	一七一	しか
100	於源亜相六条水閣、対泉忘夏	一七二	源大納言殿にて、いつみにむかひて夏をわするゝ、といふたいを
101	夏夜月	一七三	おなしところにて二首、夏夜月、秋をまつ
102	あきをまつ		（「秋をまつ」ノ和歌脱カ）

右の表の家経集欄を、3、4、7、11番と見てくると、範永集が仮名をまじえているのに対し、漢文表記であることに気づく。さらに、30番「於西宮、詠紅葉未遍」、63「暮春、詠尋花日暮」、64「於西宮、惜落花和哥」、68「詠瞿麦勝衆花 序者」、74「悲歎之間、無情放遊……」、75「落葉埋菊」、100「於源亞相六条水閣、対泉忘夏」と、やはり範永集よりも漢文色が強い。

逆に、範永集での単語でない漢字表記は、家経集12、19、23番歌にあたる、九三、一〇一、九五番歌に過ぎない。12番歌は、家経自身は歌会に同座していず、歌題を聞いて送っているものであり、23番歌は草合の勝態の州浜における説明的言辞で、これも歌題ではない。

さらに興味深く思えるのは、家経集74番歌である。歌題「依水知山葉」表記に加えて、家経が悲嘆にくれていた時に、人に誘われて東山に至り月に遊びと、自身の心中と行動を述べるのに漢文で記している。鬱屈した思いを綴るのに、仮名文より漢文体の方がしっくり表現できるからなのであろう。

右の表以外で、家経集が仮名書きをまじえない漢文表記は、5「九月廿九日、惜秋」、9「五月、法華懺法、詠悔無有所」、28「於西宮、詠山家秋月」、43「聞郭公」、59「古曽部入道、有招引詞、在九□（条）別業不向、贈以一首、于時雪降」、65「三月廿日、向西八条」、92「於左大弁八条別第、詠各（冬）夜長」などがある。このうち、59番歌（能因との贈答歌）と、65番歌とを除くと、他はすべて題詠の和歌となっている。

また、29番歌の、「山里に人〳〵きあつまりて、就菊下把盃、有人〳〵」は絵柄についての説明と読んだが、仮名まじりで開始したものの、いつしか漢字のみになる。

なお、右の表の仮名文の8「夏月のまへにともをまつ」を見ると、一見すると題詠だが、範永集によれば、家経からの贈歌で範永の返歌もあり、「友」は範永を指す。資経本には「夏月前待友」とある。が、底本真観本の表記に家経の表現意識が読み取れるように思われる。

それでは、なぜ8番歌では範永への贈歌という詠歌事情に触れないのか、という疑問がわく。そういう疑問から家経集の全体の詞書を見わたすと、範永の名は一度も記されない。さらに、歌会主催者も贈答歌の相手も、その名を具体的に記さない傾向が強いことに気づく。

家経集では、その人と明記する対象には、原則らしきものがあったらしい。

その人と明確なのは、93番歌「殿上歌合」から後冷泉天皇、94番歌「同五年賀陽院一品宮（「一宮」ノ誤リ）歌合」は、祐子内親王を指すが、「賀陽院」表現で歌合の真の主催者である関白頼通をも提示している。

また、100番歌「源亜相六条水閣」とあり、102番までが源師房邸での歌会のものである。師房は、長元八（一〇三五）年十月に二十六歳で権大納言に任じていた。頼通室隆姫の弟で頼通の養子であり、頼通が最も信頼する公卿であった。

「左大弁」（88番歌）との贈答歌、「於左大弁八条別第」（92番歌）と見える「左大弁」は、源資通。資通は、宇多源氏で、父は済政（頼通の母倫子の甥）、母は源頼光女。やはり頼通の信頼があつく、寛徳元（一〇四四）年十二月に参議となり、翌年十二月に左大弁に任じた。

藤原伊周男の道雅関係の歌が、12～15番歌「西八条にて」、76番～81番歌「道雅三位西八条障子絵　歌合」（このあたり本文に乱れあり）、83番歌「左京大夫道雅」への贈歌などである。道雅は公卿であった。「障子絵」和歌は、他に兼房・範永・経衡・頼家の四人が詠んでいるが、そういう背後事情についても、家経集では何も触れていない。

なお、「於西宮詠行客吹笛」（91番歌）は主催者を記さないが、久保木秀夫「和歌六人党と西宮歌会」（『中古文学』66）が、『類題鈔』により永承四（一〇四九）年源隆国の主催とする。隆国は俊賢の子だが、祖父西宮源高明の子孫の中で最も地位が高く、彼が西宮を伝領していたものかという。隆国は、関白頼通に近侍し、文化面でも大きく貢献した。頼通女寛子が後冷泉天皇の皇后に立つと（永承六〈一〇五一〉年二月）、皇后宮大夫になっている（時に中納言）。

以上、歌会の主催者名や邸宅により判明できる人物は、天皇か公卿であった。公卿でなく、その人物が明記されるのは、「美作守」（89・90番歌）のみで、任国に下向する際に家経は馬を贈り、贈答歌を交わしている。また、家経が讃岐国に下るとき、「美作守」も途中まで「まかり送れる」とあり、贈答歌が見える（103・104番）。藤原兼房である。兼房は、家経祖父有国が身近に仕えた道兼の孫で、中納言兼隆の長男、母は左大弁源扶義（雅信男）女であった。(9) 公卿には至らなかったが、家格や地位は家経よりも上にある。『土右記』逸文に、「好和歌、暗文字」（延久元〈一〇六九〉年六月四日の卒去記事）と書きとめられている。

ところで、家経と男女関係にあった女性が、「北国の受領」（歌から丹後守）と関係したという三角関係、ついで「和泉守」とも関係したと、家経がなじる歌が見え、女性の返歌も記されている（52～55番歌）。その女性が誰かは当時知られていたであろう。歌人としても認められていたらしい。その「北国の受領」も「丹後守」藤原兼房であったらしい。

その他、僧侶三人が家経集に見える。能因が四箇所に見え、家経集では重い存在である。能因下向を送る家経歌（21・22番）、能因が伊予に下るほどの家経贈歌と返歌（59・60番）、「同入道、伊予より送れる歌」「返し」（61・62番）、家経が讃岐から上京する時に河尻で能因とであった折（105・106番）である。能因集に家経父広業が登場しているように、父の代からの関係があった。他に済慶律師主催の歌会（26・27番）、「忠命法橋の送れる歌」（84番）がある。三人ともに歌人として秀でていた。

なお、家経自身が主催した歌会として、「山里にて」（29番）、「向西八条」（65番歌）、「八条の家にて」（71・72番）、上京した後、家経が任国讃岐に下る時、人々が河尻まで同行した107番歌・108番歌がある。

家経集では、対人関係について抑制した書き方をとる。たとえば、方違えに家経邸に泊まった「ある人」は、

ある人、方違ふとて、九条に夜泊まりて、桜の枝に結びつけ給へる

56　時雨せぬ夏だに深きもみぢ葉は今日よりのちの色ぞゆかしき

敬語が使用されているので、貴人である。家経集には名前が記されてよいような場面に、その男性を「人」「人々」とする例が見られる（12、37、40、58、69、71、82、107、108番歌）。何故なのか不明だが、抑制的な書きぶりに思える。

次に、家経集の詞書表現から女性について見ていく。

1番歌の「少将の尼」（道雅妻）は彰子付き女房、「女院の大輔のおもと」（16番歌）は伊勢大輔。女房名があるのは高齢の二人のみであった。伊勢大輔を、「ある女の」と表現する場合もある（注釈部46番歌参照）。

33番歌では、

もみぢに初雪の散りかかるを見て、白河院にさぶらふ女のもとにやる

山里は道もや見えずなりぬらむもみぢとともに雪の降りぬる

「白河院」表現で、女院彰子が後朱雀天皇の崩御後に白河殿に隠棲している状況を示し、「さぶらふ女」女房への贈歌である。男女関係があるらしい歌群（31～36番）中にあり、女房を介しての女院への挨拶という意味ではないのかもしれない。(10)

ところで、関白頼通は、同居する祐子内親王方で幼い時から歌会や遊びを催し、男性官人たちの関心をひきつけていた（『範永集新注』解説二）。第一節で述べたように、家経は儒者家司として頼通に近侍し、また祐子内親王にも仕えていた。家経は祐子方の行事に加わる有力な一員であった。家経集に三首が見える（94～96番歌）「同五年賀陽院一宮歌合」は、「祐子内親王歌合」（『歌合大成』一四一）である。頼通の高陽院殿で行われた男女六人の兼題歌合であり、当時有数の歌人と目された人々が出詠している。

主催者を明記せず「人」とある、

ものに付くべきとて人の詠まする三首、逢坂の関にゆく旅人あり、霧立ち渡る（23）
志賀須賀の渡りに、ゆく人立ち休らふ（24）
姨捨山に、月を臨む客あり（25）

右の三首は、家経が、祐子内親王「草合」の勝態に「州浜」に付ける歌を詠んだもの。ところが、「人の詠まする」と「人」とのみあり、内親王の名を記さない。草合という遊戯性が強いからなのであろうか。さらにまた、

詠㆔瞿麦勝㆓衆花㆒　序者

68 竜田姫ことにや染めし春も秋もとこなつにしく花のなきかな

も、注釈部［補説］に指摘するように、家経が序を記した高陽院祐子内親王方での歌会と明確である。理由ははっ

きりしないが、家経集では具体的な人間関係について記さない傾向が強い。

三　家経集と万葉集

家経と同時代の万葉集について、小川靖彦『萬葉学史の研究』（おうふう　二刷二〇〇八）を以下に参照したい。第一部「萬葉集写本史の新しい視点」第一章「題詞と歌の高下」三「藤原道長・頼通と『萬葉集』――平安中期の『萬葉集』」から引用する。「／」以下は、説明を要約したもの。

（1）道長所持本……………………………〈法成寺宝蔵本〉
（2）頼通所持本……………………………〈宇治殿御本〉
（3）道長・頼通周辺の能書の書写本……〈藤原行成筆続色紙本〉
　　〈行成手跡本〉／仙覚の校勘時に披見。題詞高く、歌低い。
　　A【桂本（源兼行筆）】／巻四のみ。題詞高く、歌低い。
（4）道長・頼通周辺の儒者の書写本……〈藤原家経書写本〉
　　〈孝言朝臣本（惟宗孝言本）〉
（5）道長・頼通周辺の儒者による抄出部類本……〈藤原資業撰萬葉集部類本〉

右の、（1）～（4）の写本について、小川著書は、同一の祖本から出た二十巻本、またはその一巻を書写した本とする。（5）の、資業（九八八～一〇七〇）の抄出部類本については、漢字本文を伴っていたかは不明と記す。

さらに、〈法成寺宝蔵本〉とは、万葉集天暦古点本の「中書本」かとされ、桂宮本万葉集（巻四）と同じく、題詞が高く、漢字と仮名が別提の体裁であったと推定する。村上天皇の命で後撰和歌集の編纂と万葉集の訓読が行われ、天皇のもとに献上されたが、「中書本」は、行成の祖父伊尹が撰和歌所の別当、かつ醍醐源氏系の源順と血縁的に親しい関係から伊尹に渡り、養子行成が伝領し、道長に譲られた可能性があるという。

（4）の〈藤原家経書写本〉とは、仙覚文永本第二十奥書（西本願寺本巻第二十奥書）に、「古老伝説云」として、

天暦御宇、源順奉二勅宣一、令四付三進仮名於二漢字之傍一畢。然又、法成寺入道殿下、為レ令レ献二上東門院一、仰二藤原家経朝臣一、被三書二写萬葉集一之時、仮名・歌別令レ書レ之畢。尓来普天移レ之云々。

とある。小川著書は、「書写が事実とするならば」、家経が文章得業生となった長和五（一〇一六）年から道長没年の万寿四（一〇二七）年の間で、家経に命じたのは、父広業の推挙と家経の漢学知識に期待によるものか、とされた。第一節で見たように、家経は道長・女院に近い立場にあったので、その可能性は高い。

というのも、前掲佐藤道生「藤原有国伝の再検討」（注3）に、有国息儒者広業の家系を大福寺流、資業の家系を日野流と称するが、「儒家の中では最も家格が高かった」とし、儒家が四位止まりであったのに、この二流からは参議・中納言に昇る者が輩出し、「大福寺流は室町時代初め」、「日野流は江戸時代末まで儒家として存続した」とある。確かに家経の系図を辿ると、たとえば、新古今集の真名序を執筆した「藤原親経」は文章博士を経て権中納言になる。「文永」の頃に亡くなった人物も文章博士・式部大輔、参議にいたる。だが、本文仮名別提訓が家経以来というのは誤りで、家経を称揚したものであろう。子孫にとって、道長命で女院彰子のために万葉集書写したことは名誉であったろう。

（4）のもう一人の儒者「惟宗孝言」（一〇一五前後～一〇九七）だが、小川著書は、師実・師房（通ノ誤植カ）の家司であり侍読をつとめ、頼通家司であった可能性に言及する。孝言は、延久三（一〇七一）年頼通八十歳の時に、「納和歌集等於平等院経蔵記」を記しており、頼通家司と見てよいであろう。経蔵記には、歌集中の各階層の歌人たち

も自分の願に惹かれて極楽往生をとげてほしいと、頼通の存念が記される。頼通の二度にわたる歌書集成と関わる「記」であった。

それでは、家経が目にできた万葉集はどのようなものがあったのか。小川著書第一部第一章二「萬葉集抄出本の体裁と規模——平安前期の萬葉集」により、確認したい。整理すると、以下の三点のようになる。

●二十巻本と見られる写本は天暦古点本（およびその祖本）に止まる。その殆どは抄出本。

●【下絵萬葉集抄切】の断簡三葉、「題詞は低く、一部字句を改め、また左注にあった作者名は、その次の行に、しかも官職と名のみとしている」。抄出本には一般的であったかとし、平安後期の抄出本【久世切（傳藤原伊経筆萬葉集切）】も同様の体裁が見られるという。

●古記録・物語などに見える「萬葉集抄出本」。抄出本は、古今集・後撰集と同じ規模に縮小されたとする。

＊『和歌現在書目録』に、「萬葉集抄五巻」。＊『八雲御抄』に、「万葉集抄（五巻抄。貫之撰レ之）」。

＊『太后御記』逸文。『貞信公記』逸文。皇太后藤原穏子から弟の摂政藤原忠平になされた贈物は、先帝（醍醐天皇）の御手の万葉集。調度本で抄出本は五巻程度と推定できる。

＊『栄花物語』巻十九「御裳ぎ」。三条院皇女禎子内親王の裳着、伯母皇太后彰子が贈った万葉集。

……一品宮に、銀、黄金の筥どもに、貫之が手づから書きたる古今二十巻、御子左（兼明親王）が書きたまへる後撰二十巻、道風が書きたる万葉集なんどを添へて奉らせたまへる、世になくめでたき物なり。故円融院より一条院に渡りけるものどももなるべし。……

他にも、家経は万葉集を受容した歌集・散文作品も目にしたであろう。管見に入った先行研究を次に記す。

●『古今和歌六帖』の万葉歌（一二六〇首ほど）、『人麿集』『赤人集』『家持集』、『拾遺抄』『拾遺和歌集』の万葉歌。

・渋谷虎雄『万葉和歌集成』（桜楓社　一九八二）　散文作品に源氏物語・枕草子など。公任の私撰集・歌学書にも言及する。他は略す。
・小川靖彦『万葉集と日本人―読み継がれる千二百年の歴史』（角川選書　二〇一四）第三章七。紫式部は二十巻万葉集を読み、「末摘花」巻に貧窮問答歌（当時長歌訓ナシ）の精神を踏まえる。
・池原陽斉「『源氏物語』と記紀萬葉―享受はいかに論証されたのか―」（『ひらかれる源氏物語』勉誠出版　二〇一七）
・武田早苗『和泉式部』（勉誠社　二〇〇六）第一章第二節。続集・四八三「人のもとより、万葉集をしばしとあるを、なし、かきのもととめず、とて」から、和泉式部はいったんは手許に置き勉強したこともあったのでは、という。
・竹鼻績『公任集注釈』（貴重本刊行会　二〇〇四）解説「二　藤原公任の伝記と和歌」の「(二)公任の和歌」「(二)公任の歌作り（2）公任の歌の用語――万葉詞の摂取――」

ところで、家経集には万葉歌を踏まえた歌が六箇所に見える。小川著書では、関白頼通時代には触れずに、後三条・白河親政期に飛んでいるので、次のような方針で、以下に検討していきたい。

＊万葉集本文は、新編国歌大観の本文・西本願寺訓で示す。番号は旧国歌大観による。家経歌と万葉集が一致する表現箇所に、傍線を付した。
＊異同は、次点本の、『元暦校本万葉集』（勉誠社　一九八六）、『類聚古集』（臨川書店　一九九二）、『廣瀬本万葉集』（『校本萬葉集』別冊岩波書店　一九九四）、の三本の影印にあたった。本文を欠く場合もあり、有意の異同のみを示す。なお、三本ともに冊子本の体裁となり、残存する『藍紙本』万葉集と同じく歌より題詞が低い。

・『元暦校本』は、寛治年間（一〇八七～九四）の書写という説がある。元暦元（一一八四）年に校合。

・『類聚古集』は、藤原敦隆（～一一二〇）が、歌体別に題材を分類し、配列した編集を施す。[11]

・『廣瀬本』は、研究成果を一般書としてまとめた田中大士『衝撃の『万葉集』伝本出現――廣瀬本で伝本研究はこう変わった――』（はなわ新書　二〇二〇）を参照。一九九三年の発見。元奥書により定家書写本で、二十巻揃いの本として、天明元年という江戸後期の写本ながら、貴重である。廣瀬本が片仮名別提訓になった理由について、仙覚にいたる万葉集伝本の流れを次のように提示し、

　忠兼本―雲居寺書写本―光行本―親行本―仙覚寛元本

忠兼本は法成寺宝蔵本の流れゆえ仮名書き、それを雲居寺施入の写本を早々に書写するため片仮名になったと推定。

また、「九十余首なき本」に、題詞の高い九十四首を補っている。定家による校訂はなされてない。

なお、廣瀬本は、巻十（一九七六～二三五〇番）の本文を欠く。

＊『古今和歌六帖』（『新編国歌大観』）、勅撰和歌集（同）、『人麿集』『赤人集』『家持集』（『新編私家集大成』）も対象。

＊家経歌と同じ万葉集を踏まえた表現をもつ和歌を、※以下に記した。

万葉歌を踏まえた家経集の六箇所を、歌番号順に、ア～カとした。ア～ウは贈答歌、エ～カが題詠歌である。家経集の万葉歌摂取のあり方は一様ではないので、以下、オからはじめ、同類と判断できたイ、アの順で、記していく。

オ

　歳暮、雪積もり、門の前に人来たる　（「道雅三位西八条障子絵歌合」）

81　山里の真木の葉凌ぎ降る雪にいかでか人のたづね来つらむ

・万葉集・巻六、雑歌

橘宿祢奈良麿応レ詔歌一首

奥山之　真木葉湊　零雪乃　零者雖益　地尓落目八方（一〇一〇）

オクヤマノ　マキノハシノギ　フルユキノ　フリハマストモ　ツチニオチメヤモ

廣瀬本　二句「マキノハシノキ」　結句「ツチニヲチメヤハ」

※後拾遺集・恋一

入道一品宮に侍けるみちのくにがもとにつかはしける

源頼綱朝臣

奥山の真木の葉しのぎ降る雪のいつとくべしとみえぬきみかな（六三六）

後拾遺集の源頼綱歌は、万葉集の上句と一致し、オの家経歌と二句と三句の一部が一致する。詞書によれば、「入道一品宮」つまり一条天皇皇女修子内親王（九九七～一〇四九）の、女房「陸奥」に送った歌とある。後拾遺集の諸注釈書にあたると、「雪の如きとけぬ心」を詠むもので、「奥山の菅のねしのぎ降る雪の消ぬとかいはむ恋のしげきに（古今集、恋一、不知）に拠る」と説明する。新大系は万葉集の歌を引用しながらも退けている。

しかし、万葉集の歌は、葛城王たちに母方の「橘の姓」を賜った時の御製歌にこたえた歌で、橘氏の由来となるものなので、よく知られていたと思われる。加えて、頼綱（一〇二四頃～九七）は、一品宮修子内親王のサロンの好尚を踏まえて、意識的に万葉歌を踏まえて贈ったもの、とすら思われるのである。

というのも、「入道一品宮」修子内親王は万葉集抄出本との関係が深い。すでに指摘があるところだが、以下に紹介したい。『四条宮下野集』に、二箇所に見える。

津の守師家、「入道の一品の宮の書かせ給へる万葉集の抄を得させ給ふ」とて、「これは、我がいみじきものと

思ふものなり。形見にせよ」などありしを、亡くなりて、この草子を見るにあはれなり（一五四番詞書）

藤原師家（一〇二七～一〇五八）は、父経輔が藤原隆家の男である。その縁で、隆家姪の修子内親王が書写した「万葉集の抄」を入手することができたのであろうか。さらに、

馬頭師基、「殿の召すにだに参らせぬもの見せむ」とて、祖父の入道の選りたる万葉集の秋の巻のみ遣（おこ）せ給ひて、「残りは後に」とて、かく

秋深く思ひそめたる言の葉をあだなる風に散らさざらなむ（一二六）

と、「万葉集の秋の巻」に言及する。師基（一〇三一～一〇七七）は師家の弟であり、「祖父の入道」とは、母方の「祖父」藤原資業が該当する。資業は前述したように、抄出部類本の万葉集を作成した人物であった。

その資業だが、川村晃生「藤原資業―付藤原資業和歌拾遺」（注4著書、第一章第二節 四）によれば、一品宮修子内親王との関係も深かった。一条天皇は、崩御後に岩蔭に葬送されたが、その秋に修子内親王のもとを訪れて、「岩蔭の煙を霧に分きかねてその夕ぐれの心地せしかな」と歌を詠んでいる（『栄花物語』巻九「いはかげ」）。また、『小右記』に、資業は上宣文の処置を誤り、修子内親王方におもむき、「今日謬申、太歎息者」（長和二〈一〇一三〉年正月二十九日条）を紹介する。資業母「橘三位」が一条天皇乳母なので、修子内親王と近しい関係にあったものであろうか。

さらに、修子内親王と万葉集との関係は、『平安朝歌合大成』（一一二六）「長久元年〔正月五日庚申〕一品宮修子内親王歌合」に次のように見えるので、注目したい。

本文拾遺　1霞より立ちこそまされ久方の雲の上なる天の香具山

副文献資料〔和歌合抄目録〕巻五 一（修子）条院入道一品宮歌合 題古歌合 長暦四年 後一条院女

異伝資料〔夫木抄〕巻廿

天暦四年正月庚申一品宮歌合　よみ人知らず

霞より立ちこそまされ久方の雲の上なる天の香具山

右の副文献資料「和歌合抄目録」に、修子内親王方で「題古歌合」なるものがあったとする。夫木抄に一首残っている右の「霞より……」歌は、万葉集巻十の「春雑歌」の巻頭歌、

久方之(ヒサカタノ)　天芳山(アマノカグヤマ)　此夕(コノユフヘ)　霞霏霺(カスミタナビク)　春立下(ハルタツラシモ)　（一八一二）

を踏まえてのものであった。「古歌合」には、古歌に対する共通認識が必要であり、[12] 修子内親王と抄出本との関係からも、抄出本が利用されたのであろうか。

万葉集巻十・一八一二番歌を、赤人集Ⅰの西本願寺本で本文を示すと、

ひさかたのあまのはやまにこのゆふへ　かすみたなひくはるたちくらし（一一七）

赤人集Ⅱ・Ⅲでは、ともに一番歌である。漢字は混じるが本文異同はない。赤人集Ⅰは、一一六番までは千里集の歌が混入している。

ここで、池原陽斉「西本願寺本赤人集の成立――萬葉集巻十抄本からの展開を中心に――」[13]を参照したい。

池原論文は、赤人集は、万葉集・巻十前半部（一八一二～二〇九二）に相当する仮名書き歌集であり、巻十前半部を抜きだしたもの、とする。そして、赤人集が真名本であったとする先行研究を、赤人集三本が個別に生成されたとするには漢字と即応しないと退けた。赤人集には仮名文の存在をうかがわせる共通本文があり、「仮名書別提訓」であったろうとする。西本願寺本赤人集が、句題形式の『千里集』と合冊されていること、西本願寺本の漢字使用が極端に少ないこと、などから、「巻十前半部の抄本が附訓本としてある程度流布していたことを示唆し」、もとの

抄出本は漢字本文を有していたと推測している。

つまり、「古歌合」で万葉集巻十の一八一二番歌は、巻十抄出本の一番歌であったということになろう。漢字が記されていたことからも、

ひさかたの　あまのかぐやま　このゆふへ　かすみたなひく　はるたちくらし

と、傍線部が一致した可能性が高いであろう。

ここで、家経の歌にもどりたい。橘氏由来の万葉歌で有名な歌で、抄出本を見ていた修子内親王女房も理解できる歌であった。障子絵の歌なので、皆がそれと了解できる、万葉集の抄出本を視野に入れていた可能生が高い。

次に、家経の贈歌イをとりあげる。

イ

58　七月七日、人のもとにやる
渡る瀬に去年(こぞ)も更けにし天の川舟出ばかりは夜ならでせよ
＊詞書の「人」は範永か。範永集・一四三「木工頭家経がいひたる　天の川（初句ノ位置）」

・万葉集・巻十　秋雑歌　（目録に「七夕九十八首」）
数裳　相不見君矣　天漢　舟出速為　夜不深間（二〇四二）
シバシバモ　アヒミヌキミヲ　アマノガハ　フナデハヤセヨ　ヨノフケヌマニ
類聚古集　巻第三「秋部」、「七夕哥九十五首」　初句「敷裳」二句「あひみすきみに」
・人麿集Ⅰ・七九　結句「夜の更ぬとき」
・赤人集Ⅰ・三〇四　二句「あひみぬきみは」　結句「よのふけぬときに」

赤人集Ⅱ・一八四　二句「あひみぬきみは」
赤人集Ⅲ・二〇〇　二句「あひ見ぬ君は」　結句「夜の深ぬとき」
・家持集Ⅰ・一〇九　二句「あひみぬきみに」　結句「よのふけぬとき」
家持集Ⅱ・一〇〇　初・二句「しる〲もあひみぬきみに」　結句「ゝのふけぬ時」

家経集の詞書の、贈歌の相手「人」は、＊印で記したように、範永集の「木工守家経」と「天の川」が一致するところから、範永である可能性が高い。

オにあげた「古歌合」同様、イも赤人集ⅠⅡⅢ、つまり万葉集巻十（一八一二〜二〇九二）の抄出本内の歌番号である。池原著書には、赤人集は十世紀後半ごろに成立しているが、作者未詳歌なのになぜ赤人の名がつくか不明ともあり、家持集の成立は、人麿集・赤人集よりも遅れる、と指摘する。家経がことさら赤人集・家持集による理由はなく、イも抄出本を念頭にしていると思われるのである。

次に採りあげるアは、家経と同じ万葉集の表現をもつ女房和歌が見える。

ア
ある人のもとより鳥おこすとて、ことやありけむ、かく言へり
37　野べに出でてかりの心や見えにけむきし方くゆる人をこそ聞け
返し
38　おぼつかなかりはの小野のきし方をくゆるやたれぞ恋するやわれ
＊資経本38番歌の五句「こひするやたれ」

・万葉集・巻十二、寄物陳思

御獦為　鴈羽之小野之　櫟柴之　奈礼波不益　恋社益（三〇四八）

ミカリスル　カリハノヲノノ　ナラシバノ　ナレハマサラデ　コヒコソマサレ（ゾマサレル）

類聚古集　巻第七「木部」、「柏」　三句「柏」、訓「かしはきの」　結句「こひこそまされ」

・人麿集Ⅱ・三一一　結句「こひそまされる」　・新古今集・恋一・一〇五〇　結句「こひぞまされる」

※『平安朝歌合大成』「一七一　天喜六年八月　右近少将公基歌合（範永歌合）」（二十巻本）

二番　小鷹狩　左　宮君乳母

むら鳥はいかが聞くらむ鷹はなつかりはの小野の鈴虫の声（三）

万葉集は恋の歌で、家経家も恋にちなむ歌になっている。

「公基歌合（範永歌合）」では、「小鷹狩」という題で、「宮君乳母」という女房の歌である。女性が歌合に詠む歌なので、共通理解が容易である抄出本万葉集によったかと見るのが無難であるように思われる。

家経歌も、ある人のもとから雉が贈られ、何か噂にでもなったのか、家経がかりそめの恋を今は悔いていると聞いた、という歌に対する返歌であるので、受け取った相手が何を踏まえているかわかる、人麿集ではなく、抄出本万葉集を念頭にした可能性がやはり高いのであろう(14)。

ところが、能因との贈答歌ウは、家経・能因ともに万葉集の歌を踏まえているように思われる。

ウ

59　古曽部入道、有二招引詞一、在二九条別業一不レ向、贈レ以二一首一、于レ時雪降

降りつもる浅茅が上の白雪にゆくべき道も忘られにけり

返し、伊予に下るほど

60　あやなしや浅茅が上のことのはに舟出する身の心とどむる

・万葉集・巻八、冬雑歌

大伴坂上郎女雪歌一首

松影乃　浅茅之上乃　白雪乎　不令消将置　言者可聞奈吉（一六五四）

マツカゲノ　アサヂガウヘノ　シラユキヲ　ケタズテオカムト　イヘバカモナキ

類聚古集　巻第四「冬部」、「雪」　結句「言者可聞奈吉（「可聞」ニ傍字）」「ことはかもなき（一云ことのはそなき）」

廣瀬本　四句「ケサステヲカム」　結句「言者可向奈吉」「コトノハソナキ」

家経は、「浅茅がうへの白雪」を踏まえるが、能因の返歌は、その「浅茅がうへの」を踏まえながら、三句「ことのは」となる。その表現は、廣瀬本結句の「コトノハ」や類聚古集の「一云」の「ことのは」と重なっている。能因は、伊予に下るため、船出する「身」であるけれども、「心とどむる」と詠じたのは、家経歌が万葉集の歌を踏まえたと理解したからこそではなかったろうか。

平安前中期の歌を見ると、「浅茅」には「霜」や「露」とあわせ詠まれる例が多く、「白雪」を詠む例は見えなかった。「浅茅」と「雪」を詠む歌は、万葉集に他に一首あり同じ歌が古今六帖・人麿集・家持集に見えるのみである。

『類聚古集』で歌体別に部類分けして配列した藤原敦隆は、訓がなく題詞からも分類しにくい長歌を読みとけたからこそ、長歌までも部類分けできたのだ、という。家経や、文章生出身であった能因も、万葉集を自在に訓読できたのであろう。後に触れるように、能因集には万葉語を駆使した歌がかなりの数見える。

次は、エについて見ていく。

エ

物詣の道に、舟中月、といふ題を

73　漕ぎ行けど離れぬ影をひさかたの月の舟とや人は見るらむ

・万葉集・巻七、雑歌

詠レ天

天海丹　雲之波立　月船　星之林丹　榜隠所見（一〇六八）

アメノウミニ　クモノナミタチ　ツキノフネ　ホシノハヤシニ　コギカクルミユ

右一首柿本朝臣人麿之歌集出

類聚古集　巻第五「天部」、歌ノ末尾ニ小字「詠天」初句「あまのはら（カハ）」二句「くものなみた（ち）」三句「月之船」結句「こきかく　みゆ（レヌ）」（「サレヌ」は朱）

廣瀬本　結句「搒隠処見」、「コキカクサレル（或ヌ）」とし、「サレル」に左傍記「ルミユ」

・古今六帖・第一帖「天」、題「あまのはら」、二五一　作者「人まろ」初句「あまのがは」結句「こぎかへるみゆ」

・人麿集Ⅰ・二三四　初句「あまのうみに」、結句「こきかくされぬ」

・人麿集Ⅱ・一八三　結句「こきかへるみゆ」／人麿集Ⅳ・五一　初句「あまの河」、結句「こきかくされぬ」

・拾遺集・雑上・四八八「詠天」題、作者「人まろ」初句「そらの海に」

右以外に、「月の舟」を詠んだ万葉集歌は、一二九五・二二二三番の二首のみであった。「月の舟」は『懐風藻』に文武天皇が詠んだ五言律詩「詠月」に見える。注釈部に、土佐秀里「文武天皇の漢詩」（『日本漢文学研究』3　二〇

○八・三）には、人麿造語の「月の舟」を文武天皇も漢詩に詠んでいるが、漢詩や和歌には定着しなかったとある。また、大谷歩「月の船――漢語と和語の交流の場をめぐって」（『東アジア文化研究』1　二〇一六・二）は、文武天皇の漢詩には、「月舟」以外にも漢文文献に出典のない和製漢語があると指摘する。

家経集にもどると、家経が踏まえた万葉歌は拾遺集にも採られ、よく知られていた。天空を詠んだ印象的な歌にもかかわらず、家経歌に先行する「月の舟」歌は見出せなかった。院政期以降になると、「月の舟」を詠んだ歌が数多く見え、さらに「月のみふね」という歌ことばまでが生まれてくるのだが。

家経は、万葉集の、人が空を仰ぐ「月の舟」に対して、他者により見られる「月光をあびた舟」に視点を逆転させることで、「月の舟」を詠みこなしている。家経の、歌語「月の舟」への思い入れがあってこそと思われる。

カ

96　鹿　（「同〈永承〉五年賀陽院一宮歌合」）

鹿の音ぞ寝覚めの床に通ふなる小野の草臥し露や置くらむ

・万葉集・巻十、秋相聞

寄レ鹿

左小壮鹿之　小野之草伏　灼然　吾不問尓　人乃知良久（二二六八）

サヲシカノ　ヲノノクサブシ　イチシロク　ワガトハザルニ　ヒトノシルラク

類聚古集　巻第三「秋部」、「鹿」　三句「いちしるく」

・古今六帖・第五帖・「人にしらるる」二六八三　下句「われはとはぬに人のしるらん」

・人麿集Ⅱ・一二六　三～五句「いちしるくわれもとはぬに人のしるらむ」

人麿集Ⅲ・五五一　四・五句「ワレハトハヌニ人ノシルラク」
※経信集Ⅰ・六一「さをしかの声のさやけみ聞ゆるはひとりやぬらんをのゝ草臥」（「承暦二年内裏歌合」の歌）。

勅撰集に入集した家経歌は十五首であるが、96番歌は後拾遺集・秋上に採られている。祐子内親王家歌合の「鹿」題である。「小野の草臥し」は、家経以前には例が見えなかった。※印の経信歌は、承暦二（一〇七八）年白河天皇の内裏歌合で詠まれた。北島紬「歌語「草ぶし」の変遷――院政期における万葉語摂取の一側面――」（関西大学『国文学』104　二〇二〇・三）も指摘するように、院政期になるとよく見える表現となる。家経歌は、ウ同様、万葉集からの直接引用の可能性が高い。しかし、決め手に欠けるので、指摘のみにとどめておく。

以下に、家経と同じく関白頼通時代に活躍した、相模と能因の万葉語・万葉集摂取について見ていく。

相模（九九二頃～一〇六一以降）は、母が慶滋保章の女、養父が源頼光。道長二女妍子（九九四～一〇二七）に出仕。夫の大江公資相模国司赴任に同行したが、帰京後は別れて、一品宮修子内親王に出仕している。以下、吉田ミスズ「相模集の用語をめぐる一考察」（『平安文学論集』風間書房　一九九二）を参照した。

吉田論文は、相模集の序や「走湯百首」（「A百首」）に、自作の歌の「古めかしさ」への否定的な認識が見えるが、それは新しさへの自覚があって可能なことで、新風を強く希求する独自な用語として、最初に、「1古語（万葉語）」を挙げる。三五番歌「とかりの原」（万葉集・「とかりする」）、「走湯百首」二四一番歌「このてがしは／ふた」（万葉集・「このてかしはのふたおもて」）の二首をとりあげている。

確かに、前者は、「とがりする」を入れても、万葉集に二例（巻七・一二八九、巻十一・二六三八）と、同じ歌が古今六帖・二五〇九、一一六五番歌に見えるのみである。そして、相模以降の歌は源俊頼の例になる。

また、後者は、万葉集・巻一六の三八三六「ナラヤマノ　コノテカシハノ　フタオモテ　カニモカクニモ　ネヂケヒトトモ」がある。古今六帖・六「かしは」・四三〇三に、四・五句「とにもかくにもねぢけ人かも」と見える。「古語（万葉語）」によるとの指摘は、確かであろう。

能因（九八八〜一〇五二頃）は、俗名橘永愷、文章生出身。和歌は藤原長能に師事したという。注4の川村晃生著書の序章に、能因は、長能における万葉集摂取、大江嘉言との交流などをとおして、若い時から万葉集に親しんでいたと指摘する。さらに、川村晃生『能因集注釈』（貴重本刊行会　一九九二）には、「語釈」「補説」欄で万葉語・万葉集の摂取に言及している。歌番号で示すと次のようである。

上巻3、12、53　中巻105、110、123、146　下巻169、173、174、189、195、211、215、224、227

上巻は若かりし頃の歌、中巻は出家後の歌、下巻は、長元八年賀陽院水閣歌合歌からはじまる。

能因の万葉歌摂取の様相を見ると、家経が万葉集の一首を本歌にして詠むのとは異なり、一首の歌の中に万葉集のさまざまな表現を織り交ぜて詠んで、自在な詠みぶりが見える。

能因は資業とほぼ同期生として過ごし、資業の伊予守赴任に能因も赴いていた。また、出家後の能因宅に、家経の父の広業が立ち寄ることもあった（能因集・七六）。家経集には前述したように、四度にわたり能因との交流が見えていた。

以上、家経集を通して、今まで言及がほとんどなかった関白頼通時代の万葉語・万葉集摂取について概観した。

注

（1）千葉義孝『後拾遺時代歌人の研究』（勉誠社　一九九一）所収。それぞれの初出は、一九七二年、一九八〇年。

（2）『今井源衛著作集第8巻　漢詩文と平安朝文学』（笠間書院　二〇〇五）。初出、一九七三年。

（3）佐藤道生『日本人の読書―古代・中世の学問を探る』（勉誠出版　二〇一三）附編　第二十一章。初出、二〇一七年。

（4）川村晃生『摂関期和歌史の研究』（三弥井書店　一九九一）第一章「歌人研究」第二節の四「藤原資業」（初出、一九八一年）は、広業が道長家の家司であったとする。『小右記』万寿四（一〇二七）年十二月十四日条に、

又参議広業着二禅閤素服一、家司歟、上達部為二□［臣］下家司一着二素服一、可レ尋事也、心之所レ欲歟、……

とある記事による。確かに広業は記録類に「家司」と明確に記されていないが、家司的な行動が次のように見える。

・治安元（一〇二一）年十月四日　実資が除目・官奏等の作法について、無量寿院の道長に面会を求める際、案内を式部大輔広業に依頼、道長からの返事があった（『小右記』）。

・治安二（一〇二二）年九月二十三日　式部大輔広業から実資のもとに、早朝道長に会い、実資養子参議資平の加階が成就するとの知らせが入る（『小右記』）。

（5）『桃裕行著作集　第1巻』（思文閣出版　一九九四）第二章「平安時代初期の大学寮の盛容と大学別曹の設立」第四節「文章院及び大学別曹」。また、『二中歴〈学儒職歴〉』を次のように引用する。

儒有七家

西曹　菅家　藤家〈広業　資業〉橘家

東曹　江家　高家　藤家〈実範　明衡　在衡〉起家　善家

（6）『平安朝文学成立の研究　韻文編』（国研出版　一九九一）「八　和歌六人党伝考」「Ⅲ源頼家伝考」。初出、一九八三年。

（7）家経の奏状が『朝野群載』に残っている（巻十七仏事下）。永承三（一〇四八）年八月十三日、「請レ被レ罷二天台座主職一状文章博士家経作」と見える。明尊僧正は十一日天台座主となるが、それを辞したいと願う内容。明尊が園城寺出身ゆえに、比叡山僧たちが反対して騒動をおこし、三日間で辞さねばならなかった。

また、『新撰朗詠集』雑に、「山家」題で

土宜酒熟酌秋竹（とぎさけじゅくしてあきのたけをくむ）

松壖嵐寒聞夜琴（しようぜんあらしさむうしてよるのきんをきく）　白河院　家経

白河院、つまり関白頼通の別業での詩会でのもの。『別本和漢兼作集』には、家経の和歌は残るが、漢詩は「於雲林院西洞惜秋」題のみで、続く詩は家経ではなく藤原明衡の作。また、『日本詩記』に五首残る。

（8）「請下被レ下二　宣旨一以二蔭子正六位藤原朝臣行家一給二勧学院学問料一伝中門業上状」というもの。行家は長元二（一〇二

九）年の誕生、この年二十六歳であった。

（9）兼房については、注4の川村晃生著書、第一章「歌人研究」第二節の四「藤原兼房―付藤原兼房和歌拾遺」（初出、一九七三年）が詳しい。

（10）範永集の一二番歌の詞書「朱雀院うせさせ給うて、女院白河殿におはしましけるに、嵐のいたく吹きけるに、またのつとめて、侍従の内侍のもとに送りける」は、女房を介して女院を見舞う歌と明確である。家経歌も同じ意味と言えなくもない。

（11）田中大士「類聚古集と広瀬本万葉集の誤字の共有」（『上代文学』125 二〇二〇・一一）は、『類聚古集』と片仮名訓本『廣瀬本』の誤字の共有から、親本が共通とする。

（12）修子内親王方で「古歌合」が行われたのは、長久三年に後朱雀天皇に入内する養女延子（藤原頼宗女、母は伊周女）のためであったかと思われる。なお、延子については、高橋由記「後朱雀天皇およびキサキの文化的営為と文化圏――女御延子を中心に――」が詳しい（『平安文学の人物と史的世界――随筆・私家集・物語』第二編第四章　武蔵野書院二〇一九）。

（13）『萬葉集訓読の資料と方法』（笠間書院　二〇一六）第一部第二章。

（14）人麿集も人麿の歌でないものが多いと指摘されている。景井詳雅「『人麿集』の『万葉集』享受」（『和歌文学研究』95　二〇〇七・十二）は、一類本人麿集（西本願寺本。『私家集大成』人麿集Ⅰ）の上巻をとりあげ、その編纂資料について、「抄出本万葉集」であるとする。抄出本万葉集が、当時かなり享受されていたらしい。

Ⅱ　家経集の底本（冷泉家時雨亭文庫蔵真観本）、および詠歌の配列について

熊田洋子

冷泉家時雨亭文庫から真観本・資経本・承空本の「家経朝臣集」が世に出た。それ以前の伝本研究については、千葉義孝「校本「家経朝臣集」と家経歌拾遺」「『藤原家経朝臣集』の伝本に関する研究」（『後拾遺時代歌人の研究』勉誠社　一九九一　初出、一九八〇年、一九八五年）に詳細な研究がなされている。[1]今回、時雨亭文庫の三本を含め再度諸本にあたり、異本がないことを確認した。

本解説は、注釈の底本に使用した真観本をもとに、[2]伝本について、また家集の詠歌年時に考証を加え、配列について考察したものである。

第一節では、仮名遣いの面からも「真観本」が真観直筆ではないことを確認し、それでも「真観本」と冠される理由についてまとめた。また、注釈部では資経本のみを校異として挙げたが、承空本も視野に入れて、真観本や資経本と異同の確認がとれるようにした。

家経集の配列について、従来、年時順に編まれたものとし、それをもとに同座詠とおぼしき他家集の詠歌年時まで特定する論考がある。第二節では、詠歌年時について、今回新たに特定できた事項を加えて整理し、詠歌年時順の箇所は限定的で、全体を通して詠歌年時順配列とする論は認められないことについて述べたい。

一　家経集の底本「真観本」について

なっている。

「真観本」とあるものの、真観こと葉室光俊（一二〇三～一二七六）の真筆でないことは、筆跡の違いから明らかに

藤本孝一「対立する家から入った本」（『本を千年つたえる　冷泉家蔵書の文化史』朝日新聞出版　二〇一〇）によると、真観本の選別は、「真観の奥書を持つ本を基準に」して、筆跡・原表紙の料紙（唐紙や蠟牋、または染紙を使用）・外題の筆跡と位置・判型の大きさ（四半本）の共通性により同定する、とある。

田中登「家経朝臣集　真観本　解題」（冷泉家時雨亭叢書『平安私家集　十二』朝日新聞社　二〇〇八）は、真観本の装丁について、

綴葉装一帖。縦二一・四センチ、横一四・二センチ。表紙は前・後ともに本文共紙で、楮紙。全体は二括より成り、第一・二括ともに六枚の料紙を折っているが、第一括最初の一丁と、第二括最後の一丁とは、それぞれ表紙として使用。

と説明し、また、墨付は全十九丁で、表紙左隅上に打ち付け書きされた外題「家経朝臣集」の筆跡が本文と異なること、本文冒頭の内題、および本文は同筆で、太宰大弐高遠卿集・中納言俊忠集・大納言経信集と筆跡が同じであること、鎌倉時代中期の書写ということ、さらに江戸時代に転写された書陵部蔵本（五〇一・三一二）は、「改丁・改行個所のみならず、集付なども完全に一致する」と記す。新藤協三は「新編補遺」（『日本文学Ｗｅｂ図書館』私家集大成2巻）で、「真観本が紹介されて、書陵部本の親本であることが判明した。」とする。

ところで、真観本には奥書はなく巻末に「和歌百十首」と書かれているのみであるが、実際は諸本と同じく百八

首である。一方、資経本は奥書を有し、「永仁二五十九書了／資経（花押）」と、承空本奥書にも、「正安元年十一月十二日／於西山往生院書写了／承空」とある（「／」で改行）。

なお、資経本について、藤本孝一「擬定家本の位置付け」（冷泉家時雨亭叢書『平安私家集　十三・擬定家本私家集続々』朝日新聞社　二〇一五）は、次のように説明している。

為家の長子為氏は、父から古今伝授を受けなかったという。また阿仏尼との相論により、定家本を閲覧することができなかった。そのため為氏の二条家流は、顕季流の古今伝授を受けていたと想定される。さらに、知家を中心とした六条藤家本を基本として勅撰集編纂等に用いた。その代表が資経本であった。

また、承空が二条為氏と同じ宇都宮頼綱の孫という深い関係であったため、資経本を借用していたとも記す。前掲の田中登「家経朝臣集　真観本」解説にも、冷泉家時雨亭文庫蔵の資経本を忠実に写したものが承空本、とある。

次に、先行研究によって明らかになった「真観本」の特徴を見ていきたい。

兼築信行「真観奥書本古今集の面影」（『中世文学』62　二〇一七）は、真観の、「定家筆証本の複写を、限りなく精確に行おうとする、尋常ならざる執念」は、寛元三（一二四五）年六月九日付定家本拾遺集の奥書や翌年の二月二十八日付の後撰集奥書に、透写を行ったことが記されていることからもわかる、と述べる。

その真摯な姿勢は仮名遣いにも表れていよう。久保木哲夫「真観筆本とその意義」（『範永集新注』青簡舎　二〇一六）は、冷泉家蔵本範永朝臣集に使用されている定家仮名遣いに揺れは見られないことから、若いころ定家に師事していた真観の直筆であることは確か、と説く。

範永朝臣集と同筆の在良朝臣集を調べたところ「見ゆ」の用例はないものの、確かに、「をく（置）」「をと（音）」「おる（折）」は、すべて定家仮名遣いで統一されていた。一方、真観本家経朝臣集では、「うへ（植）」「おほへ

（覚）」「をく（置）」「をくる（送・贈）」「おしむ（惜）」「おる（折）」など、定家仮名遣いでの統一が見られる語彙もあるが、「音」「姨捨山」「見ゆ」などには、いわゆる歴史的仮名遣いと定家仮名遣いの両方が混在していた。たとえば、「見ゆ」に絞り挙げると、「はるそ見へける」（6番歌）、「そことも見えす」（7番歌）、また真観本家経朝臣集と同筆の太宰大弐高遠卿集（冷泉家時雨亭文庫本）でも、「あたにも見へす」（五〇番歌）、「見えしいけみつ」（三九一番歌）とあり、「見へ」と「見え」の両方が使用されていた。

これらのことから、定家仮名遣いを踏襲する範永朝臣集や在良朝臣集と比して、統一に欠けていることは明らかで、筆跡の違いだけではなく、仮名遣いの面からも直筆でないことが実証される。ではなぜ、真筆でないのに、「真観本」と称されるのであろうか。

真観が関わった中世和歌学史上の功績について、福田秀一「鎌倉中期の反御子左派」（『中世和歌史の研究』角川書店一九七二）は、寛元四（一二四六）年十二月の春日若宮社歌合で、為家ら御子左派に反旗を翻した真観たち反御子左派が、歌論はもとより続古今集の撰歌や万代集、秋風抄など、建治二（一二七六）年までに数々の私撰集を成したこと以外に、多くの勅撰集と私家集を校合しつつ書写したことを挙げ、奥書をもとに真観らが関係したと思われる集を列記する。その中に、家経集の名前が見える。

田中登「三たび真観本私家集について」（前掲『平安私家集　十三・擬定家本私家集　続々』解説）も、次のように説く。

本叢書をざっと一瞥しただけでも、その書写に真観が関与したもの、五十三点の多きを指摘しうるが、さらに時雨亭文庫とは関係なく、諸家蔵の平安書写と目されている伝藤原公任筆公実集切、伝源俊頼筆御堂関白集切・同京極関白集切など、明らかに真観の筆跡と思われるものも存するわけで、こうしてみると、真観がいかに私家集の書写に力を注いだか、その情熱のほどが知られよう。

さらに、真観が関与した書写集の中に、「真観」の二文字を奥書に持つ中納言俊忠集があり、この中納言俊忠集と同筆なのが本注釈書の底本とした真観本家経朝臣集と述べている。つまりこれらは、真観による監督指導のもと反御子左派の某書生によって書写されたもの、もしくは定家仮名遣いの不統一からすると、後世それを親本として書写されたものと考えられよう。

なお、敵対関係にあった冷泉家に反御子左派の真観本らが書写した私家集が保存された理由について、藤本孝一前掲著書「三井寺本の流入」は、

この私家集群は、真観から子息定円に相伝され、定円が三井寺僧であったことから同寺に収蔵された。そして、戦国時代の冷泉家第六代為広（一四五〇～一五二六）の子息応猷が三井寺僧であったことから、冷泉家にもたらされたものである。

と記している。

以上、真観の謹厳な仕事への姿勢や膨大な書写の業績から、真観直筆でなくとも「真観本」と冠される理由を、先行研究をたどることで見てきた。

ところで、前述したように、承空本は資経本を写したものと考えられているため注釈部では校異の対象から外したが、実は、資経本と異なる点が数カ所存在する。その箇所のみ左表に示した。欠損により判読不能箇所は□とし、傍字、取消し線での修正も記し置いた。

3番詞書	（真観本）遊山寺詠葉落繞**樹**	（資経本）遊山寺詠落葉繞時 （承空本）遊山寺詠落葉繞**樹**

箇所	真観本	資経本・承空本
41番詞書	（真観本）かへしほりてやるに……しるしつけて	（資経本）おしほりにやりたるに返……しるしつゝ （承空本）オシホリ二（テ）ヤリタル二返……シルシツ、
41番歌	（真観本）これにそきゐる	（資経本）これにそきぬる （承空本）コレニソキヌ（ヰ）ル
65番詞書	（真観本）**三月**廿日	（資経本）二月卅日 （承空本）**三月**□日
68番歌	（真観本）とこなつに**しく**	（資経本）とこなつにして（くカ） （承空本）トコナツニ**シク**
74番詞書	（真観本）不能**他**忍遊月依水	（資経本）不能侘（イ）忍遊同詠水 （承空本）不能**他**忍遊同詠水
84番歌	（真観本）やとからなれやなきわたるらむ（ナリ）	（資経本）やとからなりやなきわたるなり （承空本）ヤトカラナリ（レ）ヤナキワタルナリ
90番歌	（真観本）ゆきかへり……こえぬへき	（資経本）ゆきかえる……ゆきかへる （承空本）ユキカヘル……~~ユキカエル~~（コエヌヘキ）
98番歌	（真観本）こゝろと**ならは**	（資経本）こゝろとなら（まカ）は （承空本）コ、ロト**ナラ**ハ

承空本が資経本ではなく、真観本と同じ表記を取っている箇所（ゴシック太字）は、3・65・68・74・90・98番に

見える。また、承空本の傍字41（詞書・歌）・84・90番は、真観本と同じである。特に90番は取消線を付し真観本に一致する。以上、傍字がいつ誰の手により付せられたかの問題はあるものの、真観本との接触が考えられようか。

二　家経集の配列について

家経集の詠歌配列について先行研究を確認しておきたい。千葉義孝「藤原家経雑考」（前掲著書　初出、一九七二年）は、「極めて粗雑な考察であるが」と断りながら、

一応、時の流れにそった編年による排列を基調としていると考えて差し支えなかろう。特に、後述の如く後半七六番歌あたりからはその傾向が顕著である。

と、編年順と考えられる箇所を限定し、「その傾向が顕著」と言葉を濁している。

ところが、増淵勝一は、「能因法師の四国下向について」（『平安朝文学成立の研究　韻文編』八Ⅲ(七)　国研出版　一九九一　初出、一九七四年）の中で、道雅三位西八条障子絵歌合の詠作年を考えるにあたり、家経集の詠草百八首を、「たぶん」と前置きしつつも、「正確な年代別配列になっている」と、次のように九春秋の歌群に分け、能因との贈答詠年を比定している。(3)

(1)　1〜5　長久四（一〇四三）年春・秋
(2)　6〜39　寛徳元（一〇四四）年春〜冬
(3)　40〜62　寛徳二（一〇四五）年春〜冬
(4)　63〜75　永承元（一〇四六）年春〜秋
(5)　76〜81　永承二（一〇四七）年春・夏
(6)　82〜92　永承三（一〇四八）年春〜冬
(7)　93　永承四（一〇四九）年冬
(8)　94〜104　永承五（一〇五〇）年夏・秋
(9)　105〜108　永承六（一〇五一）年

右の歌群分けに、川村晃生「能因の旅」(『摂関期和歌史の研究』(第一章一節二　三弥井書店　一九九一　初出、一九七六年)は、次のように疑念を示す。

これは、各家集の詞書の官位や和歌配列に基づく推論であるが、千葉義孝「藤原家経雑考」(『語文』昭47、3)の指摘される如く、家経集の能因関係歌をすべて伊予下向に関係づけることには疑義が存し、……。

千葉義孝「藤原家経年譜考証」(前掲著書　初出、一九八〇年)も、

前半部分の年次配列には、いささかの不審を感じないわけにはいかない。

と、疑義を呈している　さらに、後藤祥子「後期摂関時代の歌壇」(『国文学　解釈と教材の研究』26　學燈社　一九八一・九)も、次のように記す。

家経集が、長元五年(一〇三二)の作から始まっていることは、いささか奇異の感を抱かせる。後冷泉朝大嘗会屏風歌の作者の歌人的出発が四十三歳というのは不自然という他ない。

ところが、高重久美「藤原家経と藤原範永の「落葉繞樹」「落葉満流」題歌」(『和歌六人党とその時代　後朱雀朝歌合を軸として』二―I第一章二　和泉書院　二〇〇五　初出、一九九六年)は、12番歌以降は最後まで「一年の隔たりも無く配列されている」[4]と言い切り、巻末に、「歌題と詠歌年次――家経集と範永集七二～一七三番歌群――」と題した表を付している。これは、編年配列を前提として家経集の歌番号を年時順に並べ、その下段に、家経と同座詠と思われる範永の歌番号を記した一覧表である。また、範永、頼実や経衡の詠歌年まで比定した上で、

『家経朝臣集』は編年配列となっている。その五番が「九月廿九日」に「惜秋」題で詠まれていることに着目すると、三・四番は長元八年詠と思われる。

と説き、長元八年冬に大堰紅葉題歌会が催され、家経集の3・4番歌はその会での詠とする論にまで展開する。[5]

前掲増淵論文の九春秋の歌群一覧だけを見ると、あたかも詠年順に配列されているかのように思える。確かに、同じ人との贈答歌配置からは、彼らと歌を交わした年を意識した配列がうかがわれる。たとえば、伊勢大輔との贈答歌（四首）は、伊勢大輔集ⅠⅡⅢのいずれも、まとめて記されているのに、家経集では（16・17）と（46・47）に分けて置かれ、能因とは、（21・22）、（59・60）、（61・62）、（105・106）の四箇所に分けているなど、詠歌年を考慮して編集したようにも思われる。しかし、もう少し丁寧に見ていく必要があろう。

家経集の詞書に具体的な年月が明記されている歌番、およびその内容を手掛かりに、他文献によって詠歌年時が確定、または推定できるものを次のように表にした。今回新たに特定できた事項は、ゴシック表記とした。伊勢大輔を除き、女性が関係するものには※を付け、家経の年齢を適宜入れた（詞書の引用は注釈部［本文］による）。

2番	長元五（一〇三二）年二月八日〈41歳〉以降	同日信濃守に任ぜられる。
11番	長久四（一〇四三）年〈52歳〉以前	歌会。同座した頼実の逝去は、長久五年六月七日。
19番	寛徳二（一〇四五）年〈54歳〉ころか。	錫杖歌。能因も同座詠であれば、特定可能か。
※20番	詞書「早う知りたりし女の……」恋歌。	
23〜25番	**永承年間**	**「草合」。八雲御抄に、「永承」の記載。**
26・27番	永承元（一〇四六）年〈55歳〉以前	秋の歌会。主催者済慶律師は永承二年七月逝去。
※31、32番		31、32番ともに恋歌。
※33番	寛徳二（一〇四五）年〜永承二（一〇四七）年	上東門院彰子の白河院滞在時に女に詠んだ歌。
※34、35番		34、35番ともに恋歌。

※36、39番		36、39番ともに恋歌。
※44・45番		恋の贈答歌。
※52・53番	**長元四（一〇三一）年〈40歳〉ころか。**	ある女との贈答歌。
※54・55番	**長元四（一〇三一）年**	53番歌女との贈答歌。
※66・67番		とこなつの花を贈った女とのやりとり。
76〜81番	永承二（一〇四七）年〈56歳〉以前	道雅三位西八条障子絵歌合。
82番	永承三（一〇四八）年〈57歳〉	詞書「同三年閏正月……」。
※86番		ある女へ。
89・90番	**永承四（一〇四九）年〈58歳〉**	**出羽弁集より美作守が特定され、詠歌年が判明。**
91番	**永承四（一〇四九）年**	**歌会。『類題鈔』590に「永承四」の記載あり。**
93番	永承四（一〇四九）年	詞書「永承四年十一月九日、殿上歌合……」。
94〜96番	永承五（一〇五〇）年〈59歳〉	詞書「同五年、賀陽院一宮歌合……」。
※97〜99番		禖子内親王に仕える女房との贈答歌。
101・102番	**永承五（一〇五〇）年以前**	資通が大弐として赴任する以前の夏。
103・104番	**永承六（一〇五一）年〈60歳〉**	**讃岐へ下る家経と美作守である兼房との贈答と判明。**
105・106番	**永承七（一〇五二）年〈61歳〉**	詞書「正月」より改年と判断。能因との贈答。
107番	**永承七（一〇五二）年〈61歳〉**	詞書「讃岐に下るに……」讃岐守在任中。
108番	**永承七（一〇五二）年**	詞書「河尻に……泊りて……」。

結論から述べると、詠歌年時順に配列されている傾向が見えるのは、82番歌以降だが、それも問題がある。

表に示したように、詠歌年時順の乱れが家集前半部に見える。まず、23～25番歌の三首が、永承年間に高倉一宮祐子内親王の催しで詠まれたことが今回明らかになった。これは、「歌合」ではなく、「草合」の勝態の州浜に付ける和歌であった。そして家経が物合に講師をつとめたことが、八雲御抄（『日本歌学大系』別巻三）御精選本(6)の「物合講師」に、次のように残っている。

内親王、天禄野宮歌合（六位橘正通。）永承祐子（家経一人奉二仕之一。）

家経が一人で永承年間に行われた祐子内親王の「物合」の講師をつとめたという記録である。袋草紙にも、

講師　家経朝臣　一人にて両方の歌等を読む。あるいは、

と記されている。ところが、これについて、藤岡忠美校注『袋草紙』（新大系　岩波書店　一九九五）の脚注には、永承五年六月五日祐子内親王（後朱雀院皇女）のときのものとして、次のように説いている。

袋草紙・八雲御抄が左右講師を家経とするのは誤り。殿上日記の「召二讃岐守家経朝臣一、令レ講レ歌」に発するが、これは後宴の際のこと。日記に「左講師、右大弁。右講師、左大弁」とあり、左右講師は経長と資通であった。

袋草紙下巻や八雲御抄が「講師家経一人奉仕」としているのは後宴歌会の講師を間違えたのであろう。

萩谷朴『歌合大成』（二四二）は、「永承五年六月五日庚申祐子内親王歌合」の項で、

と記し、片桐洋一『八雲御抄の研究　正義部　作法部』（和泉書院　二〇〇一）も、『袋草紙』脚注を推す。

しかし、八雲御抄の「物合講師」、および袋草紙の記録は、「草合」が実際にあったことを証明するもので、先行研究は永承五年の「歌合」と取り違えていることになる。したがって、23番歌からの三首を永承年間（家経55歳過

ぎ）に草合の勝態の州浜に詠まれたと考えて問題はなかろう。

また、33番歌は、上東門院彰子が白河に滞在していた、寛徳二（一〇四五）年閏五月十五日から永承二（一〇四七）年までの間に詠まれたことがわかっている(7)。

つまり、従来の年時順配列説にしたがうと、23～25番歌に永承年間の詠が存在することで、それ以降の歌は家経が五十五歳を過ぎての詠となる。ところが、女性と関係する歌（表の※印）が、20、31～36、39、44・45、52～55、66・67、86、97～99番に並び、31番以降に恋心を詠む歌がいくつもある。それらを「老齢の恋」と一括りで片づけるには無理があり、若いころの恋歌が入っていると考えるのが自然であろう。

たとえば、52番と54番に嫉妬心から女を批判する歌がある。52番歌詞書「ある女の局に、北国の受領の居たるを見て、言ひやる」の「北国の受領」は、歌語から丹後守と判明している（注釈部参照）。54番歌詞書には、「同じ女のもとに、和泉守の行くなりけり、と人の言へば、また言ひにやる」とある。同じ女に、丹後守、和泉守、そして家経が絡んでいる。この状況と近似する詞書が続詞花集に、

丹後守に侍りけるころ、ものいふ女のもとに、また人行くと聞きて遣はしける　藤原兼房朝臣

まことにや人のくるには絶えにけむいくののさとのなつびきの糸（続詞花集・恋下・六二三）

とある。この歌は、金葉集三奏本（五二九）、新続古今集（一五一九）、玄玄集（一五四）にも入集している。玄玄集は、永延元（九八七）年から永承元（一〇四六）年までの秀歌を収録したといわれている。おそらく兼房の歌は、当時、人口に膾炙されていたと思われる。「ものいふ女」のもとに「また人行く」と、丹後守であった兼房が、女のもとに通う男が自分以外にいることに嫌みともとれる歌を詠んだ続詞花集歌は、家経集52～55番歌の構図と重なる。しかも、兼房は、家経と同座し歌を詠み合う仲である。

そこで、52番歌に登場する丹後守を兼房として、54番歌詞書の和泉守について考えてみる。兼房が丹後守として赴任した記事は、『小右記』長元元（一〇二八）年九月二十六日条に見え、『左経記』長元五年四月十九日条には丹後守藤原憲房朝臣の名が見えるので、兼房の任は長元四年までの四年間と考えられる。その間で和泉守を探すと、『公卿補任』長久五年条に、源資通が長元四（一〇三一）年二月十七日に任じている。なお、万寿四（一〇二七）年から長元三（一〇三〇）年までの和泉守については不明である。家経は長元五年に信濃守として赴任している。兼房と資通がそれぞれ国司を勤め、家経がまだ在京していたころを絞り込むと、長元四（一〇三一）年二月十七日以降、丹後守が兼房から藤原憲房に替わるその年の秋までの間となろうか。当時の年齢は、家経四十歳、兼房三十一歳、資通二十七歳である。三人とも歌合でそれぞれ家経と同座して詠み、家経集には、美作守を任じていたころの兼房とのやりとりが89番歌や103番歌に、資通は左大弁の名称で複数回見える。女性をめぐる恋の駆け引きをする年齢としても、三人の関係性から考えても、可能性が高いと思われる。

したがって、恋歌群に視点を置き、また前述した23〜25番歌や33番歌を考えると、家集全体を通した詠歌年時順配列説は崩れる。

ところで、千葉義孝「藤原家経雑考」（前掲著書）は、82番歌から92番歌を家集の編年性から「永承三（一〇四八）年春〜冬」とし、「永承四年の作が一首というのもいささか気になる」と記す。91番歌以降の詞書を抜き出してみる。

91番歌詞書「冬日、於二西宮一、詠二行客吹レ笛 序者」

92番歌詞書「於二左大弁八条別第一、詠二冬夜長一」

93番歌詞書「永承四年十一月九日、殿上歌合、月」

94番歌詞書「同五年、賀陽院一宮歌合、桜」93番のみ永承四年と記されているのは、天皇主催の歌合であったためであろう。千葉論文は91、92番歌を永承三(一〇四八)年冬の詠と考えたようだが、『類題鈔』に、

590 隆国有序於西宮 永承四講之　行客吹笛

と、91番歌詞書の「於西宮」「行客吹笛」が見え、「永承四」まで明記されていることにより、従来の説は覆される。

さらに、89番歌も永承四年の詠であることが今回明らかになった。その詞書「美作守下るに、馬遣はすとて」の「美作守」は、永承六(一〇五一)年の春から秋までを記録した出羽弁集で「宮亮」と呼称される兼房であること、また『本朝続文粋』により永承四年から永承七年までその任にあったことが判明したからである。よって家経集89番歌は、永承四(一〇四九)年に美作守として下向する兼房へ馬を贈った折の詠、90番歌はその返歌と考えられる。つまり、永承四年詠は89番歌から93番歌までと確認できる。なお、92番歌詞書にある源資通の左大弁は永承五年九月までなので、永承四年冬詠で問題はない。

永承五(一〇五〇)年以降は、94番歌から96番歌までが永承五年賀陽院一宮歌合の詠、100番歌詞書「於源亜相六条水閣……」の「源亜相」は源大納言の唐名で、師房を指す。長元八(一〇三五)年十月から康平八(一〇六五)年六月まで権大納言任(『公卿補任』)。なお、101・102番も師房邸での詠である。今までは永承五年と推定されていた美作守(兼房)との贈答歌103・104番は、永承六(一〇五一)年、105・106番の能因との贈答歌は、105番の詞書に「正月、讃岐より上るほどに……」とあることから、年が改まり永承七(一〇五二)年詠となる。107番歌詞書「讃岐に下るに……」より、讃岐守として任じられていた時期を確認すると、永承五(一〇五〇)年から天喜元(一〇五三)年までなので、年時的にも問題はない。

最後に、道雅三位西八条障子絵歌合の開催年時について考えておきたい。なぜ76番歌（「梅の花……」）は歌合群から外れ、桜を詠んだ歌が収録されず、歌合名が77番歌（「ほととぎす……」）のみに付いているのか。障子絵柄の説明が76・77・79番歌に記されていないのはなぜなのか。そしてこの歌合はいつ開催されたのか。

こうした不明な点がいくつもある中で、配列に関する点のみに絞り先行研究を見ると、増淵勝一（前掲論文）は、76番歌を歌合から外し前に置いたことを、「おそらく家経の詠草を春夏秋冬の季節の推移ごとにまとめようとした、家経ないしはその他の編者の、編纂意図に基づくもの」[8]と説く。千葉義孝「藤原家経雑考」（前掲論文）も、歌合を永承二（一〇四七）年の開催とする理由として、82番歌詞書「同三年閏正月……」を挙げる以外に、その前後の配列が季節の変化に沿っていると述べる。また、「八二番の「同三年閏正月」とある「同」は当然のことながら八一番を受けるもの」とし、「この歌群が永承二年（一〇四七）に属する詠草であることが推定される」と記す。

むろん、開催年を考えるに、82番歌の詞書「同三年閏正月廿二日、……」が鍵になる。正月に閏月のあった年は、この前後だと永承三（一〇四八）年に限定される。ただし、「同年」ではなく「同三年」と書かれていることから、「同」は、81番歌を受けてではなく、元号の「永承」を意味すると考えるべきであろう。しかしながら、「永承」を記し持つ詞書が、82番歌以前にはない。つまり、永承元年、または永承二年の文言を含む詞書が歌とともに欠落したとしか考えられないのである。その「永承」を含む詞書は、道雅の障子絵歌合の可能性もあれば、永承元（一〇四六）年十一月四日に催された後冷泉院大嘗会和歌とも思われる。またどちらとも関係がない「永承」を含んだ詞書を持つ歌が抜け落ちているのかもしれない。

したがって、「同三年……」の詞書を持つ82番から最終歌まで詠歌年時順配列をなしている可能性は高いが、確実とはいえない。なぜならば、82番以降にある86番歌は恋歌ではないが、97〜99番歌（表※参照）の女性とのやりとりは、詠作時も状況もわからず、恋歌めいているからである。まして、81番以前の詠歌の並びについては、不確かと捉えておくべきである。よって、伊予へ下向する能因との贈答歌の詠歌年時や、範永、経衡や頼実らが家経と同座詠したと思われる年を、家経集の配列をもとに比定する論は、成立しない。

ところで、第一節では取りあげなかったが、真観本と書陵部蔵本（五〇一・三二一）のみ77番歌の「道雅三位西八条障子絵」の後に一字分の空白があり、68、91番歌詞書に記された「序者」と同じく少し小さい字で「歌合」と書かれている。当時、この歌合はよく知られていたであろうに、資経本や承空本、他の諸本のように、「道雅三位西八条障子絵歌合」と最後まで書き通さず、真観本は空白を置いた。親本に「歌合」の二文字が無かったのではあるまいか。他にも、詞書が無い歌がいくつかあり、明らかな本文の欠脱（82、99番歌）が存することから、親本自体がかなり損傷していたことは明らかである。できるだけ忠実に書写しつつも親本を補ったように見える。

では、巻末に「和歌百十首」と記した意図をどう捉えるべきであろうか。最後の108首目から四、五行空けて書かれていることから、書写し終えた段階で付け加えたと考えてよいであろう。真観本を書写した時点では百十首を数えたが、本文の乱れから原本にはもう少し多い歌があったように思われてならないのである。

注

（1）丹鶴叢書所収本、書陵部蔵本（五〇一・三二〇）、同（五〇一・三二一）、彰考館蔵本（甲・乙）、京都大学付属図書館蔵本、山口県立図書館蔵本、賀茂別雷神社所蔵三手文庫本について詳細に検討し、三手文庫本には歌序列の違いや歌の欠脱があるが、同文庫「大中臣頼基集」との間における綴じ違いで、特に異本は認められないと説明している。また、書陵部蔵御所本（五〇一・三二一）を、「最もすぐれた伝本のように見受けられる」、ただ欠脱や虫損がはなはだしいことから、「より善本の出現が待たれてならない」とも記している。冷泉家時雨亭文庫から真観本が出るまでは、旧国歌大観や旧私家集大成の底本であった。

（2）『平安私家集　十二』所収（朝日新聞社　二〇〇八）。

（3）千葉義孝「藤原家経雑考」の論を受けて、「千葉氏が明らかにされたように、きわめて正確で、今これを通覧すれば」と断った上で同集の百八首を九春秋に配し、「この配列が正しいとすれば」として、家経集における能因との贈答については、（21・22）を寛徳元年秋、（59〜62）を寛徳二年冬、（105・106）は、永承六年と説く。

（4）「『家経朝臣集』の性格を基に考えてみる。この集には長元・長久・寛徳・永承の歌が揃っている。特に十二から百八番までは、寛徳二年から永承六年まで、一年の隔たりも無く配列されている。そうした整然たる編年配列である家集において、長暦年間の歌のみが無い。推測の域を出ないが、家経の五番を長暦二年に比定しておきたい。」と記す。

（5）「源頼実と藤原経衡の「紅葉落衣」題歌」で、「時は長元八年冬・所は大堰・紅葉題詠・「六人党」とその周辺歌人というくつもの共通要素は、長元八年に大堰で「紅葉染水」「紅葉落衣」「紅葉繞樹」「落葉満流」という紅葉題歌会が開かれ、頼実・経衡・範永・家経が詠作したことを想定させよう。」と言及する。しかし、長元八年に確かな記録を見いだせず、また、「紅葉染水」「紅葉落衣」「紅葉繞樹」「落葉満流」と、違う題で詠んだ歌を同時詠と見なすことも問題である。

（6）久曽神昇編『日本歌学大系　別巻三』（風間書房　一九三九）。

（7）『扶桑略記』（第二九）に、寛徳二（一〇四五）年「閏五月十五日甲戌上東門院遷ニ御白川院一」、また栄花物語（根合）には、永承二年に天狗が出没し美作守の四条第に遷御したとある。

（8）「『家経集』の編者は、(4)と(5)との年代の違いを示すために「障子絵合」の詠である「梅の花」の歌を、七五のあとに別置したのであろう」と述べる。なお、(4)と(5)は、増淵論の九春秋の歌群表参照。

Ⅲ　頼実集の底本（京都女子大学蔵蘆庵文庫本）、およびその構成と編者

加藤裕子

一　京都女子大学蔵蘆庵文庫本頼実集

本書の底本の書誌的な事項について確認しておく。京都女子大学蔵蘆庵文庫本頼実集は、江戸時代後期の歌人小沢蘆庵（一七二三〜一八〇一）が蒐集、書写させた歌書の中の一つである。袋綴一冊に山田法師集、在良集、成仲集、為子集、兼行集とともに合写されている。表紙は、縦二七・五センチ、横二一・五センチ、無地の白紙で、原表紙を包み込むように付されている。明らかに後装と知られる。他の歌書の表紙が渋引であることから、原表紙は渋引であったと推定される。外題は「家集」、その右に「頼實　四十九　山田法師　十一　在良　菅　五十四　成仲　祝部　五十五　為子　院大納言典侍為教女　八十　兼行　藤　八十一」とある。本文の料紙は楮紙。見返しは本文共紙。一面行数一〇行。和歌二行書き。朱の書入れと貼紙に緑の書き入れがある。これは主に仮名遣いの訂正で、合写された他の家集の奥書から蘆庵の筆と知られる。内題は、第一丁裏（巻首）に「故侍中左金吾家集」。内題の前（第一丁表）に「勘物云」として頼実についての短い伝記を載せ、続けて「続世継敷嶋の打聞云」として「稲荷山こえてや来つるほととぎすゆふかけてのみ声の聞こゆる」に関する今鏡の説話、続けて「無名抄云」として「木の葉散る」詠（本書93番歌）に関する無名抄の説話を載せる。今鏡の説話は、第一類（2）龍谷大学図書館蔵古歌集本系にも内題の前にあり、無名抄の説話は、龍谷大学図書館蔵古歌集本系では「木の葉散る」詠の上欄余白に見られる。

そして、底本巻末に頼実についての勘物があり、末尾に、

天明五年巳十二月廿二日新写一校畢　周尹

という奥書がある。これは書写奥書と見られ、江戸時代後期、天明五（一七八五）年の書写と知られる。周尹は、蘆庵の門弟の一人である。奥書に続けて「作者部類云」として「勅撰作者部類」を引く。収載歌は一〇三首。すでに指摘されているように、他の系統と比べると歌序が異なる箇所がある。同類の伝本が複数伝存する。京都女子大学本を「蘆庵文庫本」と称するのは、蘆庵没後一五〇年を記念して、昭和二五（一九五〇）年に新日吉神宮（京都市東山区）に設置された団体「蘆庵文庫」が所蔵していたことによる。

源頼実の研究は、これまで主に松平文庫本、およびそれと同系の榊原家本を根幹資料として進められてきた。松平文庫本は、私家集大成に翻刻されるとともに、新編国歌大観の底本ともされた。榊原家本は、影印が刊行され、頼実集唯一の注釈である吉田茂他「「頼実集」注釈稿上・下」[1]の底本ともされた。しかし、松平文庫本や榊原家本など他系統の歌序に従って頼実集を詠み進めてゆくと、解釈が困難な箇所に突き当たる。

以下、本書が京都女子大学蔵蘆庵文庫本（以下「京都女子大学本」と呼ぶ）を底本に選んだ所以を述べるとともに、京都女子大学本によって頼実集全体の構成や詠歌事情を見直し、さらにはその編者についても言及したい。

二　頼実集の現存諸本と底本の選定

頼実集の現存諸本については、千葉義孝[2]、曽根誠一[3]、高重久美[4]によって考察されている。千葉は、歌の出入りや形態によって次のように二類四系統に分類している。

第一類（1）群書類従本系

（2）今井似閑本系
（3）古歌集本系
第二類　東洋文庫本

その後、高重が歌序に異同のある百家歌集本系を第三類として加え、三類五系統とした。各系統の呼称については再考の余地があるものの、三類五系統という分類を変更する必要はないと考えられる。高重の分類を踏まえて、調査した二二本の伝本の分類を示すと次のようになる。各系統の呼称については、従来の呼称を踏まえつつ各系統の代表伝本の現在の所蔵者名を冠することによって統一を図った。

第一類（1）**榊原家本系**―88番歌の詞書を欠く系統。

榊原家本103首＋「入撰集洩此集歌」3首、島原松平文庫（135・33）本103首、鶴見大学図書館（911・132F－32）本103首、ノートルダム清心女子大学付属図書館（F53）本103首、国文学研究資料館（ア2・29・3）本102首、群書類従本103首

（2）**賀茂別雷神社三手文庫蔵今井似閑本系**―（1）の13番歌を欠く系統。（1）の14番歌の詞書、（1）の88番歌の詞書をも欠く。似閑（一六五七～一七二三）が賀茂別雷神社に奉納した本の系統である。

賀茂別雷神社三手文庫（歌・申・226）本102首、山口県立山口図書館（121）本102首、京都市歴史資料館（20箱372）本102首

（3）**龍谷大学図書館蔵古歌集本系**―（1）の44番歌を欠く系統。（1）の88番歌の詞書をも欠く。伝本によって欠脱箇所が異なるが、（1）の44番歌を欠く点は共通している。「古歌集本系」という呼称は、この系統のいくつかの伝本の外題に由来する。

龍谷大学図書館（写字台文庫旧蔵）（022・591・6／40）本102首、東京大学国文学研究室（本居・帙108～478）本101首、国文学研究資料館（ア2・33・6）本101首、ノートルダム清心女子大学付属図書館（C12・4（1～4））本101首、宮内庁書陵部（501・448）蔵本100首、九州大学附属中央図書館（萩野文庫／ケ／21）本100首、川越市立中央図書館（貴19）本100首

第二類　東洋文庫本系—第一類（1）の91番歌を欠く。詞書をすべて欠く。正治元（一一九九）年の本奥書を持つ。

東洋文庫（貴重書Ⅶ－2－K－c－1020）本102首、天理大学附属天理図書館（911・23－141）本102首

第三類　京都女子大学蔵蘆庵文庫本系—収載歌は第一類（1）と全く同じだが、第一、二類と歌序が異なる箇所がある。

京都女子大学蔵蘆庵文庫（44）本103首、今治市河野美術館（346・839）本103首、水口図書館（2—D—22）本103首、東海大学附属図書館蔵桃園文庫（桃29 164）本103首

各伝本の特徴については、拙稿「『源頼実集』（故侍中左金吾家集）伝本考——第三類百家歌集本系統の意義——」（『和歌文学研究』二〇二〇・一二）を参照されたい。

諸本の書写年代は、すべて江戸時代以降で、とりわけ古い伝本があるわけではない。江戸初期写とされる榊原家本、松平文庫本、賀茂別雷神社三手文庫本が少し古い。多少の歌の出入りや歌序の異同は見られるものの、収載歌、歌序はおおむね一致していることから、いずれも共通の祖本から派生してきたと考えられる。また、いずれの系統も春、夏、秋、冬、恋に分類されている。

第三類のうち京都女子大学本、今治市河野美術館本、水口図書館本の奥書には、蘆庵の門弟の名が記されている。

京都女子大学本、今治市河野美術館本は、ともに「天明五年巳十二月廿二日新写一校畢　周尹」という奥書を持つ。京都女子大学本のほうが少し古いと見られるものの、ほぼ同時期に書写されたと推定される。「周尹」は、すでに述べたとおり、蘆庵の門弟の一人である。水口図書館本は、同様の奥書に加えて「文化十二乙亥四月十三日写畢池本顕實」という書写奥書を持つ。池本顕實（あきざね）（一七九〇～一八四六）は、蘆庵門下の四天王の一人前波黙軒（まえばもくけん）（一七四五～一八一九）の門弟である。このことから、この三本は、蘆庵が関係した「蘆庵本」であることがわかる。蘆庵が門弟などの助力によって歌合、私家集、定数歌等の伝本を蒐集、書写していたことは、すでに解明されているとおりである(5)。頼実集第一類（3）龍谷大学図書館蔵古歌集本系の伝本の多くも「蘆庵本」と見られている。

注意されるのは、歌序の異同である。三類五系統の歌序を調査すると、第一、二類は、わずかな歌の出入りはあるものの歌序はすべて一致している。ところが、第三類には、第一、二類と歌序を異にする箇所がある。この歌序の異同については、すでに高重、曽根によって指摘されているが、頼実集を読み解くうえで見過ごすことができない。第一、第二類の中で最大歌数を有する榊原家本と、第三類の中で比較的古いと見られる京都女子大学本を比較すると、歌序の異なる箇所が三箇所あることがわかる。異同箇所について前後の歌や歌題との関係に着目して細かく見ると、榊原家本は冬の歌が秋の部に置かれていたり秋の歌が冬の部にあって不自然で、乱れた状態と言わざるを得ない。これに対し京都女子大学本は、自然な形となっており、これが本来の配列と考えられる。

すでに曽根が指摘しているように、榊原家本には詞書と歌が照応しないところが二箇所ある。いずれも京都女子大学本との間に歌序の異同のあった箇所である。榊原家本は、冬の部にあるべき歌が秋に移動し、一方で秋にあるべき歌が冬に移動したことによって、二箇所にわたって詞書と歌が照応しない箇所が生じたと考えられる。すでに前掲拙稿において指摘したように、京都女子大学本は、頼実集本来の配列を保持していると見られるのに対し、榊原家本の形は乱れた状態と言わざるを得ない。榊原家本、および同様の乱れを共有している第一類、第二類の伝本を底本にすると、歌序を正すという大幅な校訂を施さない限り、解釈を進めてゆくことは困難である。一方、京都女子大学本をはじめとする第三類本を底本にすれば、大幅な校訂を施すことなく読み進めることができるのである。管見に入った第三類の四本の中で、比較的書写年代が古いと推定される京都女子大学本を底本に選んだ。

三　部立と部立内の配列

これまで頼実研究の資料としては、松平文庫本、榊原家本といった第一類（1）の伝本が活用されてきた。これらに依拠して配列構成や詠歌年時の考察など様々な研究が行われてきたのである。しかし、第一類の歌序が頼実集本来の配列ではないとすると、本来の配列を保持している京都女子大学本によって頼実集全体の構成や詠歌事情など従来の研究成果の見直しが必要になってくる。

まず、頼実集全体の構成について確認しておきたい。高重は、「その家集は四季・恋に部類され、各部内は基本的には年次順になっている。[6]」と指摘する。高重の考察は、歌序に乱れのある榊原家本に拠ったものである。乱れのない京都女子大学本に拠って、あらためて構成を確認する必要がある。

次の表は、部立、京都女子大学本の歌番号、初句、榊原家本の歌番号、京都女子大学本の詞書から知られる詠歌年時や詠歌の場、歌題または歌材の順に記したものである。歌材は、括弧で括った。初句ならびに詠歌年時・場は、注釈部における［本文］によった。※をつけて注を施した箇所がある。歌題（歌材）は、漢字で表記した。歌序の異同が見られる箇所については、京都女子大学本、榊原家本それぞれの歌番号をゴシックにし、その上欄に(A)(a)(B)(C)という符号をつけている。

源頼実集（故侍中左金吾集）構成表

		京	初句	榊	詠歌年時・場	歌題（歌材）
春		1	花を見る	1	三月三日、ある人の家にて、花見暮らして……	（花）
		2	白川の	2	三月十五日、白川寺に五時講に人々行きて……	
		3	井手に行く	3	……ある人の歌詠みておこせたる、返し	（山吹）
		4	散るころは	4	長久二年、源大納言（※師房）家にて、庚申（※三月十一日）に……	惜落花
		5	流れ来る	5	白川寺にて……	花浮澗水
		6	行く春を	6	宮（※祐子内親王家）にて……	依花惜春
		7	曇りなき	7		春夜月
		8	子日して	8	源大納言の子日に	（子日）
夏		9	夏山の	9	夏日（※歌題の一部とも見られる。）……	見遠山雲
		10	叩くとも	10		水鶏
		11	夕闇に	11		郭公
		12	夏の夜は	12	ある所にて……	木下風
		13	ほととぎす	13	長岡にて……	待郭公
		14	一声の	14		聞郭公
		15	五月雨は	15		月夜郭公

	16	皆人も	16	長久二年四月九日、於二源大納言家一、有二歌合事一。……	夏衣
	17	たちてゆく	17	（同）※作者「右衛門侍従」（「加賀」）	夏衣
	18	久しくも	18	（同）	款冬
	19	ときはなる	19	（同）	藤花
	20	卯の花の	20	（同）	卯花
	21	今日見れば	21	（同）	葵
	22	五月雨を	22	（同）	早苗
	23	ほととぎす	23	（同）	郭公
	24	ふる里は	24	（同）	水鶏
	25	こちくるを	25	（同）	呉竹
	26	かき流す	26	（同）	潺湲
	27	待ちわびて	27	四月ばかりに、夜更けて女のもとに……	（郭公）
	28	暮れ果てて	28	入相を聞きて	（入相鐘）
	29	常夏に	29	棟仲が家にて……	常夏
	30	夏の日に	30		氷室
	31	秋を待つ	31	……六月二十日のほどに……	対叢待秋
秋	32	秋風は	32	……梅の津にて	夏中逢秋
	33	秋立ちて	33		山家早秋

34	初秋の		早秋月
35	さやかなる		毎夜見月
36	待つほどの		七夕後朝
37	飽かなくに	八月十五日に、大学頭義忠に誘はれて、遍照寺にまかりて……	池上月
38	秋の夜の	八月十五夜、権大納言家、……	月似昼
39	来る人に	殿上人、夜更けてにはかに白川へなむ行くとて……	白川秋月
40	秋ごとに	七月十二日に、宮の前栽掘りに……	花契千秋
41	秋ごとに		聞鹿声
42	秋風に		聞擣衣
43	朝霧を		終日見花
44	青柳の		見庭萩
45	紅に	長岡に中務の宮（※敦貞親王）などおはして……五首	紅葉
46	帰るさは	（同）	野花
47	空にのみ	（同）	旅雁
48	夜をかさね	（同）	鹿
49	川霧は	（同）	秋霧
50	老いせじと	右大弁（※源資通）家にて、九日……	翫菊
51	岸に寄る	梅津に四条中納言（※藤原定頼）などおはして、夕暮れに……	葦花如雪

	52	九重に	52	内裏の前栽掘りに	（秋萩）
	53	秋萩の	53	源大納言の家に八月に歌合あらむと……延びて九月に……	（秋萩、紅葉）
	54	常よりも	54	長暦二年九月十三夜、源大納言の家に……歌合はせられけるに……	月
	55	よもの山	55	（同）	風
	56	宮城野の	56	（同）	露
	57	花見むと	57	（同）	霧
	58	花薄	58	（同）	薄
	59	暗き夜も	59	（同）	菊
	60	小山田の	60	（同）	田
	61	過ぎがたき	61	（同）	紅葉
	62	白雲に	62	（同）	雁
	63	声しげみ	63	（同）	鹿
	64	いろいろに	64	衛門佐の家にて、庚申の夜……	残菊
(C)	**65**	**秋ごとに**	**86**	高陽院殿の池に舟に乗りて……	月秋
	66	**もみぢ葉は**	**87**	栖霞寺にて……	紅葉落衣
(a)	**67**	**月影の**	**68**	長岡にて……	山家待月
	68	**朝夕に**	**69**		落葉満庭
	69	**わが宿は**	**70**		近栽秋花

季	区分	番号	初句	番号	詞書等	題
	(A)	**70**	**標結はぬ**	**65**		秋野眺望
		71	**今朝見れば**	**66**		依花知秋
		72	**わが宿に**	**67**	※『後拾遺集』332、「橘義清家歌合」	遍尽秋花
		73	秋風の	73		秋夕風
		74	水の面に	74	長久三年閏九月のつごもりに、関白殿有馬の湯……その間、宮に……	臨池
		75	昔より	75	(同)	見泉
		76	色深く	76	(同)	翠松
		77	梢より	77	(同)	紅葉
		78	月影の	78	(同)	明月
		79	朝まだき	79	(同)	初霜
		80	秋深く	80	(同)	残菊
		81	唐衣	81	(同)	擣衣
		82	世とともに	82	(同)	遠雁
		83	暮れてゆく	83	(同)	惜秋
		84	月影を	84	長久三年、右大弁家にて……	夜深待月
冬		85	もみぢ葉の	85	十月一日、山里に人々行きて……	紅葉
	(B)	**86**	**定めなき**	**71**		月夜時雨
		87	**春秋の**	**72**		残菊

		88	今朝見れば	88	右大弁の誘ひ給ひしかば、梅津にまかりて……	川辺氷
		89	川水に	89	（同）	筏
		90	雪降れば	90	雪降りたる日、大納言の家に……	松雪
		91	月影も	91	十月三十日、殿の尼上（※倫子）……御迎へに参れる人々……	網代見月
		92	いとどしく	92	随願寺にて人々……	月前紅葉
		93	木の葉散る	93		落葉如雨
		94	うちかさね	94		落葉旧苔上
恋		95	夜を重ね	95		（吹飯の浦）
		96	思ひかね	96		
		97	深緑	97		（住吉）
		98	音羽山	98		（音羽山）
		99	思ふこと	99		（鳴門の浦）
		100	しるべする	100		
		101	年経れど	101		
		102	いかにせむ	102		
		103	わがごとく	103		

両系統ともに部立が明示されており、表に示したとおり、94番歌までが春・夏・秋・冬の四季の部、95番歌以下が恋の部で、勅撰和歌集にならった構成といえよう。

歌序の異同が三箇所あることについては、すでに述べたとおりであるが、頼実集全体の構成を考えるうえで注意されるのは(B)と(C)の位置である。(B)の二首（京都女子大学本による。読解の便を考慮し濁点を施した。）、

　　月夜のしぐれ

86　さだめなきそらにもあ○るかなみる程に時雨にくもる冬の夜の月

　　のこりのきく

87　春秋のはなといふ花のいろ〳〵をのこれるきくにうつしてぞみる

は、初冬の菊を詠んだ冬の歌である。

(C)の二首、

　　かやうゐむどのゝ池にふねにのりて月秋といふ題を

65　あきごとにさやけき月はこよひこそわがみつる夜のためしなりけれ

　　栖霞寺にて紅葉衣におつといふ題を

66　紅葉ばゝわが衣でにかゝれどもきてみることのあかずもあるかな

は、秋の歌である。したがって、(B)が冬の部に、(C)が秋の部に配置されている京都女子大学本の歌序が頼実集本来の配列であり、(B)が秋の部に、(C)が冬の部にある榊原家本の歌序は乱れた状態ということになる。春・夏・秋・冬・恋という勅撰和歌集にならった構成は、京都女子大学本によってこそ整然としたものとして捉えることができるのである。

京都女子大学本によって各部立の中を見てみよう。まず、春の部について検討する。表の最下段に記した歌題と歌材に着目すると、山吹、惜落花、花浮澗水、依花惜春と晩春の歌が続いた後に、子日の歌が置かれている。子日の行事は、一月、二月に行われることから、(7)部立内が勅撰和歌集のように季節推移の順に配列されていないことは明らかである。これは、他の季節においても同様と見られ、冬の部でも、松雪の後に月前紅葉、落葉如雨、落葉旧苔上という初冬の歌が置かれている。

各部立の中はどのような方針で歌が配列されているのか。夏の部の16~26を見てみよう。この歌群は、長久二年四月に行われた源大納言（師房）家歌合の歌である。(8)この歌合の全体像を伝える、二十巻本の末流本群書類従本によって、頼実の歌で採用されたのは二首であることが確認でき、この歌合が撰歌合であったこともわかる。また、詞書に「三月ついたちの程に題をたまはせたりけれど」とあることから兼日の題であったことが知られ、16~26は歌合の料としてあらかじめ準備された歌ということになる。歌題欄を見ると、夏衣、卯花、郭公、水鶏など夏の景物に加えて、款冬（山吹）、藤花が入っていることが注意される。山吹は、勅撰和歌集では春の部に配されるのが一般で、18番歌を見ても、

ひさしくもやへやまぶきはにほはなん春さへふかくさけるしるしに

と、春の歌として詠まれている。藤の花は、春に配される場合（後撰集）、夏に配される場合（拾遺集）、春と夏の両方に配される場合（古今集）があるが、19番歌は、

ときはなるまつにかゝれるふぢのはなちとせのはるににほふべきかな

と、春の歌として詠まれている。本来なら春の部に配されてもよい歌が夏の部にあるのは、「源大納言家歌合長久二年」の料として詠まれた歌を一つのまとまりとして配置しようとしたためと考えられる。四月という開催時期に

合わせて、夏の歌題を中心としつつも晩春の歌題も出されていたのであろう。このように、各部立内は、同じ時、同じ場で詠まれた歌を一群としてまとめて収載するという方針で歌が配置されていると考えられる。

同じ時、同じ場で詠まれた歌群は、どのように並べられているのか。詞書を見ると、詠歌年時が記されているものは少ない。

詠歌年時が記されている場合が多い秋の部について、注釈部の［本文］で検討する。詠歌年時が丁寧に記されているのは、54、74、84である。

54　長暦二年九月十三夜、源大納言の家に……歌合はせられけるに……　一〇三八年
74　長久三年閏九月のつごもりに、関白殿有馬の湯におはしまして……　一〇四二年
84　長久三年、右大弁家にて……　一〇四二年

下に西暦を記したが、年時順に配置されていることが知られる。年時が記されていない歌が詠歌年時順に並べられているという確証はない。しかし、54の直前にある53は、

53　源大納言の家に八月に歌合あらむとしけるを、延びて九月になりにければ、……方の人々集まりて、かはらけ取りて詠みけるに

とあるように、八月に開催される予定であった源大納言家歌合が九月に延期されることが決まった頃に詠まれた歌である。したがって、53、54は時系列で並べられていることになる。

夏の部において詠歌年時が記されているのは、16のみである。

16　長久二年四月九日、於㆓源大納言家㆒、有㆓歌合事㆒。……　一〇四一年

この歌群に続く27の詞書を見ると、

27　四月ばかりに、夜更けて女のもとに言ひ遣りにける

とあり、末尾に置かれた31の詞書には、

31　草むらに向かひて秋を待つ、といふ題を、六月二十日のほどに

とあって、夏の部内の時系列に矛盾はない。

春の部はどうか。

1　三月三日、ある人の家にて……

2　三月十五日、白川寺に……

と続き、時系列に矛盾はない。4番を見ると、

4　長久二年、源大納言家にて、庚申に……

とあり、「庚申」とあることから長久二年三月十一日の詠と知られる。1、2の歌より後年の詠と見るべきであろう。春の部の末尾にある、

8　源大納言の子日に

は、さらに後の年の子の日ということになろう。

冬の部において、詠まれた日時が記されているのは、85と91の二箇所のみである。

85　十月一日、山里に人々行きて……

91　十月三十日、殿の尼上、初瀬に詣でさせ給うて帰らせ給ひしに……

同じ年のことかどうかは不明だが、時系列に矛盾はない。

年時の記されていない歌が詠歌年時順に並べられているという確証はないが、部立の中は、おおむね詠歌年時順

に配置されているのではないかと考えられる。つまり、頼実集は、春・夏・秋・冬・恋に分類し、各四季の部立内は、同じ時、同じ場で詠まれた歌を一群としてまとめ、そのまとまりをおおむね年時順に並べるという配列になっているといえよう。恋の部には詞書がないため詠歌年時を知ることはできないが、前半に歌枕を詠み込んだ歌を集めようという意識が見て取れる。

四　詠歌事情の見直し

(B)と(C)の位置が、榊原家本と京都女子大学本とでは大きく異なっていることに、再び注目してみたい。榊原家本と京都女子大学本の該当箇所について、それぞれ翻刻本文を記すと次のようである。

1榊原家本（歌番号は、榊原家本の歌序による。読解の便を考慮し、濁点を施した）

(B)

月夜のしぐれ

71　さだめなきそらにあるかなみる程にしぐれにくもる冬の夜の月

のこりのきく

72　春秋のはなといふ花のいろ〳〵をのこれるきくにうつしてぞみる

右大弁のさそひ給しかばむめづにまかりて河邊水　秋夕風

73　**秋風のをぎの葉すぐるゆふぐれに人まつひとの心をぞしる**

……中略……

ふゆ十月一日山ざとに人〳〵行てもみぢをみてかはらけとりて

85　もみぢ葉のちりしのこれば山ざとにあきをとゞめてみるこゝちする

（C）

86 かやうゐん殿の［　］（第歟）池に船にのりて月秋といふだいを
あきごとにさやけき月は今宵こそわがみつるよのためしなりけれ

紅霞子にてもみぢころもにおつといふだいを

87 もみぢ葉はわが衣手にかくれどもきてみる人のあかずもあるかな

88 **けさ見れば川邊のこほりひまなくて川かぜにのみなみはたちける**

筏

89 河水にまかせておとすいかだしはさしてゆくゐもしられざりけり

ゆきふりたる日大納言の家にうたよむ人八人よびて松雪といふだいを

90 雪ふれば松こそいたくおひにけれちとせの冬をつみやしつらん

2京都女子大学蔵蘆庵文庫本（歌番号は、京都女子大学本の歌序による。読解の便を考慮し、濁点を施した）

（C）

かやうゐむどのゝ池にふねにのりて月秋といふ題を

65 あきごとにさやけき月はこよひこそわがみつる夜のためしなりけれ

栖霞寺にて紅葉衣におつといふ題を

66 紅葉ばゝわが衣でにかゝれどもきてみることのあかずもあるかな

……中略……

秋夕風

73 **あきかぜの荻の葉すぐるゆふぐれにひとまつ人のこゝろをぞしる**

……中略……

85 ふゆ十月一日山ざとに人〳〵ゆきて紅葉を見てかはらけとりて
紅葉ばのちりしのこればやまざとにあきをとゞめてみる心地する

(B)
86 月夜のしぐれ
さだめなきそらにもあるかなみる程に時雨にくもる冬の夜の月
のこりのきく
87 春秋のはなといふ花のいろ〳〵をのこれるきくにうつしてぞみる

88 **右大辨のさそひ給しかばむめづにまかりて河邊氷**
けさみればかはべのこほりひまなくて川せにのみぞなみはたちける

89 いかだ
かは水にまかせてをとすいかだしはさしてゆくゑもしられざりけり

90 ゆきふりたるひ大納言の家に哥よむ人は人よびて松雪といふ題を
雪ふればまつこそいたくおひにけれちとせのふゆをつみやしつらん

すでに述べたとおり、榊原家本には詞書(歌題)と歌が照応しない箇所が二箇所ある。ゴシックで記した73番歌と88番歌である。同じ箇所を京都女子大学本で見ると、いずれも歌題と歌が照応している。榊原家本は、冬の歌群にあるべき(B)が秋の歌群に移動し、一方で秋の歌群にあるべき(C)が冬の歌群へと移動したことによって、二箇所にわたって詞書と歌が照応しない箇所が生じたと考えられる。京都女子大学本が本来の形を保っていることは明らかである。

京都女子大学本が頼実集本来の形を伝えているとすると、これまで行われてきた詠歌年時、詠歌事情の考察を見直す必要が生じてくる。

高重は、榊原家本に拠って(C)の榊87「もみぢ葉は」の詠歌年時を推定している。高重は、部立内が詠歌年時順に配列されていることを前提としたうえで、90番歌詞書に見える「大納言」を師房とみなし、90番歌を師房が権大納言に任官した長元八（一〇三五）年の詠として、それより前にある榊87「もみぢ葉は」を「長元八年冬の詠であろう。」(9)と推定している。しかし、「もみぢ葉は」を含む(C)榊86 87は、本来この位置にあるべきものではなく、京都女子大学本のように秋の部に配されていたものである。したがって、長元八（一〇三五）年冬という詠歌年時については、見直しが必要となる。京都女子大学本のように秋の部の京65 66が本来の位置であるとすると、二首は京54番歌詞書に見える長暦二（一〇三八）年から京74番歌詞書に見える長久三（一〇四二）年閏九月の間の詠と推定できよう。

また高重は、榊原家本に拠って「右大弁のさそひ給しかばむめづにまかりて」を榊73「秋風の」の詞書とみて、73「秋風の」が(10)右大弁の梅津の山荘で詠まれた歌と推定している。さらに、(B)榊71、72、73の詠歌年時について、詠歌年時順の配列であることを前提として、長久二、三年頃と推測する。(11)しかし、すでに述べたとおり、(B)の部分は、本来は京都女子大学本のように冬の部にあるべきものである。やはり詠歌事情について見直す必要がある。京都女子大学本に拠ると、(B)の「右大辨のさそひ給しかばむめづにまかりて」は、京88「けさみれば」の詞書となる。つまり、右大弁の誘いによって梅津に出かけて詠まれたのは、京88「けさみれば」の歌であって、榊73「秋風の」の歌ではないことになる。また、京都女子大学本に拠れば、「右大辨のさそひ給しかばむめづにまかりて」は、京89「かは水に」にもかかることになり、「かは水に」の歌も右大弁の誘いによって梅津で詠んだ歌ということになる。京89「かは水に」の歌は、「筏師」を詠んだ歌である。筏師は筏に乗って材木を運ぶ職人であり、梅津が大堰川を下ってきた材木の集積地であることを考慮しても、梅津での詠としてふさわしく、京都女子大学本の配列が本来のものであることが確認できる。

五　自撰の可能性

以上、第一、二類本とは歌序を異にする第三類京都女子大学本に拠ると、第一類本に見られた部立内の混乱が解消され、春・夏・秋・冬という整然とした構成を捉えることができた。各部立内についても、勅撰和歌集のような季節推移の順に和歌を配列するのではなく、同じ時、同じ場で詠まれた歌を一群としてまとめ、そのまとまりをおおむね詠歌年時順に配列していることが確認できた。また、頼実集本来の配列を確認することによって、詠歌年時、詠歌事情についても、第一類本に依拠した従来の説を改めるべきことがわかった。

このような整然とした構成を持つ頼実集は、誰の手によって編まれたのであろうか。不明としか言いようがないが、編者を知る手がかりが全くないわけではない。

頼実集は、基本的に頼実の歌のみで構成されているが、一首だけ他人詠が入っている箇所がある。長久二年源大納言家歌合に出詠された16番歌の次に、同歌合で同歌と番えられた歌が収載されているのである。その箇所を注釈部の［本文］によって引用すると、次のとおりである。

長久二年四月九日、於$_{二}$源大納言家$_{一}$、有$_{二}$歌合事$_{一}$。左右方人各十人男五人女五人

左　侍従乳母　宰相乳母　権弁　五節　中務
　　実範　頼家　重成　隆方　定家

右

少将乳母　宰相　小弁　山城　大夫
棟仲　義清　経衡　親範　頼実

三月ついたちのほどに、題を賜せたりけれど、事しげきによて今日までになりたるにや

夏衣

16　皆人も今日や衣はかへつらむひとへに夏のきぬと思へば

此歌被レ撰ニ右一番一。而左一番、右衛門侍従歌云々。式部権大輔挙周母、往古遺賢、当時独歩者也。而有レ定之間、被レ定レ持。取ニ出世一無レ恥、取ニ出身一有レ愁。願令三来者重定ニ是非一、故書ニ入此集一耳。

17　たちてゆくはるを惜しめど夏衣きたるはこれもなつかしきかな

17番歌の作者は、左注によると「右衛門侍従」、大江匡衡と赤染衛門の娘で、江侍従とも呼ばれた人物と見られる（注釈部16番歌参照）。何故、右衛門侍従の歌が収められているのか。左注の本文はかなり乱れており、諸本間の異同も多く、解釈が困難であるが、片山剛[12]は、諸説を検討したうえで、「要するに頼実は自信作の『みな人も』が持と判定されたことに不服で、後人の比較検討を俟つべくあえて右衛門侍従の歌を書き添えたのである。」という理解を示している。諸井彩子[13]も「同年四月七日に行われた師房歌合は、春から夏にかけての十題十番で、これも兼題の撰歌合であった。……一番左歌は作者加賀と記されているが、『頼実集』に記すところによれば「右衛門侍従」の歌で、「式部権大夫挙周母」つまり赤染衛門の言によって一番は「持」になった。頼実は一番右に撰ばれた自作が持になったことに不満をもち、あえて「右衛門侍従」の歌を書き添えたものとみられる。」と同様の理解を示している。片山・諸井ともに、「持」という判定を不服とし、頼実自身が右衛門侍従の歌を家集に収めたと解してい

るのである。片山は第一類（2）賀茂別雷神社三手文庫蔵今井似閑本系統の山口県立図書館本に拠り、諸井は第一類（1）榊原家本系の島原松平文庫本に依拠したとみられる。これらに対し、京都女子大学本によると、他本では本文の乱れによって解釈が困難であった箇所が、かなり明確になる。詳細は16番歌の注釈を参照されたいが、京都女子大学本によって左注全体の解釈を示すと、次のようになろう。

この歌は右の一番に選ばれた。それから左の一番は、右衛門の侍従の歌ということである。式部権大輔挙周母は、昔の賢人であり、現在の優れた人である。そうして判定があって、持と定められた。世間に取り上げられることは恥ではないが、自分自身で取り上げることには愁いがある。願わくは、未来の人にもう一度この判定の是非を決めさせたいのである。それゆえに、この集に（次の歌を）書き入れるばかりである。

「来者」は、後人、後進の意と見られ、「持」という判定を不服に思い、判定の是非を後人にゆだねるために、頼実の歌のみで構成する方針の家集にあえて右衛門侍従の歌を収載した、と理解することができよう。

判断を後人にゆだねるとする文言は、『顕注密勘』にも見られる。

此の歌に付きて両様あり。一には、……一には……但、あまりにや。後人の心にまかすべし。今案に、前の義まさるべし。……

「此の歌」とは、『古今和歌集』の「いたづらにすぐる月日はおもほえで花みてくらす春ぞすくなき」（三五一）をさし、この歌についての二つの解釈を示し、その判断は後人にゆだねるのがよいと言っているのである。

また、紀貫之の『古今和歌集仮名序』が、次のような一文で結ばれていることが注目される。

青柳の糸絶えず、松の葉の散り失せずして、まさきの葛長く伝はり、鳥の跡久しくとどまれらば、歌のさまをも知り、ことの心得たらむ人は、大空の月を見るがごとくに、いにしへを仰ぎて、今を恋ひざらめかも。

歌の様を知り、言葉の本質を理解している将来の人が、『古今和歌集』が編まれた今を恋い慕わないことがあろうか、と将来の歌人、『古今和歌集』の読者に思いを馳せているのである。ここには、『古今和歌集』が将来必ず評価され、恋慕われるに違いないという貫之ら撰者たちの自負を読み取ることができよう。

頼実集16番歌の左注についても、これと同様に理解することができるのではないだろうか。「持」という判定を不服とし、判定の是非を将来の人にゆだねるために、番えられた右衛門侍従の歌をあえて収載するという左注からは、16番歌に対する頼実の自信のほどをうかがうことができよう。このような左注とともに他人詠を家集に収めるという所為は、頼実自身のものとしか考えられないのではないだろうか。つまり、16番歌の左注と他人詠である17番歌は、頼実集が頼実の自撰であることを示唆していると考えられるのである。

注

（1）吉田茂・田中拓也・金子節哉・塩屋貴之「「源頼実集」注釈稿上」（『教育と研究』（早稲田大学本庄高等学院）二〇一八・三）、吉田茂・田中拓也・田原桜子・大石将也「「源頼実集」注釈稿下」（『教育と研究』二〇一九・三）。

（2）『後拾遺時代歌人の研究』（勉誠社　一九九一）「七　源頼実とその家集」。初出、一九七五年。千葉の説は以下これによる。

（3）「蘆庵本『頼実集』（故侍中左金吾家集）の伝本について」（『解釈』二〇〇五・三、四）。曽根の説は以下これによる。

（4）『和歌六人党とその時代　後朱雀朝歌会を軸として』（和泉書院　二〇〇五）。高重の説は以下これによる。

（5）久曽神昇「小澤蘆庵と和歌集蒐集」（『書誌学』一九三七・四）、井上宗雄「小沢蘆庵本歌合集・私家集について」（『和歌史研究会会報』一九七七・一二）、同「蘆庵本歌書について―龍谷大学蔵『四十人集』をめぐって―」（『鴨東通信』一九九八・五）、大取一馬「蘆庵本の歌書等について」（『龍谷大学論集』一九八三・一〇）、曽根誠一「小沢蘆庵の家集収集と入江昌喜―架蔵本『海人手古良集』を手懸かりとして―」（『花園大学国文学論究』二〇〇四・一二）、加藤弓枝

「非蔵人の文学的営為―蘆庵文庫蔵書を通して―」（『国文学研究資料館　調査研究報告』二〇一三・三）、蘆庵文庫研究会編『蘆庵文庫目録と資料』（青裳堂書店　二〇〇九）。

（6）注4の著書。「二　六人党の時代Ⅰ「六人党」の生成　第一章　長元八年（一〇三五）冬大堰紅葉題歌会2　源頼実と藤原経衡の「紅葉落衣」題歌」159ページ他。

（7）新藤協三「野に出ぬ子日―平安和歌詠出の一背景―」（『東洋通信』（東洋大学通信教育部）、二〇一一・六）。

（8）頼実集の詞書によれば開催年時は「長久二年四月九日」であるが、『和歌合抄目録』巻八には「長久二年四月七日」とある。16番歌［語釈］参照。

（9）注4の著書。「二　六人党の時代Ⅰ「六人党」の生成　第一章　長元八年（一〇三五）冬大堰紅葉題歌会2　源頼実と藤原経衡の「紅葉落衣」題歌」161ページ参照。

（10）源資通（一〇〇五～一〇六〇）。父は、源済政。母は源頼光女。頼実のいとこにあたる。資通が右大弁であったのは、長暦三（一〇三九）年から寛徳元（一〇四四）年（『新訂増補　弁官補任』（八木書店　二〇二〇）による）。頼実集において「右大弁」は三箇所確認できる。50詞書「右大弁家にて」、84詞書「長久三年右大弁家にて」、88詞書「右大弁さそひ給ひしかば」。

（11）注4の著書。「二　六人党の時代Ⅰ「六人党」の生成　第二章　宇多源氏資通―摂津源氏歌人頼実像が照射するもの―三　摂津源氏の周辺―宇多源氏済政と源頼光長女の子どもたち―」183ページ参照。

（12）「江侍従像の再構成」（『古代文化』一九八七・三）。

（13）『摂関期女房と文学』（青簡社　二〇一八）第三章第二節「江侍従伝再考―和歌活動を中心に―」。初出、二〇一二年。

Ⅳ　源頼実とその和歌活動

花上和広
加藤静子

頼実は、六位蔵人の時に三十歳で亡くなる。その若さゆえ、彼の事跡はわずかしか知られず、本注釈で読み解いた頼実集が最も雄弁なものとなる。一方で、その若さゆえにか、注釈部で個々に示したように、すでに指摘されている源氏物語を摂取した詠歌の他にも、頼実が先行歌にいかに学んでいるかが、かなり明確に見えている。

第一節では、頼実本人について、底本京都女子大学蔵蘆庵文庫本の勘物によって明らかになった記事を踏まえ、頼実の祖父頼光と父頼国の事跡をたどることで、頼実本人が位置する社会的立場にせまりたい。いわゆる和歌六人党にも触れることになる。

第二節では、頼実の詠歌活動の場とその広がりについて見ていく。第一節に述べる祖父や父の代には築きあげられていた摂関家との緊密な関係が根底にあった。また、解説Ⅲの五に、頼実集が自撰である可能性に言及している。頼実集における詠歌の場を整理して、詞書の待遇表現から自撰らしき一面について、見ていきたい。

一　源頼実、祖父頼光・父頼国の事跡を踏まえて

源頼実については、底本の「勘物」に、「頼実　正四位下右馬頭頼国朝臣二男　長久四年正月九日補蔵人所雑色廿九　寛徳元年六月七日卒年卅　土御門右府家之人也」とあって、他本と異なる正確な履歴がもたらされた。寛徳元年が一〇四四年なので、頼実の生年は長和四（一〇一五）年となる。亡くなる一年半ほど前に蔵人所の雑色から六位蔵人になった。卒去の時の年号「寛徳」は、長久五（一〇四四）年十一月に改元されている。長久五年正月より六月にいたるまで、「疾疫殊盛、死骸満レ路」（『扶桑略記』）という有様であった。頼実の死も疫病によったものかもしれない。そして、「土御門右府」源師房の家人と見える。

もう一つの履歴は、内題の「故侍中左金吾家集」とある「左金吾」で、『今鏡』第十「敷島の打聞」に、「左衛門尉頼実といふ蔵人……」と見える「左衛門尉」である。

『尊卑分脈』を見ると、頼実は、清和源氏頼光の孫で、父は右馬頭頼国、母は播磨守藤原信理女、[1]「蔵　従五下　使　左衛門尉」という職歴が付される。『系図纂要　第十二冊』にあたると、両親は同じだが、「蔵人　左衛門尉　従五下」とある。頼実の「使　左衛門尉」の「使」、すなわち「検非違使」は『系図纂要』に見えない。頼実は、左衛門尉として、検非違使の尉に任じていたかもしれない。検非違使は宣旨によって捕され、天皇の指示によって行動するという。なお、両系図に従五位下とあるのは、蔵人を退く時に従五位下になる慣例ではあるが、疑問が残る。

底本の勘物にもどると、引用文の後に、「長久三年十一月土記」と師房の日記『土記』が引用され、「哥人」として、棟仲、経衡、義清、頼家、重成（兼長に改名）、頼実、の名前を列挙して、「世称六人云々」で閉じている。『土記』に、源師房が身分の低い六人の名をことさら書きとめたのは、頼実同様に他の五人とも主従関係が結ばれてい

たからと推量される。

『十訓抄』に記されたこの六人は、後世の『続古事談』第二「臣節」第五一話を見ると、

歌読六人トハ、範永・棟実（実ヲ他本ニ仲）・頼実・兼長・経衡・頼家。或イハ、棟仲・経衡・義清・頼家・重成・頼実ナリ。(2)

とある、後者の六人が、順序も名前もきれいに一致する。

前者の六人の順序と名前が一致するのが、『袋草紙』上巻「江記に云はく、往年六人党有り。……」（新大系90頁）であり、前者六人の名前だけが一致するのは、『後拾遺抄注』で「永承六人党也」（日本歌学大系別巻四435頁）とある。しかし、「永承」には頼実は亡くなっていて、「永承六人党」の名称はありえず、後の時代のものであろう。いわゆる「和歌六人党」の名称は、この頼実集勘物の『十訓抄』から発しているのかもしれない。『十訓抄』の六人が、第二節に述べるように、ともに詠歌する実際例が確認できる。だが、範永を含む「六人党」には、源師房家というような核が見えず、範永と他の六人党のメンバーとの同座詠を見ていくと、妻のきょうだい経衡はかなり見えるが、他は頼実に一首しか確認できなかった。従来説の「自称」和歌六人党や構成員について再考すべきと思われる。

ところで、勘物には頼実が「雑色」とあるように、後朱雀天皇に御代がわりして蔵人など決定した『範国記』（長元九年七月十七日）に、頼実に「雑色」とあって確認される。実は、後一条天皇時代の長元八（一〇三五）年五月関白頼通のいわゆる賀陽院水閣歌合の真名日記にも、頼実は「雑色」として活動している（『歌合大成』一二三）、時に二十一歳。よって、これ以前には雑色職についていたのであろう。

頼実の事跡を語るものが少なすぎるので、頼実像を明確にするために、祖父頼光と父頼国について見ていく。

1　祖父頼光

頼光については、朧谷寿『人物叢書　源頼光』（吉川弘文館　一九六八）が詳しい。頼光（〜一〇二一）の父は満仲で、母は源俊女である。その系譜について、

清和天皇――貞純親王――経基王――満仲――頼光

とする。頼光は治安元（一〇二一）年七月十九日に没するが（『左経記』）、その年齢を『系図纂要 第九冊』には「七十四」「六十八」の二つを記し、生まれは、「天暦八年七ノ廿四生」とあり、九五四年生となり、六十八歳没となる。頼光の事跡からは、『源頼光』のように、天暦二（九四八）年誕生、七十四歳没がふさわしい。

元木泰雄『源満仲・頼光』（ミネルヴァ書房　二〇〇三）を参照すると、『尊卑分脈』の系図を疑問視し、「河内源氏の祖となった源頼信の告文」という永承元（一〇四六）年の文書から系図を、

清和天皇――陽成天皇――元平親王――源経基――満仲――頼光

と示す。さらに、頼光について、「父祖の年齢については通説に疑問があるため、頼光の生年も正確なことはわからない」とある。満仲の父源経基について、平将門と対立しいったん誣告罪に問われたが、後に将門の乱によって一転し、従五位下を与えられ、天慶の乱には追捕使の次官に命じられているという。武人としての性格が見えるのだが、武門源氏の祖としては、その子満仲が、長徳の変で「みなこれ満仲・貞盛子孫なり」（『栄花物語』巻五「浦々の別」）と記されるように、後の時代には「源満仲」こそが強く認識されていたのである、と説く。(3)

以下、頼光の足跡について、朧谷『源頼光』をまとめながら、その年表も踏まえつつ見ていく。

頼光は、三条天皇の、春宮権大進・大進・権亮をつとめ、退位後は院司となっている。これは、一条・三条両天

皇の祖父藤原兼家との関係からであった。道長が土忌により頼光宅に渡ることもあった（『御堂関白記』寛弘七〈一〇一〇〉年十一月四日）。『御堂関白記全注釈　寛弘七年』（思文閣出版　二〇〇五）では、頼光を道長の家司と注する。道長にも信頼されて、後一条天皇の東宮時代の権亮に就き、三条天皇時代に内蔵守などもつとめた。一方で、備前、美濃、但馬、再度の美濃、伊予、摂津、などの国司を歴任している。

頼光の並外れた財力について、永延二（九八八）年九月、藤原兼家の二条京極第落成の折、馬三十頭を贈っていること（『日本紀略』永延二年九月十六日条）、また、道長の土御門第焼亡後の、寛仁二（一〇一八）年六月に再建された土御門殿の落成の折に、調度物一切を献上している（『小右記』寛仁二年六月二十日条）ことを挙げている。一方で、それぞれからの見返りがあった様子についても触れている。

頼光の最終官位であるが、『権記』寛弘八（一〇一一）十月十九日条に見える、「正四位下」であったろう。ところで、頼光は、娘三人を摂関家の血縁者に嫁がせたという。一人は道長異母兄の道綱であり、頼光邸に迎え入れている。兼家の妻で蜻蛉日記の作者道綱母は、藤原倫寧の娘であるが、倫寧の母は他ならぬ頼光の父満仲の姉妹の一人であったという。『源頼光』では、蜻蛉日記作者の邸宅などにも触れ、丁寧な説明がなされている。また、頼光女の一人は、左大臣源雅信の孫済政の妻となった。雅信は道長正妻倫子の父であるので、済政は倫子の甥。さらにもう一人の頼光女も、済政と頼光女の間に生まれた資通と結婚する。『源頼光』「附　源頼光の娘たち」に、「源頼光は藤原摂関家と密接な関係をもつことによって、他の受領仲間のうちで頭角を現わしていたと考えられる。そしてここにみた娘の結婚は、摂関家との結びつきを促進させるための一手段であったといえよう」とある。

頼光は、拾遺集（恋四・八六五）、後拾遺集（恋一・六〇七。源頼家母との贈答歌）、金葉集（雑下・六五九。相模母との連歌）

など、勅撰集に入集する歌人であった。『源頼光』は、赤染衛門集にも触れている（赤染衛門集Ⅰ・一七三）。

ここで、私家集にあたると、長能集Ⅱの一〇二・一一八番歌に頼光の名前が見え、長能集Ⅰ・一一三に、「但馬守の家に、和琴かりにつかはすとて」とあるのも、頼光が但馬守であったころの歌である。長能は蜻蛉日記作者の同母きょうだいらしく、前述したように頼光とは姻戚関係にある。他にも、小大君集Ⅰ・二〇、二一に「美濃の守頼光、妻亡くなりてのころ、霜のいみじう白きあしたに」、実方集Ⅱ・一九二、一九三に「陸奥に出で立つに、頼光の朝臣来て、扇落としたる、やるとて」などと贈答歌が見える。

定頼集Ⅰ・一〇〇、一〇一には、「上の御をばの失せ給ひける御忌みにて」という詞書で頼光と歌を贈答している。定頼も、頼光女を妻としていた。

頼光は和歌をよく詠んでいたと言えよう。子息頼家、養女の相模、孫は頼実の他にも頼綱・六条斎院宣旨なども勅撰歌人であった。

２　父頼国――頼実と重なる職歴、以降の職歴、女たちの配偶者

頼国（～一〇五八）に関する先行研究に、鮎澤寿「源頼国」（『古代文化』116一九六七・一二）、同「源頼国（二）」（『古代文化』119一九六八・三）がある。『源頼光』刊行の少し前に発表されたもので、朧谷寿は鮎澤の後の姓で同じ人物。「源頼国」論文では、頼国の誕生年をわからないとしつつ、父の頼光の生没年を『尊卑分脈』により、娘たち三人と頼実の誕生年を示して、「彼女たちは、頼国の四十五～七十歳のときに生まれたことになって、何ら矛盾を感じないのである」という。『平安人名辞典―長保二年―』（高科書店　一九九三）もまた、頼国について「天延二（九七四）～康平元（一〇五八）85歳」とする。しかし、子をなす年齢としては七十歳は年齢が高すぎよう。

以下、頼国の事跡を頼実と重ね追いながら、年齢も推定していきたい。

「源頼国」論文では、『御堂関白記』寛弘二（一〇〇五）年正月十日条の「此次被定蔵人、右近少将雅通・文章生藤頼任・雑色源頼国等也」の記事を引き、「このときまで頼国は、蔵人所の雑色であったが、寛弘二年に六位の蔵人に昇任したのであった」とする。しかし、それは誤りで、この時は蔵人所の雑色になったものである。同五年十月十七日条に、敦成親王家の蔵人を定めた中に、「文章生源頼国」が親王家の蔵人になったとある。井上宗雄論文に、「かつて摂津源氏は、頼光の子頼国が文章生になって漢文に精進した(4)」との指摘があった。寛弘四（一〇〇七）年四月二十六日条に、内裏で詩宴が行われ、「文人」源為憲以下十七人の退出記事の中に、頼国の名前も見える。

頼国が六位蔵人になったのは、『権記』寛弘六（一〇〇九）年一月十日条に「被レ定二蔵人等一、忠経少将・頼国進士雑色・季任雑色、補二蔵人一……」とあり、この時であった。鮎沢論文によればこの時三十六歳となるが、頼実の任蔵人が二十九歳なので、進士（文章生）であった頼国は、三十歳前の可能性が高い。雑色であった期間は四年間と頼実より短い。頼国の任蔵人を、頼実と同じ二十九歳と仮定すると、天元五（九八二）年生まれとなり、没した康平元年は七十七歳となる。父頼光二十七歳の年の誕生で、頼実は頼国三十四歳の時に誕生したことになる。ただし、後に触れる女たちの誕生年齢からは、頼国は二、三歳ほどは遅い出生となるであろうか。

なお、頼実は父のように「文章生」には至らなかったようだが、頼実の歌には注釈部で触れたように漢詩文の素養がうかがえ、「学生」として学問にも励んで、それゆえ六位の蔵人が約束された「雑色」になれたのであろう。

雑色に触れて、枕草子「めでたきもの」段に、「六位の蔵人」をあげて、

いみじき君達なれど、えしも着たまはぬ綾織物を心にまかせて着たる青色姿などの、いとめでたきなり。所の雑色、ただ人の子どもなどにて、殿ばらの侍に、四位、五位の司あるが下にうちゐて、何とも見えぬに、蔵人

になりぬれば、えもいはずぞあさましきや。……（宣旨を持って参上、また大饗の甘栗の使いなどで参上すると、）もてなしやむごとながりたまへるさまは、いづこなりし天くだり人ならむとこそ見ゆれ。

とある。また、「身などかへて天人などはかやうやあらむと見ゆるものは」段にも、

雑色の蔵人になりたる、めでたし。去年の霜月の臨時の祭に、御琴持たりしは、人とも見えざりしに、君達と連れ立ちてありくは、いづこなる人ぞとおぼゆれ。ほかよりなりたるなどは、いとさしもおぼえず。

とあり、ともに六位蔵人と雑色との落差を記している。頼実も、わずか一年半ほどであったが、六位蔵人として晴れがましい行動ができ、丁重にもてなされていたのであろう。

六位蔵人はイメージできるのだが、頼実が十年ほどつとめた蔵人所の「雑色」とは、どのような仕事をするものなのであろうか。

まず、所京子『平安朝「所・後院・俗別当」の研究』（勉誠出版　二〇〇四）第一章「「所」の成立と展開（七）校書殿・蔵人所・滝口」を参照したい。

蔵人所の構成員を整理し表にし、「雑色8人」の箇所に、「公卿の子孫、然るべき諸大夫」と説明する（「諸大夫の子」の「の子」脱カ）。そして、雑色の仕事として、『西宮記』に「仁和已往、蔵人所雑色上下格子云々」（巻十、侍中事）とあることから、卯刻に格子を上げ、亥刻に格子を下げるのは、雑色があたったといい、「雑色は公卿の子弟が多く補されていたのであり、何かと天皇の身のまわり近く候し、実際にはこの雑色があつかう仕事が多かったと思われる」とされ、六位蔵人の予備軍であったわけで、とも説明する。また、文書の納所である「校書殿」は、文章生、学生が多く候するところであったが、「蔵人所の進展とともに、その存在を蔵人所にゆずっていったもののようである」という。頼実も学問できる環境にいたと言えよう。

さらに、目崎徳衛校訂・解説『侍中群要』（吉川弘文館　一九八五）に、雑色の職掌を見たい。返点を付した。

・第七「京中大索事」に、「蔵人頭召二仰蔵人所雑色等一大索」

・同「仁王会」に、「当日早朝、蔵人令三所雑色等、先撤二昼御座一、垂二母屋御簾一」

・第九「定殿上賭弓事」に、「初射之後、賜二酒饌　王卿一〈所雑色等益送〉」

・同「召假文事」に、近親の喪に、「大臣遣二所衆若雑色一」

天皇の御座近くの仕事、親王、大臣以下の公卿に接する役割の一端が知られる。

ここで、頼国にもどりたい。『権記』寛弘八（一〇一一）年三月七日条の、石清水臨時祭試楽の舞人五人中に、「頼国」の名が見える。四月十五日条に、頼国は蔵人で「左衛門少尉」を兼ねていたとあり、その後、「左衛門尉」とのみ記される。頼実が就いた職に同じである。この年六月十三日に一条天皇は譲位し、二十二日に崩御。『権記』六月二十五日条に、天皇入棺の儀があり、葬送や一条天皇四十九日の法会を決める記事に、「一、布施、粥時」担当者の一人に「判官代源頼国」とある。

父の頼光が、長年にわたって春宮権大進・大進・権亮をつとめた三条天皇時代に入る。『小右記』長和二（一〇一三）年一月二十七日条に、頼国は、「検非違使頼国朝臣」と名前が見える。さらに、同記六月二十五日条に「昨新大中納言（頼通・教通）依二相府命一、向二中宮大夫（道綱）家一、日来住二頼光宅一、……昨日権大納言前駆右中将雅通……左衛門尉頼国朝臣検非違使・蔵人二人式部丞頼祐、式部丞義通　已上殿上人、……」とあり、この記事からは、検非違使頼国が殿上を許されていたこと、頼通の前駆をつとめたことが見える。頼通と主従関係があったかと読み取れる。

この年、『御堂関白記』九月二十九日に、頼国が宇佐使となり、道長は頼国に女装束と馬を賜っていること、十一月二十六日に頼国が帰京したこと、翌日、頼国が道長に小馬十疋・革等を献上したこと等が記されている。

『小右記』長和三（一〇一四）年二月二十二日条に、「左衛門尉頼国五位」と頼国は五位と記され、さらに、四月十八日条に、「皇太后宮大進頼国」が賀茂祭りに彰子皇太后宮の使をつとめたとある。

道長の孫、後一条天皇が長和五年二月に即位する。寛仁二（一〇一八）年十月二十二日に天皇が土御門第に行幸し、「太皇太后宮大進」の頼国は従四位下に叙せられた（『小右記』他）。彰子宮司ゆえのものである。彰子に奉仕する行動はよく記録に見えている。「源頼国（二）」論文では、父頼光ともども、道長や太皇太后彰子に仕えるといった生活で、「いうなれば親子で摂関家と緊密な関係を結んでいるといえよう。またその努力を怠っていない」とする。「源頼国（二）」論文に、寛仁三（一〇一九）年八月十一日に、抜刀者二人が弘徽殿にいた母后彰子の近くに侵入したと記し、「大進頼国」が他一人とともに彼ら二人を追捕したとある。十三日には彼ら二人に加階があり、頼国は「従四位上」となる（『小右記』）。

道長薨去後のことだが、長元四（一〇三一）年九月二十五日には、上東門院彰子の石清水・住吉・天王寺御幸に、別当頼国として随従したと見える（『左経記』『小右記』）。『栄花物語』（殿上の花見）には、その出立のさまを記して、

……いひやる方なきに、織物、打物、錦、繡物など、心ごころにめでたくをかしく見ゆるほどに、讃岐守頼国朝臣の仕うまつりたる御車に奉りておはします。左右のそばに鏡の月を出して、絵書き、いみじきことをつくしたり。

頼国が贄をつくして作った女院彰子の御車について言及している。『小右記』には、その行列を見物、「……御車〈唐車〉、別当行任、頼国候御後、次尼車一両、次女房二両、次関白〈編代車〉……」と、女院彰子の車のすぐ後を行任と頼国二人が供奉していたと書きとめる。

次に、頼国の国司歴について見ていく。「源頼国（二）」は、「定二受領功過〈伯耆資頼／讃岐頼国〉一……」（『小

右記』万寿二〈一〇二五〉年十月二十一日）をあげる。宮崎康充『国司補任』（続群書類従完成会　一九九〇）にあたると、後任者の源長経の記録から、頼国の讃岐守は寛仁四（一〇二〇）年〜治安三（一〇二三）年となる。

さらに、『春記』永承五（一〇五〇）年三月十五日、関白頼通が新堂供養をした日に、「美乃前司頼国朝臣」と見え、父頼光と同じく美濃国司をつとめた。また、任官時は未詳であるが、後拾遺集（恋三・一〇三一）の詞書に「頼国朝臣、紀伊守にて侍りける時、……」と紀伊国司もつとめていた。

『系図纂要　第十二冊』の頼国には、上総介、讃岐、伯耆、美濃、紀伊、摂津、下野、三河の国名が付され、八箇国の国司を経ていたようだ。なお、傍線部は、他文献によっても確認された国である。

ところで、鮎沢「源頼国（二）」論文に頼国の妻と所生の子どもを整理しているが、『中右記』や『平安人名辞典　康平三年』によって、確認できた頼国の女たちについて以下に示す。

ア　六条斎院宣旨（〜一〇九二）。頼実と同母きょうだい。禖子内親王（一〇三九〜一〇九六）の乳母、大納言源隆国（一〇〇四〜七七）の妻。(5)

イ　藤原頼通の子師実の妻。四条宮寛子の女房「美濃」（一〇四一〜一一二九）。右大臣家忠と法印静意の母。

ウ　参議藤原為房の妻（一〇四五〜一一一五）。参議為隆・権中納言顕隆他の母。真筆の為房妻仮名書状が多数残る。

エ　中納言藤原経通の子で正三位参議藤原顕家（一〇二四〜八九）の妻。正四位下基実の母となる。

オ　権中納言藤原文範の曾孫で、歌人藤原範永の子良綱の妻。周防守孝清の母。

カ　源時中の子で、済政の弟朝任の妻。下野守となった朝実の母。

また、頼国の男子について、『尊卑分脈』を確認してみると、次のようである。

A　頼弘・頼実・実国。母は播磨守藤原信理女。

Ｂ　頼資。母は、備後守藤原師長女。

Ｃ　頼綱・師光。母は藤原仲清女。範永の姉か妹になる。

Ｄ　国房　母は陸奥守美濃七郎の女。

Ｅ　頼仲、頼房、頼任、明円、母は不明。

「頼国（二）」論文は、『江談抄』を最後に引用し、頼国が「高名逸物也」とあるのは、「皮肉と受け取れないわけでもない」とする。『古本系江談抄注解』（武蔵野書院　一九七八）を参照すると、「頼国が逸物と言われるのは、父頼光のように、その武威によるのであろうか。その人でさえ、禁忌をおかしたため、いろいろの凶事に遭ったということであろう」とある。頼国自身や女たちの配偶者を眺めると、「逸物」の形容を肯定したくなってくる。

頼実集に、女性への贈歌と明記したのは、夏部27番歌「四月ばかりに夜更けて女のもとに言ひ遣りにける」のみであった。頼実の子について、『尊卑分脈』と小異がある『系図纂要　第十二冊』を見る。「頼季　頼信朝臣猶子　蔵人　肥後守　従四位下」「暹円　曼殊院　大僧都」という二人がいる。母についての記載はない。子どもの一人頼季は、頼光の弟で河内源氏の祖とされる源頼信（九七四〜一〇四八）の養子となったものらしい。もう一人は僧籍に入っていた。

二　頼実の和歌活動

頼実集は、春・夏・秋・冬・恋という部立てからなる。恋部は、95〜103番まで、詞書はない。

頼実は雑色を経て六位蔵人となったが、詞書で内裏関係と明記する和歌は、次の、

52番歌　「内裏の前栽掘りに」

一首のみであった。
頼実が家人として仕えた権大納言源師房家の、歌合・歌会歌はかなり見られる。
4番歌　「長久二年、源大納言家にて、庚申に、落つる花を惜しむ、といふ題を」
8番歌　「源大納言の子日に」
16〜26番歌　「長久二年四月九日、於二源大納言家一、有二歌合事一……」歌合の歌群
38番歌　「八月十五夜、権大納言家。月似レ昼、題を」
53番歌　「源大納言の家に八月に歌合あらむとしけるを、延びて九月になりにければ、……」
54〜63番歌　「長暦二年九月十三夜、源大納言の家に、男女方分きて歌合はせられけるに……」歌合歌群
90番歌　「雪降りたる日、大納言の家に、歌詠む人八人呼びて、松雪、といふ題を」歌会歌
恋部を除いた九十四首のうち二十六首にも及ぶ。実は、師房関係の歌が、家集内で最も多い。
右の最初の歌合（16〜26番歌）は、左右の方人を、それぞれ女方五人・男方五人とに分け、「右の方人」十人中に頼実が見える、そして、左右の方人男性の中に、勘物の『土記』に記された「世称六人云々」メンバーである、棟仲・経衡・義清・頼家・重成・頼実という全員の名が見える。
53番歌には、歌合が遅延になったことが記され、54〜63番歌として、頼実が歌合題で詠んだ十題すべての歌が見える。方人が男女に分かれての歌合であった。この歌合にも、『歌合大成』（一二四）を見ると、勘物の『土記』に見えた六人の「哥人」のうち、棟仲・経衡・義清・頼家・頼実、という五人が歌人として参加している。
最後の90番歌の歌会歌は一首のみだが、源大納言師房の詰め所に、「歌詠む人八人呼びて」とあるように、歌人たちが切磋琢磨したであろう様子が伝わってくる。

師房は、歌合を主催して、女房や従者男性たちに詠歌の場を与えていたようだ。『歌合大成』（一一五）「長暦二年冬権大納言師房歌合」を見ると、当座の歌合、きわめて親近な女房達のみという歌合であったという。さらに、「某年冬権大納言師房歌合」（『歌合大成』一三三）では、「あるじ殿」師房、「上」妻尊子（道長女）も加わり、女房たちとの歌合であるのも、その一端であろう。なお、源師房自身の和歌十七首を見出して、歌語や詠みぶりについて和歌史的に論じた重松久美子「源師房の和歌」（『国文学研究』102　一九九〇・一〇）論文がある。

師房は、漢詩文にも秀で有職故実に詳しい。彼の日記『土右記』（『土記』『土御門右府記』『土御門右大臣記』とも）は、『長秋記』元永二年（一一一九）五月十一日条に「故土御門殿御記九十七巻（自二万寿四年一至二承保三年一）」とあることから、もと五十年分あったといわれるが、……」（『国史大辞典』源師房の項）とある大部の日記であった。残存するものは少ない。

二歳で父具平親王に死別した師房は、姉隆姫の夫頼通により養子として後見された。彼が長じると、関白頼通がもっとも信頼する公卿となった。

ところで、頼実と源師房との接点であるが、祖父頼光や父頼国の時点で、師房父具平親王との関係は特に見出せなかった。師房を養子にした関白頼通を介してのものであったか、と思われる。

頼実集の中で、関白頼通との関係が推測でき、家集中、最もはやい年時と推定されたのは、冬部の、

91番歌「十月三十日、殿の尼上、初瀬に詣でさせ給うて帰らせ給ひしに、宇治殿に御迎へに参れる人々、網代にまかりて、網代にて月を見る、といふ題を」

である。関白頼通の母源倫子が、初瀬参詣からの帰途、宇治に滞在し、頼実らが宇治まで迎えに出たという折の歌。注釈部では、「三十日」と大の月により、詠歌年を推定できるかとし、［補説］において、高齢の倫子と頼実の年齢

を付し、十月の主たる出来事も記録にあたり、一覧にしている。そして、

長元四（一〇三一）年〈倫子六十八歳、頼実十七歳〉。

十月二十九日　馨子内親王（中宮威子腹の第二皇女）着袴（『左経記』・『日本紀略』）。

長元六（一〇三三）年

十一月二十八日　高陽院にて倫子七十賀（『日本紀略』）。

のいずれかの年であろうと推定した。老齢の倫子を遠方の初瀬寺参詣にかり立てるのは、公的に翌年中宮威子の皇子誕生の祈りを諸社寺にさせている、それと連動すると読んだからである。頼実の年齢から長元六年かとした。

倫子の長女彰子が二天皇の母であり、源頼国が彰子の宮司、院司として長年つとめた経緯から、息子の頼実も倫子とはもちろん面識を得ていたと思われる。信頼されて倫子を迎えに出たものであろう。それ以前に、頼実自身も関白頼通との主従関係が結ばれていたであろう。ちなみに、頼実集内で最高敬語で待遇されたのは、倫子と頼通の二人だけであった。

65番歌「高陽院殿の池に舟に乗りて、月秋、といふ題を」は、頼通の邸宅高陽院の出入りを許されていて、池上に舟を浮かべ、「月秋」という題での歌会が見える。注釈部では、秋部の年時順配列という観点から、長暦二（一〇三八）年の秋と推定した。さらに、

74番歌「長久三年閏九月のつごもりに、関白殿有馬の湯におはしまして、その間、宮に候ふ人々、義清、重成、経衡、為仲などして　臨レ池」～83番歌

「臨レ池」題を初めとして、「見レ泉、翠松、紅葉、明月、初霜、残菊、擣レ衣、遠雁、惜レ秋」と計十題の歌が記されている。そして、勘物に記された「歌人」六人のうち、義清・重成・経衡と頼実の四人、他に橘為仲（義清の弟）

の名がある。長久三（一〇四二）年と言えば、祐子内親王五歳の折のことである。

なお、『藤原道長事典』（思文閣出版　二〇一七）「官司・官職」の「親王家家司」によると、親王家の家政機関には、「勅により任命される公卿別当、宣旨により任命され家政をつかさどる別当があり、その下に御監（ごげん）・蔵人所別当・蔵人・侍者などが置かれた」とし、「家司定」の後に、「職事」は別に任命されたとある。親王宣下ののち家司定がなされたが、「敦成の職事は蔵人所とよんでいたものを、禎子内親王職事では侍所（さむらいどころ）としており、皇位を継承する皇子と扱いが異なっていたことがうかがえる」（武井紀子）という。頼実は、この頃は雑色であり、父頼国が雑色の時に敦成親王「蔵人所」の「蔵人」であったと同じく、頼実は内親王「侍所」の「蔵人」であったと思われる。

祐子内親王関係では、他に、春部と秋部に、

6番歌　「宮にて、花に依りて春を惜しむ、といふ題を」

40番歌　「七月十二日に、宮の前栽堀りに、花契二千秋一、といふ題を」

二首の歌がある。なお、祐子内親王に関しては、『範永集新注』解説二「受領家司歌人範永」に詳しい。母嫄子は、長元十（一〇三七）年正月に後朱雀天皇に入内、中宮となり、翌年長暦二（一〇三八）年四月に祐子を出産する。六月には祐子に内親王宣下があった。嫄子は、翌三年八月に禖子内親王を出産するが、九日後に二十四歳の若さで亡くなった。頼通は、後朱雀天皇と次の後冷泉天皇とに繋がる祐子内親王を大切に後見していた。祐子内親王は、長久元（一〇四〇）年には准三宮となり、十二月二十八日に「政所幷侍所事被二始行一日也」と見える（『春記』）。

関白頼通関係として、倫子・祐子内親王を含めると、計十四首の詠歌が見えた。

なお、40番歌注釈部では、いつの折のものか記してないが、54番の「長暦二年九月十三夜、源大納言の家に……」とある歌合以前とすると、母嫄子の存命中で、祐子内親王は生後数ヶ月となり考えにくい。52番歌［補説］

に、中宮嫄子方に前栽を植え、飲食、管弦、和歌のことがあったという、『春記』長暦二年八月二十九日の記事を引用しているように、中宮嫄子が主催となろう。加藤裕子論文に、(6)頼実集の春・夏・秋・冬の部立の中がどのような方針で歌が配列されているのかを検討し、「勅撰和歌集のように季節推移の順に配列されていない」とし、「各四季の部立内は、同じ時、同じ場で詠まれた歌を一群としてまとめ、そのまとまりをおおむね年時順に並べるという配列になっているといえよう」と指摘している。注釈部では、詠歌年時が特定できそうな詞書について、「おおむね年時順」の配列として年時を推定した。内親王のケースを検証していないが、40番歌は例外となるか。

ところで、頼実集に登場する源資通・藤原定頼・敦貞親王・藤原顕家たちが、頼実と姻戚関係にあることについては、第一節で触れた。

まず、源資通は、済政と頼光女の間に生まれ、資通自身も頼光女と結婚した。頼実の父は頼光男なので、頼実にとって資通は従兄弟であり、叔父でもある。源資通が関わった歌として、

50番歌「右大弁家にて、九日、翫ㇾ菊」
84番歌「長久三年、右大弁家にて、夜深待ㇾ月、といふ題」
88番歌「右大弁の誘ひ給ひしかば、梅津にまかりて、川辺氷」
89番歌詞書「筏」

の四首がある。「右大弁」であった期間は、長暦三（一〇三九）年十二月～長久五（一〇四四）年十二月。

藤原定頼は、

51番歌「梅津に四条中納言などおはして、夕暮れに舟に乗りて、葦の花雪の如し、といふ題を」

と見える。父公任が四条大納言、定頼は「四条中納言」と称される。高重久美『和歌六人党とその時代──後朱雀

朝歌会を軸として――』（和泉書院　二〇〇五）「二　六人党の時代　Ⅰ第二章」は、定頼集Ⅱに「播磨守の左大弁（資通）、幼くおはしけるほどにわたり給ひて」（三九四）、定頼集Ⅰに「上の御せうと」（七〇）とあるので、定頼妻は資通の姉であったという。頼光女を介して頼実と姻戚関係がある。

頼実集に五首見える「中務の宮」敦貞親王も、同じく頼実と姻戚関係がある。

45番歌「長岡に中務の宮などおはして、一夜泊まり給ひてありしに、もみぢを詠める　五首」～49番歌「秋霧」

敦貞親王（一〇三九～七七）は、小一条院敦明親王の子だが、祖父三条院の猶子となる。敦貞親王は、済政女（資通の女きょうだい）と長元四（一〇三一）年正月十九日に結婚している。(7)

敦貞親王本人の詠歌は見出せないが、次に示す後拾遺集の相模詠の詞書にその名が見える。

入道一品宮に人々参りて遊び侍りけるに、式部卿敦貞親王笛などをかしう吹き侍りければ、かの親王のもとに侍りける人のもとに、またの日、よべの笛のをかしかりしよしいひにつかはしたりけるを、親王伝へ聞きて、思ふことの通ふにや、人しもこそあれ、聞きとがめけるなど侍りける、返りごとに　相模

いつかまたこちくなるべき鶯のさへづりそへし夜半の笛たけ（雑五・一一五〇）

相模が仕える入道一品宮（修子内親王）家にて、管弦の遊びが行われた折、敦貞親王が笛を吹いた。そのすばらしさを相模が称えたという内容。相模は頼光の養女であり、敦貞親王は頼光の孫娘の夫ということになる。

藤原顕家（一〇二四～八九）について検討したい。

64番歌「衛門佐の家にて、庚申の夜、残りの菊を」

注釈部では、「庚申の夜」から、長暦二（一〇三八）年九月二十七日のことと推定、「衛門佐」は顕家が該当するとした。顕家は、第一節に触れたように、頼実の妹と結婚して基実（一〇四五～一一〇八）が誕生している。64番歌の時点では十五歳、頼実妹と結婚していた可能性が高い。

管弦にすぐれた源資通や、高貴な出自の藤原定頼、さらに敦貞親王という皇族、そして藤原顕家など、頼実と姻戚関係にある人々との和歌は、計十一首となる。

その他に名が記された歌会・歌合の主催者について、以下に検討したい。

　37番歌「八月十五日に、大学頭義忠に誘はれて、遍照寺にまかりて、池上の月、といふ題を」

とある、藤原義忠（～一〇四一）の「大学頭」は、長元九（一〇三六）年八月に見え、亡くなる長久二年まで確認される。注釈部の［語釈］［補説］を参照されたい。なお、義忠は、後一条・後朱雀天皇の大嘗会和歌を詠んでいる。

義忠に関しては、官職名＋名前のかたちで、詞書に見えたが、歌会主催者が記された、

　29番歌「棟仲が家にて、なでしこを詠むに」

平棟仲は、名前のみである。そして、頼実集で、尊貴の人につく「の」ではなく、唯一「が」が使用されている。

さらに、名前が記されない例で、他文献からわかる例が一つある。

　72番歌「遍尽㆓秋花㆒」

四字題の歌が連なった最後の歌である。注釈部に、この歌は後拾遺集・秋上・三三二に採られ、一首前の三三一は、

　橘義清家歌合し侍りけるに、庭に秋花を尽くすといふ心を詠める　源頼家朝臣

とあり、当該歌と同じ題である。主催者は橘義清であった。『歌合大成』（一三二）に、「〔長久頃〕橘義清歌合」とし、二首に、「共通用語の多いその詠み口よりして、恐らく当座即番の私的小規模な純粋歌合であったであろうと考え

られる」とする。頼実集においては、「棟仲」の名前はあっても、「義清」の名は記していない。

ところで、1番歌詞書に、「……ある人の家にて……」、3番詞書にも、「……ある人の歌詠みて……」と、貴人らしいが名前はなかった。頼実集には、歌題のみで主催者名を記さない歌がかなりの数をしめる。あるいは、橘義清主催に名前がないのと同様に、同輩に近い身分の人が主催した歌会・歌合歌であったろうか。

解説Ⅲ「五　自撰の可能性」では、16・17番歌が検討されて、16番歌の左注や、17番歌が他人詠であることを押さえ、判定の是非を後人に委ねているあり方などから、頼実集が自撰であることを示唆している、という。頼実集における待遇表現の様相を見ても、頼実集を他撰とみるよりも自撰と解した方が自然であるように思われる。

注

（1）藤原信理の父は永頼（九三三〜一〇一〇）。信理は、永観二（九八四）年に蔵人、播磨守・信濃守などをつとめた。兄弟に、能通・信通・保相・永信がいる。姉妹に、藤原通任（九七三〜一〇三九）の妻で師成の母、藤原邦恒（九八四〜一〇六七）の妻、藤原公業の妻などがいる。
（2）本文は、『続古事談注解』（和泉書院　一九九四）第二「臣節」第五一「頼家、為仲を歌詠六人の中に入れざる事」による。
（3）元木著書には、鎌倉幕府を築いた源頼朝の先祖、さらに室町幕府の足利家の先祖が、頼光の父満仲を祖とすることから、室町期に神格化され多田神社として満仲が祀られたといい、満仲に頼光的一面がすでに見られるとも指摘している。
（4）井上宗雄『平安後期歌人伝の研究　増補版』（笠間書院　一九八八）第五章「一　平忠盛の歌人形成」。
（5）藤原高定がその前の夫。宣旨は、『狭衣物語』作者とされる。なお、注釈部7番歌に、宣旨や禖子内親王が頼実の詠歌に倣った詠みぶりがあると指摘する。
（6）「京都女子大学蔵蘆庵文庫本『頼実集』の構成と配列をめぐって」（『国文学　言語と文芸』137　二〇二一・二）。
（7）『小右記』長元四年正月十九日条「今夜、小一条院（敦明親王）一宮（敦貞親王）嫁二修理大夫済政女一」。

参考文献

家経集・頼実集の注釈執筆にあたって参照し引用した文献を、それぞれに分け、執筆者名・編者名により五十音順に配列した。ただし、凡例に載せた文献、およびジャパンナレッジ・日本文学Web図書館で検索できる大辞典類や『日本歴史地名大系』については、省略した。また、事典・補任類については末尾に一括して記した。

◇家経集

・生澤喜美恵「歌語「むなしき空」考――中世和歌の風景――」（『同志社国文学』32　一九八九・三）

・川村晃生　校注『後拾遺和歌集』（和泉古典叢書5　和泉書院　一九九一）

・川村晃生『摂関期和歌史の研究』（三弥井書店　一九九一）

・川村晃生『能因集注釈』（貴重本刊行会　一九九二）

・久保木哲夫『出羽弁集新注』（新注和歌文学叢書6　青簡舎　二〇一〇）

・久保木哲夫　加藤静子　平安私家集研究会　著『範永集新注』（新注和歌文学叢書19　青簡舎　二〇一六）

・久保木秀夫「和歌六人党と西宮歌会」（『中古文学』66　二〇〇〇・十二）

・久保木秀夫「『更級日記』上洛の記の一背景――同時代における名所題の流行――」（和田律子・久下裕利編『更級日記の新研究――孝標女の世界を考える』所収　新典社　二〇〇四）

・久保田淳　平田喜信　校注『後拾遺和歌集』（新日本古典文学大系　岩波書店　一九九四）

・後藤祥子「源経信伝の考察――公任と能因にかかわる部分について――」（『和歌文学研究』18　一九六五・五）

・佐伯梅友　校注『古今和歌集』（日本古典文学大系　解説　六　文法「なれや」岩波書店　一九五八）
・坂本幸男・岩本裕　訳注『法華経』中（岩波文庫ワイド版　一九九一）
・菅根順之『詞花和歌集全釈』（笠間書院　一九八三）
・高重久美『和歌六人党とその時代　後朱雀朝歌合を軸として』（和泉書院　二〇〇五）
・辰巳正明『懐風藻全注釈』（新訂増補版　花鳥社　二〇二一）
・田渕句美子「能因周辺に関する一試論――「心あらむ人に見せばや」――」（『帝国学園紀要』14　一九九二・十二）
・千葉義孝『後拾遺時代歌人の研究』（勉誠社　一九九一）
・土佐秀里「文武天皇の漢詩――その歴史的背景と文学史的意義をめぐって――」（『日本漢文学研究』3　二松学舎大学　二〇〇八・三）
・中込律子「摂関家と馬」（服藤早苗編『王権の権力と表象』森話社　一九九八）
・中野幸一「『更級日記』の形成基盤――孝標女の宮仕体験をめぐって――」（木村正中編『論集日記文学　日記文学の方法と展開』笠間書院　一九九一）
・錦仁　柏木由夫著『金葉和歌集／詞花和歌集』（和歌文学大系34　明治書院　二〇〇六）
・萩谷朴『平安朝歌合大成』（増補新訂版）』一、二（同朋舎出版　一九九五）
・萩谷朴『紫式部日記全注釈　上巻』（角川書店　一九七一）
・福家俊幸『更級日記全注釈』（角川学芸出版　二〇一五）
・増田繁夫「歌語「ねざめ」について」（大阪市立大学文学部『人文研究』41・4　一九九〇・一）
・増淵勝一『平安朝文学成立の研究　韻文編』（国研出版　一九九一）

・目崎徳衛『平安文化史論』（桜楓社　一九六八）
・森本元子「後拾遺集伊勢大輔の歌一首」（『和歌史研究会会報』41　一九七一・三）
・吉澤好謙「信濃地名考　風越山」（村澤武夫編『風越山文献と詩歌』山村書院　一九三八）
・吉田茂『経衡集全釈』（風間書房　二〇〇二）
・「類題鈔」研究会編『類題鈔（明題抄）影印と翻刻』（笠間書院　一九九四）

◇頼実集

・上野理『後拾遺集前後』（笠間書院　一九七六）
・小田勝『実例詳解古典文法総覧』（和泉書院　二〇一五）
・朧谷寿「高陽院」（朧谷寿・加納重文・高橋康夫編『平安京の邸第』望稜舎　一九八七）
・加藤裕子「京都女子大学蘆庵文庫本『源頼実集』の構成と配列をめぐって」（『国文学　言語と文芸』137　二〇二一・二）
・片桐洋一「松にかかれる藤浪の」（『文学・語学』20　一九六一・六）
・片山剛「江侍従像の再構成」（『古代文化』39　一九八七・三）
・川村晃生『摂関期和歌史の研究』（三弥井書店　一九九一）
・川村晃生『能因集注釈』（貴重本刊行会　一九九二）
・瓦井裕子『王朝和歌史の中の源氏物語』（和泉書院　二〇二〇）
・工藤重矩『平安朝律令社会の文学』（ぺりかん社　一九九三）
・久保木哲夫「平安朝歌合の新資料」（『都留文科大学研究紀要』76　二〇一二・一〇）

・倉田実『庭園思想と平安文学　寝殿造から』（花鳥社　二〇一八）
・小山順子「「風の声」の表現――和歌における「おと」「こゑ」試論」（『京都大学国文学論叢』6　二〇〇一・六）
・佐藤茂樹「歌語「風立つ」の成立――八代集の展開を通して」（『日本文藝學』50　二〇一四・二）
・重松久美子「源師房の和歌」（『国文学研究』102　一九九〇・十）
・新藤協三「野に出ぬ子日――平安和歌詠出の一背景――」（『東洋通信』48・2　二〇一一・六）
・高重久美『和歌六人党とその時代　後朱雀朝歌合を軸として』（和泉書院　二〇〇五）
・高橋秀子「『うつほ物語』と「三条左大臣頼忠前栽歌合」――和歌表現の生成と展開――」（『国語国文』1069　二〇二三・九）
・武田早苗『後拾遺和歌集攷』（青簡社　二〇一九）
・中川博夫『大弐高遠集注釈』（貴重本刊行会　二〇一〇）
・中嶋朋恵「春秋優劣論と冬の月」（『東京成徳短期大学紀要』一九八四・三）
・中野方子『三稜の玻璃――平安朝文学と漢詩文・仏典の影響研究――』（武蔵野書院　二〇二一）
・中村璋八・伊野弘子訳注『中右記部類紙背漢詩集』（汲古書院　二〇一一）
・萩谷朴『平安朝歌合大成（増補新訂版）』一、二（同朋舎　一九九五）
・萩原義雄『日本庭園学の源流『作庭記』における日本語研究　影印対照翻刻・現代語訳・語の注解』（勉誠出版　二〇一一）
・日比野浩信「二十巻本源大納言家歌合（二種）影印と翻刻」（『雲雀野』35　二〇一三・三）
・福家俊幸『更級日記全注釈』（角川学芸出版　二〇一五）

・堀部正二『纂輯　類聚歌合とその研究』（大学堂書店　一九六七）
・本間洋一「院政期の漢詩世界序説（三）――漢詩と和歌と――」（『北陸古典研究』26　二〇一一・十一）
・峯岸義秋『平安時代和歌文学の研究』（桜楓社　一九六五）
・森野宗明「ベラナリということば――位相上の問題を主として――」（『国語学』40　一九六〇・三）
・諸井彩子『摂関期女房と文学』（青簡舎　二〇一八）
・安田純生「源頼実の和歌」（『城南国文』1　一九七八・九）
・山本真由子『平安朝の序と詩歌――宴集文学攷――』（塙書房　二〇二一）
・湯沢吉美編『日本暦日便覧上』（汲古書院　一九八八）
・吉田茂他「『源頼実集』注釈稿上・下」（『教育と研究』36・37　二〇一八・三／二〇一九・三）
・「類題鈔」研究会編『類題鈔（明題抄）影印と翻刻』（笠間書院　一九九四）
・大津透・池田尚隆編『藤原道長事典――御堂関白記から見る貴族社会――』（思文閣出版　二〇一七）
・小町谷照彦・倉田実編『王朝文学文化歴史大事典』（笠間書院　二〇一一）
・飯倉晴武『弁官補任　第二』（続群書類従完成会　一九八二）
・永井晋『武部省補任』（八木書店　二〇〇八）
・宮崎康充『国司補任　第四』（続群書類従完成会　一九九〇）

他文献に見える和歌資料（家経・頼実）

◇藤原家経の和歌資料

家経集にない家経の和歌、また「家経」の名が詞書にあるものを掲出した。歌集や歌合関係などは『新編国歌大観』に、私家集は『新編私家集大成』により、掲出順序はそれぞれに従った。表記は、大嘗会和歌を除き、読みやすいように変えた。

1 後拾遺集・雑二・九四六

家経朝臣文かよはし侍りけるに、会はぬさきに絶え絶えになりにければ遣はしける　伊賀少将

忘るるも苦しくもあらずねぬなはのねたくもと思ふことしなければ

2 金葉集・冬・二九四（金葉集三奏本・冬・三〇〇）

家経朝臣の桂の障子の絵に神楽したる所を詠める　康資王母

榊葉や立ち舞ふ袖の追ひ風になびかぬ神はあらじとぞ思ふ

3 金葉集・賀・三一八（金葉集三奏本・賀・三二四／和歌童蒙抄・二八七／宝物集・三五六／金葉集初度本・賀・四五六／歌枕名寄・八二二九／大嘗会悠紀主基和歌・三三三／三九三）

→大嘗会悠紀主基和歌

4 金葉集・異本歌・六七八（別本和漢兼作集・三三九）

月の心を詠める　**藤原家経朝臣**

今よりは心ゆるさじ月影の行方も知らず人誘ひけり

《ただし、題林愚抄・三八六一、金葉集初度本・秋・三〇三では藤原家綱歌となっている。》

5 詞花集・雑下・三八三（後葉集・雑四・五六一／八十浦之玉集・二〇四／歌枕名寄・八二〇二／大嘗会悠紀主基和歌・三九六）

→大嘗会悠紀主基和歌

6 万葉集　解題（西本願寺本・巻二十の奥書）

……仮名於漢字之傍畢、然又法成寺入道殿下、為令献上東門院仰**藤原家経朝臣**被書写万葉集之時、仮名歌別令書之畢、尓来普天移之云々……

7 俊頼髄脳・四〇二

深草に幼き児の立てるかな　**家経**

そのかはらげの馬にくはすな　信綱

8 綺語抄・三五三

唐人の船を浮かべて遊びける今日ぞわが背子はなかづらせよ　**家経**

9 大嘗会悠紀主基和歌

永承元年十一月四日

後冷泉院

大嘗会主基方倭歌備中

木工頭兼文章博士讃岐権介藤原朝臣家経上

神歌

三八五 をぐら山岩根こきしき打ちはらひ神の世させる榊をぞみる

稲春歌　抜穂　芙賀郡

三八六 吉備国あか（如本ふカ）の郡のたなつ物八つかほぬきてつきぞはじむる

辰日参音声　題巌崎

三八七 岩崎の山にむれゐるまな鶴のそだつぞ御代の始なりける

楽破　題財井

三八八 万代の数にぞつまむ財井のなぎさもかれずみゆるしら玉

楽急　題藤原池

三八九 藤原のさかゆるいけの水清み玉藻に鴨の遊ぶたのしさ

罷出音声　題亀注井

三九〇 万代を喚ふ山より流出づる水ぞ亀きの井堰なりける

巳日詣音声　題石村

三九一 君が代はまさごのなれる石むらを山の高ねに仰ぐべきかな

楽破　題板倉橋

三九二 行さきに万代をつむ板倉のはしよりわたる吉備のながみち

楽急　題二万郷

三九三　**御調物運ぶよほろをかぞふればにまのさと人数そひにけり**

退出音声　題持位泊

三九四　**はこびつむもたゐのとまり舟でしてこげどつきせぬ御調物かな**

四尺御屏風六帖和歌十八首

甲帖（三首）

早春　朝人人多白玉村三宅

三九五　**春立ちて霞棚引く朝にもくもらざりけり玉村の郷**

仲春　高倉山数輩男女摘花之処

三九六　**打ちむれてたかくら山に積む物はあらたなき世の富草の花**

稲井畔有苗代行客看之

三九七　**みな人の堰入れてつくる苗代の水は稲井の流なりけり**

乙帖（三首）

暮春　藤戸有乗舟見花之客

三九八　**花さけば立つ白浪も紫にみゆる藤戸のわたりなりけり**

金浦有漁釣舟

三九九　**奥つ風浪立つべくも吹かぬ世にかねのうらより出づる海人舟**

孟夏　柏島繫舟有採柏人

四〇〇　しじにおふる柏の島の青柏いのりわたりて卯月にぞとる

丙帖三首

仲夏　鳥羽島有牧馬怱有刈草人

四〇一　放駒とりはの島の夏草はなづけて後のみま草にかれ

玉田爾家前稲植之処

四〇二　水きよみ玉田の村に家居してうう早苗は長ひこのいね

晩夏　大井河辺多禊祓所

四〇三　行末を祈る心は大井河水上しるき禊なりけり

丁帖三首

孟秋　松島橋多往反人

四〇四　行人の誰も千年の初秋といひのみ渡る松島のはし

仲秋　万歳井有汲水人

四〇五　君が代に諸人の汲む万世の水はつきせぬいは井なりけり

妹山下有水人居其辺望紅葉

四〇六　秋深みうかぶ影さへながやがはせ山の紅葉色そへて見ゆ

戊帖三首

暮秋　小田郡多刈田所

四〇七　年えたる小田の郡にかるいねの秋は雲ともみゆるなりけり

細谷川辺人人群居感水清瑞

四〇八 **ときはなる吉備の中山長らへて細谷川の澄みにけるかも**

臨海家有晨起望戸島之人

四〇九 **天原あけて戸島を見渡せば〔　〕なきしづかに波ぞよせける**

己帖三首

孟冬　笠原有鷹狩人

四一〇 **天の下のどけき世にはかはのべの笠原の野に御狩をぞする**

仲冬

月出崎人人乗舟望山之処

四一一 **久方の月いでがさきや君が世の豊の明を待つ名なるらん**

晩冬

松岡多雪辺客翫看

四一二 **白妙にみえのみ渡る松をかや千年雪つむしるしなるらん**

永承元年十一月四日

10 伊勢大輔集Ｉ　四二～四五

男、ある人を年ごろ思ひわたりけるに、その人なむものに参りにけると聞ゝて、かねて嵯峨に行きゐて、

木の葉に書きて取らせける　　家経

奥山の木の葉が下に行く水は人こそ知らねすまぬものかは

これが返事せざりしなむ、口惜しかりし、妹の君の語りしかば、かの人に代はりて
落ち積もる木の葉隠れの忘れ水すむとて見えず絶え間のみして
又返し
石間行く下にはかよふ谷水も　木の葉を繁み上ぞつれなき
又返し
山隠れさのみ木の葉の散り積まば石間の水は音だにもせじ

11 範永集・一四三

木工頭**家経**が言ひたる
天の川〔　　　　〕本
12 経衡集・二一七、二一八
讃岐守、秋ごろまうで来て、いと高き荻の侍りしを見て、おのがもとなるは、こよなく劣りたりけりと
あらがひて、またの日、荻に挿して　**家経の朝臣**
生ひ劣ることこそあらめ荻の葉の風の音さへこよなかりける（り）
返し
あはれさは勝りやすらむ寝覚めつつ聞けば身にしむ荻の葉風を

◇源頼実の和歌資料

頼実集にない頼実和歌を掲出する、『新編国歌大観』の三首のみで、榊原家本「源頼実集」の巻末に、「入撰集洩此集歌」の三首に同じ。他には賀陽院水閣歌合の真名日記のみ、頼実の名前が見える箇所を掲出した。

1　後拾遺集・雑四・一〇六七（五代集歌枕・一六六〇／歌枕名寄　三九五二）

蔵人にてはべりける時御まつりの御使ひにて難波にまかりて詠み侍りける　源　頼実

思ふこと神は知るらん住吉の岸の白波たよせなりとも

《第五句、五代集歌枕「たかせなりとも」、歌枕名寄「たよりなりとも」、榊原本巻末「たよりなくとも」》

2　後拾遺集・雑五・一一四五（詠歌一体・二七／三五記・二〇七／六華集・雑下・一七〇七）

山庄にまかりて日暮れにければ　源　頼実

日も暮れぬ人も帰りぬ山里は峰の嵐の音ばかりして

《詠歌一体・三五記は、作者名ナシ》

3　玉葉集・夏・三二八（続詞花集・夏・一二五／今鏡異本歌・一三四）

稲荷社ちかき所にて夕郭公といふことを人々詠み侍りける時　源　頼実

稲荷山越えてやきつるほととぎすゆふかけてのみ声のきこゆる

《続詞花集は下句「ゆふかけてこそなきわたるなれ」、今鏡異本歌は四句「ゆふかけてしも」》

4　賀陽院水閣歌合の真名日記

・文台員刺洲浜等同在舟中、蔵人所雑色左兵衛尉藤原経行、**源頼実**、同斎頼等、皷棹盪舟、自後池北歴寝殿

東高階下潺湲参進、伶人依方誠在舟矣、先吹調子、

・次方人等着座、雑色**源頼実**執地敷三重杜若色浮線綾、以象眼為裏、重其上縫葦手、其裏以銀鏤文。到階下、蔵人右衛門尉藤原俊経伝取舗東長押上、

・次**源頼実**舁員刺洲浜松樹怪石潺緩之類、皆以銀作之、以二藍象眼為地敷、小舎人平経章着二藍指貫赤色細長伝取置簀子敷、

系図

天皇家

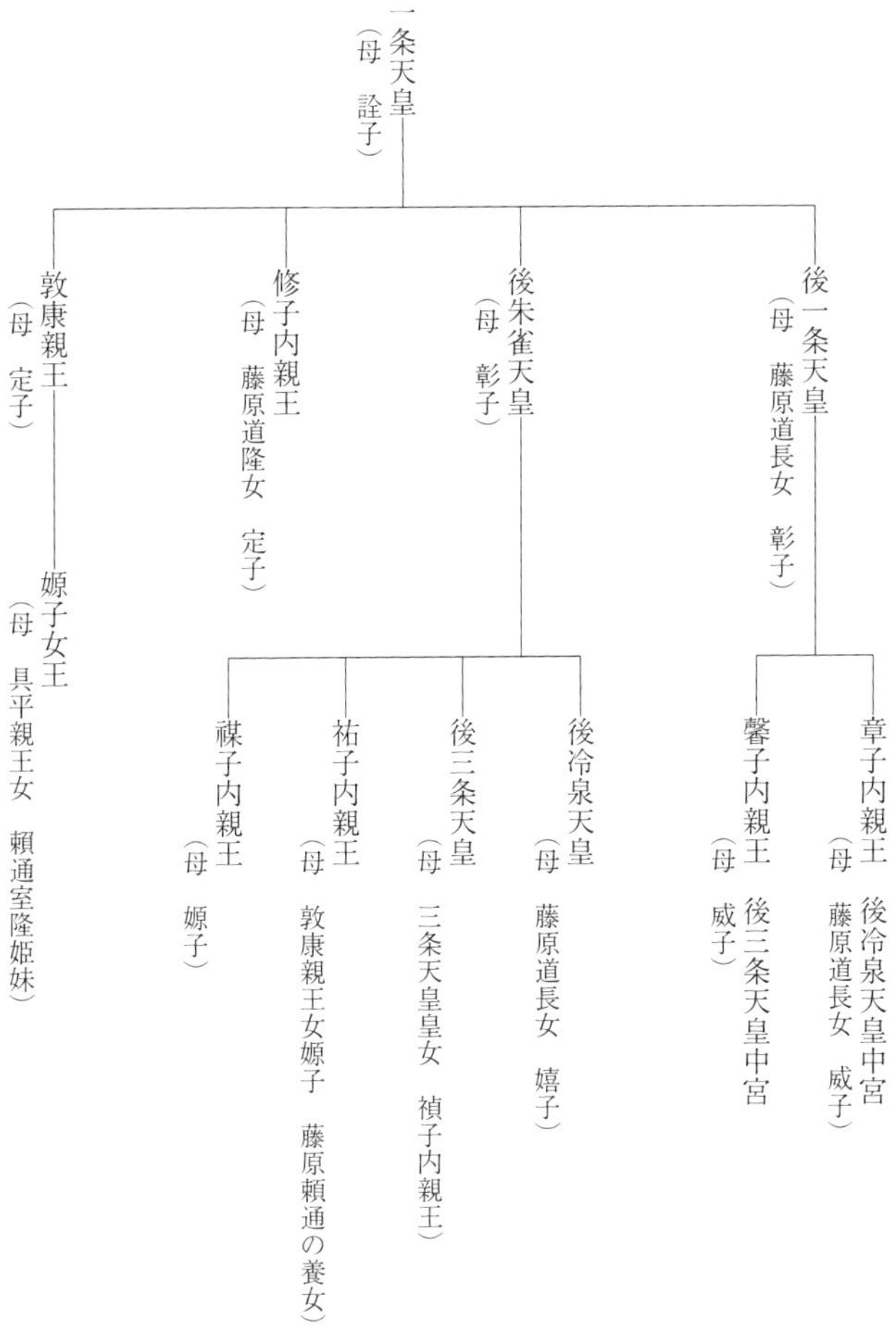
一条天皇（母 詮子）
後一条天皇（母 藤原道長女 彰子）
後朱雀天皇（母 彰子）
修子内親王（母 藤原道隆女 定子）
敦康親王（母 定子）
章子内親王 後冷泉天皇中宮（母 藤原道長女 威子）
馨子内親王 後三条天皇中宮（母 威子）
後冷泉天皇（母 藤原道長女 嬉子）
後三条天皇（母 三条天皇皇女 禎子内親王）
祐子内親王（母 敦康親王女嫄子 藤原頼通の養女）
禖子内親王（母 嫄子）
嫄子女王（母 具平親王女 頼通室隆姫妹）

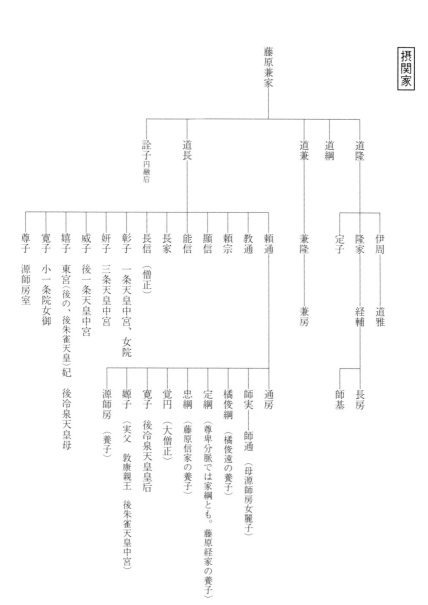

摂関家

- 藤原兼家
  - 道隆
    - 伊周 — 道雅
    - 隆家 — 経輔
      - 長房
      - 師基
    - 定子
  - 道綱
  - 道兼 — 兼隆 — 兼房
  - 道長
    - 頼通
      - 通房
      - 師実 — 師通（母源師房女麗子）
      - 橘俊綱（橘俊遠の養子）
      - 定綱（尊卑分脈では家綱とも。藤原経家の養子）
      - 忠綱（藤原信家の養子）
      - 覚円（大僧正）
      - 寛子　後冷泉天皇皇后
      - 嫄子（実父　敦康親王　後朱雀天皇中宮）
      - 源師房（養子）
    - 教通
    - 頼宗
    - 顕信
    - 能信
    - 長家
    - 長信（僧正）
    - 彰子　一条天皇中宮、女院
    - 妍子　三条天皇中宮
    - 威子　後一条天皇中宮
    - 嬉子　東宮（後の、後朱雀天皇）妃　後冷泉天皇母
    - 寛子　小一条院女御
    - 尊子　源師房室
  - 詮子　円融后

家経関係

ゴシックは家集の登場人物

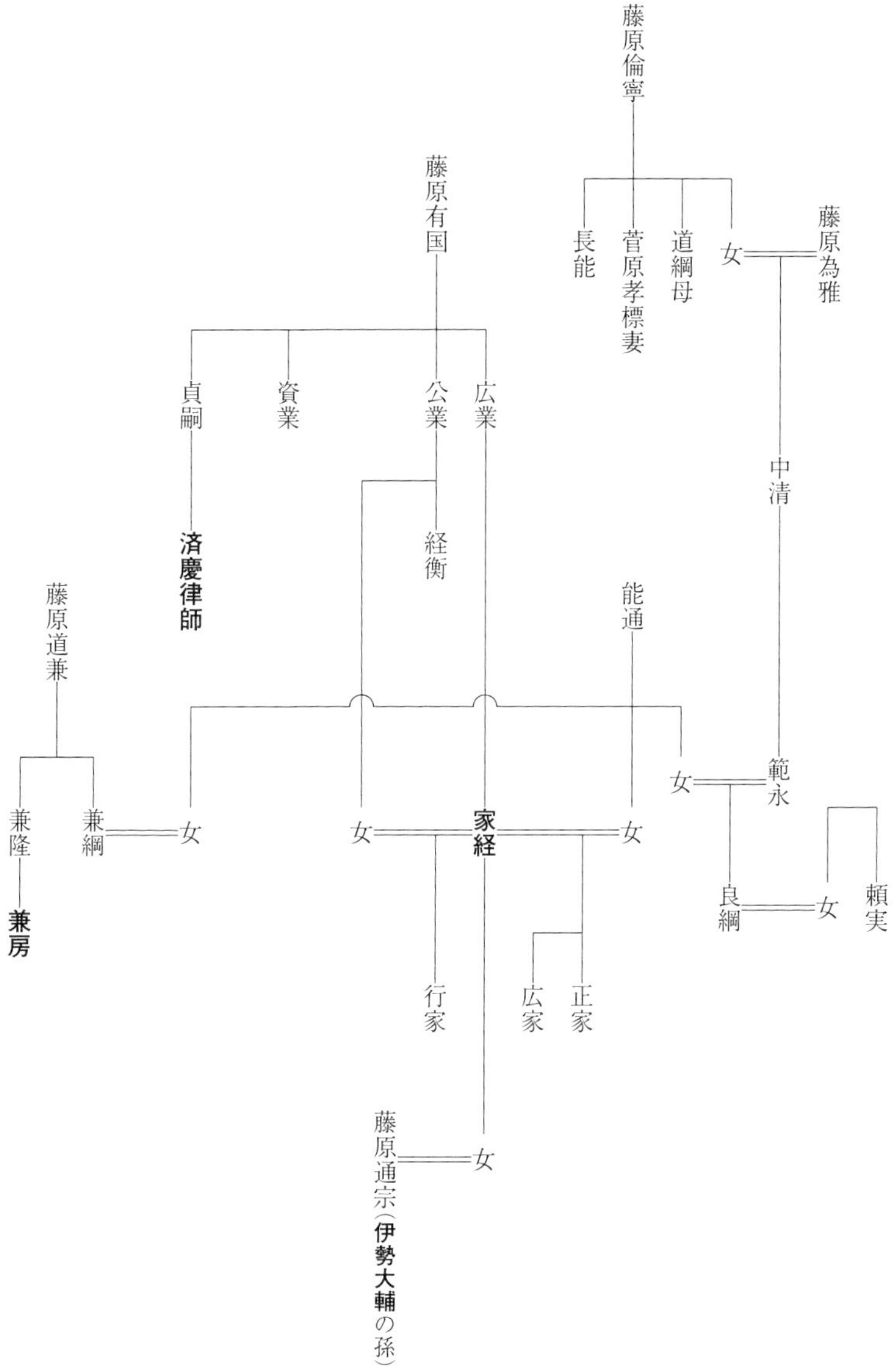

頼実関係

ゴシックは家集の登場人物

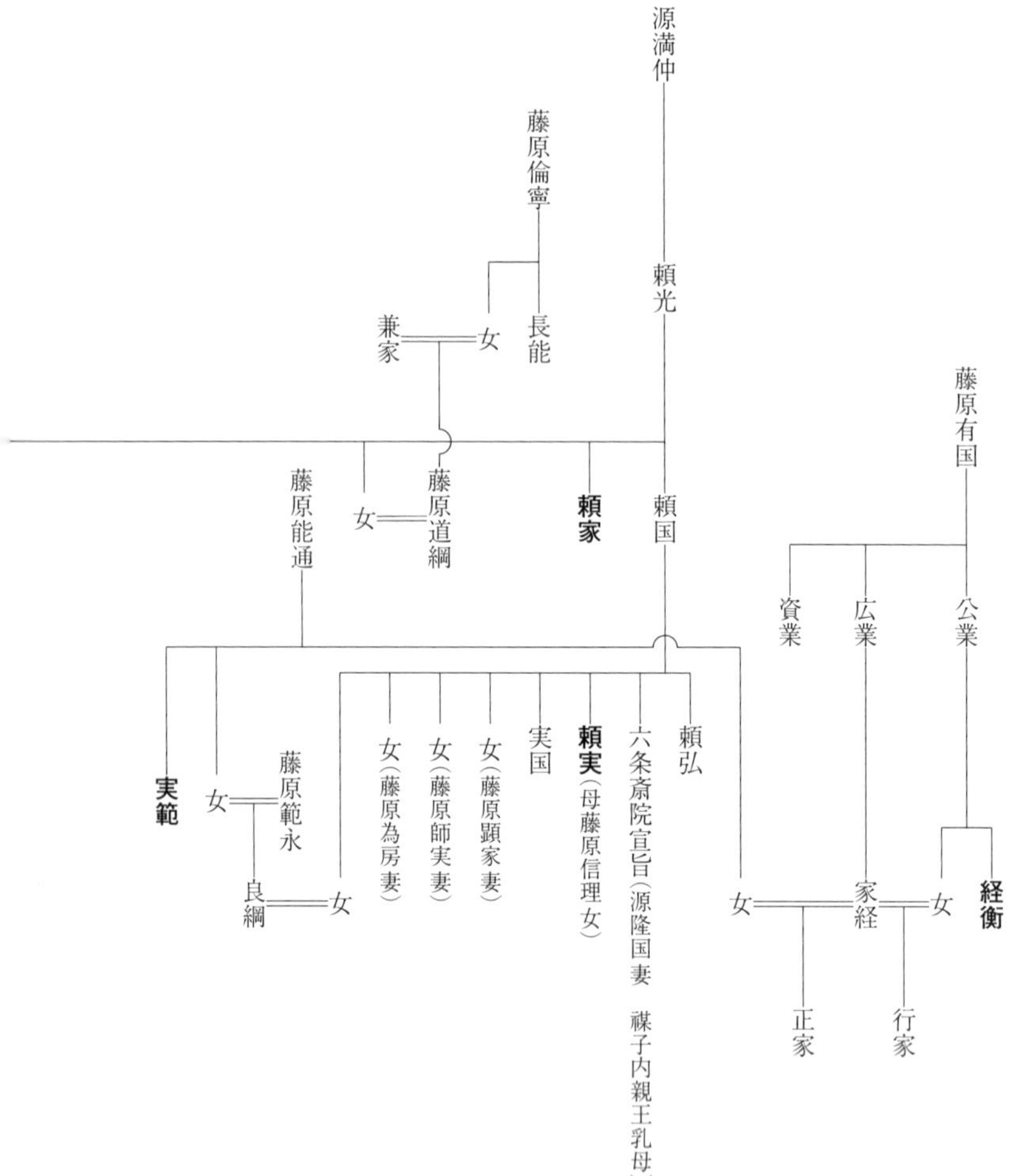

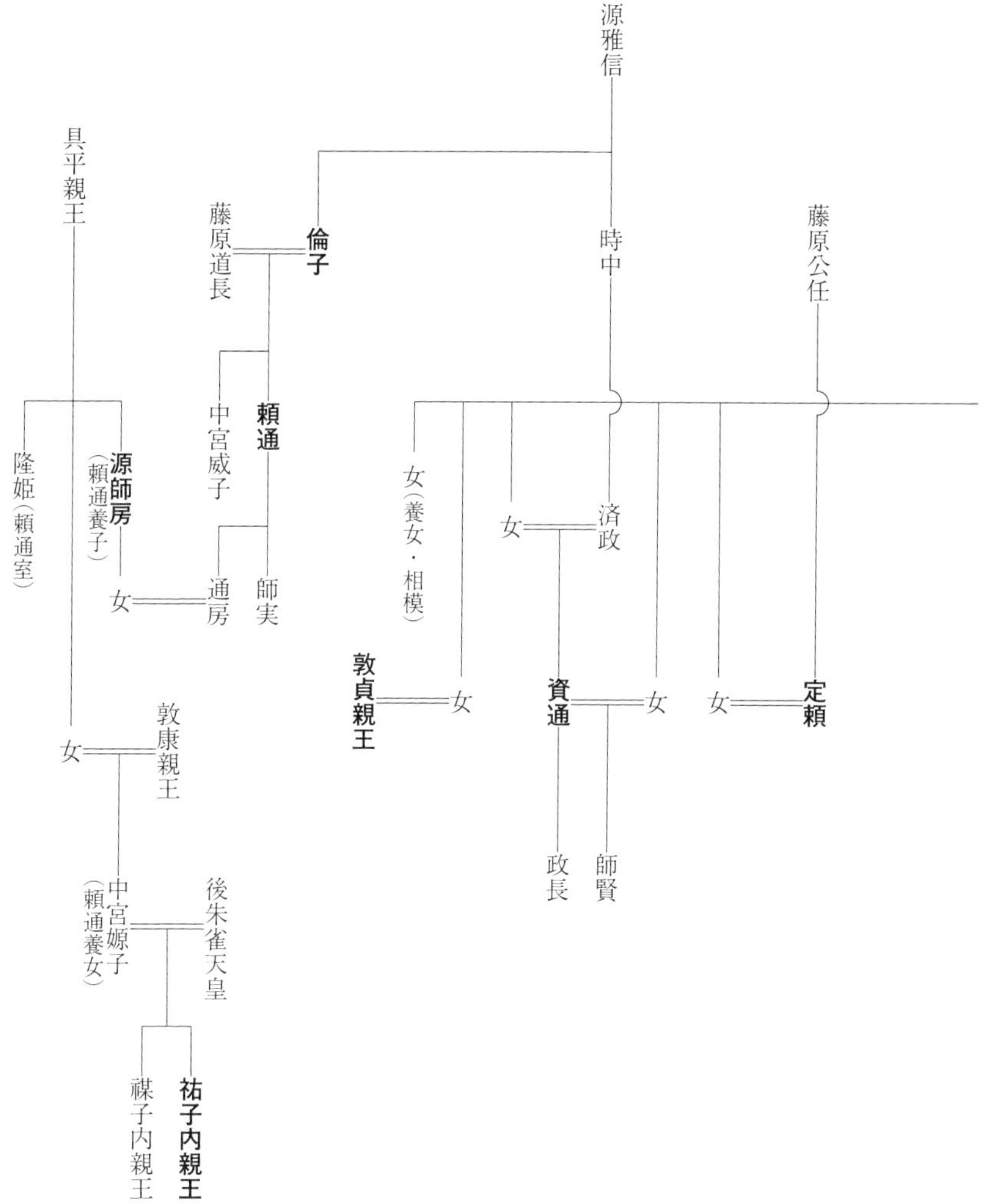
源雅信
具平親王
藤原道長
倫子
時中
藤原公任
中宮威子
頼通
隆姫（頼通室）
源師房（頼通養子）
女（養女・相模）
女
済政
通房
師実
女
敦貞親王
女
資通
女
女
定頼
敦康親王
女
政長
師賢
中宮嫄子（頼通養女）
後朱雀天皇
禖子内親王
祐子内親王

年表

＊文冒頭の算用数字は、月・日を示す。
＊頼実の事項は※印を付した。
＊改元月は該当和暦の左側に記した。
＊行末の家経欄、頼実欄にそれぞれの年齢を算用数字で示した。

天皇	和暦 改元月	西暦	一般事項	家経・頼実関係事項	家経	頼実
一条	正暦三	九九二	頼通誕生。	家経誕生。	1	
	寛弘六	一〇〇九		※1・10頼実父頼国、六位蔵人になる（『権記』）。		
	寛弘七	一〇一〇		※11・4道長、源頼光宅で土忌（『御堂関白記』）。		
三条	寛弘八	一〇一一	6・13一条天皇譲位。三条天皇践祚、敦成親王立太子。 6・22一条院崩御。	※4・15頼国「左衛門少尉」（『権記』）。		
	長和元 12月	一〇一二				
	長和四	一〇一五		※頼実誕生。		1
後一条	長和五	一〇一六	1・29三条天皇譲位。後一条天皇践祚、敦明親王立太子。左大臣道長摂政。	11・21文章得業生家経に「対策」試験を認める宣旨が下る（『桂林遺芳抄』）。	25	2
	長和六 寛仁元 4月	一〇一七	3・16道長摂政を辞し、内大臣頼通摂政となる。 5・9三条院崩御。 8・9敦明親王、皇太子を辞し、敦良親王立太子。 8・25敦明親王、小一条院となる。 12・4道長任太政大臣。	8・9対策及第した右衛門尉藤家経、東宮敦良親王の蔵人になる（『左経記』）。このころ父式部大輔広業は学士。	26	3

後一条

年号	西暦	事項	家経関係		
寛仁二	一〇一八	1・3後一条天皇元服。 1・7彰子太皇太后。 2・9道長太政大臣を辞す。 10・16妍子皇太后、威子中宮。	1・10正六位上右衛門尉家経、蔵人となる（『左経記』）。 3・13石清水臨時祭事に家経舞人をつとめる（『左経記』）。	27	4
寛仁三	一〇一九	3・21道長出家。 12・22摂政頼通、関白となる。	2・5右衛門尉家経、「検非違使」になり道長邸に。道長以下公卿ら、家経が騎乗し渡るのを見物（『小右記』）。	28	5
寛仁四	一〇二〇	3・22道長、無量寿院の落慶供養。	2・5家経、従五位下となるが、六位時の「侍読労」により、殿上を許される（『左経記』）。 11・11刑部権少輔家経、宇佐の使いとなり出立（『左経記』）、12・26に帰京（『小右記』）。	29	6
寛仁五 治安元 2月	一〇二一	2・1尚侍嬉子、頼通養女として東宮に入る。 7・25頼通任左大臣、実資任右大臣、教通任内大臣。	※7・19頼実祖父頼光没。	30	7
治安三	一〇二三		9・7家経、侍読の職を離れ、大江挙周が侍読となる（『小右記』）。 12・15家経父参議広業、式部大輔を辞す（『公卿補任』）。 10・5家経叔父資業式部大輔となる（『公卿補任』）。『公卿補任』ノ月日、逆カ。	32	9
治安四 万寿元 7月	一〇二四		3・2家経、弾正少弼と見える（『小右記』）。	33	10
万寿二	一〇二五	8・3道長嬉子、親仁親王を出産。 8・5嬉子薨去。親仁親王は彰子に養育される。	1・29家経、「右少弁」（『弁官補任』）。	34	11

後一条	万寿三	一〇二六	1・19太皇太后彰子、出家。女院（上東門院）となる。	1・7家経従五位上。 10・26「文章博士」を兼ねる（『弁官補任』）。	35	12
後一条	万寿四	一〇二七	3・23禎子内親王、東宮に入る。 9・14皇太后妍子出家し亡くなる。 12・4道長薨去。		36	13
後一条	万寿五 長元元 7月	一〇二八		2・19家経従五位上右少弁・文章博士・備後介で右衛門権佐に任ず（『弁官補任』）。 4・14家経父広業死去（『公卿補任』）。	37	14
後一条	長元二	一〇二九	2・1藤原威子皇女馨子を産む（『小右記』）。		38	15
後一条	長元三	一〇三〇		1・5家経正五位下となる。右少弁、防鴨河使、左衛門権佐、文章博士、備後介（『弁官補任』）。	39	16
後一条	長元四	一〇三一	10・29馨子内親王着袴（『左経記』）。		40	17
後一条	長元五	一〇三二		2・8家経、信濃国司となる。弁官・文章博士などを降りる（『弁官補任』）。	41	18
後一条	長元六	一〇三三	11・28高陽院にて倫子七十賀。（『日本紀略』）。		42	19
後一条	長元七	一〇三四	8・25中宮威子、皇子誕生を鹿島・香取両神社に祈る（『左経記』）。		43	20
後一条	長元八	一〇三五	5・16賀陽院水閣歌合 6・23中宮威子流産（『左経記』）。 10・14頼通養子源師房、権大納言となる。	※5・16賀陽院水閣歌合の真名日記に「雑色源頼実」とある。	44	21
	長元九	一〇三六	4・17後一条天皇崩御。後朱雀天皇践祚。 9・6中宮威子崩御。	5・1後一条天皇の二七日忌に女院彰子が七箇寺に御誦経使。民部権大輔家経朝臣は法性寺に立つ（『左経記』）。	45	22

後朱雀

			※7・17頼実、「雑色」（『範国記』）。		
長元十 長暦元 4月	一〇三七	1・7頼通養女嫄子（敦康親王女）入内。 2・13一品宮禎子内親王、中宮に立つ。 3・1中宮禎子皇后、女御嫄子中宮に立つ。 3・14倫子完全剃髪（『婚記』）。 8・17親仁親王立太子。 12・13一品宮章子内親王着裳、東宮に入る。		46	23
長暦二	一〇三八	4・21中宮嫄子、祐子内親王を出産。	※9・13頼実、権大納言師房歌合（『歌合大成』一二四）に参加。	47	24
長暦三	一〇三九	3・16高陽院焼亡。 8・19中宮嫄子、禖子内親王出産。 8・28中宮嫄子崩御。 12・21内大臣教通女生子入内。		48	25
長暦四 長久元 11月	一〇四〇	11・23祐子内親王着袴、この日に准三宮。 12・13頼通高陽院に移徙（『春記』10・26定）。		49	26
長久二	一〇四一	12・19後朱雀天皇新造内裏に遷御。	2・12弘徽殿女御（教通女生子）歌合、「判者大和守藤原義忠朝臣〈家経相模等難判〉」（『袋草紙』）。 ※3・11頼実、権大納言源師房家歌会で出詠（頼実集4番）。 3・17「省試」落第者二人の中文。藤原明衡、儒者「家経分」の「学生藤原行善」の落第理由があたらないと中文（『春記』）。 ※4・7頼実、権大納言師房歌合（『歌合大成』一二九）に参加。	50	27

天皇	年号	西暦	事項	家経・頼実		
後朱雀	長久三	一〇四二	3・26頼宗女延子（一品宮修子養女）入内。 閏9・23頼通有馬温泉へ（『百錬抄』）。 10・27頼通男通房、任権大納言。 12・8新造内裏焼亡。	家経、再び「文章博士」となる。従四位上（『式部省補任』）。 ※閏九月つごもり祐子内親王に伺候する人々の歌会に頼実出詠（頼実集74～83番）。 ※頼実、右大弁源資通家の歌会で出詠（頼実集84番）。	51	28
	長久四	一〇四三		※1・9頼実、六位蔵人に補せらる。もと蔵人所雑色。二十九歳（家集勘物）。	52	29
	長久五 寛徳元 11月	一〇四四	1月～6月疫病流行、死骸が道に満つ。 4・24右大将通房薨去（『公卿補任』）。	※6・7頼実死去（家集勘物）。	53	30
後冷泉	寛徳二	一〇四五	1・16後冷泉天皇践祚。 1・18後朱雀院崩御。	5・18「木工頭」家経、関白頼通の政所家司、とある（『平安遺文』六二三「関白政所下文案」）。	54	
	寛徳三 永承元 4月	一〇四六	7・10一品宮章子内親王、中宮に立つ。 11・4後冷泉天皇大嘗会	11・4後冷泉天皇大嘗会、家経「主基」方の和歌を詠む。 12・19家経朝臣、頼通の関白辞表を持ち来たる、とある（『土右記』）。	55	
	永承二	一〇四七	この年白河殿に天狗が現れ、女院彰子は美作守邸に移る（『栄花物語』）。		56	
	永承三	一〇四八	7・10教通女歓子、女御となる。		57	
	永承四	一〇四九	11・9内裏歌合	11・9内裏歌合に「文章博士家経朝臣」で出詠。子息蔵人正家、真名日記を記す。	58	
	永承五	一〇五〇	6・5庚申祐子内親王歌合 12・22関白頼通女寛子（母祇子）入内。	6・5祐子内親王歌合に、「讃岐守家経朝臣」で出詠。	59	

天皇	年号	西暦	事項	家経関係	年齢	
後冷泉	永承六	一〇五一	2・13女御寛子立后し、皇后となる。		60	
	永承七	一〇五二	3・28頼通、宇治の別業を寺とし、平等院と名づく。	永承年間に「物合講師」として家経が祐子内親王歌合に一人講師役をつとめる（『八雲御抄』）。	61	
	永承八 天喜元 1月	一〇五三	4・21頼通男師実、元服する。	6・15関白頼通の母源倫子の御入棺・御葬送日時定に、「讃岐守家経執筆」とある（『平定家朝臣記』）。	62	
	天喜二	一〇五四	1・8高陽院焼亡。	5・11家経出家（『尊卑分脈』）。	63	
	天喜六 康平元 8月	一〇五八		5・18家経死去（『尊卑分脈』）。	67	

人物索引

凡例

一、対象とする人物は一応次のような基準によった。
・具体的に誰と推定できる場合。
・具体的にはわからないが、明らかに特定の人物を指していると思われる場合。

一、同一人物の場合は、それぞれの呼称に関係なく、可能な限り一箇所にまとめて掲げた。その際、他の呼称からも引けるよう配慮した。

一、「八条の山庄」「西河亭」などのように場所を示すと思われる場合でも、その名称によって具体的な人物名が想定される場合は、その人物の項に入れた。

一、配列は現代仮名遣いによる五十音順とし、所在はその人物が登場する詞書の歌番号で示した。

◇家経集人物索引

◇頼実集人物索引

和歌初句索引

あ行

か行

あとがき

久保木哲夫先生は、範永集の注釈（『範永集新注』二〇一六・三刊）に続いて、研究会の注釈対象に範永と関係の深い藤原家経集・源頼実集を選んで下さった。

二〇一四年七月から家経集の注釈がはじまり、二〇一九年四月には頼実集の注釈に入った。注釈対象が頼実集と決まると、加藤裕子氏は、諸本をくまなく調査し、京都女子大学蔵蘆庵文庫本が最善本であるとした。和歌文学会の例会で口頭発表し、『和歌文学研究』121（二〇二〇・一二）に活字化された。底本の書誌的調査、対校する諸本の選択、底本傍記など、その研究成果に拠っている。

月一度の研究会では、頼実集の注釈が一人五首担当で進んでいく。その間に、各担当者が仕上げた家経集注釈原稿を熊田洋子氏がいつものように一括し整えてくれた。その注釈を先生が御覧になり訂正され、加藤に渡されてと、見直し作業は二回ほど往復した。加藤は解説Ⅰ執筆と並行、気づいたことや家経集の歴史的資料について報告し、熊田氏は解説Ⅱ原稿を練り上げ、ゆっくりと進んでいた。そして、注釈部は懸案事項を残すも、ほぼ終了した。

頼実集になってコロナ禍に入り、二〇二〇年二月から対面ではなくZoomによる画面越しの研究会となり、進行は遅くなった。先生は、その間、独自に歌合や他家集の注釈書をまとめられていった。

頼実集の注釈作業が半ば過ぎたころ、先生は、比較的お体に負担の少ない心臓手術を受けると決心された。そのための検査入院をなさった。が、入院され数日もたたず、逝去された。お元気になられるとばかり思っていたので、研究会メンバーは皆、茫然自失、悲しみは深く、長く続いた。

久保木先生がお元気な頃は、研究会メンバーも全員健康で過ごしてきたが、先生亡き後、難儀を抱える人が続出した。難しい大手術を受け生還した人、高熱で倒れ幸い家人がいて緊急搬送された人、体調不良が続き健康をとりもどした頃に骨折し捻挫した人、両親を相次いで亡くされた人、勤務先が遠方になり単身引越を余儀なくされた人、などなど。

家経集注釈部を読んでいると、先生のお声が聞こえてくる。全体の原稿に手を入れながら注釈を楽しんでいらっしゃるお声である。それが頼実集については叶わず、注釈担当者の名前を明記することにした。担当は以下のとおり。研究会メンバー全員が力をあわせ、持てるものを出しあい議論し、多くの時間を集中させたものである。

高野瀬惠子　1～5　31～35　66～70　100～103
渦巻恵　6～10　36～40　71～75　96～99
長池由美子　11～15　41～45　76～80　86～90　他文献に見える和歌資料
加藤裕子　16～20　51～55
熊田洋子　21～25　56～60　91～95　原稿統括　参考文献　系図　年表　人物索引　和歌初句索引
佐野奈津美　26～30　61～65
花上和広　46～50　81～85　【勘物】【注記】　系図　人物索引

原稿が一書のかたちになり、全体を読みとおしてみると、はじめて家集の姿がより明確に見えてくる。その結果、もと原稿にかなり手を加える必要も生じる。渦巻・長池・熊田氏ら三人と加藤が、注釈部全体を読みとおし、誤字脱字、引用の確認、表現の統一、［語釈］［補注］の誤りなど、くまなく洗い出し、かなり訂正を入れた。見直しは家経集にも及ぶことになった。そして、二家集の校正も四人でなされた。最終的な責任はすべて加藤が負うものである。

久保木先生、長年にわたり研究会で教えをいただきましたこと、メンバー一同とともに深く感謝申しあげます。最後に、刊行を引き受けて下さった花鳥社と編集者重光徹氏にお礼を申しあげたい。重光氏は研究会メンバーでもあり、毎回出席して下さったので、その折もメンバーはいろいろ相談申しあげた。一書になるにあたっては、くまなくこまやかに目配りいただいた。心から感謝申しあげる。

十月二十六日

加藤静子

【著者紹介】

久保木哲夫（くぼき てつお）

1954年3月　東京教育大学文学部卒業
都留文科大学名誉教授
2022年12月　死去
主な編著書
『四条宮下野集 本文及び総索引』（1970　笠間書院）、『平安時代私家集の研究』（1985　笠間書院）、『完訳日本の古典 無名草子』（1987　小学館）、『伊勢大輔集注釈』（1992　貴重本刊行会）、『康資王母集注釈』（共 1997　貴重本刊行会）、『新編日本古典文学全集 無名草子』（1999　小学館）、『肥後集全注釈』（共 2006　新典社）、『折の文学 平安和歌文学論』（2006　笠間書院）、『古筆と和歌』（編 2008　笠間書院）、『出羽弁集新注』（2010　青簡舎）、『うたと文献学』（2013　笠間書院）、『範永集新注』（共 2016　青簡舎）、『伝行成筆 和泉式部続集切 針切相模集新注』（2018　青簡舎）、『藤原頼宗集 師実集全釈』（共 2021　花鳥社）、『承暦二年内裏歌合新注』（2021　青簡舎）、『為仲集新注』（2023　青簡舎）、『歌合集成 平安編』（2024　古典ライブラリー）編集委員・執筆者

加藤静子（かとう しずこ）

1977年3月　東京教育大学大学院博士課程退学　博士（神戸大学）
都留文科大学名誉教授
編著書
『新編日本古典文学全集　大鏡』（共 1996　小学館）、『王朝歴史物語の生成と方法』（2003　風間書房）、『王朝歴史物語の方法と享受』（2011　竹林舎）、『王朝歴史物語の構想と展望』（共編 2015　新典社）、『範永集新注』（共 2016　青簡社）、『藤原頼宗集 師実集全釈』（共 2021　花鳥社）、『為房妻仮名書状の注釈』（共 2021　青簡舎）

藤原家経集　源頼実集　全釈

二〇二四年十一月三十日　初版第一刷発行

著者……久保木哲夫
加藤静子
平安私家集研究会

装幀……山元伸子

発行者……相川　晋

発行所……株式会社花鳥社
https://kachosha.com
〒一〇一-〇〇五一　東京都千代田区神田神保町一-五十八-四〇二
電話　〇三-六三〇三-二五〇五
ファクス　〇三-六二六〇-五〇五〇
ISBN978-4-86803-011-9

組版……キャップス

印刷・製本……モリモト印刷

乱丁本・落丁本はお取り替えいたします。
©KUBOKI Masako, KATO Shizuko, Heian Shikashu Kenkyukai 2024